Cumhuriyet Cad.
Bahriye Caddesi
Beyoğlu
İstiklâl Caddesi
Meclis-İ Mebusan
Taksim
Galata
Kılıç-Ali-Paşa-Moschee
Karaköy
Tersane Caddesi
Bosporus
Üsküdar
Mädchenturm
Galatabrücke
Yeni-Moschee
Reşadiye Cad.
Mısır Çarşisi
Sirkeci
Gülhane-Park
Topkapı-Serail
Eminönü
Babıali Cad.
Hagia Sophia
Divan Yolu
Polizeistation
Sultan Ahmet Park
Stadtmauer
Sultan Ahmet
Sultan Ahmet-Moschee (Blaue Moschee)
0 200 400 600 800 1000

Barbara Nadel

*Stille Wasser*

Barbara Nadel

# *Stille Wasser*

Roman

Aus dem Englischen von
Franca Fritz und Heinrich Koop

List

Die Originalausgabe erschien 2002 unter dem Titel
*Deep Waters*
bei Headline Book Publishing, a division
of Hodder Headline, London.

List Verlag
List ist ein Verlag des Verlagshauses
Ullstein Heyne List GmbH & Co. KG.

ISBN 3-471-77263-4


Gesetzt aus der Sabon bei Franzis print & media GmbH, München
Druck und Bindung: GGP Media, Pößneck

Dieses Buch ist dem Gedenken meines geliebten Vaters gewidmet. Sein allzu früher Tod im August 2001 nahm der Welt einen großzügigen, humorvollen und wundervollen Menschen. Mit keinem meiner Worte kann ich ihm je gerecht werden.

# I

Erschreckt weiteten sich die Augen der Frau.
»Du willst doch nicht etwa ausgehen?«, fragte sie den jungen Mann, der ihr den Rücken zugewandt hatte und einen Blick in die Spiegelscherbe über dem Waschbecken warf, um sich zu begutachten.

»Wir brauchen Geld«, erwiderte er schlicht.

Die Frau – sie war nur vierzehn Jahre älter als ihr Sohn – schob ihren schweren Körper zwischen den Spiegel und den Jungen und blickte ihm direkt ins Gesicht, die Hände in die Hüften gestemmt.

»Falls du vorhast, einen Wagen zu stehlen …«

»Nein, ich werde keinen Wagen stehlen, Mutter«, sagte er, wobei eine gewisse Verärgerung in seiner Stimme mitschwang.

»Als du das letzte Mal versucht hast, den Leuten die Geldbörse aus der Tasche zu ziehen, bist du erwischt worden.«

»Aber ich bin noch mal davongekommen, richtig?« Er blickte in das vorzeitig gealterte Gesicht seiner Mutter. »Und darum geht's doch auch gar nicht, oder?«

»Nein.«

Ein paar Sekunden herrschte Schweigen zwischen den beiden, während der junge Mann und seine Mutter einander tief in die Augen sahen. Auf dem Fußboden lagen mehrere alte Kinderspielsachen und einige vergilbte Zeitungen, deren Seiten sanft im Durchzug flatterten, der die Badezimmertür klappern ließ.

»Wenn sie dich sehen, werden sie dich umbringen. Sie haben

keine andere Wahl.« Ihre Worte klangen vollkommen sachlich; nur jemand, der sie gut kannte, hätte die dahinter liegende starke Anspannung hören können.

Ihr Sohn seufzte. »Wer – Mehti? Wir reden hier von *Mehti*, Mutter. Den seh ich jeden Tag! Das ist ein Idiot, total zurückgeblieben ...«

Die Frau schlug die Augen nieder und biss sich auf die Oberlippe. »Wenn wir Geld brauchen, dann werde ich es besorgen«, sagte sie leise. »Ich kann betteln, und ich kann stehlen ... Es ist bereits dunkel draußen und gefährlich.«

»Ich habe geschäftlich zu tun, Mutter.« Er rieb sich viel zu viel billiges Aftershave ins Gesicht und streifte die restliche Lotion an seiner Jeans ab. »Es geht ums ganz große Geld.«

»Aber was ...«

»Frag nicht! Du willst doch nicht, dass ich mein eigenes Blut belüge!«

»Rifat ...«

»Nein!«

Rifat wandte sich von seiner Mutter ab, nahm einen dünnen Gürtel von einem der Haken an der Wand und zog ihn durch die Schlaufen seiner Jeans. Obwohl er gut proportioniert wirkte, war er recht klein und hatte bereits einen leichten Bauchansatz. Nichtsdestotrotz war er noch immer ein attraktiver Mann, dachte seine Mutter, ein sehr attraktiver Mann, fast wie sein Vater – oder eher wie der Mann, der sein Vater einst gewesen war.

Allein der Gedanke daran ließ ihre Stimme zittern: »Wenn sie dich umbringen, dann wird das Blut niemals aufhören zu fließen. Das weißt du, Rifat, oder?«

Rifat öffnete die Tür, und ein eisiger, beißender Wind aus der zentralasiatischen Steppe drang durch den Spalt. Als sein Haar vom Durchzug aufgewirbelt wurde, glättete er es mit einer Hand, nahm dann mit der anderen ein kleines, in buntes Papier gewickeltes Päckchen und sagte lächelnd: »Wenn sie mich töten, dann erwarte ich, dass das Blut niemals aufhört zu fließen. Nicht für einen Mann wie mich.«

Im nächsten Moment war er durch die Tür und zog sie fest hinter sich zu, während ein kleiner Schwaden des dichten

Nachtnebels, der in den Raum eingedrungen war, sich über den Boden senkte.

Als seine Mutter sicher war, dass er sie nicht mehr hören konnte, murmelte sie: »Dummer, dummer, dummer Junge!«

Nur die Wände hörten ihr Klagen; der Rest ihrer Familie war entweder bereits im Bett oder tot.

Es hatte einmal eine Zeit gegeben, erinnerte sich Dr. Zelfa Halman, als ein Telefonat von Istanbul zu irgendeinem Ort außerhalb der Türkei eine lange Vorbereitung und viel Geduld erforderte. Und obwohl sie eine gebildete Frau war und wusste, dass der Fortschritt sich nicht aufhalten ließ, wunderte sie sich doch immer wieder, mit welcher Geschwindigkeit heutzutage die Verbindung zu der Familie ihrer Mutter in Irland hergestellt werden konnte – wenn man einmal davon absah, dass Pater Francis Collins ein Weilchen benötigte, um von seinem Lieblingssessel zu dem alten Telefonapparat zu gelangen, der schon immer im Flur gestanden hatte und dort auch immer stehen würde. Onkel Frank, wie Zelfa ihn nannte, war fast achtzig, knapp drei Jahre älter als ihre Mutter, wenn sie noch gelebt hätte.

Ein schwerer Hustenanfall verkündete Pater Collins' Anwesenheit, noch bevor er es schaffte, seinen Namen zu nennen.

Zelfa musste lächeln. »Na, rauchst du etwa noch immer, Onkel Frank?«, fragte sie, wobei ihr singender irischer Tonfall mit jedem Wort zunahm.

»Also bitte, Bridget, redet man so mit einem Mann Gottes?«

Erneut musste Zelfa lächeln – einerseits über die Ironie in seiner Stimme und andererseits über die Verwendung ihres irischen Namens. Nach zwölf Jahren in der Türkei stand der Name »Bridget« für eine Person, mit der sie sich nur gelegentlich und dann auch nur punktuell identifizieren konnte.

»Was habe ich deinen lieben Anruf zu verdanken?«, fragte der alte Priester. »Kommst du für ein Weilchen nach Hause oder wie komme ich sonst zu der Ehre?«

»Ich hoffe natürlich, dass ich bald zu Besuch kommen kann, aber …« Sie schwieg einen kurzen Moment, um sich eine Zigarette anzuzünden. »Aber weswegen ich eigentlich anrufe ... also, ich wollte dich um einen Rat bitten.«

»Ich dachte, Leute wie du hätten das alles bestens im Griff«, erwiderte er, wobei immer noch Ironie in seiner Stimme schwang.

»Selbst Psychiater brauchen manchmal Hilfe, Onkel Frank.«

»Wohl wahr. Aber da du und Gott unterschiedliche Wege eingeschlagen habt, als du achtzehn warst, wüsste ich nicht, welchen Rat ich dir geben könnte, der in deinen Augen nicht lächerlich ist. Wenn man mal die Zigaretten und den Schnaps beiseite lässt, sind meine eigenen moralischen Grundsätze eher von unserem Herrn inspiriert und weniger von einem gewissen Herrn Freud.«

»Ein türkischer Mann hat um meine Hand angehalten, Onkel Frank.« So, jetzt war es raus. Sie warf einen kurzen Blick in den Spiegel im Flur und sah sich selbst als kleinen, grauen Schemen. Entschlossen drehte sie sich wieder zum Telefon. »Onkel Frank, bist du noch dran?«

»Äh ...« Der alte Mann räusperte sich, wobei es so klang, als müsste er gegen jede Menge Schleim ankämpfen. »Äh, also, das ist ... ähm ... Dein Vater muss sehr erfreut sein ...«

»Vater weiß es noch nicht.«

»Ähm, solltest du nicht ...«

»Onkel Frank, ich bin siebenundvierzig, Herrgott noch mal! Ich kann doch wohl selbst bestimmen, wem ich was zuerst erzähle!«

Es folgte ein kurzes Schweigen, ein Moment, in dem der Priester zumindest Atem holen konnte.

»Angesichts der Tatsache, dass dein Vater Türke ist und du nun auch dort lebst, wüsste ich nicht, wo das Problem liegt, Bridget«, sagte er schließlich. »Ich meine, wenn du auch nur das geringste Interesse an deinem Glauben ...«

»Dieser Mann – sein Name ist Mehmet – ist zwölf Jahre jünger als ich, Onkel Frank.«

Als Zelfa hörte, wie der Priester am anderen Ende der Leitung scharf die Luft einzog, verstärkte das ihre Verzweiflung noch: »Verglichen mit ihm sehe ich furchtbar alt aus! Er ist so fit, wie man es sich nur vorstellen kann, Onkel Frank, und ich wirke an seiner Seite wie ein fetter, grauer Troll! Und ich bin zu alt, um ihm noch Kinder schenken zu können! Ich meine, was zum Teufel findet er an mir? Verstehst du …«

»Also, wenn wir mal die anständige Summe Geld, die du und deinesgleichen verdienen, außer Acht lassen – wofür er sich höchstwahrscheinlich sowieso nicht interessiert –, dann blieben da noch dein Esprit, deine Intelligenz, deine Schönheit und dein Charme. Und da diese Eigenschaften alles sind, was du besitzt, nehme ich mal an, dass der Kerl ziemlich verrückt sein muss, dich heiraten zu wollen.«

Wider ihren Willen musste Zelfa lächeln. Also gut, der alte Mann war voreingenommen, doch sie wusste, wenn es um ihre Attraktivität ging, war sie selbst ihr ärgster Feind und härtester Kritiker. Tief in ihrem Inneren wusste sie zwar, dass die Wahrheit irgendwo zwischen der Aussage ihres Onkels und ihrer eigenen Selbstwahrnehmung lag, aber …

»Aber wenn ich sechzig bin, wird er erst achtundvierzig sein!«

»Und wenn du hundert bist, ist er achtundachtzig, und ihr werdet beide nicht mehr besonders knackig aussehen! Aber wenn er dich dann noch liebt und du ihn noch liebst, wen kümmert alles andere dann noch?« Obwohl der alte Mann über zweitausend Kilometer entfernt war, konnte Zelfa deutlich hören, wie er eine Zigarette aus seiner Schachtel nahm, sie in den Mund steckte und anzündete. »Was ich damit sagen will, Bridget, ist Folgendes: Wenn er dich liebt, spielt alles andere keine Rolle. Und, liebt er dich?«

»Er sagt zwar, dass er mich liebt, aber ich kann mir nicht vorstellen, warum.«

Frank Collins seufzte. In so vielerlei Hinsicht war die Tochter genau wie die Mutter – mit Ausnahme der wichtigsten Eigenschaft: Obwohl Bridget doppelt so klug und wesentlich hübscher war als ihre Mutter, hatte sie niemals Bernadette Halmans außerordentliches Selbstbewusstsein besessen. Möglicherweise hing dies damit zusammen, dass Bernadette in ihrem kurzen Leben viele Männerherzen erobert und gebrochen hatte – selbst als sie noch mit Bridgets Vater zusammenlebte. Vielleicht hatte Bridgets Wissen darum ihr Vertrauen in die Ehe an sich untergraben. Oder vielleicht war es auch so, wie sie sagte – dass dieser Mann zu jung war, um ihr ein Gefühl der Sicherheit zu vermitteln. Nur Bridget und dieser Mehmet konnten das wohl richtig einschätzen. Aber seine Nichte bat ihn schließlich um einen Rat, und den würde er ihr auch geben. Wenn schon ein Priester keine Ratschläge mehr erteilen konnte (neben dem bisschen Messe lesen), wozu war er dann noch gut?

»Also, entweder du traust ihm, oder du traust ihm nicht, Bridget«, sagte er schließlich, »und nur du allein kannst das wissen. Liebst du ihn denn?«

»Ich würde mein Leben für ihn geben, Onkel Frank.« Diese leidenschaftlichen Worte, die fast wie die Beteuerungen eines Teenagers klangen, ließen sie plötzlich wie ein junges Mädchen erscheinen. Andererseits hatte Bridget zum großen Bedauern zumindest ihres irischen Familienzweigs nie Anstalten gemacht, jemals zu heiraten. In Herzensangelegenheiten war sie im Grunde vollkommen unerfahren.

»Also, wenn du ihn liebst«, setzte der Priester erneut an, »und er …«

»Wie kann er mich denn lieben? Ich werde den Gedanken nicht los, dass er entweder pervers sein muss oder auf mein Geld aus ist!«, klagte sie düster, fast schon den Tränen nahe.

»Ist er denn arm?«

»Nein. Seine Familie gilt zwar als verarmt, aber nur im Vergleich zu den Unmengen von Geld, die sie früher besaß. Es sind Aristokraten.«

»Tatsächlich?«

»Ja, aber Mehmet … Mehmet ist nur ein einfacher Polizeibeamter. Die verdienen hier nicht viel.« Sie drückte ihre Zigarette im Aschenbecher aus und zündete sich sofort die nächste an. »Nicht, dass er mich je um Geld gebeten hätte. Im Gegenteil, er gibt eine Menge Geld aus für mich, führt mich aus und …«

»Macht dich sehr glücklich, so wie es klingt«, fügte der Priester in spitzem Ton hinzu.

Zelfa, die jetzt ein wenig zurückhaltender wirkte – vor allem nach dem, was ihr Onkel gerade gesagt hatte –, senkte den Kopf. »Ja. Ja, das tut er.«

»Also, das ist doch schon mal etwas, an dem man sich festhalten kann und das du als Ausgangspunkt für deine Überlegungen nehmen kannst, oder?«

»Wie?« Vielleicht lag es an der späten Stunde und an ihrer Müdigkeit, aber Zelfa konnte ihrem Onkel nicht ganz folgen.

»Ich meine damit«, fuhr er fort, »dass du vielleicht nicht auf das Geld oder den Altersunterschied oder dergleichen schauen, sondern dich stattdessen auf die Liebe konzentrieren solltest.«

»Ja, schon, aber ...«

»Nein, Bridget, kein ›aber‹.«

Sie konnte förmlich sehen, wie er jetzt den rechten Zeigefinger erhob, so wie er vor langen Jahren Störenfriede während des Kommunionsunterrichts zum Schweigen gebracht hatte. Trotz ihres verwirrten Gemütszustands musste Zelfa lächeln.

»Wenn du ihn liebst und er dich, dann ist das völlig ausreichend, falls ich diese Dinge richtig einschätze«, sagte Frank Collins energisch. »Und außerdem dürfte der Besitz deines Vaters nach dem Erdbeben nicht mehr besonders viel wert sein. Daher würde ich mir an deiner Stelle mal keine Sorgen darum machen, ob jemand hinter deinem Geld her ist«, fügte er mit jenem wunderbaren Zynismus hinzu, für den Zelfa ihn so schätzte und liebte.

»Falls uns noch mal ein solches Erdbeben trifft, kann ich mich glücklich schätzen, wenn ich dann noch einen Kopf habe, den ich mir zerbrechen kann«, erwiderte sie mit der Art von Galgenhumor, der typisch war für diejenigen, die ein derartiges schweres Trauma erlitten hatten.

»Ja, der Mensch kann seinem Schöpfer schneller gegenüberstehen als erwartet.«

»Ich weiß. Mehmets Schwägerin kam ums Leben, und seinem besten Freund mussten beide Beine amputiert werden nach dem ...« Plötzlich konnte sie sich nicht überwinden, das Wort »Erdbeben« über die Lippen zu bringen. Sie hatte einfach Angst, dass ihre Gefühle mit ihr durchgingen. Jeder, den sie kannte, hatte während der Katastrophe einen geliebten Menschen verloren. Jeder. »Nach den Ereignissen des vergangenen Jahres. Manchmal ist Mehmet immer noch sehr traurig.«

»Wenn das so ist«, sagte der Priester forsch, »dann solltest du ihn vielleicht ein wenig aufheitern. Ich will damit nicht sagen, dass ich es nicht lieber sähe, wenn du einen Padraig oder einen Declan heiraten würdest, aber …«

»Aber wenn er mich nur heiraten will, um seiner Welt wieder ein gewisses Maß an Sicherheit zu verleihen? Ich meine, er hat Probleme mit seiner Mutter, und ich habe mir gedacht, dass ich für ihn vielleicht nur eine Art Ersatzmutter bin.«

»Man kann auch jeden Furz analysieren und zum Problem machen«, erwiderte der alte Mann mit einem Lächeln in der Stimme. »Du und deinesgleichen, ihr neigt doch dazu. Aber am Ende, Bridget, ist alles eine Frage der Gefühle und der Risikobereitschaft. Wenn du ihn wirklich liebst, dann gehst du das Risiko mit ihm ein, und wenn du ihn nicht liebst, dann eben nicht.«

Zelfa runzelte die Stirn. Die Worte ihres Onkels trafen zweifellos den Kern der Sache, und es ließ sich nicht leugnen, dass sie Mehmet Suleyman aufrichtig liebte. Aber es war etwas ganz anderes, ihre antrainierte Art, alles zu hinterfragen, schlicht zu ignorieren und sich einfach dem Verlangen hinzugeben.

Er wusste, dass er eigentlich nicht hier sein sollte. Auch wenn das Kriegsrecht schon lange aufgehoben war, konnte jeder beliebige Polizist ihn nach Lust und Laune verhören, mitnehmen oder ihm auf andere Weise das Leben schwer machen. Aber nur, wenn sie ihn im dichten Nebel auch sehen konnten, dachte Enver mit einem Lächeln. Und da er sich nicht vom Fleck rührte und die Polizei sich im Augenblick offensichtlich nicht blicken ließ, war diese Gefahr relativ gering. Enver lehnte sich entspannt gegen das Geländer und seufzte. Es war jetzt vier Uhr morgens, und normalerweise konnte man um diese Uhrzeit zusehen, wie drüben in Karaköy immer mehr Lichter angingen; wenn die Menschen aufstanden, um zur Arbeit zu gehen, oder Prostituierte ihre Freier aus den Betten warfen. Doch nicht so an diesem Morgen. An diesem Morgen verschwand die massive Form der Galatabrücke, die sich über das

Goldene Horn erstreckte, in einer Mischung aus Dunkelheit und dichtem Nebel – was Enver jedoch nicht davon abhielt, hinüber nach Karaköy zu blicken. Dort lag der einzige Ort, an dem er jemals glücklich gewesen war.

Da konnten die Refah-Partei und die unruhige Mutter Erde tun und lassen, was sie wollten – gewisse Gegenden von Karaköy würden immer den beiden Hauptlastern des Menschen frönen: Alkohol und Sex. Als jungem Mann waren Enver diese beiden Leidenschaften wohl vertraut gewesen. Damals hatte seine inzwischen verstorbene Frau ihrer Mutter, die ein gewisses »Etablissement« führte, bei ihren Geschäften geholfen, und seine Kinder hatten die Großmutter regelmäßig in ihrem Bordell besucht. Allerdings waren sie damals noch recht klein gewesen, und sie wussten bis zum heutigen Tag nichts von der einträglichen Tätigkeit ihrer Großmutter. Und da sein ältester Sohn inzwischen keine fünf Minuten von hier ein angesehenes Kaffeehaus führte, war jede noch so geringe Anspielung auf die etwas »unziemliche« Vergangenheit der Familie tabu. Und obwohl sein jetziger Wohnort – der häufig von Touristen überlaufene Stadtteil Eminönü, die »Altstadt« von Istanbul – wie das genaue Gegenteil des eher halbseiden anmutenden Viertels Karaköy wirkte, war Envers Herz voller Wehmut. Diese Sehnsucht in Kombination mit einer zunehmenden Schlaflosigkeit trieb ihn immer häufiger aus seinem Bett, um entweder zu den Lichtern von Karaköy hinüberzuschauen oder sogar hinüberzugehen. Letzteres kam zum jetzigen Zeitpunkt natürlich nicht in Frage. Denn Enver wusste, dass der Nebel nicht nur ihn, sondern auch andere, zwielichtigere Gestalten verdeckte, die nicht zögern würden, ihm wegen ein paar Zigaretten oder etwas Kleingeld Schaden zuzufügen. Natürlich hatte es auch früher schon solch kriminelle Elemente gegeben, meistens die wahrhaft Verzweifelten – Abwanderer aus dem anatolischen Hinterland. Aber heutzutage, mit all den Russen, Albanern und Allah weiß wem noch, die allesamt in die Stadt drängten, ließ sich wesentlich schwieriger feststellen, wer einem denn nun Uhr, Brieftasche oder sonst was gestohlen hatte.

Deshalb schien es Enver alles in allem das Beste, sich nicht vom Fleck zu rühren. Da die Reşadiye Caddesi direkt hinter ihm lag, war er selbst bei seinem langsamem Tempo innerhalb weniger Minuten in der Hasırcılar Caddesi und damit zu Hause. Und falls auf dem Stück dazwischen etwas passieren sollte, dann war das eben Allahs Wille und daher unvermeidlich. Doch als ein Wagen irgendwo hinter Enver stoppte, direkt jenseits der Straßenbahnhaltestelle Eminönü, hielt der alte Mann trotzdem kurz den Atem an. Wer, außer Polizei oder Militär, würde zu dieser frühen Morgenstunde an einem von undurchdringlichem Nebel umgebenen Gewässer anhalten? Tatsächlich konnte er sich niemand anderen vorstellen, und er war so fest davon überzeugt, dass es die Polizei sein musste, dass er in die Richtung starrte, aus der das Motorgeräusch kam. Doch sosehr er sich auch anstrengte, konnte er durch den Nebel nicht ausmachen, um was für eine Art von Wagen es sich handelte.

Als nach ein paar scheinbar endlosen Minuten eine der Wagentüren geöffnet wurde, setzte Enver sich in Bewegung und ließ sich mit erstaunlicher Behändigkeit auf die Unterführung direkt unter der Galatabrücke gleiten. Dort wartete er mit angehaltenem Atem auf den Klang von »offiziellen« Stimmen, wobei er angestrengt lauschte, um nur ja kein Geräusch zu verpassen.

Aber es waren keine Stimmen zu hören, nur ein dumpfer Aufschlag, wie das Geräusch eines schweren Gegenstands, der zu Boden fällt. Sonst nichts. Keine Stimmen, keine Waffen, nur ein tiefer und – in seinen Ohren – gedämpfter Aufschlag. Doch ohne Begleitung von Stimmen bedeutete das gar nichts. Als er schließlich hörte, wie die Wagentür geschlossen wurde und der Wagen erst auf ihn zu und dann über die Brücke davonraste, nahm er an, dass die Insassen dieses Wagens alles erledigt hatten, was sie in Eminönü erledigen wollten. Er selbst war nur froh, dass er nichts damit zu tun hatte – was es auch immer gewesen sein mochte.

Dennoch wartete er noch ein paar Minuten, bevor er sich aus seinem Unterschlupf wagte und wieder auf die Straße kletterte. Doch statt noch länger sinnend am Wasser zu stehen, beschloss Enver, sich auf den Heimweg zu machen. Durch den Nebel, der ihm allmählich doch Angst einjagte, konnte er kaum

die Hand vor Augen sehen. Vorsichtig tastete er sich über die Reşadiye Caddesi, immer auf der Hut vor Polizisten, Soldaten oder Dieben. Und während er weiterging, stellte er erleichtert fest, dass das, was aus dem geheimnisvollen Wagen gefallen war, nicht zu sehen war, jedenfalls nicht in seiner unmittelbaren Nachbarschaft.

Auf den letzten hundert Metern seines Heimwegs schloss Enver die Augen und stellte sich vor, wie der verführerische Duft von frisch gebrühtem Kaffee ihn direkt nach Hause führte, zu seinem Sohn.

## 2

Als Fatma İkmen an diesem eiskalten Morgen erwachte, entdeckte sie ihren Mann statt neben sich im Bett bereits vollständig angezogen am Fenster. Mit einer brennenden Zigarette in der Hand drehte Inspektor Çetin İkmen sich zu seiner Frau um und deutete vorwurfsvoll auf einen kleinen Käfig, der neben dem Ehebett auf dem Boden stand.

»Dank dieses Tiers werde ich eines Tages noch an Schlafmangel zugrunde gehen«, sagte er finster. »Ich will, dass es verschwindet.«

Fatma strich ihre langen schwarzgrauen Haare nach hinten und erwiderte ruhig: »Hamster sind in der Lage, Bewegungen der Erde noch vor uns Menschen wahrzunehmen. Mein kleiner Freund hier ist nichts weiter als ein Frühwarnsystem, aber das habe ich dir schon hundertmal gesagt.«

»Ja, und ich habe dir schon hundertmal gesagt, dass diese kleinen Scheißer nachtaktiv sind«, erwiderte Çetin, dessen Stimme vor Ärger zunehmend lauter wurde. »Die turnen die ganze Nacht herum, Fatma! Erdbeben hin oder her – diese kleinen Mistbiester werden aktiv, wenn die Sonne untergeht, und legen sich erst bei Sonnenaufgang wieder schlafen!«

»Das ist mir egal. Ich würde lieber den Rest meines Lebens wach bleiben, als zuzulassen, dass meine Kinder unter den Ruinen dieses Hauses begraben werden. Du etwa nicht?«

»Natürlich würde ich das«, sagte er, während er sich mit einer Hand am feuchten Fensterrahmen abstützte. »Korrigier mich, wenn ich mich irre, Fatma, aber ich dachte, dass unsere Katze unser Frühwarnsystem sei und nicht dieser …«

»Ach, die Katze … Die schläft doch Tag und Nacht. Eine schöne Hilfe!«, sagte Fatma, während sie ihre kurzen, stämmigen Beine über die Bettkante schwang und aufstand.

Ihr Mann rieb sich mit beiden Händen über die sich vertiefenden Falten in seinem Gesicht, um wach zu werden. »Marlboro kann verdammt laut sein, wenn er will.«

»Oh ja, wenn er auf Brautschau ist!«, erwiderte Fatma scharf. »Draußen, zwischen den Mülltonnen, da ist er der Held, aber hier drinnen? Hier drinnen brauchen wir jemanden, auf den wir uns verlassen können und der uns zuverlässig weckt. Und dieser Jemand ist mein Freund Squeaky und sein kleines Laufrad.«

Vorsichtig – wegen des Rheumas in ihren alternden Knochen, das durch das feuchte Wetter noch verschlimmert wurde – beugte sie sich zum Käfig hinunter und pfiff leise in Richtung des schlafenden Hamsters.

Dieser Anblick erfüllte ihren Mann erneut mit Zorn: »Bei Allah, wenn dieses gigantische Erdbeben kommt, das einige Seismologen vorhersagen, wird die ganze Stadt in einer riesigen Verwerfung versinken, und wir werden innerhalb von Sekunden tot sein, inklusive Klein-Squeaky und seinem verdammten Laufrad!«

»Ach, tatsächlich?« Seine Frau erhob sich langsam aus der gebückten Haltung, stemmte die Hände in die Hüften und blickte Çetin İkmen direkt in die Augen. »Wenn es wirklich so schlimm steht, warum willst du dann nicht, dass wir in eine andere Stadt ziehen? Kannst du mir das mal verraten?«

İkmen, dessen ohnehin dünner Geduldsfaden bis zum Reißen angespannt war, explodierte. »Das haben wir schon hundertmal besprochen! Das ganze verdammte Land ist ein potenzielles Erdbebengebiet, wo …«

»Konya nicht. Ich hab auf der Karte nachgesehen, wo die Verwerfungslinien verlaufen. Konya liegt in einer sehr sicheren Gegend. Und dort werden gute Polizisten gebraucht. Du könntest dich doch bewerben.«

»Ja, das könnte ich, Fatma.« Er bewegte seinen dünnen Körper in Richtung ihrer üppigeren Formen, riss dann aber abrupt die Arme über den Kopf. »Aber für einen atheistischen Trinker wie mich wäre das Leben in der religiösesten Stadt des Landes die reinste Tortur. Ich nehme lieber das Erdbeben und einen raschen Tod in Kauf, als auch nur einen Tag an diesem Ort zu verbringen!«

»Aber die Kinder, Çetin«, rief seine Frau, die Hände zu einer flehentlichen Bitte gegen die Brust gedrückt. »Was ist mit den Kindern?«

Einen kurzen Moment lang hatte Fatma den Eindruck, als fehlten ihrem Mann – gänzlich ungewöhnlich – die Worte. Sein Atem ging stoßweise, und seine Gesichtsfarbe wechselte vor ihren Augen von Weiß zu Grau. Eine Veränderung, die sie besorgt eine Hand auf seine Wange legen ließ. Genau diesen aschfahlen Ton hatte sein Gesicht am Tag nach dem Erdbeben gehabt – der Tag, an dem sein Freund Dr. Arto Sarkissian »gescherzt« hatte, wenn nicht alle Herzüberwachungsgeräte in der Stadt zerstört oder mit Beschlag belegt wären, würde er Çetin unbedingt eine Weile an einen dieser Monitore anschließen. Und das war, noch bevor sie die schlimme Nachricht von den schrecklichen Verletzungen erfuhren, die einer von Çetins Kollegen erlitten hatte. In den Nächten danach, daran erinnerte sich Fatma genau, hatte ihr Mann im Schlaf geweint.

»Çetin …«, begann sie vorsichtig.

»Ich glaube einfach nicht, dass die Kinder an einem Ort wie Konya das bekommen, was sie brauchen«, sagte er, ein wenig besänftigt von der tröstenden Berührung seiner Frau. »Ich hab mich schließlich nicht all die Jahre abgerackert, um mit anzusehen, wie meine jüngeren Kinder ihr Leben auf dem Land vergeuden. Außerdem wollen die Älteren sowieso alle hier bleiben.« Er seufzte schwer und fügte müde hinzu: »Ich habe einfach das Gefühl, dass es besser wäre, wenn wir alle zusammenblieben. Ich meine, wie würdest du dich fühlen, wenn wir mit den Kleinen hier wegziehen würden und dann das große Erdbeben käme und Sınan, Orhan, Çiçek und Bülent tot wären? Ich meine …«

»Nicht!« Den Tränen nahe hielt Fatma eine Hand vor ihr Gesicht, als wolle sie jeden Gedanken an diese hypothetische

Möglichkeit ausschließen. »Sag nicht so was, Çetin! Allah war beim letzten Mal so gnädig zu dieser Familie. Es muss wohl geschrieben stehen, dass wir alle verschont werden sollten.«

»Und außerdem wüsste ich nicht, wie wir uns einen Umzug in eine andere Stadt überhaupt leisten könnten.« Liebevoll legte Çetin eine Hand auf Fatmas Schulter. »Mein Bruder hat schon für so vieles gezahlt, was diese Familie benötigte. Ich kann ihn nicht noch ein weiteres Mal bitten.«

Mit Tränen in den Augen schlang Fatma die Arme um Çetins Hals und drückte ihren Mann an sich, so fest es ihre molligen Rundungen erlaubten. Er küsste sie zärtlich in den Nacken.

»Oh, Çetin«, flüsterte sie leise für den Fall, dass eines ihrer Kinder draußen am Schlafzimmer vorbeiging und sie hören konnte. »Ich habe ständig solche Angst! Jedes Mal, wenn eines der Kinder auf den Boden springt, schlägt mir das Herz bis zum Hals, weil ich denke, es ist wieder ein Erdbeben. Manchmal braucht es Stunden, bis sich mein Herzschlag wieder beruhigt und ...« Behutsam zog sie seinen Kopf aus ihren Haaren, damit sie ihm direkt in die Augen sehen konnte. »Und manchmal denke ich, dass ich noch mal einen Herzinfarkt bekomme wegen dieser ganzen Geschichte – entweder das, oder ich drehe vollkommen durch!«

Çetin lächelte und küsste sie leicht auf die Wange. »Weißt du was? Ich glaube, dass ich dir dieses eine Mal tatsächlich dazu raten muss, dein Heil in der Religion zu suchen. Wenn du solche Dinge wie Erdbeben in Allahs Hände legst, dann bedeutet das, dass du Ihm auch deine Sorgen anvertrauen kannst. Ich habe gedacht, ihr Frommen würdet das sowieso schon so machen.«

»Das Erdbeben hat uns alle auf eine Probe gestellt, Çetin.« Fatma löste sich aus den Armen ihres Mannes und setzte sich mit gesenktem Kopf auf die Bettkante. »Selbst Tante Arın, der frommste Mensch, den ich kenne, hat wochenlang auf der Straße geschlafen, auch nachdem die Soldaten ihr gesagt hatten, sie könne wieder in ihr Haus zurückkehren.« Sie hob den Kopf und sah ihrem Mann fest in die Augen. »Sie sagte, das läge nicht daran, dass sie den Glauben an Allah verloren hätte, sondern daran, dass die Erde sie im Stich gelassen hat. Und genau so empfinde ich auch. Ich fühle mich im Stich gelassen und verängstigt, und selbst wenn meine Gedanken nicht mehr in heller Panik durcheinander rasen, schlägt mein Herz immer noch wie wild. Ich will mich sicher fühlen, Çetin! Ich will, dass meine Kinder sicher sind!«

Seufzend setzte er sich neben seine Frau und nahm ihre Hand in seine. Obwohl er vollstes Verständnis für das hatte, was Fatma beunruhigte, konnte er nicht viel tun, um ihre Ängste zu lindern. Ein Umzug stand völlig außer Frage – die älteren Kinder waren sowieso dagegen –, und ohne den geringsten Hinweis darauf, ob und wann sich das nächste große Erdbeben ereignen würde, war jede Spekulation müßig. Es gab nichts, was er hätte tun oder erwidern können. Nach einer Weile sagte er: »Behalte den Hamster, Fatma, wenn es dich glücklich macht.« Doch obwohl sie dies ein wenig aufzumuntern schien – was sich an dem kleinen Lächeln zeigte, das sich auf ihr Gesicht stahl –, verfolgten ihre Augen jede seiner Bewegungen, als er sich ein paar Minuten später erhob, um zur Arbeit zu gehen.

Es schien, als versuche sie, jede geringste Kleinigkeit seines Erscheinungsbilds in ihr Gedächtnis zu brennen.

Niemand wusste, wie lange er schon dort gelegen hatte. Haluk, der Taxifahrer, der offenbar zu den Menschen gehörte, die gerne den Anschein erweckten, als wüssten sie alles, verkündete ungefragt, dass er wohl schon eine ganze Weile dort liegen müsse.

»Das sieht man schon an den Verletzungen«, sagte er und zog am Hemd des toten Mannes. »Seht ihr?«

»Fass das nicht an!«, rief Beyazıt, der schockierte Busfahrer, und versuchte, die Hand des Taxifahrers von der Leiche fortzuziehen. »Wenn die Polizei Fingerabdrücke nimmt und dann deine findet …«

»Ach, als ob die Fingerabdrücke von einem Kleidungsstück nehmen würden!«, erwiderte Haluk verächtlich. »Für wie blöd hältst du mich eigentlich?«

Einer der zahlreichen Fischer von Eminönü, der sich zu der immer größer werdenden Menschenmenge auf der Reşadiye

Caddesi gesellt hatte, stimmte dem Busfahrer wortreich zu. Und da dieser Seemann ein ganzes Stück größer war als Haluk, zog der Taxifahrer es vor, seine Meinung besser für sich zu behalten.

Kaum zehn Minuten zuvor war Haluks Taxi gegen etwas gefahren, das er zu diesem Zeitpunkt für einen besonders schweren Sack Müll gehalten hatte. Er hatte angehalten, um seinen Wagen auf Schäden zu überprüfen, und wollte dem Bündel eigentlich nur einen wütenden Blick zuwerfen, als er plötzlich sah, dass es ein menschliches Gesicht besaß.

Zunächst dachte Haluk, dass er den Mann möglicherweise selbst getötet hatte. Schließlich hatte sein Wagen den Toten angefahren. Daher war sein erster Impuls, sich sofort aus dem Staub zu machen. Aber als ihm allmählich die Erkenntnis dämmerte, dass nicht nur er angehalten hatte, sondern auch der Bus hinter ihm, mitsamt dem Busfahrer und allen Fahrgästen, besann er sich eines Besseren. Falls er den Mann wirklich getötet hatte, musste dieser schließlich schon im Rinnstein gelegen haben – was nicht gerade auf das Verhalten eines gesunden Menschen schließen ließ. Und da der Mann zu einem Bündel verpackt war, war es ganz bestimmt nicht Haluks Schuld, dass er ihn überfahren hatte.

»Das Blut hier ist schon ziemlich angetrocknet«, bemerkte jetzt ein anderer, etwas kleinerer Fischer, der sich über die Leiche beugte. »Der könnte schon eine ganze Weile hier liegen. Wahrscheinlich wurde er überfahren, bevor der Nebel sich lichtete. Bei dem Wetter konnte man ja wirklich absolut gar nichts sehen.«

Mehrere Passanten stimmten murmelnd zu. Sie wussten nur zu gut, dass die vorherige Nacht vollkommen undurchdringlich gewesen war – eine von den Nächten, in denen nach Ansicht ihrer Vorfahren Hexen, Dämonen und andere Schreckensgestalten herumgeisterten. Was den Tod des – wie sich herausstellte – relativ jungen Mannes natürlich nicht weniger furchtbar machte. Und das allgemeine Schweigen, das bis zum Eintreffen der Polizei herrschte, sprach durchaus dafür, dass alle Anwesenden so empfanden.

Die zum Fundort geschickte Polizeistreife bestand aus zwei

jungen Motorradpolizisten, den so genannten »Yunus« oder »Delphinen«, deren Motorräder sofort eine Gruppe bewundernder junger Männer um sich versammelten.

Der kleinere der beiden Yunus nahm gerade seinen Helm ab, als Haluk mit seinem Vortrag begann.

»Dieser Mann ist tot«, sagte er und deutete mit der Hand in Richtung der Leiche. »Er war schon tot, bevor mein Wagen ihn auch nur berührte.« Dann blickte er erwartungsvoll zu den Fischern hinüber und fragte: »Hab ich Recht, Brüder?«

»Also, um ehrlich zu sein ...«

»Wie wär's, wenn wir uns die Leiche erst mal ansehen?«, erwiderte der etwas größere der beiden Polizisten, ein Mann namens Rauf. Während sein Partner versuchte, die Menge zurückzudrängen, bückte er sich und betrachtete das Gesicht, das zwischen den Resten eines Hemdes und den großen Stofflappen eines Vorhangs oder Bettüberwurfs hervorragte. Genau wie der Fischer bemerkte auch Rauf sofort, dass trotz des vielen Bluts am Fundort ein großer Teil bereits getrocknet war. Das Gesicht des Mannes zeigte zwar schwere Verletzungen, aber woher diese Menge an Blut stammte, war nicht sofort ersichtlich. Doch als Rauf das Kinn des Mannes vorsichtig aus dessen blutverschmiertem Hemd anhob, wurde ihm plötzlich alles klar. Bis auf seine Augen, die sich bei diesem Anblick ein wenig geweitet hatten, ließ er sich jedoch nichts anmerken und rief seinen Kollegen zu sich.

»Sieh dir das mal an«, sagte er und hob das Kinn erneut leicht an.

Sein Partner verdrehte kurz die Augen und griff dann zu seinem Funkgerät, um mit der Zentrale zu sprechen. Er und sein Kollege, meldete er, seien zu einem Vorfall gerufen worden, bei dem jemand ganz offensichtlich eines unnatürlichen Todes gestorben war.

Nachdem er die Tür zu seinem Büro hinter sich geschlossen hatte, zog Inspektor Mehmet Suleyman das Päckchen mit Fotos aus seiner Tasche und legte es auf seinen Schreibtisch. Während er sich setzte, nahm er das erste Foto heraus und lächelte, als er das verschmitzte Gesicht seines Freundes Balthasar

Cohen erblickte. Wie immer in eine Wolke von Zigarettenqualm gehüllt, hatte Balthasar seinen Arm um die Schulter eines jungen, etwas größeren Mannes gelegt, den Suleyman als den Sohn seines Freundes erkannte. Berekiah war nach Abschluss seines Militärdienstes unwissentlich genau in dem Moment wieder nach Hause gekommen, als die ganze Familie versammelt war. Suleyman erinnerte sich, dass er die ganze Situation relativ gut aufgenommen hatte. Schließlich konnte es für den Jungen nicht leicht gewesen sein, seinen einst so aktiven Vater als verstümmelten Mann ohne Arbeit wiederzutreffen, selbst wenn man ihn bereits vorher benachrichtigt hatte.

Obwohl das Haus des damaligen Hauptwachtmeisters Cohen bei dem schweren Erdbeben, das Istanbul am 17. August 1999 erschütterte, vor größeren Schäden bewahrt worden war, traf dies nicht auf ihn selbst zu: Cohen hatte die Nacht nicht zu Hause, sondern bei einer erst kurz zuvor geschiedenen Dame verbracht, die in einem der neueren Apartmenthäuser in Yeşilköy wohnte, draußen am Flughafen. Als das Erdbeben in den frühen Morgenstunden auftrat, brach das Gebäude wie ein Kartenhaus zusammen, und Balthasar Cohen wurde unter den Trümmern begraben, wo er die darauf folgenden sechsunddreißig Stunden auf Hilfe wartete – neben der Leiche seiner toten Geliebten. Mit einer gewissen Bewunderung hatte Suleyman, der seit der Trennung von seiner Frau vor zwei Jahren bei den Cohens in Karaköy wohnte, festgestellt, dass Balthasars Frau nicht ein einziges Wort über die Umstände rund um die Verletzungen ihres Mannes verloren hatte. Möglicherweise war Estelle Cohen genau wie einige alte Kollegen ihres Mannes aber auch davon überzeugt, dass Balthasar jetzt für seine Sünden büßte.

Suleyman überflog rasch die restlichen Fotos, lächelte hin und wieder, wenn er seinem eigenen, kamerascheuen Gesicht begegnete, und steckte die Bilder schließlich wieder ein. Sie würden Estelle gefallen, dachte er, während er einen Blick aus seinem schmutzigen Fenster warf. Vor allem ihr Sohn Berekiah war auf den Fotos gut getroffen. Möglicherweise würde sich der junge Mann im Laufe der Zeit doch mit dem Vorschlag sei-

nes Vaters anfreunden, ebenfalls zur Polizei zu gehen. Suleyman hoffte dies zumindest, auch wenn Cohens kurze »Unterredungen« mit seinem Sohn zu diesem Thema manchmal den Eindruck vermittelten, als wolle der Vater in Berekiah sein eigenes Leben fortgesetzt sehen – was natürlich nur allzu verständlich war. Cohen hatte nicht nur seine Beine, sondern auch seine Freiheit und Unabhängigkeit verloren und musste sich in den Monaten nach der Katastrophe in zunehmendem Maße auf die Berichte aus der »Außenwelt« verlassen, die Suleyman, Estelle und Berekiah ihm lieferten. Suleyman wusste, wenn er eines Tages aus der Cohen-Wohnung auszog, würde Balthasar dies schwer zu schaffen machen – falls er tatsächlich auszog. Denn ein Umzug ohne die Frau, die er hoffentlich bald seine Ehefrau nennen konnte, war ziemlich sinnlos. Allerdings erwies es sich als recht schwierig, Zelfa Halman davon zu überzeugen, dass er sie wirklich liebte. Da sie keinerlei Selbstvertrauen hinsichtlich ihres eigenen – seines Erachtens sinnlichen – Aussehens hatte und diverse psychologische Theorien zum manchmal impulsiven Verhalten traumatisierter Menschen hegte, betrachtete Zelfa seinen Heiratsantrag mit einer gewissen Skepsis. Wenn er sie doch nur davon überzeugen könnte, dass es für ihn nichts Wichtigeres auf der Welt gab, als sie an seiner Seite zu wissen! Aber dann wurde ihm wieder einmal bewusst, dass er es hier schließlich mit einer Psychiaterin zu tun hatte. Und man weiß ja, wie die so sind, dachte er finster.

Nichtsdestotrotz musste er diese Gedanken jetzt beiseite schieben. Er schaltete seinen Computer ein und sah zu, wie der Rechner mühsam hochfuhr. Während er wartete, leerte Suleyman den Aschenbecher in den Mülleimer und zündete sich die erste Zigarette des Tages an. Er wusste, dass ihr bis zum Ende des Tages noch zahlreiche weitere folgen würden. Da sein Mitarbeiter, Wachtmeister Çöktin, mit einer Grippe im Bett lag, würde er die nächsten Tage wahrscheinlich allein in seinem Büro verbringen. Dann konnte er sich endlich dem riesigen Stapel mit Schreibkram auf seinem Tisch widmen. Alles in allem also keine schlechte Sache – auch wenn seine Lungen auf diese besondere Erfahrung wahrscheinlich lieber verzichten würden.

Als er gerade die verschiedenen Tastenkombinationen eingeben wollte, um Zugang zu seinen Daten zu erhalten, hörte er jemanden an der Tür klopfen.

»Herein«, rief er genau in dem Moment, als sich die Tür öffnete und eine kleine, hagere Person eintrat.

»Ich muss zu einem Fall in Eminönü«, verkündete Çetin İkmen strahlend. »Ein paar Yunus scheinen auf eine Exekution in der Unterwelt gestoßen zu sein.«

Suleyman runzelte die Stirn. »Tatsächlich? Und wie kommen die darauf?«

»Klassischer Exekutionsstil. Dem Opfer wurde anscheinend die Kehle durchgeschnitten. Von Ohr zu Ohr.« İkmen unterstrich seine Erläuterung, indem er einen Finger quer über die eigene Kehle zog. »Bist du gerade beschäftigt?«

»Ich muss eine Menge Papierkram erledigen.«

»Also hast du Zeit, mich zu begleiten«, bemerkte İkmen und nahm den Mantel seines Kollegen vom Türhaken.

»Ich glaube nicht, dass unsere Vorgesetzten deine Geringschätzung gegenüber den Dienstvorschriften teilen, Çetin«, erwiderte Suleyman mit einem Lächeln. »Andererseits ...« Er tippte die notwendigen Kürzel, um seinen Computer herunterzufahren.

»Das lob ich mir!«, rief İkmen leidenschaftlich und reichte Suleyman seinen Mantel. »Und seitdem der Nebel sich verzogen hat, ist es gar kein so übler Tag.«

»Prima.«

»Ist schon ziemlich lange her, dass wir beide zusammen zu einem Tatort gefahren sind«, bemerkte İkmen.

»Ja«, stimmte Suleyman ihm zu, »aber ich komme sozusagen nur als dein Gast mit, okay? Ich meine, Tepe ist jetzt dein Assistent und ...«

»Schon gut, schon gut«, sagte İkmen und wedelte mit der Hand, »das Problem mit ihm ist jedoch, dass er nicht du ist, mein lieber Mehmet.«

»Also, Çetin, ich ...«

Aber İkmen war bereits durch die Tür verschwunden, und nachdem Suleyman seinen Mantel angezogen hatte, folgte er ihm – leicht amüsiert und auch ein klein wenig gespannt.

## 3

Der verstorbene Besitzer des Personalausweises, den Orhan Tepe zwischen seinen Latexhandschuhen hielt, hatte Rifat Berisha geheißen. Der Name ließ Tepe die Stirn runzeln. Soweit er das beurteilen konnte, war Berisha kein herkömmlicher türkischer Name, deutete aber andererseits auch auf keine der üblichen Minderheiten. Er war offenkundig weder Armenier noch Grieche und wahrscheinlich auch kein Jude. Nicht, dass dies eine besondere Rolle gespielt hätte. Entscheidender war vielmehr die Tatsache, dass dieser Rifat Berisha nur fünfundzwanzig Jahre alt gewesen und aller Wahrscheinlichkeit nach ermordet worden war. Das dachte zumindest ein Großteil der Menge, die Tepe zusammen mit anderen Kollegen vom Tatort zurückgedrängt hatte und die jetzt von der anderen Seite der hastig aufgerichteten Absperrung herüberstarrte. In der halben Stunde seit der Räumung des Tatorts hatte die Zahl der Zuschauer beständig zugenommen, was Tepes Vorgesetztem, Inspektor İkmen, gar nicht gefiel.

»Müssen diese verdammten Gaffer eigentlich nicht zur Arbeit?«, fragte er einen gelangweilt dreinblickenden Beamten neben Tepe.

Da der Polizist auf diese ohnehin rhetorische Frage keine Antwort wusste, grinste er nur verlegen. Doch bevor İkmen sich über diese Reaktion aufregen konnte, unterbrach ihn der Mann, der vor Tepe sein Assistent gewesen war.

»Falls dieser Mann sich nicht selbst getötet hat«, meinte Suleyman, während er einen Blick auf die blutverschmierte Lei-

che warf, »muss irgendjemand jetzt mit ziemlich besudelter Kleidung herumlaufen. Unser Freund hier wurde ja fast enthauptet.«

»Das wird der Arzt klären«, sagte İkmen abgelenkt, während er sich eine weitere Zigarette anzündete. »Sobald er erst mal hier ist.«

Dann seufzte er schwer und ging die paar Schritte zum Ufer. Möglicherweise dachte er, dass ihm der Anblick des Bosporus gut täte und über sein plötzliches Stimmungstief hinweghelfen würde.

Tepe, der den Ausweis des Toten noch immer in den Händen hielt, folgte seinem Chef zum Geländer.

»Inspektor?«

İkmen blickte sich kurz zu seinem jungen Assistenten um, lächelte und sah wieder hinaus aufs Wasser, in Richtung des asiatischen Teils der Stadt.

»Wissen Sie, Tepe«, sagte er schließlich, als der junge Mann schon dachte, sein Chef hätte sich wohlmöglich in seine eigene Gedankenwelt zurückgezogen, »meine Mutter hat immer behauptet, dass man von hier aus unser Haus in Üsküdar sehen könnte. Aber sosehr ich es auch versucht habe – es ist mir nie gelungen. Möglicherweise liegen heute zu viele Gebäude dazwischen. Vielleicht hat meine Mutter aber auch einfach nur gelogen.« Er drehte sich zu seinem Assistenten um und lächelte ihn erneut an. »Das wäre sogar typisch für sie gewesen.«

Tepe, der schon einige Geschichten über İkmens verstorbene Mutter gehört hatte – beispielsweise über ihren Glauben an Magie –, errötete leicht. Schließlich wurde man nicht täglich Zeuge, dass ein Mann seine eigene Mutter als Lügnerin bezeichnete. Denn gerade die Mutter galt den herkömmlichen türkischen Männern als nahezu heilig. Andererseits war İkmen natürlich alles andere als ein herkömmlicher Türke.

Ein paar Sekunden später erinnerte sich Tepe wieder an den Ausweis in seiner Hand und räusperte sich vernehmlich.

»Ja?«, fragte İkmen, der erneut aus seinen Gedanken gerissen wurde.

»Ich habe das hier gefunden«, sagte Tepe und hielt den blutbefleckten Personalausweis hoch, damit İkmen ihn betrachten konnte. »Er ragte aus einer der Hosentaschen des Toten heraus, und da dachte ich …«

»Sie hätten auf die Spurensicherung warten sollen«, sagte İkmen stirnrunzelnd. Aber als er näher herankam, um einen Blick auf den Ausweis zu werfen, murmelte er ein leises »Mmm«.

»Irgendetwas Interessantes?«, mischte sich jetzt eine jüngere, vornehmere Stimme ein.

Tepe sah in Suleymans ernstes, ebenmäßiges Gesicht und erwiderte: »Sieht nach dem Ausweis des Opfers aus, Inspektor.«

»Tatsächlich?«

»Ja«, sagte İkmen, der den Ausweis noch immer betrachtete. »Ein Albaner, wenn ich mich nicht irre.«

»Ach.«

»Berisha ist ein albanischer Name«, erläuterte İkmen. »Ich glaube, einer der letzten Gewaltherrscher Albaniens hieß Berisha. Es wäre interessant herauszufinden, ob der Tote zum gleichen Familienclan gehört.«

»Könnte das irgendeinen Einfluss auf seinen Tod gehabt haben?«, fragte Suleyman.

»O ja, das wäre möglich«, erwiderte der ältere Mann nachdenklich. »Das wäre durchaus möglich. Aber was auch immer die Ursache für den Tod dieses Mann gewesen sein mag – sein Clan wird sich ganz bestimmt einmischen, da können wir sicher sein.«

»Sie wissen eine Menge über Albaner, oder?«, fragte Tepe, der bis dahin nur schweigend zugehört hatte.

Sowohl İkmen als auch Suleyman lächelten. »Nur das, was meine albanische Mutter mir erzählt hat – was allerdings nicht besonders viel war«, erwiderte İkmen.

»Oh.«

»Aber liegt es nicht gerade in der Natur von Hexen, Dämonen und anderen Wesen der Nacht stets ein wenig vage zu bleiben?«, fragte jetzt der gedrungene Mann mit der Brille auf der Nase, der plötzlich neben İkmen aufgetaucht war.

»O doch, Doktor«, erwiderte İkmen mit einem Lächeln. »Stimmt genau.«

»Morgen, Dr. Sarkissian«, sagte Suleyman, während er zusah, wie İkmen und sein alter Freund einander herzlich umarmten. »Haben Sie die Leiche schon gesehen?«

»Nur kurz«, entgegnete der Armenier und gab Wachtmeister Tepe zur Begrüßung die Hand.

»Und?«

»Und ich denke, dass derjenige, der ihn umgebracht hat, es verdammt ernst meinte.«

İkmen lehnte sich gegen das Geländer und zog seinen dünnen Regenmantel fester um seinen schmalen Körper. Die Kälte schien ihm in die Knochen zu kriechen. »Wie kommst du darauf, Arto?«

»Weil ich selbst nach einem flüchtigen Blick schon sehen konnte, dass der Täter diesem armen Kerl fast den ganzen Kopf abgetrennt hat.«

»Genau wie du gesagt hast, Mehmet«, meinte İkmen und nickte Suleyman zu. »Brutal.«

»Sobald ich ihn mir näher angesehen habe, kann ich dir Genaueres sagen«, verkündete der Pathologe gut gelaunt. »Haben wir schon einen Namen für diesen armen Kerl?«

»Rifat Berisha«, sagte Tepe. »Das steht zumindest auf dem Ausweis ...«

»Ah ja, das ist doch ein albanischer Name, nicht wahr? Und wissen wir auch, ob dieser Berisha ein Flüchtling aus dem Kosovo war oder schon länger hier lebte?«, fragte der Arzt.

»Sein Ausweis lässt Letzteres vermuten«, erwiderte İkmen. »Obwohl man bei Albanern natürlich nie weiß, ob die Papiere und nicht sogar der Name gefälscht sind.«

»Ein hartes Urteil«, bemerkte Suleyman mit einem Stirnrunzeln.

İkmen schenkte ihm ein schiefes Lächeln. »Albanien ist ein hartes Land«, sagte er und ging wieder hinüber zum Tatort. »Ein Land, das Hexen und Dämonen, Diktatoren, Verbrecher und Lügner hervorbringt.«

Und dann lachte er einmal kurz auf.

Seit ihrem Umzug nach Istanbul vor neun Jahren hatte Aliya Berisha bereits dreimal ein blutbeflecktes Männerhemd in ein

Fenster ihrer Wohnung gehängt. Beim ersten Mal, als es das Hemd ihres Schwiegervaters war, wohnten sie noch in Balat, in einem Haus, dessen Besitzer ein älterer jüdischer Mann gewesen war. Und obwohl es hieß, dass der Vermieter sich unmissverständlich zum Tod von Aliyas Schwiegervater und dem aufgehängten Hemd geäußert hätte, hatte er weder ihr noch dem Rest der Familie gegenüber auch nur ein Wort darüber verloren. Außerdem waren sie alle kurze Zeit später – als ihre Cousine Mimosa den Türken Dilek Özer geheiratet hatte – in dessen Haus an der Kutucular Caddesi umgezogen, keine fünf Minuten von dem Ort entfernt, an dem die Istanbuler Polizei gerade die Ermittlungen in einem Mordfall einleitete.

Die beiden anderen blutbefleckten Hemden, die Aliya seit dem Einzug in Özers Anwesen ins Fenster gehängt hatte, gehörten dem einzigen Bruder ihres Mannes – Muhammed – und dem jüngsten ihrer Söhne, dem damals fünfzehnjährigen Egrem. Dilek Özer, der die albanische Sprache weder beherrschte noch verstand, glaubte bereitwillig den Erklärungen seiner Frau für diese eigenartige Sitte. »Wir präsentieren das Hemd, um den Toten zu ehren«, hatte Mimosa erläutert, als ihr Mann die grausigen Gegenstände skeptisch betrachtete. »Es ist ein Zeichen an andere Albaner, dass unsere Männer tapfer gestorben sind.«

Und da Dilek Özer nicht das geringste Wissen über die Kultur seiner Frau besaß, konnte er ihren Erläuterungen als hundertprozentiger Istanbuler nichts entgegensetzen.

Hätte er seine Frau jedoch einmal näher befragt oder sich anderweitig über diese Bräuche informiert, dann hätte sich Dilek Özers Einstellung zu dieser »Sitte« – besonders angesichts der daraus resultierenden Konsequenzen – sicherlich radikal geändert. Wahrscheinlich hätte er dann den gesamten Berisha-Clan, inklusive Mimosa, vor die Tür gesetzt.

An diesem speziellen Morgen hing jedoch kein Hemd im Fenster der Berisha-Wohnung; nur das weiße Gesicht von Aliyas Tochter Engelushjia leuchtete hinter der Scheibe. Nervös beäugte sie die Menschen in der unter ihr liegenden Straße. Hinter ihr – in der Dunkelheit des karg eingerichteten Wohnzimmers – saß Aliya vollkommen regungslos. Lediglich ihre

Finger bewegten sich hin und wieder, wenn sie an ihrer Zigarette zog. Ihre andere Hand lag schützend auf ihrem Bauch, der seit wenigen Tagen die ersten Wölbungen einer Schwangerschaft zeigte. Und obwohl die schweren Hustenanfälle, die in regelmäßigen Abständen aus dem hinteren Bereich der Wohnung drangen, die beiden Frauen hin und wieder aufblicken ließen, konnten diese sie nicht vollständig aus ihrer Versteinerung befreien.

Keine der beiden war in der Lage, das auszusprechen, was sie dachte. Engelushjia suchte unter den Gesichtern der vielen Passanten verzweifelt nach dem ihres Bruders, während Aliya, die pragmatischer war als ihre Tochter, einfach nur auf die Uhr starrte. Je mehr Zeit verstrich, desto mehr sanken Aliyas Mut und Hoffnung. Wenn bis zum Mittag nichts geschehen war, würde sie Bescheid wissen. Selbst ein junger Mann mit unersättlichem Appetit würde bis dahin seinen Hunger bei einer Frau gestillt haben. Und falls irgendetwas passiert sein sollte, bei dem die Polizei ins Spiel kam, dann würde sie es mit Sicherheit ebenfalls bis zur Mittagszeit wissen. Aber sie glaubte gar nicht daran, dass eines dieser beiden Szenarios wirklich eintreten würde. Weder Rifat noch die Polizei würden bei ihr auftauchen. Stattdessen ahnte sie bereits, dass sie Engelushjia bald in die Tahtakale Caddesi schicken musste, um die Leiche ihres Bruders abzuholen. Dieses Mal war Aliya nicht in der Lage, diesen Gang selbst zu machen – so wie damals bei Egrem. Allein der Gedanke an ihre eigene Schwäche ließ sie mehrmals schlucken, um die aufsteigenden Tränen zu bekämpfen.

»Ich weiß es wirklich zu schätzen, dass du mich begleitest«, sagte İkmen, während er sich zu seinem wesentlich größeren Kollegen gesellte.

»Ich vermute, dass Tepe nicht ganz so glücklich darüber ist«, erwiderte Suleyman.

İkmen zuckte die Achseln. »Irgendjemand muss ja am Tatort bleiben, bis die Leiche abtransportiert ist. Und ich wüsste nicht, warum wir diese Berishas nicht so schnell wie möglich informieren sollten. Falls wir die Identität des Toten noch heute zweifelsfrei feststellen, dann könnten wir eventuell auch schon mit der Befragung anfangen und erfahren so vielleicht, womit sich der junge Rifat so seine Zeit vertrieben hat.«

»Mit ›wir‹ meinst du hoffentlich nicht mich«, sagte Suleyman, während er sich eine Zigarette anzündete und den Mann, der an seiner Seite aufgetaucht war und ihm ein zerknittertes Päckchen Kondome andrehen wollte, demonstrativ ignorierte.

İkmen ließ sich nicht anmerken, dass er Suleymans Kommentar gehört hatte. Er hatte sich angewöhnt, die Dinge, mit denen er sich nicht beschäftigen wollte oder konnte, einfach aus seinem Gedächtnis zu verbannen. »Haben die Schwiegereltern deines Bruders nicht irgendeinen Laden im Mısır Çarşısı?«, wandte er sich an seinen Kollegen, als sie am kunstvoll verzierten Eingang zum Ägyptischen Basar vorbeigingen, der auch als Gewürzbasar bezeichnet wurde.

»Ja«, bestätigte Suleyman zurückhaltend. »Einen Kaviarimport, den meine Mutter als Lebensmittelgeschäft bezeichnet. Läuft gut und ist ziemlich griechisch.«

»Und sieht dein Bruder die Familie noch häufig? Ich meine, äh ...« İkmen wusste, dass der Tod von Suleymans Schwägerin noch immer ein sehr heikles Thema war, und stolperte völlig untypisch für ihn über seine eigenen Worte. »Ich meine, äh, seit Elena ...«

»Murads Schwiegereltern sind ihm eine große Hilfe. Da Murad jetzt in Beşiktaş arbeitet, kümmert sich seine Schwiegermutter jeden Tag um meine Nichte Edibe.« Und dann fügte er leise hinzu: »Was mehr ist, als man von Edibes türkischer Familie sagen kann.«

»Aber wieso?«, erwiderte İkmen, »Die Kleine verbringt doch ziemlich viel Zeit bei dir und den Cohens.«

»Als ich ›Edibes türkische Familie‹ sagte, meinte ich damit meine Eltern, Çetin«, sagte Suleyman mit Nachdruck.

»Oh.«

İkmen wusste aus Erfahrung, dass ein weiteres Gespräch über Suleymans Familie nach der Erwähnung dessen altmodischer osmanischer Eltern völlig unmöglich war, und verfiel daher in Schweigen. Nicht zum ersten Mal war er mehr als erleichtert, dass er selbst nur ein einfacher Bauernsohn von eher zweifelhafter albanischer Abstammung war, zumindest mütterlicherseits. Ayşe İkmen mit ihrem unerschöpflichen Fundus an rätselhaften albanischen Zaubersprüchen mochte zwar seit über vierzig Jahren tot sein, aber an Tagen wie diesem war sie im Geist zumindest eines ihrer Söhne sehr lebendig.

Während sie die Hasırcılar Caddesi, eine schmale, dicht bevölkerte Durchgangsstraße, passierten, fragte İkmen sich, wie gut die Türkischkenntnisse der Berisha-Familie wohl waren. Er hoffte, dass sie diese Sprache zumindest halbwegs fließend beherrschten. Denn da seine Mutter früh verstorben war und der Vater eine Abneigung gegenüber einer Sprache hegte, die er als Kauderwelsch von Verrückten bezeichnete, sprach Çetin İkmen nur sehr wenig albanisch. Abgesehen von ein paar weit verbreiteten Vorurteilen über den abergläubischen Charakter der Albaner wusste er nur eines über diese Menschen: dass sie mit großer Begeisterung einer Tradition anhingen, die sie als *gjakmaria* bezeichneten – Blutrache. Doch diese Gedanken beschäftigten ihn nicht sehr lange. Es erforderte seine ganze Aufmerksamkeit, sich durch die Menge schwer bepackter Käufer zu schieben und all den Handkarren und Wagen auszuweichen, die mit Mänteln, Socken, Tomaten und allem nur Erdenklichen beladen waren. Außerdem war es für jemand so Unsportlichen wie İkmen nicht gerade leicht, mit Suleyman Schritt zu halten. Erst als die Hasırcılar Caddesi schließlich in die Kutucular Caddesi überging, die Straße, in der die Berishas wohnten, drosselte der Jüngere allmählich sein Tempo.

Umgeben von winzigen Läden, die Elektrogeräte, Feuerzeuge, Knöpfe und Unterwäsche verkauften, spähten die beiden Männer angestrengt in die Eingangsbereiche zwischen den Geschäften, um die gesuchte Adresse zu finden. Sie wussten, dass diese Eingänge sowohl zu den Lagerräumen als auch zu den Wohnungen führten, die sich hinter den zerbröckelnden Fassaden aus dem siebzehnten Jahrhundert befanden. Vor allem İkmen wusste, dass sich über einem gut geführten und sauberen Elektrogeschäft durchaus eine Ansammlung feuchter und fast unbeschreiblich schmutziger Behausungen verbergen konnte.

Suleyman entdeckte als Erster die verblichene Hausnummer über dem dunklen Toreingang. »Da ist Nummer zweiunddreißig«, sagte er und rümpfte die Nase angesichts der kleinen Gruppe offensichtlich hier wohnender Halbstarker, die gierig seinen eleganten italienischen Anzug anstarrte. Forsch bahnte er sich einen Weg zur Treppe.

Bevor İkmen ihm folgte, glitt sein Blick über die Fenster in der oberen Wohnung. Hinter einer der Scheiben entdeckte er das bleiche Gesicht eines jungen Mädchens. Als sie ihn sah, hielt sie erschrocken die Hand vor den Mund und verschwand dann im Dunkel der Wohnung.

Während Mehmet Suleyman die Wohnung der Berishas betrat, saß ein älterer Mann, den einige Leute wehmütig als »Fürst Muhammed« bezeichneten, im Wartezimmer einer Arztpraxis und wartete darauf, ins Sprechzimmer gerufen zu werden. Groß gewachsen und ähnlich attraktiv wie sein Sohn, versuchte Muhammed Suleyman vergeblich, sich auf die Lektüre seiner Ausgabe von *Auf der Suche nach der verlorenen Zeit* zu konzentrieren – ein zum Scheitern verurteiltes Unternehmen, was unter diesen Umständen jedoch nicht weiter verwunderte. Ihm gegenüber saß ein sehr merkwürdiger Mann, der aus irgendeinem unerklärlichen Grund ständig das Wort »zwei« zu einer verschleierten Frau sagte, von der Muhammed annahm, dass es sich um die Mutter des Mannes handelte. Am Fenster hockte ein dünner Junge mit ausgehungerten Augen, während ein Furcht erregendes zahnloses Hutzelweib die Gruppe der Wartenden komplettierte. Alle vollkommen verrückt, mit Ausnahme von ihm selbst natürlich, dachte Muhammed. Hätte sein älterer Sohn Murad ihm nicht zu verstehen gegeben, dass Mehmet es mit dieser Psychiaterin ernst meinte, dann hätte er niemals einen Fuß in diese Praxis gesetzt.

Andererseits gingen geistig gesunde Menschen wohl nicht gerade häufig zum Psychiater, oder? Aber wahrscheinlich würde diese Ärztin – eine attraktive Blondine, nach dem zu urteilen, was er bisher von ihr gesehen hatte – seinen Mangel an bizarren Symptomen gar nicht zu schätzen wissen. Im Gegenteil: Sehr vermutlich würde sie äußert verärgert reagieren, wenn sie den wahren Grund für seinen Besuch erfuhr. Das Taxieren von Braut oder Bräutigam, die traditionelle Aufgabe des so genannten *görücü*, des Heiratsvermittlers, zählte nicht zu den Dingen, von denen Muhammed annahm, dass eine Ausländerin sie verstand. Diese Ärztin würde eine solche Vorgehensweise vermutlich als eine pure Verschwendung ihrer Zeit betrachten, und es war ja bekannt, wie sehr vor allem Menschen aus dem Westen jede Art von Zeitverschwendung hassten.

Auch Muhammeds Frau Nur würde toben, wenn sie erfuhr, was ihr Mann gerade machte, wenn auch aus anderen Gründen. Nicht nur, dass die Rolle des *görücü* traditionsgemäß von einer Frau übernommen wurde – erschwerend kam noch hinzu, dass Nur zurzeit ein äußerst gespanntes Verhältnis zu ihrem jüngeren Sohn hatte. Seit Mehmet sich vor zwei Jahren von seiner Frau, einer von Nurs energischen Nichten, getrennt hatte, hatten er und seine Mutter kaum ein Wort miteinander gewechselt. Selbstherrlich und nachtragend wusste Nur Suleyman stets besser, was für ihre aristrokratischen Söhne gut war – eine Einstellung, die im Laufe der Jahre das Verhältnis zu beiden Söhnen vergiftet hatte und zudem sehr merkwürdig war, wenn man bedachte, dass nicht sie, sondern ihr Ehemann aus einer adligen Familie stammte. Nur selbst kam aus einer recht aufstrebenden Bauernfamilie. Bei dem Gedanken daran musste Muhammed lächeln. Natürlich hätte er schon vor Jahren strenger mit ihr sein müssen …

Dr. Halman lächelte, als sie das zahnlose alte Weib in ihr Sprechzimmer führte. Während sie die Tür schloss, warf sie Muhammed zwar einen kurzen Blick zu, aber offensichtlich schien sie ihn nicht zu erkennen. Kein hässliches Gesicht, dachte Muhammed. Und obwohl Zelfa die Vierzig offensichtlich bereits überschritten hatte, war sie immer noch eine sehr schöne Frau. Aber ob sie nun seines Sohnes würdig war, konnte er erst beurteilen, wenn er mit ihr gesprochen hatte. Andererseits: Wenn Mehmet sie wirklich liebte, spielte es keine Rolle, ob sie seiner würdig war oder nicht. Ohne dass er es bemerkt hatte, war sein kleiner, lieber Junge zu einem Mann mittleren Alters herangewachsen, dachte Muhammed fast traurig. Mehmet war immer noch ziemlich attraktiv, doch bei den wenigen Gelegenheiten, zu denen sie sich überhaupt sahen, hatte Muhammed in den Augen seines Sohnes die ersten Anzeichen dafür entdeckt, dass er in seinem jungen Leben schon mehr gesehen hatte als gut für ihn war. Erst der jahrelange Umgang mit Toten … und dann auch noch das Erdbeben. Wie so viele Bewohner der nordwestlichen Region dieses Landes versuchte auch Muhammed jede Erinnerung an diesen schrecklichen Tag zu verdrängen. Aber als die kleine blonde Frau wieder aus ihrem Sprechzimmer trat – dieses Mal bat sie den merkwürdigen Mann und seine Mutter herein –, dachte Muhammed, dass dieses weiche, gut gerundete kleine Wesen möglicherweise genau das war, was sein Sohn brauchte, um die düsteren Schatten der Vergangenheit zu verbannen. Und als Dr. Halman ihn anlächelte, ertappte Muhammed sich dabei, wie er erfreut zurücklächelte.

Sofort danach verließ er jedoch das Wartezimmer. Es heißt immer, Mut gehöre zu den natürlich angeborenen Eigenschaften eines Fürsten. Bei Muhammed Suleyman war dies jedoch nicht der Fall.

# 4

Haben Sie irgendeine Ahnung, wer Ihrem Sohn hätte schaden wollen?«, wandte İkmen sich an Aliya Berisha, als das Ticken der alten Uhr in der Ecke allmählich seine geistige Gesundheit bedrohte.

»Nein.«

Genau wie die Antworten der anderen Familienmitglieder waren auch Aliyas Entgegnungen einsilbig und von einem starken Akzent geprägt. Nur die blutigen Spuren, die ihre Fingernägel auf ihren Wangen hinterlassen hatten, ließen ein wenig von dem Leid erahnen, das Mutter und Tochter durchmachten. Echte, wenn auch seltsam stumme Trauer einfacher Leute, fast so wie bei dem Drama, das er miterlebt hatte, als Fatmas Vater verstorben war. Ein rascher Blick auf Suleyman und dessen weit aufgerissene Augen verriet İkmen, dass sein Kollege so etwas noch nicht kannte.

İkmen betrachtete den Vater des Toten – die leblose Inkarnation eines verdrossenen Alten. Dabei musste Rahman Berisha gar nicht notwendigerweise alt sein. Mit seinem wettergegerbten, vom Leben enttäuschten Gesicht konnte er jedes Alter zwischen fünfzig und siebzig haben. »Möchten Sie dem, was Ihre Frau gesagt hat, noch etwas hinzufügen, Herr Berisha?«

»Nein.«

Selbst wenn die Antworten der Familie nicht so verdächtig schnell und wie aus der Pistole geschossen gekommen wären, hätte spätestens der rasche Blickwechsel zwischen Rahman und seiner Tochter İkmen darauf aufmerksam gemacht, dass hier irgendetwas nicht stimmte. Im Blick des Mädchens lag fast panische Angst. İkmen ließ sich jedoch nichts anmerken und behielt seine Vermutungen noch für sich.

»Sie wollen also sagen«, wandte sich der Inspektor wieder an den Vater, »dass Sie alles wissen, was es über Ihren fünfundzwanzigjährigen Sohn zu wissen gibt.«

»Zwischen Blutsverwandten gibt es keine Geheimnisse«, erwiderte der Albaner. Die Verwendung des Wortes »Blutsverwandte« an einer Stelle, wo İkmen selbst »Familienmitglieder« gesagt hätte, war dem Polizeibeamten nicht unbekannt, da er es bei seinen eigenen Verwandten schon einmal gehört hatte. Nichtsdestotrotz ließ der Ausdruck die Alarmglocken in seinem Kopf schrillen. Falls es sich bei Rifats Ermordung um das handelte, wonach es auf den ersten Blick aussah, dann wäre der Fall leicht zu lösen. Andererseits – das wusste İkmen aus Erfahrung – war genau dies auch ein Grund, mit umso mehr Bedacht vorzugehen. Denn die Dinge waren nicht immer das, was sie zu sein schienen.

Nach einer weiteren Pause, die endlos lange zu dauern schien, gelangte İkmen zu der Überzeugung, dass der traumatisierte Berisha zum jetzigen Zeitpunkt nicht mehr viel zur Klärung des Mordes an seinem Sohn beitragen konnte, und wandte sich einem Punkt zu, den die Familien der Opfer am meisten fürchten. Mit einem Blick auf Rahman, dem einzigen, der für diese Aufgabe in Frage kam, sagte İkmen: »Die Leiche muss noch offiziell identifiziert werden.«

»Warum?«

Einen kurzen Moment dachten beide Polizeibeamten, sie hätten sich verhört, und sahen einander zweifelnd an. Doch als wieder eine unangenehme Stille eintrat, räusperte Suleyman sich und beantwortete die Frage.

»Wir müssen wissen, ob das Opfer wirklich Rifat ist«, sagte er. »Selbst wenn die Papiere und die Beschreibung mit der Ihres Sohnes übereinstimmen, müssen wir Gewissheit haben. Es kommt hin und wieder vor, dass jemand einer Leiche falsche Papiere unterschiebt, um die Polizei auf eine falsche Fährte zu locken.«

»Dann werden Sie ihn also hierher bringen? Rifat?«, fragte

Aliya Berisha, während sie mit einer ihrer blutverkrusteten Hände über ihren gewölbten Bauch strich.

»Nein«, sagte İkmen, »Sie werden wohl oder übel ins Leichenschauhaus kommen müssen.«

»Nein.«

»Wie bitte?«

»Ins Leichenschauhaus, nein«, sagte die Frau, »nein.«

»So habe ich das auch nicht gemeint«, setzte İkmen an, da er zu wissen glaubte, warum Aliya Berisha sich weigerte: Es war durchaus denkbar, dass sie es als religiöse Frau ablehnte, einen nackten Körper des anderen Geschlechts zu sehen, selbst wenn es ihr eigener Sohn war. »Ich hatte eher daran gedacht, dass Ihr Mann ...«

»Nein.«

»Aber so hören Sie doch«, mischte Suleyman sich ein und beugte sich leicht vor, um die Wichtigkeit der Angelegenheit zu unterstreichen. »Wie ich Ihnen eben erklärt habe ...«

»Engelushjia wird mitgehen«, fiel die Frau ihm ins Wort und warf ihrer Tochter einen scharfen Blick zu – einem Mädchen von höchstens sechzehn Jahren.

»Aber ...«

»Ich werde mitkommen.« Ihre Worte klangen fest und entschlossen, obwohl İkmen und Suleyman sehen konnten, dass die Augen des Mädchens unruhig flackerten.

»Wenn Sie wirklich darauf bestehen.«

»Das tut sie«, antwortete ihr Vater für sie.

»Also gut.« İkmen betrachtete die Berishas. Ihnen ein Lächeln zu schenken, zeigte wenig Wirkung, wie er ziemlich rasch herausfand. Die gesamte Familie, inklusive der Frau des Vermieters – ebenfalls irgendeine Verwandte – war wieder in tiefes Schweigen versunken. Nur das Mädchen, dessen Gesicht kreidebleich war, schien irgendwie in Alarmbereitschaft, wenn nicht sogar völlig verängstigt zu sein. Wahrscheinlich war es tatsächlich das Beste, wenn sie ihren toten Bruder identifizierte, dachte İkmen. Er hoffte nur, dass es sie nicht zu sehr mitnehmen würde, wobei er im Grunde bereits wusste, dass das gar nicht zu vermeiden war. Selbst unter günstigsten Umständen boten Leichen keinen angenehmen Anblick, doch Rifat

Berishas sterbliche Überreste mit dem fast vollständig abgetrennten Kopf waren besonders unerfreulich anzusehen. Einen kurzen Moment stieg in İkmen eine Welle der Wut gegenüber dieser Familie auf, die ein junges Mädchen scheinbar gedankenlos einem solchen Horrorszenario aussetzte.

»Also dann«, sagte İkmen, während er sich mit den Händen auf seine Knie aufstützte und aufstand, »wenn wir die ganzen Formalitäten hinter uns bringen und die Ermittlungen im Fall Ihres Sohnes einleiten wollen …«

»Wann werden wir meinen Sohn begraben können?«, fragte Rahman, den Blick weiterhin unverwandt auf den Boden vor seinen Füßen gerichtet.

İkmen wusste, wie wichtig es für Moslems war, ihre Toten möglichst rasch zu beerdigen, und runzelte die Stirn, als er der traumatisierten Familie zu erklären versuchte, warum das in diesem Fall nicht so schnell möglich war. Ein Mord veränderte die üblichen Gebräuche in vielerlei Hinsicht – wie İkmen und Suleyman nur allzu gut wussten.

»Ich fürchte, Sie werden noch warten müssen«, sagte er ernst, »bis unser Pathologe die Todesursache festgestellt und dem Leichnam Ihres Sohnes möglichst viele Beweismittel entlockt hat. Die Körper der Opfer können uns häufig genügend Hinweise liefern, um das Umfeld der Ermittlungen beträchtlich einzugrenzen. Wie Sie wissen …«

»Wenn mein Sohn tot ist, was spielt das für Sie dann noch für eine Rolle?«

İkmen und Suleyman drehten sich zur Quelle dieses außergewöhnlichen Kommentars um: Aliya Berisha war aus ihrer Versteinerung erwacht.

»Wir glauben, dass Ihr Sohn ermordet wurde, Frau Berisha«, setzte Suleyman an.

»Und?«

Wieder erfüllte ein tiefes, undurchdringliches Schweigen den Raum, während İkmen kurz die Augen schloss, um etwas Abstand zu diesem seiner Ansicht nach extremen Fall von irrationalem Verhalten zu gewinnen, das durch das schwere Leid ausgelöst wurde.

»Mord ist ein Verbrechen«, sagte er schließlich langsam und

deutlich, als spräche er mit einer Gruppe von Kindern. »Und als Polizist ist es meine Aufgabe, dieses Verbrechen zu untersuchen und, wenn möglich, den dafür Verantwortlichen zu verhaften.«

»Bei uns zu Hause wendet man sich nur dann an die Polizei, wenn man keine Familie hat«, erwiderte Rahman Berisha leicht erregt. »Um solche Angelegenheiten kümmern wir uns selbst.«

İkmen wusste dank der gelegentlichen Kontakte zu seinen albanischen Verwandten, dass selbst nach dem Sturz von Albaniens korruptem kommunistischem Regime im Jahr 1992 das Land noch immer keine einheitliche Polizei- und Vollstreckungsbehörden besaß. Außerdem erinnerte er sich an eines der wenigen Dinge, die ihm sein verstorbener Vater über seine Mutter erzählt hatte: Ihre Belustigung bei dem bloßen Gedanken an ein albanisches Rechtssystem. Etwas Derartiges sei ein Widerspruch in sich, hatte sie offenbar damals gesagt.

»Das mag zwar in Albanien der Fall sein«, sagte İkmen, »aber wir sind hier in der Türkei. Und wenn in der Türkei ein Mann unter mysteriösen Umständen stirbt, sind Polizisten wie Inspektor Suleyman und ich zur Ermittlung verpflichtet.«

»Wenn Sie denn unbedingt wollen«, meinte Rahman Berisha mit einem Achselzucken.

»O ja, das wollen wir, Herr Berisha«, entgegnete İkmen, während er auf das Mädchen zuging. »Darauf können Sie sich verlassen.« Er streckte Engelushjia die Hand entgegen, und nach einem kurzen Blick auf ihren Vater ergriff das Mädchen sie und verließ mit den beiden Beamten die Wohnung.

Solange Engelushjia und die beiden Männer noch nicht aus der Tür waren, gab Aliya Berisha keinen Mucks von sich. Doch danach stieß sie mit vor Schmerz verzerrtem Gesicht einen Schrei aus, der allen, die ihn hörten, das Blut in den Adern gefrieren ließ.

Die beiden Pfleger mussten sich anstrengen, um die Bahre auf den Tisch zu heben. Das war für sie jedoch nichts Ungewöhnliches: Beide Männer wussten, dass der Tod den Körper eines Menschen häufig schwerer und unhandlicher erscheinen ließ.

Der ältere der beiden Pfleger öffnete den Reißverschluss des Leichensacks, während der Jüngere die beiden Seiten herunterzog, um die darin befindlichen sterblichen Überreste des jungen Mannes freizulegen. Dann schob Arto Sarkissian eine Metallbahre neben den Tisch, warf den beiden Männern einen Blick zu und fragte: »Fertig?«

»Ja, Doktor.«

»Eins …«

Die beiden Sanitäter schoben ihre Hände unter die Leiche und machten sich bereit.

»Zwei … drei.«

Mit einer fließenden, nahezu mühelosen Bewegung holten sie den Toten aus dem Sack heraus und legten ihn auf die Bahre. Nur die Fetzen seines einst weißen Hemdes flatterten ein wenig, bevor der Körper des toten Mannes schließlich auf dem Metalltisch zur Ruhe kam.

»Okay«, sagte Arto und postierte sich neben der Bahre.

»Sollen wir uns fertig machen, Doktor?«, fragte Ali Mertez, der ältere Pfleger.

»Ja, macht mal«, erwiderte der Pathologe, während er seine Brille hochschob, um die Leiche genauer zu betrachten. »Aber bleibt erst noch mal im Hintergrund, bis ich euch rufe. Wir können noch nicht sofort loslegen. Inspektor İkmen will mit der Schwester des Toten für die offizielle Identifizierung vorbeikommen. Sie müssten jeden Moment hier sein.«

»Sollten wir ihn dann nicht ein bisschen herrichten?«, fragte der jüngere Mann, Alis Neffe İsmet.

»Das ist doch Schwachsinn«, setzte sein Onkel an. »Du …«

»Bedauerlicherweise wird die junge Frau ihren Bruder in diesem Zustand sehen müssen«, sagte der Pathologe und schenkte dem noch unerfahrenen jungen Mann einen freundlichen Blick. »Dies sieht nach einem Mordfall aus, daher müssen wir die Leiche als eine Quelle von Indizienbeweisen behandeln. Wir können nichts weiter tun, als ihn mit einem sauberen Tuch zu bedecken. Solange Engelushjia Berisha das Gesicht ihres Bruders sehen kann …«

»Ich hole schnell ein Tuch«, sagte Ali und verließ rasch den Raum.

Auf diese Weise allein gelassen mit dem Armenier und der Leiche erschien İsmet seine eigene naive Bemerkung plötzlich peinlich und dumm, und er stammelte: »Tut mir Leid, Doktor Sarkissian, dass ich eben so schwer von Begriff war, aber ich, äh ... ich bin neu hier. Ich meine, ich finde die Arbeit interessant ...«

»Das ist doch schon mal was«, murmelte sein Vorgesetzter, während er mit Hilfe einer großen Pinzette die Fetzen des zerrissenen Hemdes beiseite legte.

»Werden Sie ...«

»Könntest du bitte mal einen Moment still sein, İsmet?«, sagte der Armenier und betrachtete den Körperteil, den man als Rumpf bezeichnete, wie İsmet inzwischen gelernt hatte. »Mmm.«

Es verstrichen ein paar Minuten, in denen sich der Pathologe dem Rumpf abwechselnd näherte und wieder davon entfernte, wobei er die ganze Zeit vor sich hin murmelte. Dabei berührte er die Leiche nicht ein einziges Mal. Vermutlich, bis die Autopsie begann, dachte İsmet.

Als Ali mit dem Tuch zurückkehrte, hatte Dr. Sarkissian sich von der Bahre entfernt und lehnte gegen eines der großen Waschbecken. Doch seine Augen ruhten unverwandt auf der Leiche – genau wie İsmets. Allerdings wusste Letzterer nicht, warum. Während Ali Mertez den Leichnam mit dem Tuch abdeckte, sagte der Pathologe plötzlich: »Ich glaube, das wird eine interessante Autopsie werden.«

»Ach ja? Warum denn, Doktor?«, fragte Ali.

»Weil dieser Mann eine größere Operation hinter sich hat«, erwiderte Arto Sarkissian, »und zwar eine von der Sorte, die man nicht häufig zu sehen bekommt.«

Als Samsun Bajraktar die Rollos vor den Fenstern in der Wohnung herunterzog, die sie seit kurzem als *ihre* Wohnung zu bezeichnen wagte, dachte sie wieder einmal, wie glücklich sie war. In den fast sechsundfünfzig Jahren ihres Daseins hatte es nichts gegeben, was auch nur in die Nähe dieses eigenen kleinen Paradieses gekommen wäre. Und das alles verdankte sie der Güte und der Schönheit dieses großen, starken Mannes, der genau in diesem Augenblick unten im Ledergeschäft für ihre gemeinsame Zukunft arbeitete – ein weiterer Beweis dafür, welch wundersame Wendung ihr Leben genommen hatte.

Abdurrahman, Händler von Lederwaren in jeder erdenklichen Farbe, ehemaliger Ringkämpfer und zehn Jahre jünger als sie – allein sein Name ließ ihr Herz bereits schneller schlagen, ganz zu schweigen von seinen kräftigen, dunklen Muskeln, seinem Körper, der wie eine Marmorstatue glänzte, seinem ... Nein, dachte sie mit für sie eher untypischer Sittsamkeit, lieber nicht daran denken, was sie sonst noch an Abdurrahman liebte und begehrte. Später war noch genügend Zeit dazu. Sie lächelte. Wenn der Laden schloss, würde sie das tun, wofür Abdurrahman sie besonders liebte. Und in der Dunkelheit, wenn ihr Kleid und ihr Schmuck auf den Boden am Fuße ihres Bettes glitten, würden sie und Abdurrahman beide Lust schenken und empfangen, einer dem anderen und umgekehrt, als gleichberechtigte Partner – so wie es sein sollte und wie Samsun es sich immer erträumt hatte.

Nachdem sie die Rollos heruntergelassen und damit das hektische Treiben ausgesperrt hatte, das die Schließung des gegenüberliegenden Bazars Kapalı Çarşı begleitete, ging Samsun hinüber ins Schlafzimmer und entzündete die Kerzen in dem Leuchter, der auf ihrer Frisierkommode stand. Mit geschlossenen Augen murmelte sie ein paar Beschwörungen in einer Sprache, die in dieser Stadt nur wenige Menschen verstanden, und kommunizierte mit Wesen, die sich noch weniger Menschen vorstellen konnten. Wesen, die den Fortbestand ihrer Beziehung zu ihrem Geliebten gewährleisten würden, sofern man sie auf angemessene Weise beschwichtigte. Und obwohl sie während der Beschwörungszeremonie jeden Moment hätte unterbrochen werden können, wurde wie von Zauberhand erst in dem Moment an die Wohnungstür geklopft, als sie ihr Ritual beendet hatte. Als Samsun die Tür öffnete, fiel ihr Blick auf eine kleine, zerzauste Gestalt, die lächelte, als sich ihre Augen trafen.

»Çetin!«, rief Samsun und bückte sich, um ihren Cousin in ihre mächtigen Arme zu schließen. »Das ist aber eine nette Überraschung! Komm rein!«

Lächelnd trat der Inspektor über die Schwelle, nachdem er seine Schuhe ausgezogen hatte.

»Du siehst gut aus«, sagte er und betrachtete seine Verwandte wohlwollend. »Onkel Ahmet sagte, du hättest, äh, jemanden, äh, kennen gelernt …«

Samsun kicherte und errötete sichtlich, fast wie ein kleines Mädchen. »Abdurrahman«, sagte sie und hob ihre Stimme, während sie den Namen ihres Geliebten aussprach. »Ihm gehört der Laden unten.«

İkmen, der einen wohlproportionierten Mann in dem Ledergeschäft bemerkt hatte, nickte. »Ja, ich glaube, ich habe ihn beim Hereinkommen gesehen.«

»Er ist sehr stark«, sagte Samsun, während sie İkmen in ein Zimmer führte, das an das Boudoir einer Professionellen erinnerte – es fehlte lediglich das Bett. Rote und schwarze Fransen, so weit das Auge reichte. İkmen setzte sich und schluckte einmal heftig, bevor er sich eine seiner unvermeidlichen Maltepe-Zigaretten anzündete. Es fiel ihm nicht leicht, mit Samsun in einem Raum zu sein, sosehr er sie auch mochte. Aus den unterschiedlichsten Gründen hatten sich die albanischen Verwandten seiner Mutter immer als schwierig erwiesen, und obwohl Samsun – genau wie Ayşe İkmen – eine renommierte Wahrsagerin war und İkmen sie gut kannte, war sie doch eine recht ungewöhnliche Frau. Bis zum Alter von etwa zwanzig Jahren, als sie sich einer Gruppe stadtbekannter Gleichgesinnter anschloss, war Samsun als Mustafa Bajraktar durchs Leben gegangen. Heute, eine stattliche Anzahl teurer operativer Eingriffe in Italien später, war aus Mustafa Samsun geworden, die mit Abdurrahman zusammenlebte, einem Kerl, der İkmen irgendwie an einen spanischen Kampfstier erinnerte.

»Ich könnte dir eine Tasse Sahlep machen, um dich ein wenig aufzuwärmen«, sagte Samsun, während sie einen sauberen Aschenbecher auf den Beistelltisch vor İkmen stellte.

»Danke für das Angebot«, erwiderte İkmen mit einem Lächeln, »aber wenn ich dir jetzt erzähle, dass ich gerade aus dem Leichenschauhaus komme, würdest du mir dann auch ein etwas stärkeres Getränk anbieten?«

Samsun lächelte. »Wie wäre es mit einem Kanyak?«

»Alte Laster schmecken doppelt süß«, entgegnete İkmen und ließ sich nach hinten in die Tiefen des riesigen roten Sofas sinken.

Nachdem sie in die Küche verschwunden war, kehrte Samsun nach wenigen Minuten mit einer großen, goldfarbenen Flasche und zwei Gläsern zurück. Ihre Fähigkeit, all diese Gegenstände in einer einzigen Hand zu tragen, entlockte İkmen ein Lächeln.

»So«, sagte Samsun, während sie sich setzte und die beiden Gläser füllte, »was führt denn nun Istanbuls berühmtesten Mordkommissar zu einer Exprofessionellen wie mir?«

Obwohl sie beide aus ein und derselben Familie stammten, hatte Samsun ihrem Cousin nie hundertprozentig getraut. Die Tatsache, dass er nur Halbalbaner war und außerdem bei der Polizei arbeitete, weckte in ihr das Bedürfnis, noch einmal zu betonen, dass sie eine *Ex*prostituierte war. Zwar waren İkmen – anders als Samsun glaubte – diese Details herzlich egal, aber er hatte sich im Laufe der Jahre an Samsuns Eigenarten gewöhnt und sie als unabänderbar akzeptiert. Genau wie das Bild des genialen Ermittlers, das Samsun sich von ihm gemacht hatte, zeigte auch diese Haltung eher Samsuns eigene geschraubte Sicht der Welt und aller darin befindlichen Personen.

Wie es seine gänzlich untürkische Gewohnheit war, kam İkmen direkt zur Sache. »Ich möchte etwas über *gjakmaria* erfahren, Samsun«, sagte er. »Ich muss unbedingt wissen, wie das funktioniert.«

Samsun reichte İkmen ein Glas Weinbrand und nahm dann selbst einen großen Schluck aus ihrem eigenen Glas.

»Ich bin gerade mit einem Fall beschäftigt, bei dem diese Blutrache möglicherweise eine Rolle spielt«, fuhr İkmen fort und versuchte vergeblich, in Samsuns niedergeschlagene Augen zu schauen.

»Falls Albaner in eine *gjakmaria* verwickelt sind, gibt es für euch – die Polizei – keinen Platz darin«, sagte Samsun und wiederholte damit, was ihm schon Rahman Berisha zu verstehen gegeben hatte. »Vor allem, wenn es sich um Ghegen handelt.«

»Ghegen?«

Sie warf ihm einen geringschätzigen Blick zu. »Du weißt wirklich nicht viel, richtig?« Dann seufzte sie und fuhr fort: »Ghegen stammen aus dem Norden, aus Ghegerien. Sie sind ein echtes Bergvolk, sehr traditionell. Lek Dukagjini, der unter anderem die Gesetze der *gjakmaria* aufgestellt hat, in einem Buch, das wir als das Kanun bezeichnen, war ein Ghege. Die Tosken im Süden sind dagegen offener.«

»Und du bist ein …?«, fragte İkmen.

»Genau wie deine Mutter gehöre ich zu den Ghegen«, erwiderte Samsun.

»Aber du bist derzeit nicht in eine *gjakmaria* verwickelt, nehme ich an …«

»Dein türkischer Vater muss dir doch erzählt haben, dass dies zu unserer Tradition gehört.«

»Also …«

»Was unsere Familie betrifft, haben wir alle unsere Streitigkeiten beigelegt, bevor wir in dieses Land kamen.« Sie lächelte kurz. »Ich habe noch nie ein blutbeflecktes Hemd im Fenster eines unserer Verwandten gesehen, Çetin.«

»Das blutbefleckte Hemd bedeutet …?«

»Dass ein toter Mann darauf wartet, gerächt zu werden. Es gibt einige Dörfer in der alten Heimat, da hängt in jedem Fenster so ein Hemd.«

»Kein Wunder, dass Großvater sich entschloss auszuwandern«, sagte İkmen spitz.

Samsun seufzte und lehnte sich in ihrem Sessel zurück. »Wenn du es wirklich mit einer Blutfehde zu tun hast, Çetin, dann wird der ›Fall‹, an dem du gerade arbeitest, nicht das Ende der Geschichte sein. Falls Blut vergossen wurde, muss dieses Blut gerächt werden. Das sind stille, aber tiefe Wasser, Çetin, durchmischt mit einer Überlieferung und Tradition, die du kaum verstehst. Und als Polizist wirst du da überhaupt nichts ausrichten können. Natürlich kannst du der ganzen Sippe mit der Todesstrafe drohen – doch das wird am Ergebnis absolut nichts ändern.«

İkmen nahm einen tiefen Schluck von seinem Drink und stellte das leere Glas zurück auf den Beistelltisch. »Also, mal

angenommen, dass ich es tatsächlich mit einer Blutfehde zu tun habe, mit anderen Worten mit einer Sippe, die an Blutrache denkt, was genau passiert dann als Nächstes?«

»Wenn das Hemd aufgehängt ist, weiß der gegnerische Clan, dass es jetzt ernst wird. Sämtliche männlichen Mitglieder verlassen dann ab sofort das Haus nicht mehr.«

Das kam İkmen bekannt vor, und er erinnerte sich an Rahman Berishas ernste Miene. Und das wiederum führte ihm den entsetzten Ausdruck im Gesicht von Rahmans Tochter erneut vor Augen, als sie den bis auf den Kopf übel zugerichteten Körper ihres toten Bruders gesehen hatte – ein Mädchen, fast noch ein Kind, das den harten Gesetzen ihrer »Blutsverwandten« Folge zu leisten hatte.

»Was auch immer sie dir in dieser Sache erzählen – du solltest es mit großer Vorsicht genießen«, fuhr Samsun fort. »Es gibt bei uns eine Redensart: ›Du kannst dich an dein Wort halten; du kannst dich aber auch nicht daran halten.‹« Bei diesen Worten stieß Samsun ein Lachen aus – ein trotz aller Operationen auffällig dunkles Lachen.

Nachdem ihm die volle Bedeutung von Samsuns Worten bewusst geworden war, sagte İkmen nach einer Weile: »Natürlich versuche ich, keine voreiligen Schlüsse zu ziehen. Dieser Fall mag etwas mit einer Blutfehde zu tun haben, möglicherweise aber auch vollkommen unabhängig davon sein.«

»Eine vernünftige Einstellung«, erwiderte Samsun und füllte İkmens Glas erneut. »Die Berishas leben schon solange sich irgendjemand aus Ghegerien erinnern kann in einer Blutfehde mit der Vlora-Sippe.«

»Bei Allah!«, stieß İkmen hervor. Es erstaunte ihn, dass Samsun solch intime Details über seinen Fall wusste und auch noch preisgab. »Aber wie um alles in der Welt …«

»Wir sind Albaner, Çetin.« Die Transsexuelle lächelte. »Wir sind an Tragödien gewöhnt. Solche Nachrichten machen schnell die Runde. Die Cousine der Familie, Mimosa Özer, erzählt überall herum, dass Rifat Berishas Kopf fast vollständig vom Körper abgetrennt wurde. Das würde allerdings darauf hinweisen, dass es sich bei dem Tod nicht um eine Blutracheaktion handelt.«

»Und wieso?«, fragte İkmen, nachdem es ihm gelungen war, seinen weit offen stehenden Mund wieder zuzuklappen.

»Weil es unehrenhaft ist, den Kopf eines Mannes abzutrennen«, sagte Samsun und fügte mit einem Achselzucken hinzu: »Was die Berishas natürlich nicht davon abhalten wird, Rifat zu rächen. Ich bin mir sogar sicher, dass jetzt in diesem Moment bereits Pläne geschmiedet werden, um ein Mitglied der Vlora-Sippe umzubringen. Und ich empfehle dir, den Fall schnellstmöglich einem unbefangenen Kollegen zu übertragen – diesem niedlichen Suleyman zum Beispiel.« Dann beugte sie sich vor und sah İkmen direkt ins Gesicht. »Denn du magst ja der Meinung sein, du wärst durch und durch Türke, aber wenn irgendeiner von der Berisha- oder Vlora-Sippe herausfindet, dass auch du ›einer von ihnen‹ bist, könntest du schon bald in großen Schwierigkeiten stecken, mein kleiner Cousin.«

# 5

Obwohl Mehmet Suleyman das Gewicht von Zelfas warmem, nackten Körper auf seiner Brust als tröstlich empfand, konnte er das Bild von Engelushjia Berishas entsetztem Gesichtsausdruck dennoch nicht vollständig aus seinem Gedächtnis löschen. Als das Mädchen sah, was ihrem Bruder Rifat angetan worden war, hatte sie sich zuerst übergeben und dann so lange und laut geweint, dass Dr. Sarkissian sich gezwungen sah, ihr ein Beruhigungsmittel zu geben. Armes Mädchen. Mehmet wurde noch immer ganz wütend bei dem Gedanken, dass ein so junger Mensch von seinen gewissenlosen Eltern zu dieser Aufgabe gezwungen worden war.

Doch als Zelfa sich allmählich aus ihrer postkoitalen Erstarrung löste, konzentrierte er sich voll und ganz auf ihre ansehnliche Figur.

»Ich brauche eine Zigarette«, sagte Zelfa und erhob sich abrupt aus dem zerwühlten Bett.

»Ach nein, bleib noch ein bisschen so liegen«, sagte Mehmet, während er sie an der Schulter festhielt und wieder auf seine Brust zurückzog. »Mir wird kalt, wenn du gehst.«

Um sie zu überzeugen, drückte er seinen Mund fest und hart auf ihre Lippen. Und während sie sich erkunden und schmecken ließ, vergaß Zelfa sofort jeden Gedanken an eine Zigarette.

Als er seine Umarmung schließlich ein wenig lockerte, sah er sie mit einem begehrlichen Blick an. »Du bist so warm und weich …«

»Ich schätze mal, das hängt mit meiner Menopause zusammen«, erwiderte sie und drehte sich mit einem Lachen zur Bettkante, um nach ihren Zigaretten und ihrem Feuerzeug zu angeln.

»Ich weiß wirklich nicht, warum du dieses Thema immer wieder ansprichst«, erwiderte ihr nun leicht verärgerter Geliebter. »Das ist so unromantisch. Warum tust du das, Zelfa?«

Nachdem sie erst eine Zigarette für sich selbst und dann eine für ihn angezündet hatte, sagte sie: »Also, erstens weil ich Ärztin bin und mich zwangsläufig mit derlei Dingen auseinander setze.«

»Ja? Und noch?«

»Und weil ...«, sie rückte etwas näher, damit sie ihm direkt in die Augen sehen konnte, »weil ich dich darauf aufmerksam machen möchte, Mehmet. Die ersten Anzeichen lassen sich dafür bei mir schon feststellen; ich habe zugenommen, bekomme Hitzewallungen, hatte letzten Monat meine Periode nicht ... Ich bin Ärztin, ich kenne mich damit aus. Du und ich, wir können es treiben wie die Karnickel, aber die Wahrscheinlichkeit, dass wir noch Kinder bekommen, ist sehr gering.«

»Verstehe.« Verärgert richtete er sich ein wenig auf. Er wirkte sehr sexy, wenn er mit geringschätzigem Gesichtsausdruck an einer Zigarette zog, dachte sie. »Aber ich habe dir schon zigmal gesagt, dass du mir wichtiger bist als Kinder.«

»Du musst dir deiner Sache wirklich sehr, sehr sicher sein, Mehmet.«

»Ja, das weiß ich, und das bin ich auch«, sagte er, wobei seine Stimme mit zunehmender Verärgerung lauter wurde, »obwohl es mich rasend macht, dass du mich dauernd aufforderst, über meine Gefühle zu dir nachzudenken. Anscheinend glaubst du, ich wäre nicht in der Lage, selbst zu wissen, was ich wirklich will.«

»Ich weiß, dass du dazu in der Lage bist, Mehmet, aber ...«

»Ich bin nicht einer deiner Patienten!« Er hatte sich jetzt vollständig aufgerichtet und schenkte ihr einen wütenden Blick aus seinen aristokratischen Augen. »Ich entstamme einer langen Reihe von Ahnen, die immer genau wussten, was sie wollten – sie haben dieses Land und das ganze Reich regiert! Das

Fällen von Entscheidungen ist uns zur zweiten Natur geworden, und daher habe ich beschlossen, dass ich dich heiraten möchte, Zelfa. Und du kannst dir ziemlich sicher sein, dass es das ist, was ich will!« Er drehte sich zur Seite, um die Zigarettenasche am Aschenbecher abzustreifen, wie Zelfa annahm, aber als er sich wieder umdrehte, waren seine Hände leer.

»Mehmet …«

Mit einer schnellen Bewegung schob er sich über sie und drückte sie mit seinem großen, dunklen Körper auf das Bett.

»Weißt du eigentlich, wie oft ich am Tag daran denke, mit dir zu schlafen?«, fragte er, während seine Lippen dicht über ihrem Mund schwebten. »Oder wie oft ich mir dein Lachen vorstelle oder mir deine geistreichen Bemerkungen noch mal durch den Kopf gehen lasse?«

Sie sah, dass seine Augen vor Leidenschaft ganz dunkel geworden waren, und sagte beschwichtigend: »Mehmet …«

»Ich liebe dich«, sagte er. »Ich liebe deine liebenswerte Art und deine Intelligenz und deine Schönheit, und ich weiß zwar, dass du diese kleinen Rundungen an deinen Hüften hasst, aber …«

»Aber ich muss sicher sein, dass du mich nicht verlässt, Mehmet!«, erwiderte sie mit einer Verzweiflung in der Stimme, die sie ihm eigentlich nicht hatte offenbaren wollen. »Denn wenn wir erst verheiratet sind und du mich dann verlässt …«

»Man verlässt das, was man anbetet, nicht, du dummes Weib!«

Im nächsten Moment drehte Mehmet sich von Zelfa weg, als würde er von den Worten fortgetrieben, die er seinerseits nicht hatte preisgeben wollen, und blieb schweigend auf dem Rücken liegen.

So verstrichen ein paar Minuten völliger Stille, während sie beide an die von starken Rissen überzogene Decke in Zelfas Schlafzimmer starrten, die die Erinnerungen an die jüngsten Erschütterungen der Erde wieder wachriefen. Die mit diesen Erinnerungen verbundene Trauer ließ ihren Geist etwas zur Ruhe kommen.

Schließlich brach Zelfa das Schweigen. »Ich würde wirklich gerne ›Ja‹ sagen, verstehst du?«, sagte sie leise. »Aber ich brau-

che einfach noch ein paar Tage, um mir über die Konsequenzen noch einmal ganz klar zu werden.«

»Welche Konsequenzen?«

»Na zum Beispiel die Tatsache, dass ich, wenn ich dich heirate, nie wieder in Irland leben werde.« Sie drehte sich zu ihm um und lächelte. »Ich weiß, dass wir jederzeit dorthin zu Besuch fahren können, aber …«

»Irgendwie werde ich das Gefühl nicht los, deine ganzen Grübeleien bedeuten lediglich, dass du mich nicht liebst«, sagte er, wobei sein Gesicht jetzt besorgt und angespannt wirkte.

Zelfa nahm sein Gesicht in ihre Hände und küsste ihn. »Aber das tue ich, Mehmet. Ich liebe dich wirklich, aber ich muss erst alle Konsequenzen abwägen, bevor ich mich binde.«

Langsam zeichnete sich ein kleines, wenn auch trauriges Lächeln auf seinem Gesicht ab. »Ich weiß, ich weiß.«

»Wenn du wüsstest, wie sehr ich dich tatsächlich liebe, würde dir das eine Heidenangst einjagen«, sagte sie und schob ihre Hände, als wolle sie ihre Aussage bekräftigen, langsam über seine Brust hinunter in Richtung seines Unterleibs.

Er lächelte.

Genau das gleiche Lächeln wie bei diesem Patienten mit dem Nachnamen Suleyman, der bei ihr im Wartezimmer gesessen hatte, aber dann plötzlich verschwunden war. Muhammed Suleymans Probleme hatten sich offensichtlich in Luft aufgelöst, oder der alte Herr hatte sich entschlossen, seine Verabredung mit der Geliebten seines Sohn platzen zu lassen – falls Mehmet wirklich sein Sohn war. Aber bei diesem Lächeln musste er wohl der Vater sein, oder? Obwohl sie nicht wusste, woher der alte Mann, zu dem Mehmet nach eigener Aussage nur wenig Kontakt hatte, von ihr überhaupt wusste. Doch während sie ihren Liebsten streichelte, beschloss Zelfa, dass es vielleicht nicht der richtige Moment war, um sich über derlei Dinge Gedanken zu machen.

Orhan Tepe hatte einen langen, schweren Tag hinter sich. Nachdem er den Ort gesichert hatte, von dem sie nun wussten, dass es sich nur um die Fundstelle von Berishas Leiche, nicht aber um den eigentlichen Tatort handelte, war er Dr. Sar-

kissian und der Leiche in die Pathologie gefolgt. Da er erst kurz nach der offiziellen Identifizierung durch die Schwester des Opfers dort eintraf, hatte er İkmen nur kurz gesehen, der das aufgelöste junge Mädchen zusammen mit Suleyman nach Hause brachte. İkmen und Suleyman, dachte er traurig, schienen sich immer noch so gut miteinander zu verstehen wie zu der Zeit, als Suleyman noch für den Alten gearbeitet hatte. Die zwei waren ein Team gewesen, echte Partner, und zwar auf eine Weise, wie es zwischen ihm und İkmen nie sein würde, das wusste Tepe. Zwar ermittelten er und İkmen noch nicht so lange zusammen, gerade einmal ein Jahr. Aber in diesem Jahr, das spürte Tepe, hatte sein Vorgesetzter getrauert – getrauert wegen der Beförderung seines engsten Verbündeten. Dazu kam das Trauma des jüngsten Erdbebens, unter dem sie alle zu leiden hatten. Nahm man dies alles zusammen, war es leicht zu verstehen – wenn auch bitter für ihn –, warum es für einen »Neuling« wie ihn nicht einfach war, an İkmen heranzukommen. Aber diese Gedankenkette half ihm auch nicht weiter, dachte Tepe. İkmen würde ihm entweder eines Tages entgegenkommen oder eben auch nicht – das lag ausschließlich in Allahs Hand.

Orhan trank von dem Tee, den Ayşel ihm gegeben hatte, bevor sie sich hingelegt und zu schlafen versucht hatte; Cemal würde sie ohne Zweifel in den frühen Morgenstunden wecken, um gestillt zu werden. Orhan liebte sein Kind sehr, aber er fragte sich auch ernsthaft, wie seine Frau es wohl schaffen sollte, noch ein solches, derart hyperaktives Kind zu ertragen – falls sie sich das finanziell überhaupt leisten konnten. Bedauerlicherweise bedeutete ein Wohnsitz in einem aktiven Erdbebengebiet keineswegs, dass die Mieten niedrig oder auch nur stabil waren. Die Entscheidung, eine Stelle als schlecht bezahlter Polizeibeamter anzunehmen und dazu auch noch in den Diensten des absolut unbestechlichen Inspektor İkmen, zählte wahrscheinlich nicht zu seinen cleversten Schachzügen. Nicht dass er dafür bekannt war, immer die richtigen Entscheidungen zu treffen: Die letzte aus einer Reihe von Fehlentscheidungen, eine im Nachhinein irgendwie schal anmutende Affäre mit einer Kollegin, bereitete ihm immer noch ziemliche Kopfschmerzen. Er schob den unangenehmen Ge-

danken an derlei unlösbare Probleme beiseite und konzentrierte sich wieder auf den Fall.

Obwohl er normalerweise nicht an Autopsien teilnahm, war er bei der von Rifat Berisha zugegen gewesen. Dr. Sarkissian hatte während der ganzen Zeit nur mit seinen Assistenten gesprochen, doch als İkmen von der Wohnung der Berishas in die Pathologie zurückgekehrt war, hatte der Arzt einen Teil seiner Beobachtungen preisgegeben. Wie sie bereits wussten, war Rifat Berisha infolge des großen Blutverlusts gestorben, der durch die tiefen Schnittwunden im Hals entstanden war. Bei der Waffe konnte es sich entweder um ein Jagdmesser handeln oder eine ähnliche glatte Klinge, die der Täter dann wie eine Säge geführt hatte, bis das Opfer fast vollständig enthauptet war, fuhr der Pathologe fort. Seiner Vermutung nach musste der Täter kräftig und wahrscheinlich wütend gewesen sein, aber nicht notwendigerweise jemand mit enormer Körperkraft. Interessanterweise, so der Pathologe, waren sowohl die Wunde als auch das Gesicht des Opfers mit kleinen, aber sichtbaren Glasscherben übersät. Und obwohl die Messerschnitte zweifellos die Todesursache waren, hatten die Scherben Berishas Gesichtshaut zerschnitten und das Chaos aus Gewebe und Blut, das einst sein Hals gewesen war, zusätzlich verschlimmert.

Der Mangel an Blut an der Fundstelle deutete darauf hin, dass Rifat an einem anderen Ort umgebracht worden sein musste. Des Weiteren waren die Schlagverletzungen, die das Opfer erlitten hatte – entweder auf der Reşadiye Caddesi oder kurz bevor es dorthin geschafft wurde –, ihm erst nach dem Tod beigebracht worden, erläuterte Dr. Sarkissian. İkmen wollte nach Zeugen suchen lassen, die vielleicht irgendetwas Ungewöhnliches in den frühen Morgenstunden beobachtet hatten, aber angesichts des dichten Nebels in jener Nacht schien es unwahrscheinlich, dass viele Leute unterwegs gewesen waren.

Doch wesentlich interessanter als all diese Details erschien Orhan die gewaltige, ebenfalls mit Blutergüssen bedeckte Narbe, die der Pathologe ihnen auf der linken Seite von Rifats Rumpf gezeigt hatte. Die verheilte Wunde war identisch mit der Art von Narbe, die man nach einer Nierentransplantation

erwarten würde. Und tatsächlich hatte die Autopsie bestätigt, dass der junge Rifat Berisha nur noch eine Niere besaß. Sein Körper war an der Flanke sorgfältig aufgeschnitten und später wieder vernäht worden. Dr. Sarkissian war voll des Lobes für den unbekannten Chirurgen gewesen, der diese Operation durchgeführt hatte. Es blieb allerdings die Frage, warum einem scheinbar gesunden jungen Mann wie Rifat überhaupt ein Organ hatte entfernt werden müssen. Ohne erkennbare Anzeichen für eine Krankheit, fuhr der Arzt fort, bestand natürlich die Möglichkeit, dass Berisha eine seiner gesunden Nieren verkauft hatte. Orhan wusste, dass in seinem Land der Handel mit gesunden Organen nicht gerade selten vorkam und meistens zwischen armen Bürgern der Türkei und ausländischen Käufern stattfand. Der Eingriff wurde in der Regel im Ausland vorgenommen, wobei der »Verkäufer« für einen Kurztrip nach London oder Rom oder in eine andere westeuropäische Stadt fuhr. Allerdings ließen sich diese Fälle nur schwer nachweisen. Sowohl die türkische als auch die Polizei in den jeweiligen anderen Ländern standen vor dem Problem, dass, solange alle an der Transaktion beteiligten Parteien zufrieden waren, derartige illegale Operationen ungehindert weiter unternommen werden konnten. Und, so hatte der Pathologe hinzugefügt, ein armer Albaner wie Rifat war ein geeigneter Kandidat für diese Art von Geldbeschaffung. Für jemanden, dessen Mutter selbst Albanerin war – wie Orhan an diesem Tag erfahren hatte –, klang İkmens anschließender Kommentar ziemlich abgebrüht. »Was will man von Leuten erwarten«, hatte er gesagt, »die geradezu süchtig danach sind, ständig im Streit miteinander zu liegen?«

Was das genau zu bedeuten hatte, wusste Orhan nicht, aber falls Rifat Berisha eine seiner Nieren verkauft hatte, dann mussten er und seine Familie in einer wirklich verzweifelten Lage gewesen sein. Und Menschen in verzweifelten Situationen waren leichte Opfer und schutzlos ausgeliefert, nicht nur den Bedürfnissen reicher Ausländer, sondern auch den Launen und Wünschen einer ganzen Reihe von zwielichtigen Gestalten. Es wäre interessant zu erfahren, ob Rifat unter Drogeneinwirkung stand, als er starb. Die toxikologische Untersuchung würde

ergeben, ob an dem Vorurteil, dass Albaner häufig in Drogengeschäfte verwickelt waren, etwas dran war.

Das Klingeln seines Mobiltelefons durchkreuzte Tepes Gedanken.

»Ja, bitte?«

»Orhan? Hier ist Inspektor İkmen«, sagte eine vertraute Stimme. »Ich rufe an, weil ich Sie informieren wollte, dass ich gerade ein Überwachungsteam für die Wohnung der Berishas zusammenstelle, zu dem auch Sie gehören sollten. Ich möchte, dass Sie morgen so früh wie möglich auf die Wache kommen.«

Tepe runzelte die Stirn. Es war höchst ungewöhnlich, in diesem frühen Stadium der Ermittlungen die Wohnung des Opfers überwachen zu lassen. Aber er wusste aus Erfahrung, dass es in der Regel ein Fehler war, İkmens Anweisungen zu hinterfragen. Am Ende war man meist selbst der Dumme, selbst wenn der Alte noch so bizarre Ideen hatte.

»In Ordnung.«

»Ich werde Ihnen alles Weitere morgen früh erklären«, sagte İkmen und fügte, für Orhans Geschmack, etwas steif hinzu: »Eine interessante Autopsie heute, oder?«

»Ja, Chef.«

»Mmm.« Und nach einer Weile, als ihm entweder nichts mehr einfiel oder es ihm peinlich war, seinen Untergebenen zu so später Stunde noch zu stören, sagte İkmen schließlich: »Also gut, das wär's dann, Orhan. Ich seh Sie dann morgen früh.«

»Geht klar, Chef.«

Als İkmen auflegte, hörte Tepe noch einen Moment das Summen der unterbrochenen Telefonverbindung. Er hatte nicht die geringste Ahnung, was der Alte im Schilde führte, aber es musste einen triftigen Grund dafür geben, dass er die Wohnung der Berishas beschatten lassen wollte. Die Ergebnisse der toxikologischen Untersuchung konnten unmöglich bereits vorliegen, aber vielleicht hatte der Pathologe oder die Gerichtsmedizin irgendetwas gefunden, was die Berishas selbst oder jemanden aus dem Umfeld der Familie mit Rifats Tod in Verbindung brachte. Schließlich war der Schoß der Familie nicht immer der sicherste Ort auf Erden, so viel wusste selbst Orhan, auch wenn er noch nicht über so viel Berufserfahrung verfügte wie İkmen.

Obwohl er daran dachte, Mehmet Suleyman anzurufen, nachdem er mit Orhan Tepe gesprochen hatte, widerstand İkmen diesem Impuls. Suleyman war um diese Zeit wahrscheinlich schon im Bett, und außerdem bestand immer die Gefahr, dass ein nächtlicher Anruf, selbst auf Mehmets Handy, den armen, alten Cohen aus dem Schlaf reißen konnte. Seit der Amputation beider Beine ab dem Knie, die ihn fast vollkommen bewegungsunfähig machte, fand Exhauptwachtmeister Balthasar Cohen trotz einer ganzen Reihe schmerzstillender Medikamente und Beruhigungsmittel in letzter Zeit nur selten Schlaf. Aufgewühlt von den quälenden Visionen vergangener und möglicher zukünftiger Erdbeben – ganz zu schweigen von dem Trauma seiner verlorenen Männlichkeit –, verbrachte Cohen seine Tage und auch einen Großteil der Nächte in einem Zustand diffuser Angst. Daher hielt İkmen es nicht für klug, so spät noch anzurufen, falls Cohen vielleicht gerade eingenickt war.

Außerdem war er sich noch nicht einmal sicher, was er Mehmet genau erzählen sollte, falls er ihn erreichte. Samsuns Enthüllung, dass die Berishas in eine Blutfehde mit der Vlora-Familie verwickelt waren, hatte ihn ziemlich bestürzt. Stand dies in irgendeinem Zusammenhang mit Rifats Tod? Falls das der Fall war und bekannt wurde, dass er selbst einer weiteren Ghegen-Familie angehörte, könnte dies – wie Samsun bereits gesagt hatte – zu einem großen Problem werden. Er musste daher darauf bedacht sein, seine albanische Herkunft geheim zu halten. Istanbul konnte manchmal ein ziemlich kleines Dorf sein, das wusste er nur zu gut.

Doch die Überwachung der Wohnung der Berishas würde hoffentlich bald zutage bringen, ob sie etwas gegen die Vlora-Familie im Schilde führten. Engelushjia Berisha hatte ihn nicht um das blutbefleckte Hemd ihres Bruders gebeten. Vielleicht war das ja ein gutes Zeichen – nicht, dass er es ihr gegeben hätte. Falls die Berishas also nichts gegen ihre »Feinde« planten, war alles in Ordnung. Falls doch, sollte er vielleicht Samsuns Rat folgen und den Fall einem unbeteiligten Inspektor wie Suleyman übergeben. Das Ganze war vollkommen verrückt. Obwohl er mit dem Wissen aufgewachsen war, dass die *gjakmaria* im Volk seiner Mutter noch ausgeübt wurde, war es ihm nie in den Sinn gekommen, dass er einmal persönlich damit zu tun haben könnte. Er wusste zwar, dass er im Mordfall Berisha nicht nur in diese eine Richtung ermitteln durfte, aber der Gedanke an Blutrache ließ sich einfach nicht aus seinem Hirn verbannen. Er hatte das Gefühl, dass sich seine verstorbene Mutter wieder einmal aktiv in seine Gedankenwelt hineindrängte.

Ayşe İkmen war gestorben, als ihr jüngster Sohn Çetin gerade einmal zehn Jahre alt gewesen war. Obwohl er es versucht hatte, konnte İkmen sich nicht an irgendwelche Einzelheiten ihrer letzten Krankheit erinnern. Er wusste nur noch, dass er und sein dreizehnjähriger Bruder Halil von der Schule nach Hause gekommen waren und ihre Mutter tot im Bett vorgefunden hatten. Dabei hatte Çetin im Grunde überhaupt nichts gesehen: Der Körper seines wesentlich größeren Bruders hatte ihm die Sicht versperrt, und dann hatte Halil Çetin schreiend aus dem Zimmer gedrängt, um den Kleinen zu schonen. Halil war gar nicht auf den Gedanken gekommen, dass Çetin sich gerne von der Mutter verabschiedet hätte. Manchmal wünschte İkmen, er könnte seinen Bruder auf dieses Thema ansprechen, denn er erinnerte sich genau, dass Halil am Nachmittag die Polizisten ins Schlafzimmer geführt hatte. Und selbst über vierzig Jahre später gab es immer wieder Momente in İkmens Leben – wenn er sich Ayşe besonders nah fühlte wie etwa zum jetzigen Zeitpunkt –, in denen er den Gedanken hegte, dass ein vor langer Zeit gesprochener Zauberspruch sie vielleicht wieder zum Leben erwecken könnte. Vielleicht sollte er mal wieder zum Karaca-Ahmet-Friedhof gehen; vielleicht sollte er seine Eltern mal wieder besuchen.

İkmen zündete sich eine Zigarette an und sah aus dem Fenster hinaus auf die Stadt, wo sich der Nachtnebel in Schwaden erhob und schließlich große Teile der Sultan Ahmet Camii, der berühmten Blauen Moschee, einhüllte.

# 6

Als Engelushjia Berisha an diesem Morgen aufstand, ließ nicht nur die Kälte des billigen Linoleumbodens unter ihren Füßen das Mädchen zusammenzucken. Die Erinnerung daran, was man ihrem Bruder Rifat angetan hatte, überkam sie wie ein brennender Schmerz. Die Stelle, wo man ihm die Kehle durchgeschnitten hatte, erinnerte an den Hals von geschächteten Schafen, die an Kurban Bayram zu Ehren des Propheten Abraham geopfert wurden – rohes und blutiges Fleisch. Nur mit dem Unterschied, dass Rifat kein Schaf war, sondern ein menschliches Wesen. Und jetzt war er tot, genau wie ihr anderer Bruder Egrem. Getötet von einem Clan, dessen einziges Ziel darin bestand, sämtliche Mitglieder ihrer eigenen Familie zu verfolgen, bis die Berishas vollkommen ausgelöscht waren. Und von diesem Ziel waren sie gar nicht mehr so weit entfernt: Von der Berisha-Familie lebten nur noch ihre Eltern, Tante Mimosa – obwohl sie keine richtige Blutsverwandte war – und natürlich sie selbst.

Als sie den ersten der zahlreichen Pullover überstreifte, die sie über ihrem dünnen Baumwollkleid tragen würde, brach Engelushjia in Tränen aus. Der Tod ihres geliebten Bruders Rifat machte sie zu einem Einzelkind, etwas, das sie sich nie hätte vorstellen können. Ihre Eltern waren sowohl von Angst erfüllt als auch rachsüchtig, und da ihre Mutter ein Kind erwartete, war Engelushjia das einzige Mitglied der Familie, das sich ohne Gefahr außerhalb der Wohnung bewegen konnte. Denn nur sie galt zur Zeit als »echte« Frau, da ihr Blut nicht vom

Blut eines männlichen Samens in ihrem Körper verunreinigt war. Sie fragte sich, ob sie – falls ein Mann sie jemals lieben sollte –, ob sie sich dann selbst umbringen würde, nachdem sie einmal vom Glück gekostet hatte. Bis dahin würde wohl kaum noch jemand übrig sein, um sie zu rächen. Und wenn sie sich selbst tötete, brachte sie die Vloras zumindest um diese Genugtuung. Denn sobald Rifats Hemd im Fenster hing, waren die Tages ihres Vaters gezählt. Schließlich gab es eine ganze Reihe von Vloras, die Rahman töten konnte – und auch würde –, aber nur einen männlichen Berisha: ihn selbst. Sobald Mehmet, Aryan oder Mehti Vlora dem Messer ihres Vaters zum Opfer gefallen waren, hatte er selbst auch nicht mehr lange zu leben, das wusste Engelushjia genau.

Was sie nicht wusste, war der Grund, warum es zu diesem plötzlichen erneuten Ausbruch gekommen war. Vielleicht hatte Rifat irgendetwas getan, von dem sie alle nichts wussten. Seit Egrems Tod hatte er viel Zeit außer Haus verbracht, häufig um diesen armen Irren Mehti Vlora zu ärgern. Und dann war da noch diese Auslandsreise mit dieser Frau gewesen. Engelushjia hatte noch die Telefonnummer, die Rifat ihr gegeben hatte. Sie würde diese Frau von Rifats Tod in Kenntnis setzen müssen; nach dem, was Rifat für sie getan hatte, würde sie es wissen wollen. Außerdem handelte es sich um die gleiche Frau, die Rifat den Wagen geschenkt hatte – wovon ihre Eltern natürlich nichts wussten. Sie nahmen an, dass er den Wagen irgendwo gestohlen hatte. Aber das spielte im Grunde jetzt auch keine Rolle mehr, da der Wagen seit Rifats Tod urplötzlich verschwunden war. Und Engelushjia wusste nur zu gut, dass es keinen Sinn hatte, ihren Eltern vorzuschlagen, sie sollten den Wagen als vermisst melden. Da sie glaubten, das Auto sei gestohlen, würden sie sich nicht zur Polizei trauen. Und nun war es zu spät, ihnen die Wahrheit zu erzählen. Fest stand, dass einer der Vloras, vielleicht sogar dieser Schwachkopf Mehti, Rifat umgebracht und sich durch das Abtrennen des Kopfes als ehrloser Abschaum erwiesen hatte. Und es würde nicht lange dauern, bis sie auch ihren Vater töteten.

Während sie gegen eine ansteigende Woge aus Schmerz und Panik ankämpfte, trocknete Engelushjia flüchtig ihre Augen mit dem Ärmel ihres Pullovers. In der Küche würde sie wie so häufig nichts zu essen und höchstens etwas Tee vorfinden – was sie normalerweise deprimierte. Aber heute war ihr Magen so verkrampft und zusammengezogen wie eine Rosine, und sie wünschte sich nichts mehr, als dass die ganze Geschichte ein für alle Mal vorbei wäre.

Als sie die Küche betrat, wurde sie von den bedächtigen Bewegungen ihrer Eltern schmerzlich daran erinnert, in welch quälend langsamem Tempo sich die Tragödie entwickeln würde. Rahman rollte geduldig einen Stapel Zigaretten, der ihn durch den Tag bringen sollte, während Aliya, deren dicker Bauch einen starken Kontrast zu ihrem eingefallenen, übernächtigten Gesicht bildete, wie in Trance Tee aufsetzte. Es hatte ihren Vater Monate gekostet, den Tod ihres Bruders Egrem zu rächen – die Vloras hatten die Leiche bis heute nicht gefunden. Sie mussten zwar beobachtet haben, wie Egrems Hemd aus dem Fenster der Berishas genommen wurde, aber *Gewissheit* hatten sie noch keine. Und solange sie es nicht definitiv wussten, war es für Rahman und Rifat zwar riskant, aber nicht allzu gefährlich gewesen, die Wohnung zu verlassen – außer nachts, wenn sich im Schutze der Dunkelheit alles Mögliche ereignen konnte. Aber die Nacht war auch die Zeit, in der Rifat am liebsten ausging – und nachts war er auch gestorben.

»Ich möchte keinen Tee«, sagte Engelushjia, als ihre Mutter ihr ein Glas einschenken wollte.

»Aha.«

»Ich gehe aus«, sagte das junge Mädchen, wickelte einen Schal um ihren Kopf und steckte ihn unter dem Kinn fest.

Rahman, dessen Augen durch den Schlafmangel blutunterlaufen waren, blickte kurz von seinen Zigaretten auf und fragte: »Wo gehst du hin? Was hast du vor?«

»Ich weiß es nicht«, erwiderte Engelushjia ohne den sonst üblichen respektvollen Ton in ihrer Stimme. »Ich fühle mich so unruhig, so …«

»Ein weiterer Grund, zu Haus zu bleiben«, sagte Aliya. »Du stehst unter Schock, und die Straßen sind so unsicher …«

»Ach, keine Sorge, Mutter, für mich sind die Straßen sicher

genug«, entgegnete das Mädchen aufgebracht. »Selbst die Vloras werden einem unschuldigen Mädchen kein Haar krümmen, obwohl ich sie hasse und ihnen den Tod wünsche. Aber so krank sind nun mal unsere Sitten und Gebräuche!«

»Du solltest dich nicht gegen die Gesetze vergehen, die Lek Dukagjini festgelegt hat«, sagte ihr Vater zornig. »Als guter Ghege, der er war, hatte er seine Gründe.«

»Wenn die Ehre eines Mannes beschmutzt ist, hat er keine andere Wahl, als Blutrache auszuüben«, fügte Aliya hinzu. »Auch wenn es mir das Herz bricht, müssen wir akzeptieren, was mit Rifat geschehen ist, und das tun, was wir noch für ihn tun können: sein vergossenes Blut zu rächen.«

»Also wird Vater einen von den Vloras töten, und die übrigen werden sich Vater holen und ihn umbringen.«

»Wenn dies Allahs Wille ist«, sagte Aliya und senkte respektvoll den Blick.

Plötzlich hatte Engelushjia das Gefühl, ihre Eltern mit ganz anderen Augen zu sehen. Ihr Vater schien ihr mitteilen zu wollen, dass er – dieser sanfte Rahman Berisha, an den sie sich mit all ihren Sorgen und Nöten immer hatte wenden können – nun beabsichtigte, zum zweiten Mal einen Menschen zu töten. Und ihre schwangere Mutter mit dem ausgemergelten Gesicht schien das Ganze auch noch gutzuheißen. Doch genau wegen dieses irrsinnigen Ehrenkodex – der überhaupt keinen Sinn ergab, wie sie plötzlich wütend feststellte –, genau deswegen waren ihre Brüder jetzt beide tot. So wie es derzeit aussah, konnte ihr Vater aus Furcht vor seinen Mördern nicht arbeiten gehen. Bis zu ihrer Schwangerschaft hatte Aliya die Familie durch Betteln und Stehlen unterstützt. Aber jetzt, da sie ein Kind erwartete und daher nach den Regeln von Lek Dukagjinis Kanun ebenfalls ein legitimes Ziel abgab, waren sie alle von Mimosas Unterstützung abhängig – wobei niemand wusste, wie lange ihr türkischer Ehemann dies tolerieren würde. Es war vollkommen verrückt und sinnlos, so weiterzumachen, dachte Engelushjia. Und als ihr zum zweiten Mal an diesem Morgen die Tränen in die Augen schossen, rief sie: »Das muss endlich aufhören! Ich muss hier raus!«

»Aber wo willst du denn hin?«, schrie ihre Mutter und schob

sich in Richtung der Tür, um ihre Tochter dran zu hindern, das Haus zu verlassen.

»Halt dich da raus, du dummes Mädchen! Das ist Männersache!«, fügte ihr Vater streng hinzu.

»Das ist mir egal!«, schrie Engelushjia und befreite sich aus der klammernden Umarmung ihrer Mutter. »Meine beiden Brüder sind tot! Rifat wurde wie ein Tier abgeschlachtet! Ich habe es gesehen, Mutter ... ich! Ich kann nicht zulassen, dass noch jemand von meiner Familie stirbt!«

»Aber ...«

»Nein!«, schrie sie, stürmte aus der Küche und die Treppe hinunter. Sie blickte sich noch einmal kurz um und sah durch einen Schleier von Tränen, wie ihre Mutter schwer atmend im Flur stand. Doch dieser Anblick hielt sie nicht zurück. Tränenblind rannte sie hinaus auf die Straße. Erst als die kalte Winterluft ihr entgegenschlug, wurde ihr allmählich bewusst, dass sie nicht die geringste Idee hatte, was sie als Nächstes tun sollte.

»Sie denken also, dass die Familie des Opfers diesen anderen Clan verfolgen wird«, fasste Ayşe Farsakoğlu die Situation unverblümter zusammen als İkmen lieb war.

»Ich will es zumindest nicht ausschließen«, erwiderte er. »Albanische Blutfehden sind berüchtigt für ihre Brutalität und ihre Unabwendbarkeit. Dabei richten sie sich nach einem Gesetzeskodex, der als das Kanun des Lek Dukagjini bezeichnet wird. Diese Regeln besagen: Wenn auf einer Seite Blut vergossen wurde, dann muss auch auf der anderen Seite Blut fließen. Falls Rifat Berisha also von einem Mitglied der Vlora-Familie getötet wurde, müssen wir damit rechnen, dass bald ein weiterer Mann sterben wird.«

»Ist Ihr Informant denn der Überzeugung, dass Rifat Berishas Tod definitiv das Werk dieser anderen Sippe war?«, fragte Orhan Tepe.

Die drei unifomierten Beamten drehten sich zu ihm um. Tepes Frage traf den Nagel auf den Kopf. Eine Überwachung der Berisha-Wohnung und des Hauses auf der Tahtakale Caddesi würde viel Zeit erfordern, daher musste wenigstens ein begründeter Verdacht gegenüber dieser anderen Familie vorliegen.

»Die Gerichtsmedizin ist mit Rifats Leiche noch nicht fertig«, sagte İkmen und zündete sich eine Zigarette an. »Und ohne Zeugen können wir nicht einmal daran denken, irgendjemanden zu verhaften.« Ein kurzer Hustenanfall unterbrach seine Erläuterungen, dann fuhr er fort: »Nichtsdestotrotz weiß mein Informant, dass die Blutfehde zwischen den Berishas und den Vloras schon seit langem besteht und sehr ernst ist. Ganz egal, ob die Vloras Rifat nun umgebracht haben oder nicht – die Berishas werden wahrscheinlich davon ausgehen. Und das ist für mich Grund genug für eine sorgfältige Überwachung.«

»Und was sollen wir nun genau machen?«, fragte ein junger Beamter namens Hikmet Yıldız.

»Ich möchte, dass ihr die beiden Häuser überwacht und erfasst, wer dort alles rein- und raus spaziert. Notiert euch, wenn ihr etwas Ungewöhnliches oder Verdächtiges seht. Zum Beispiel irgendwelche bekannten Gesichter, die bei einer der beiden Adressen auftauchen.«

»Und wenn es hart auf hart kommt?«, fragte Tepe. »Wenn wir beispielsweise beobachten, wie ein Berisha einen Vlora angreift oder …«

»Bevor ihr irgendetwas unternehmt, setzt euch mit mir in Verbindung«, sagte İkmen ernst. »Es ist sehr wichtig, dass sie von unserer Beschattung nichts mitbekommen.«

»Aber was ist, wenn sie sich tatsächlich gegenseitig umbringen wollen?«, fragte ein älterer Beamter namens Roditi.

»Als Gesetzeshüter werdet ihr das natürlich verhindern müssen«, sagte İkmen, »aber mir wäre es am liebsten, wenn ihr niemanden vor Ort verhaften würdet. Wir haben offiziell nichts gegen die Vloras in der Hand, und ich möchte meinen Informanten nicht in Gefahr bringen. Übrigens, spricht irgendeiner von euch Albanisch?«

Die drei Uniformierten und Tepe sahen einander erst ratlos an und dann wieder zu İkmen.

»Also nicht«, sagte er, während er zu seinem Schreibtisch ging und sich setzte.

»Wir wissen doch, dass die Berishas türkisch sprechen, oder etwa nicht?«, fragte Tepe stirnrunzelnd.

»Ja, schon. Genau wie die Vloras, aber es wäre sehr hilfreich, wenn wir verstehen könnten, was sie sagen, wenn sie sich untereinander unterhalten. Leider haben wir keine Albaner in unserer Truppe, sonst wären die natürlich längst für diesen Fall eingeteilt. Also müssen wir das Beste aus der Situation machen. Wenn Allah will, kommen wir auch so zu irgendwelchen Ergebnissen. Noch weitere Fragen?«

Einen Moment lang sahen sich die Beamten in İkmens Büro gegenseitig fragend an, bis Tepe schließlich sagte: »Nein, Chef. Ich denke, wir sind bereit.«

Mehrere Köpfe nickten zustimmend.

»Gut. Dann los mit euch«, sagte İkmen und entließ sie mit einer gebieterischen Handbewegung.

Die Uniformierten setzten sich in Bewegung; nur Tepe ging noch einmal zu İkmens Schreibtisch.

»Chef?«

»Ja?«

»Werden irgendwelche Ermittlungen bezüglich der Operation eingeleitet, die an Rifat Berisha durchgeführt wurde?«

İkmen drückte seine Zigarette aus, steckte sich sofort die nächste an und warf seinem jungen Assistenten einen ernsten Blick zu. »Das fasziniert Sie wohl, Tepe?«

»Nur insofern, als dass ich den Gedanken, seine eigenen Organe zu verkaufen, ziemlich abstoßend finde«, sagte Tepe, während er sich ebenfalls eine Zigarette anzündete.

İkmen seufzte. »Ich habe vor, die Berishas in naher Zukunft offiziell zu befragen, und dann werde ich dieses Thema ebenfalls zur Sprache bringen. Schließlich besteht immer noch die Möglichkeit, dass ihm die Niere ganz legal entnommen wurde. Aber selbst wenn nicht, wird es erfahrungsgemäß sehr schwierig, diejenigen ausfindig zu machen, die das Ganze organisiert haben. Ganz zu schweigen von den Chirurgen, die die Operationen durchführen.«

»Und die meistens im Ausland sitzen, richtig?«

»Ja, normalerweise schon«, sagte İkmen, »aber man weiß nie, was einem das Leben so bringt. Und in einem solchen Fall könnte unser Chirurg möglicherweise auch irgendwo hier in der Nähe sitzen.«

»Stimmt.«

»Also dann mal los«, sagte İkmen und winkte Tepe hinaus. »Wir können die Uniformierten schließlich nicht ohne Begleitung auf diese wichtige Mission schicken, oder?«

Als Orhan Tepe die Andeutung eines Zwinkerns in İkmens Augen entdeckte, lächelte er zurück und sagte: »Nein, Chef.«

Sein Freund wurde mit zunehmendem Alter noch attraktiver, dachte Balthasar Cohen, während er zusah, wie Mehmet Suleyman entschlossen das Wohnzimmer betrat. Groß gewachsen, dunkel und würdevoll: Mehmet entwickelte sich zu einem dieser Helden mittleren Alters, die in den Filmen der sechziger Jahre so beliebt gewesen waren. Aber das würde er Mehmet natürlich auf keinen Fall sagen.

»Letzte Nacht ist es wohl ziemlich spät geworden«, meinte Balthasar und grinste anzüglich. Es war doch merkwürdig, dass Mehmet immer dann so spät nach Hause kam, wenn der alte Dr. Barbur Halman nicht in der Stadt war.

»Ich musste noch arbeiten«, erwiderte der Jüngere.

»Ach so, na dann hoffe ich mal, dass du danach eine gewisse Erleichterung verspürt hast.«

»Cohen!«

Obwohl ihn die attraktiven Augen seines Kollegen passend zur zornigen Stimme scharf anblitzten, wusste Cohen, dass es sich nur um einen Warnschuss handelte. Schließlich waren sie alte Freunde und derartige Neckereien nichts Ungewöhnliches.

Cohen zündete sich eine Zigarette an und sah amüsiert zu, welch große Anstrengungen Suleyman unternahm, um seine Krawatte korrekt zu binden. Doch nach einer Weile ermüdete ihn dessen pedantisches Herumgezupfe, und er sagte beiläufig: »Berekiah wird sich heute bei dem Alten vorstellen.«

»Ja, ich weiß. Ich nehme ihn doch mit.«

»Ich hoffe, dass er ihn überreden kann, bei euch anzufangen.«

Suleyman runzelte die Stirn. »Ich glaube nicht, dass İkmen zu den Leuten zählt, die den Polizeidienst angenehmer darstellen als er tatsächlich ist, Cohen.«

»Mein Sohn braucht eine Arbeit, Mehmet«, sagte Cohen, während er seinen Freund mit dunklen Ringen unter den Augen ansah. »Er kann nicht ewig für Lazar schuften. Ich meine, wenn er das Goldgeschäft selbst führen würde, dann wäre es ja was anderes. Aber als einfacher Verkäufer, und das in seinem Alter – das ist ein Aufgabe für Kinder, und er ist ein erwachsener Mann. Deshalb braucht er auch eine richtige Männerarbeit.«

»Hm, das muss Berekiah wohl selbst entscheiden«, sagte Suleyman seufzend. »Wenn Allah will, trifft er die richtige Entscheidung.«

»Mmm.«

Als das Telefon, das sich seit der Amputation ständig in seiner Nähe befand, klingelte, nahm Cohen mit zitternder Hand den Hörer ab.

»Ja, bitte?«, fragte er und blickte zu seinem Freund hoch. »Ja, der ist noch hier ... ja ... einen Moment.« Er legte seine andere zittrige Hand über die Muschel und sagte leise: »Ich glaube, das ist dein Vater.«

»Mein Vater? Aber ...«

»Nun nimm schon den Hörer, Mehmet«, sagte Cohen und reichte ihm das Telefon. »Wer auch immer es ist – er will mit dir reden.«

Mit einem Achselzucken nahm Suleyman den Hörer und ging hinüber zum Fenster.

»Hallo?«, sagte er zögernd. »Mit wem spreche ich?«

»Ich bin's, Mehmet«, erwiderte eine vertraute Stimme. »Höre, mein Sohn, wir müssen miteinander reden.«

»Ich denke, das haben wir vor einiger Zeit schon getan.«

»Junge, ich muss mit dir reden, bevor dieses ganze dumme Theater dazu führt, dass wir uns für den Rest des Lebens nicht mehr sehen!« In der Stimme seines Vaters lag eine Verzweiflung, die Suleyman aufhorchen ließ. »Ich habe schon mit deinem Bruder gesprochen«, fuhr sein Vater fort, »und ich denke, dass es das Beste wäre, wenn wir drei uns treffen. Ich könnte im Rejan einen Tisch reservieren. Sprich mit Murad, und sucht euch einen Abend aus, an dem ihr beide könnt. Murad wird mir dann Bescheid geben.«

Allmählich bereitete Mehmet die Stimme seines Vaters wirklich Sorgen. Er fragte sich, warum sein Vater sich wohl entschlossen hatte, sich dem harten Regiment seiner Frau zu widersetzen und ihn direkt anrief. »Dir und Mutter geht es doch gut, oder, Vater?«, fragte er, während sein Herz in der Brust wild zu pochen begann.

»Keine Sorge, mit Mutter und mir ist alles in Ordnung«, erwiderte sein Vater. »Ich möchte nur den Streitereien und der Bitterkeit in unserer Familie endlich ein Ende machen.«

»Und was ist mit Mutter?«

»Deine Mutter trifft ihre eigenen Entscheidungen, wie du ja zur Genüge weißt«, sagte der alte Mann seufzend. Mehmet sah sein schmales, leidgeprüftes Gesicht vor seinem inneren Auge auftauchen.

»Ich weiß«, sagte er mit einem Lächeln. »Ich werde mit Murad reden.«

»Und wirst du auch kommen?«

»Wenn mein Bruder kommt, komme ich auch.«

Ein schwacher Seufzer am anderen Ende der Leitung signalisierte Mehmet, dass sein Vater sehr erleichtert war über diese – wenn auch eingeschränkte – Zusage seines Sohns.

»Du weißt doch, dass ich dir gegenüber nie irgendwelchen Groll gehegt habe, Vater, oder?«, setzte Mehmet an. »Ich ...«

»Wir besprechen diese Dinge, wenn wir uns treffen, mein Sohn«, unterbrach ihn sein Vater mit beinahe tränenerstickter Stimme. »Ein Mann sollte mit seinen Söhnen speisen und ... Du rufst deinen Bruder bald an, ja?«

»Ich gebe dir mein Wort darauf«, sagte Mehmet förmlich.

»Ich danke dir, mein Sohn. Wir werden uns bald sehen.«

»Ja, das werden wir«, erwiderte Mehmet sanft. »Bis bald, Vater.«

»Bis bald, Mehmet.«

Wenn Berekiah Cohen nicht in diesem Moment strahlend und im Anzug seines älteren Bruders hereingekommen wäre, hätte Mehmet Suleyman wohl noch lange am Fenster gestanden und hinausgestarrt. Doch Berekiah brauchte jemanden, der etwas von Kleidung verstand, um sein Erscheinungsbild zu begutachten. Und der Einzige, der in dieser Wohnung dafür in Frage kam, war Mehmet.

Einen kurzen Moment runzelte der aristokratische Türke die Stirn. »Mmm«, sagte er schließlich lächelnd, »ein grauer Anzug zu grauen Schuhen sieht wirklich sehr smart aus, Berekiah, wenn auch ein klein wenig zu elegant für ein Polizeirevier. Womit ich nicht sagen will, dass ich mich bei meiner eigenen Kleiderwahl jemals nach dem Mittelmaß gerichtet hätte.«

Estelle Cohen, die ihren Sohn von der Küchentür aus beobachtet hatte, ging rasch auf ihn zu und umfasste sein Gesicht mit beiden Händen. »Hab ich dir nicht gesagt, dass du phantastisch aussiehst?«, sagte sie und küsste den sich leicht sträubenden Berekiah auf die Wange.

»Niemand versteht so viel von erstklassiger Kleidung wie Mehmet, und wenn er dir sagt, dass du elegant aussiehst …«

»Mach bitte nicht so einen Wirbel, Mama.«

»Solange er dem Inspektor gefällt … das ist schließlich die Hauptsache«, sagte Balthasar ernst. »Du wirst dich höflich und respektvoll verhalten und echtes Interesse zeigen, Berekiah. Der Inspektor ist ein wichtiger Mann, vergiss das nicht.«

»Nein, Vater.«

Da Suleyman fürchtete, dass sein Freund jetzt wieder einen Lobgesang auf İkmen oder seine eigene glorreiche Zeit bei der Truppe anstimmen würde, wandte er sich rasch an Berekiah und sagte: »Wir sollten jetzt besser gehen.«

»Ich komme.« Berekiah küsste erst seine Mutter und dann seinen Vater und wandte sich zur Tür.

»Du wirst doch auf ihn aufpassen, Mehmet, oder?«, fragte Estelle mit deutlicher Sorge in der Stimme, die daher rührte, dass der älteste Sohn der Cohens, Yusuf, in einer Nervenklinik lebte. Während seiner monatelangen zermürbenden Militäreinsätze in den Ostprovinzen des Landes hatte sein Geist schweren Schaden genommen, und er würde wahrscheinlich nie wieder nach Hause zurückkehren können, so dass jetzt alle Hoffnungen und Ambitionen auf Berekiah ruhten.

Suleyman lächelte. »Mach dir keine Sorgen, Estelle«, sagte er beruhigend. »Berekiah wird nichts geschehen; außerdem weißt du, dass Çetin ihn zu nichts zwingen wird, was er nicht will.«

»Ja.«

»Ach, jetzt lass die beiden endlich gehen, Weib!«, rief Balthasar von der anderen Seite des Zimmers. »Sie müssen sich um wichtigere Dinge kümmern!«

Suleyman schenkte der besorgten Estelle noch ein Lächeln, drückte ihre Hand und machte sich zusammen mit Berekiah auf den Weg. Hätte er sich einen Moment später noch einmal umgesehen, dann hätte er den harten Ausdruck in Estelles Gesicht bemerkt, als sie auf ihren Mann herabsah. Doch erst als Suleyman und Berekiah die Wohnungstür erreichten, hörten sie ihre laute Stimme.

»Sag du mir nicht, was ich tun und lassen soll!«, schrie sie.

»Ich ...«

»Du hast nicht das geringste Recht, mir auch nur irgendetwas vorzuschreiben, Balthasar Cohen!«

Suleyman sah Berekiah an, der die Achseln zuckte und mit einem schiefen Lächeln meinte: »Familie!«

»Das kannst du wohl sagen«, stimmte der türkische Aristokrat zu und hielt seinem jungen Freund die Tür auf. »Lass uns hier verschwinden.«

Das Mietshaus, das İkmens Informant als Wohnsitz der Vlora-Familie genannt hatte, zählte nach Tepes Einschätzung nicht gerade zu den Orten, an denen er oder sein derzeitiger Beschattungspartner, Hikmet Yıldız, gerne gewohnt hätten. Das triste Gebäude stammte wahrscheinlich vom Anfang des zwanzigsten Jahrhunderts und umfasste ein heruntergekommenes Bekleidungsgeschäft im Erdgeschoss mit noch heruntergekommeneren Wohnungen darüber. Im zweiten Geschoss waren mehrere Fenster mit Brettern vernagelt, und vor dem Eingang hatte sich ein Haufen Dreck und Müll angesammelt. Tepe wurde das Gefühl nicht los, dass der Hausmeister – falls dieses Mietshaus überhaupt einen besaß – für diese Nachlässigkeit eigentlich eine Tracht Prügel verdient hätte.

Seitdem die beiden Beamten am frühen Morgen ihren Beobachtungsposten eingenommen hatten, waren zahlreiche Menschen in das Haus hineingegangen oder herausgekommen: Frauen mit Kopftüchern, die mit ihren leeren Körben zum Einkauf im Mısır Çarşısı oder bei den örtlichen Straßenhändlern eilten; kleine, dick eingepackte Männer mit flachen Käppchen und einer Zigarette im Mundwinkel, die auf dem Weg zur Arbeit waren, und natürlich jede Menge Kinder, die dauernd rein und raus rannten, lachten und kreischten. Die einzige Konstante in dieser ständig wechselnden Szenerie bildete eine kleine Gruppe von Männern mittleren Alters, die gesellig neben dem Treppenaufgang hockte. Sie waren zu dritt und hatten bereits dort gesessen, als Tepe und Yıldız morgens angekommen waren. Zwei waren klein und dunkelhäutig, während der dritte – ein großer, blonder Mann – vollkommen anders wirkte. Sie verbrachten die ganze Zeit mit Reden, Lachen und Rauchen, und obwohl die Beamten nicht wussten, ob sie zur Vlora-Familie gehörten, bestand kaum ein Zweifel daran, dass es sich um Albaner handelte. Ein kurzer Spaziergang auf die andere Straßenseite hatte Tepe bestätigt, dass sie weder Türkisch noch Griechisch, noch irgendeine andere ihm bekannte Sprache miteinander sprachen.

Yıldız blickte auf die Karten in seiner Hand und legte sie offen auf den Tisch.

»Ich passe«, sagte er und leerte sein Teeglas in einem Zug.

Tepe warf einen kurzen Blick auf die Karten vor seinem Partner und fing an zu lachen. »Das ist echt nicht dein Spiel, was?«

»Ich mag solche Orte nicht«, sagte Yıldız und sah sich in dem tristen, ausschließlich von Männern frequentierten Kaffeehaus um.

Tepe zuckte die Achseln. »Aber für unsere Zwecke eignen sie sich ganz hervorragend«, sagte er. »Was kann man auch sonst in einem Kaffeehaus machen außer Tee trinken, Karten spielen, herumsitzen und beobachten? Wir könnten hier den ganzen Tag verbringen, ohne dass wir irgendjemandem auffallen würden.«

»Eigentlich ein Kinderspiel, unser Job«, erwiderte Yıldız lächelnd, »mit einem Kaffeehaus in fast jeder Straße.«

»Ach, es gibt immer noch genug Nischen und Schlupfwinkel, in die sich diejenigen zurückziehen können, die das Tageslicht scheuen«, bemerkte der Ältere weise. »Das werden Sie lernen, wenn Sie den gleichen Fehler machen, den wir alle gemacht haben.«

»Und welcher Fehler ist das?«

»Seine Gegner zu unterschätzen.«

»Und ist Ihnen das auch ...«

Tepe lächelte. »Als ich selbst noch Streife ging, war ich einem Überwachungsteam unter der Leitung von Inspektor İskender zugeteilt. Er war jung und unerfahren, wie wir alle. Aufgrund eines Tipps fuhren wir zu einem Haus in Edirnekapı. Als wir jedoch da ankamen, war das Gebäude leer – bis auf die Leiche unserer toten Informantin, der Frau des Dealers. Vor seiner Flucht nach Bulgarien hatte der Dealer noch schnell seine Frau enthauptet und ihren Kopf aufgespießt. Das war das Erste, was wir sahen, als wir das Gebäude betraten.« Er seufzte und verschränkte die Arme vor der Brust. »Nach dem Anblick war mir damals ziemlich schlecht, das weiß ich noch genau.«

Obwohl Yıldız Tepe konzentriert zuhörte, hatte er weiterhin das Kommen und Gehen auf der Straße beobachtet und bemerkte daher als Erster, dass sich die kleine Gruppe von Albanern urplötzlich ins Haus verzog.

»Ich frage mich, warum sie auf einmal im Haus verschwinden«, sagte er und deutete mit dem Kopf in Richtung der forteilenden Männer.

Tepe suchte sorgfältig die Straße ab, konnte aber auf den ersten Blick nichts erkennen, was die Männer in Alarmbereitschaft versetzt hätte. Doch plötzlich vernahm er ein lautes Gezeter, das nichts Gutes verhieß. Offensichtlich näherte sich, der Stimmlage nach zu urteilen, eine junge, fremdländische und sehr wütende Frau dem Haus.

Auch die anderen Passanten auf der Straße schienen der Besitzerin dieser Stimme nicht zu nahe kommen zu wollen, so dass sich die Menge teilte und den Blick auf ein junges Mädchen mit Kopftuch freigab, das neben dem Namen »Mehmet« eine ganze Reihe vollkommen unverständlicher Worte ausstieß.

Tepe stand auf und betrachtete das Mädchen eingehender. »Wenn ich mich nicht irre«, murmelte er, »dann ist das Engelushjia Berisha.«

»Sind Sie sicher?«, fragte Yıldız.

»Ziemlich sicher«, erwiderte Tepe. Während sie das Szenario beobachteten, wurde im ersten Stock des Gebäudes ein

Fenster geöffnet, in dem das spöttische Gesicht eines Mannes erschien.

»Mehmet!«, schrie das Mädchen, als es den Mann entdeckte. »Mehmet Vlora!« Und dann stieß sie eine Reihe übler Flüche aus und schrie sich fast die Seele aus dem Leib. Der Mann im Fenster reagierte mit einem Wortschwall, bei dem es sich ebenfalls nur um eine Schimpfkanonade handeln konnte.

»Ich glaube, wir sollten mal besser rausgehen ... nur für alle Fälle ...«, sagte Tepe. Er warf ein paar Geldscheine auf den Tisch und nahm seinen Mantel von der Stuhllehne. Sein Kollege folgte ihm schweigend, wobei er seinen Blick unverwandt auf das Mädchen richtete, das jetzt vor Erregung hin und her sprang.

Als Tepe die Ausgangstür öffnete, traf ihn die nasskalte Winterluft wie ein Schlag ins Gesicht. Einen kurzen Moment wunderte er sich, wie Engelushjia mit ihrem dünnen Baumwollrock diese Kälte wohl aushielt – aber vermutlich hielt ihre hoch auflodernde Wut sie warm.

»Ich frage mich, warum Roditi und Farsakoğlu uns nicht gewarnt haben«, sagte Tepe, sobald Yıldız neben ihm auf dem Bürgersteig stand.

»Vielleicht ist das Mädchen ihnen entwischt«, erwiderte Yıldız. »Meinen Sie, wir sollten Inspektor İkmen kontaktieren, bevor wir irgendetwas unternehmen?«

»Ich weiß es nicht genau«, sagte Tepe, während er beobachtete, wie das Mädchen plötzlich die Treppe hinaufstürmte und im Haus verschwand. »Aber ich glaube, dass wir jetzt erst mal hinter ihr her sollten«, rief er und rannte los.

Als sie den ersten Stock erreichten, stand Engelushjia Berisha mit dem Rücken zu ihnen vor der Tür der Vloras. Im Türrahmen lehnte der Mann, der sie vom Fenster aus beschimpft hatte, die Hände lässig in die Hüften gestemmt. Offensichtlich war es Mehmet Vlora. Neben ihm stand einer der beiden dunkelhäutigen Männer, die bis zur Ankunft des Mädchens vor dem Haus herumgelungert hatten.

Engelushjia warf den beiden Männern, die die Treppe hinaufkamen, nur einen kurzen Blick zu, spuckte dann vor den

Brüdern auf den Boden und zog einen Gegenstand aus ihrer Rocktasche.

Yıldız, der sich zwar tiefer im Schatten der Treppe befand, aber dennoch eine bessere Sicht auf das Geschehen hatte, beugte sich vor und flüsterte seinem Vorgesetzten ins Ohr: »Sie hat ein Messer.« Diese Beobachtung stand im Gegensatz zu der offensichtlichen Heiterkeit, die dieser Gegenstand bei den potentiellen Opfern des Mädchens auslöste.

Doch die Situation änderte sich schlagartig, als Mehmet Vlora seinerseits eine ziemlich große Waffe zum Vorschein holte. Nachdem er den beiden Männern im Schatten einen kurzen Blick zugeworfen hatte, hob Mehmet Vlora mit einem selbstgefälligen Grinsen im Gesicht das Jagdmesser, bis es genau auf Höhe der Kehle des Mädchens war. Dann stieß er langsam ein paar albanische Worte aus. Der Rücken des Mädchens verspannte sich zusehends – genau wie die Hand, in der sie das Messer hielt.

»Ich geh dazwischen«, murmelte Tepe seinem Partner zu. Er zog seine Dienstwaffe aus dem Halfter unter seinem Arm, trat aus dem Schatten und hielt seine Dienstmarke hoch. »Polizei!«, schrie er. »Bleiben Sie, wo Sie sind!«

»Keine Bewegung, dann passiert auch keinem was!«, rief nun der gleichermaßen bewaffnete Yıldız, während er ebenfalls aus dem Schatten trat.

Einen kurzen Moment lang rührte sich tatsächlich niemand von der Stelle. Das Mädchen, dessen Mund erschrocken aufgeklappt war, wirkte zu verwirrt, um zu reagieren, genau wie die Albaner – doch nur einen kurzen Moment lang. Dann kam plötzlich Bewegung in die Männer. Mit einem wilden Blick kommandierte Mehmet Vlora seinen Bruder zurück in die Wohnung und warf die Tür krachend hinter sich ins Schloss.

Tepe stürzte nach vorne, um sich gegen die Tür zu stemmen, und konnte gerade noch verhindern, dass sein Fuß bei dieser Aktion zerquetscht wurde. Laut fluchend vor Wut hielt er mit einer Hand das Mädchen fest, das jetzt laut schrie, und wedelte mit seiner Waffe in Richtung Tür.

»Brich die verdammte Tür auf, Yıldız!«, schrie er seinem Partner zu.

»Ja, Chef!«

Zwei gut platzierte Tritte, mehr brauchte es nicht, um aus der schlecht zusammengezimmerten Tür einen Haufen Kleinholz zu machen. Die Vlora-Brüder waren nirgends zu sehen. Als die beiden Beamten die schreiende und unverständliche Worte kreischende Engelushjia hinter sich her zerrten, wurde angesichts der geringen Wohnungsgröße schnell deutlich, dass sich die beiden Brüder aus dem Staub gemacht hatten. Die einzige Bewohnerin, die sie antrafen, war eine winzige alte Frau, deren Kopf mit einem dicken, schwarzen Tuch bedeckt war.

»Sie müssen über die Feuerleiter geflüchtet sein«, rief Tepe seinem Kollegen keuchend zu, drehte sich zu der Frau um und fragte sie barsch: »Wo ist die Feuerleiter?«

»Ich nehme an, sie befindet sich irgendwo hinten am Gebäude«, erwiderte sie in fehlerfreiem Türkisch, wenn auch mit starkem Akzent. »Dort sind sie normalerweise angebracht.«

Tepe warf der Frau einen bitterbösen Blick zu, befahl Yıldız, alle Räume zu durchsuchen, und wandte sich zum ersten Mal direkt an Engelushjia Berisha. »War wohl ein Fehler, hierher zu kommen, was? Ich …«

»Was wollen Sie hier?«, schrie das Mädchen statt einer Antwort. »Warum mischen Sie sich in anderer Leute Privatangelegenheiten?«

»Das ist eine gute Frage«, sagte die alte Frau, »auf die ich auch ganz gerne eine Antwort hätte.«

»Wenn Leute sich gegenseitig mit Messern bedrohen«, setzte Tepe langsam an, als spräche er zu einer Schwachsinnigen.

»Ein Vorfall, den Sie ›ganz zufällig‹ beobachtet haben«, bemerkte die Alte spöttisch.

»Also, ich …«, stotterte Tepe. Er wusste zwar, dass die Beteiligten in diesem Drama nichts von ihrer Beschattung erfahren durften, aber das machte es nicht gerade leichter, diese gerissene Alte zu überzeugen – ganz zu schweigen von der durch und durch misstrauischen Engelushjia Berisha. »Ja, das haben wir«, sagte er, »und als …«

»Auf der Feuerleiter ist weit und breit niemand zu sehen, Chef«, unterbrach Yıldız seine Erklärungen, als er in das Wohnzimmer zurückkehrte, den Revolver locker in der Hand.

»Sie müssen wohl in irgendeine andere Wohnung geklettert und von dort aus weiter geflohen sein.«

»Und, war es so?«, herrschte Tepe die sichtlich amüsierte Alte an.

»Vielleicht ja, vielleicht nein«, sagte sie mit einem Achselzucken und fügte dann vielsagend hinzu: »Unsere Männer tun, was sie wollen, genau wie Ihre Leute.«

»Hören Sie ...«

»Und außerdem«, sie warf Engelushjia einen kurzen Blick zu, »außerdem haben meine Jungs mit meiner jungen Freundin hier nur ein wenig gescherzt, ist es nicht so?«

»Doch, äh. Doch, das stimmt ...«

»Aha, und die Messer waren also eine Art Spielzeug?«, entgegnete Tepe aufgebracht. »Das Ganze war nur ein Scherz, eine Art Geplänkel mit scharfen Gegenständen, richtig?«

Es entstand eine gefährliche Pause, die dem verstörten Mädchen vollends die Sprache zu verschlagen schien. Tepe warf einen nervösen Blick zu Yıldız, der die alte Frau mit offensichtlichem Widerwillen betrachtete.

»Wenn ich das richtig sehe«, sagte die Alte schließlich gedehnt, »dann liegt es allein bei dieser jungen Frau, ob Anzeige gegen meine drei Söhne erstattet wird. Falls sie das nicht möchte, dann ist es an der Zeit, dass Sie gehen.« Sie wandte sich an Engelushjia und sagte lächelnd: »Nun?«

»Wir haben nur gespielt, Mehmet und seine Brüder und ...«

»Und warum sind sie dann getürmt, als sie uns gesehen haben?«, fauchte Tepe sie an.

»Ich könnte mir vorstellen, das liegt daran, dass die türkische Polizei gerne albanische Bürger verfolgt«, sagte die Alte erstaunlich ruhig. »Meine Söhne hatten Angst, eine zweifelsfrei übertriebene Reaktion, doch hervorgerufen von der Vorstellung, dass Sie das Spiel zwischen ihnen und Engelushjia vollkommen missverstehen könnten – was ja auch so war.«

»Also, jetzt hören Sie mal ...«

»Ihr macht euch nicht einmal die Mühe, uns näher kennen zu lernen«, fuhr die Alte ungerührt fort. »Ihr lernt unsere Sprache nicht, ihr missversteht unsere Sitten ... Aber manchmal, ganz selten gewährt euch einer unserer Leute einen kurzen

Blick in unsere Welt.« Sie sah Tepe scharf an und sagte dann: »Wie etwa Mustafa Bajraktar.«

Da der Name Tepe nichts sagte, zuckte er nur die Achseln und wollte seine Aufmerksamkeit gerade wieder Engelushjia Berisha zuwenden, als die Alte hinzufügte: »Mustafa ist ein Blutsverwandter von einem eurer Leute.«

»Von einem Türken oder von einem Polizeibeamten?«, fragte Yıldız.

Die alte Frau lachte. »Na, beides, du dummer Junge!«, rief sie und schenkte ihm ein Lächeln, das früher einmal sehr anziehend gewesen sein musste. »Mustafa oder Samsun – wie er sich hier nennt – hat einen Cousin in eurer Polizeitruppe.«

»Aha. Und?«

»Und ich könnte mir vorstellen, dass Samsun, der Lustknabe, vielleicht mit seinem Cousin gesprochen hat, dem Sohn der Hexe Ayşe Bajraktar. Wahrscheinlich kennt ihr ihn ja, Çetin İkmen. Seine Verwandtschaft mit Samsun wäre eine Erklärung für eure Anwesenheit hier«, sagte sie und grinste die beiden Polizisten unverhohlen an.

Tepe starrte die Alte mit offenem Mund an, sagte aber kein Wort – er war einfach zu geschockt.

# 7

İkmen rauchte wie ein Schlot – wie immer, wenn er besonders erregt war.

»Also, noch einmal«, sagte er und zündete mit dem Stummel der alten Zigarette die Spitze der nächsten an, »diese Frau, diese …«

»Angeliki Vlora«, ergänzte Tepe, der vor dem Schreibtisch seines Vorgesetzten strammstand. »Sie sagte, dass irgendjemand namens Samsun mit Ihnen verwandt sei und dass Ihre Mutter, Ayşe Bajraktar …«

»Aber bis gestern habe ich noch nie von einer Familie namens Vlora gehört!«, explodierte İkmen und fügte dann mehr zu sich selbst hinzu: »Ich kann mir nicht vorstellen, woher diese Frau von meiner Mutter weiß. Ich meine, ich kannte die Freunde meiner Mutter, wenn auch nicht alle beim Namen. Wir Kinder wurden immer von großen Gruppen albanischer Frauen ins Hamam mitgenommen … Und natürlich hat sie für viele, viele Menschen Karten gelegt und Beschwörungsformeln gesprochen …«

»Vor allem in diesem Punkt war die Alte ziemlich eindeutig, Chef«, sagte Tepe, der das Gefühl hatte, İkmens selbstvergessene Überlegungen unterbrechen zu müssen.

»Ja, äh …« İkmen räusperte sich und blickte mit einem besorgten, fast schon gejagten Gesichtsausdruck auf seinen Schreibtisch. Als er wieder aufsah, hatten sich seine Züge geglättet, und obwohl er immer noch die Stirn runzelte, schien er wieder ganz der Alte. »Ihr habt also Engelushjia Berisha festgenommen und unten in einer der Zellen untergebracht?«

»Sie hat Yıldız in den Hals gebissen«, sagte der junge Mann. »Und ich …«

»Oh, keine Sorge. Ich verstehe schon«, erwiderte İkmen und machte eine ungeduldige Handbewegung. »Sie können sich ruhig setzen, Tepe.«

Tepe folgte der Aufforderung.

»Hören Sie, ich weiß ja, dass Engelushjias tätlicher Angriff auf Yıldız Ihnen keine andere Wahl ließ, als sie festzunehmen, aber ich hatte doch extra darauf hingewiesen, dass Sie sich im Hintergrund halten sollten.«

»Wenn Sie uns gesagt hätten, dass Ihr Informant ein Mitglied Ihrer Familie ist, dann hätten wir das vielleicht auch getan!«, erwiderte Tepe erregt. »Außerdem waren sowohl das Mädchen als auch die Vloras mit Messern bewaffnet! Mit großen Messern, Chef! Irgendjemand wäre mit Sicherheit verletzt worden.«

»Ja, ja, schon gut, Orhan, aber eine albanische Blutfehde ist kein Kinderspiel, Sie Narr! Ich hatte vertrauliche Informationen über diese Familien erhalten und zwar von einem Informanten, den Sie jetzt möglicherweise in Gefahr gebracht haben.«

»Also, hören Sie, Chef, das ist nicht fair! Angeliki Vlora wusste bereits von dieser Samsun.«

»Sie hat nur geraten, Tepe! Sie sah die Polizisten, fragte sich, woher wir wohl von ihrer Familie wussten, und hat eins und eins zusammengezählt. Zwischen den trauernden Berishas und den Vloras gab es bis jetzt für uns keine offensichtliche Verbindung. Daher konnten wir von dieser Familie nur wissen, wenn uns jemand einen Tipp gegeben hatte, und der dafür wahrscheinlichste Kandidat war jemand aus dem albanischen Umfeld, der irgendwelche Kontakte zu Türken haben musste!«

»Aliya Berishas Cousine ist verheiratet mit …«

»Menschen, die in eine Blutfehde verwickelt sind, reden nicht mit der Polizei!« İkmen schlug mit der Faust auf den Tisch. »Nein, diese Information musste von jemandem stammen, der nicht unmittelbar betroffen war. Und da offensichtlich sämtliche Albaner auf diesem Planeten wissen, dass Samsun und ich verwandt sind, fällt der Verdacht am ehesten auf sie.« Die Zigarette im Mundwinkel, senkte İkmen den Kopf und legte die Hände über die Ohren. »Oh Allah!«

»Chef, ich ...«

»Ach, im Grunde war es nicht Ihr Fehler, Tepe«, sagte İkmen müde. »Es war meine Schuld. Ich habe die möglichen Konsequenzen nicht gründlich genug durchdacht ...« Und dann fügte er, wie zu sich selbst, hinzu: »Vielleicht sollte ich diesen Fall wirklich Suleyman übergeben ...«

»Aber wir haben doch jetzt eine Zeugenaussage, oder, Chef?«, fragte Tepe, beunruhigt über die Art und Weise, wie İkmen sich selbst die Schuld gab. »Der alte Mann, der gehört hat, wie ein schwerer Gegenstand aus einem Wagen gestoßen wurde.«

»Sie meinen Enver Alpe? Er hat zwar ausgesagt, aber bei dem Nebel konnte er schließlich nicht viel sehen. Deshalb wissen wir nicht zweifelsfrei, ob es sich bei dem schweren Gegenstand um die Leiche von Rifat Berisha handelte, und zu dem Wagentyp haben wir auch keine Angaben.«

»Aber es ist zumindest ein Anfang«, wandte Tepe ein und versuchte optimistisch zu erscheinen. »Dadurch haben wir eine ungefähre Uhrzeit, wann die Leiche an den Fundort kam. Und wir arbeiten weiter daran ...«

»Ja«, sagte İkmen seufzend. »Allerdings bisher ohne großen Erfolg ...«

In diesem Moment klopfte jemand an die Tür.

»Herein«, rief İkmen. Die Tür ging auf, und vor ihm stand ein sehr elegant gekleideter junger Mann.

»Äh, Inspektor ...«

»Ah, da bist du ja, Berekiah«, sagte İkmen und lächelte freundlich. »Tut mir Leid, dass ich dich nicht selbst zum Essen begleiten konnte.«

»Das macht doch nichts.«

»Nimm doch Platz«, sagte İkmen und deutete auf einen der Stühle neben Tepe. »Das ist mein Assistent, Orhan Tepe.«

Tepe erhob sich, die beiden Männer verneigten sich kurz und setzten sich dann wieder.

»Berekiah Cohen ist der Sohn unseres alten Freundes und

Kollegen Balthasar Cohen«, wandte İkmen sich an Tepe, bevor er sich wieder dem jungen Mann widmete. »Ich nehme mal an, Inspektor Suleyman hat dich in ein Restaurant mitgenommen, das etwas eleganter ist als die von mir bevorzugten Lokale.«

Berekiah grinste. »Wir waren im Pandeli.«

»Dachte ich's mir doch! Aber glaub ja nicht, dass wir dort jeden Tag zu Mittag essen würden, Berekiah!«

»Nein«, erwiderte der Junge lachend. »Mein Vater hat immer gesagt: ›Arbeitsessen bei der Polizei – das ist ein Imbiss an der Straßenecke.‹«

»Dein Vater ist ein weiser und scharfsinniger Mann.«

Nachdem er Tepe einen kurzen Blick zugeworfen hatte, rückte Berekiah etwas näher zu İkmen. »Ich habe mich noch immer nicht entschieden«, setzte er an. »Ich weiß nicht ...«

»Niemand erwartet von dir, dass du eine solche Entscheidung so schnell triffst, Berekiah«, erwiderte İkmen ernst. »Lazar bezahlt und behandelt dich gut, und obwohl du bei der Polizei einen sicheren Arbeitsplatz hättest, will ich dir nichts vormachen oder dir vorlügen, wie wundervoll es draußen auf den Straßen von Istanbul zugeht. Manchmal sehen wir wirklich schreckliche Dinge, Dinge, aus denen Alpträume gemacht sind. Und manchmal schweben wir auch in Lebensgefahr, aber meistens frieren wir uns nur halb zu Tode oder schwitzen wie die Tiere. Außerdem sind wir nicht besonders beliebt, Drogendealer aus der ganzen Welt lachen über uns, genau wie über jede andere Polizeitruppe auf diesem Planeten, aber ...«

»Mein Vater hat diesen Beruf geliebt.« Als der junge Mann hochblickte, sah İkmen, dass dessen Augen feucht glänzten.

»Ja«, sagte İkmen, dessen Gesicht sich beim Gedanken an den armen Cohen ein wenig anspannte. »Ja, das hat er wirklich.«

Nach einer kurzen Pause, in der die Männer jeglichen Blickkontakt vermieden, meinte Berekiah schließlich: »Also, vielen Dank, Inspektor İkmen, dass Sie sich Zeit für mich genommen haben, aber ich, äh, ich sollte jetzt besser gehen.«

Der junge Mann stand auf, verabschiedete sich zuerst von

Tepe und reichte dann İkmen die Hand, der sich jedoch von seinem Stuhl erhob und den Jungen fest in die Arme schloss.

»Es war mir ein Vergnügen«, sagte İkmen, während sie einander umarmten.

»Nochmals vielen Dank, Inspektor.«

İkmen begleitete seinen Gast zur Tür und hielt sie für ihn auf. »Du weißt ja, falls du oder deine Familie irgendetwas braucht, kannst du jederzeit zu mir kommen«, sagte er leise.

»Danke.« Der Junge lächelte.

Tepe wusste zwar, dass İkmen für seine Großzügigkeit bekannt war, aber er fragte sich, wie um alles in der Welt dieser schlecht bezahlte, unbestechliche Vater von neun Kindern es schaffte, anderen seine Hilfe anzubieten. Doch İkmen war ein Mann alter Schule – ungläubig, aber durchdrungen von der alten islamischen Tradition gegenseitiger Unterstützung und Freigebigkeit. In dieser Hinsicht ähnelte Suleyman seinem ehemaligen Vorgesetzten, wenn auch auf eine eher erhabene, osmanische Weise. Obwohl sie sich bezüglich ihres Status und sozialen Hintergrunds stark voneinander unterschieden, waren Suleyman und İkmen sich im Grunde sehr ähnlich, erkannte Tepe allmählich. Erneut fragte er sich, ob es ihm jemals gelingen würde, die gleiche Bedeutung für İkmen zu bekommen wie Suleyman sie hatte.

Als er die Tür hinter Berekiah Cohen geschlossen hatte, gestattete İkmen sich eine kurze Denk- und Rauchpause. Obwohl er das Gespräch mit dem Sohn seines alten Kollegen mit großer Aufmerksamkeit geführt hatte, war ein Teil seines Gehirns mit dem Fall Berisha beschäftigt geblieben.

Schließlich blickte er auf, lächelte Tepe an und verkündete: »Ich werde Engelushjia Berisha freilassen. Begleiten Sie sie bitte zu ihren Eltern …«

»Aber Chef«, setzte Tepe an, »sie …«

»Ich bin mir sicher, dass Yıldız trotz seiner Verletzungen ihren tätlichen Angriff problemlos überstehen wird, Tepe.«

»Sie hat ihm die Haut aufgekratzt, Chef«, sagte der Assistent stirnrunzelnd. »Er musste zum Arzt und sich behandeln lassen.«

»Und wahrscheinlich sind ihm in der Zwischenzeit ein paar

schmerzhafte Spritzen verpasst worden«, sagte İkmen, während er um seinen Schreibtisch herum ging, »wofür er mein größtes Mitgefühl hat. Nichtsdestotrotz sollten wir nicht die Tatsache aus dem Auge verlieren, dass wir uns in erster Linie mit dem vorzeitigen Ableben von Rifat Berisha beschäftigen müssen. Und wenn beim Verfolgen dieser Aufgabe das ein oder andere kleinere Vergehen unter den Tisch fallen sollte ...«

»Aber Chef!«

Plötzlich verhärteten sich İkmens Züge. »Jetzt hören Sie mir mal gut zu«, sagte er, »diese beiden verfeindeten Familien wollen nicht, dass wir uns in ihre Angelegenheiten einmischen. Den Berishas geht es nur darum, die Vloras umzubringen und umgekehrt. Und uns erzählen sie gar nichts – solange wir nicht etwas haben, was sie gerne hätten, und es ihnen als Zeichen unseres guten Willens übergeben. Ich mag mich irren, aber Engelushjias Freilassung könnte genau diesen Zweck erfüllen.« Inzwischen stand er direkt vor Tepe, so dass dieser seinen Atemhauch spüren konnte. »Außerdem bin ich noch immer nicht davon überzeugt, dass die Vloras Rifat umgebracht haben. Aber um herauszufinden, wer ihn sonst getötet haben könnte – und um die näheren Umstände seiner Nierentransplantation zu klären –, müssen wir in Rifats Welt eindringen. Und um das zu erreichen, müssen wir das Vertrauen seiner Familie gewinnen, was angesichts des heutigen Vorfalls nicht ganz leicht sein wird.«

»Nein, Chef, ich ...«

»Es sei denn«, İkmen hob die Hand, um seinen Assistenten zum Schweigen zu bringen, »es sei denn, wir geben ihnen ihre Tochter zurück. Dann haben wir vielleicht eine kleine Chance.« Er nahm seinen Mantel vom Haken und öffnete die Tür. »Kommen Sie«, sagte er und marschierte den Flur hinunter.

»Aber was ist mit den Vloras?«, rief Tepe, während er seinen Mantel von der Stuhllehne nahm und İkmen hinterhereilte.

»Oh, die habe ich keineswegs vergessen«, entgegnete İkmen. »Die werden wir uns zu gegebener Zeit schon noch vorknöpfen – darauf können Sie sich verlassen.«

Sofort nachdem sie die eine Etage tiefer liegende Wohnung der Qerimis verlassen hatten, waren Mehmet, Aryan und Mehti Vlora in unterschiedliche Richtungen geflohen. Solange die Polizei im Haus war, zogen sie es vor, sich woanders aufzuhalten. Mehmet hatte noch kurz bei seiner Mutter hereingeschaut, nachdem die Polizei wieder abgezogen war, aber sowohl sie selbst als auch das Kokain, das sie in den Falten ihrer Kleidung versteckt hatte, waren unangetastet. Angeliki war schon immer sehr einfallsreich gewesen, und außerdem hatten die Beamten es gar nicht auf Drogen abgesehen. Entweder waren sie Rifat Berishas Schwester gefolgt, oder – was sehr viel wahrscheinlicher war – jemand hatte ihnen den Tipp gegeben, ihre Wohnung im Zusammenhang mit Rifats Tod zu überwachen. Die Hände tief in die zerrissenen Taschen gesteckt, marschierte Mehmet über die geschäftige Divanyolu Caddesi. Er wusste, dass ihn dieses Mal, bedauerlicherweise, keine Schuld traf. Und da Aryan am Abend des Todes von Rifat Berisha mit ihm zusammen gewesen war, blieb nur noch Mehti übrig. Aber so beschränkt sein Bruder auch sein mochte, er hätte bestimmt etwas gesagt, wenn er etwas derartig Folgenschweres getan hätte. Das Einzige, was dieser Geschichte noch die Krone aufsetzen konnte, wäre das plötzliche Auftauchen der Leiche seines Bruders Dhori, die sie noch immer nicht gefunden hatten. Jeder wusste, dass Rahman Berisha ihn getötet hatte; denn nur ein Berisha konnte so feige sein, die Leiche zu verstecken und damit den Fortgang der *gjakmaria* bis heute hinauszuzögern. Aber das war jetzt wahrscheinlich sowieso Schnee von gestern, dachte Mehmet. Denn jetzt glaubten die Berishas allen Grund zu haben, einen weiteren Vlora umzubringen. Er fragte sich, wie lange es wohl noch dauern würde, bis Rifats Hemd in einem der Fenster der Berisha-Wohnung hing.

Während er sich einen Weg durch den dichten Verkehr am Anfang der Babıali Caddesi bahnte, fiel Mehmets Blick auf eine junge, attraktive Frau in einem langen, dunklen Mantel. Sie stand auf dem Bürgersteig und unterhielt sich mit einer wesentlich größeren und beträchtlich älteren Frau. Aber obwohl seine Augen vom Anblick des Mädchens angezogen wurden, brachte letztendlich die ältere Frau ihn dazu, stehen zu bleiben. Und als ihm allmählich dämmerte, wen er vor sich hatte, wuchs seine Wut schlagartig – denn er erinnerte sich an die Worte seiner Mutter: Wenn überhaupt irgendjemand aus der Gemeinschaft der Exilalbaner mit der Polizei reden würde, dann wahrscheinlich dieser Cousin des türkischen Polizisten.

Mehmet war sich zwar bewusst, dass es nicht sehr schlau wäre, auf einer belebten Straße mit dieser perversen Samsun Bajraktar Streit anzufangen, aber er brachte es einfach nicht fertig, mit seiner unermesslichen Wut im Bauch wortlos an ihr vorbeizugehen. Deshalb entschied er sich für eine subtilere, aber nicht minder rachsüchtige Vorgehensweise. Er schob sich hinter die Transsexuelle und flüsterte etwas in deren Ohr.

»Ich weiß, dass du Informationen über uns an deinen Verwandten bei der Polizei weitergegeben hast«, zischte er, als sein Opfer sich umwandte, um ihn anzusehen, »mögest du in deinem dreckigen Bett keine ruhige Minute mehr finden, du widerlicher Schwanzlutscher!«

Bevor Samsun Bajraktar sich vollständig umdrehen konnte, tauchte Mehmet Vlora in der Menge unter, die in Richtung Divanyolu Caddesi strömte. Erst später kam ihm der Gedanke, dass es auch durchaus möglich war, dass Samsun der Polizei überhaupt nichts gesagt hatte. Denn vielleicht waren die Beamten ja doch einfach Engelushjia Berisha gefolgt. Aber das spielte jetzt auch keine Rolle mehr. Solche Typen wie Samsun verdienten es nicht anders, selbst wenn das eine Fehde mit der Bajraktar-Sippe bedeutete. Aber vielleicht wäre das ja auch *die* Chance für die Vloras, sich mit einem solch mächtigen Clan wie den Bajraktars einmal anzulegen. Hatten diese sich nicht ebenfalls vor vielen Jahren all ihrer Feinde entledigt, und zwar mit erstaunlicher Grausamkeit? Mehmet zog seine Jacke fester um seinen schmächtigen Körper und ging entschlossen in Richtung des Sultan Ahmet Parkı.

İkmen wusste, dass es beim Umgang mit Leuten wie den Berishas vor allem darauf ankam, dass sie begriffen, was er von ihnen wollte. Daher hielten er und Tepe die widerspenstige Engelushjia zwischen sich fest, während sie mit den Eltern sprachen, auch wenn İkmen dies widerstrebte. In den Augen der Eltern musste das Mädchen wie eine Art Polizeigeisel wirken.

»Erzählen Sie mir von Rifat«, wandte er sich nun an das graugesichtige Ehepaar vor ihm. »Was für eine Art Mann war er?«

Rahman zuckte die Achseln. »Ein ganz normaler.«

»Und das bedeutet?«

»Er amüsierte sich gerne.« Der Alte sah ihn ausdruckslos an. »Verstehen Sie, was ich meine?«

»Nein«, sagte İkmen ironisch, »das verstehe ich nicht. Deshalb frage ich Sie ja.«

Als Reaktion auf diese sarkastische Entgegnung verfiel der alte Mann wieder in Schweigen. İkmen warf einen kurzen Blick zu Tepe hinüber, der irgendwie angespannt wirkte, und entschloss sich dann zu einer anderen Vorgehensweise.

Mit seinem erprobten, normalerweise gewinnenden Lächeln versuchte er es erneut: »Also gut – wir wollen uns doch mal nichts vormachen. Ich weiß, dass Sie sich in einer Blutfehde mit dem Vlora-Clan befinden.« Er hob eine Hand, um Rahman Berisha zum Schweigen zu bringen, der heftig protestieren wollte. »Woher wir das wissen, geht Sie nichts an – genau wie es mich nichts angeht, warum und wieso Sie diese Fehde mit den Vloras austragen. Mir geht es einzig und allein darum, die Person zu fassen, die Ihren Sohn getötet hat. Falls es sich dabei um einen Vlora ...«

»Natürlich war es einer der Vloras!«, platzte Aliya heraus, woraufhin ihr Ehemann ihr für diese Indiskretion hart ins Gesicht schlug.

Tepe sprang sofort auf und konnte gerade noch von İkmen zurückgehalten werden, der rasch einen seiner dünnen Arme ausstreckte, um seinen Assistenten vor einer Dummheit zu bewahren.

»Also gut«, sagte İkmen entschieden, »ich schlage vor, dass wir uns jetzt alle wieder beruhigen. Jemanden zu schlagen ...«

»Die Frau hat zu schweigen!«, schäumte Rahman vor Wut.

»Jetzt hören Sie mir mal gut zu, Herr Berisha«, erwiderte İkmen, während er Tepe bedeutete, sich wieder hinzusetzen, »meine Aufgabe ist es, die Ursache herauszufinden, wenn jemand eines unnatürlichen Todes gestorben ist. Falls die Vloras also nicht tatsächlich Ihren Sohn umgebracht haben, endet mein Interesse an diesen Brüdern, sobald ich weiß, wo sie in der Nacht von Rifats Tod gewesen sind. Vielleicht haben sie ihn getötet, vielleicht aber auch nicht, doch solange ich keinen eindeutigen Beweis für ihre Schuld habe, muss ich auch jedem anderen Aspekt im Leben Ihres Sohnes nachgehen, genauso wie den gerichtsmedizinischen Ergebnissen unseres Labors.« Er hielt eine Hand hoch, um die verschiedenen Punkte aufzuzählen: »Ich muss wissen, wer seine Freunde waren, was er beruflich machte, ob es irgendwelche Frauen in seinem Leben gab, wie seine gesundheitliche Verfassung war, was er gerne aß, trank, trug, tat. Wer auch immer Ihren Sohn getötet hat – er hat dem Jungen fast den Kopf vom Hals abgetrennt, Herr Berisha. Diese Person ist bösartig und extrem gefährlich. Also, werden Sie mir nun helfen, den Täter zu finden, oder muss ich Rifats Tod allein rächen?«

Als İkmen, Tepe und die anderen Polizisten, die İkmen angefordert hatte, um Rifats persönliche Sachen zu katalogisieren und mitzunehmen, schließlich die Wohnung der Berishas verließen, war es bereits dunkel. Während die zwei Kriminalbeamten auf die Straße traten, steckten sie sich beide eine Zigarette zwischen die Lippen. Tepe sah, dass İkmen die Hände kräftig gegeneinander rieb, und bot seinem Vorgesetzten Feuer an. Es wird wieder eine bitterkalte Nacht werden, bemerkte er nach einem Blick auf den Himmel – ein Kommentar, den İkmen so interpretierte, dass Tepe gerne nach Hause wollte.

»Wir gehen Rifats Sachen morgen durch«, sagte er und schaltete sein Mobiltelefon wieder ein. »Fahren Sie nach Hause, Tepe«, fügte er hinzu.

Tepe lächelte. »Danke, Chef. Das war doch ein ziemlicher Erfolg, dass wir die Berishas überzeugen konnten, uns die Sachen ihres Sohnen zu übergeben, oder? Glauben Sie, die wissen, dass Sie, äh, Halbalbaner sind?«

»Wer weiß?«, erwiderte İkmen mit einem lakonischen Achselzucken. »Ich …« Ein Piepsen aus seinem Handy zeigte an, dass er eine neue Nachricht auf seiner Mailbox hatte. Er drückte diverse Tasten, um sie abzuhören. »Wenn Sie noch einen Moment warten, bis ich mir angehört habe, was das hier ist ...«

»Ja, natürlich«, meinte Tepe, während er zusah, wie İkmen das Telefon an sein Ohr drückte und gespannt lauschte.

Es war eine ziemlich lange Nachricht, und sie kam, der Stimme nach zu urteilen, von einer Frau. Einer ziemlich aufgeregten, wenn nicht sogar hysterischen Frau. Während er der Nachricht lauschte, wurde İkmens Gesicht immer ernster, und als er das Telefon schließlich wieder auf Empfang schaltete, seufzte er. Das grelle Licht der Laterne auf der anderen Straßenseite unterstrich die tiefen Schatten unter seinen Augen und Wangenknochen.

»Das war meine älteste Tochter«, sagte er nach einer Weile. »Offensichtlich hat sie meine Cousine Samsun Bajraktar heute beim Einkaufen getroffen.«

»Ach?«

»Und als sie an der Kreuzung Babıali Caddesi und Divanyolu Caddesi kurz stehen blieben, um ein Schwätzchen zu halten, tauchte plötzlich ein kleiner Mann mittleren Alters auf, der zuerst Samsun auf Albanisch als Polizeispitzel beschimpfte und sie dann bedrohte. Laut Samsun war es Mehmet Vlora. Offenbar ist meine Cousine im Augenblick bei mir zu Hause, am Rande eines Nervenzusammenbruchs, sagt meine Tochter.«

»Oje, ich ...«

»Anscheinend habe ich bei dem Versuch, eine Eskalation dieser Blutfehde zu verhindern, alles nur noch schlimmer gemacht.« İkmen setzte sich in Bewegung und ging zum Ende der Straße, wo sein Wagen stand. »Ich habe meine eigene Familie in die Geschichte hineingezogen.«

»Sie haben getan, was Sie für richtig hielten«, sagte Tepe, der ihm gefolgt war. »Sie wussten, dass die Berishas sich nach Rifats Tod auf die Vloras stürzen würden. Aber Sie wussten auch, dass die Vloras den Jungen nicht notwendigerweise umgebracht haben, und solange wir die Wahrheit nicht definitiv kennen ...«

»Ich schätze, die einzige Möglichkeit, dieses Problem zu lösen, besteht darin, dass ich zu Angeliki Vlora gehe und mit ihr rede«, unterbrach İkmen düster Tepes loyale Tröstungsversuche. »Ich muss versuchen, die Vloras von der Liste unserer Verdächtigen zu streichen – falls das überhaupt möglich ist. Wenn ich mit ihr reden kann und vielleicht sogar mit Mehmet und seinen Brüdern …«

»Möchten Sie, dass ich Sie begleite, Chef?«

İkmen schwieg einen Moment und dachte nach. »Nein, Orhan«, sagte er schließlich und klopfte dem jüngeren Mann leicht auf die Schulter. »Gehen Sie nach Hause zu Ihrer Frau und Ihrer Familie.«

»Aber …«

İkmen sah hinauf zum Vollmond, der inzwischen leuchtend hell am Himmel stand. »Nein«, sagte er mit einem seltsamen Lachen, »in Nächten wie dieser sollten diejenigen, die vom Balkan stammen, besser unter sich bleiben. Falls Angeliki sich in einen Werwolf verwandelt, könnte Sie – als Türken – das zu sehr erschrecken.«

»Wie bitte?«

»Ach, Tepe,«, rief İkmen ungeduldig, »sagen Sie jetzt nicht, Sie haben nicht gewusst, dass die schaurigsten Legenden der Welt alle aus Osteuropa stammen. Werwölfe, Vampire, Untote – die sind alle dort zu Hause. Ich wollte damit eigentlich nur sagen, dass ich als jemand, durch dessen Adern ebenfalls Balkanblut fließt, einfach besser mit diesen Leuten umgehen kann als Sie. Das Ganze war nur ein kleiner Scherz – falls Sie den vertragen können.«

»Oh.«

»Aber jetzt machen Sie sich mal keine Sorgen, Tepe. Gehen Sie nach Hause. Es ist wirklich kein Problem.«

»Also, wenn Sie sich ganz sicher sind …«

»Ja, das bin ich«, erwiderte İkmen, während er bei seinem Wagen ankam und die Tür aufschloss. »Ich meine, selbst wenn Angeliki Vlora sich vor meinen Augen in ein wildes Tier verwandeln sollte – wie schlimm kann das schon sein, hm?«

Und dann ließ er sich mit einem verschmitzten, fast schon boshaften Lächeln auf den Fahrersitz gleiten, warf den Motor an und fuhr davon. Doch als er ungefähr die Hälfte der Strecke zurückgelegt hatte, fiel ihm plötzlich wieder ein, wie sehr seine Frau seine transsexuelle Cousine hasste. Mit Samsun in einer Wohnung – selbst wenn seine Tochter Çiçek sich um sie kümmerte – würde Fatma auf jeden Fall furchtbar schlecht gelaunt scin.

»Mist!«, sagte er laut und brach in Gelächter aus, als er herauszufinden versuchte, wem er wohl lieber gegenüberstünde: seiner Frau mit einer Stinkwut oder Angeliki Vlora als Werwolf.

Schließlich kam er zu dem Schluss, dass letztere Begegnung ihm weniger unangenehm sein würde.

# 8

Ob sich Samsun Bajraktar ihr feminines Verhalten von den vielen türkischen Historienfilmen, die sie gesehen hatte, abgeschaut hatte oder ob sie anderweitige Vorbilder besaß, ließ sich nicht mehr feststellen. Aber allen Anwesenden in İkmens Wohnung wurde schnell deutlich, dass das Verhalten der Cousine stark an das der Damenwelt des 19. Jahrhunderts erinnerte, wo Ohnmachtsanfälle keine Seltenheit waren. Dabei war Samsuns hochgradig erregter Gemütszustand gar nicht so sehr auf Mehmet Vloras Drohungen zurückzuführen. Im Gegenteil: Seit İkmens Tochter Çiçek die Cousine am Nachmittag mit zu sich nach Hause genommen hatte, versuchte die Transsexuelle unermüdlich, ihren Liebsten Abdurrahman zu erreichen – bisher jedoch vergeblich. Er war weder in seinem Lederwarengeschäft noch in ihrer gemeinsamen Wohnung, und Samsun konnte sich nicht vorstellen, wo er sonst sein könnte. Sogar sein Mobiltelefon war ausgeschaltet, ein beispielloses Verhalten für den Handy-Fetischisten Abdurrahman.

»Also, wenn er bei einer anderen Frau ist …«, setzte Samsun erneut an, während sie sich noch ein weiteres Glas Tee von der verständnisvollen und aufmerksamen Çiçek einschenken ließ.

»Ich bin sicher, dass er das nicht ist«, erwiderte Çiçek beruhigend. »Nach dem, was du mir erzählt hast, scheint er doch ein sehr netter Mann zu sein.«

»Warum wirfst du nicht einen Blick in eine Schüssel mit Öl, um es herauszufinden?«, rief eine scharfe Frauenstimme aus der Küche. »Genau das hätte deine Tante nämlich getan.«

Çiçek drehte sich in Richtung Küche; die Zornesröte stand ihr im Gesicht. »Mutter! Ich …«

»Hör zu, wenn Samsun wirklich in Gefahr ist, kann er so lange hier bleiben wie er will«, sagte Fatma, als sie mit roten Flecken im Gesicht und einem Tuch um den Kopf in der Küchentür erschien. »Ich habe noch nie jemandem in Not die Tür gewiesen. Aber wenn er weiterhin von seinen Beziehungen zu anderen Männern redet …«

»Oh, es tut mir ja so Leid, Fatma«, sagte Samsun und sah ihrer widerstrebenden Gastgeberin direkt ins Gesicht. »Ich weiß, dass ich wirklich die schrecklichste, alte …«

»Warum hat die Tante so große Füße?«

Sämtliche Anwesenden, einschließlich des achtzehnjährigen Bülent, der bis dahin Zeitung gelesen hatte, drehten sich zu der kleinen Gestalt um, die jetzt neben Samsuns ausgestreckten Beinen stand. Die Lippen vor Wut zusammengepresst, brachte Fatma nur ein Räuspern zustande.

Wieder rettete Çiçek die Situation. »Manche Frauen haben nun mal große Füße, Kemal«, wandte sie sich lächelnd an ihren kleinen Bruder, der sie mit ernstem Gesicht ansah. »So wie es auch Männer mit kleinen Füßen gibt.«

»Papa hat sehr kleine Füße«, bemerkte Bülent, bevor er sich wieder seiner Lektüre widmete.

»Ja, das stimmt«, sagte Çiçek und legte ihrem jüngsten Bruder eine Hand auf die Schulter. »Aber darüber müssen wir doch jetzt nicht reden, oder? Solltest du nicht längst im Bett sein?«

»Nein.« Solange solch eine merkwürdige Frau hier im Wohnzimmer saß, zog ihn nichts in sein Kinderbettchen zurück.

»Hör mal, Gul liegt auch schon im Bett.«

»Bei Allah …« Genervt von den Versuchen ihrer Tochter, mit einem Achtjährigen zu diskutieren, stürzte Fatma aus der Küche und nahm ihren Jüngsten entschlossen an der Hand. »Du gehst jetzt sofort ins Bett, Kemal, und ich will nichts mehr davon hören.«

»Aber was ist mit Papa? Ich …«

»Wenn du dich noch immer nicht daran gewöhnt hast, dass du deinen Vater nicht zu sehen bekommst, dann kann ich dir auch nicht mehr helfen«, entgegnete Fatma und zog den protestierenden Nachwuchs hinter sich her.

Als die Wohnzimmertür hinter den beiden krachend zufiel, sagte Samsun mit gesenktem Blick: »Es tut mir so Leid. Ich scheine hier für einen ziemlichen Wirbel gesorgt zu haben, oder?«

»Polizei«, sagte İkmen und hielt der alten Frau seinen Dienstausweis unter die Nase.

»Schon wieder?«

»Ja, schon wieder.« Er setzte einen Fuß über die Schwelle von Angeliki Vloras spärlich möblierter und nach Bratkartoffeln riechender Wohnung.

Die alte Frau band die Enden ihres Kopftuchs unter ihrem Kinn zusammen und trat dann einen Schritt zur Seite, während sie İkmen misstrauisch betrachtete.

»Meine Jungs sind nicht da; die sind was trinken gegangen, falls Sie deswegen hier sind«, sagte sie, während sie ihm in das triste Wohnzimmer folgte.

»Nein, ich bin Ihretwegen hier, Frau Vlora«, erwiderte İkmen.

»Ach?« Angeliki Vlora bückte sich, um die Kartoffelschalen zur Seite zu räumen, die auf einem Stück Zeitung auf dem Boden lagen, und bedeutete İkmen, Platz zu nehmen. »Wieso?«

»Weil Sie heute Morgen gegenüber einem meiner Beamten bestimmte Mitglieder meiner Familie erwähnt haben.«

Angeliki richtete sich auf, eine Hand in den schmerzhaft gekrümmten Rücken gestemmt. »Ach ja?« Und dann schien sie sich wieder genauer an den Vorfall zu erinnern. »Sie sind İkmen?«

»Das steht zumindest auf meinem Dienstausweis.« İkmen zündete sich eine Zigarette an und lehnte sich in dem muffigen, alten Sessel zurück, den sie ihm angewiesen hatte.

»Ach«, sagte die alte Frau gereizt, »ich kann nicht lesen. Keine Albanerin in meinem Alter kann das.«

»Meine Mutter konnte lesen«, erwiderte İkmen.

»Aber nur, weil dieser Türke, Ihr Vater, es ihr beigebracht

hat«, sagte Angeliki und ließ sich auf dem Sofa gegenüber von İkmens Sessel nieder. »Ayşe Bajraktar hätte jedenfalls nicht lesen lernen müssen.«

»Und wieso nicht?«

»Weil die Bajraktars die mächtigste Familie außerhalb Gheheriens waren. Es gab eine Zeit, da trugen sie mit vielen rivalisierenden Clans Blutfehden aus. Aber dank ihrer Bösartigkeit und der Verwünschungen, die Ihr Großvater wie Schnee vom Himmel hageln ließ, haben sie alle vernichtet, selbst die Ndreks – aber das wissen Sie ja.«

»Nein.«

Ihr ungläubiger Blick traf İkmen unvorbereitet. Sie schien sogar derartig fassungslos, dass sie ihn mit offenem Mund anstarrte. Sie schloss ihn erst wieder, als sie schließlich eine verbogene, handgedrehte Zigarette aus den tiefen Falten ihres Rocks hervorholte und zwischen ihre Lippen schob. Obwohl İkmen ihre Reaktion übertrieben erschien, ging er nicht weiter darauf ein. Es war schon ziemlich spät, und da sich draußen der Nebel zu einer weiteren eisigen, undurchdringlichen Nacht verdichtete, musste er sehen, dass er hier bald fertig wurde und nach Hause kam – was auch immer ihn dort erwarten mochte.

»Sie haben Wachtmeister Tepe gesagt, dass Sie annehmen, mein Cousin Mustafa Bajraktar hätte die Polizei über Ihre Fehde mit den Berishas informiert«, sagte er.

Die alte Frau zuckte die Achseln. »Und, hat er das etwa nicht?«

»Nein. Und ich würde es begrüßen, wenn Sie in Zukunft nicht mehr mit irgendwelchen haltlosen Verdächtigungen um sich werfen.« Er schwieg einen Moment, um die Asche seiner Zigarette in den großen Metallaschenbecher zu streifen, der neben seinem Ellbogen stand. »Außerdem können Sie Mehmet ausrichten, wenn ich ihn noch einmal dabei erwische, dass er ein Mitglied meiner Familie bedroht, werde ich persönlich dafür sorgen, dass er eine Weile Urlaub auf Staatskosten macht. Da kann er dann in Ruhe über seine Missetaten nachdenken.«

»Mehmet hat niemanden bedroht.«

»Daraus schließe ich«, sagte İkmen eisig, »dass Sie entweder Ihren Sohn nicht mehr gesehen haben, seitdem er heute Morgen vor meinen Kollegen getürmt ist, oder dass Sie die edle Kunst der albanischen Lüge perfekt beherrschen.«

Vollkommen unempfänglich für İkmens Beleidigungen wechselte Angeliki Vlora einfach das Thema. »Wenn nicht die Schwuchtel Samsun der Polizei von den Berishas und uns erzählt hat, wer war es dann? Das erklär mir mal, Hexenkind!«

Verärgert über die plötzliche Verwendung eines Ausdrucks, den normalerweise nur seine Frau benutzte – und dann auch nur in einem liebevollen Zusammenhang –, fuhr İkmen die Alte an: »Als Polizeibeamter ist es mir nicht gestattet, meine Quellen preiszugeben!«

»Es sei denn, ich hole mein Portemonnaie hervor!«, krächzte die alte Frau säuerlich. »Türkische Männer und Geld …«

»Ich nehme keine Bestechungsgelder!«, erwiderte İkmen barsch. »Genau wie mein türkischer Vater bin auch ich ein ehrlicher Mann. Ich bin niemandem etwas schuldig und mit niemandem verfeindet.«

»Das zu hören, würde Emina Ndrek aber freuen, oder eher noch ihren lebenden Sohn«, sagte sie mit einem unangenehmen Lächeln.

»Wovon reden Sie?«, fragte İkmen. »Lenken Sie nicht vom Thema ab …«

»Eminas Bruder hat deine Mutter, Ayşe Bajraktar, umgebracht, Hexenkind.«

Plötzlich schien die Welt rund um İkmen zu erstarren. Einen Moment lang konnte er nichts hören, nur sehen, und er hatte das Gefühl, dass seine Augen aus einem versteinerten Gesicht herausstarrten und er in einem Körper gefangen war, den er nicht kannte. Plötzlich bekam er eine Ahnung davon, was es bedeutete, sich in etwas zutiefst Unmenschliches zu verwandeln – in einen Untoten, einen Geist, einen Werwolf … Und als er schließlich seine Stimme wiederfand, klang diese so heiser und tonlos wie das Knurren eines Tiers.

»Meine Mutter starb an einem Herzinfarkt …«

»Deiner Mutter wurde die Kehle aufgeschlitzt! Die Bajraktars befanden sich in einer Blutfehde mit den Ndreks, weil sie Eminas Bruder getötet hatten.«

»Nein! Nein!«, sagte İkmen, dessen Herz wie wild schlug, während er zitternd aufstand. »Meine Mutter hatte ein schwaches Herz; sie starb in ihrem eigenen Bett.« Und dann rief er laut: »Ich war dabei! Ich habe selbst gesehen, wie …«

»Was hast du gesehen?« Das faltige Gesicht der Alten nahm eine düstere Tönung an, während sie ihn verächtlich betrachtete. »Denk genau nach, İkmen«, sagte sie boshaft, »und lass deine Erinnerung nicht von irgendwelchen beschönigenden Lügen trüben.«

Normalerweise hätte İkmen sofort auf Angelikis Worte reagiert, auf die Beleidigungen, die sie ihm an den Kopf geworfen hatte. Aber einen kurzen Moment lang zog er sich in sich zurück und schwieg, bis er sich wieder gefangen hatte. Was diese alte Albanerin da sagte, war doch vollkommen lächerlich, oder? Das musste einfach völliger Blödsinn sein! Sowohl sein Bruder als auch sein Vater hatten die Leiche der Mutter gesehen, und keiner von beiden hatte jemals von Mord gesprochen. Natürlich war damals, an diesem schrecklichen Nachmittag, die Polizei in ihre Wohnung gekommen, aber schließlich war es ganz normal, dass sie bei unerwarteten Todesfällen kurz vorbeischaute. Und er konnte sich an überhaupt kein Blut erinnern. Eine aufgeschlitzte Kehle bedeutete eine Menge Blut. Und die Opfer der *gjakmaria* waren immer männlich, richtig? Das Bild der Frauen, die sich im Auftrag ihrer ins Haus verbannten Männer um die Belange der Familie kümmerten, zauberte ein unerwartetes Lächeln auf İkmens Gesicht, das Angeliki Vlora verwirrte.

»Das war wirklich sehr raffiniert«, sagte er. »Fast hätte ich Ihnen die Geschichte geglaubt.«

»Ich sage nur die Wahrheit, darauf gebe ich mein Wort.«

»Und das aus dem Mund einer Frau, in deren Heimat es heißt … wie geht das Sprichwort noch gleich? ›Du kannst dich an dein Wort halten; du kannst dich aber auch nicht daran halten.‹«

Die alte Frau lächelte. »Du weißt mehr über Albanien, als deinem türkischen Vater lieb gewesen wäre.«

»Versuchen Sie nicht länger, mich mit arglistigen Lügengeschichten abzulenken, sondern sorgen Sie lieber dafür, dass

Mehmet und seine Brüder sich morgen um neun bei mir auf der Wache melden.« Er legte seine Karte auf den Tisch. »Ich nehme doch mal an, dass Ihre ›Jungs‹ lesen können?«

Sie warf einen Blick auf die Karte und zuckte die Achseln.

»Wenn sie nicht erscheinen, lasse ich sie verhaften«, sagte er kurz angebunden und wandte sich zur Tür.

»Denk mal darüber nach, warum dein Vater dich immer von der Familie deiner Mutter fern gehalten hat«, sagte Angeliki, während sie ihre Zigarette im Aschenbecher ausdrückte. »Vielleicht kommst du ja dahinter.«

Aber İkmen ignorierte ihre Worte – zumindest nach außen hin. »Morgen früh um neun, Angeliki«, sagte er, »oder eure Blutfehde mit den Berishas endet in den Zellen der Wache.«

Und mit diesen Worten verließ er die Wohnung und ging hinunter auf die nur spärlich beleuchtete Straße.

Seit dem Telefonat mit seinem Vater an diesem Morgen hatte Mehmet Suleyman schon mehrfach darüber nachgedacht, seinen Bruder Murad anzurufen. Zum Teil war er durch seine Arbeit von dieser Aufgabe abgehalten worden, aber vor allem hatte er das Gespräch deswegen noch nicht geführt, weil er nicht wusste, was er sagen sollte. Den Worten seines Vaters nach zu urteilen, war Murad dafür, dass sie sich zu dritt trafen. Aber irgendwie erschien es Mehmet merkwürdig, wenn nicht sogar falsch, mit einem gemeinsamen Essen den jahrelangen Streit mit den Eltern einfach zu begraben. Und selbst wenn ihr Vater nicht die treibende Kraft in dieser Auseinandersetzung mit den beiden Söhnen war, so hatte er ihr Leid zweifellos stillschweigend in Kauf genommen. Doch es war bereits spät am Abend, und alle Vorwände, die Mehmet im Laufe des Tages angewandt hatte, um seinen Bruder nicht anrufen zu müssen, griffen nun nicht mehr. Murad musste jetzt definitiv zu Hause sein – wo sonst sollte er als allein erziehender Vater zu dieser späten Stunde wohl stecken?

Er schob einen Stapel unerledigten Papierkram zur Seite und zog das Telefon zu sich heran. Es konnte nicht schaden, mit Murad zu reden – schließlich telefonierten sie regelmäßig miteinander. Außerdem hatte er es seinem Vater versprochen, und als Mann von Wort blieb ihm nichts anderes übrig. Seine Hand lag bereits auf dem Hörer, als jemand an der Tür klopfte.

»Herein«, rief er und zog die Hand zurück.

Die Tür öffnete sich, und vor ihm stand ein uniformierter Beamter.

»Hallo, Roditi«, sagte Suleyman. »Was gibt's?«

»Eine Streife hat drüben in Ortaköy unter der Bosporusbrücke einen verlassenen Mercedes gefunden.«

»Und?« Suleyman wollte schon wieder zum Hörer greifen. »Was hat das mit mir zu tun?«

»Das Wageninnere ist blutgetränkt«, sagte Roditi mit einer Stimme, die sein Unbehagen bei dieser Vorstellung verriet.

Suleyman runzelte die Stirn. »Und wessen Blut ist das?«

»Also, der Wagen ist leer«, sagte Roditi. »Unsere Leute durchkämmen zurzeit noch das Gelände, um eine Leiche zu finden oder jemanden, der verletzt ist.«

»Ich schätze, ich sollte mir das mal ansehen.« Suleyman nahm sein Sakko von der Stuhllehne und streifte es über.

»Das dachte ich mir auch«, meinte Roditi, während er zusah, wie sein Vorgesetzter seine Taschen nach Schlüsseln, Zigaretten und Portemonnaie abtastete. »Ich meine, vielleicht handelt es sich hier ja gar nicht um Mord, aber nach dem, was die Kollegen vor Ort sagen, sieht es mir doch verdammt danach aus.«

»Na, dann kommen Sie am besten doch gleich mit«, sagte Suleyman und ging entschlossen auf seinen Kollegen zu.

Roditi holte tief Luft, um sich etwas zu beruhigen und seufzte dann: »In Ordnung. Ich hol nur schnell meinen Mantel.«

»Was für eine Wendung des Schicksals, was, Mutter?«, sagte İkmen, während er sich vor die kleine Marmorplatte hockte, die den Grabstein seiner Mutter bildete. »Mir ist kalt, es ist dunkel und neblig, und ich sollte überhaupt nicht hier sein. Ich habe das Gefühl, die Hauptfigur in einer Art Horrorfilm zu spielen.« Heftig zitternd fügte er hinzu: »Aber nach den schrecklichen Dingen, die diese grässliche Alte mir erzählt hat, musste ich einfach herkommen. Auf der Suche nach einer Eingebung vielleicht. Auf der Suche nach dir.«

Er bemühte sich, das feuchte Gras unter ihm nicht zu streifen, und beugte sich vor, um die kühle Platte zu berühren, die verkündete, dass seine Mutter Ayşe İkmen am 3. Mai 1957 gestorben war. Das lag ziemlich lange zurück. Es war zu einer Zeit gewesen, als es in der Türkei noch kein Fernsehen gab und die jungen Männer von ihren Heldentaten auf den Schlachtfeldern von Korea erzählten. Obwohl İkmen es mehrfach versucht hatte, konnte er sich nicht mehr an das Gesicht seines Vaters am Todestag seiner Mutter erinnern. Das Einzige, was er noch wusste, war die Beerdigung: Wie Timür İkmen grimmig an dieser Stelle gestanden und ihn und seinen Bruder Halil fest an der Hand gehalten hatte, in seinem dunklen Haar erste Anzeichen von grauen Strähnen. Manche Leute behaupteten, dass er die grauen Haare über Nacht bekommen hatte, aber vielleicht war sein Vater ja schon eine Weile vorher ergraut. Der kleine Çetin hätte es nicht sagen können. Der Vater war meistens zur Arbeit, und der Kleine hing mit Leib und Seele an Ayşe, an ihr, die er so gut kannte – oder von der er dachte, dass er sie kannte.

»Wenn dich jemand getötet hat, Mutter, dann muss ich herausfinden, wer das war.« İkmen kämpfte gegen die Tränen an, die ihm plötzlich in die Augen stiegen. »Ich habe dich an deinem Todestag nicht gesehen, daher könnte das, was dieses alte Miststück Angeliki sagt, vielleicht sogar stimmen. Aber dann hätten Timür oder Halil mir doch bestimmt davon erzählt? Ich meine, warum sollte man so etwas über vierzig Jahre geheim halten …?«

Tränen der Trauer und der Ohnmacht rannen über İkmens hageres Gesicht.

»Wenn ich dich doch nur irgendwie erreichen könnte«, sagte er. »Manchmal glaube ich, dass ich dir ganz nah bin, aber … jetzt fühle ich mich so verloren. Ich brauche einen Anhaltspunkt, irgendetwas, womit ich anfangen kann … Es ist mir egal, ob dieser *gjakmaria*-Unsinn zu deiner Kultur gehört – er ist nicht richtig. Wenn du durch Blutrache gestorben bist, muss ich das wissen. Ich muss es verstehen und damit fertig werden.«

Als er sich wieder erhoben hatte, rief er in den eisigen Winterwind: »Ein junger Mann ist tot. Wahrscheinlich nur auf-

»Nein, glücklicherweise brauche ich Sie nicht persönlich«, erwiderte Suleyman. Der Arzt seufzte erleichtert auf. »Ich bin gerade in Ortaköy, neben einem leeren Wagen mit blutgetränkten Polstern.«

»Aha?«

»Ja. Wir haben noch keine Leiche gefunden, deswegen lasse ich den Wagen aufs Revier bringen, sobald die Spurensicherung fertig ist. Was ich von Ihnen brauche, Doktor, ist eine Probe von Rifat Berishas Blut. Könnten Sie die bitte morgen früh zum Labor schicken?«

»Glauben Sie, dass Berisha möglicherweise in diesem Wagen gestorben ist?«

Suleyman seufzte. »Ja, ich halte das für möglich. Wir müssen schließlich jeder Spur nachgehen.«

»Gut, ich schicke Ihnen morgen die Probe«, sagte Arto und machte sich eine Notiz auf dem Block neben dem Telefon. »Soll ich Sie morgen früh anrufen?«

»Ja, bitte.«

»Gut. Na, dann sehen Sie mal zu, dass Sie bald aus diesem furchtbaren Nebel rauskommen und nach Hause fahren«, sagte Arto lächelnd. »Wenn Sie mich fragen, liefern diese Wetterverhältnisse den Ärzten viel zu viel Arbeit.«

»Vielen Dank, Doktor, ich werde es versuchen«, erwiderte Suleyman. »Gute Nacht.«

»Gute Nacht, Inspektor«, erwiderte Arto und legte den Hörer auf.

Suleyman brauchte also eine Probe von Rifat Berishas Blut, um die Blutgruppen miteinander zu vergleichen, dachte der Pathologe. Obwohl er die Fernbedienung in der Hand hielt, drückte er nicht auf die Starttaste – noch nicht. Sein professionelles Interesse war geweckt. Ein Mann mit nur einer Niere, der in einem Wagen voller Blut mit dem Tode rang: kein schöner Gedanke – falls es sich tatsächlich so abgespielt hatte. Wenn ja, dann mussten sich in dem Wagen auch Glasscherben finden, und waren sie auch noch so klein. Da er inzwischen Gelegenheit gehabt hatte, die Scherben genauer zu untersuchen, wusste er, dass es sich um ein sehr dünnes und leuchtend buntes Glas gehandelt hatte. Fast schon ein als hübsch zu bezeichnendes Material und definitiv nicht von der Sorte, die ein Mörder seinem sterbenden Opfer ins Gesicht schlug. Es sei denn, das Glas übermittelte irgendeine Botschaft. Wie die Botschaft, die die italienische Mafia der Familie eines Informanten zukommen ließ, wenn sie den Mund des Toten mit Banknoten voll stopfte. Eine interessante und leicht morbide Tätigkeit, über diese Dinge zu spekulieren, dachte Arto, fast so wie das Erfinden von Charakterzügen eines Romanhelden. Allerdings blieb ihm keine Zeit, noch länger diesen Gedanken nachzuhängen. Das Klingeln an der Haustür und die Tatsache, dass die Haushälterin schon vor vielen Stunden zu Bett gegangen war, zwangen Arto auf die Füße und hinaus in den Flur.

Das Geräusch seiner eigenen Hausschuhe auf dem Marmorboden ließ ihn kurz zusammenzucken, aber dann schlurfte Arto in einem gemächlichen Tempo, das zu einem Mann seiner Statur passte, in Richtung Haustür. Als er die andere Seite seines großzügigen Hauses erreichte, hörte er, dass sich das Wetter offensichtlich verschlechterte. Der Nebel war einem strömenden Regen gewichen. Arto schaltete die Außenbeleuchtung ein, schob den Riegel beiseite und öffnete die Tür. Einen kurzen Moment lang hielt er den kleinen, klatschnassen Türken, der vor seiner Tür stand, für einen ziemlich erbärmlich aussehenden Bettler. Doch dann sah er die glimmende Zigarette in der rechten Hand und den vertrauten, manischen Ausdruck rund um die Augen des Mannes.

»Was, um Himmels willen, machst du hier, Çetin?«, fragte Arto, während er seinen Freund ins Haus zog.

»Das ist eine lange Geschichte, Arto«, erwiderte der Türke. »Und sie zu erzählen könnte die ganze Nacht dauern.«

# 9

Orhan Tepe sichtete gerade die beträchtlichen Hinterlassenschaften des verstorbenen Rifat Berisha, als er ein vertrautes Gesicht bemerkte, das an der Glasscheibe seiner Bürotür vorbeiging – eine willkommene Entschuldigung, sich mit etwas anderem zu beschäftigen als dem komplexen Bild, das er in Gedanken von der Welt des Albaners zeichnete: alte Zugfahrkarten, teure Turnschuhe, billiges Aftershave, fremdländische Kunstobjekte. Er sprang auf und rannte hinaus.

»Çöktin!«, rief er dem Mann hinterher, der mit gesenktem Kopf den Flur hinunterging. »Was machst du denn hier? Ich dachte, du wärst krank!«

Ein dünnes Lächeln auf den blassen Lippen, drehte İsak Çöktin sich um und ging auf Tepe zu, wobei ihn mehrere Hustenanfälle zwischendurch zum Stehenbleiben zwangen.

»Ich hab mich wieder zum Dienst gemeldet«, sagte er leicht keuchend, »nicht zuletzt, um mal raus zu einer Apotheke zu kommen und mir vernünftige Medikamente zu besorgen.«

»Hast du denn bisher nichts genommen?«

»Nein. Stattdessen wurden mir unzählige Mittelchen eingeflößt, die angeblich seit Hunderten von Jahren gegen solche Symptome helfen.«

»Deine Mutter«, sagte Tepe mit einem verständnisvollen Lächeln.

»Ja«, sagte Çöktin, »meine Mutter, die sich nichts sehnlicher wünscht als eine schnelle Genesung ihres Sohns.«

»Sie füttert dich mit der glorreichen Vergangenheit dieses Landes.«

Çöktins Lächeln ermutigte Tepe, seinen Kollegen in sein und İkmens Büro zu geleiten. Hätte er gewusst, dass das von Çöktins Mutter verabreichte Heilmittel nicht auf türkischer, sondern auf jesidischer Tradition beruhte, hätte er sich vielleicht nicht ganz so freundlich verhalten. Obwohl die Jesiden zu den Kurden gehören, sind sie keine Muslime, sondern beten eine vom Bösen erlöste Version des Satans an, die sie als Malak Tawus, Engel Pfau, bezeichnen. Im Gegensatz zu seinen aufgeklärteren Vorgesetzten İkmen und Suleyman wäre Tepe sicherlich ziemlich bestürzt gewesen, hätte er gewusst, dass Çöktin einer Religionsgemeinschaft angehörte, die der Volksmund auch als »Teufelsanbeter« bezeichnete. Çöktin selbst sprach so gut wie nie über seinen Glauben, nicht einmal gegenüber İkmen und Suleyman. Die beiden wussten zwar von seiner Abstammung, verloren aber in einer Art stillschweigendem Abkommen kein weiteres Wort darüber.

»Hast du Fieber?«, fragte Tepe, während er in der obersten Schublade seines Schreibtischs herumkramte.

»Ja«, sagte Çöktin und zog sich einen Stuhl vor Tepes Schreibtisch. Sein Blick fiel auf einige von Rifat Berishas Besitztümern, die über den Tisch verteilt waren. »Was ist das?«

»Hier, ich habe Aspirin – das senkt das Fieber«, sagte Tepe, der noch immer in seiner Schublade herumwühlte. »Du kannst aber auch eins von diesen Tütchen haben; das Pulver soll speziell gegen Grippe helfen. Welches wäre dir lieber?« Er hielt beide Medikamente hoch und setzte ein ernstes Gesicht auf.

»Zwei Aspirin wären erst mal prima«, erwiderte Çöktin lächelnd. »Was ist denn dieser ganze Kram auf deinem Schreibtisch?«

Tepe goss etwas Mineralwasser in ein Glas und reichte es Çöktin zusammen mit den Tabletten.

»Die Sachen gehörten einem Albaner, den wir in einer Straße in Eminönü tot aufgefunden haben«, erklärte er anschließend. »Ein Fünfundzwanzigjähriger namens Rifat Berisha. Der Täter hat ihm buchstäblich von Ohr zu Ohr die Kehle aufgeschlitzt.«

Nachdem er die Tabletten und das Wasser hinuntergeschluckt hatte, dankte Çöktin seinem Kollegen und fragte Tepe, ob es denkbar sei, dass Rifat einem Bandenkrieg zum Opfer gefallen war.

Tepe setzte sich seinem Kollegen gegenüber. »Das wäre durchaus möglich. Wir haben sogar festgestellt, dass Rifats Familie zurzeit eine Blutfehde mit einer anderen albanischen Familie austrägt. Trotzdem ist es nicht ganz eindeutig – es gibt da ein paar Unklarheiten.«

»Unklarheiten?«

»Ja.« Tepe nahm mehrere Gegenstände vom linken Stapel auf seinem Schreibtisch und reichte sie Çöktin. »Sieh dir die mal bitte an, und dann sag mir, was du davon hältst.«

»Wenn es dir weiterhilft«, erwiderte Çöktin und hustete erneut.

Während er die Gegenstände betrachtete – ein Päckchen Ansichtskarten und einige ausländische Fahrscheine –, hörte er sich Tepes Zusammenfassung der vergangenen Tage an: wie sie Rifats Leiche gefunden hatten, dass Dr. Sarkissian eine vor kurzem durchgeführte Nierentransplantation bei dem Opfer festgestellt hatte und auf welche Schwierigkeiten sie bei der Befragung der Berishas und der Vloras gestoßen waren.

Çöktin warf Tepe einen Blick zu. »Und inwiefern stellen Postkarten aus London jetzt eine Unklarheit dar? Das verstehe ich nicht.«

»Es besteht die Möglichkeit, dass Rifat die Niere im Ausland entnommen wurde«, sagte Tepe, bot seinem Kollegen eine Zigarette an und gab ihm Feuer.

»Ja, und weiter?«

»Und da hätten wir dann diese Postkarten aus London.«

»Ihr müsst doch nur die Visa im Pass eures Mannes überprüfen«, sagte Çöktin, während er seine Bronchien durch den Zigarettenqualm zusätzlich reizte.

Tepe seufzte. »Der Pass ist nicht aufzufinden. Und seine Eltern behaupten, nichts von Reisen ins Ausland zu wissen, obwohl sie zugeben, dass ihr Sohn manchmal mehrere Wochen von der Bildfläche verschwand – wegen Frauengeschichten, wie sein Vater glaubt.«

»Dann wende dich doch ans britische Konsulat.«

»Ja, das könnte ich machen.«

»Dann weißt du zumindest, ob der Kerl tatsächlich in England war oder die Postkarten nur geschenkt bekam«, sagte Çöktin lächelnd.

»Stimmt.«

»Und soweit ich das beurteilen kann, ist ja noch gar nicht klar, ob die Entnahme der Niere überhaupt etwas mit dem Tod des Mannes zu tun hat.«

Schweigend betrachtete Çöktin erneut die ausländischen Fahrscheine und runzelte die Stirn. »Übrigens«, sagte er nach einer Weile, »das hier sind englische Fahrscheine. Zumindest sind sie in englischer Sprache beschriftet.«

»Bist du dir sicher?«, fragte Tepe.

Çöktin deutete auf mehrere Worte auf der kleinen Karte mit dem orangefarbenen Rand. »Ja. Sieh mal: Hier steht Kensington – das ist in London.«

»Wirklich?«

»Oh ja, Kensington liegt definitiv in London«, erwiderte eine tiefere und wesentlich sonorere Stimme.

Die beiden jungen Männer drehte sich um und sahen zu Suleyman hoch, der gerade den Raum betreten hatte.

»Inspektor.«

Nachdem er Çöktin die Hand gereicht hatte, nahm Suleyman den Fahrschein und betrachtete ihn.

»Ja«, sagte er, »der hier stammt definitiv aus England. Das ist ein Fahrschein für die Londoner U-Bahn.«

Obwohl seine Kinder eigentlich längst in der Schule oder auf dem Weg zur Arbeit sein mussten, war in İkmens Wohnung mehr als nur eine Stimme zu hören. Als er müde die Tür aufschloss, glaubte er im ersten Moment, Fatma hätte den Fernseher eingeschaltet. Erst als er das Wohnzimmer betrat und sah, dass seine Frau auf dem Sofa saß – so weit entfernt wie nur möglich von einer Gestalt, die auf den ersten Blick an eine vom Leben gezeichnete und wesentlich größere Version von Marlene Dietrich erinnerte – wurde ihm bewusst, dass Samsun noch immer bei ihnen war.

mel seiner heruntergebrannten Zigarette und zündete sich daran sofort die nächste an. »Da bin ich mir nicht so sicher. Ich werde meinen Bruder danach fragen müssen, auch wenn mir das gar nicht gefällt.«

»Und warum nicht?«

»Weil wir noch nie darüber gesprochen haben. Er als älterer Bruder hat die Hauptlast getragen, und das hat bei ihm ziemliche Narben hinterlassen. Und obwohl mein Bruder sich sehr von mir unterscheidet, ist er doch ein guter Mensch, und ich möchte ihm nicht wehtun.«

»Und warum vergisst du dann das Ganze nicht einfach?«, fragte Samsun leichthin, während sie ihre Handtasche auf der Suche nach ihren Zigaretten öffnete. »Die Vloras sind schließlich Lügner und Diebe – das wird dir jeder bestätigen.«

»Angeliki behauptet, sie hätte meine Mutter gekannt.«

»Alle Albaner kennen sich irgendwie untereinander«, erwiderte Samsun und wedelte abschätzig mit ihrer brennenden Zigarette. »Sie lügen und betrügen und verfluchen einander. Sie wollen dich nur verwirren, Çetin. Denn sie wissen, dass du sie im Zusammenhang mit dem Berisha-Mord überprüfen musst, und sie vermuten, dass ich dir von ihrer Fehde erzählt habe – wie Mehmet Vlora mir so wundervoll eloquent zu verstehen gab. Und das gefällt ihnen gar nicht. Ich könnte mir vorstellen, dass vor allem Mehmet Angst davor hat, du könntest seine Drogengeschäfte aufdecken.«

Diese neue Information weckte einen Moment lang İkmens Interesse. »Mehmet dealt? Womit denn?«, fragte er.

Samsun zuckte die Achseln. »Mit allem Möglichen – so heißt es jedenfalls. Aber natürlich hast du das nicht von mir.«

»Nein, natürlich nicht.« İkmen lächelte und runzelte dann wieder die Stirn. »Ich habe Arto Sarkissian gebeten, nachzusehen, was von den Unterlagen seines Vaters noch vorhanden ist.«

Samsun sah ihn erstaunt an. »Warum?«

»Weil Vahan Sarkissian der Arzt war, der Mutters Totenschein ausstellte. Und weil ich zwischen den Unterlagen meines Vaters nicht den geringsten Hinweis auf irgendetwas gefunden habe, das sich auf den Tod meiner Mutter bezieht, nichts, rein gar nichts.«

»Wenn man mal davon absieht, dass schließlich alle wissen, dass deine Mutter an einem Herzinfarkt gestorben ist«, sagte Samsun ohne den geringsten Anflug von Ironie in der Stimme. »Und außerdem: Wie ich dir schon gesagt habe, waren wir Bajraktars in keine einzige Blutfehde verwickelt, seitdem wir Albanien verlassen haben. Und selbst wenn doch – dann wäre Tante Ayşe nicht getötet worden.«

»Warum nicht? Weil sie eine Frau war?«

»Ja, und als solche stammt sie nicht vom Baum des Blutes wie die Männer.«

»Dem Baum des was?«

»Hör mal, Çetin«, setzte Samsun an, »gemäß unserer Tradition stammen Männer vom Baum des Blutes und Frauen vom Baum der Milch. Das bedeutet, dass nur der Mord an einem Mann zu einer Blutfehde führen kann. Angeliki Vlora muss das wissen – und sie weiß auch, dass du, als Türke, das nicht weißt und deshalb ihre Geschichte für bare Münze nimmst. Die Vloras sind entschlossen, uns alle zu durcheinander zu bringen und uns Angst einzujagen, und bisher ist ihnen das auch wunderbar gelungen.« Sie lächelte. »Ich persönlich bete ja dafür, dass Beweise gefunden werden, die die Vloras in Verbindung mit Rifat Berishas Tod bringen, ganz egal, ob sie schuldig sind oder nicht.«

»Das erinnert mich an etwas«, sagte İkmen und blickte besorgt auf seine Uhr. »Ich habe um neun eine Verabredung mit Mehmet und seinen Brüdern.«

Samsun runzelte die Stirn. »Die Vlora-Brüder haben sich mit dir *verabredet*?«

»Nein, nicht ganz.« Er stand auf und streckte sich ausgiebig. »Ich habe Angeliki gesagt, dass ich ihre ›Jungs‹ verhaften lasse, wenn sie nicht um neun bei mir auf der Wache erscheinen. Ich war ein klein wenig gereizt wegen der Geschichte, die sie mir über Mutter erzählt hat.«

»Gut gemacht!«

İkmen, der allmählich die Auswirkungen einer Nacht ohne Schlaf zu spüren bekam, gähnte herzhaft. »Wenn du willst, kann ich dich ein Stück mitnehmen, Samsun.«

»Das wäre gut, denn ich schätze, ich sollte hier besser

verschwunden sein, bevor Fatma nach Hause kommt, richtig?«

İkmen lächelte und schwieg.

Nachdem Samsun aufgestanden war, steckte sie ihre Zigaretten in die Handtasche und zog die dünne rosarote Strickjacke um die Schultern.

»Ich vermute, die einzige Möglichkeit herauszufinden, wo oder mit wem Abdurrahman die Nacht verbracht hat, besteht darin, nach Hause zu gehen«, sagte sie düster.

»Glaubst du, dass Abdurrahman sich mit jemand anderem trifft?«, fragte İkmen.

»Ich weiß es nicht«, erwiderte Samsun mit einem Achselzucken. »Aber falls doch, werde ich ihm Feuer unterm Hintern machen – aber natürlich erst, nachdem ich sein Mobiltelefon in die Toilette geworfen und den Videorekorder mit Pizza gefüttert habe. Ich hatte die ganze Nacht Zeit, Rachepläne zu schmieden, und sag selbst: Wäre von mir als Albanerin etwas anderes zu erwarten gewesen?«

İkmen lachte und öffnete die Tür zum Flur. »Ich bin mir sicher, es gibt eine vernünftige Erklärung für sein Verhalten«, sagte er. »Komm, lass uns gehen.«

Als sie die Wohnung verlassen hatten und auf der kalten Straße standen, nahm İkmens Gesicht wieder diesen besorgten Ausdruck an. Samsun, die sich mit einem bodenlangen roten Kunstpelzmantel gegen die Winterkälte gewappnet hatte, stolzierte hinter ihrem Cousin her, bis sie İkmens »neues« Auto, einen Mercedes Baujahr 1981, erreicht hatten.

Plötzlich drehte İkmen sich zu Samsun um. »Ich glaube, wenn es noch jemanden geben könnte, der Bescheid weiß, dann Onkel Ahmet.«

»Worüber Bescheid weiß?«

»Die Wahrheit über Mutters Tod.«

Samsuns Atem dampfte in der kalten Luft, als sie aufgebracht rief: »Woher soll mein Vater etwas über eine Sache wissen, über die es nichts zu wissen gibt, Çetin? Meinst du nicht, er hätte es mir erzählt, wenn es da etwas gäbe?«

İkmen schloss die Fahrertür auf und seufzte. »Ja, vermutlich hast du Recht.«

»Hör mal, ich gehe lieber zu Fuß nach Hause«, wechselte Samsun plötzlich unvermittelt das Thema. »Schließlich wollen wir ja nicht, dass einer der führenden Polizeibeamten dieser Stadt in eine familiäre Auseinandersetzung hineingezogen wird, oder?«

İkmen lächelte. »Nimm ihn nicht zu hart ran, okay?«, sagte er, während er einstieg. »Denk daran: Die Anwälte in dieser Stadt sind verdammt teuer. Am besten behältst du diesen Gedanken bei allem, was du tust, im Hinterkopf. Und halte dich von den Orten fern, an denen die Vlora-Brüder regelmäßig verkehren, zumindest für eine Weile.« Dann schenkte er ihr noch ein Lächeln und fuhr davon.

Als der Wagen um die Ecke gebogen war, holte Samsun ihr Mobiltelefon aus der Handtasche und wählte eine Nummer. Nach dreißig Sekunden Wartezeit, in der sie vor Kälte kräftig mit den Füßen auf den Boden aufstampfte, nahm jemand am anderen Ende der Leitung ab.

Mit einem sehr ernsten Ausdruck im Gesicht sagte Samsun leise: »Vater? Ich bin's, Mustafa. Hör mal, wir müssen unbedingt miteinander reden. Es betrifft meine beiden Cousins, die İkmen-Brüder …«

»Rifat Berisha starb also in seinem eigenen Wagen?«

»Nicht notwendigerweise«, entgegnete Suleyman und rührte zwei Würfel Zucker in seinen Tee. »Ich will damit nur sagen, dass der Wagen auf Rifat Berisha zugelassen ist. Ich habe Roditi zu den Eltern geschickt, um sie zu informieren. Des Weiteren hat der Wagen amtliche Nummernschilder, ist versichert, und der Fahrer besaß einen türkischen Führerschein – also alles in allem vollkommen legal. Mit anderen Worten: Ein ziemlich teures Spielzeug für einen Mann, dessen Schwester ich noch vor einer Stunde auf der Galatabrücke betteln sah.«

Tepe lehnte sich auf seinem Stuhl zurück und starrte nachdenklich an die nikotingelbe Decke. »Rifats Eltern haben ausgesagt, dass er arbeitslos war.«

»Genau.«

»Er könnte das Geld für den Wagen durch den Verkauf seiner Niere bekommen haben.«

»Ja, möglicherweise in London«, stimmte Suleyman zu und betrachtete erneut den Fahrschein mit dem Aufdruck »Kensington«.

»Und wo wurde dann seine Gewebekompatibilität untersucht?«, fragte eine verschnupfte Stimme von der anderen Seite des Raumes.

»Hier«, sagte Suleyman.

»Dann müsste doch eines der örtlichen Krankenhäuser einen Befund über die Untersuchung der Gewebemerkmale haben«, sagte Tepe.

Suleyman zuckte die Achseln. »Theoretisch ja. Aber Rifat oder der Käufer des Organs könnten dem Krankenhauspersonal einen gefälschten Ausweis vorgelegt haben.«

»Stimmt«, seufzte Tepe, einen kurzen Moment mutlos.

»Wie auch immer«, sagte Suleyman. »Was wir jetzt dringend brauchen, ist der Befund der Gerichtsmedizin, ob Rifats Blut mit dem im Wagen identisch ist. Und wir müssen versuchen herauszufinden, wo Rifat den Wagen gekauft hat, falls Inspektor İkmen einverstanden ist.«

»Und auf diese Weise vielleicht feststellen, wie und von wem der Händler sein Geld bekam?«, fragte Çöktin.

»Ja«, erwiderte Suleyman. »Aber erst, wenn ich mit Inspektor İkmen gesprochen habe. Schließlich ist es sein Fall, und vielleicht möchte er ganz anders vorgehen.«

»Stimmt.«

»Inspektor İkmen war gestern Abend bei dieser alten Frau Vlora«, sagte Tepe.

»Was, allein?«, fragte Suleyman und zog die Stirn in Falten.

»Aliya Berisha hat zugegeben, dass es zwischen den beiden Sippen böses Blut gibt. Deshalb dachte der Inspektor, es wäre vielleicht sinnvoll, mal mit der anderen Seite zu sprechen.«

»Die Vlora-Brüder waren sicherlich nicht besonders erfreut, ihn zu sehen.«

»Der Inspektor ging davon aus, dass sie sich nach Yıldız' und meinem Auftritt dort eine Weile unsichtbar machen würden«, sagte Tepe. »Und da der Inspektor selbst zur Hälfte Albaner ist, muss er schließlich wissen, wovon er spricht. Außerdem hat er irgendwas von Werwölfen und Vampiren erzählt, da konnte ich ihm zugegebenermaßen nicht mehr ganz folgen.«

»Werwölfe und Vampire?«, fragte Çöktin. »Was meinte er damit?«

»Da er und die Vloras und die anderen alle irgendwie aus Osteuropa stammen, glaubt er, dass sie alle mit diesen Dingen vertraut sind«, sagte Tepe lächelnd. »Und ich als Vollblut-Türke hätte seiner Meinung nach wahrscheinlich nicht damit umgehen können, falls die alte Frau sich in eines dieser Wesen verwandelt hätte.«

»Mit anderen Worten: Er wollte alleine dorthin«, sagte Suleyman und musste lachen.

»Vielleicht kannst du dem Inspektor vorschlagen, von nun an Silberkugeln in die Standardausrüstung der Polizei aufzunehmen«, sagte Çöktin, während er sich unsicher erhob und leicht wankend auf Tepe zuging.

»Hä?«

Sowohl Suleyman als auch Çöktin lachten über Tepes Begriffsstutzigkeit.

»Wahrscheinlich sollten Sie mal öfter ins Kino gehen«, meinte Suleyman schließlich, drückte seine Zigarette aus und wandte sich zur Tür. »Und in der Zwischenzeit mache ich mich mal wieder an die Arbeit, und Çöktin gehört nach Hause ins Bett.«

»Ja, aber ...«

»Die Mittelchen Ihrer Mutter mögen zwar nicht immer die gewünschte Wirkung zeigen, Çöktin, aber sie können auch nicht schaden«, sagte Suleyman. »Sie können froh sein, dass Sie eine Mutter haben, die Sie so sehr liebt.« Ein trauriges Lächeln umspielte seine Lippen. »Das sollten Sie zu schätzen wissen.«

İkmens Gespräch mit den drei Vlora-Brüdern dauerte nicht sehr lange. Die »Jungs«, vor allem Mehmet, waren nicht gerade gerne in İkmens Büro gekommen, aber sie waren seiner Aufforderung gefolgt. Der Inspektor beschlagnahmte nicht nur ein Messer, von dem Mehmet behauptete, es gehöre ihm, sondern verlangte auch eine Durchsuchung der Vlora-Wohnung, und zwar mit der Zustimmung der drei Brüder. İkmen war sich sicher, dass weder Mehmet noch Mehti die volle Tragweite dieser Durchsuchung bewusst war. Lediglich Aryan schien etwas zu vermuten: Er fragte, welche Substanzen verwendet würden, um verdächtige Flecken sichtbar zu machen. Immerhin war es ein Lichtblick, dass die Brüder der Durchsuchung bereitwillig zustimmten. Was jedoch die Mordnacht anging, so hielten sie an ihrer vorhersagbaren Geschichte fest, sie wären die ganze Zeit über zusammen gewesen.

Dennoch fragte sich İkmen, wie viel Aryan wirklich wusste. Warum hatte er sich nach den Mitteln der Spurensicherung erkundigt? Heutzutage konnten auch Kleidungsstücke, Teppiche und selbst sorgfältig vom Blut gereinigte Wände eindeutige Spuren und Beweise liefern. Es schien, als würde Blut, einmal mit irgendetwas in Berührung gekommen, auf ewig daran haften bleiben. Ähnlich den albanischen Racheritualen ließ es sich niemals vollständig beseitigen.

Vor der Unterredung mit den Vloras hatte İkmen von Tepe und Suleyman noch rasch ein paar Informationen über einen Wagen erhalten, der offensichtlich Rifat Berisha gehört hatte. Diesen Wagen sowie ein paar Ansichtskarten und Fahrscheine aus London hielt Tepe für die bislang wichtigsten Beweisstücke, abgesehen von der Leiche selbst. Aber während İkmen den Wagen ebenfalls als wichtig einstufte, war er sich bei den Gegenständen aus London nicht ganz so sicher. Schließlich konnte Rifat die Postkarten von jemandem geschenkt bekommen haben, und die Fahrscheine, dachte İkmen zynisch, konnten aus den Geldbörsen britischer Touristen stammen, deren Taschen Rifat gefilzt hatte. Sie konnten natürlich auch ein Hinweis darauf sein, dass Rifat tatsächlich in London gewesen war – aber selbst wenn, stand immer noch nicht fest, ob er dort seine Niere verkauft hatte. Außerdem gab es bislang keine Verbindung zwischen dem Verkauf der Niere und Rifats Ermordung. İkmen blieb nichts anderes übrig, als Rifats Hinterlassenschaft noch einmal selbst durchzugehen. Vielleicht kam er dabei zu einem anderen Ergebnis als Tepe. Und was Rifats Fahrzeugpapiere betraf, ging er jede Wette ein, dass es sich dabei um Fälschungen handelte. Das Gleiche galt für den verschwundenen Pass des Opfers. İkmen wusste, dass seine Haltung gegenüber dem Albaner vielleicht unnötig hart und voreingenommen war. Und wenn Angeliki Vlora nicht seine Mutter ins Spiel gebracht hätte und Mehmet Vlora nicht Samsun bedroht hätte, dann wäre er möglicherweise tatsächlich unbefangener an den Fall herangegangen. Aber diese Dinge waren nun einmal geschehen, und – zugegeben – er war vorbelastet.

Als das Telefon klingelte, zuckte İkmen nervös zusammen und griff dann zum Hörer. »İkmen.«

»Hallo, Çetin, ich bin's, Arto. Ich habe den toxikologischen Befund zum Berisha-Fall vorliegen.«

»Und?«

»Nichts außer jeder Menge Nikotin«, sagte er seufzend. »Soweit ich das beurteilen kann, war Rifat Berisha ein gesunder junger Mann, dessen verbleibende Niere vorzüglich arbeitete. Hast du seine Eltern zu eventuellen Krankenhausaufenthalten befragt?«

»Sie behaupten, sie wüssten nichts von einem Krankenhausaufenthalt oder Reisen ins Ausland – obwohl der Besitz eines teuren Wagens und einiger Gegenstände aus England schon ein paar Fragen aufwirft«, erwiderte İkmen. »Offenbar verschwand Rifat wegen Frauengeschichten immer wieder mal mehrere Wochen von der Bildfläche.«

»Haben sie dir gesagt, ob ihr Sohn mal krank war?«

»Wie du ja selbst schon festgestellt hast, war Rifat offenbar ein gesunder junger Mann.«

»Was die Annahme, dass er seine Niere verkauft hat, umso wahrscheinlicher werden lässt«, sagte der Pathologe.

»Ja«, stimmte İkmen zu. »Obwohl wir nicht wissen, ob diese Transaktion irgendeinen Einfluss auf seinen Tod hatte.«

»Alles moralisch Verwerfliche muss als verdächtig gelten.«

İkmen zuckte die Achseln. »Ja, möglicherweise.«

Nach einer kurzen Pause setzte Arto Sarkissian ein wenig zögerlich an: »Und was diese Blutrache betrifft …«

»Ich gehe der Sache immer noch nach.«

»Nein, ich meine diese Geschichte, über die wir gestern Nacht gesprochen haben …«

»Ja, was ist damit?« İkmens Stimme klang plötzlich erwartungsvoll.

»Ich werde wie versprochen heute Abend Vaters Unterlagen

durchgehen. Trotzdem denke ich, dass du in der Zwischenzeit versuchen solltest, diese Geschichte über deine Mutter aus deinem Gedächtnis zu verbannen. Das Ganze liegt jetzt schon so viele Jahre zurück.«

»Aber diese Frau hat behauptet, dass meine Mutter umgebracht wurde, Arto!«, rief İkmen, bestürzt über die scheinbare Gleichmütigkeit seines Freundes in diesem Fall.

»Ja, vor vierzig Jahren, Çetin! Das ist selbst für dich zu lange her, um noch den Mörder zu finden – falls es überhaupt einen Mörder gab, was ich sehr bezweifle.«

»Ja, aber begreifst du denn nicht, dass ich Gewissheit brauche?«

Dieser Satz kam in einem solch kläglichen Ton aus İkmens Mund, dass Artos Unbehagen über das vermeintlich irrationale Verhalten seines Freundes schwand. Natürlich musste man etwas unternehmen, wenn man annahm, dass der eigene Vater oder die eigene Mutter umgebracht worden war. Ob das nun vierzig Minuten zurücklag oder vierzig Jahre, spielte dabei überhaupt keine Rolle. Die Familie war nun einmal die Familie, daran gab es nichts zu rütteln – obwohl die Angelegenheit offenbar nicht so dringend war, dass İkmen schon mit seinem Bruder gesprochen hätte. Auch wenn Çetin sich manchmal furchtbar über seinen älteren Bruder aufregte, war Halil, sobald es um die Ereignisse vor vierzig Jahren ging, für İkmen ein Held und absolut sakrosankt. Und hatte der Dreizehnjährige, der seine Mutter an jenem milden Mainachmittag tot aufgefunden hatte, nicht schon genug durchgemacht?

»Ich verstehe, was du meinst, Çetin, natürlich verstehe ich das«, sagte Arto.

»Dann bitte ich dich nur um eines: Wenn du unter Onkel Vahans Dokumenten irgendetwas – egal was – finden solltest, dann sei bitte absolut ehrlich zu mir.«

»Selbstverständlich«, erwiderte Arto Sarkissian. »Du weißt doch, Çetin, dass du für mich wie ein Bruder bist.«

»Ja.«

»Dann werde ich auch alles tun, um dir zu helfen. Genau wie du mir helfen würdest, wenn so eine traurige Angelegenheit meine Familie beträfe.«

İkmen lächelte. »Danke, Arto. Ich weiß das wirklich zu schätzen.«

»Keine Ursache«, sagte der Arzt. »Aber jetzt muss ich mich wieder um meinen Schreibkram kümmern. Kannst du mir vielleicht den Gefallen tun und Mehmet Suleyman ausrichten, dass die Vergleichstests zwischen Rifat Berishas Blut und dem in dem Wagen gerade durchgeführt werden?«

»Natürlich«, sagte İkmen. »Ich gehe gleich zu ihm.«

»Danke.«

»Wir telefonieren dann also heute Abend noch mal, Arto?«

Da er erneut die Dringlichkeit in İkmens Stimme bemerkte, sagte Sarkissian fest: »Ja, auf jeden Fall.« Dann fügte er rasch hinzu: »Bis nachher, Çetin.«

»Bis dann, Arto.«

Während İkmen aufstand, um zu Suleyman zu gehen, dachte er darüber nach, dass er seinem alten Freund zwar durchaus trauen konnte, was das Sichten der Unterlagen seines Vaters betraf. Aber er war sich nicht sicher, ob Arto ihm auch die vollständige Wahrheit sagen würde, wenn es darum ging, was er genau gefunden hatte. Schließlich war Arto Sarkissian Arzt, und die erzählten ihren Patienten auch nicht immer alles, wenn sie glaubten, dass diese es nicht unbedingt zu erfahren brauchten. Dennoch blieb İkmen keine andere Wahl. Er würde Arto glauben müssen – entweder das, oder er musste ihn der Lüge bezichtigen und ihre Freundschaft aufs Spiel setzen, was İkmen nun ganz gewiss nicht beabsichtigte.

# 10

Obwohl die Bewohner der Kutucular Caddesi sich allmählich daran gewöhnt hatten, dass in dem Haus mit der Nummer 32 in letzter Zeit öfter unbekannte Gesichter ein und aus gingen, waren sie nicht auf den Anblick dieses riesigen Wagens vorbereitet, der die gesamte Straße versperrte. Der goldlackierte Rolls-Royce mit feinster Lederpolsterung – wie Mimosas Ehemann Dilek später seinen Freunden im Kaffeehaus berichtete – stand für einen Lebensstil, der den Bewohnern der Kutucular vollkommen fremd war. Obwohl der Chauffeur beim Wagen blieb und ein wachsames Auge auf ihn warf, nachdem die junge Dame in das Haus Nr. 32 hineingegangen war, versammelte sich eine vorwiegend männliche und missgünstig blickende Menge um das Luxusgefährt. Und obwohl Hassan diskret nach der kleinen Waffe tastete, die İlhan Evren ihm gegeben hatte, um seine Kinder unter allen Umständen zu schützen, fühlte er sich nicht wirklich sicher.

Im Inneren des Hauses Nr. 32 ging es zwar ruhiger zu als auf der Straße, aber die Stimmung war keineswegs weniger angespannt. Das Mädchen, oder besser die Frau, wie sich bei näherem Hinsehen herausstellte, hatte an der Wohnung der Berishas geklopft, um mit »Rifats Familie« zu sprechen. Ihre kleine, gekrümmte Gestalt war von Kopf bis Fuß in schwarze Gewänder gehüllt, und sie sprach auf die gleiche stockende Weise wie die Berishas, als stammte auch sie ursprünglich nicht aus der Türkei.

Wie nicht anders zu erwarten, verhielt sich Aliya Berisha

gegenüber dieser unbekannten und abstoßend wirkenden Frau eher unfreundlich.

»Was wollen Sie von Rifats Familie?«, fragte sie. »Wer sind Sie überhaupt?«

»Mein Name ist Felicity Evren«, erwiderte die Frau mit sanfter und relativ tiefer Stimme. »Ich war eine gute Freundin von Rifat. Seine Schwester hat mich gestern angerufen, um mir die schreckliche Nachricht von seinem Tod mitzuteilen. Ich habe ihr gesagt, dass ich heute vorbeikommen würde.«

»Was? Engelushjia?« Aliya drehte sich entgeistert zu ihrer Tochter um.

»Ja, Mutter, ich habe sie eingeladen«, erklärte Engelushjia, während sie vortrat, um der Fremden feierlich die Hand zu reichen. »Rifat hatte mir vor einiger Zeit ihre Telefonnummer gegeben.«

»Er hat dir die Nummer gegeben?!«, heulte Aliya auf, wobei sie in ihrer Erregung in ihre albanische Muttersprache verfiel. »Und warum wusste ich nichts von dieser – Beziehung?«

»Es gab eine ganze Reihe von Dingen, die du von Rifat nicht wusstest«, erwiderte Engelushjia gleichmütig auf Türkisch. Dann nahm sie diese merkwürdige Frau mit dem entstellten Gesicht an der Hand und führte sie ins Wohnzimmer.

Aliya und Rahman folgten, während sie erregt miteinander tuschelten.

Lediglich Mimosa Özer lächelte. »Das muss eine von Rifats Eroberungen sein«, flüsterte sie Aliya ins Ohr. »Und dem Aussehen nach zu urteilen, eine mit Geld, liebe Cousine.«

»Ich bin gekommen, um Ihnen mein Beileid auszusprechen«, sagte Felicity Evren. »Das ist das Einzige, was ich für den lieben Rifat noch tun kann.« Dann brach sie in Tränen aus, und ihr kleiner Körper wurde von heftigen Weinkrämpfen geschüttelt. »Es tut mir ja so Leid!«

Mit einem Blick auf den großen goldenen Wagen vor ihrer Tür nahmen die Berishas neben Felicity Platz, während Engelushjia in die Küche ging, um Tee aufzusetzen. Eine ganze Weile saßen Rifats Eltern einfach nur schweigend da und beobachteten die weinende Besucherin.

»Meinst du, sie will irgendwas?«, fragte Rahman schließlich

seine Frau auf Albanisch und versuchte gleichzeitig herauszufinden, ob das Gesicht der merkwürdigen Fremden durch Beulen entstellt oder aber teilweise gelähmt war.

»Wenn Rifat Sex mit dieser Gestalt hier hatte, dann glaube ich, ist das Rätsel gelöst, wer seine Reisen bezahlte und woher er den Wagen hatte«, bemerkte Mimosa bissig. »Ein Mann muss schon die Augen schließen und nur ans Geld denken, um mit solch einer Vogelscheuche schlafen zu können, ohne dabei zu kotzen.«

»Sprich nicht schon wieder von diesem verfluchten Wagen!«, rief Aliya. »Als dieser Polizist mir erzählte, dass sie ihn in Ortaköy gefunden hatten und ich trotz meines Kummers so tun musste, als wüsste ich nichts davon … Ein Wagen, getränkt mit dem Blut meines Sohnes …«

»Wir wissen gar nicht, ob es Rifats Blut war«, sagte Rahman ernst. »Ich …«

»Rifat zeigte mir ein paar wundervolle Orte«, unterbrach ihn die merkwürdige Fremde. Erschrocken starrten die Albaner sie an. »Obwohl er selbst auch aus dem Ausland kam, wohnte er doch schon viel länger in dieser Stadt als ich. Er wusste, wo man hinfahren konnte. Denkmäler, Parks und Restaurants – das alles war mir im Grunde unbekannt, bis ich Rifat traf.«

»Deswegen hat der Junge in letzter Zeit so zugenommen«, flüsterte Mimosa Rahman ins Ohr.

»Sie sind doch nicht etwa schwanger?«, fragte Aliya die Besucherin derart unverblümt, dass Engelushjia fast das Tablett mit den Teegläsern aus den Händen fiel, das sie gerade hereintrug.

»Wenn es doch nur so wäre«, sagte Felicity Evren mit einem traurigen Achselzucken, »dann hätte ich wenigstens etwas, was mich an Rifat erinnert. Aber das war nicht … es lag nie im Bereich des Möglichen.« Erneut brach sie in Tränen aus.

»Ich nehme mal an, sie ist zu alt und vertrocknet, um noch Kinder zu kriegen«, wandte Aliya sich an ihre Cousine.

»Die muss älter sein als du«, erwiderte Mimosa zustimmend und fügte dann erstaunt hinzu: »Was hat sich dein Rifat nur dabei gedacht?«

»Vielleicht genoss er einfach nur die Gesellschaft dieser Dame«, fuhr Engelushjia die beiden älteren Frauen an. Dann wandte sie sich wieder ihrem weinenden Gast zu: »Ich habe Ihnen eine Tasse Tee gemacht.«

»Oh, das ist wirklich sehr nett von Ihnen«, sagte Felicity und versuchte ihre Tränen zu trocknen. »Vielen Dank. Es tut mir Leid. Es tut mir ja so furchtbar Leid!«

Während sie ihrer Besucherin feierlich ein kleines Glas Tee reichte und dabei die Worte des ihr verhassten Lek Dukagjini sprach – ein jedes Haus soll Allah und Gästen offen stehen –, erinnerte Engelushjia ihre albanische Familie an ihre Verpflichtungen gegenüber Gästen – gegenüber *allen* Gästen. Auf effektive Weise beendete sie so die beleidigende und sensationslüsterne Befragung dieser fremden Frau in ihrer Mitte. Insgeheim freute sie sich sogar darüber, dass sie es ihrer Familie mit ihrem eigenen Verhaltenskodex heimgezahlt hatte.

So verging eine ganze Stunde zwischen Tee und Tränen. Während Felicity ihnen erzählte, wie liebenswürdig und aufmerksam sich Rifat ihr gegenüber gezeigt hatte, rauchten Rahman, Aliya und Mimosa unablässig. Und obwohl die fremde Frau nicht direkt sagte, dass sie ihn geliebt hatte, konnte man dies durchaus ihren Worten entnehmen. Darüber hinaus erfuhren sie allerdings kaum etwas. Wo und wann Felicity Rifat kennen gelernt und wie ihre Familie ihn aufgenommen hatte – diese Details zählten nicht zu den Dingen, in die die Berishas eingeweiht wurden. Nach Felicitys Besuch stellten Rifats Eltern fest, dass sie noch immer nicht wussten, wo diese Frau wohnte und woher sie eigentlich stammte. Sie war einfach nur vorbeigekommen, hatte ihr Beileid ausgesprochen und sich mit einer herzlichen Umarmung von Engelushjia verabschiedet, bevor sie wieder ging. Felicity ahnte nicht, dass Engelushjia ein paar Dinge über sie wusste, die dem albanischen Mädchen ziemliches Unbehagen bereiteten – Dinge, über die sie mit ihren Eltern nicht reden konnte.

»Ich denke, wir sollten Wachtmeister Tepe unbedingt informieren, dass sie hier war«, sagte Engelushjia, während sie die Teegläser und den Aschenbecher abräumte.

»Das finde ich nicht«, erwiderte ihr Vater. »Warum muss die Polizei von den Eroberungen deines Bruders wissen?«

»Sie müssen alles über Rifat wissen, wenn sie seinen Mörder finden wollen«, entgegnete Engelushjia.

»Ja, aber *wir* wissen doch, wer deinen Bruder umgebracht hat«, sagte Aliya. »Es war …«

»Nein, das wissen wir nicht!«, unterbrach ihre Tochter sie. »Wir wissen es nicht sicher.«

»Ach, und du bist also nur für einen harmlosen Plausch zu den Vloras marschiert, oder was?«, sagte Rahman höhnisch. »Mit einem Messer in der Tasche.«

»Ich habe immer ein Messer dabei, das weißt du genau!«, konterte Engelushjia. »Für den Fall, dass mich jemand bedroht.«

»Was sie ja auch gemacht haben.«

»Ja! Aber ich wollte nur mit ihnen reden und versuchen, diese verdammte Geschichte zu klären.« Als sie die ungläubigen Gesichter um sich herum sah, warf Engelushjia den Kopf in den Nacken und sagte: »Von mir aus, dann glaubt mir eben nicht. Mir doch egal. Aber ich sage die Wahrheit, ob es euch gefällt oder nicht.«

Mimosa brach in Gelächter aus und rief dann: »Du musst doch vor uns nicht verbergen, dass du auf diesen türkischen Polizisten scharf bist! Halte dich ruhig an die Türken – die haben Geld und mochten unsere Frauen schon immer.«

»Wachtmeister Tepe ist verheiratet«, sagte Engelushjia und erwiderte verächtlich den seltsam anzüglichen Blick der Cousine ihrer Mutter. »Und selbst wenn er nicht verheiratet wäre, hätte ich zu viel Respekt vor ihm und mir selbst, um mich ihm hinzugeben. Wenn ich mir einmal einen Mann suche, dann muss das jemand sein, den ich liebe und der mich liebt.«

»Dann bist eine größere Närrin, als ich dachte«, sagte Aliya Berisha und ging langsam in Richtung Küche. Doch plötzlich blieb sie abrupt stehen und sah ihrer Tochter direkt ins Gesicht. »Oder willst du mit neununddreißig so aussehen wie ich?«

Schweigend senkte Engelushjia den Blick.

»Das dachte ich mir«, sagte ihre Mutter bitter und verließ den Raum.

»Ach, mach dir nichts draus«, lachte Mimosa. »Wenn dein Vater Rifat gerächt hat, werde ich Dilek zu einem großen Fest überreden.«

»Soll das eine Totenfeier werden, oder was?«

»Nein!«, lachte Mimosa noch lauter. »Ich werde mir was anderes ausdenken, irgendeinen Vorwand. Ich werde Dilek dazu bringen, all seine Freunde einzuladen. Das sind alles Türken. Unter denen wirst du bestimmt einen Mann nach deinem Geschmack finden.«

»Ganz bestimmt«, sagte Engelushjia düster. Allein der Gedanke an Dileks meist betrunkene Freunde reichte aus, ewige Enthaltsamkeit zu schwören. Aber die Ironie in ihrer Stimme entging Mimosa, die Rahman und Aliya in die Küche folgte.

Erneut dachte Engelushjia daran, wie sehr sie sich wünschte, dass diese ganze Horrorgeschichte bald vorbei war. Sie wollte, dass Rifat endlich beerdigt wurde und dass ihr Vater aufhörte, den nächsten Mord zu planen. Und sie wünschte sich tatsächlich ein Wiedersehen mit Wachtmeister Tepe. Es kam nicht jeden Tag vor, dass ein Mann sie wie ein menschliches Wesen behandelte, ganz zu schweigen wie eine Dame – und das, obwohl sie seinen Kollegen gebissen hatte.

Engelushjia lachte leise und ging hinaus in den Flur, um ihre Schuhe anzuziehen.

»Ich geh eine Weile spazieren«, rief sie, während sie eine Strickjacke über ihr Kleid zog und die Wohnungstür öffnete.

Aber niemand in der Küche hörte ihre Worte oder das Schließen der Haustür. Sie waren zu sehr mit ihren eigenen Plänen und Rachegedanken beschäftigt.

Es war schwer zu sagen, warum sie dem Jungen nicht konzentriert zuhörte – lag es daran, dass er nur dummes Zeug redete und sich selbst dabei gefiel, oder daran, dass sie in Gedanken schon bei der Aufgabe war, die sie nach dieser Sitzung erwartete? Eigentlich hätte sie sein Zustand beunruhigen müssen; schließlich sah es nicht danach aus, als ob er irgendwelche Fortschritte machte. Im Gegenteil: Die manierierte Morbidität, die er in den letzten drei Monaten zur Schau stellte, nahm immer mehr zu.

Während die schwarz gerandeten Augen des Jungen aus seinem blassen Gesicht herausschauten, zupfte er an seinem Pullover und räusperte sich. »Doktor Halman?«

Beschämt, dass jemand sie bei ihren Tagträumereien erwischt hatte – noch dazu jemand mit der gleichen Muttersprache wie sie –, richtete Zelfa Halman sich etwas in ihrem Sessel auf und lächelte.

»Es ist also nicht die Furcht vor der Fettleibigkeit, die dich antreibt«, sagte sie und blätterte geschäftig in ihren Notizen, die sie wenige Minuten zuvor gemacht hatte.

»Ich würde es zwar hassen, wenn ich fett wäre«, sagte der Junge und setzte eine finstere Miene auf, »aber das ist nicht der Grund. Nein, es ist irgendwie philosophischer als das, es ist ...«

»Aber du weißt schon, dass deine Nahrungsverweigerung letztendlich zu Muskelschwund, Haarverlust und Zahnausfall führt, gefolgt von unerträglichen Schmerzen.«

»Wenn der Körper im Kampf um Leben und Tod seine eigenen Organe zu verdauen beginnt«, ergänzte er strahlend. »Ja, das weiß ich. Mein Vater hat mir das alles erzählt. Aber ich esse doch, das versichere ich Ihnen. Seit meinem letzten Besuch bei Ihnen habe ich etwas gegessen – mehrmals sogar. Ehrlich gesagt neigt mein Vater dazu, maßlos zu übertreiben ...«

»Er macht sich Sorgen um dich, Ali. Er möchte, dass es dir gut geht.«

Der Junge lächelte auf eine Art und Weise, die sie völlig verwirrte. »Ja.«

Nach einer kurzen Pause fuhr sie fort: »Du hast mir erzählt, dass du alte Horrorfilme und -bücher magst – Dracula, Frankenstein und dergleichen.«

»Ja, aber wenn Sie jetzt behaupten wollen, dass mein Aussehen in irgendeiner Form mit meinem Interesse für Übersinnliches zusammenhängt ...«

»Nein, das hatte ich nicht vor.«

»Ich weiß, dass man als Teenager angeblich für diese Art von Obsession anfällig ist, aber tatsächlich ist diese ganze Geschichte wesentlich komplizierter, Dr. Halman. Wie ich bereits sagte, ist es philosophischer ...« Er wandte sich ab und blickte lächelnd in eine andere Ecke des Raums. Wie so viele Jugendliche seines Alters schien er geradezu romantische Vorstellungen von der dunklen Seite des Lebens zu haben, dachte Zelfa. Ein ihres Erachtens typisch europäisches Phänomen – aber schließlich hatte der Junge auch lange in England gelebt, dem Heimatland seiner Mutter. Und dort war die Gothic-Szene äußerst populär. Offensichtlich konnten die Briten – genau wie die Iren – es sich leisten, sich mit solchen Kinkerlitzchen zu beschäftigen.

»Sie wissen doch: Die Unfähigkeit des Vampirs, sich selbst im Spiegel zu sehen, reflektiert unsere Furcht vor einer Verwandlung in etwas Nichtmenschliches und die Angst vor dem Identitätsverlust, den eine Transformation in einen mächtigeren und primitiveren Daseinszustand mit sich bringen könnte«, sagte er in einem altklugen und intellektuellen Ton, den Zelfa bei ihm schon kannte.

»In welchem Buch hast du das gelesen, Ali?«, fragte sie.

»Genau genommen hat meine Schwester es gelesen«, erwiderte er. »Gestern.« Und dann fügte er mehr für sich selbst als für Zelfa hinzu: »Ist wohl eine Art alternativer Erklärungsversuch.«

»Ja, aber das trifft in keiner Weise auf deine eigene Situation zu, oder? Du bist, genau wie ich, sehr real, und du kannst dich, genau wie ich, durchaus im Spiegel sehen.«

Er seufzte traurig, bevor er reagierte. »Tja, ich fürchte, Sie und ich, wir beide sind gegenwärtig nur langweilige Sterbliche.«

»Woran wir nichts ändern können«, sagte Zelfa mit einem Lächeln. »Aber wenn du nicht vernünftig isst und mit niemandem außerhalb deiner Familie redest, dann könnte das eines Tages dazu führen, dass du dir einbildest, du wärst etwas, was du gar nicht bist.«

»Ach, ich glaube nicht, dass das passieren könnte, Sie etwa?«, fragte er mit übertrieben bestürztem Gesichtsausdruck. Doch in seinen Worten schwang auch eine gewisse Bitterkeit.

»Ehrlich gesagt, ich habe schon merkwürdigere Dinge gesehen«, erwiderte Zelfa entschieden, »also übertreib es nicht.

Dein Geist ist ein empfindliches Organ und sehr empfänglich für äußere Einflüsse. Bevor du also das nächste Mal zu mir kommst, solltest du versuchen, in der Schule wenigstens das ein oder andere Gespräch zu führen und jeden Tag etwas mehr zu essen. Versprichst du mir das?«

»Ich werde es versuchen«, sagte er und blickte schmollend zu Boden. Dann erhob er sich, den Kopf noch immer gesenkt. »Bleibt es bei Donnerstag?«

»Ich habe das Gefühl«, sagte sie und sah ihn direkt an, »dass wir uns intensiver mit den Themen auseinander setzen müssen, die hinter deiner Schwermut liegen könnten.«

»Ich bin nicht schwermütig.«

»Dein Vater hat den Eindruck ...«

»Mein Vater will mich in eine Anstalt einweisen lassen.«

Zelfa konnte sich gerade noch zurückhalten, über diesen typischen Fall pubertärer Übertreibung amüsiert zu lächeln. Obwohl İlhan Evren sicherlich ein paar Ecken und Kanten besaß, schien er – dem kurzen Gespräch nach zu urteilen, das sie miteinander geführt hatten – ein ganz normaler, besorgter Vater zu sein.

»Ali, dein Vater möchte nur, dass du gesund wirst.«

»Warten Sie's ab – Sie werden schon sehen«, sagte er mit einem abschätzigen Achselzucken.

Zelfa wechselte das Thema. »Vielleicht können wir uns beim nächsten Mal ein wenig weiter vorwagen und noch einmal über deine Mutter sprechen.«

Er nahm seine Jacke von der Stuhllehne und zog sie an.

»Ja, vielleicht«, sagte er. »Ich meine, wenn das für Sie von Interesse ist.«

»Um meine Wünsche geht es hier eigentlich nicht, Ali. Obwohl ... wenn du gerne möchtest, dass ich Interesse an diesem Thema zeige ...«

»Ja.« Er lächelte, wobei er seine ebenmäßigen weißen Zähne entblößte. »Ja, als eine Übung zur Erforschung der Annihilation könnte das auch für Sie interessant sein, Dr. Halman.«

»Dann sehen wir uns also nächsten Donnerstag«, sagte sie und erhob sich, um ihn aus ihrem Sprechzimmer zu geleiten.

»Ich freu mich schon darauf«, sagte er immer noch lächelnd und ging hinaus.

Nachdem er die Tür hinter sich geschlossen hatte, ließ Zelfa Halman sich in ihren Bürostuhl sinken. Wie so häufig bei Magersüchtigen, und selbst bei einem relativ leichten Grenzfall wie Ali, war das Ganze ein Spiel. Aber die Vorstellung, dass er ihr irgendwie einen Gefallen tat, war neu. Der Junge war kompliziert und ziemlich intellektuell für sein Alter, dachte Zelfa. Ein interessanter Fall. Allerdings nicht so interessant, dass sie darüber vergaß, bald ein Gespräch mit Alis fettleibigem Vater suchen zu müssen. Denn trotz seines ganzen Gehabes spürte sie, dass es für den Jungen wichtig war, aus erster Hand zu erfahren, dass der noch lebende Elternteil auf seiner Seite stand.

Doch bis dahin – und bevor sie endgültig der Mut verließ – musste sie unbedingt noch ein anderes Telefonat führen, das sie schon den ganzen Tag über hatte erledigen wollen. Ein Telefonat mit Mehmet Suleyman. Während sie die Nummer seines Mobiltelefons wählte, wurde ihr plötzlich ganz heiß. »Verdammte Menopause!«, murmelte sie.

Als er wenige Sekunden später abnahm, verlor sie zum ersten Mal kein Wort über ihren körperlichen Zustand und verkniff sich auch jeden zynischen Kommentar. Und während sie mit ihm redete, wusste sie, dass es für einen Rückzieher jetzt zu spät war. Sie würde einfach »die Katze aus dem Sack lassen«, wie man in ihrer Heimat sagte, und dann sehen, was passierte.

»Wo bist du gerade, Mehmet?«, fragte sie, nachdem er ihr überschwänglich für ihren Anruf gedankt hatte – und dafür, dass sie seinen Tag versüßte.

»Ich steige gerade in meinen Wagen«, sagte er. »Ich bin auf dem Weg zur Gerichtsmedizin.«

»Du bist also noch nicht losgefahren? Und es sitzt auch niemand neben dir?«

»Nein. Warum?«

Sie lächelte. Offensichtlich hatte er nicht die geringste Ahnung, worauf sie hinauswollte. »Du sitzt also gerade in deinem Wagen?«

»Ja. Zelfa ... «

»Mehmet«, sagte sie feierlich und genoss jetzt jeden Moment dieser zärtlichen Qual – so wie sie es sich immer vorgestellt hatte. »Mein lieber Mehmet, nach reiflicher Überlegung bin ich zu dem Entschluss gekommen, deinen Antrag anzunehmen und deine Frau zu werden.«

Die merkwürdig erstickten Laute am anderen Ende der Leitung verrieten ihr, dass er sie gehört hatte, aber sie musste ein paarmal seinen Namen rufen, bevor er reagierte.

»Weißt du, Zelfa, dass du mich gerade unendlich glücklich gemacht hast?«, sagte er schließlich, als er seine Stimme wiedergefunden hatte.

»Ja, du dummer Junge«, erwiderte sie, während sie sich rasch ein paar Tränen aus den Augen wischte, »aber du weißt ja gar nicht, wie glücklich ich selber bin ...«

»Warum kommst du nicht heute Abend zu mir, damit wir es allen erzählen können?«

»Wem, den Cohens?«

»Ja«, lachte er. »Die werden sich wahnsinnig für uns freuen! Fast so sehr wie ich.«

Zelfa lächelte. Obwohl er schon Mitte dreißig war, verhielt er sich manchmal wie ein aufgeregter Schuljunge. Aber auch das gehörte zu den vielen Dingen, die sie so an ihm liebte.

»Okay«, sagte sie und warf rasch einen Blick in ihren Kalender, der aufgeschlagen auf ihrem Schreibtisch lag. »Ich bin hier gegen sechs fertig.«

»Dann komme ich dich abholen!«

»Du ...«

»Ich will nicht, dass meine zukünftige Frau allein durch die kalten, nebligen Straßen läuft!«

Während Zelfa der Versuchung widerstand, ihn darauf hinzuweisen, dass dies offenbar kein Problem dargestellt hatte, solange sie noch seine Geliebte war, stahl sich ein Lächeln auf ihr Gesicht, und sie willigte ein.

Erst als sie den Hörer aufgelegt und den nächsten Patienten hereingebeten hatte, wurde ihr bewusst, was sie gerade getan hatte. »Ach, du lieber Himmel!«, kicherte sie, während der Patient zögerlich durch die Tür trat.

İkmen warf zuerst einen Blick auf das kleine Stück Papier in seiner Hand und dann zu Tepe.

»Sie glauben also nicht, dass Engelushjia Berisha ein Spielchen mit uns treibt, Tepe?«, fragte er.

»Nein, Chef«, sagte sein Assistent.

»Trotz der Tatsache, dass sie bewaffnet zur Wohnung der Vloras ging und dann plötzlich gemeinsame Sache mit ihren Feinden machte, um es uns gegenüber nicht einzugestehen?«

»Sie sagt, sie sei dort hingegangen, um mit Mehmet zu reden. Das Messer hatte sie nur deshalb dabei, weil sie es immer bei sich trägt – sagt sie.«

»Sagt sie«, murmelte İkmen und wiederholte damit den Teil, den er für das wichtigste Element im Satz seines Kollegen hielt. Plötzlich grinste er breit. »Und, ist die junge Dame noch hier auf der Wache oder wieder bei ihren Eltern?«

»Sie ist noch hier«, sagte Tepe. »Ich würde sogar fast behaupten, sie hat es überhaupt nicht eilig, hier wegzukommen.«

»Sehr merkwürdig.«

»Vielleicht will sie wissen, ob Sie schon mit Felicity Evren telefoniert haben, und falls ja, was bei dem Gespräch herausgekommen ist.«

İkmen griff zum Hörer und wählte die Nummer. »Na, dann wollen wir sie mal nicht enttäuschen«, sagte er und wartete darauf, dass jemand abnahm.

Nach ein paar Sekunden wurde das monotone Tuten in der Leitung von einer männlichen Stimme unterbrochen.

»Ich möchte gerne mit Felicity Evren sprechen«, sagte İkmen.

»Sehr wohl«, erwiderte eine männliche Stimme, die ziemlich jung klang. Dann rief der Mann ein paar Worte in einer Sprache, die İkmen sofort als Englisch mit einem schweren türkischen Akzent erkannte.

»Miss Flick! Miss Flick! Ein Mann am Telefon!«

»Und was will er?«, erwiderte eine ausgesprochen britisch klingende, weibliche Stimme.

»Ich weiß es nicht«, sagte der Mann. »Hier, für Sie.«

Das raschelnde Geräusch des überreichten Telefonhörers

knisterte in İkmens Ohr, der sich in der Zwischenzeit eine Zigarette angezündet hatte.

»Felicity Evren«, hauchte die Frau in die Sprechmuschel. »Ja bitte?«

»Guten Tag, Miss Evren«, erwiderte İkmen in tadellosem Englisch, wie selbst Tepe feststellte. »Mein Name ist Inspektor Çetin İkmen. Ich arbeite für die Kriminalpolizei Istanbul.«

»Oh. Tatsächlich?«

»Ja. Und ich rufe im Zusammenhang mit dem Tod eines jungen Mannes an, der wohl ein guter Freund von Ihnen war.«

»Oh.« İkmen konnte förmlich sehen, wie sie traurig zu Boden blickte – ihr gesamter Kummer eingefangen in einem einzigen kleinen Laut. »Woher wissen Sie …«

»Die Familie des Verstorbenen hilft uns bei unseren Ermittlungen; dafür werden Sie sicher Verständnis haben. Und da Rifat Berisha eines unnatürlichen Todes gestorben ist, sind wir gehalten, sämtliche seiner sozialen Kontakte zu überprüfen.«

»Natürlich.«

»Und deshalb sind wir für jeden Hinweis dankbar, vor allem von guten Freunden des Toten wie Ihnen, Miss Evren.«

Er hörte sie seufzen.

»Was, jetzt?«, fragte sie. »Ich bin gerade …«

»Wir können einen Termin ausmachen«, sagte İkmen und warf einen raschen Blick auf die Rückseite seiner Zigarettenschachtel, die ihm an diesem Tag als Kalender diente. »Wie wäre es so gegen fünf?«

»Heute?«

»Ja.« Es hatte sich bewährt, mit den Leuten, die man zu befragen beabsichtigte, eine klare, wenn auch freundliche Sprache zu sprechen, dachte İkmen. Dieses sanfte, aber unnachgiebige Drängen sorgte dafür, dass sich alle Beteiligten über ihre eigene Rolle in dem ganzen Verfahren klar wurden – selbst wenn solche Worte wie »Sie müssen« und »Sie werden« niemals fielen.

»Also gut«, sagte die Frau langsam, »möchten Sie, dass ich auf die Wache komme?«

»Ich kann auch bei Ihnen zu Hause vorbeischauen, wenn Ihnen das lieber ist«, sagte İkmen.

»Oh nein. Nein. Ich komme zu Ihnen«, sagte sie und fügte mit einem leisen Lachen hinzu: »Hassan kann mich fahren. Überhaupt kein Problem.«

»Ausgezeichnet. Vielen Dank.«

»Keine Ursache.«

Er gab ihr die Adresse der Polizeiwache und eine Wegbeschreibung zu seinem Büro. Als sie sich mit den Worten verabschiedete, sie freue sich auf das Treffen, erschien İkmen dies zunächst sehr merkwürdig. Aber schließlich war Felicity Evren durch und durch Engländerin, so dass ihre Bemerkung vielleicht gar nicht so seltsam war, wie sie zunächst klang. Timür İkmen hatte immer behauptet, die Briten seien derartig höflich, dass es fast gegen jede Vernunft ging. Vermutlich hatte sein verstorbener Vater wieder einmal Recht, dachte İkmen grimmig. Aber angesichts der jüngsten Ereignisse war es nicht angeraten, über seine Eltern zu grübeln. Um sich auf andere Gedanken zu bringen, warf er seinem Assistenten einen raschen Blick zu. »Vielleicht könnten Sie Engelushjia Berisha nach Hause bringen, Tepe. Es hat ja keinen Sinn, dass sie ewig unten sitzt und wartet.«

»Nein, da haben Sie Recht«, entgegnete der Assistent und stand auf.

»Dann können Sie ihr auch sagen, dass wir, was Felicity Evren betrifft, am Ball sind. Allerdings brauchen Sie ihr keine Details zu nennen.«

İkmen wandte seine Aufmerksamkeit wieder dem Papierstapel zu, über dem er gebrütet hatte, als Tepe in das Büro kam. Aber sein Geist weigerte sich, sich auf die vorliegende Aufgabe zu konzentrieren. Der Tod seiner Mutter verfolgte ihn inzwischen Tag und Nacht, und allmählich gelangte er zu der Überzeugung, dass er das klärende Gespräch mit Halil eher aus Feigheit hinauszögerte denn aus aufrichtiger Rücksichtnahme gegenüber seinem Bruder. Schließlich würde er Halil spätestens dann kontaktieren müssen, wenn sich unter Vahan Sarkissians Unterlagen kein Hinweis auf eine unnatürliche Todesursache befinden sollte – wovon Arto Sarkissian auszugehen schien.

Mit einem schweren Seufzer griff er nach dem Telefonhörer und wählte die Nummer seines Bruders. Nach einer Weile, die ihm fast wie eine Ewigkeit erschien, meldete sich eine ruhige Stimme.

»Halil, hier ist Çetin«, sagte İkmen rasch, da er sich der Gefahr bewusst war, dass er jeden Moment den Mut verlieren konnte. »Ich muss unbedingt mit dir reden.«

»Was ist denn? Ist irgendwas mit Fatma oder ...?« In der Stimme seines Bruders schwang aufrichtige Sorge.

»Nein, Fatma und den Kindern geht es gut, und auch finanziell ist alles in Ordnung – soweit man das je behaupten kann«, erwiderte İkmen und schloss damit die üblichen Gründe für ein Telefonat mit seinem Bruder aus.

»Was ist dann los?«

»Hör zu, Halil«, sagte İkmen und spürte, wie er plötzlich gereizt wurde. »Ich muss einfach mit dir reden, okay? Ich meine, hast du heute Abend schon was vor?«

»Çetin, du machst mir jetzt richtig Angst.«

»Ja oder nein, Halil?«, rief İkmen, allmählich ungeduldig. »Ich könnte zu dir kommen, oder wir können irgendwohin gehen.«

»Çetin ...«

»Halil, ich muss mit dir über Mutter reden!«, platzte İkmen heraus. Und da er sich darüber ärgerte, dass er das eigentliche Gesprächsthema vorzeitig preisgegeben hatte, fügte er hinzu: »Das ist ein Gespräch, das wir vor vierzig Jahren schon hätten führen sollen!«

»*Wie bitte?*«

Als İkmen die Panik in der Stimme seines Bruders hörte, reagierte er sofort: »Können wir uns über diese Sache unterhalten? Ja oder nein? Kann ich nachher zu dir kommen?«

»Heute Abend?«

»Ja! Ja, ich muss mit dir darüber reden, Halil, ich ...«

»Okay, okay!« İkmen konnte förmlich sehen, wie die langen, beringten Hände seines Bruders abwiegelnd in der Luft wedelten – fast die gleichen Hände wie die von Ayşe İkmen, wenn auch nicht die gleiche Gestik. Aber schließlich hieß es immer, dass der ältere der beiden İkmen-Brüder das attraktive Erscheinungsbild seiner Mutter geerbt hatte, während der »Kleine« eher ihre magische Persönlichkeit besaß.

»Ich bin gegen sieben mit den Zahlen hier durch«, sagte Halil. »Wenn du also danach vorbeikommen willst, bitte ich meine Haushälterin, für uns beide Abendessen zu machen.«

»Das ist wirklich nicht nötig«, sagte İkmen, als er sich an den verächtlichen Blick erinnerte, den ihm die Haushälterin seines Bruders bei seinem letzten Besuch zugeworfen hatte. Aber was hatte er auch erwartet? Sein Bruder, ein erfolgreicher, kinderloser und inzwischen geschiedener Steuerberater, lebte, kleidete und ernährte sich anständig, während Çetin – ein verheirateter Polizeibeamter mit neun Kindern – auch genauso aussah wie der Mann, der er nun einmal war: ein gestresster Kettenraucher mit mehreren schlecht behandelten Magengeschwüren.

»Also gut, ich seh dich dann später«, sagte Halil mit einem Seufzer.

»Danke, Halil.«

»Ist doch selbstverständlich.«

Aber natürlich wussten beide, dass es keineswegs selbstverständlich war. Schließlich konnte man ein Gespräch über Ayşe İkmen nicht gerade als Lappalie bezeichnen. Obwohl sie vor über vierzig Jahren gestorben war, hatte die Hexe von Üsküdar immer im Zentrum leidenschaftlicher Spekulationen all derjenigen gestanden, die sich für die dunklen Seiten des Lebens interessierten. Und obwohl ihre beiden Söhne nie über die Mutter sprachen, schien sie ständig und unverrückbar zwischen ihnen zu stehen – wie einer der kargen Berge ihres Geburtsortes.

Sie hatte nicht erwartet, an solch einem Ort jemanden wie ihn anzutreffen. Groß, schlank und außergewöhnlich attraktiv, schloss der Mann eine Tür hinter sich, von der sie annahm, dass sie in sein Büro führte. Und da er eindeutig auf dem Weg nach draußen war, musste Felicity Evren davon ausgehen, dass es sich bei dieser attraktiven Erscheinung nicht um den Inspektor handeln konnte, mit dem sie telefoniert hatte. Vermutlich war er ein Kollege, den sie – wenn sie sich ihrer türkischen Sprachkenntnisse sicherer gewesen wäre – gerne nach diesem İkmen gefragt hätte, einzig und allein, um den Mann anzusprechen. Aber so schnell, wie er aufgetaucht war, so schnell war Inspektor Suleyman – das stand zumindest auf seinem Türschild – auch schon wieder verschwunden. Felicity blieb allein im Flur zurück und ging zu der gegenüberliegenden Tür, die dem Namensschild zufolge in Inspektor İkmens Büro führte.

Als sie einmal kurz gegen die Glasscheibe klopfte, erschien sofort ein kleiner, drahtiger Mann in der Tür.

Nachdem er sie zuerst ein wenig verwirrt betrachtet hatte, breitete sich rasch ein freundliches Lächeln auf seinem Gesicht aus.

»Hallo, Miss Evren«, sagte er in perfektem Englisch und reichte ihr seine kleine Hand. »Vielen Dank, dass Sie so schnell kommen konnten.«

»Wenn ich Ihnen dadurch helfen kann …« Sie zuckte die Achseln, wobei die Aufwärtsbewegung der Schultern die auffällige Schwellung und die kaum kaschierte Verfärbung der Haut betonte, die İkmen in ihrer linken Gesichtshälfte bemerkte.

»Bitte nehmen Sie Platz«, sagte İkmen und befreite seine Hand aus ihrer Umklammerung. Dann deutete er auf den Stuhl vor seinem Schreibtisch.

»Vielen Dank.«

Sie setzte sich, wobei ihre winzige Gestalt fast hinter dem Papierstapel auf seinem Tisch verschwand.

»Kann ich Ihnen eine Tasse Tee anbieten?«

»Nein. Vielen Dank«, sagte sie und lächelte auf eine Weise, die fast so irritierend war wie ihr Achselzucken.

Ganz der perfekte Gastgeber, holte İkmen seine Zigaretten und sein Feuerzeug hervor. »Zigarette?«

»Nein, danke«, erwiderte sie, »aber lassen Sie sich von mir bitte nicht abhalten.«

İkmen nickte dankend und zündete sich eine Zigarette an.

»Mein Vater ist auch ein starker Raucher«, sagte sie, während sie İkmen beobachtete, der genussvoll an seiner Zigarette zog. »Wie ihr alle.«

İkmen runzelte die Stirn. »Wie ihr alle?«, fragte er. »Was meinen Sie damit, Miss Evren?«

»Wie alle Türken, Inspektor«, ewiderte sie lachend. »Mein Vater ist Türke, genau wie Sie.«

»Ach. Und Sie selbst?«

»Ich bin Engländerin, wie meine Mutter«, sagte sie, »aber das wussten Sie doch längst, oder?«

İkmen lächelte.

»Sie sprechen meine Sprache ganz hervorragend, Inspektor, und fast ohne Akzent.«

Da Schmeicheleien ihn immer verlegen machten, blickte İkmen auf seinen Schreibtisch. »Mein Vater hat Englisch, Französisch und Russisch an der Universität gelehrt. Allerdings vor langen Jahren.«

»Und mein Vater hat bis vor kurzem noch in London gelebt, aber er spricht die Sprache nicht so perfekt wie Sie«, erwiderte sie.

»Danke schön.«

Einen Moment lang schwiegen beide. Felicity Evren hatte plötzlich das Gefühl, dass sie diesem fremden Mann vielleicht zu sehr geschmeichelt hatte, und blickte zur Seite. Und auch İkmen versuchte, in eine andere Richtung zu schauen, wenn auch aus anderen Gründen. Praktischerweise fiel sein Blick dabei auf Rifat Berishas Akte.

»Also, Miss Evren, wie lange kannten Sie Rifat Berisha?«, fragte er.

»Ungefähr achtzehn Monate.«

»Schön.« İkmen blätterte die Seiten der dicken Akte um und stieß auf die Ansichtskarten und Fahrscheine aus London.

»Und wo haben Sie ihn kennen gelernt?«

»Ich habe bei ihm eine Tasse aus sehr edlem Porzellan gekauft«, sagte Felicity, während die Erinnerung ein Lächeln auf ihr Gesicht zauberte. »Er hatte mit ein paar anderen Männern einen Stand, auf dem Sonntagsmarkt in Ortaköy.«

»Diese anderen Männer«, fragte İkmen, »waren das auch Albaner?«

Sie zuckte die Achseln. »Ich könnte es mir vorstellen. Jedenfalls habe ich von dem, was sie sagten, nichts verstanden.«

»Und dann?«

»Wir wurden Freunde, Inspektor«, erwiderte sie und lächelte ihn seltsam schief an. »Er hat mir so viele Dinge in dieser Stadt gezeigt. Wir hatten sehr viel Spaß miteinander. Ich wohne erst seit zwei Jahren in Istanbul, seit ich mit meinem Vater und meinem Bruder hierher gezogen bin.«

»Und Ihre Mutter …«

»Ist tot, Inspektor.«

»Oh, das tut mir Leid.«

Sie zuckte nur die Achseln, was İkmen als Zeichen wertete, fortzufahren. »Wann haben Sie Rifat Berisha das letzte Mal gesehen, Miss Evren?«

Sie dachte einen Moment nach und meinte schließlich: »Am Mittag seines Todestages. Wir haben eine Kleinigkeit zusammen gegessen.«

»Wo?«, fragte İkmen, drückte seine Zigarette aus und zündete sich sofort die nächste an.

»Im Yeşil Ev«, sagte sie und nannte damit eines der Hotels, die sich in einer ehemaligen osmanischen Holzvilla befanden.

İkmen runzelte die Stirn. »Ziemlich teuer.«

»Ja«, erwiderte sie schlicht. »Ich war einkaufen. Und das gemeinsame Mittagessen war ein schöner Abschluss für meine Shoppingtour.«

İkmen zog kräftig an seiner Zigarette. »Und machte Rifat Berisha beim Mittagessen oder davor in irgendeiner Weise den Eindruck, dass er sich in Gefahr befinden könnte?«

»Nein«, antwortete sie, dieses Mal ohne langes Nachdenken. »Obwohl er beim Essen nicht viel geredet hat.« Sie lächelte. »Ich fürchte, ich habe ein bisschen zu ausführlich von meinen Einkäufen erzählt. Wenn wir zusammen waren, habe ich meist mehr geredet als er.«

»Und trotzdem hatten Sie und er viel Spaß.«

»Ja, das hatten wir«, erwiderte sie plötzlich unerwartet scharf. »Rifat mochte mich so, wie ich bin. Uns verband eine tiefe Freundschaft!«

»Gut, ich verstehe«, sagte İkmen in beschwichtigendem Ton. »Es gibt schließlich viele Dinge, die Männer und Frauen zusammen … tun … können …«

»Wir hatten keinen Sex miteinander«, fügte sie hinzu, offensichtlich immer noch ziemlich verärgert. »Ich habe Rifat geliebt, und ich werde ihn furchtbar vermissen, aber nicht … in dieser Hinsicht.«

»Nein.« İkmen nickte. »Ich verstehe.«

Wieder schwiegen beide eine Weile, bis İkmen sich schließlich räusperte.

»Haben Sie und Rifat auch abgelegenere Orte besucht, etwa außerhalb der Stadt?«

»Wir waren einen Tag in Bursa«, sagte sie, »kurz vor dem Erdbeben.«

»Und andere Ausflüge?«, fragte İkmen, während er erneut die Ansichtskarten und Fahrscheine in Rifats Akte betrachtete. »Sie sind nicht zufällig zusammen ins Ausland gereist?«

»Ins Ausland? Ist das Ihr Ernst?« Sie lachte. »Rifat war Albaner, Inspektor İkmen, und die sind an vielen Orten nicht besonders willkommen – vor allem in Europa, wohin mich meine Reisen normalerweise führen, wenn ich die Türkei verlasse.«

İkmen runzelte die Stirn. »Sie wissen also nicht, woher er die hier gehabt haben könnte?«, fragte er und schob die Karten und Fahrscheine zu ihr hinüber.

Felicity Evren warf einen kurzen Blick darauf und zuckte die Achseln. »Nein. Es könnte sein, dass ich ihm die Ansichtskarten irgendwann mal geschenkt habe, aber ich kann mich nicht daran erinnern.«

İkmen lächelte. »Und haben Sie vielleicht irgendeine Idee, von wem er sie sonst noch haben könnte?«

»Nein.«

İkmen nahm die Beweisstücke wieder an sich. »Wissen Sie, woher Miss Berisha Ihre Telefonnummer hat, Miss Evren?«

»Sie hat es mir nicht gesagt. Wahrscheinlich hat sie sie irgendwo zwischen Rifats Sachen gefunden.«

»Nein, er kannte sie auswendig und hatte sie nirgendwo notiert«, erwiderte İkmen nüchtern. »Engelushjia Berisha hat meinem Assistenten erzählt, dass ihr Bruder ihr die Nummer gegeben hat, als er letztes Jahr eine Reise ins Ausland unternahm. Er wusste nicht, wo er übernachten würde, aber er wollte, dass seine Schwester die Nummer hat, für den Fall, dass ihm irgendetwas zustoßen sollte.«

Felicity Evren wandte den Kopf ab.

»Darüber hinaus hat Miss Berisha meinem Assistenten auch erzählt«, fuhr İkmen fort, »dass Rifat sich einer Operation unterzogen hat, während er mit Ihnen im Ausland war. Er hat Ihnen eine seiner Nieren gespendet, richtig, Miss Evren? Bevor Sie jetzt antworten, denken Sie bitte daran, dass ich eine Untersuchung anordnen kann, die dies genau überprüft.«

»Sie haben ja keine Ahnung …«, sagte sie, ohne İkmen anzusehen. »Ich hatte eine Nierenerkrankung … Es …«

»Und zum Dank schenkten Sie Rifat einen schönen neuen Wagen.«

Sie drehte sich wieder um und sah İkmen direkt an, das Gesicht rot vor Wut. »Das war nicht der Grund, warum ich ihm den Wagen gegeben habe!« Ihre Stimme zitterte vor Erregung. »Rifat hat mir geholfen, weil er mich liebte. Ich habe ihm den Wagen geschenkt, weil ich es mir leisten kann und ihn geliebt habe. Zwischen uns war nie Geld im Spiel!«

»Eine freiwillige Organspende ist nicht illegal«, sagte İkmen. »Sie müssen verstehen, als unser Pathologe feststellte, dass Rifat nur noch eine Niere hatte …«

»Da haben Sie gleich das Schlimmste angenommen!«, fuhr sie ihn an.

»Also, angesichts der Tatsache, dass seine Eltern überhaupt nichts von der Operation wussten …«

»Es war sein Körper! Er konnte damit machen, was er wollte …«

»Aber Sie müssen doch zugeben, Miss Evren, dass die offensichtliche Geheimhaltung seiner Organspende ein wenig verdächtig wirkt. Wir waren gezwungen, entsprechende Nachforschungen anzustellen.«

Ihr armes, entstelltes Gesicht verzog sich zu einem kleinen Lächeln. »Ich weiß.«

Irgendwie tat sie İkmen plötzlich Leid. »Aber da Sie uns jetzt die Wahrheit gesagt haben, ist ja alles in Ordnung«, fuhr er sanft fort, »obwohl ich natürlich noch Rücksprache mit den britischen Behörden halten muss.«

»Ja, ja, tun Sie das«, sagte sie abwesend. Offensichtlich machte sie sich jetzt selbst Vorwürfe. »Wir haben für Rifat ein Visum beim Konsulat besorgt und ... Es tut mir so Leid, dass ich Sie angelogen habe, Inspektor İkmen. Ich dachte nur, dass Sie nach Rifats Tod alles Mögliche annehmen würden und ...«

»Nun, Miss Evren, wenn das alles ist ...« Er wartete einen kurzen Moment, um ihr die Gelegenheit zu geben, noch etwas hinzuzufügen. Aber sie schwieg. »Vielleicht wären Sie dann so freundlich, Ihre Aussage später einem meiner Kollegen zu Protokoll zu geben.«

Sie seufzte. »Selbstverständlich.«

Doch plötzlich veränderte sich etwas an ihr – Felicity Evren beugte sich vor und zeigte auf ihr Gesicht: »Wissen Sie, Inspektor, obwohl Rifat mir über alle Maßen geholfen hat, brauchte ich ihn nicht, wie vielleicht manche andere Frauen, zur Stärkung meines Egos. Ich meine, bei meinem Aussehen – warum sollte ich so etwas nötig haben?«

Betroffen und ratlos, welche Reaktion hier von ihm erwartet wurde, sagte İkmen einfach: »Nein, Miss.«

»Wenn ich gewollt hätte, dass Rifat mich liebt, dann wäre es mir wohl nicht schwer gefallen, seine Zuneigung zu gewinnen, oder? Nicht, wenn man attraktiv ist, oder?«

»Das kann ich leider nicht sagen«, erwiderte İkmen aufrichtig. »Aber wenn Sie das so empfinden ...« Er zuckte die Achseln.

Als Felicity Evren erneut schief lächelte, wandte İkmen sich ab. Hatte sie das ironisch gemeint, oder litt sie einfach unter Wahnvorstellungen? In Ermangelung einer Antwort suchte er Zuflucht bei einer weiteren Frage zu Rifats Todestag.

»Also, nach dem gemeinsamen Mittagessen mit Rifat Berisha ... wie ging es da weiter?«

»Ich bin nach Hause gefahren, und Rifat ist meines Wissens ebenfalls nach Hause gefahren«, sagte sie.

»Und er schien nicht irgendwie nervös oder beunruhigt?«

»Nein. Ich lud ihn noch für nächsten Freitag zu mir nach Hause zum Abendessen ein, und dann trennten sich unsere Wege.« Sie zuckte die Achseln. »Alles ganz normal.«

»Schön«, sagte er und sammelte diverse Beweisstücke aus Rifats Akte zusammen. »Wir benötigen in Ihrem Protokoll natürlich sämtliche Einzelheiten über Ihre Reise nach England.«

»Möchten Sie, dass ich das sofort erledige?«

»Ja, ich begleite Sie gleich in eines unserer Vernehmungszimmer«, erwiderte er.

»Wie Sie wollen.«

İkmen stand auf. »Dann hätten wir ja wenigstens einen Teil unserer Nachforschungen geklärt, nicht wahr?«

»Ja.« Auch sie erhob sich und lächelte, während er ihr die Tür aufhielt. »Danke.«

»Keine Ursache.«

Ihre Geschichte ergab einen Sinn, und İkmen bezweifelte nicht, dass die britischen Behörden sämtliche Einzelheiten bestätigen würden. Aber das machte ihn nicht besonders glücklich. Rifats Eltern hätten das Recht gehabt, von seinem Vorhaben zu erfahren, auch wenn Rifat selbst das nicht wollte. Was wäre gewesen, wenn er nach seiner Rückkehr in die Türkei erkrankt wäre? Was hätte die arme Engelushjia dagegen unternehmen können? Seiner Meinung nach war das Ganze purer Machtmissbrauch. Die Reichen konnten alles kaufen, was sie wollten. Er wusste, dass das Leben nun einmal so war, aber das bedeutete nicht, dass es ihm auch gefiel.

Außerdem spielten hier noch andere Dinge eine Rolle – beispielsweise Felicitys Aussehen und ihre Einstellung dazu. Und wenn sie schon wegen Rifats Organspende gelogen hatte, welche anderen Details über die Ereignisse in England mochten sie oder ihre Familie sonst noch vor der Polizei verbergen?

## 11

Nach einem skeptischen Blick auf den Hang, der steil hinter dem weißen BMW abfiel, öffnete Zelfa die Wagentür und stellte ihre Füße auf die mit Schlaglöchern übersäte Straße. Hinter ihnen kam ein kleiner Fiat zum Stehen.

»Ist das nicht dein Bruder?«, rief sie Mehmet Suleyman über das Wagendach zu.

»Ja«, erwiderte er lächelnd, ging zu ihr hinüber und nahm ihre Hand. »Ich wollte, dass Murad dabei ist, wenn wir es offiziell verkünden. Du hast doch nichts dagegen, oder?«

»Nein, natürlich nicht.« Ermutigend drückte sie seine Hand, und zusammen schlenderten sie zu dem kleinen Wagen, aus dem ein leicht stämmiger, mittelgroßer Mann gerade ein kleines Mädchen hervorholte.

»Murad!«

Das Gesicht, das hinter den mit Bändern verzierten Locken des Mädchens hervorschaute, wirkte freundlich, aber auch müde. Obwohl Murad Suleyman etwas kleiner schien als sein jüngerer Bruder, war er ähnlich attraktiv wie Mehmet, wenn man einmal von seinem fliehenden Kinn absah – ein Merkmal, das gerne als Zeichen für den hohen Anteil aristokratischen Bluts in seinen Adern gedeutet wurde.

»Hallo, kleiner Bruder«, sagte er und konnte gerade noch verhindern, dass ihm seine Tochter, die ihrem Onkel die Ärmchen entgegenstreckte, aus den Armen fiel.

Mehmet ließ Zelfas Hand los und nahm das kleine Mädchen lachend von seinem Bruder entgegen.

»Was für eine nette Begrüßung von einem so hübschen Mädchen!«, rief er, während die Kleine die Arme um seinen Hals schlang und ihr Gesicht im dicken Kragen seines Mantels vergrub.

»Was hast du erwartet? Schließlich bist du Edibes einziger Onkel«, sagte Murad und drehte sich dann zu Zelfa um. »Freut mich, Sie wiederzusehen, Frau Doktor Halman.«

»Ganz meinerseits.«

Er lächelte sie kurz an und wandte sich dann wieder seinem Bruder zu. »Also, ist das hier heute Abend nur ein geselliges Beisammensein oder etwas Wichtigeres?«

»Wenn wir hineingegangen sind, werde ich dir alles erzählen«, erwiderte Mehmet, der Zelfas Blick aufgefangen hatte und glücklich lächelte.

»Es hat also nichts mit Vaters Einladung zu tun?«, fragte Murad.

»Nein, aber ...«

Wie es Zelfa schien, wechselten die beiden Brüder einen angespannten Blick.

»Aber was, Mehmet?«

»Jetzt ist nicht der richtige Moment, darüber zu reden«, sagte der Jüngere und schenkte Zelfa erneut ein strahlendes Lächeln. »Heute Abend geht es nur um glückliche Dinge, die nicht in der Vergangenheit, sondern in der Zukunft liegen.«

»Du sprichst in Rätseln!«

Doch Murads Ratlosigkeit wirkte nicht sehr überzeugend. Er schien nicht nur vorbereitet auf die guten Neuigkeiten, sondern hatte offensichtlich schon vorgesorgt – der Flasche Champagner nach zu urteilen, die aus seiner Manteltasche hervorschaute.

Während sie auf den Häuserblock zugingen, in dem die Wohnung der Cohens lag, musste Zelfa über diesen kleinen, freundlichen Schwindel lächeln.

In manchen Familien ist die Ähnlichkeit der einzelnen Mitglieder nicht zu übersehen, doch in anderen deutet nichts oder nur wenig auf eine Blutsverwandtschaft hin. Die İkmen-Brüder Çetin und Halil wiesen nicht nur kaum Ähnlichkeiten miteinander auf, sie wirkten regelrecht wie zwei Fremde. Als Halils Haushälterin den beiden Männern den Tee serviert und sie dann allein gelassen hatte, spürte Çetin İkmen die Entfremdung zwischen seinem Bruder und ihm ganz deutlich. Es war nicht so, dass er Halil nicht aufrichtig liebte – das Gegenteil war der Fall –, aber er fühlte sich in seiner Gegenwart einfach unwohl, vor allem da *dieses* Gesprächsthema im Raum stand. Unmittelbar nach seiner Ankunft in Halils schönem Haus im Vorort Emirgan hatte Çetin das Gespräch direkt auf ihre Mutter gebracht – ein Fehler, wie sich jetzt herausstellte. Dass Halil in Gegenwart seiner Haushälterin nicht über Familienangelegenheiten reden wollte, wurde aus dem eisigen Schweigen deutlich, mit dem er auf Çetins einleitende Worte reagierte. Und obwohl jetzt nur noch die Stille der Nacht Zeuge ihres Gesprächs war, stockten Çetin die Worte.

Er warf einen Blick auf den elegant gekleideten Mann, der scheinbar entspannt in seinem Sessel saß, rutschte nervös auf seiner eigenen Sesselkante hin und her und räusperte sich. Dann holte er Zigaretten und Feuerzeug aus seinem Mantel, den er noch immer nicht abgelegt hatte, und hielt die Schachtel hoch. »Darf ich?«

»Auf dem Tisch steht ein Aschenbecher«, erwiderte Halil achselzuckend.

Lächelnd beugte Çetin sich vor, um seinem Bruder eine Zigarette anzubieten. Doch Halil lehnte mit einem kurzen Kopfschütteln ab, eine Hand dankend auf das Herz gelegt.

Zum ersten Mal bemerkte Çetin, der sich durch den Genuss der Zigarette ein wenig entspannte, die weißgrauen Schläfen seines Bruders. Es war einer jener seltenen Momente, in denen man erkennt, dass diejenigen, die einem nahe stehen, nicht mehr jung sind. Von seinem eigenen Alter ausgehend, rechnete Çetin schnell hoch und stellte überrascht fest, dass sein Bruder bereits siebenundfünfzig war – ein kleiner Schock, den er erst einmal verdauen musste.

Schließlich brach Halil das Schweigen. »Also, was genau wolltest du wegen Mutters Tod mit mir besprechen?«

Çetin zog kräftig an seiner Zigarette, bevor er reagierte.

»Ich möchte wissen, was an jenem Tag passiert ist«, sagte er. »Ich möchte es begreifen.«

»Du warst doch dabei, als …«

»Ich war zehn Jahre alt, Halil«, unterbrach Çetin ihn scharf.

»Ja, und ich war dreizehn.«

»Du bist damals als Erster ins Schlafzimmer gegangen. Du hast vor mir gestanden. Ich habe nur deinen Rücken gesehen.«

Halil beugte sich vor und verschränkte die Hände zwischen den Knien. »Du warst mein kleiner Bruder, Çetin. Ich wollte dir den Anblick ersparen. Ich wusste, dass Mutter tot war.«

»Woher wusstest du das?« Çetin zog nervös an seiner Zigarette und versuchte Halil in die Augen zu sehen, der jedoch seinem Blick auswich. »Ich weiß lediglich, dass sie auf ihrem Bett lag. Hätte sie nicht genauso gut einfach nur schlafen können?«

»Çetin, sie war tot.«

»Ja, aber woher …«

»Ich weiß nicht, woher ich das wusste! Das ist alles schon so lange her!« Halil stand rasch auf, ging hinüber zu seinem Bruder, nahm sich eine Zigarette aus dessen Schachtel und zündete sie an.

»Wenn Mutter wirklich an einem Herzinfarkt gestorben ist, dann gab es sicherlich nicht allzu viel zu sehen.«

Halil wollte gerade zu seinem Sessel zurückkehren, blieb aber abrupt stehen und drehte sich zu seinem Bruder um.

»Ich weiß es nicht«, sagte er. »Ich kann mich nicht erinnern. Vielleicht solltest du mit Arto über die postmortalen Anzeichen eines Herzinfarkts reden.«

»Ich will damit doch nur sagen …«

»Çetin, ich weiß es wirklich nicht.« Nach einem kräftigen Zug an seiner Zigarette ließ er sich seufzend in seinem Sessel nieder und meinte schließlich: »Und ich verstehe nicht, warum diese alte Geschichte für dich plötzlich so wichtig ist. Mutter starb, als wir beide noch Kinder waren. Und die Jahre danach waren für Vater furchtbar hart. Ich dachte, du und ich, wir hätten beschlossen, dass das alles der Vergangenheit angehört.«

Halil hatte Recht mit dem, was er sagte, das wusste Çetin. Nach Ayşe İkmens Tod war das Leben für ihre Familie wirklich sehr hart gewesen. Ihr Vater hatte weiterarbeiten müssen, um seine beiden Jungen ernähren zu können, aber einen hohen Preis dafür bezahlt … Die beiden Brüder mussten unterdessen den Haushalt führen, kochen und sich um die Wäsche kümmern – nicht gerade die Lieblingsbeschäftigungen von zwei intelligenten und lebhaften Jungen. Am Ende eines langen Tages, wenn sie nach der Schule das Essen gekocht, die Wohnung geputzt und ihre Hausaufgaben gemacht hatten, fielen die beiden immer todmüde ins Bett, während ihr Vater Timür noch bis tief in die Nacht seine Vorlesungen vorbereitete, die Suppe für den nächsten Morgen zubereitete und in den Wintermonaten aus dem Garten Brennholz hereinholte. Während all dieser Zeit hatte sein Blick nicht ein Mal auf einer anderen Frau geruht, obwohl er selbst noch recht jung war und schrecklich einsam gewesen sein musste.

Doch ungeachtet dieser bitteren Erinnerungen wusste Çetin, dass er irgendwie die Wahrheit zutage fördern musste, wenn Angeliki Vloras rachsüchtiges Gesicht jemals aus seinem Gedächtnis verschwinden sollte. Darüber hinaus hatte er den Eindruck, dass der schwer auf ihm lastende Tod seiner Mutter und seine Verbindung zur albanischen Gemeinschaft über Samsun allmählich dazu führte, dass er im Fall Rifat Berisha nicht mehr objektiv vorgehen konnte. Je eher die Fragen rund um Ayşes Tod geklärt waren, desto besser. Aus diesem Grund berichtete Çetin seinem Bruder die ganze Geschichte: Er erzählte von Angeliki Vlora, von der *gjakmaria* und von der unglücklichen Verstrickung ihres Cousins in diesen Fall. Lediglich Angelikis Darstellung der Todesumstände ihrer Mutter verschwieg er, da er davon ausging, dass Halil sowieso davon wusste, falls die Behauptungen zutrafen.

Als Çetin seinen Bericht beendet hatte, nahm Halil eine weitere Zigarette aus der Schachtel und lehnte sich nachdenklich in seinem Sessel zurück.

»Verstehst du jetzt, Halil, warum ich es wissen muss?«, fragte Çetin und zündete sich ebenfalls eine Zigarette an. »Das Ganze beeinflusst meine Arbeit …«

»Ja, schon …« Halil seufzte. »Ich verstehe, warum es für dich so wichtig ist, Çetin.«

»Aber?«

Halil lächelte. »Aber wenn Arto nichts in Onkel Vahans Unterlagen findet, fürchte ich, dass du nicht weiterkommen wirst.«

»Aber, Halil, du warst doch …«

»Ja, ich war dabei, Çetin, und ja, ich habe Onkel Vahan angerufen und dich zu den Nachbarn gebracht.« Er lehnte sich vor; seine Augen schimmerten dunkel und feucht. »Aber die Wahrheit ist, dass ich dir selbst unter Androhung der Todesstrafe nicht sagen könnte, was ich in Mutters Schlafzimmer gesehen habe.«

Çetin, der auf dem Weg zu seinem Bruder diverse Theorien entworfen hatte, was Halil ihm all diese Jahre verschwiegen haben mochte, traf diese schlichte Offenbarung wie ein Schlag. Einen Moment lang war er vollkommen verwirrt.

»Das heißt, wenn du heute in Gedanken zurück in Mutters Schlafzimmer gehst …«

»Dann sehe ich nur Dunkelheit«, ergänzte Halil. »Nichts.«

»Nichts? Absolut gar nichts?«

»Çetin, ohne die alten Fotos kann ich mich nicht einmal mehr daran erinnern, wie Mutter aussah!«

»Aber du siehst ihr so ähnlich.«

»Dann ist das vielleicht der Grund, warum ich mich morgens nicht lange vor dem Spiegel aufhalte! Vielleicht, weil das Ganze viel zu schmerzhafte Erinnerungen weckt!«

Beide verfielen in Schweigen. Çetin versuchte, seine Gedanken zu ordnen. Wenn Halil die Erinnerung an den Tod der Mutter aus seinem Gedächtnis gelöscht hatte, was hatte das dann zu bedeuten? Dieses Verhalten war nichts Ungewöhnliches bei Menschen, die ein schweres Trauma erlitten hatten. Aber im Laufe der Zeit kehrte die Erinnerung im Allgemeinen zurück, oder die betroffene Person entwickelte andere Probleme, die aus der Verdrängung des Traumas resultierten. Und normalerweise suchten diese Menschen psychologische Hilfe auf. Doch soweit er wusste, traf weder das eine noch das andere auf Halil zu. Hatte sein Bruder in diesem Schlafzimmer etwas derart

Schreckliches gesehen, dass ein scheinbar undurchdringlicher Vorhang seine Erinnerung permanent verschleierte? Hatte er ihre Mutter vielleicht mit aufgeschlitzter Kehle daliegen sehen – die klaffende Wunde so tief und blutig wie die, die Rifat Berisha das Leben kostete? War es möglich, dass in Angeliki Vloras Worten doch ein Körnchen Wahrheit steckte?

»Halil …«

Das Klingeln seines Handys unterbrach ihn. Mit einem kurzen, entschuldigenden Nicken in Richtung seines Bruders nahm Çetin das Gerät aus seiner Manteltasche und drückte auf die Empfangstaste.

»İkmen.«

»Inspektor, hier spricht Orhan Tepe«, verkündete eine ziemlich atemlose Stimme.

İkmen runzelte die Stirn. »Gibt es irgendein Problem?«

»Ich fürchte, ja: Samsun Bajraktar musste mit Stichwunden ins Krankenhaus eingeliefert werden.«

Ein heißes Schuldgefühl überspülte İkmen wie eine Flutwelle. Das konnten nur die Vloras gewesen sein. Er hatte immer gewusst, dass seine Arbeit eines Tages seine eigene Familie gefährden würde. Und jetzt war es tatsächlich geschehen.

»Wie geht es ihm?«, fragte İkmen und zündete sich an der alten Zigarette nervös die nächste an. »Und in welchem Krankenhaus liegt er?«

»Also, zuerst die gute Nachricht: Er ist bei Bewusstsein. Einer der Wachleute der Zabita-Truppe war Zeuge des Angriffs …«

»Wo ist das Ganze passiert?«

»In der Nähe des Kapali Çarşi; wo genau, weiß ich nicht.«

»Und konnte der Wachmann den Angreifer festhalten?«

Halil rückte näher an seinen Bruder heran. »Was ist passiert? Was …«

Mit einer strengen Handbewegung unterbrach Çetin seinen Bruder, und Halil sah schweigend zu, wie İkmen offenbar weitere schlechte Nachrichten zu hören bekam.

»Nein, das hat er nicht«, erwiderte Orhan Tepe, »allerdings sagt er, dass er den Mann ziemlich genau beschreiben kann.«

»Gut.« An dieser Stelle hätte İkmen gerne nachgehakt, ob

die Beschreibung auf Mehmet Vlora passte, aber er wandte sich den im Moment wichtigeren Dingen zu. »In welchem Krankenhaus ist Samsun zurzeit, Tepe?«

»Er wurde ins Cerrahpaşa gebracht«, sagte Tepe und nannte damit zu İkmens großer Erleichterung die ausgezeichnete Universitätsklinik, die zudem nicht allzu weit vom Ort des Überfalls entfernt lag.

»Ich fahre sofort hin«, sagte İkmen und stand auf.

»Ich glaube, er wird gerade medizinisch versorgt, Chef.«

»Ich fahre trotzdem hin«, erwiderte İkmen. »Schließlich ist er nicht nur das Opfer eines Überfalls, sondern auch mein Cousin.«

Halil riss erschrocken die Augen auf und schnitt wilde Grimassen, um weitere Informationen zu erhalten. Çetin drehte sich zur Seite und konzentrierte sich wieder auf das Gespräch.

»Ist irgendjemand bei ihm im Krankenhaus?«

»Nur der Zabita-Wachmann. Ich habe aber bereits einen Uniformierten, Roditi, rübergeschickt, um ihn abzulösen. Er soll dann den Wachmann hierher aufs Revier schicken, damit ich seine Aussage aufnehmen kann.«

»Gut. Ich mache mich jetzt mal auf den Weg.«

»Sind Sie zu Hause, Chef?«

»Nein«, erwiderte İkmen seufzend, da er an den langen Weg zum Krankenhaus dachte, das sich in Kasap İlyas, auf der anderen Seite des Goldenen Horns befand. »Nein, ich bin im Augenblick in Emirgan, bei meinem Bruder.«

»Oh.«

»Aber ich fahre jetzt gleich los; es dürfte also nicht zu lange dauern.«

»Okay.«

»Ich seh Sie dann, wenn ich aus dem Krankenhaus zurück bin, Tepe.« Und dann fügte er, wenn auch ein wenig abwesend, hinzu: »Und vielen Dank übrigens. Ich weiß zwar nicht, warum Sie so spät noch arbeiten, aber …«

»Bis später dann, Chef«, unterbrach Tepe seinen Vorgesetzten.

»Ja.« İkmen beendete das Gespräch und schob das Telefon wieder in seine Manteltasche.

»Also, was ist los?«, fragte sein Bruder mit großen Augen, während er Çetin in den Flur folgte. »Was ist passiert?«

»Unser Cousin Samsun Bajraktar ist überfallen worden«, sagte Çetin und schritt rasch durch den breiten Flur Richtung Ausgang. »Und das ist alles meine Schuld.«

»Aber …«

Doch Çetin war schon durch die Tür und eilte hinaus in die Kälte. Während Halil ihm mit klopfendem Herzen nachsah, bemerkte er, dass es schon viele Jahre zurückliegen musste, dass er seinen Bruder das letzte Mal hatte laufen sehen.

Trotz hochhackiger Schuhe und engem Rock stellte Samsun Bajraktar immer noch einen nicht zu unterschätzenden, muskulösen Gegner dar. Der Angreifer war wesentlich kleiner als Samsun gewesen, und selbst das Überraschungsmoment hatte ihm keine entscheidenden Vorteile gebracht. Zwar war das Messer tief in das Gesäß der Transsexuellen gedrungen, aber dank ihrer größeren Körperkraft und -größe schwebte sie nicht in Lebensgefahr. Nichtsdestotrotz ließ Samsun, nachdem die Wunde erst einmal genäht war, sich nicht die Gelegenheit entgehen, das Ganze zu einem schrecklichen Drama hochzustilisieren.

»Der Blutverlust war so groß«, erklärte sie İkmen, der sich einen Stuhl ans Bett heranzog, »dass ich in den Armen dieses Wachmanns in Ohnmacht gefallen bin.«

»Das muss für ihn eine ganz besondere Erfahrung gewesen sein«, erwiderte İkmen, der den Wachmann inzwischen kennen gelernt hatte und wusste, dass dieser jung und attraktiv war.

Dr. Alptekin, der Samsun keine Stunde zuvor behandelt hatte, lächelte.

»Um ehrlich zu sein«, sagte er, »Ihr Blutverlust war nicht ganz so dramatisch: Wir mussten nicht einmal eine Bluttransfusion machen. Andererseits wissen wir ja alle, wie schnell Blut sich überallhin verteilt«, fügte er freundlich hinzu.

»Selbstverständlich«, stimmte İkmen zu. »Ein Löffelchen Blut kann aussehen wie ein ganzes Blutbad.«

»Ich werde Sie beide jetzt mal allein lassen«, sagte Alptekin immer noch lächelnd und schloss die Tür hinter sich. Der hektische Krankenhauslärm auf dem Gang ließ deutlich nach.

»Er versucht, das Ganze herunterzuspielen«, erklärte Samsun, nachdem der Arzt gegangen war.

İkmen lächelte. »Bestimmt meint er es nur gut«, sagte er, seufzte dann schwer und wandte sich wichtigeren Dingen zu. »Und, war Mehmet Vlora derjenige, der dich angegriffen hat?«

»Das kann ich beim besten Willen nicht sagen, Çetin«, erwiderte Samsun und blickte auf die weiße Schüssel, die auf dem Tisch neben ihrem Bett stand. »Es passierte alles so schnell. Ich dummes Ding war auf der Suche nach diesem treulosen Mistkerl Abdurrahman ...«

»Dieser Zabita-Wachmann«, unterbrach İkmen rasch Samsuns Redefluss, bevor die ihn mit unnötigen Details überfluten konnte, »gibt einem meiner Beamten gerade eine umfassende Beschreibung des Täters.«

Samsun warf İkmen einen raschen Blick zu. »Tatsächlich?«

»Ja, er hat alles sehr gut sehen können ... auch das Gesicht des Mannes«, sagte er und musste über seine kleine Lüge lächeln.

»Ach.«

»Falls du also weißt, wer es war, kannst du es mir genauso gut auch gleich sagen.«

Samsun, die an diesem Morgen mit dem streng aus dem Gesicht gekämmten Haar wesentlich maskuliner wirkte, kratzte angelegentlich an ihrem abblätternden Nagellack herum.

»Samsun?«

Sie blickte auf. »Ja?«

»Hör zu, falls du dir Sorgen wegen irgendwelcher Vergeltungsmaßnahmen machst ...«

»Wenn der Zabita-Wachmann doch deutlich sehen konnte, wer mich angegriffen hat, dann wüsste ich wirklich nicht, warum ich seinen Beobachtungen noch irgendetwas hinzufügen sollte. Ich meine, als Hüter des Gesetzes ...«

»Er braucht alle Hilfe, die er kriegen kann«, sagte İkmen. »Die Zabitas sind nur uniformierte Marktwächter, im Grunde nichts weiter als Wachmänner. Natürlich sind sie besonders wachsam, und natürlich kennen sie sich mit Taschendieben und zwielichtigen Händlern aus. Aber sie sind es nicht gewohnt, mit schweren Gewalttaten umzugehen – eine Tatsache, die auch jedem Anwalt bekannt sein dürfte, der deinen Angreifer vertritt.«

Erschrocken drehte Samsun sich zu ihrem Cousin um. »Du meinst, dass man dem Wachmann vielleicht nicht glaubt? Und dass der Kerl, der mich angegriffen hat, vielleicht ungestraft davonkommt?«

»Das wäre möglich.«

»Oh, wenn das so ist«, sagte sie und richtete sich unter Schmerzen in ihrem Kissen auf, »wenn das wirklich passieren sollte, dann muss ich mich wohl selbst um diese Angelegenheit kümmern.«

»Und auf die Gesetze von Lek Dukagjini zurückgreifen«, ergänzte İkmen so beiläufig wie möglich.

»Ja, genau, ich …«

»Also war der Angreifer Albaner«, sagte İkmen mit kaum verhohlenem, triumphierenden Lächeln.

Samsun blickte wieder auf ihre Fingernägel und zischte İkmen ein erbostes »Mistkerl« zu, bevor sie ihn wütend musterte.

İkmen lächelte. »Wenn deine Beschreibung mit der des Wachmannes übereinstimmt, dann wäre das sehr hilfreich. Die Glaubwürdigkeit einer Zeugenaussage erhöht sich ungemein, wenn mehrere Menschen die gleiche Kleidung, Haarfarbe, Körpergröße und Ähnliches beobachtet haben.«

»Also muss ich dir gar keinen Namen nennen.«

»Nein, nein«, erwiderte İkmen lächelnd und griff in seine Tasche, um sein Notizbuch und einen Stift hervorzuholen, »eine Beschreibung des Mannes reicht völlig aus.«

»Und ich muss auch keine Angaben zu seiner Nationalität machen?«, fragte Samsun, deren Stimme ein wenig zitterte, teils aufgrund des Schmerzmittels, das man ihr verabreicht hatte, und teils aufgrund der Anstrengung, die sie dieses Gespräch voller indirekter Anspielungen kostete.

»Nein«, sagte İkmen. »Beschreib mir einfach, wie der Täter *genau* ausgesehen hat und was er trug.«

Plötzlich wanderte Samsuns Blick zur Zimmertür. Auf ihrem Gesicht spiegelte sich eine gewisse Nervosität wider.

»Hör zu, Samsun, ich werde nicht zulassen, dass dir etwas passiert«, sagte İkmen. »Einer meiner Männer wird draußen auf dem Flur Wache stehen, bis du das Krankenhaus verlässt.«

»Und danach?« Besorgt suchte sie in seinem Gesicht nach einer beruhigenden Antwort.

»Bis dahin müsste der Täter längst hinter Schloss und Riegel sitzen, und seine Familie lasse ich strengstens überwachen.«

»Ist das dein Ernst, Çetin? Ich meine, du sagst das jetzt nicht nur, um ...«

»Ich gebe dir mein Wort darauf«, erwiderte İkmen mit ernstem Gesicht. »Sowohl als Cousin wie auch als Gesetzeshüter garantiere ich, dass dir nichts Schlimmes widerfahren wird«, fuhr er fort und nahm ihre Hand in seine, was ein kleines Lächeln auf ihr Gesicht zauberte.

»Also gut«, sagte sie nach einer Weile, »ich schätze, ich könnte vielleicht eine Beschreibung ...«

»Braves Mädchen!«, rief İkmen begeistert und schlug sein Notizbuch auf. »Also ...?«

»Also ...«, setzte Samsun an.

Während İkmen jedes ihrer Worte sorgfältig aufnahm – wobei ihn einige Details ziemlich überraschten –, beschäftigte sich dennoch ein Teil seines Gehirns mit der Frage, wie um alles in der Welt er sein Versprechen halten sollte, Samsun vor weiterem Schaden zu bewahren. Schließlich war sie nicht gerade unauffällig – ganz zu schweigen von der Frage, woher er genügend Männer nehmen sollte, um die Wohnung des Täters zu überwachen. Doch dann tröstete er sich mit dem Gedanken, dass er als Türke einfach auf die unergründlichen Wege des Schicksals vertrauen musste. Die Tatsache, dass er eigentlich gar nicht an Kismet glaubte, tat dabei nichts zur Sache, beschloss er.

# 12

An diesem Morgen kam die Dämmerung erst spät, wie üblich während der Wintermonate. Çetin İkmen stand mit gezückter, allerdings nicht geladener Pistole – was jedoch nur er selbst wusste – vor der Wohnungstür der Vloras und war in diesem Augenblick dankbar für die kurzen Tage. Denn die langen Stunden der Dunkelheit hatten es ihm ermöglicht, zahlreiche seiner Männer ungesehen rund um das Haus auf der Tahtakale Caddesi zu postieren. Im Inneren der Wohnung konnte sich eine große Zahl von Personen aufhalten, die gegenüber der Polizei möglicherweise bewaffneten Widerstand leisteten. Und obwohl İkmen wusste, dass er an dieser Tatsache nichts ändern konnte, indem er dem offensichtlich nervösen Orhan Tepe an seiner Seite beruhigend zunickte, schenkte er ihm trotzdem ein aufmunterndes Lächeln. Schließlich kostete es ihn nichts, und das angespannte Grinsen, das er als Antwort erhielt, war die Mühe wert. Vor der dünnen Wohnungstür, die Yıldız wenige Tage zuvor eingetreten hatte, waren zwei Uniformierte mit einem Rammbock postiert. İkmen warf ihnen einen Blick zu und formte mit den Lippen: »Jetzt!«

In dem darauf folgenden Durcheinander mischten sich das Splittern der Tür und die Kommandos der Beamten mit Frauengeschrei und dem panischen Getrappel auf dem kahlen Fußboden. Die Luft war erfüllt von einem durchdringenden Geruch, den İkmen sofort als den betäubenden Duft von Cannabis identifizierte.

»Mmm«, sagte er, während seine Beamten ihm einen Weg in das Schlafzimmer bahnten. »Drogenbesitz und gewalttätige Übergriffe. Was kommt wohl als Nächstes?«, fügte er mit einem Blick auf Tepe hinzu.

Statt einer Antwort lächelte Tepe nur kurz und folgte den Uniformierten in den Raum.

Angeliki und Aryan Vlora wurden von einigen Beamten in der Küche gestellt, aber die beiden anderen Brüder waren in ihren Betten überrascht worden. Offensichtlich waren sie bis zum Eintreffen der Polizei anderweitig beschäftigt gewesen: Die Frau in Mehtis Bett wirkte mit ihrer hellen Haut und dem aschblonden Haar sehr westeuropäisch, während die kleine, dunkle Gestalt neben Mehmet vermutlich aus Albanien stammte. Möglicherweise war sie seine Frau.

»Was fällt euch ein, hier einfach so einzudringen!«, brüllte Mehmet Vlora, als İkmen und Tepe eintraten. »Eure Leute waren doch gestern schon hier. Männer in weißen Overalls, die einfach alles mitgenommen haben …«

»Die Spurensicherung, richtig, wegen des Mordes an Rifat Berisha. Im Augenblick stehen sie wieder draußen und warten nur darauf, dass ich sie reinrufe. Ich denke, Sie haben sie erwartet, wenn auch nicht so schnell, dem Geruch in dieser Wohnung nach zu urteilen. Aber deswegen bin ich nicht hier, und ich bin auch nicht gekommen, um mit Ihnen zu reden, Mehmet. Stattdessen würde ich mich gerne mal mit Mehti unterhalten«, sagte İkmen und grinste den Angesprochenen an, »und zwar über einen sehr hässlichen Angriff auf einen gewissen Samsun Bajraktar, im Laufe des gestrigen Abends.«

»Er war die ganze Zeit hier bei uns!«, knurrte Mehmet, jedoch eher in Richtung des großen Polizeibeamten, der ihm inzwischen eine Hand auf die Schulter gelegt hatte.

»Was geht hier vor?«, fragte die blonde Frau auf Englisch.

»Diese Durchsuchung betrifft eine Gewalttat, die Ihr Freund hier möglicherweise begangen hat«, erwiderte İkmen auf Englisch, »und des Weiteren den Besitz von Haschisch – wo wir schon mal dabei sind.«

»Damit habe ich absolut nichts zu tun!«, fauchte die Frau ihn an und zog ein ziemlich schmuddeliges Bettlaken über ihren nackten Körper. »Und außerdem ist er nicht mein Freund, falls Sie das denken sollten!«

İkmen lächelte. »Das ist vielleicht auch besser so, oder?« Dann wandte er sich auf Türkisch wieder an Mehti. »Zu Ihrem großen Pech, Herr Vlora, konnte uns der junge Wachmann, der vermutlich Samsun Bajraktars Leben gerettet hat, eine sehr genaue Beschreibung von Ihnen geben, einschließlich ...«, er deutete mit dem Kopf auf eine smaragdgrüne Windjacke, die auf dem Boden lag, »... Ihrer Kleidung.«

»Aber ...«

»Ich will, dass die gesamte Sippe auf die Wache gebracht wird«, wandte İkmen sich an seine Männer.

»Zieht euch an«, befahl Tepe den beiden Albanern.

Schweigend und offenbar ein wenig eingeschüchtert, streiften Mehmet und Mehti Hosen, Hemden und Socken über und forderten die beiden Frauen leise auf, sich ebenfalls anzukleiden. Und obwohl das englischsprachige Mädchen immer noch sehr aufgebracht wirkte, tat sie es ohne weiteren Kommentar.

Während İkmen zurück in Richtung Flur ging, erinnerte er seine Untergebenen daran, dass Mehti Vloras Kleidung später gerichtsmedizinisch untersucht werden müsse. Außerdem sollten sie ihn auffordern, ein paar Sachen zum Wechseln einzupacken, da es durchaus sein könnte, dass er länger auf der Wache festgehalten würde. Im Flur angekommen, schwand seine bis dahin arrogante, aber gutmütige Haltung schlagartig, als er die wutschnaubende alte Frau erblickte, die ihn bitterböse anstarrte.

»Du Schwein!«, zischte Angeliki Vlora und spuckte ihn an, während sie ihre krummen Finger aus dem unerbittlichen Griff eines untersetzten Wachtmeisters zu befreien versuchte.

»Wir haben Kokain bei ihr gefunden«, sagte der Beamte.

»Oh, oh«, meinte İkmen und beugte sich vor, um der wütenden Alten direkt ins Gesicht zu sehen, »das ist aber gar nicht gut, Angeliki.«

»Keiner meiner Söhne war an dem Überfall auf diese Tunte beteiligt! Keiner von ihnen!«

»Habe ich denn behauptet, dass sie es wären?«, erwiderte İkmen mit gespielter Unschuldsmiene. »Ich denke nicht.« Dann sah er den Wachtmeister an, der die Frau festhielt, und fragte: »Während Sie in der Küche waren, Bilgen, hat da irgendjemand Frau Vlora erzählt, warum wir hier sind?«

»Nein, Inspektor.«

İkmen wandte sich wieder der Frau zu. »Also entweder können Sie neuerdings durch Lärm und dicke Wände hören, oder die Lage wird für Sie immer ernster.«

»Du Hexenkind!«, zischte die Frau. »Ich weiß, warum du uns verfolgst!«

»Tatsächlich? Und warum?«

»Weil du faul bist! Weil meine Jungs passende Sündenböcke für den Mord an dem Berisha-Jungen abgeben! Und weil ich dir die Wahrheit über den Tod deiner Mutter gesagt habe und du sie nicht wahrhaben willst!«

Von ihren Worten getroffen, fuhr İkmen die Alte zornig an. »Zu Ihrer Information«, sagte er mit zusammengebissenen Zähnen, »ich zähle zu den gewissenhaftesten Kriminalbeamten, die Sie in dieser Stadt finden können. Und ich hätte Ihre ›Jungs‹ innerhalb von vierundzwanzig Stunden nach Rifats Ermordung verhaften lassen können, wenn ich es gewollt hätte und wenn ich von ihrer Schuld überzeugt gewesen wäre. Aber das bin ich nicht. Allerdings bin ich auch nicht vom Gegenteil überzeugt.« Er schwieg einen kurzen Moment, um sich eine Zigarette anzuzünden, ließ die Frau aber keinen Augenblick aus den Augen. »Und was meine Mutter betrifft: Bisher konnte Ihre Geschichte von niemandem bestätigt werden.«

»Und auf das Wort einer albanischen Frau verlässt du dich natürlich nicht, oh nein!«

»Nicht, wenn diese Frau Verbrechern Unterschlupf gewährt und mit Drogen handelt. Täten Sie das etwa?«

Sie zuckte die Achseln. »Wenn du die richtigen Leute fragen würdest ...«

»Was meinen Sie damit?«, fragte er und starrte in ihre verschlagenen, gelblichen Augen, auf der Suche nach weiteren Lügen.

»Falls Ahmet Bajraktar noch unter den Lebenden weilt ...«

»Mein Onkel?«

»Genau der. Der Bruder der Hexe. Er weiß Bescheid, İkmen.« Ihre trocknen Lippen verzogen sich zu einem dünnen Lächeln. »Er weiß alles.«

»Was …«

»Sollen wir diese Truppe jetzt nach unten bringen, Chef?«, fragte Tepe, der mit den anderen ebenfalls in den Flur gekommen war, und brach damit den Bann, der einen kurzen Moment zwischen İkmen und Angeliki Vlora bestanden hatte.

İkmen wandte sich von der Alten ab und sah seinen Assistenten an, der ihn fragend anblickte.

»Ja«, sagte er, und nachdem er offensichtlich wieder an Kraft und Entschlossenheit gewonnen hatte, fügte er hinzu: »Ja, bringen Sie sie runter in den Wagen. Aber passen Sie auf, dass sie nicht miteinander reden. Ach ja, und sagen Sie den Männern von der Spurensicherung, die Wohnung gehört jetzt ihnen.«

»In Ordnung.«

Während die Beamten die Verhafteten aus der Wohnung führten, wischte İkmen sich mit zittriger Hand die kleine Schweißperle von der Stirn, die sich trotz der Kälte über seiner Augenbraue gebildet hatte.

Das Frühstück zählte nicht zu den Mahlzeiten, die Zelfa Halman regelmäßig einnahm. Meistens reichten ihr eine Tasse Kaffee und drei Zigaretten. An diesem Morgen jedoch fühlte sie sich seltsam schwindlig, und sie hatte das Gefühl, dass sie ausnahmsweise doch ein paar Bissen essen sollte. Das mussten die Nachwirkungen des Champagners sein, dachte sie. Zwar hatte sie am Abend zuvor nur zwei Gläser getrunken, andererseits konnte sie aber schon lange nicht mehr so viel vertragen wie früher. Es war schon viele Jahre her, dass sie fünf Guinness und mehrere doppelte Whisky hinunterspülen konnte – und hätte sie es am gestrigen Abend erneut versucht, dann wäre ihr Kater sicher gerechtfertigt gewesen. Da dies jedoch nicht zutraf, bestellte sie in dem kleinen Café gegenüber ihrer Praxis ziemlich widerwillig Tee und etwas zu essen.

Als das eigentlich ganz appetitlich wirkende Frühstück mit Käse, Honig und Brot serviert wurde, sorgte der Anblick des hart gekochten Eis dafür, dass ihr richtig übel wurde. Während sich ihr Magen zusammenkrümmte, nahm sie das Ei vorsichtig mit der Serviette und legte es auf den leeren Tisch neben sich. Dann trank sie einen Schluck Tee und warf einen Blick auf ihre Uhr, bevor sie sich dem restlichen Essen auf ihrem Teller widmete. Sie hatte noch eine halbe Stunde Zeit bis zu ihrem ersten Termin, was hoffentlich ausreichte, um ihren armen, geschundenen Körper wieder mit etwas Leben zu füllen. Mit zittriger Hand griff sie nach ihrem Messer.

»Hallo, Doc«, sprach sie plötzlich eine junge, männliche Stimme an, die sie aufgrund des perfekten Englischs sofort wiedererkannte.

»Hallo, Ali«, sagte sie und versuchte, nicht zu erschrocken zu wirken, als sie seine tief in den Höhlen liegenden Augen sah, die sie amüsiert betrachteten. »Was machst du denn hier?«

»Ich wollte eine Tasse Tee trinken«, erwiderte er und ließ sich unaufgefordert auf dem Stuhl ihr gegenüber nieder. Und als könnte er ihre Gedanken lesen, fügte er hinzu: »Mit dem Trinken habe ich kein Problem, das wissen Sie doch.«

»Nur essen willst du nichts«, sagte Zelfa und biss ohne rechte Begeisterung in ihren Käse.

»Vielleicht später.« Er lächelte. »Aber nicht jetzt.« Dann beugte er sich vor und meinte: »Ich weiß, dass Sie gestern Abend mit meinem Vater telefoniert haben, und ich weiß auch, worüber Sie gesprochen haben.«

Zelfa seufzte. »Dann weißt du ja so gut wie ich, dass er sich große Sorgen macht und nur dein Bestes will.«

Der Junge betrachtete ihre kläglichen Bemühungen, einen Happen zu essen, mit einer gewissen Selbstgefälligkeit, wie Zelfa bemerkte.

»Das hat er *Ihnen* erzählt«, erwiderte er. »*Mir* hat er erzählt, dass er meine Verrücktheit satt ist und mich in eine Anstalt einweisen lässt, wenn ich nicht bald so bin, wie er mich haben will.«

»Ich bin sicher, dass er es nicht so gemeint hat.«

»Doch, das hat er! Ich kenne ihn!« Seine Augen starrten sie noch intensiver an. »Mein Vater ist kein netter Mensch. Er tut Menschen weh. Er hat meine Mutter mit seiner Gleichgültigkeit und seinem mangelnden Verständnis tief verletzt. Aber wir alle«, fügte er traurig hinzu, »waren an diesem Drama nicht ganz unbeteiligt.«

»Ali«, sagte Zelfa sanft, »wir haben ja bereits über den Tod deiner Mutter gesprochen, und ich habe den Eindruck, dass hier noch viel Arbeit auf uns wartet. Aber deine Schuldgefühle sind völlig unverhältnismäßig. Du warst damals noch ein Kind; was hättest du denn tun können? So wie ich es sehe, war deine Mutter eine sehr unglückliche Frau.«

»Was wissen Sie schon von ihr?«, fuhr er sie an. »Ich will darüber nicht reden! Der Tod. Das interessiert mich nicht! Ich will über mich reden, und ich will, dass Sie dafür sorgen, dass mein Vater mich nicht in irgendeine lausige Anstalt steckt!« Dann sah er ihr tief in die Augen und sagte flehentlich: »Das werden Sie doch nicht zulassen, Dr. Halman? Ich meine, ich bin doch nicht verrückt.«

»Zum jetzigen Zeitpunkt könnte und würde ich dich ganz bestimmt nicht einweisen lassen, Ali«, formulierte Zelfa ruhig, aber sorgfältig ihre Antwort, um sich zukünftige Entscheidungen offen zu halten.

Doch der Junge schien sie gar nicht zu hören. »Denn im Gegensatz zu meiner Mutter habe ich nicht vor, mir das Leben zu nehmen. Ich möchte lediglich mein Leben auf eine Weise führen, die meinem Wesen entspricht. Ich bin kein billiger Abzocker wie mein Vater, ich bin ein Gentleman. Ich habe Manieren, ich schütze die Ehre meiner geliebten Schwester, ich kleide mich schlicht, aber elegant.« Mit arrogantem Blick betrachtete er die anderen Gäste im Café und verzog angewidert das Gesicht.

Seine verbale Gewandtheit in Kombination mit seiner Schuluniform ließ Zelfa einen Moment schweigen. Sie musste an Mehmet Suleyman denken. War er während seiner Schulzeit vielleicht ähnlich aufgetreten? Ernsthaft, charmant, mit guten Manieren – allerdings ohne diese fiebrige Unruhe, die den Blick dieses Jungen hier kennzeichnete. Mehmet Suleyman. Ihr Geliebter, ihr Verlobter, ihr zukünftiger Ehemann. Sie zwang sich, bei dem Gedanken an ihn nicht zu lächeln, und wandte sich wieder Ali zu.

»Hör mal, Ali«, begann sie und legte ihr Messer auf den Teller. »Dein Vater will doch nur, dass du vernünftig isst und mit deinen Altersgenossen einigermaßen zurechtkommst. Ich weiß, dass du Schlafprobleme hast, aber wenn du die Tabletten nicht nimmst, die ich dir gegeben habe …«

»Aber ich mag die Nacht, Dr. Halman!«, rief er aufgebracht. »Meine Schwester und ich, wir sind immer bis tief in die Nacht aufgeblieben. Das habe ich Ihnen doch schon erzählt. Nachts ist es einfach wundervoll mit ihr.« Er lächelte. »Und außerdem war es für sie in England nicht leicht, tagsüber auszugehen.«

»Wegen der Krankheit deiner Mutter?«, fragte Zelfa und versuchte, sich an das Gespräch zu erinnern, das sie bei einer der ersten Sitzungen mit Ali über seine ältere Schwester geführt hatte.

»Zum Teil.« Er wandte den Kopf ab.

»Aber du weißt schon, dass du nicht wirklich in deinem eigenen Horrorroman leben kannst, oder?«, fuhr Zelfa unbeirrt fort. »Es mag sein, dass du dein Leben bisher als eine Aneinanderreihung von Horror…«

»Meine Mutter hat *Dracula* gelesen, als sie mit meiner Schwester schwanger war.«

»Und?«, fragte Zelfa stirnrunzelnd.

»Ach, das ist nur eine Feststellung«, sagte er, zuckte die Achseln und wirkte wieder wie ein schmollender Teenager. »Mum mochte diese Sachen. Genau wie meine Schwester. Ich bin also nicht der Einzige.«

Wahrscheinlich war das für eine suizidgefährdete Frau nicht gerade die beste Lektüre, ob sie nun schwanger war oder nicht, dachte Zelfa. Sie fragte sich, was die Frau wohl gelesen hatte, kurz bevor sie sich das Leben nahm.

»Deine Mutter war schon immer depressiv, oder?«, fragte sie. »Das ist für alle Personen im Umfeld immer sehr schwierig. Depressive können die Menschen in ihrer Umgebung beeinflussen und sie – häufig unabsichtlich – in ihre eigene dunkle Welt hinabziehen.«

»Sie verstehen es immer noch nicht, oder?«, sagte er müde.

»Nein, du hast Recht, aber wenn wir intensiver über diese Themen sprechen würden …«

»Mum ist nicht der Grund, warum mein Vater mich in eine Anstalt einweisen lassen will.«

»Da stimme ich dir zu«, sagte Zelfa in ruhigem Ton, »aber ich bin durchaus der Ansicht, dass der Selbstmord deiner Mutter dir noch immer Probleme bereitet und dass diese dein gegenwärtiges Verhalten beeinflussen. Dein Zustand hat sich in letzter Zeit nicht gerade verbessert, Ali. Ich meine, diese fixe Idee, dass du eingewiesen werden könntest ...«

»Aber er hat es wirklich vor, Dr. Halman! Das ist keine Wahnvorstellung! Sie müssen mir glauben!«

»Was ich glaube oder nicht, steht hier nicht zur Debatte, Ali«, sagte Zelfa. »Im Gegenteil: Das, was *du* glaubst, macht mir Sorgen. Wir müssen uns damit beschäftigen, wieso du auf die Idee kommst, dass auch nur entfernt die Möglichkeit bestünde, dich einweisen zu lassen. Ich denke, dass dieses Thema sehr eng mit unangenehmen Ereignissen aus der Vergangenheit verknüpft ist.«

Er senkte den Kopf und legte ihn auf seine mageren Schultern, wie ein unglückliches kleines Kind. Und obwohl Zelfa den Jungen bei diesem Anblick am liebsten in den Arm genommen hätte, um seinem ausgehungerten Körper etwas Wärme und Trost zu spenden, widerstand sie diesem unprofessionellen Impuls. Trotz ihres vollen Terminkalenders meinte sie schließlich: »Hör mal, Ali, du bist heute offensichtlich sehr aufgewühlt. Warum kommst du nicht nach der Schule zu mir? Wir können in meiner Praxis viel besser reden.«

»Aber muss mein Vater dafür nicht zusätzlich zahlen ...«

»Ich bin mir sicher, dass es ihm nichts ausmacht, wenn er erkennt, wie wichtig das für dich ist. Schließlich möchte er doch, dass es dir besser geht.« Da sie sich inzwischen ein bisschen weniger schwindlig fühlte als bei Alis Ankunft, nahm sie einen großen Schluck Tee.

Ali wirkte immer noch unsicher.

Um seine Unentschlossenheit zu durchbrechen, sagte Zelfa schließlich: »Wie wäre es, wenn ich die Sitzung heute Nachmittag nicht in Rechnung stelle? Dein Vater zahlt doch für Donnerstag sowieso.«

»Sind Sie sicher?«

»Ja.« Dieser Junge war sehr krank, und wenn sie es richtig einschätzte, würde sich sein Zustand möglicherweise noch verschlimmern. Sie sollte versuchen, alles zu tun, um ihm zu helfen – auch wenn das bedeutete, dass sie dabei finanzielle Einbußen erlitt. Und außerdem faszinierte sie dieser Junge, das musste sie zugeben. Er hatte etwas Ungewöhnliches an sich, das ihr berufliches Interesse weckte. Offenbar war er besessen von seiner eigenen Form der Realität, wobei die Furcht, »weggesperrt« zu werden, sich mit einer dunklen Faszination für alles Makabere vermischte – im Grunde erinnerte Ali Evren sie an Edgar Allan Poe.

Der Junge lächelte wieder und stand auf. »Dann sehe ich Sie also heute Nachmittag, Dr. Halman«, sagte er und unterstrich seine Worte mit einer kleinen Verbeugung.

»Okay. Aber versprich mir, dass du versuchen wirst, mit mindestens einem deiner Klassenkameraden zu reden.«

»Ich rede nicht mit minderwertigen Kreaturen«, erwiderte er scharf.

Und dann war er auch schon verschwunden. Zelfa warf erneut einen Blick auf die Uhr, bevor ihre Gedanken wieder zu ihrem Liebsten abschweiften und zu der Frage, wie es wohl sein würde, mit ihm verheiratet zu sein. Sie wusste von dem vereinbarten Treffen zwischen den Suleyman-Brüdern und ihrem Vater, dem Murad Suleyman vermutlich die »gute Neuigkeit« schon überbracht hatte. Ob auch Mehmets Mutter schon informiert war, wusste Zelfa nicht; vielleicht lebte sie zurzeit noch in seliger Unwissenheit, wie Zelfas eigener Vater. *Du musst es deinem alten Herrn bald erzählen*, mahnte ihr schlechtes Gewissen.

»Ich bin mir nicht sicher, ob ich mit dieser ganzen Geschichte wirklich glücklich bin, Çetin«, sagte Mehmet Suleyman, während er İkmen zu den Vernehmungszimmern begleitete. »Ich meine, wenn sich deine Ermittlungen auf diesen Mann konzentrieren …«

»Deswegen will ich ja, dass Tepe seinen Brüdern ordentlich einheizt«, erwiderte İkmen lebhaft. »Und außerdem brauche ich deine Hilfe, das habe ich dir doch schon erklärt.«

»Ja.«

Die beiden Männer verfielen in Schweigen. İkmen brauchte den Abstand, um die unerwünschten Dämonen rund um den Tod seiner Mutter zu verbannen. Währenddessen dachte Suleyman darüber nach, was sein ehemaliger Vorgesetzter ihm erzählt hatte – dass İkmen das Gefühl hatte, die Beschäftigung mit seiner Mutter führe ihn von den wirklich wichtigen Dingen in diesem Ermittlungsfall, nämlich Rifat Berishas Ermordung, immer weiter fort. Da er selbst gegenwärtig nicht so viel zu tun hatte, war Suleyman zeitlich durchaus in der Lage, İkmen zu helfen, sich wieder richtig auf den Fall zu konzentrieren. Wenn nur Tepe das Ganze nicht so persönlich nehmen würde, dachte Suleyman.

Kurz bevor sie Vernehmungszimmer 1 betraten, breitete sich auf İkmens sorgenvollem Gesicht ein Lächeln aus. Er streckte seinem Kollegen die Hand entgegen und sagte freudestrahlend: »Ach, bevor ich es vergesse, Mehmet – herzlichen Glückwunsch zu deiner bevorstehenden Hochzeit!«

»Danke«, sagte Suleyman und schüttelte freudig die ausgestreckte Hand. »Ich wollte es dir gestern selbst erzählen, aber ...«

»Ich war anderweitig beschäftigt«, ergänzte der Alte und öffnete die Tür zum Vernehmungszimmer. »Cohen hat mich angerufen.«

»Oh.«

Mehti Vlora wirkte noch schmächtiger als sonst, während er mit eingefallenen Schultern auf seinem Stuhl saß und den Wachmann anstarrte, der ihn von der anderen Seite des Raumes mit ausdruckslosem Gesicht betrachtete. Seit Mehtis Einlieferung auf dem Revier waren mehrere Stunden vergangen, und İkmen wusste, dass sein Verlangen nach einer Zigarette jetzt ziemlich groß sein musste. Er warf eine halb volle Schachtel vor dem Verdächtigen auf den Tisch und gab ihm zu verstehen, dass er sich selbst bedienen solle. Widerwillig griff Mehti zu.

Als Verhörleiter machte İkmen den Inhaftierten erneut darauf aufmerksam, dass er ein Recht darauf hatte, während des Verhörs einen Anwalt hinzuzuziehen, was Mehti jedoch erneut ablehnte. Nachdem die vorbereitenden Maßnahmen wie die rechtliche Belehrung und die Überprüfung des Kassettenrekorders abgeschlossen waren, begann İkmen mit der Vernehmung, die zunächst sehr schleppend in Gang kam.

»Dann erzählen Sie mir mal von der Fehde mit den Berishas«, sagte er.

»Ich dachte, ich wäre wegen des Überfalls auf diese Tunte hier«, erwiderte Mehti.

İkmen lächelte. »Darauf kommen wir zu gegebener Zeit noch zu sprechen. Wie wär's, wenn Sie mir in der Zwischenzeit ein wenig die Vorgeschichte erzählten, Mehti? Ich nehme doch mal an, dass diese Blutfehde bereits in Ghegerien begonnen hat?«

»Ja.«

Suleyman, der nicht die geringste Vorstellung hatte, was Ghegerien war oder wo es lag, machte ein ausdrucksloses Gesicht, fixierte aber den Inhaftierten unverwandt.

»Und weiter?«, drängte İkmen.

Mehti Vlora zuckte die Schultern. »Die Berishas hassen uns, und wir hassen sie. Was gibt es da groß zu erzählen?«

»Na, zum Beispiel, was im Zuge dieser Fehde alles passiert ist, seit Sie in diesem Land sind«, erwiderte İkmen.

»Warum fragen Sie das ausgerechnet mich?« Plötzlich sprang Mehti wütend auf, wurde aber von dem Wachmann sofort wieder auf seinen Stuhl gedrückt.

İkmen beugte sich über den Tisch. »Weil es den Anschein hat«, sagte er, »als ob ich seit Rifat Berishas Tod nur noch von Fehden zwischen Albanern zu hören bekomme! Auch Samsun Bajraktar ist Albaner ...«

»Ja, und Sie gehören auch zu seiner Familie!«

»Lassen wir mich mal da raus, okay?«, knurrte İkmen mit zusammengebissenen Zähnen. »Mir reicht es langsam, dauernd von meiner angeblichen Verstrickung in diese ganze Geschichte zu hören! Ich will wissen, wie sich die Fehde seit Ihrer Ankunft in der Türkei entwickelt hat!«

»Da sollten Sie besser Rahman Berisha fragen!«

»Weshalb?«

»Weil er unseren kleinen Bruder Dhori umgebracht hat, deshalb!«, erwiderte Mehti und schlug scheinbar triumphierend mit der Faust auf den Tisch.

Suleyman, der bis zu diesem Zeitpunkt nicht das Gefühl hatte, irgendetwas zu der Vernehmung beitragen zu können, räusperte sich jetzt. »Und dieser ›Mord‹, Herr Vlora, wann genau geschah der?«

Offenbar ermattet von seinem vorangegangenen Wutausbruch, murrte Mehti: »Ich weiß es nicht. Vor dem Beginn des letzten Jahres ... im Sommer ...«

»1999?«

»Ich schätze, ja.«

İkmen sah Suleyman fragend an, der daraufhin die Achseln zuckte.

»Ich glaube nicht, dass mein Kollege oder ich uns an den Fall erinnern können«, sagte İkmen.

Mehti sah İkmen direkt in die Augen. »Das liegt wohl daran, dass Rahman die Leiche versteckt hat«, erwiderte er.

Suleyman hatte erneut den Eindruck, dass dieser Fall über seinen Verstand ging, fragte aber nichtsdestotrotz: »Warum?«

»Ich weiß es nicht! Fragen Sie doch Berisha! Seit dieser Zeit haben wir überall nach Dhori gesucht, aber ...« Er ließ den Kopf sinken, um zu verbergen, dass sich seine Augen mit Tränen füllten. »Aber wir haben ihn nicht gefunden.«

İkmen wusste, dass es sinnlos war, Mehti zu fragen, warum die Vloras das Verschwinden ihres Bruders nicht bei der Polizei gemeldet hatten. Stattdessen richtete er seine Aufmerksamkeit auf mögliche andere Erklärungen für Dhori Vloras Verbleib.

»Aber könnte Dhori nicht einfach in eine andere Stadt gezogen sein?«, fragte er. »Oder könnte ihn sonst jemand getötet haben?«

»Dhori hatte keine Feinde außer den Berishas!«, entgegnete Mehti aufgebracht. »Er war ein guter Junge. Jeder mochte ihn. Er hatte sogar eine alte Frau gefunden, die bereit war, ihn finanziell ein wenig zu unterstützen!«

»Eine Europäerin?«, fragte İkmen in scharfem Ton, da er sich an Mehtis englischsprachige Freundin erinnerte.

»Wieso?«

»Weil diese Frauen offenbar einen besonderen Reiz auf euch ausüben«, erwiderte İkmen, und als er sich an die Freundschaft zwischen Rifat Berisha und Felicity Evren erinnerte, fügte er hinzu: »Wie anscheinend auf viele eurer Leute.«

Doch Mehti reagierte nicht darauf. Nach einer Weile sagte er: »Ich weiß nicht, wer die Frau war; ich hab sie nie getroffen. Dhori hat viel für sich behalten.«

İkmen lehnte sich in seinem Stuhl zurück, fixierte die gegenüberliegende Wand und ließ seinen Kollegen die nächste Frage stellen.

»Mal angenommen, Rahman Berisha hat Ihren Bruder wirklich getötet«, sagte Suleyman, »dann muss er dafür doch einen Grund gehabt haben.«

Mehti Vlora senkte den Blick. »*Gjakmaria*, Blutrache ...«

»Was, gemäß Ihren Sitten, bedeuten würde«, fuhr Suleyman fort, »dass Ihre Familie noch vor dem Tod Ihres Bruders das Blut der Berishas vergossen hat.«

Mehti gab keine Antwort.

»Wäre das nicht auch etwas, was wir die Berishas fragen könnten, Inspektor?«, wandte İkmen sich an seinen Kollegen, scheinbar wieder aus seinen Träumen erwacht.

»Ja, da haben Sie Recht«, sagte Suleyman mit einem Lächeln.

»Rifat Berisha hat nur das bekommen, was er verdient hat.«

İkmen und Suleyman blickten ihren Gefangenen interessiert an.

»Ach, tatsächlich?«

»Und haben Sie persönlich dafür gesorgt, dass er bekam, was er verdiente, Mehti? War das der Grund, warum Sie Samsun Bajraktar zum Schweigen bringen wollten? Für den Fall, dass er mir zu viel über Ihre Vergangenheit mit den Berishas erzählt hatte – beispielsweise, warum Rahman Ihren Bruder getötet hat?«

Einen Moment lang schien es, als hätte Mehti Vlora beschlossen, die Fragen zu ignorieren. Er wirkte völlig abwesend. Als er schließlich doch reagierte, kamen seine Worte nur leise aus seinem Mund.

»Ich möchte Ihnen ein Geschäft vorschlagen«, sagte er.

İkmen beugte sich vor und runzelte die Stirn.

»Könnten Sie das bitte noch einmal wiederholen, Herr Vlora?«, fragte er. »Damit wir es auch auf der Kassette verstehen können.«

»Ich möchte mit Ihnen ein Geschäft machen«, sagte Mehti, diesmal mit klarer Stimme. »Ich liefere Ihnen Rifats Mörder und Sie lassen meine Familie frei.«

İkmen warf Suleyman einen Blick zu und seufzte dann schwer.

»Also gut«, sagte er, »lassen Sie mal die Details hören, und dann will ich sehen, was ich machen kann.«

Mehti Vloras Aussage wurde in Form eines Diktats festgehalten, da er nicht gut schreiben konnte. Noch bevor Mehti seine Geschichte zu Protokoll gab, wurden Aryan Vlora und die beiden jungen Frauen auf freien Fuß gesetzt – eher als Geste denn als Teil des Abkommens. Denn im Gegensatz zu Angeliki und Mehmet Vlora waren weder Aryan noch die Frauen bei ihrer Verhaftung im Besitz von Drogen gewesen; daher ordnete İkmen nur die Freilassung derjenigen an, die er sowieso hätte laufen lassen müssen.

Gemäß seiner Aussage hatte Mehti Vlora Rifat Berisha mehrere Monate lang beobachtet, bevor er ihn schließlich tötete. Er wusste, dass Rifat Istanbul zwischendurch für einen längeren Zeitraum verlassen hatte und sich regelmäßig mit einer ausländischen Frau mit einem »verzerrten Gesicht« in schicken und teuren Vierteln der Stadt traf. In der Mordnacht war Mehti ihm zum Haus dieser Frau gefolgt und hatte sich auf der Rückbank von Rifats Wagen versteckt, um auf ihn zu warten. Als Rifat wieder in den Wagen stieg, hatte Mehti ihn ein paar Kilometer fahren lassen, bevor er sich zu erkennen gab und seinem Opfer befahl, am Straßenrand anzuhalten. Dort tötete er Rifat dann mit einem einzigen tiefen Schnitt seines Messers. Anschließend fuhr er den Wagen mit dem toten Rifat Berisha zurück nach Eminönü, wo er die Leiche im Schutz des dichten Nebels in der Nähe der Fähranlegestelle aus dem Wagen warf – dort, wo man sie auch gefunden hatte. Bis dahin schien die Geschichte glaubwürdig – wenn man mal von dem dick aufgetragenen »mit einem einzigen tiefen Schnitt« absah –, obwohl İkmen Mehtis Bruder Mehmet für den überzeugenderen Mörder gehalten hätte. Denn Mehti zeichnete sich durch eine gewisse geistige Zurückgebliebenheit aus, die ihn zu einem irgendwie unglaubwürdigen Schwerverbrecher machte.

Die ersten Unstimmigkeiten in Mehtis Geschichte traten erst in dem Moment auf, als es um die Ereignisse nach der Entsorgung der Leiche ging. Es schien so sinnlos, zu Felicity Evrens Haus in Bebek zurückzufahren und danach den Wagen in Ortaköy abzustellen. Viel logischer wäre es gewesen, den blutgetränkten Wagen vor dem Haus der Evrens zu parken und sie auf diese Weise von Anfang an in die polizeilichen Ermittlungen hineinzuziehen. Denn obwohl Felicity und ihre Familie nicht direkt mit dem Verbrechen in Zusammenhang gebracht worden wären, hätte die Polizei sich mit anderen Dingen als den Vloras beschäftigt, zumindest für einen gewissen Zeitraum. Auf die Frage, warum er diesen offensichtlich unlogischen Schritt getan hatte, erwiderte Mehti einfach, dass er Angst gehabt hätte und nicht wirklich wusste, was er tat – was natürlich möglich war. Die Tatsache, dass er den Fundort des Wagens kannte, schien dabei durchaus von Bedeutung, doch İkmen wusste, wie rasch sich Neuigkeiten von der Berisha-Familie zu den anderen Mitgliedern der albanischen Gemeinschaft ausbreiten konnten.

Ein weiterer kritischer Punkt in Mehtis Aussage betraf den alten Fiat, den er angeblich gestohlen hatte, um Rifat in dieser Nacht hinterherzufahren. Er behauptete, er habe ihn gegenüber vom Haus der Evrens stehen lassen, als er sich gewaltsam Zugang zum Mercedes seines Opfers verschaffte. İkmen wusste jedoch, dass Bebek zu den Stadtvierteln zählte, in denen die Anwohner verlassene Autos der Polizei meldeten, vor allem, wenn die Wagen alt und heruntergekommen wirkten. İkmen beschloss, sich später mit der Verkehrspolizei in Verbindung zu setzen und Mehtis Geschichte zu überprüfen. Außerdem war er ein wenig enttäuscht, dass Mehti weder die bunten Glasscherben im Gesicht des Opfers erwähnt hatte noch den Vorhang, in den der Mörder Rifats Leiche gewickelt hatte. Natürlich konnte Mehti diese Details lediglich vergessen haben; es konnten aber auch Hinweise darauf sein, dass er sich seine

Geschichte nur ausgedacht hatte, vielleicht um seinen rigorosen und rachsüchtigen Verwandten zu imponieren. In diesem Fall würde er mit einer lebenslänglichen Freiheitsstrafe einen hohen Preis dafür zahlen. Zudem gab es noch immer keine Indizien, die Mehtis Geschichte bestätigten. Die Wohnung der Vloras war akribisch untersucht worden, aber es fanden sich nur ein paar alte Blutflecken. Diese mussten zwar noch analysiert werden, aber es schien unwahrscheinlich, dass sie von Rifat Berisha stammten. Und ob sich Fingerabdrücke, Blutspuren oder andere Gewebereste des Verdächtigen unter den Beweismitteln aus Rifats Wagen befanden, blieb auch noch abzuwarten.

Angesichts der vielen Ereignisse, die sich in der Vergangenheit angeblich zwischen den Vloras und Berishas abgespielt hatten, beschloss İkmen, die Berishas noch einmal in ihrer Wohnung auf der Kutucular Caddesi aufzusuchen. Dort würde ein Gespräch mit Rahman Berisha hoffentlich etwas Licht in die Angelegenheit bringen. In der Zwischenzeit machte Suleyman sich auf den Weg zum Haus der Evrens in Bebek. Es war wichtig, herauszufinden, ob die Evrens in der fraglichen Nacht irgendetwas Ungewöhnliches vor ihrem Haus bemerkt hatten. Insbesondere Felicity würde noch einmal befragt werden müssen – schließlich hatte sie İkmen erzählt, sie habe Rifat zuletzt beim Mittagessen gesehen. Aber wenn Mehti Vlora die Wahrheit sagte, konnte das nicht stimmen. Laut Mehti war Rifat an jenem Abend in das Haus der Evrens hineingegangen. Und wenn er nicht seine Freundin besucht hatte, was hatte er dann dort gewollt?

# 13

Ja, er war hier bei mir«, sagte İlhan Evren ausdruckslos.
»Und was wollte er?«, fragte Suleyman.

Der korpulente Türke rutschte unruhig in seinem Sessel hin und her, bevor er reagierte. »Er wollte Geld.«

Es war nicht leicht, mit einem Mann ein Gespräch zu führen, der seinem Besucher so demonstrativ keinen Platz anbot. Doch Suleyman tröstete sich mit dem Gedanken, dass zumindest seine Position günstiger war: Obwohl es natürlich nicht angenehm war, während des ganzen Gesprächs zu stehen, war es doch Evren, der zu ihm aufblicken musste.

»Und, haben Sie ihm Geld gegeben?«

»Natürlich nicht!«, erwiderte Evren ärgerlich. »Dank meiner Tochter hatte er schließlich bereits einen Wagen! Ich wollte ihm gar nichts mehr geben! Nichts!«

»Nichts *mehr*?«, hakte Suleyman nach und betonte das zweite Wort.

Evren nahm eine dicke Zigarre aus seiner Jacketttasche und ließ sich Zeit.

»Ich habe dafür bezahlt, dass der Junge uns nach London begleitete – Flugtickets, neue Kleidung, einfach alles«, sagte er schließlich.

Suleyman erinnerte sich an İkmens Worte – dass Felicity Evren mit genauen Angaben bezüglich dieser Reise sehr zurückhaltend gewesen war – und wunderte sich, wie offen ihr Vater darüber sprach.

»Warum haben Sie Rifat mit nach London genommen, Herr

Evren?«, fragte er und beobachtete, wie sich die dicken Lippen des Mannes um das Zigarrenende schlossen.

Evren zog ein paarmal an der Zigarre, damit sie besser brannte, und warf einen prüfenden Blick auf das glimmende Ende, bevor er antwortete.

»Herr Berisha war so freundlich, meiner Tochter eine seiner Nieren zu spenden. Felicity hat das schon bei einem Ihrer Leute zu Protokoll gegeben.«

Obwohl er von Felicitys Aussage wusste und die Diskussionen auf der Wache über einen möglichen Organhandel kannte, traf Suleyman diese kühle Erklärung dennoch wie ein Schlag. Allerdings hatte Evren noch mit keinem Wort gesagt, dass er für die Niere tatsächlich bezahlt hatte.

Entnervt über Evrens flegelhafte Manieren, ließ Suleyman sich unaufgefordert in einem der Sessel gegenüber seinem Gastgeber nieder.

»Ihre Tochter hat also ...«

»Meine Tochter hat diverse gesundheitliche Probleme«, sagte Evren ungeduldig. »Ich war froh, dass ich in Istanbul einen Dialyseplatz für sie bekommen konnte, aber die Transplantation sollte in London durchgeführt werden. Ich wollte, dass sie die beste medizinische Versorgung erhielt. Ich kenne Dr. Collins; ich habe früher schon mal für ihn gearbeitet. Ich vertraue ihm.«

»Dr. Collins?«

»Der Facharzt, der Berisha die Niere entnahm und sie meiner Tochter einpflanzte. Es ist absolut legal, einem anderen Menschen freiwillig eines seiner Organe zu spenden. Bei dieser Transplantation floss nicht das geringste Geld.«

»Mal abgesehen von Rifats Reisekosten und diesem Mercedes, den Ihre Tochter ...«

»Felicity hat das aus eigenem Entschluss getan!«, brauste Evren auf. »Das hat nichts mit mir zu tun! Ich habe sie sogar noch gewarnt. Ich habe ihr gesagt, dass das falsch verstanden werden könnte – und so war es dann ja auch!«

Suleyman runzelte die Stirn. »Was soll das bedeuten?«

»Das bedeutet, dass der Wagen Rifat auf dumme Gedanken gebracht hat.«

»Was für dumme Gedanken?«

»Na, dass er für diese verdammte Niere bezahlt worden wäre!«, brüllte Evren. »Eine derartige Transaktion ist in England illegal. Und das ist genau das, was Rifat mir sagte, als er an jenem Abend hierher kam, um Geld aus mir herauszupressen!«

Plötzlich öffnete sich eine der Türen in Evrens Wohnzimmer – das in Suleymans Augen außergewöhnlich hässlich eingerichtet war. Ein Mann erschien, dem Mehmet im Flur bereits begegnet war, als Evren ihn widerstrebend ins Haus gelassen hatte.

Als Evren ihn sah, verzog sich sein Gesicht zu einem Lächeln. »Es dauert nicht mehr lange, Alexei«, sagte er. »Nimm dir in der Zwischenzeit doch schon mal einen Drink, oder probier den Kaviar. Fühl dich wie zu Hause.«

Der Mann lachte kurz und verschwand wieder – ein fettes und zugleich sprödes Lachen, das mindestens so beunruhigend war wie seine extrem breiten Schultern, dachte Suleyman.

Er wandte sich wieder Evren zu. »Bitte fahren Sie fort. Waren Sie von Berishas Verhalten überrascht oder schockiert?«

»Nein, eigentlich nicht. Er hatte mir anfangs erzählt, er spende Felicity eine seiner Nieren, weil er sie liebe. Aber ich bin ja kein Narr: Ich wusste, dass das nicht stimmen konnte.«

»Warum nicht?«

»Er war Albaner«, schnauzte Evren ihn an. »Die leben in diesen riesigen Sippen, tragen Blutfehden aus und schleppen alles Mögliche an Waffen mit sich herum, um sich zu verteidigen. Die heiraten nur untereinander ... Und außerdem: Haben Sie meine Tochter mal gesehen?«

»Ja.«

»Dann wissen Sie ja, dass sie nicht die Sorte von Frau ist, die ein Mann lieben könnte!«

»Ich ...«

»Felicity ist ein Alptraum!«, zischte er leise. Entschlossen, wenn auch etwas schwerfällig, beugte Evren sich zu Suleyman vor. Sein Gesicht war vor Wut rot angelaufen. »Und das ist sie schon immer gewesen! Eine Missgeburt! Wenn Mary, meine Frau, mir nicht meinen Sohn geschenkt hätte, dann ... Nicht, dass er noch zu irgendetwas zu gebrauchen wäre …« Er blickte nach unten, auf die Beine von Suleymans Sessel. »Natürlich habe ich das Felicity nie gesagt. Ich habe immer versucht, ihr Selbstvertrauen zu stärken, besonders nach dem Tod ihrer Mutter, den sie nur schwer verkraftet hat. Ich habe ihr alles gegeben, habe sogar nutzlose, erpresserische junge Männer in meinem Haus geduldet.« Sein Blick kehrte zurück zu Suleyman. »Oh nein, Berisha war nicht der Erste! Sobald wir in diese Stadt gezogen waren, tauchten diese Mistkerle auf! Nachbarn, die sich zum Essen einluden, um herauszukriegen, ob wir Geld haben. Aber Berisha war der Einzige, den ich hier länger geduldet habe und der auch dafür bezahlt hat – wenn auch in natura –, für all die Großzügigkeit, die ich meiner Tochter all die Jahre habe durchgehen lassen.«

Zum ersten Mal entdeckte Suleyman so etwas wie Kummer im Gesicht des Mannes, so dass er ein klein wenig Mitleid empfand.

»Meinem Kollegen Inspektor İkmen zufolge hat Ihre Tochter diese Dinge nicht ganz eindeutig geschildert«, sagte er. »Die Nierentransplantation hat sie nur sehr widerstrebend zugegeben, und sie schien ein wenig – sagen wir mal – optimistisch, was ihre körperliche Anziehungskraft auf Männer betrifft.«

»Felicity lebt in einer Phantasiewelt.«

Reflexartig blickte Suleyman sich um.

»Ach, Sie müssen sich keine Sorgen machen, Inspektor«, sagte Evren. »Mein Tochter ist momentan in der Stadt und gibt mein Geld aus.«

»Oh.«

»Ich muss allerdings zugeben, dass ich den Phantasien meiner Tochter nie widersprochen habe«, fuhr Evren fort. »Im Gegenteil: Häufig habe ich sie sogar selbst gefördert – habe ihr erzählt, wie schön sie sei und Ähnliches. Felicity braucht ihre Wahnvorstellungen, um zu überleben. Daher sollten Sie nicht allzu viel von dem glauben, was sie sagt.«

»Wo war Ihre Tochter, als Rifat Berisha hier auftauchte, Herr Evren?«

»Sie war schon zu Bett gegangen, genau wie mein Sohn.«

Er zog einmal an seiner Zigarre und meinte dann: »Er nimmt Tabletten, damit er schlafen kann. Ich habe Rifat hereingelassen. Wir haben hier in diesem Zimmer miteinander gesprochen, so gegen zehn Uhr, und danach habe ich ihn rausgeworfen.«

»Haben Sie vielleicht gesehen, wie Rifat in seinen Wagen gestiegen ist?«, fragte Suleyman.

»Nein, aber ich habe gehört, wie er wegfuhr. Und dann bin ich auch nach oben ins Bett gegangen.«

»Sie haben nicht zufällig irgendwelche anderen Autos vorfahren hören, etwa um die Zeit, als Rifat hier auftauchte?«

Evren zuckte die Achseln. »Keine Ahnung. Nicht, dass ich wüsste.«

»Und haben Sie am Tag nach Rifats Tod irgendeinen verlassenen Wagen hier auf dieser Straße bemerkt?«

»Nein, mir ist keiner aufgefallen. Aber unser Haus liegt auch ziemlich weit von der Straße weg.« Eine ummauerte Auffahrt führte zu Evrens Haus. »Warum?«

Suleyman lächelte ihn auf eine ganz spezielle, unverbindliche Weise an. »Ach, eine reine Routinefrage.«

Hoffentlich würden die Streifenpolizisten, die auf der gesamten Straße von Haus zu Haus gingen und die Nachbarn befragten, jemanden finden, der etwas wachsamer war als İlhan Evren, dachte Suleyman. Obwohl diese Grundstücke nicht so exklusiv waren wie die Anwesen, die direkt an den Bosporus grenzten, handelte es sich dennoch um eine begehrte Wohngegend, in der die Anwohner ihre Wagen im Allgemeinen auf der eigenen Auffahrt parkten. Ein verlassener Wagen – insbesondere ein heruntergekommener grüner Fiat, wie Mehti Vlora ihn beschrieben hatte – würde sofort auffallen. Und vielleicht hatte ja auch die Verkehrspolizei noch weitere Informationen …

»Womit verdienen Sie Ihren Lebensunterhalt, Herr Evren?«, wechselte Suleyman das Thema. Angesichts des Kontrasts zwischen der äußeren Pracht des Gebäudes und der billigen, fast schmuddeligen Inneneinrichtung interessierte ihn diese Frage besonders.

Evrens dunkle, tief liegende Augen verengten sich. »Wieso?«

In diesem Moment fuhr wie auf Kommando ein großer, goldener Rolls-Royce unter dem Fenster des Wohnzimmers vor.

»Weil das, womit Sie auch immer Ihr Geld verdienen mögen, Herr Evren, Ihnen offensichtlich ein sehr angenehmes Leben ermöglicht. Außerdem haben Sie erwähnt, dass Sie für den Chirurgen gearbeitet hätten, der Ihre Tochter operierte.«

»Ich bin ein ehrlicher Geschäftsmann«, sagte Evren und drückte seine Zigarre im Aschenbecher aus. »Ich verkaufe Kunstobjekte. Für Dr. Collins habe ich mehrere Kunstwerke erstanden. Ich handele nur mit erstklassiger Ware …« Jemand schob einen Schlüssel in das Schloss der Haustür, öffnete und kam herein. Einen kurzen Moment wirkte Evren etwas nervös, doch dann fuhr er fort: »… die für den westeuropäischen Markt bestimmt ist. Ich importiere Kunstobjekte.«

»Aus Osteuropa?« Als Evren ihn fragend anblickte, fügte Suleyman mit einem İkmen-artigen Lächeln hinzu: »Sie nannten Ihren Freund ›Alexei‹, und das ist, soweit ich weiß, ein slawischer Name. Ich habe nur eins und eins zusammengezählt.« Er lächelte. »Dafür bezahlt uns der Staat schließlich.«

»Ja, ich mache mit den Russen Geschäfte«, sagte Evren und zuckte mit den steifen, dicken Schultern, »aber es ist alles ganz legal. Ich gehöre nicht zu denjenigen, die eine Truppe von Verbrechern in irgendwelche kleinen Dorfkirchen schicken, um deren Ikonen zu plündern. Wenn die Leute sich zum Verkauf an meine Handelsvertreter entschließen – die ihnen übrigens immer einen fairen Preis zahlen –, dann ist das allein ihre Sache.«

»Natürlich.«

»Und außerdem«, fuhr Evren fort, seine eher dubiosen Geschäftspraktiken zu rechtfertigen, »reden wir hier nicht über sehr wertvolle Kunstschätze. Die hat die russische Regierung schon vor langer Zeit von ihren Aristokraten konfisziert. Die wirklich kostbaren Objekte erwerbe ich vielmehr hier, in der Türkei.« Er lächelte Suleyman mit seltsam finsterer Miene an. »Sie wären überrascht, wenn Sie wüssten, wie viele Mitglieder unserer ehemaligen Kaiserfamilie noch genügend Schmuck besitzen, um ihren Kindern das Studium zu finanzieren.«

»Tatsächlich?«, erwiderte Suleyman und kämpfte gegen die Bitterkeit in seiner eigenen Stimme an. Obwohl es fraglich schien, ob Evren jemals Geschäfte mit Suleymans Familie gemacht hatte, war es jemand wie er gewesen, der die wertvolle Sammlung edelsteinbesetzter Zigarrenetuis aus dem Besitz seines Großvaters gekauft hatte – jemand, der Suleymans verzweifeltem Vater alles andere als einen »fairen Preis« bezahlt hatte.

Suleyman wollte Evren gerade fragen, ob diese antiken türkischen Schmuckstücke sowie die russischen Ikonen nach Westeuropa verkauft wurden, als sich hinter ihm die Tür öffnete. Er warf einen Blick in den großen Spiegel, der direkt vor ihm hing, und erkannte Felicity sofort wieder. Obwohl er sie am Nachmittag zuvor nur flüchtig gesehen hatte, als sie vor İkmens Büro stand, war Felicity Evrens Erscheinungsbild so bestürzend, dass man sie nicht so schnell vergaß.

»Daddy, draußen sind ganz viele Polizisten«, sagte sie in ihrer Muttersprache – was für sie als Britin vermutlich bequemer war, dachte Suleyman. Als sie den Polizeibeamten im eigenen Haus bemerkte, lächelte sie offensichtlich angenehm überrascht.

»Inspektor ...«, schnaubte Evren und versuchte, sich an Suleymans Namen zu erinnern.

»Suleyman«, kam Mehmet ihm zur Hilfe.

»Genau«, sagte Evren auf Englisch und betrachtete seinen »Gast« jetzt feindselig. »Inspektor Suleyman ist hier, weil er ein paar Fragen zu deinem Freund Rifat hat.«

»Oh.« Felicity lächelte und ging zu einem kunststoffgepolsterten Stuhl am Fenster, so dass sie direkt zwischen den beiden Männern saß. »Ich dachte, ich hätte Inspektor İkmen gestern schon alles erzählt«, sagte sie mild, »aber wenn Sie noch irgendwelche Fragen haben, Inspektor Suleyman ...«

»Ich habe ihm gesagt, dass Rifat dir eine Niere gespendet hat«, fiel Evren ihr rasch und irgendwie schroff ins Wort.

Obwohl sie nach außen keinerlei Reaktion auf die Worte ihres Vaters zeigte, verfiel sie eine Weile in Schweigen – und sann offensichtlich über eine Antwort nach.

Als sie schließlich reagierte, kamen ihre Worte langsam und stockend.

»Ich habe Rifat geliebt. Er hat ein tiefes Loch in meinem Leben hinterlassen.«

»Ach, es gibt noch andere junge Männer, mein kleiner Engel«, erwiderte ihr Vater und fügte dann noch eine Bemerkung hinzu, die nach Suleymans Einschätzung fern jeder Realität war: »Wer könnte dich schließlich nicht lieben, mein hübsches kleines Mädchen?«

»Das ist wohl wahr.«

Dann blickte Felicity Evren hinüber zu Suleyman und verzerrte ihr entstelltes Gesicht zu einem Lächeln.

Als İkmen und Tepe eintrafen, befanden sich nur Engelushjia und Rahman Berisha in der Wohnung. Aliya war hinüber zu Mimosa gegangen, um ihr von dem schrecklichen Eingriff zu erzählen, den Rifat für diese fremde Hexe über seinen Körper hatte ergehen lassen. Als sie begriff, dass İkmen gekommen war, um Rahman zu befragen, verließ auch Engelushjia die Wohnung. Obwohl der harsche, graue Winterhimmel kübelweise Regen über der Stadt ausschüttete, ging Engelushjia nicht in die Nachbarswohnung zu ihrer Mutter und deren Cousine, sondern stieg hinauf auf das schmale Dach mit dem Baldachin, das der Familie im Sommer als Zufluchtsort vor der drückenden Hitze im Inneren des Hauses diente. Sie zog ihre dünne Strickjacke fester um die schmächtigen Schultern und beobachtete die Möwen, die sich vor der Skyline von Eminönü kreischend in der Luft balgten. Die graue Winterluft und das aggressive Verhalten der Vögel verstärkten das ungute Gefühl, das die Erwähnung jenes schrecklichen Namens bei ihr hervorgerufen hatte. Als sie die Wohnungstür hinter sich zugezogen hatte, hörte sie gerade noch, wie der Polizeibeamte »Dhori Vlora« sagte, und ihr Herz hatte so sehr zu rasen begonnen, dass sie dachte, sie müsse sterben. Ihr Vater hatte Dhori Vlora getötet, hatte dessen Blut für das seines Sohnes Egrem vergossen. Das wussten alle – zumindest alle Albaner. Die Polizei hatte vermutlich über diese Bajraktar-Schwuchtel davon erfahren. Aber was sie ohne Dhoris Leiche unternehmen konnte, war Engelushjia nicht ganz klar. Vielleicht besaß sie ja Mittel und Wege, möglicherweise brutale, schmerzvolle Mittel und Wege, Rahman davon zu »überzeugen«, sein Wissen über Dhoris Verbleib preiszugeben.

Engelushjia selbst hatte nicht die geringste Idee, wo Dhoris Leiche sich befinden konnte oder warum ihr Vater sie versteckt hatte. Sie wusste lediglich, dass ihr Vater nach Egrems Beerdigung auf einem Stück Ödland in der Nähe des Flughafens – etwas anderes konnten sie sich nicht leisten – noch am hastig aufgeworfenen Grab geschworen hatte, den Tod seines Sohnes mit dem Blut der Vloras zu rächen. Als dann einige Zeit später – Engelushjia wusste nicht mehr genau, wann – Dhori Vlora verschwunden war, machte natürlich das Gerücht die Runde, ihr Vater habe Dhori ermordet. Und tatsächlich schien Rahman seit diesem Zeitpunkt ruhiger und befriedigter, obwohl er selbst sich niemals zu diesem Thema geäußert hatte – bis Rifat seinem Bruder Egrem in den Tod gefolgt war.

Wie lange sie schon auf dem Dach saß, wusste Engelushjia nicht. Doch als sie endlich die beiden Beamten aus dem Haus treten sah – den alten und den netten, attraktiven jungen –, waren ihre Hände ganz blau vor Kälte. Auf ihren tauben Füßen schwankend, suchte sie einen Moment das Gleichgewicht und kletterte dann vorsichtig die Leiter hinunter, um in die elterliche Wohnung zurückzukehren.

Ihr Vater saß noch immer in der Küche, genau dort, wo sie ihn zurückgelassen hatte. Und obwohl er den Kopf müde auf seine Hände aufstützte, wirkte sein Gesicht nicht sonderlich beunruhigt.

Engelushjia ließ sich schweigend auf dem Stuhl gegenüber nieder und sah zu, wie er sich die Zigarette anzündete, die zwischen seinen Lippen klebte. Sie wartete einen Moment und kam dann direkt zur Sache: »Sie haben dich nach Dhori Vlora gefragt, stimmt's?«

Fast reflexartig neigte Rahman seinen Kopf zur Seite. »Ja.«

»Und was hast du ihnen gesagt, Vater? Was hast du ihnen erzählt?«

»Alles, was ich weiß.«

Erschrocken schlug Engelushjia eine Hand vor den Mund,

um den erstickten Schrei zu unterdrücken. Gleichzeitig begann ihr Herz wieder wie wild zu rasen, und Tränen stiegen ihr in die Augen. Wenn ihr Vater der Polizei wirklich »alles« gesagt hatte …

Aber trotz ihrer offensichtlichen Qual lächelte Rahman einfach nur.

»Vater …«

»Ich habe ihnen gesagt, dass ich über Dhori Vloras Tod nichts weiß.«

»Also hast du gelogen!« Erleichtert legte Engelushjia eine Hand auf ihre Brust, schloss die Augen und murmelte leise: »Gelobt sei Allah.«

Rahman sah seiner Tochter direkt in die Augen. »Nein«, sagte er.

»Wie bitte?«

»Nein, ich habe die beiden Beamten nicht angelogen.« Er beobachtete, wie sich die Verwirrung auf dem Gesicht seiner Tochter widerspiegelte. »Ich habe der Polizei die Wahrheit gesagt. So gerne ich Dhori Vlora auch umgebracht hätte – ich habe es nicht getan. Um ehrlich zu sein: Ich habe in meinem ganzen Leben noch nie jemanden getötet, Engelushjia.« Er erhob sich langsam von seinem Stuhl. »Mir fehlt der Mut dazu.«

»Und wer hat es dann getan?«

»Ich habe nicht die geringste Ahnung, wer Dhori Vlora getötet hat«, sagte Rahman und schob den Stuhl zurück an den Tisch, »oder wo sich seine Leiche befindet.« Und damit verließ er den Raum.

Engelushjia, die die vergangene Stunde unter einer enormen Anspannung gestanden hatte, brach in Tränen aus.

Als İkmen an diesem Abend in seine Wohnung zurückkehrte, wusste er, dass Mehti Vlora der einzige Mensch war, der behauptete, ein grüner Fiat habe vor dem Haus der Evrens in Bebek gestanden. Zumindest befand sich der Wagen zum jetzigen Zeitpunkt nicht mehr dort. Anscheinend hatte er sich genauso in Luft aufgelöst wie Dhori Vloras Leiche – falls der junge Mann überhaupt tot war. Zwar ließ sich an der Tatsache, dass er verschwunden war, nicht rütteln, doch die Umstände seines Verschwindens blieben genauso ungeklärt wie die Identität von Egrem Berishas Mörder. Theoretisch konnte İkmen Egrems Tod zwar rekonstruieren, aber praktisch gab es dabei ein paar Probleme. Die Gegend um Yeşilköy, wo die Berishas Egrem angeblich beerdigt hatten, zählte zu den Regionen, die bei dem Erdbeben am schwersten betroffen und stark zerstört worden waren. Angesichts der Unmengen von Schutt und Geröll, die anschließend abtransportiert wurden – ganz zu schweigen von den Leichen, die man zur Bestattung fortbrachte –, war die Chance, Egrems sterbliche Überreste zu finden, sehr gering. Und selbst wenn sie ihn fanden, musste dessen Identität noch auf irgendeinem Wege bestätigt werden. İkmen wusste aus Erfahrung, wie schwierig das war.

Inzwischen verblieben Mehti Vloras mit Drogen handelnde Verwandte – sein Bruder Mehmet und seine Mutter Angeliki – weiterhin in Polizeigewahrsam, und die Ermittlungen im Mordfall Rifat Berisha wurden vorläufig eingestellt. Mehti hatte das Verbrechen gestanden und Einzelheiten genannt, die mit den meisten Fakten des Falls übereinstimmten. Natürlich irritierte İkmen noch immer die Geschichte mit dem grünen Fiat sowie die Tatsache, dass Mehti das Einwickeln der Leiche in den Vorhangstoff nicht erwähnt hatte. Aber möglicherweise war es ihm auch einfach nur entfallen – so etwas konnte schon mal vorkommen, selbst bei Tätern, die auf frischer Tat ertappt wurden. Allerdings hatte Mehti auch die bunten Glasscherben in Rifats Gesicht weder erwähnt noch erklärt. Vielleicht konnte ihm ein weiteres Gespräch mit Samsun über die Vlora-Brüder etwas mehr Klarheit bringen, dachte İkmen. Dann hätte er gleichzeitig Gelegenheit, mit seinem Onkel Ahmet, Samsuns Vater, zu reden, der im Laufe des Vormittags aus İzmir anreisen wollte, um sein verletztes Kind zu besuchen. Vermutlich würde der alte Mann nicht gerne über den Tod seiner Schwester reden, aber İkmen war fest entschlossen, ihn zu fragen, auch wenn das egoistisch war. Angeliki Vlora hatte behauptet, Ahmet »wisse die Wahrheit«. Deshalb wollte İkmen ihn direkt darauf ansprechen, in der Hoffnung, dass er es merken würde, wenn sein Onkel ihn zu beschwindeln versuchte.

Fatma schenkte ihrem Mann etwas Wasser ein und stellte

einen Teller vor ihn auf den Tisch. Wie üblich, hatte sie viel zu viel zubereitet, und obwohl warmes Fladenbrot mit Ei zu İkmens Lieblingsgerichten zählte, schreckte ihn die schiere Menge irgendwie ab – was er seiner Frau selbstverständlich nicht sagen konnte.

Während sie sich in der Küche zu schaffen machte, beobachtete Fatma, wie ihr Mann langsam mit seiner Mahlzeit begann. Schließlich meinte sie bewusst beiläufig: »Hulya hat erzählt, dass das Zimmer der Mädchen letzte Nacht mehrere Sekunden lang gebebt hat.«

»Das war nur ein Erdbeben der Stärke 4,4«, erwiderte İkmen. Er hatte das schwache Beben in der Nacht zuvor nicht bemerkt, aber die Zeitungen waren voll davon.

»Beim letzten Mal gab es vorher auch solche kleinen Beben«, sagte Fatma.

Ihr angespannter Gesichtsausdruck ließ vermuten, dass sie wieder einmal kurz vor einem akuten Anfall extremer Erdbebenangst stand. İkmen nahm einen großen Bissen von seinem Fladenbrot, kaute einen Moment, schluckte und meinte dann: »Und, hast du einen neuen Hamster gekauft?«

»Ja, aber ...«

»Na, dann müssen wir uns doch keine Sorgen machen, oder?«, sagte er lächelnd. »Das Tier wird uns wecken und ...«

»Hör auf, mich wie ein kleines Kind zu behandeln, Çetin İkmen!«, fauchte Fatma und fuchtelte wütend mit einem Putzlappen vor seiner Nase herum.

İkmen knallte sein Fladenbrot auf den Teller und konterte: »Schrei mich beim Essen nicht an, Frau!«

Fatma wollte gerade etwas zurückbrüllen, als der eskalierende Ehekrach durch das Schellen der Türklingel unterbrochen wurde.

»Und wer ist das jetzt schon wieder? Um diese Uhrzeit?«, rief Fatma und rollte genervt mit den Augen.

»Woher soll ich das wissen?«, erwiderte ihr Mann. »Warum gehst du nicht zur Tür und siehst nach?«

»Das werde ich«, sagte sie und stampfte wütend an ihm vorbei in Richtung Flur. »Aber bestimmt nicht, weil du es mir gesagt hast!«

Als sie aus der Küche war, warf İkmen einen Blick auf sein noch nicht mal zur Hälfte aufgegessenes Abendbrot und schob seinen Teller ungeduldig zur Seite. Er zählte sowieso nicht zu den leidenschaftlichen Essern, und der Streit hatte ihm endgültig den Appetit verdorben. Daher tat er das, was er in solchen Situationen immer tat, und zündete sich eine Zigarette an.

Wenige Minuten später hörte İkmen Schritte im Flur und machte sich auf eine zweite Runde gefasst. Aber glücklicherweise war es nicht Fatma, die die Küche betrat.

»Hallo, Çetin«, begrüßte Arto Sarkissian ihn lächelnd.

»Arto!«

»Bleib sitzen.« Mit einer abwehrenden Handbewegung bedeutete der Armenier seinem Freund, sitzen zu bleiben. »Iss erst mal auf.«

İkmen warf einen finsteren Blick auf sein kalt werdendes Fladenbrot und brummte: »Ich bin bereits fertig.«

»Ach. Na, das wird Fatma aber nicht gefallen.«

»Welch ein Jammer«, erwiderte İkmen bissig.

Ein paar Sekunden lang beobachtete Arto seinen Freund, der schweigend vor sich hin starrte und scheinbar abwesend an seiner Zigarette zog; dann streckte er eine Hand in Richtung Teller aus und sagte: »Gib her.«

Grinsend schob İkmen ihm den Teller hinüber und ließ sich wieder auf seinen Stuhl fallen.

»Genau wie früher«, sagte er leise.

»Ja, mit dem einzigen Unterschied, dass ich heute nicht mehr die Reste von anderen essen sollte.« Arto biss herzhaft in das Brot. »Manchmal glaube ich, dass ich heute so fett bin, weil ich früher jedes Mal dein Essen aufgegessen habe, wenn du uns besuchen kamst.«

İkmen zuckte die Achseln. »Du hast dich nie beschwert.«

»Meiner Mutter war es ein absolutes Rätsel, wie du so dünn bleiben konntest.«

»Und, hast du ihr jemals die Wahrheit gesagt?«

Arto lächelte. »Nein. Aber hin und wieder verschweigt man jemandem schon mal etwas, und das aus gutem Grund, richtig, Çetin?«

Der Ausdruck in den Augen seines Freundes veranlasste İkmen, sich aufrecht hinzusetzen – es war die Art von Blick, den Arto immer bekam, wenn er etwas Wichtiges sagen wollte oder eine unangenehme Nachricht überbringen musste.

»Du hast unter Onkel Vahans Unterlagen etwas gefunden, stimmt's?«, fragte İkmen angespannt.

Arto nahm noch einen Bissen und legte dann das Fladenbrot beiseite. »Ja.«

İkmen wartete, wenn auch ungeduldig, bis sein Freund den Bissen hinuntergeschluckt hatte. »Und?«

»In der Patientenakte deiner Mutter ist als offizielle Todesursache ›Selbstmord‹ eingetragen«, sagte Arto ernst. »Es tut mir so Leid, Çetin.«

»Aber das ist völlig unmöglich!«

Arto starrte eine Weile auf den Tisch, statt seinen entsetzten Freund anzusehen, was ihm aber auch nicht weiterhalf, wie er feststellen musste. Schließlich sagte er: »Ich fürchte, der Bericht lässt keine Zweifel offen. Es gab sogar einen Abschiedsbrief. Deine Mutter hat sich die Kehle aufgeschlitzt.«

İkmen fasste sich an den Kopf und sprang so abrupt auf, dass sein Stuhl nach hinten umfiel. Wie benommen lief er durch die Küche. »Aber ich war doch noch ein Kind, Arto! Wie konnte sie uns das antun?«

»Ich weiß es nicht, Çetin. In dem Abschiedsbrief stand offensichtlich nichts über eventuelle Motive, und der Bericht meines Vaters enthielt keine psychologischen Details, falls man die zur damaligen Zeit überhaupt schon aufführte. Möglicherweise könnte Zelfa Halman dir ein paar Erklärungsversuche liefern, falls du sie fragen möchtest. Ehrlich gesagt, ich habe heute Nachmittag schon versucht, sie in ihrer Praxis zu erreichen, aber offensichtlich war sie schon nach Hause gegangen. Sie fühlte sich nicht wohl.«

»Wenn das wirklich stimmt«, sagte İkmen, wobei er die Worte seines Freundes vollkommen ignorierte, »dann haben mein Vater und mein Bruder mich all die Jahre angelogen.«

»Also ...«

»Das ganze Zeug, das Halil mir letztens erzählt hat: Er könne sich nicht an Mutters Tod erinnern ... und wenn er es versuche, liege immer alles im Dunkeln ...«

»Çetin ...«

»Sie haben mich angelogen, Arto! Sogar Onkel Vahan hat mich belogen ... und dich auch!«

»Ich nehme an, dass dein Vater nur versucht hat, dir die schreckliche Wahrheit zu ersparen.«

»Ja, damals vielleicht. Das könnte ich noch verstehen«, sagte İkmen, drückte seine Zigarette aus und zündete direkt die nächste an. »Aber warum hat er es mir nicht später erzählt? Und was Halil betrifft ...«

»Hör zu, Çetin. Ich weiß, dass du in deinem Beruf schon mehrfach miterlebt hast, was mit Menschen geschehen kann, die mit einer unerträglichen Nachricht oder einem Anblick konfrontiert werden, den sie nicht verkraften können.« Arto war ebenfalls aufgestanden und ging zu seinem Freund, der nach wie vor unruhig auf und ab lief. Entschlossen legte er ihm eine Hand auf die Schulter. »Sie blenden das Erlebte einfach aus ihrer Erinnerung.«

»Vierzig Jahr lang!«, donnerte İkmen.

Da Arto fürchtete, dass Çetin sich in einen hysterischen Anfall hineinsteigern würde, wenn er die Situation nicht bald in den Griff bekam, änderte er seine Taktik.

»Dein Bruder ist an dem Tag, als er eure Mutter fand, in einem Alptraum gelandet!«, sagte er hart und schonungslos ehrlich. »Du weißt, wie ein Mensch aussieht, dem man die Kehle aufgeschlitzt hat – dann stell dir jetzt mal vor, wie es ist, nach Hause zu kommen und dort den Menschen, den du am meisten liebst, so vorzufinden! Stell dir vor, du würdest Fatma so auffinden!«

»Arto ...«

»Er wusste, dass sie tot war! Er konnte sehen, dass er nichts mehr für sie tun konnte, und daher hat er das Naheliegende getan und dafür gesorgt, dass du, sein kleiner Bruder, das nicht auch durchmachen musstest.« Ohne den Blick von İkmens Gesicht abzuwenden, bückte Arto sich und hob den umgefallenen Stuhl auf. Dann sagte oder vielmehr befahl er seinem

Freund, sich wieder hinzusetzen. Und obwohl İkmen noch ziemlich aufgewühlt war, gehorchte er ihm.

»Der Grund dafür, dass Halil nie zuvor mit dir über diese Angelegenheit gesprochen hat«, fuhr Arto fort, nachdem auch er sich wieder hingesetzt hatte, »liegt meines Erachtens darin, dass er sich wirklich nicht daran erinnert. Ich vermute, obwohl ich das natürlich nicht sicher weiß, dass Halil in dem Moment, als unsere Väter und die Polizei eintrafen und der Druck von ihm genommen wurde, die Erinnerung aus seinem Gedächtnis gelöscht hat. Ich erinnere mich ganz genau, dass ich noch am gleichen Tag vom Tod deiner Mutter erfuhr, und zwar die ›offizielle‹ Version: Dass sie an einem Herzinfarkt gestorben war. Weder Krikor noch ich haben bis zum heutigen Tag jemals etwas anderes gehört.«

»Aber Vater wusste es.«

»Unsere beiden Väter wussten es, Çetin, genau wie die Polizei. Aber ich glaube, als sie erkannten, dass dein Bruder das, was er gesehen hatte, aus seinem Gedächtnis verbannt hatte, beschlossen sie, die Umstände von Tante Ayşes Tod in eine wesentlich akzeptablere Version umzuwandeln. Schließlich waren wir damals alle noch sehr jung.«

»Halil muss es erfahren, oder?«

Arto seufzte. »Ich denke, wir müssen dazu Rat einholen, Çetin. Psychologische Hilfe.«

Obwohl İkmen sich etwas beruhigt hatte, runzelte er die Stirn.

»Halil wird damit zurechtkommen müssen, dass er diese Geschichte vierzig Jahre lang verdrängt hat«, sagte Arto ernst. »Eigentlich hatte ich seinetwegen mit Zelfa sprechen wollen und nicht wegen dir.«

Beide Männer verfielen in Schweigen. İkmen war völlig erschöpft, während Arto darüber nachdachte, dass es ihm lieber gewesen wäre, er hätte diese Nachricht nicht überbringen müssen. Und hätte İkmen ihn nicht explizit dazu aufgefordert, dann hätte er das Ganze wahrscheinlich für sich behalten. İkmen hatte ihn gebeten, herauszufinden, ob seine Mutter umgebracht worden war, und er hatte ihm etwas mitteilen müssen, das fast noch schwerer zu ertragen war. Schließlich gab es bei einem Mord immer eine dritte Person – selbst wenn der Täter unbekannt war –, auf die man seine Wut konzentrieren konnte. Doch nach einem Selbstmord blieben nur der Verlust, die Verwirrung und, was am schlimmsten war, das Gefühl der Zurückweisung.

»Kann ich …«, sagte İkmen schließlich, nachdem er seine Stimme wieder einigermaßen im Griff hatte, »kann ich einen Blick in Onkel Vahans Bericht werfen?«

»Natürlich.« Arto griff in seine Jackentasche und brachte einen dünnen Stapel vergilbter Papiere zum Vorschein. »Aber der Abschiedsbrief deiner Mutter ist nicht dabei, Çetin. Ich weiß nicht, wo er sein könnte oder ob er überhaupt noch existiert.«

Wortlos nahm İkmen Arto die Papiere aus der Hand und verbrachte die nächsten Minuten schweigend mit dem Studium dessen, was dort vermerkt stand. Einmal wischte er sich eine Träne aus dem Auge. Als er schließlich fertig war, gab er seinem Freund die Unterlagen zurück.

»Ich danke dir, Arto«, sagte er, als er sich wieder gefangen hatte. »Ich weiß es sehr zu schätzen, was du für mich getan hast. Das kann nicht leicht gewesen sein.«

»Es tut mir nur Leid, dass diese boshafte Albanerin uns nach etwas suchen ließ, was wir nie, nie hätten erfahren sollen.«

»Mmm.« Plötzlich runzelte İkmen die Stirn, als wäre ihm gerade ein noch unangenehmerer Gedanke gekommen. »Wenn unsere Väter so sehr darauf bedacht waren, den Selbstmord vor uns Kindern geheim zu halten, dann müssen sie doch gegenüber Freunden und Verwandten ebenfalls gelogen haben.«

»Ja, das könnte ich mir vorstellen«, stimmte Arto ihm zu. »Vermutlich wollten sie auf diese Weise sichergehen, dass wir es nicht doch noch versehentlich erfuhren.«

»Und trotzdem behauptet Angeliki Vlora, die das alles ganz bestimmt nicht gewusst haben kann, dass meine Mutter mit einem Messer getötet wurde und mein Onkel Ahmet alles darüber wisse.«

»Na, dann wirst du deinem Onkel die ganze Geschichte wohl erzählen müssen und ihn fragen, was er darüber weiß.«

İkmen beugte sich über den Tisch und stützte den Kopf in

die Hände. »Ach, Arto«, sagte er und begann zu weinen, »was soll ich ihm nur sagen?«

Statt einer Antwort ging Arto hinaus auf den Flur und holte Fatma, die geduldig vor der Tür gewartet hatte. Sobald sie in der Küche war, schlang sie die Arme um die Schultern ihres Mannes und strich ihm über das Haar, bis seine Tränen allmählich versiegten.

# 14

Dr. Babur Halman warf seiner Tochter einen aufmerksamen Blick zu, als sie sich zu ihm an den Frühstückstisch setzte. Noch im Morgenmantel, ließ sie sich langsam auf den Stuhl ihm gegenüber sinken.

»Fühlst du dich noch immer nicht wohl?«, fragte Babur und betrachtete ihr unnatürlich blasses Gesicht, das sich beim Anblick des Frühstückstischs angewidert verzog.

»Wahrscheinlich die Aufregung«, antwortete sie und versuchte, ein Glas Tee hinunterzuwürgen, das ihr Vater ihr eingeschenkt hatte.

»Hochzeitspanik«, meinte ihr Vater weise und lächelte. Er hatte sich sehr über die gute Neuigkeit gefreut, die sie ihm am Abend zuvor mitgeteilt hatte, und machte noch immer einen beglückten Eindruck.

»Nein, ich glaube, das hängt eher mit diesem Fall zusammen, von dem ich dir gestern erzählt habe«, sagte sie. »Ich habe das Gefühl, dass dieser Patient in irgendetwas hineinrutscht ... möglicherweise in eine ausgewachsene Psychose.«

»Manchmal vertrauen Patienten uns Dinge an, die es uns schwer machen, unsere Schweigepflicht einzuhalten – insbesondere deine Sorte von Patienten.«

»Es ist nicht so, dass dieser Patient mir gegenüber angedeutet hätte, er wolle jemand anderem Schaden zufügen«, erwiderte sie nachdenklich, »aber seine Weltanschauung ist so fürchterlich düster. In seiner Gegenwart habe ich fast das Gefühl zu ... zu ersticken.«

Babur schob sich ein Stückchen Tomate und etwas Käse in den Mund und fragte schließlich: »Und weiter?«

»Wenn das, was er mir erzählt hat, wahr ist, dann könnte die Situation bei meinem Patienten zu Hause wirklich sehr bedenklich sein.«

»In welcher Hinsicht?«

»Ich kann es nicht wirklich sagen«, sagte sie. »Die Art und Weise, wie er redet, ist voll von scheinbar paranoiden Gedanken und Geheimnissen. Er hat Angst – als würde ihn irgendetwas oder irgendjemand verfolgen. Außerdem gibt es da offensichtlich noch eine sexuelle Komponente, wobei ich mir allerdings nicht sicher bin, ob es sich dabei nicht nur um eine pubertäre Phantasie handelt.«

»Mmm. Freud'sche Komponenten.« Babur, der nichts von Psychoanalyse hielt, lächelte. »Vielleicht spielt dein Patient ja auch nur ein Spielchen mit dir.«

»Ja, genau!«, erwiderte sie, erfreut, dass ihr Vater offensichtlich zu dem gleichen Schluss gekommen war wie sie selbst. »Ich meine, ich kann ja schlecht seiner Familie etwas vorwerfen, wenn es alles Wahnvorstellungen sind.«

»Nein, aber dieser Patient könnte in Gefahr sein.«

»Du meinst: Psychisch gefährdet«, korrigierte sie ihn.

Babur zuckte die Achseln. »Ist doch eh das Gleiche.«

Zelfa seufzte. Danach schwiegen Vater und Tochter eine Weile – bis sie nervös mit den Fingern auf den Tisch trommelte.

»Ich habe meinen Patienten gebeten, die nächste Zeit täglich in meine Praxis zu kommen«, sagte sie. »Aber das Familienmitglied, das für die Sitzungen aufkommt, ist nicht bereit, die Behandlung weiter zu unterstützen. Diese Person will einfach nur, dass der Verwandte bald gesund wird, was ich natürlich verstehen kann. Aber das bedeutet auch, dass weitere Informationen über die häusliche Situation nur schwer zu bekommen sind. Außerdem gibt es da noch ein Geschwisterkind, aber was es damit auf sich hat, verstehe ich noch nicht ganz. Es scheint, als würde das andere Kind geliebt und beschützt, aber mein Patient nicht.«

»Du könntest einen Hausbesuch vorschlagen«, meinte

Babur. »Du könntest einfach sagen, da es notwendig sei, deinen Patienten in Zukunft täglich in deiner Praxis zu sehen, könnte ein Hausbesuch möglicherweise etwas von dem Druck nehmen, den häufige Sitzungen bei labilen Patienten verursachen.«

»Mmm.« Zelfa lächelte. »Keine schlechte Idee.«

»Alte Ärzte sind manchmal noch ganz gut zu gebrauchen«, erwiderte ihr Vater und beugte sich über den Tisch zu ihr hinüber. »Vor allem dann, wenn es darum geht, zu erkennen, ob der eigenen Tochter gesundheitlich etwas fehlt.«

»Hm?«

Babur strich etwas Butter auf sein Brot und sagte dann: »Ich verstehe ja, dass du dir Sorgen um diesen Patienten machst, aber ich habe auch bemerkt, dass du – und zwar schon seit einiger Zeit – ziemlich blass bist und ständig müde.«

»Tja, die Menopause ...«

»Das ist deine Erklärung für alles und jedes.«

»Aber ...«

»Lass endlich eine Blutuntersuchung machen, Zelfa«, sagte er streng. »Die Menopause – wenn es das überhaupt ist – kann deinen Eisengehalt im Blut beeinträchtigen. Dagegen musst du etwas unternehmen. Ich muss dir doch wohl nicht sagen, welche Folgen Eisenmangel haben kann, oder?«

Wie ein kleines Kind, das sich dem Gewicht des elterlichen Zorns beugt, senkte Zelfa den Kopf. »Nein.«

»Dann tu endlich das, was viel zu wenige von uns tun, und geh zum Arzt, Frau Doktor!«

Erst als İkmen ihr mehrfach versichert hatte, dass Mehti Vlora und sein Bruder Mehmet wirklich hinter Schloss und Riegel saßen, war Samsun Bajraktar bereit, mit İkmen erneut über die Vlora-Sippe zu reden.

Ursprünglich waren es fünf Vlora-Brüder gewesen – Mehmet, Aryan, Mehti, Dhori und Leka, der wohl als kleines Kind an Typhus gestorben war. Dhori, von dem es hieß, er sei von Rahman Berisha getötet worden, war der Jüngste in der Familie. Da seine Mutter bei seiner Geburt die vierzig bereits weit überschritten hatte, bestand ein ziemlich großer Abstand – über zwanzig Jahre – zwischen Dhori und seinem ältesten Bruder Mehmet. Der Damenwelt und dem Alkohol zugetan, war der junge Dhori, laut Samsun, eigentlich ein netter Kerl gewesen, der sich nur selten prügelte und recht umgänglich war. Lediglich in Sachen Intelligenz war er nicht allzu üppig ausgestattet gewesen – eine Ehre, die in der Vlora-Sippe nur Aryan zufiel, welcher nach Samsuns Ansicht noch nie so richtig in »diese Familie« gepasst hatte.

»Aryan denkt nach, bevor er handelt«, sagte sie und drückte ihre Zigarette in der Nierenschale neben ihrem Bett aus. »Dadurch ist er vorsichtiger als die anderen. Ich meine, es wundert mich überhaupt nicht, dass ihr bei ihm keine Drogen gefunden habt.«

»Und Mehmet?«, fragte İkmen. »Was ist mit ihm?«

»Mehmet ist ein Psychopath«, erwiderte Samsun giftig. »Er ist gewalttätig, manipuliert andere, handelt mit Drogen ... als ich angegriffen wurde, war ich mir eigentlich sicher, dass er es gewesen sein musste. Wenn ich nicht mit eigenen Augen gesehen hätte, dass es Mehti war, dann hätte ich es nicht geglaubt. Mehti Vlora ist ein Niemand«, sagte sie mit einer verächtlichen Handbewegung. »Schon immer gewesen.«

»Mmm.« Während er an das wesentlich schwerwiegendere Verbrechen dachte, das Mehti gestanden hatte, fragte İkmen: »Hältst du es für möglich, dass Mehti diesen Überfall begangen hat, um den Rest seiner Familie zu beeindrucken?«

Samsun zuckte die Achseln. »Wer weiß? Aber wenn es so war, dass Mehmet ihn dazu aufgefordert hat, dann würde er es jedenfalls nicht wagen, sich zu widersetzen. Da kannst du sicher sein. Wie ich schon sagte: Mehmet ist ein Psychopath.«

»Vor dem die anderen Angst haben.«

»Ja.«

In diesem Moment wurde das Gespräch der beiden durch einen groß gewachsenen älteren Mann mit einer Schaffelljacke und weiten Şalvar-Hosen unterbrochen, der zur Tür hereintrat. Und obwohl er die typische Bauerntracht trug, sah man auf den ersten Blick, dass es sich um qualitativ hochwertige Sachen handelte – vergleichbar mit der folkloristischen Kleidung, die wohlhabende Touristen kauften. Sein faltiges Gesicht wirkte

Diese Worte wurden so ruhig ausgesprochen, dass Çetin und Samsun einen Moment brauchten, bis sie realisierten, dass sie von Halil kamen. Er war jetzt völlig ruhig und räusperte sich, bevor er weitersprach.

»Das ist eine Tatsache – ganz egal, wie Çetin Mutter heute noch wahrnehmen mag«, sagte er. »Ich war dabei. Sie ist tot. Für mich ist sie tot.«

»Ja, aber, Halil«, setzte Samsun erneut an. »Çetin …«

»Mutter hat nie mit mir kommuniziert!«, brauste Halil auf. »Sie hat es niemals getan, und sie wird es niemals tun! Sie ist tot! Und das ist die einzige Art und Weise, wie ich mit der ganzen Geschichte umgehen kann!« Halil sah seinen Bruder an, der ihn mit besorgter Miene betrachtete. »Jetzt, da ich die Wahrheit weiß, will ich nichts mehr davon hören. Nein … Çetin. Ich will absolut nichts mehr hören. Für mich ist sie tot, sie …«

»Okay, okay«, versuchte Çetin, ihn zu beruhigen. »In Ordnung, Halil. Es ist nur so, dass …«

»Wir haben magische Kräfte«, sagte Samsun lächelnd und mit einem seltsamen Glänzen in den Augen. »Wir sind anders. Du nicht.« Sie zuckte die Achseln. »So ist das Leben, Vetter!«

Widerstrebend mussten die beiden anderen lachen.

Und bald kehrte wieder so etwas wie Normalität in İkmens stickigem, rauchgeschwängerten Wohnzimmer ein. Die drei rauchten, tranken, stritten, weinten. Leben, Familienleben. Die Tragödie, mit der sie ihr ganzes Leben lang auf unterschiedliche Weise umgegangen waren, hatte sie schwer mitgenommen, aber nicht zerstört. Çetin hatte eine dicke Mauer aus Familienmitgliedern und Freunden um sich herum aufgerichtet, sowohl bei sich zu Hause als auch bei seiner Arbeit. Und Halil hatte nichts und niemanden an sich herangelassen – weder an sein Bewusstsein noch an sein Herz.

Die drei tranken und rauchten die ganze Nacht. Samsun brach in den frühen Morgenstunden unter einem hysterischen Lachanfall zusammen, und Halil sackte einfach zur Seite und schlief seinen Rausch aus. Nur Çetin blieb übrig, der einfach nur dasaß und vor sich hin lächelte, bis Fatma irgendwann hereinkam, um das Wohnzimmer für den nächsten Tag aufzuräumen. Den Anblick, den die drei betrunkenen, erschöpften Männer ihr boten, kommentierte sie mit den Worten: »Ein Nest voller Vampire …«

Ihre Cousine Julia war entsetzt über die Zustände, die sie im Krankenhaus vorfand.

»Du solltest wirklich nicht an solch einem Ort sein!«, sagte sie zu Felicity und warf einen Blick durch den Krankensaal. »Wir müssen zusehen, dass wir dich nach Hause bekommen.«

Offensichtlich hatte man Julia nicht die ganze Wahrheit gesagt über das, was sie getan hatte. Oder sie hatte vielleicht das Englisch der Aufseher nicht verstanden. Möglicherweise verstand Julia aber auch recht gut, kümmerte sich jedoch nicht darum. Schließlich hatte die Familie ihrer Mutter den Türken, ihren Vater, noch nie leiden können. Und im Grunde war es ja auch Marys Geld gewesen, das die Familie so lange unterhalten hatte – das Haus in Holland Park, den Lebensstil und die illegalen Geschäfte ihres Vaters …

Aber sie war nicht in der Lage, Julia davon zu erzählen. Irgendetwas versperrte ihr den Weg, etwas, das zwischen ihr und anderen Dingen, anderen Menschen lag. Keine Tür oder Trennwand oder dergleichen, sondern etwas viel Nebulöseres. Und es befand sich in ihrem Inneren, nicht außerhalb ihres Körpers. Als wäre irgendetwas ausgeschaltet worden, als hätte sich etwas Lebenswichtiges verklemmt.

Der Sex war ihr allerdings noch geblieben, worüber sie sehr froh war. Sie wusste zwar, dass David nicht mehr lebte – sie hatte gesehen, wie sein Kopf explodierte und ihr über Kopf und Schultern spritzte –, aber das Gefühl, dass er in ihr kam, war geblieben, die Woge des Orgasmus, die sie in regelmäßigen Abständen überspülte und alles um sich herum vergessen ließ. Das war ein wundervolles Gefühl und ein weiterer Grund dafür, warum der Weg nach »draußen« für sie nicht mehr in Betracht kam. Hier »drinnen« war sie sicher, denn hier in ihrem Inneren schien alles Überflüssige einfach zu verschwinden. Hier gab es keine Konflikte – konnte es ja auch nicht, weil es niemand anderen gab. Sie konnte weder jemand anderen verletzen noch selbst verletzt werden, und ihr körperliches Erscheinungsbild spielte überhaupt keine Rolle.

Möglicherweise hatte der Vorgang ja tatsächlich hier in ihrem Inneren eingesetzt. Die Transformation zum Vampir. Wobei sie jedoch keine anderen Menschen verschlang, sondern sich selbst und langsam und unaufhörlich ihr eigenes Ich verzehrte. Eine Auflösung der eigenen Persönlichkeit, bis nichts mehr von ihr übrig blieb.

Sie fragte sich, ob ihre Cousine diesen Vorgang wohl sehen konnte, diese Auflösung ihres Wesens. Wenn Julia das nächste Mal kam, würde sie, Felicity – was immer das auch sein mochte –, vielleicht schon verschwunden sein. Nicht nur im Spiegel, sondern vollständig.

Als İkmen am nächsten Tag schwer angeschlagen und leichenblass in sein Büro kam, fand er einen Zettel auf seinem Schreibtisch, mit der Bitte, Samsun Bajraktar anzurufen. Obwohl er sich nicht vorstellen konnte, was sie außer einem Katermittel von ihm wollte, rief er sie trotzdem zurück.

»Was ist los?«, fragte er, während er sich in eine beruhigende Wolke aus Zigarettenrauch hüllte. »Ich dachte, du wärst zu Hause und längst im Bett.«

»Ich bin auch zu Hause, Çetin«, sagte sie, »und ich werde mich auch gleich hinlegen, aber hast du schon einen Blick in die *Bügün* geworfen?«

»Machst du Witze?«, schnaubte İkmen, entsetzt, dass ein Mitglied seiner Familie auch nur den Namen dieses Skandalblatts kannte.

»Kannst du dir eine Ausgabe besorgen?«

»Möglicherweise hat eine der Dumpfbacken unten im Bereitschaftsraum eine Ausgabe.«

»Dann geh runter und frag nach!«, sagte Samsun. »Ich mach keine Witze, Çetin. Es ist wichtig.«

»Das will ich auch hoffen«, erwiderte er düster. »Ich muss nämlich die ganzen Treppen runter und – was viel schlimmer ist – nachher wieder rauf!«

»Ruf mich an, wenn du Seite drei aufgeschlagen hast«, sagte Samsun.

»Okay.« İkmen legte auf und machte sich tatsächlich auf den Weg, vermutlich weil er durch den Restalkohol und den Mangel an Schlaf sowieso nicht geradeaus denken konnte.

Es wäre untertrieben, wenn man behauptete, die »Dumpfbacken« im Bereitschaftsraum wären überrascht gewesen, als İkmen sie um ihre Ausgabe der *Bügün* bat, dieses Revolverblättchens mit seinen Storys über Brustvergrößerungen und Entführungen durch Außerirdische. Roditi, für den dieser Lesestoff eine wichtige Ergänzung seiner Phantasiewelt bildete, reichte İkmen die Zeitung mit einer Mischung aus Fassungslosigkeit und Unmut. Wenn jetzt schon jemand wie İkmen die *Bügün* las, dann musste die Welt verrückter sein als allgemein angenommen.

Zurück in seinem Büro, breitete İkmen die Zeitung auf seinem Schreibtisch aus und blätterte zu Seite drei. Eine unglaublich großbusige Frau starrte ihn an. İkmen griff zum Telefon und rief Samsun an.

»Okay«, sagte er, »ich habe Seite drei aufgeschlagen.«

»Dann sieh dir mal das Foto unter der Frau mit dem Silikonbusen an«, erwiderte Samsun. »Das mit dem Jungen und der alten Frau.«

»Der Welt größter Altersunterschied?«, las İkmen die Schlagzeile vor.

»Genau das«, sagte Samsun in zufriedenem Ton. »Er ist neunundzwanzig und sie eine neunzigjährige Witwe, ursprünglich aus Kars. Ihr verstorbener Ehemann war ein Baumwollbaron, ziemlich betucht, und jetzt heiratet sie diesen …«

»Ist das denn irgendwie wichtig?«, fragte İkmen gereizt und griff nach der nächsten Zigarette.

»Ja. Wenn du dir mal die Bildunterschrift ansiehst, dann weißt du auch, wieso«, sagte Samsun.

İkmen warf einen Blick auf die Zeile unter dem Foto und verschluckte sich.

Samsun lachte. »Ja, genau, Çetin«, sagte sie, »das ist *der* Dhori Vlora, für den Fall, dass du Zweifel hattest. Hat er es nicht richtig weit gebracht im Leben?«

## Die wichtigsten handelnden Figuren

*Çetin İkmen* – Inspektor bei der Istanbuler Kriminalpolizei

*Orhan Tepe* – Wachtmeister; sein Assistent

*Mehmet Suleyman* – Inspektor, früherer Assistent von Çetin İkmen

*İsak Çöktin* – Wachtmeister kurdischer Herkunft

*Dr. Zelfa Halman* – Psychiaterin; Freundin von Mehmet Suleyman

*Dr. Arto Sarkissian* – Pathologe und Freund von İkmen

*Fatma İkmen* – İkmens Frau

*Ayşe İkmen* – İkmens verstorbene Mutter, geb. Bajraktar

*Halil İkmen* – Steuerberater, İkmens älterer Bruder

*Mustafa Bajraktar, genannt Samsun* – İkmens Cousin

*Ahmet Bajraktar* – İkmens Onkel; Vater von Mustafa Bajraktar

*Rifat Berisha* – fünfundzwanzigjähriger Albaner, tot aufgefunden

*Engelushjia Berisha* – seine Schwester

*Aliya Berisha* – seine Mutter

*Rahman Berisha* – sein Vater

*Angeliki Vlora* – Albanerin, Mutter von Aryan, Mehti und Mehmet Vlora

*İlhan Evren* – Kunsthändler aus Bebek

*Felicity Evren* – seine Tochter

*Ali (David) Evren* – sein Sohn

N
S
Piri Paşa
Hasköy
Goldenes H
Bayrampaşa
Bayrampaşa Gefängnis
Stadtmauer
Fener
Topkapı-Edirnekapı Yolu
Fevzi Paşa Caddesi
Sultan-Selim-Moschee
Topkapi
Theodosius Stadtmauer
Atatürk Bulvarı
Vatan Caddesi
Turgut-Özal Caddesi
Fâtih
Saraçhane Park
Süleyman Moschee
Universit
Ordu Caddesi
Samatya
Kumkap
Demirhane Yolu
Cerrahpaşa Krankenhaus
Kennedy Caddesi
Kastell der Sieben Türme
Marmarameer

A

Anna Saccani

# LA VILLE EN TOUTES LETTRES

## Installations typographiques dans l'espace public

PYRAMYD

L'éditeur a fait le choix de traduire les extraits des inscriptions dans la majorité des cas, mais pas pour les textes poétiques, qui auraient alors perdu en partie de leur authenticité. Ils ont ainsi été conservés dans leur langue originale.

Page 2 : Un caractère de *A Flock of Words*, par Gordon Young & Why Not Associates (voir page 296).

LA VILLE EN TOUTES LETTRES
est édité par PYRAMYD NTCV
www.pyramyd-editions.com



Maquette : Anna Saccani



Édition française : Céline Remechido
et Christelle Doyelle
Traduction : Laurence Richard
Correction : Maud Foutieau
Couverture : Charlotte Bräuer, pour Pyramyd NTCV
Images de couverture : Design : Paula Scher



ISBN : 978-2-35017-288-0
Dépôt légal : 1er semestre 2013
Imprimé en Chine

# Sommaire

# Lire en bord de mer

par Leonardo Sonnoli

[1] Petrucci Armando, *La Scrittura : Ideologia e rappresentazione*, Piccola Biblioteca Einaudi, Turin, 1986.

Aujourd'hui, l'écrit dans l'espace public s'éloigne de ses fonctions sociales et désignatives traditionnelles, liées à l'expression du pouvoir et à son architecture. Désormais, il commémore des événements ou des personnes, désigne une identité topologique ou commerciale, ou constitue une forme d'expression artistique, installation à part entière et partie intégrante de l'architecture.

Ce livre, fruit d'une recherche menée pour une thèse de doctorat à l'université IUAV de Venise, se veut une modeste contribution aux travaux actuels concernant le lettrage public. Compte tenu de l'ampleur du sujet, nous n'avions d'autre choix que de limiter les axes de recherche. Mais la singularité de cet ouvrage tient justement à cette limitation.

Le point de départ de cette étude est la définition que donne Armando Petrucci du « lettrage public » : « Tout type de caractères conçu pour être utilisé dans des espaces ouverts – mais aussi dans des espaces confinés – afin de permettre des lectures multiples (de groupe ou de masse) et à distance d'un texte écrit sur une surface exposée, avec, entre autres prérequis, que les caractères affichés soient suffisamment grands et présentent le message (verbal et/ou visuel) de façon suffisamment claire et visible[1]. »

Le caractère public des projets présentés dans ce livre, c'est-à-dire leur emplacement dans des lieux accessibles à tous, a constitué un critère de sélection déterminant ; en d'autres termes, les projets ont été choisis en fonction de leur valeur sociale, outre leur permanence dans les espaces qu'ils occupent.

La quasi-totalité des projets étudiés utilise l'alphabet latin et s'inscrit dans la culture occidentale, dont l'histoire de la représentation figurative et du discours diffère considérablement de celle des autres cultures alphabétiques. Lorsque le langage sert à affirmer, se souvenir et célébrer, il est traduit par un rendu visuel des caractères, correct sur le plan sémantique, au moyen d'une répétition typologique de formes, parfois conçues spécifiquement pour le projet et, le cas échéant, dans un style calligraphique.

Bien évidemment, la sélection proposée dans ce volume n'est nullement exhaustive et n'est représentative que de la scène contemporaine. De nombreux exemples ont été omis, mais ceux présentés permettent néanmoins de saisir les évolutions au fil du temps dans l'utilisation du lettrage – tant dans la tradition épigraphique caractéristique des institutions publiques depuis l'Empire romain que dans l'utilisation commerciale de l'écrit, qui a envahi les villes dès la fin du XIX^e siècle.

Ces dernières années, les villes ont massivement transféré à des intérêts privés la gestion des espaces publics. Ce transfert constitue l'une des nombreuses causes de l'évolution de la fonction de l'écrit dans ces espaces. En outre, l'expansion du design graphique par-delà les limites de la page a énormément contribué à un changement d'approche, conséquence directe des expérimentations artistiques de l'après-guerre utilisant le langage comme matériel visuel et, surtout, traduisant des concepts en typographie.

Cependant, même avec une police soigneusement sélectionnée, l'émotion suscitée par la lecture d'un texte de Katherine Mansfield, à demi immergé dans la mer et sous la lumière oblique du soleil se couchant sur Wellington, est difficile à mettre en mots. Parce que la lecture n'est pas seulement affaire de vue.

Designer italien de renommée mondiale et conférencier, **Leonardo Sonnoli** est diplômé en 1962 de l'Institut supérieur des arts industriels d'Urbino. Il collabore ensuite avec le studio Tassinari/Vetta de Trieste, dont il est maintenant associé. Entre 1990 et 2001, il est directeur artistique du studio Dolcini Associati, où il travaille sur les identités visuelles, la communication d'événements culturels, les signalétiques et la création graphique d'expositions. En 2002, il fonde CODEsign avec Paolo Tassinari et Pierpaolo Vetta.

# Introduction

[1] Kinneir Jock, *Words and Buildings: The Art and Practice of Public Lettering*, The Architectural Press, Londres, 1980, p. 72.

Le lettrage public est omniprésent dans le monde contemporain. Panneaux de signalisation, enseignes de magasins, publicités et graffitis recouvrent les murs de nos villes. Ces messages pénètrent nos esprits, nous informent, nous interpellent, nous persuadent ou nous provoquent. Qu'ils soient peints, dessinés, sculptés ou coulés dans du métal, dans du plastique ou de la pierre, les mots deviennent des entités physiques tangibles dans le paysage, contribuant à façonner sa personnalité et son identité.

Souvent, ces messages sont à la fois trop nombreux et trop confus. Ils se fondent dans le bruit ambiant, sans qu'aucune voix singulière n'émerge du bourdonnement généralisé. Pourtant, à certains moments, quelque chose attire notre attention. Absorbés par nos tâches quotidiennes, têtes baissées, nous nous retrouvons finalement à suivre des yeux un nouveau message. Un mot, une phrase ou parfois un simple caractère devient familier et s'intègre à notre paysage.

La singularité d'un lettrage public tient aux relations qu'il établit avec son environnement : non une page blanche, mais le ciel, les rues, la lumière du soleil et les ombres qu'elle crée, la pluie accentuant l'éclat des couleurs, sans oublier la lente érosion provoquée par le passage du temps. À ces relations s'ajoutent les gens, qui se déplacent et regardent avec plus ou moins d'attention, leur curiosité les poussant à chercher quelque chose de nouveau et de différent dans un environnement quotidien. Pour citer Jock Kinneir, acteur majeur et expert de cette discipline : « Si le lettrage public n'était qu'une histoire de taille de caractères, il n'offrirait que bien peu d'intérêt. Pourtant, au-delà de la question de la taille, il se trouve bien évidemment quantité de relations différentes à explorer. Les bâtiments et les personnes, et non les pages, constituent le cadre de référence, parfois même le ciel et les espaces ouverts[1]. »

Ce livre explore des installations typographiques créées entre le milieu du xx^e siècle et nos jours, sélectionnées parmi les œuvres majeures du monde entier. Toutes ces créations sont situées dans des lieux publics ou semi-publics, et ont été conçues comme éléments permanents, de sorte que ce livre peut également servir de guide. Il vise à souligner la part graphique de ces installations ainsi que la puissance communicative de ces arts que sont la typographie et le lettrage, démontrant ainsi que ces œuvres méritent d'être appréhendées en tant que créations architecturales et artistiques.

**Ci-contre : Joan Brossa, *Poème visuel praticable*, Barcelone, Espagne.**

The New York Times
LAS VEGAS
LOS ANGELES
MEXICO
MIAMI · HAWAII · PUERTO RICO · BERMUDA · BAHAMAS
EUROPE
SOUTH AMERICA
MEDITERRANEAN
MIDDLE EAST · GREEK ISLAND CRUISES

TERROR

## Les installations

La permanence a constitué l'un des principaux critères de sélection des œuvres figurant dans cet ouvrage, et cette décision nous a conduits à exclure nombre d'installations typographiques éphémères, telles que les pavillons et les scènes d'exposition. La permanence d'une installation souligne l'engagement des institutions et de la communauté envers ce type de projets bien spécifiques. Cependant, même les installations permanentes peuvent être altérées par le vandalisme, ou montrer des signes de vieillissement au fil du temps. Ainsi, la sculpture de Robert Indiana *LOVE* a été périodiquement reclôturée et repeinte. Une des lettres de l'installation *G.R.O.E.N.* de Maarten de Reus a dû être remplacée après qu'une voiture l'a heurtée en quittant la route (mais, grâce à elle, le conducteur a eu la vie sauve!). Enfin, des quatre premières clôtures typographiques de l'installation *Bankside* conçue par Caruso St John, seules deux subsistent : une a été vandalisée et une autre remplacée par une nouvelle installation.

L'implantation d'une installation dans un lieu public ou aisément accessible encourage les interactions spontanées et inattendues entre l'œuvre et le visiteur, notamment si l'endroit est très passant et vivant. Le mot « public » vient du latin *publicus* signifiant « du peuple ». L'étymologie implique donc qu'un espace « public » est un espace appartenant à tous – une partie de la ville, comme une rue, une place, un parc, une gare, la mairie, une bibliothèque ou un théâtre. Historiquement, cet espace s'apparente à l'agora grecque, au forum romain, aux grandes routes consulaires, aux places médiévales et, plus récemment, à des grandes œuvres urbaines telles que les boulevards parisiens conçus par le baron Haussmann au milieu du XIXe siècle. Les espaces ne sont pas de simples entités physiques; ils symbolisent également la liberté civile de la démocratie.

Les paysages dans lesquels ces installations s'inscrivent sont nombreux et variés, qu'il s'agisse d'espaces urbains ou d'espaces naturels : au cœur des grandes métropoles (à New York, l'horloge digitale de Rudolph de Harak et la signalétique de l'immeuble du *New York Times* par Michael Bierut/Pentagram; à Londres, la signalétique du quartier Bankside par Caruso St John; à Madrid, le monument aux victimes du 11 mars 2004 par Estudio SIC & Buj + Colón); dans des villes plus petites (dans un quartier animé, en partie piétonnier, d'Amsterdam, l'installation *A Translation from One Language to Another* de Lawrence Weiner; sur la place de la petite ville de Carpi, dans la région d'Émilie-Romagne en Italie, le mémorial des déportés pour motifs politiques et raciaux de BBPR); dans des banlieues urbaines (à Pantin, au nord-est de Paris, l'installation de Pierre di Sciullo pour le Centre national de la danse; à Ede, aux Pays-Bas, l'installation de Karel Martens pour l'imprimerie Veenman); et, enfin, dans des régions rurales (dans les Pentland Hills, près d'Édimbourg, la Petite Sparte de Ian Hamilton Finlay).

Les installations présentées ici sont presque toujours « spécifiques à leur site », expression employée en création et en art contemporains pour désigner un projet conçu pour un emplacement particulier. Des liens étroits avec l'environnement dans lequel elle s'inscrit sont essentiels au développement d'une œuvre « spécifique à un site », liens qui ne se limitent pas uniquement à l'espace, mais incluent aussi l'histoire, l'architecture et la culture de l'endroit. Cette relation est perceptible dans les installations de différents concepteurs. Attila F. Kovács, dans son travail sur le musée de la Maison de la terreur à Budapest, recourt à des matériaux et à des mots pour faire ressortir la façade de l'immeuble où des opposants aux régimes nazi et communiste ont été torturés à mort. Lawrence Weiner évoque de façon poétique, par sa série de plaques d'égout réalisées pour la ville de New York, le plan en damier typique des grandes villes américaines. Caruso St John, dont la signalétique utilise des formes et des matériaux différents, représente ainsi la diversité de la population vivant dans le quartier réhabilité de Southwark à Londres. Ashton Raggatt McDougall utilise pour le centre culturel de

**Ci-contre, en haut : Michael Bierut/Pentagram, signalétique de l'immeuble du *New York Times*, New York, États-Unis.**

**Ci-contre, en bas : Attila F. Kovács, musée de la Maison de la terreur, Budapest, Hongrie.**

Marion le mot comme vecteur de création d'un sentiment d'identité communautaire. Enfin, Gordon Young et Why Not Associates instaurent, dans toutes leurs œuvres, des relations à chaque fois différentes, témoignant de leur sensibilité au contexte.

Outre ces installations spécifiques à des sites, il en existe d'autres qui n'ont pas été conçues pour l'environnement dans lequel elles se trouvent, mais qui parviennent néanmoins à établir un dialogue fructueux avec ce dernier. L'exemple le plus frappant est sans conteste la sculpture *LOVE* de Robert Indiana. Des versions ont été installées dans d'autres villes, dans de nombreux sites tels que des musées et des espaces privés et publics. La version située à Philadelphie a été particulièrement bien accueillie : la ville a adopté la sculpture avec un enthousiasme tel que la place où elle est installée, JFK Plaza, est communément appelée « Love Park ».

Ce livre s'intéresse également à un certain nombre d'installations situées dans des espaces qui ne sont pas publics au sens propre, mais qui sont néanmoins faciles d'accès. C'est le cas de la Petite Sparte, le jardin privé de la maison de Ian Hamilton Finlay, qui établit une relation si étroite avec le paysage environnant du sud de l'Écosse qu'elle semble devenir une partie organique de celui-ci. Figurent également dans cet ouvrage plusieurs installations typographiques en relation avec des musées, qui, sans être des expositions, forment une composante structurelle du bâtiment lui-même. Parfois, l'installation détermine la configuration physique de l'espace du musée, comme dans le cas d'*Imperfect Utopia* que l'on doit à Smith-Miller + Hawkinson, Barbara Kruger, Quennell Rothschild et Guy Nordenson. Visibles à partir d'un avion et même d'un satellite, les caractères immenses formant les mots « PICTURE THIS » génèrent toute une variété d'espaces pour le North Carolina Museum of Art de Raleigh en Caroline du Nord. Dans d'autres cas, c'est le musée lui-même qui devient l'écrit, tirant son existence de ce dernier, comme au mémorial des déportés de Carpi. BBPR, en effet, y a conçu un musée commémoratif dont les murs des salles d'exposition sont recouverts de mots et des noms des victimes des camps de concentration, tandis que les noms de ces camps figurent sur des stèles disposées dans la cour extérieure du musée.

Enfin, il existe des installations qui, bien qu'appartenant à des bâtiments ou à d'autres structures privées, peuvent être vues par quiconque passe par ces endroits. C'est le cas notamment du portail en hangul de Ahn Sang-soo, servant d'entrée à la propriété de ce dernier, de la façade de l'immeuble du *New York Times* conçue par Michael Bierut/Pentagram, ou encore de l'horloge digitale de Rudolph de Harak, affichée sur un bâtiment privé, propriété actuelle de la Rockrose Development Corporation, mais conçue spécifiquement pour fournir un service aux passants de John Street à Manhattan.

### Interactions humaines

Le premier contact entre l'installation et le visiteur est visuel. L'étude du lettrage repose avant tout sur l'observation, comme Baines et Dixon le soulignent dans leur livre *Signs* : « Il s'agit de voir les caractères qui nous entourent dans les espaces publics, de voir ce que, trop souvent, nous ne voyons pas : les panneaux de direction des réseaux routiers devant lesquels passent à vive allure les véhicules, les inscriptions ou les noms sur des bâtiments familiers, même les caractères figurant sur les objets les plus banals et fonctionnels de notre environnement physique, tels que les grilles d'accès aux bâtiments publics[2]. »

Certaines installations nécessitent une observation particulièrement attentive. C'est le cas, notamment, d'*Antenna*, de Ilya Kabakov. Le texte, réalisé en mince fil métallique, est à peine visible sur le bleu du ciel. Un élément essentiel de cette création, dont le sous-titre est *Looking up, Reading the Words* (littéralement « Lever les yeux, lire les mots »), est en effet la capacité à regarder attentivement. Dans l'installation de Josep

[2] BAINES Phil et DIXON Catherine, *Signs: Lettering in the Environment,* Laurence King, Londres, 2003, p. 7.

**Ci-contre, en haut : Smith-Miller + Hawkinson, Barbara Kruger, Quennell Rothschild, Guy Nordenson, *Imperfect Utopia*, Raleigh, Caroline du Nord, États-Unis.**

**Ci-contre, en bas : Ilya Kabakov, *Antenna*, Münster, Allemagne.**

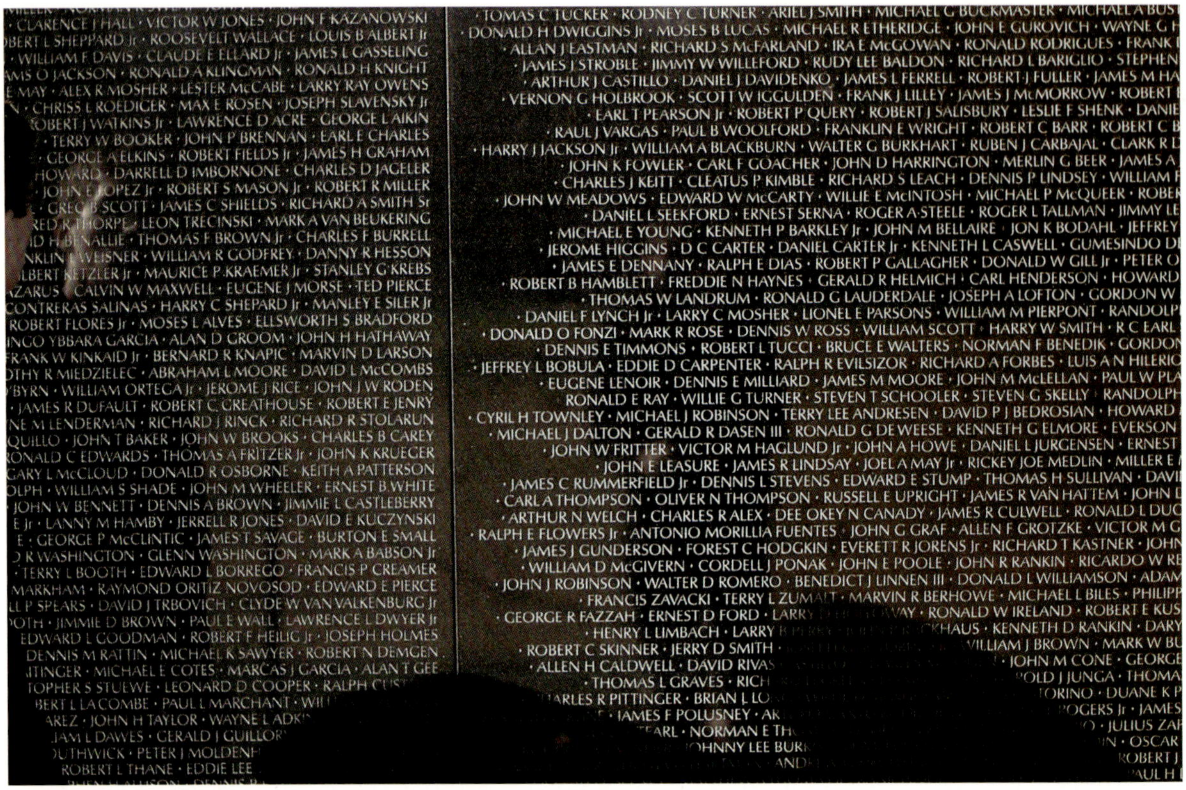
CLARENCE J HALL · VICTOR W JONES · JOHN F KAZANOWSKI
SHEPPARD Jr · ROOSEVELT WALLACE · LOUIS B ALBERT Jr
WILLIAM F DAVIS · CLAUDE E ELLARD Jr · JAMES L GASSELING
JACKSON · RONALD A KLINGMAN · RONALD H KNIGHT
MAY · ALEX R MOSHER · LESTER McCABE · LARRY RAY OWENS
CHRISS L ROEDIGER · MAX E ROSEN · JOSEPH SLAVENSKY Jr
WATKINS Jr · LAWRENCE D ACRE · GEORGE L AIKIN
TERRY W BOOKER · JOHN P BRENNAN · EARL E CHARLES
GEORGE A ELKINS · ROBERT FIELDS Jr · JAMES H GRAHAM
DARRELL D IMBORNONE · CHARLES D JAGELER
ROBERT S MASON Jr · ROBERT R MILLER
SCOTT · JAMES C SHIELDS · RICHARD A SMITH Sr
LEON TRECINSKI · MARK A VAN BEUKERING
THOMAS F BROWN Jr · CHARLES F BURRELL
WEISNER · WILLIAM R GODFREY · DANNY R HESSON
MAURICE P KRAEMER Jr · STANLEY G KREBS
CALVIN W MAXWELL · EUGENE J MORSE · TED PIERCE
CONTRERAS SALINAS · HARRY C SHEPARD Jr · MANLEY E SILER Jr
ROBERT FLORES Jr · MOSES L ALVES · ELLSWORTH S BRADFORD
ALAN D GROOM · JOHN H HATHAWAY
FRANK W KINKAID Jr · BERNARD R KNAPIC · MARVIN D LARSON
ABRAHAM L MOORE · DAVID L McCOMBS
WILLIAM ORTEGA Jr · JEROME J RICE · JOHN J W RODEN
JAMES R DUFAULT · ROBERT C GREATHOUSE · ROBERT E JENRY
RICHARD J RINCK · RICHARD R STOLARUN
JOHN T BAKER · JOHN W BROOKS · CHARLES B CAREY
THOMAS A FRITZER Jr · JOHN K KRUEGER
DONALD R OSBORNE · KEITH A PATTERSON
WILLIAM S SHADE · JOHN M WHEELER · ERNEST B WHITE
JOHN W BENNETT · DENNIS A BROWN · JIMMIE L CASTLEBERRY
LANNY M HAMBY · JERRELL R JONES · DAVID E KUCZYNSKI
GEORGE P McCLINTIC · JAMES T SAVAGE · BURTON E SMALL
GLENN WASHINGTON · MARK A BABSON Jr
TERRY L BOOTH · EDWARD L BORREGO · FRANCIS P CREAMER
RAYMOND ORITIZ NOVOSOD · EDWARD E PIERCE
DAVID J TRBOVICH · CLYDE W VAN VALKENBURG Jr
JIMMIE D BROWN · PAUL E WALL · LAWRENCE L DWYER Jr
EDWARD L GOODMAN · ROBERT F HEILIG Jr · JOSEPH HOLMES
DENNIS M RATTIN · MICHAEL K SAWYER · ROBERT N DEMGEN
MICHAEL E COTES · MARCAS J GARCIA · ALAN T GEE
LEONARD D COOPER
JOHN H TAYLOR
ROBERT L THANE · EDDIE LEE
TOMAS C TUCKER · RODNEY C TURNER · ARIEL J SMITH · MICHAEL G BUCKMASTER
DONALD H DWIGGINS Jr · MOSES B LUCAS · MICHAEL R ETHERIDGE · JOHN E GUROVICH
ALLAN J EASTMAN · RICHARD S McFARLAND · IRA E McGOWAN · RONALD RODRIGUES
JAMES J STROBLE · JIMMY W WILLEFORD · RUDY LEE BALDON · RICHARD L BARIGLIO
ARTHUR J CASTILLO · DANIEL J DAVIDENKO · JAMES L FERRELL · ROBERT J FULLER
VERNON G HOLBROOK · SCOTT W IGGULDEN · FRANK J LILLEY · JAMES J McMORROW
EARL T PEARSON Jr · ROBERT P QUERY · ROBERT J SALISBURY · LESLIE F SHENK
RAUL J VARGAS · PAUL B WOOLFORD · FRANKLIN E WRIGHT · ROBERT C BARR
HARRY J JACKSON Jr · WILLIAM A BLACKBURN · WALTER G BURKHART · RUBEN J CARBAJAL
JOHN K FOWLER · CARL F GOACHER · JOHN D HARRINGTON · MERLIN G BEER
CHARLES J KEITT · CLEATUS P KIMBLE · RICHARD S LEACH · DENNIS P LINDSEY
JOHN W MEADOWS · EDWARD W McCARTY · WILLIE E McINTOSH · MICHAEL P McQUEER
DANIEL L SEEKFORD · ERNEST SERNA · ROGER A STEELE · ROGER L TALLMAN
MICHAEL E YOUNG · KENNETH P BARKLEY Jr · JOHN M BELLAIRE · JON K BODAHL
JEROME HIGGINS · D C CARTER · DANIEL CARTER Jr · KENNETH L CASWELL
JAMES E DENNANY · RALPH E DIAS · ROBERT P GALLAGHER · DONALD W GILL Jr
ROBERT B HAMBLETT · FREDDIE N HAYNES · GERALD R HELMICH · CARL HENDERSON
THOMAS W LANDRUM · RONALD G LAUDERDALE · JOSEPH A LOFTON
DANIEL F LYNCH Jr · LARRY C MOSHER · LIONEL E PARSONS · WILLIAM M PIERPONT
DONALD O FONZI · MARK R ROSE · DENNIS W ROSS · WILLIAM SCOTT · HARRY W SMITH
DENNIS E TIMMONS · ROBERT L TUCCI · BRUCE E WALTERS · NORMAN F BENEDIK
JEFFREY L BOBULA · EDDIE D CARPENTER · RALPH R EVILSIZOR · RICHARD A FORBES
EUGENE LENOIR · DENNIS E MILLIARD · JAMES M MOORE · JOHN M McLELLAN
RONALD E RAY · WILLIE G TURNER · STEVEN T SCHOOLER · STEVEN G SKELLY
CYRIL H TOWNLEY · MICHAEL J ROBINSON · TERRY LEE ANDRESEN · DAVID P J BEDROSIAN
MICHAEL J DALTON · GERALD R DASEN III · RONALD G DE WEESE · KENNETH G ELMORE
JOHN W FRITTER · VICTOR M HAGLUND Jr · JOHN A HOWE · DANIEL L JURGENSEN
JOHN E LEASURE · JAMES R LINDSAY · JOEL A MAY Jr · RICKEY JOE MEDLIN
JAMES C RUMMERFIELD Jr · DENNIS L STEVENS · EDWARD E STUMP · THOMAS H SULLIVAN
CARL A THOMPSON · OLIVER N THOMPSON · RUSSELL E UPRIGHT · JAMES R VAN HATTEM
ARTHUR N WELCH · CHARLES R ALEX · DEE OKEY N CANADY · JAMES R CULWELL
RALPH E FLOWERS Jr · ANTONIO MORILLIA FUENTES · JOHN G GRAF · ALLEN F GROTZKE
JAMES J GUNDERSON · FOREST C HODGKIN · EVERETT R JORENS Jr · RICHARD T KASTNER
WILLIAM D McGIVERN · CORDELL J PONAK · JOHN E POOLE · JOHN R RANKIN
JOHN J ROBINSON · WALTER D ROMERO · BENEDICT J LINNEN III · DONALD L WILLIAMSON
FRANCIS ZAVACKI · TERRY L ZUMALT · MARVIN R BERHOWE · MICHAEL L BILES
GEORGE R FAZZAH · ERNEST D FORD · RONALD W IRELAND · ROBERT E KUS
HENRY L LIMBACH · KENNETH D RANKIN
ROBERT C SKINNER · JERRY D SMITH · WILLIAM J BROWN
ALLEN H CALDWELL · DAVID RIVAS · JOHN M CONE
THOMAS L GRAVES
JAMES F POLUSNEY
NORMAN E
JOHNNY LEE

03
5
04
6
15
05
7
16
8
06
17
07
28
18
29
19
30
20
40
31
21
41
32
42
33
43
53
44
45
54
55

Maria Subirachs pour le nouvel hôtel de ville de Barcelone, le lettrage spécifiant le nom de la ville est intégré si étroitement à la conception modulaire de la façade qu'il est pratiquement invisible. On raconte que Subirachs n'a pas été en mesure de le lire la première fois qu'il l'a vu. Déchiffrer l'inscription devient alors une sorte de jeu, comme avec le *Poème visuel pour une façade* de Joan Brossa, où il nous faut comprendre les relations entre les lettres disposées sur la façade. Progressivement, nous percevons que les cinquante lettres composant le panneau multicolore horizontal se répètent au-dessus des cinq colonnes, en ordre alphabétique, en utilisant la même répartition de couleurs.

Un autre type d'installation typographique associe au mouvement la perception que nous avons des caractères, comme les réalisations que l'on doit à Maarten de Reus dans le quartier Carnisselande de Barendrecht aux Pays-Bas, et à Caruso St John à Londres. L'installation de Maarten de Reus se compose de cinq lettres géantes, disposées au centre d'un rond-point. Comme le soulignent Baines et Dixon, « *G.R.O.E.N.* ne peut être lu de partout ; c'est une création que l'on découvre en passant devant et qui, la première fois qu'on la voit, doit être déchiffrée lettre après lettre, comme le ferait un enfant apprenant à lire[3]. » Ici, la lecture dépend de la progression du conducteur sur le rond-point. L'une des clôtures typographiques conçues par Caruso St John comprend le mot « Bankside » peint sur un treillis métallique. Peter St John explique : « Les trous dans les clôtures sont si grands qu'il n'est possible de lire vraiment les caractères qu'à l'oblique, de sorte que le mot semble disparaître à mesure que vous passez devant lui[4]. »

Dans d'autres cas, la relation avec l'installation se fonde sur le toucher, comme pour le mémorial des vétérans du Vietnam de Washington, conçu par l'architecte Maya Lin. Nombre de visiteurs touchent le nom d'un parent mort à la guerre, comme pour rester en contact avec leur proche. Pour enregistrer la sensation de façon plus permanente, les visiteurs peuvent également décalquer avec une feuille de papier et un crayon le nom de la personne aimée. On ignore si cette pratique a été suggérée par l'architecte elle-même, par la fondation en charge du mémorial ou si elle a émergé spontanément. Quoi qu'il en soit, des feuilles de papier sont aujourd'hui distribuées aux visiteurs afin que ces derniers puissent réaliser des décalquages. Si un visiteur n'est pas en mesure de le faire lui-même, la fondation s'engage à en réaliser un pour lui et à lui faire parvenir. Autre exemple d'installation impliquant le toucher, *Invisible City* d'Anton Parsons, dans laquelle l'artiste utilise le braille, dans une version élargie et donc illisible, comme une invitation à une exploration au-delà de la vision.

Parfois, les habitants s'attachent tellement à une œuvre qu'ils font pression sur les autorités locales pour assurer son maintien. Ce fut notamment le cas avec la sculpture *LOVE* de Robert Indiana, réinstallée désormais à Philadelphie grâce à la mobilisation des citoyens de la ville. Autre exemple de fin heureuse, l'installation *Citat* de FA+, initialement conçue comme une inscription temporaire peinte sur l'asphalte d'une rue de Stockholm, mais qui rencontra un succès tel que les habitants de la ville demandèrent son maintien.

Une installation peut également susciter des réactions négatives, comme ce fut le cas de *The Cursing Stone and Reiver Pavement* conçue par Gordon Young et Why Not Associates, qui déclencha un véritable tollé, certains considérant que la pierre sur laquelle est gravée une malédiction célèbre portait malheur aux habitants de la région. Des tentatives ont été faites pour obtenir sa destruction, mais, en dépit des protestations, la pierre n'a pas été retirée de son emplacement d'origine.

[3] Baines Phil et Dixon Catherine, *Signs: Lettering in the Environment*, Laurence King, Londres, 2003, p. 160.

[4] Entretien avec Peter St John, 20 octobre 2011.

**Ci-contre, en haut : Maya Lin, mémorial des vétérans du Vietnam, Washington DC, États-Unis.**

**Ci-contre, en bas : Rudolph de Harak, horloge digitale, New York, États-Unis.**

J GREEN (G)
SALLY ROE • ROSEMARY PERKINS
ANNABELLE MUMBY (7)
JAMES FOSTER • IMOGEN HILL
BRIAN BEST • JOYCE BEST
ALEX MORTON
FREDERICK FLETCHER
CHARLOTTE ROTHWELL
CHARLOTTE PETTERSON
CHARLOTTE DANIELS
JEAN PATRICIA SMITH
MARY BENNETT
CATHERINE WILDING
SAM CLEGG

**Les auteurs**

Les concepteurs des installations présentées ici sont issus d'horizons et de disciplines radicalement différents. En effet, ils sont concepteurs graphiques, artistes, architectes, tailleurs de pierre. D'ailleurs, les disciplines ou domaines se recoupent souvent, menant à des collaborations fructueuses. C'est le cas notamment pour *Imperfect Utopia*, né d'une collaboration entre les architectes Smith-Miller + Hawkinson, l'artiste Barbara Kruger, l'architecte paysagiste Quennell Rothschild et l'ingénieur structure Guy Nordenson, ainsi que pour les installations réalisées par l'artiste Gordon Young avec le collectif de designers graphiques Why Not Associates.

Il existe des professionnels dont la formation n'exclut pas l'intérêt et la connaissance d'autres disciplines. C'est le cas notamment du sculpteur de caractères Richard Kindersley : « Je travaille en étroite collaboration avec les architectes pour créer des systèmes de lettrage et j'ai été nommé membre honoraire du Royal Institute of British Architects en reconnaissance de mon travail dans ce domaine. Je travaille également dans le champ du design graphique, où j'ai notamment collaboré, entre autres, avec Alan Fletcher[5]. »

Les architectes de Caruso St John collaborent avec des concepteurs graphiques et d'autres artistes. Comme l'explique Peter St John : « Nous faisons parfois appel à des concepteurs graphiques, même si cela n'a pas été le cas sur ce projet [la signalétique Bankside]. Ici, la partie graphique constituait une composante à part entière de notre création. Dans un premier temps, nous avons travaillé avec un artiste [Roy Voss] pour développer le concept. C'est une méthode de travail que nous avons tendance à privilégier[6]. »

[5] Entretien avec Richard Kindersley, 21 octobre 2011.

[6] Entretien avec Peter St John, 20 octobre 2011.

**Création graphique en trois dimensions et techniques de fabrication**

Dans les installations typographiques, par opposition aux ouvrages imprimés, les caractères n'occupent pas l'espace statique de la page, mais un espace dynamique habité et vivant. Ils acquièrent ainsi de nouvelles caractéristiques, comme la texture et le volume, d'une façon beaucoup plus évidente que les caractères imprimés.

L'intégration des caractères à l'espace au sein d'installations typographiques peut se faire sur un mode plus ou moins bidimensionnel, sur une surface, ou tridimensionnel, le caractère étant alors autonome à la manière d'une statue. L'inspiration expressive, les techniques de construction et toute une variété de matériaux jouent un rôle dans cette intégration. Parmi les projets exploitant la bidimensionnalité, citons le monument aux victimes du 11 mars 2004 de Estudio SIC & Buj + Colón, dont les caractères sont imprimés sur une membrane en ETFE mince et presque invisible, suspendue dans une coupole en verre ; l'installation de Karel Martens sur le bâtiment de l'imprimerie Veenman, où un poème est reproduit sur les vitres externes par sérigraphie ; sans oublier les créations de Paula Scher / Pentagram pour le Centre des arts du spectacle du New Jersey (NJPAC), où des mots, répétés sur les murs extérieurs, sont simplement peints. La peinture reste le procédé le plus répandu et le plus immédiat pour écrire sur un bâtiment, en dépit de la nécessité d'une restauration périodique. La grande vertu des caractères peints réside dans leur lisibilité. Selon Peter St John, « un mot peint présente toujours une meilleure probabilité de lisibilité à partir d'un angle aigu que la plupart des caractères construits ou modélisés. Les peintres d'enseignes du XIX$^{e}$ siècle ont su tirer le meilleur des deux techniques en conférant à leurs caractères des semblants de retours et d'ombres, pour les enrichir sans perdre en lisibilité[6]. »

Mais il existe aussi des œuvres où les caractères prennent une épaisseur perceptible, révélant une dimension non seulement frontale, mais aussi latérale. C'est le cas notamment pour les plaques d'égout de New York de Lawrence Weiner, où les

**Ci-contre, en haut : Gordon Young et Why Not Associates, *Walk of Art*, Wakefield, Yorkshire de l'Ouest, Royaume-Uni.**

**Ci-contre, en bas : Caruso St John, signalétique du quartier Bankside, Londres, Royaume-Uni.**

caractères en fonte ressortent en léger relief, ce qui permet à la fois de marcher dessus et de les lire. Avec l'augmentation de l'épaisseur des caractères, il convient de prendre en compte le corps du caractère et l'ombre qu'il projette. Le béton est un matériau qui se prête particulièrement bien au marquage, procédé abondamment utilisé par Catherine Griffiths pour la *Wellington Writers Walk*, ainsi que par BBPR pour les stèles installées dans la cour du mémorial des déportés pour motifs politiques et raciaux de Carpi. Avec l'épaisseur accrue des caractères, le rôle de la lumière dans l'augmentation de l'aspect du volume devient lui aussi plus important. Citons à titre d'exemple *Poème visuel pour une façade* de Joan Brossa, où les caractères en plastique sont positionnés de façon à se trouver assez loin du bâtiment et à créer ainsi une ombre accentuant leur aspect tridimensionnel. L'installation en extérieur de Pierre di Sciullo pour le Centre national de la danse constitue un autre exemple de lettrage en trois dimensions ; érigée sur le toit de l'immeuble, elle se transforme la nuit en enseigne au néon.

Certaines créations recourent à des caractères qui ne sont jamais totalement bi- ou tridimensionnels et qui font quasiment partie intégrante de la construction du bâtiment. C'est le cas notamment du portail de la British Library de Cardozo Kindersley Workshop, qui se compose des mots « British Library » répétés sur une hauteur d'environ quatre mètres. La profondeur des lettres n'est pas immédiatement apparente.

Parfois, une installation typographique n'a aucun lien physique avec le bâtiment. Lorsqu'il existe un lien logique avec l'architecture, il en résulte ce que Jock Kinneir qualifie d'« état de coexistence heureuse, dans laquelle deux partenaires très différents conservent leur intégrité[7] ». Un bon exemple nous est offert par *9 West 57$^{e}$ rue* de Chermayeff & Geismar, installation dans laquelle l'énorme chiffre « 9 », le numéro de rue du gratte-ciel voisin, peut être exploré de tous les côtés. *M*, conçu par Roberto Behar et Rosario Marquardt/R & R Studios, est érigé, seul, en face de l'entrée de la station de métro Miami Riverwalk. Son lien avec la station de métro est établi par le fait que le caractère géant symbolise le métro et que les passagers souhaitant pénétrer dans la station doivent passer entre ses jambages.

Dans certaines installations, les caractères deviennent totalement autonomes et existent sans référence à leur architecture environnante. *Bàrcino* est une installation de Joan Brossa à Barcelone, dans laquelle l'ancien nom romain de la ville est décliné en sept sculptures différentes, une pour chaque lettre. Dans un même ordre d'idée, *G.R.O.E.N.* de Maarten de Reus est créée à partir de cinq caractères différents, tandis que la sculpture *LOVE* de Robert Indiana se compose d'un ensemble de caractères liés entre eux, dans une disposition singulière rendant la sculpture unique.

Dans tous ces exemples, l'aspect tridimensionnel des caractères est obtenu par un ajout de matériaux. Or, il peut également être obtenu par soustraction, par gravure ou inscription. Les inscriptions se caractérisent par le matériau utilisé et la découpe choisie. Celle-ci peut être enfoncée en V, comme dans la plupart des inscriptions romaines, mais des enfoncements carrés sont parfois employés à des fins d'accentuation. L'installation de Richard Kindersley à la station de métro Canning Town est inhabituelle, dans le sens où l'artiste a choisi le béton, un matériau particulièrement difficile à travailler, pour ses inscriptions. Maya Lin, quant à elle, a eu recours à une technique automatisée, le « décapage abrasif au pochoir », pour inscrire les noms – plus de 50 000 – sur le mémorial des vétérans du Vietnam.

Une autre technique soustractive consiste à découper les caractères sur le matériau lui-même. Ce procédé a été utilisé par Gordon Young et Why Not Associates pour l'installation *Walk of Art*, dans laquelle les noms des donateurs ont été percés dans les plaques métalliques de la passerelle. Dans le même esprit, au sein de l'installation réalisée par Attila F. Kovács pour le musée de la Maison de la terreur, les lettres du mot

[7] Kinneir Jock, *Words and Buildings: The Art and Practice of Public Lettering,* The Architectural Press, Londres, 1980, p. 74.

**Ci-contre, en haut : Karel Martens, imprimerie Veenman, Ede, Pays-Bas.**

**Ci-contre, en bas : Anton Parsons, *Invisible City*, Wellington, Nouvelle-Zélande.**

THEATER MUSIC
DRAMA THEATER
DANCE
DRAMA WRITING DRAMA
THEATER
MUSIC
POETRY
MUSIC
DRAMA
WRITING
THEATER DANCE
POETRY
THEATER
DANCE
WRITING
WRITING POETRY
DANCE CATHEDRAL HOUSE
DANCER
CATHEDRAL HOUSE

RTED IN 1843 AND THE
1846

« terror » sont percées dans le métal, projetant des ombres sur la façade, la chaussée et la rue, suggérant peut-être ainsi le caractère immatériel de la peur.

### Caractères, mots et textes

Les installations présentées dans ce livre se rapportent toutes au monde des lettres, mais chacune à sa façon. Tout d'abord, il existe entre elles des différences quantitatives. Certaines sont composées d'une seule lettre ou de plusieurs (*Poème visuel praticable* par Brossa, *ABC sur le Hoofdweg* par René Knip), d'autres d'un seul mot (*LOVE* par Robert Indiana, *G.R.O.E.N.* par Maarten de Reus, le Centre national de la danse par Pierre di Sciullo). Certaines comportent des listes de mots (*Walk of Art* par Gordon Young et Why Not Associates, le mémorial des vétérans du Vietnam par Maya Lin), des mots répétés (le Centre des arts du spectacle par Paula Scher/Pentagram, le portail de la British Library par Cardozo Kindersley Workshop) ou des textes entiers (imprimerie Veenman par Karel Martens, *Wellington Writers Walk* par Catherine Griffiths).

Le recours à une ou plusieurs lettres ou mots, ainsi que l'évaluation de l'équilibre entre contenu et forme et texte et image, dépend du message que le créateur de l'œuvre cherche à faire passer. Si une lettre ou un chiffre est utilisé seul, comme dans *9 West 57e rue* de Chermayeff & Geismar, l'installation devient une sculpture dans laquelle notre compréhension du signe semble d'une importance presque secondaire. C'est comme si l'on pouvait reléguer dans l'abstrait la signification de cette installation jusqu'à un point où, paradoxalement (parce que très souvent ces installations sont grandes), sa signification ne réside pas tant dans le sens de la lettre utilisée que dans la composition dans son ensemble.

Bien que toutes les installations se doivent d'interroger, de façon plus ou moins explicite, la relation entre forme et sens, certaines privilégient une approche particulièrement symbolique. Dans le cas de textes, il importe généralement qu'ils soient lisibles, comme, par exemple, pour l'installation *Wellington Writers Walk* de Catherine Griffiths, qui comprend des citations d'auteurs néo-zélandais. Cette contrainte implique de prendre en compte dans le design des caractères les matériaux, techniques et couleurs sélectionnés.

La création de Karel Martens pour le bâtiment de l'imprimerie Veenman constitue à ce titre un exemple intéressant, dans la mesure où les caractères sont très lisibles, mais que le texte lui-même l'est beaucoup moins : le poème de K. Schippers est décomposé en lettres disposées selon une grille géométrique sur la façade, ce qui le rend illisible.

Lorsque le texte est une liste – cas de figure caractéristique, mais non exhaustif, des mémoriaux –, la répétition même des mots peut constituer le point de départ de compositions intéressantes et évocatrices, qui sont tout sauf ennuyeuses et répétitives. Très souvent, l'accent est mis sur la quantité de noms, afin de donner aux visiteurs une idée de l'ampleur de la tragédie et de susciter leur empathie. Le mémorial des vétérans du Vietnam de Maya Lin constitue à ce titre un exemple frappant, répertoriant les noms de 58 195 victimes de la guerre du Vietnam sur un long mur de granit noir. Il est possible d'y trouver à la fois un nom en particulier et d'être frappé par l'immensité dramatique de l'ensemble. Si, au mémorial des vétérans du Vietnam, les noms ont chacun un emplacement spécifique, les architectes du mémorial des déportés pour motifs politiques et raciaux, BBPR, ont cherché à susciter un effet plus général. La dernière salle du musée est entièrement recouverte de noms de victimes. Dans ce cas, cependant, la liste n'est pas exhaustive. Seuls quelques noms sont répertoriés, car l'intention n'est pas de mettre l'accent sur l'individu, mais sur la tragédie collective, et de transmettre ce sentiment au visiteur. Les noms sont mentionnés partout : sur les murs, les plafonds, les voûtes, les colonnes et même les portes et les encadrements de fenêtres. Certains noms en

**Ci-contre, en haut : Paula Scher/Pentagram, Centre des arts du spectacle du New Jersey, Newark, New Jersey, États-Unis.**

**Ci-contre, en bas : Richard Kindersley, station de métro Canning Town, Londres, Royaume-Uni.**

représentent d'autres, comme celui d'Anne Frank, qui symbolise tous les enfants morts en déportation. Cachés parmi les caractères se trouvent des acrostiches, dont le nom du maire ayant soutenu la construction du musée, Bruno Losi, et celui de l'entreprise de construction (Cooperativa Muratori e Braccianti di Carpi) à qui le projet fut confié.

Dans *Walk of Art* de Gordon Young et Why Not Associates, une passerelle typographique mentionne les noms des personnes qui se sont mobilisées dans la collecte de fonds destinés au Yorkshire Sculpture Park, à la fois pour remercier les donateurs et encourager de nouveaux dons.

[8] Baines Phil et Dixon Catherine, *Signs: Lettering in the Environment,* Laurence King, Londres, 2003, p. 8.

**Typographie et lettrage**

Les installations présentées dans ce livre recourent à une vaste palette de caractères, sélectionnée en fonction du type de création, de ses contraintes, des caractéristiques des matériaux utilisés et, surtout, de la personnalité des créateurs qui, par leur parcours, entretiennent tous un rapport différent à la lettre.

Il existe une différence essentielle entre typographie et lettrage, ainsi que l'expliquent Baines et Dixon : « En termes simples, le caractère typographique est un produit industriel autorisant la duplication et l'automatisation, tandis que le lettrage est une création unique, conçue dans un but précis et capable de répondre aux contraintes d'échelle, de matériau et d'environnement d'une façon tout à fait différente[8]. »

Voici quelques-uns des caractères typographiques utilisés dans les installations présentées dans ce livre : Akzidenz Grotesk pour l'horloge digitale de Rudolph de Harak et pour la signalétique du quartier Bankside par Caruso St John ; Helvetica pour *Citat* par FA + ; Optima pour le mémorial des vétérans du Vietnam de Maya Lin ; Helvetica, de nouveau, en association avec Optima, pour *Wellington Writers Walk* de Catherine Griffiths ; Univers pour *Poème visuel pour une façade* de Joan Brossa ; Agency Gothic pour le Centre des arts du spectacle du New Jersey de Paula Scher, ainsi que les caractères de prédilection de Why Not Associates, conçus par Eric Gill.

Par opposition, le lettrage employé par Richard Kindersley pour la station de métro Canning Town a été spécialement conçu pour ce projet. Dans l'esprit de la calligraphie, les lettres sont gravées une à une, et il n'en existe pas deux identiques. Maarten de Reus a conçu uniquement les cinq caractères composant le mot *G.R.O.E.N.*, les autres lettres étant inutiles. On distingue trois différents types de lettrage au mémorial des déportés pour motifs politiques et raciaux de Carpi, qui semblent se fonder sur des caractères préexistants. Il est probable que le lettrage ait été réalisé par les employés travaillant sur ce projet eux-mêmes, sans conception globale systématique, mais avec sensibilité et un bon sens de la composition. D'autres designers sont partis de caractères typographiques existants, qu'ils ont modifiés : Lawrence Weiner, pour *A Translation from One Language to Another* et les plaques d'égout de New York, part du Franklin Gothic ; Pierre di Sciullo de sa propre création Minimum Sol pour le Centre national de la danse ; pour *Nearamnew*, Paul Carter réélabore le Meta ; quant à *LOVE* de Robert Indiana, ses caractères semblent s'inspirer du Clarendon.

**Typographie, lettrage et art : le grand débat**

De nombreux spécialistes, au rang desquels Nicolete Gray, Phil Baines et Walter Tracy, se sont intéressés à l'emploi des caractères typographiques et des lettrages dans les lieux publics, soulevant la question du type de formation nécessaire à la réalisation de ce genre de projets. Selon eux, l'emploi de caractères typographiques sur des bâtiments par des professionnels peu ou non formés spécifiquement à ces applications donne souvent des résultats médiocres, qui nuisent à l'architecture elle-même et diminuent son impact sur son environnement. De leur point de vue, un lettrage public est destiné à être lu. Dès lors, il ne peut être éphémère et doit faire l'objet d'une étude rigoureuse. Tracy formule trois critiques à l'égard de l'emploi des caractères typographiques dans les écrits destinés à l'exposition ou à l'affichage public. La première concerne leur bidimensionnalité : ces caractères sont conçus pour être imprimés, de sorte qu'ils devraient être plats. La deuxième a trait à la taille : ces caractères sont destinés à être imprimés à une certaine taille, bien plus petite que celle requise par un panneau. La troisième, enfin, a à voir avec l'historicité : une famille de caractères, notamment dans ses détails, révèle inévitablement sa période de création et les techniques utilisées. Tracy encourage les architectes à traiter la lettre avec le même sérieux et la même rigueur que d'autres aspects de l'architecture. « Il incombe à l'architecte, dans ce domaine comme dans d'autres, d'adopter une démarche positive. Ses usines, bureaux et appartements transforment tant le paysage qu'il devrait les inscrire autrement qu'avec des caractères d'imprimerie : il devrait, en fait, reconnaître avec gratitude qu'un lettrage original est peut-être un moyen limité mais utile d'ajouter une touche visible d'humanité aux rectangularités accrues du paysage urbain[9]. »

Tracy poursuit : « La meilleure approche consiste à trouver un designer doté de réelles aptitudes en lettrage créatif (aptitudes dont disposent peut-être certains typographes), à lui faire un brief détaillé et à lui demander une création à la fois originale, spécifique, attrayante, permanente et adaptée au bâtiment pour lequel elle doit être conçue, au même titre que les autres éléments du cahier des charges[10]. » Ces contraintes mettent en évidence la nécessité d'une formation professionnelle spécifique au lettrage public. Comme l'expliquent Baines et Dixon : « De façon ironique, alors que nous sommes cernés par les caractères, le lettrage environnemental n'est enseigné nulle part. L'étendue de son champ d'application fait qu'il est traité de façon sporadique dans diverses disciplines, ayant toutes d'autres priorités pédagogiques. En conception graphique, une importance accrue donnée à la typographie a entraîné le quasi-abandon de l'enseignement du lettrage. Par ailleurs, la capacité des méthodes de production contemporaines à générer des caractères typographiques de toute taille sur quasiment tout support tend à nous faire oublier les différences importantes entre lettrage et typographie[11]. »

Ce débat, initié en 1960 par Nicolete Gray, est encore d'une grande actualité aujourd'hui, et il nous incite à prendre au sérieux le lettrage public et ses enjeux spécifiques.

[9] Tracy Walter, « Typography on Buildings », in *Motif*, n° 4, Shenval Press, Londres, 1960, p. 86.

[10] *Ibid.*, p. 84-85.

[11] Baines Phil et Dixon Catherine, *Signs: Lettering in the Environment,* Laurence King, Londres, 2003, p. 7-8.

# Projets

Quand des caractères en fer forgé formant une texture typographique unique rendent un bel hommage au hangul.

## Ahn Sang-soo

# Portail en hangul

Jongno-gu, Pyeongchang-dong, 131-21,
Séoul, Corée du Sud

48-4
평창길

En 2001, pour concevoir le portail de sa maison de Séoul, Ahn Sang-soo eut recours aux caractères de l'alphabet coréen hangul, assemblés dans un motif compact et régulier. En fer forgé et peint en blanc, le portail se trouve à l'extrémité d'une voie sans issue. Il ne s'agit nullement d'un hasard si un concepteur graphique doublé d'un créateur de caractères comme Ahn Sang-soo décide de recourir au hangul, écriture qu'il promeut activement à travers ses créations.

L'écriture hangul est unique au monde : il s'agit de la seule forme d'écriture dont nous connaissons l'origine. Reproduisant avec précision les sons du coréen parlé, le hangul a été conçu pour s'apprendre facilement. Il a été officiellement promulgué en 1446 par le roi Sejong le Grand, dans un petit livre dont le titre signifie littéralement « les sons appropriés pour enseigner au peuple ». Cette réforme culturelle, remplaçant le système complexe d'écriture chinoise par un système doté de vingt-huit symboles alphabétiques (puis ultérieurement vingt-quatre), a donné naissance à l'écriture coréenne et a contribué à façonner le sentiment d'identité nationale. Pour le créateur Alain Le Quernec, « cette écriture originale, rationnelle et intelligente est un acte fondateur majeur dans l'histoire de la culture et de l'identité coréennes[1] ». Les lettres de l'alphabet hangul comprennent jusqu'à cinq éléments formels : le point, la ligne horizontale, la ligne verticale, la ligne diagonale et le cercle. Les caractères représentent la forme de la bouche, de la langue, des dents, des lèvres et de la glotte lorsqu'elles prononcent un son. Les voyelles sont représentées par trois éléments : le point, la ligne horizontale et la ligne verticale.

Le hangul ne s'est pas imposé de façon uniforme dans l'ensemble du pays. Il a presque disparu pendant la période d'occupation japonaise entre 1910 et 1945 et, bien qu'il ait été réintroduit comme système d'écriture officiel en 1945, son emploi reste aujourd'hui inégal. Ahn Sang-soo affirme qu'il existe de bonnes raisons pour continuer à utiliser le hangul. Avant toute chose, il symbolise l'indépendance coréenne. Avec ses dix voyelles et ses quatorze consonnes, il est capable de véhiculer quasiment tous les sons. Il peut s'apprendre en quelques heures et contribue également à la préservation des langues minoritaires parlées en Corée qui, sinon, disparaîtraient sans laisser de trace.

Ahn Sang-soo est devenu la figure de proue de la promotion du hangul : organisation d'expositions, création d'affiches et de logos pour des présentations et des spectacles, conférences et interventions dans le monde entier. Comme les caractères chinois, les caractères hangul s'organisent au sein d'un carré. Ahn Sang-soo a cherché à libérer le hangul de ce carcan géométrique.

Selon Le Quernec, « Ahn a recherché une lisibilité des signes par une épuration, comme si cette facilité de lecture permettait la liberté de composition. Au contraire d'un travail de destruction, son travail apparaît alors comme un hommage admiratif à cette écriture pour laquelle il entend donner une nouvelle dimension possible, et, apparemment, cela fonctionne[2]. »

L'expérimentation d'Ahn Sang-soo a conduit à la conception de caractères qui permettent aux signes d'être agencés librement au moyen d'un ordinateur. Cependant, ce projet n'est pas sans présenter d'importantes difficultés, étant donné que les cinq éléments de base peuvent se combiner pour constituer plus de 10000 caractères. Dans son travail, les lettres s'assemblent et ont plusieurs sens possibles, ou pas de sens du tout. Les caractères qu'il crée – et qui sont parfois presque impossibles à lire – sont principalement utilisés pour des titres et des affiches.

[1] Le Quernec Alain (introduction), *Ahn Sang-soo*, collection Design&Designer n° 35, Pyramyd, Paris, 2005, p. 6.

[2] *Ibid.*, p. 8.

**Pages ci-contre et suivante : Les caractères en hangul sont reliés entre eux pour former le portail.**

Quand l'intégration symbolique
de l'architecture et du lettrage sert
de point de repère à une communauté
en plein essor.

# Ashton Raggatt McDougall

# Centre culturel de Marion

287 Diagonal Road, Oaklands Park,
Marion, Australie du Sud, Australie

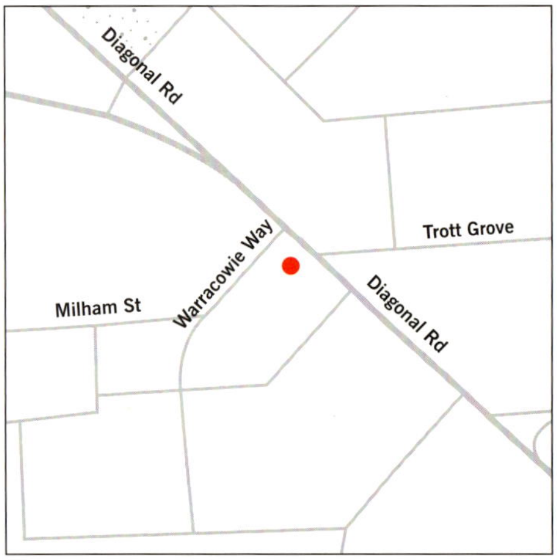

Le centre culturel de Marion a été construit en 2001 par Ashton Raggatt McDougall (ARM) en collaboration avec Phillips/Pilkington Architects pour la ville de Marion, près d'Adélaïde (Australie du Sud).

Avec une superficie de 2 500 mètres carrés, le centre culturel de Marion dispose, entre autres équipements, d'une bibliothèque, d'un centre d'information, d'un espace d'exposition, d'un théâtre, d'un bar et d'un parking. Le nom « Marion », divisé et disposé de sorte qu'il ne soit pas immédiatement lisible, est utilisé au sein de l'architecture du centre culturel pour créer un espace servant de point de référence à une communauté qui n'a pas encore développé son propre style architectural.

Pour Paolo Tombesi, « l'histoire architecturale de Marion n'a peut-être pas encore permis à la communauté de se reconnaître dans les bâtiments qui représentent son évolution. Son nom, cependant, constitue un point de repère dans l'expérience sociale des habitants. D'où la décision de faire du nom de l'architecture l'architecture du centre[1]. »

Le choix d'Ashton Raggatt McDougall d'utiliser des caractères pour ce projet s'inspire de la tradition du XIX<sup>e</sup> siècle, une époque où des mots, sur les façades principales des bâtiments publics tels que les mairies et les bibliothèques, conféraient de l'importance à ces derniers.

Le centre culturel de Marion accentue délibérément l'horizontal, afin d'occuper autant d'espace que possible et augmenter ainsi sa visibilité. Suivant les caractères, la relation au bâtiment est différente : les M, A et R sont totalement intégrés à l'architecture, alors que les caractères restants – I, O et N – sont placés dans le paysage environnant. Par ailleurs, outre faire partie intégrante de la façade, les trois premières lettres ont des fonctions spécifiques : M et A encadrent la salle de lecture sans l'isoler de son environnement, et R dépasse légèrement du bâtiment, à la manière d'une véranda, pour abriter les visiteurs de la pluie.

Par opposition, la lettre I est une sculpture baptisée *From the Horizon to the Horizon* que l'on doit à Greg Johns, un artiste de Marion. La double colonne métallique de huit mètres de haut, située à proximité de la façade principale, relie les lettres M, A et R, longeant Diagonal Road, aux sculptures O et N, qui donnent sur une rue plus petite, Warracowie Way. Cette lettre I se compose d'une base en pierre de la région (minerai de fer), d'une partie centrale dont la forme évoque un serpent ou une rivière (référence à la Sturt River, toute proche) et d'une section finale en forme de nuage.

Les lettres O et N sont elles aussi dissociées du bâtiment principal : le O se compose de gros blocs de pierre délimitant un massif de fleurs, tandis que le N est un treillis vertical servant de support à des plantes grimpantes près de l'entrée de la zone. Les lettres sont également répétées, sous des formes démembrées ou déformées, à l'intérieur du bâtiment. Ainsi, la lettre R n'est lisible en tant que telle que de la façade principale, mais elle est répétée, en miroir, sur la façade nord. De même, la lettre M, visible sur la façade principale, se retrouve sur l'élévation arrière, en rouge. Un fragment du A en orange vif dépasse de l'aile ouest, après avoir traversé tout le bâtiment, déterminant les espaces intérieurs du hall d'accueil, du bar et de la galerie. Le mot est totalement lisible à l'angle de Diagonal Road, sur laquelle donne la façade principale, et de Warracowie Way, où sont situés les trois éléments extérieurs.

[1] Tombesi Paolo, *Sign language*, in *Domus*, n° 848, 2002, p. 62.

**En haut :** Vue de face du bâtiment, détail des lettres M et A.

**En bas :** Vue de la cafétéria, coupée par le A.

**Page suivante :** Le mot entier, visible à l'angle de Diagonal Road et de Warracowie Way.

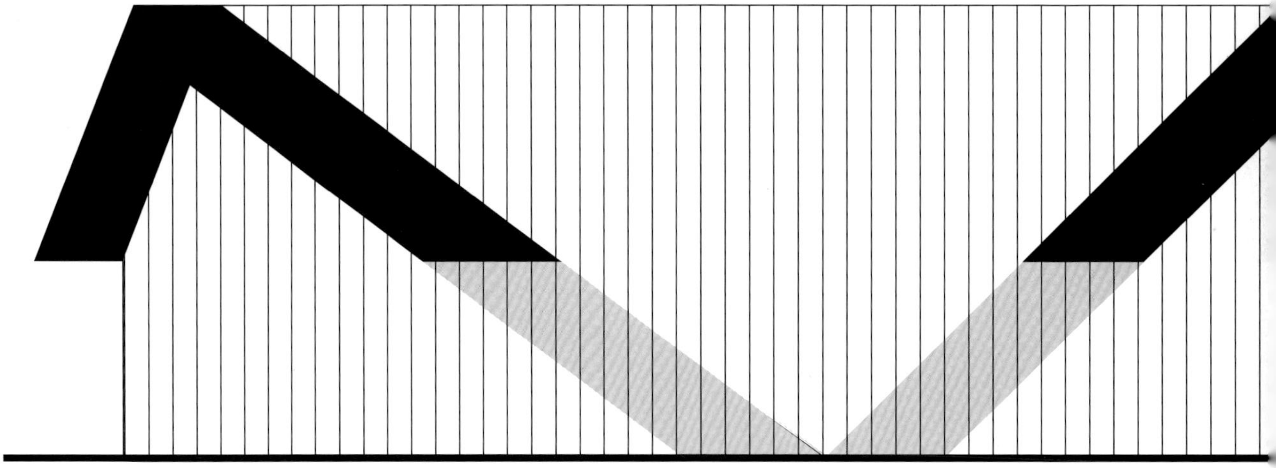

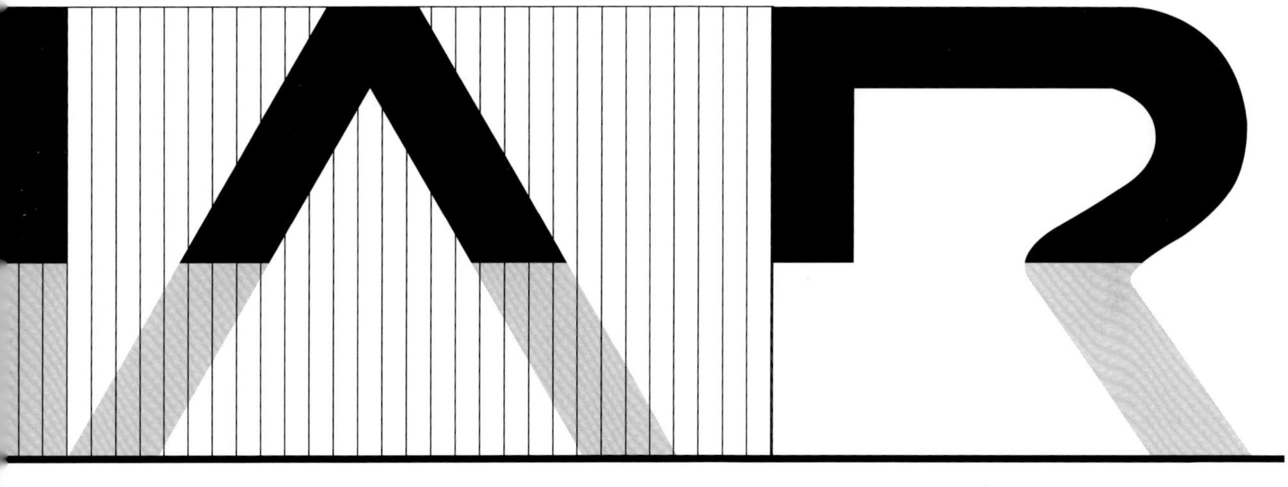

Ci-dessus : Les lettres M, A
et R sont totalement intégrées
à l'architecture du bâtiment.

Quand le pouvoir des mots commémore
le drame de la déportation.

BBPR

# Mémorial des déportés pour motifs politiques et raciaux

Piazza dei Martiri 68,
Carpi, Modène, Italie

MASSIMILIANO PENCO -
GIOVANNI OCCHIPINTI -
DANIELE DISFATTI -
GIANCARLO LIMBERTI -
SALVATORE PRIMA -
MARIO PRESSI -
VITO COLANGELO -
DONATO D'OSPINA -
GIOVANNI DRANDI -
TOMMASO FERENZI -
GIUSEPPE FERRANDO -
MARIO FERRANDO -
LUIGI FERRARI -
RAUL FERRARI -
GIOVANNI FERRARIO
MICHELE FERRARO
OSVALDO FERROLI -
AGOSTINO FERRI -
UMBERTO FERROLI -
FEDERICO FERRI -
EMILIO FEVARETTO -
GIACOMO FERRI -
GIUSEPPE FINZIN -
DOMENICO FRANZONI -
ERNESTO FRASCA -
ANGELO FRIGERIO -
FILIPPO FRISINA -
ANTONIO FRIZZARIN -
BRUNO GREMAGNA -
BENNO GRISENDI -
VITO GRIFFONE -
CORRADO GRIENTI -
SILVESTRE ROMANI -
GILDO ROMANIN -
SILVIO ROMANIN -
DANIELE RODELLA -
GIUSEPPE RODIANI -
ERMONIO RODELLA -
SETTIMO ROCCA -
GUERRINO ROMANIN -
SILVIO ROSINI -
DOMENICO ROSSATO -
LORENZO ROSSELLO -
CESARE ROCCA -
GUISEPPE RINELLA -
MICHELE RICCHIONE -
LUIGI RICCHIUTI -
GUSTAVO RINALDI -
PILADE RECANATINI -
ADOLFO REPETTO -
UMBERTO RECALCATI -

Au cours de la Seconde Guerre mondiale, un camp pour les prisonniers en transit vers les camps de concentration fut établi à Fossoli, à la périphérie de Carpi (Modène). Bruno Losi, maire de Carpi de 1945 à 1970, eut l'idée de faire ériger un monument-musée dédié aux déportés, afin de perpétuer leur souvenir et de rendre hommage aux victimes de la déportation. En 1963, un concours fut organisé pour restaurer Castello dei Pio et y créer un lieu d'exposition, qui permettrait d'associer architecture, peinture, sculpture et arts graphiques. Le concours fut remporté par BBPR (Belgiojoso, Banfi, Peressutti e Rogers), collaborant avec le peintre Renato Guttuso. Achevée en 1973, la réalisation fut exécutée avec compétence et implication par la Cooperativa Muratori e Braccianti di Carpi (CMB), l'entreprise-même qui avait construit le camp de transit de Fossoli trente ans auparavant.

Le mot écrit, par son caractère immédiat et explicatif, a été choisi pour l'évocation du traumatisme de la déportation, mission principale du musée. L'architecture devient le support et le médium par lesquels les mots, sur les murs, acquièrent toute leur importance.

Le musée est organisé en treize salles communicantes au sein du château, et la visite se termine dans la cour. Les douze premières salles sont nues et grises. Sur les murs figurent des citations évoquant l'histoire tragique du site, choisies par le poète et cinéaste Nelo Risi parmi les *Lettere di condannati a morte della Resistenza europea*. Sont également exposées des fresques exécutées par des artistes tels que Picasso, Longoni, Léger, Cagli et Guttuso, ainsi que des vitrines contenant des photographies et des objets sélectionnés et organisés par Lica et Albe Steiner, responsables de la présentation de l'exposition. La dernière salle est dénommée « Salle des noms » : son plafond et ses murs sont recouverts des noms d'environ 15 000 Italiens morts dans les camps de concentration nazis. Les noms ont été choisis de façon aléatoire par l'ANED (Associazione Nazionale Ex Deportati politici nei campi nazisti).

La visite se termine à l'extérieur, où sont érigées seize stèles de béton portant le nom de camps de concentration. Les mots à l'intérieur du musée ont été reproduits sur les murs à l'aide de la technique du *spolvero* : une création originale est projetée et reproduite à plus grande échelle sur de grandes feuilles de papier blanc, découpées en bandes verticales et appliquées sur le plâtre gris rugueux, sous lequel a été appliquée une sous-couche de plâtre noir (ou rouge). Les contours sur le papier sont percés à l'aide d'un poinçon et tamponnés (*spolverato*) à la poudre de ciment ou à la craie. Le papier est ensuite retiré, de sorte que l'inscription directe, réalisée au moyen d'une pointe à bout aplati, peut être réalisée grâce aux traces laissées par la poudre. La difficulté de ce procédé réside dans la nécessité de travailler très rapidement, les mots devant être inscrits avant le séchage du plâtre. Alors que cette technique convenait bien aux citations, pour lesquelles il était possible d'appliquer une zone de plâtre de la dimension appropriée et de différer l'application de l'enduit sur le mur nu, elle s'est avérée être beaucoup plus délicate pour la Salle des noms où, comme l'explique l'historien Metella Montanari, « le nombre de noms pouvant être inscrits avant que le plâtre sèche a dû être soigneusement calculé. Ces calculs sont devenus encore plus complexes lorsqu'il a été décidé d'utiliser aussi les plafonds voûtés. Ces surfaces courbes furent finalement recouvertes de 3 000 autres noms[1]. »

Sur les stèles, les noms des camps de concentration ont été gravés dans le béton armé au moyen de moules en bois dotés d'une section transversale trapézoïdale. Les caractères employés sont en majuscule sans empattements.

[1] Montanari Metella (éd.), *Architetture della memoria : Ideazione, progettazione, realizzazione del Museo monumento al deportato di Carpi*, Comune di Carpi, Carpi, 2003, p. 70.

addolora soltanto che in
sta nostra lotta tanti, prima
me e anche ora, hanno
uto essere fucilati.
Compagna, certo non hai ancora ricevuto una letter
che ce l'avrei fatta a campare fino a oggi. E' tutto r
la considero inutile. Il passato lo sai, il presente pu
Sono morta per attestare che si può amare follem

« Pour le moment, je n'ai rien à dire de particulier.

Et j'emporterai avec moi tout ce qui n'a pas été dit. »

**Ci-dessus et page précédente : Sur les murs, des citations tirées de *Lettere di condannati a morte della Resistenza europea*, sélectionnées par Nelo Risi.**

**Ci-contre : Dans les douze premières salles, les citations ont été gravées au moyen de la technique du *spolvero*, également utilisée pour les peintures murales et les noms de la dernière salle.**

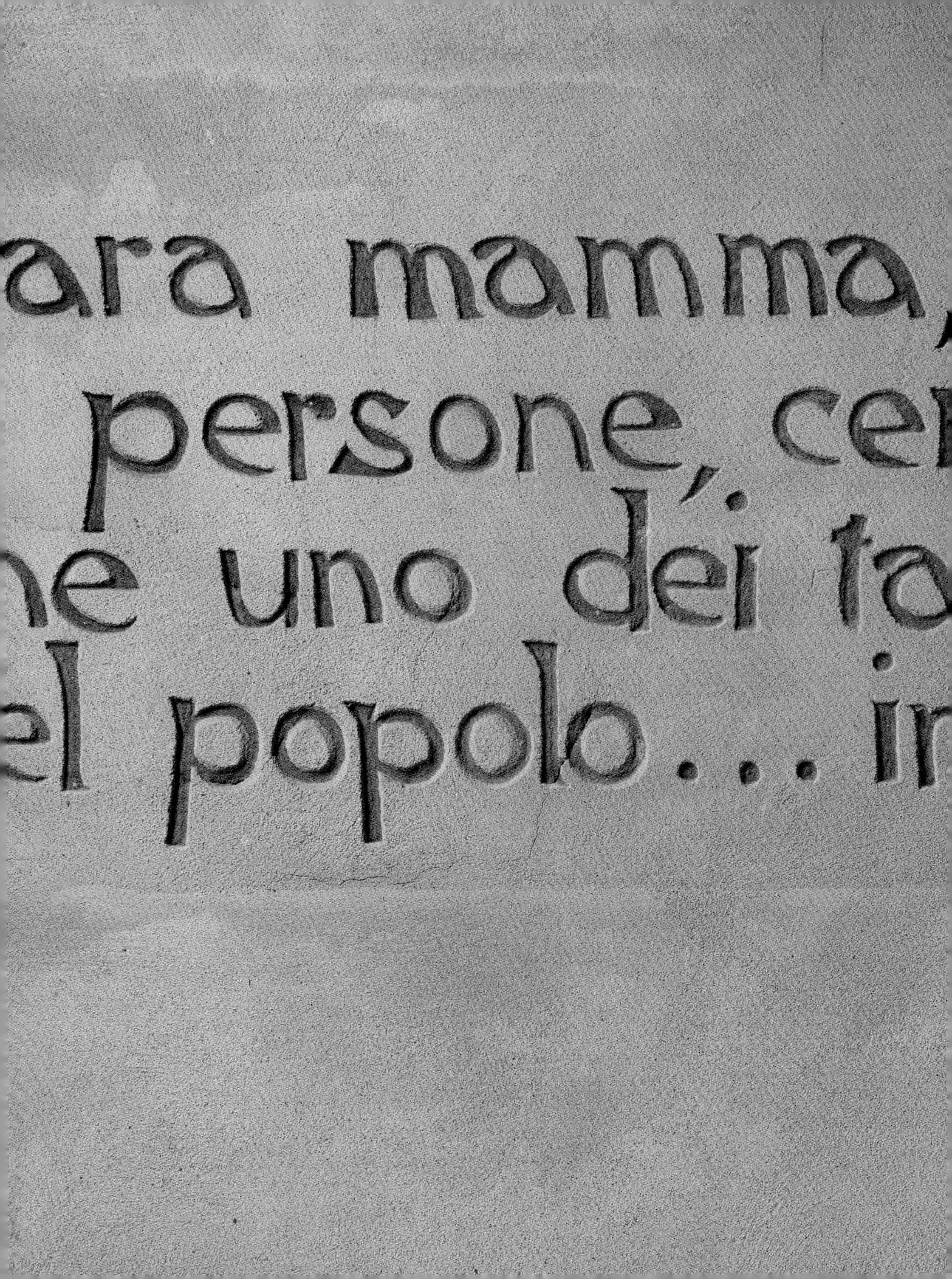
ara mamma,
persone, ce
ne uno dei ta
el popolo... i

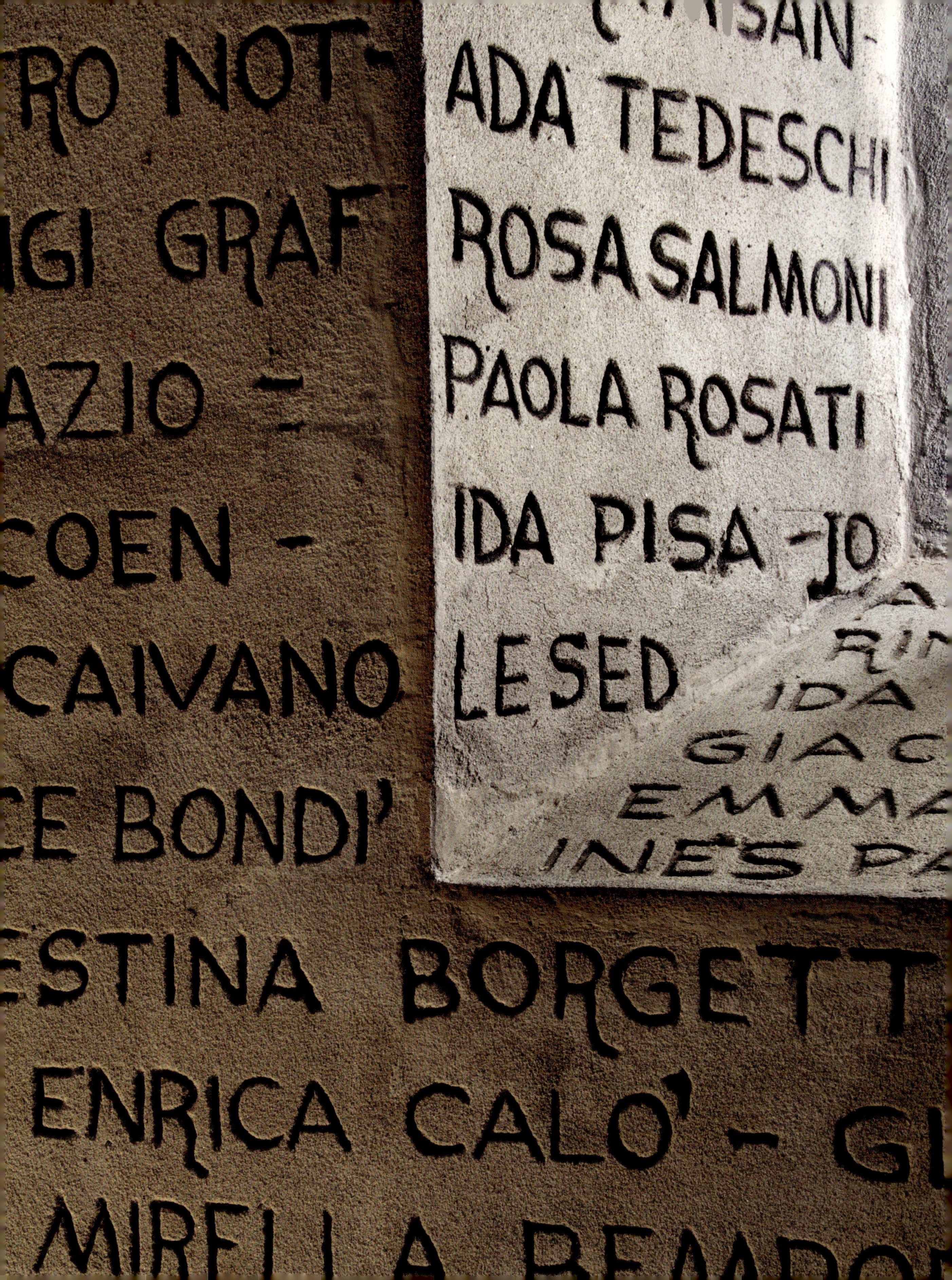
RO NOT-
ADA TEDESCHI
IGI GRAF
ROSA SALMONI
AZIO -
PAOLA ROSATI
COEN -
IDA PISA - JO
CAIVANO
LESED
IDA
EMMA
INES
CE BONDI'
ESTINA BORGETT
ENRICA CALO' - GI

Ci-contre et en haut : Vues de la dernière salle du musée, dénommée « Salle des noms ». Tous les éléments d'architecture – murs, plafonds, colonnes, arcs – sont recouverts d'une texture dense en caractères.

Ci-dessus : La lettre la plus caractéristique de l'alphabet utilisé est le R.

SCHIRMITZ-
SCHWARZACH-
SCHWERIN-
SENNE-SINGEN-
SPANDAU-SPE-
RGAU-SPITTEL
KATTOWITZ-
KOENIGSHUET-
TE-LAGISZA-
KONDRATSTEIN-
-LANGFUHR-LI-
TZMANNSTADT
WOLLERSDO
ZÖRBIG-ST
THOF-BOLZ
-NATZWEILE
ANNABERG-
FOSSOLI

REDOW - BRIEG
BRESLAU - BR =
ESC-BUGIEM-
HELMNO-CHO =
ZOW-DEBICA-
EBLIN-THORN
BIELS
BIRKE
BIRNB
BLESE
-BOGU
BOJAN
LUTTRINGHAU =
SEN-MALCHOW-
MARIENFELDE-
MARKT-SCHWA =
BEN-MAUTAUS =
EN-MELSUNGEN

Page précédente, ci-dessus et ci-contre : Dans la cour du château, les noms des camps de concentration ont été gravés grâce à des moules. Le caractère utilisé est linéaire et présente quelques spécificités, comme le jambage du Y.

PRUSZKOW-PU=
SVKOW-PUTZIG
-RODOGOSZCZ-
TARNOWITZ-
TOMASZOW-
MAZOWIECKI

Quand les caractères deviennent sculptures pour rendre hommage aux origines romaines de Barcelone par le biais de son nom latin.

# Joan Brossa
## Bàrcino

Avinguda de la Catedral, Plaça Nova, Barcelone, Espagne

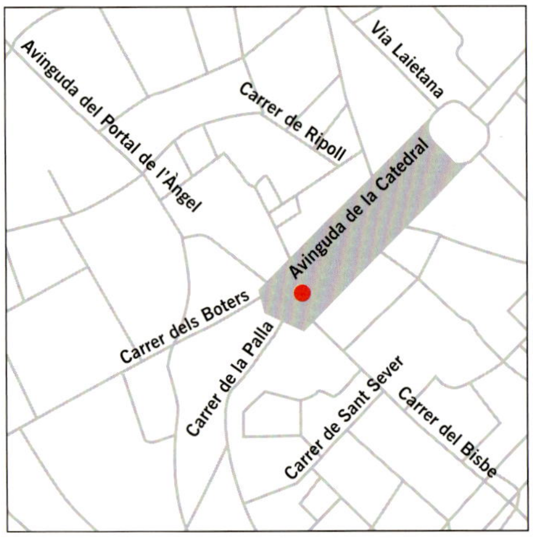

En 1994, l'artiste catalan Joan Brossa a créé une sculpture composée de six grandes lettres en bronze et d'une en aluminium, formant le mot « Bàrcino », orthographe catalane de « Barcino », issu du nom latin *Colonia Iulia Paterna Faventia Auguste Barcino* désignant la cité romaine qui devint Barcelone.

Avec pour maître d'ouvrage l'architecte Rafael de Cáceres, le projet avait été conçu à l'origine comme solution innovante au problème de régulation de la circulation. Mais cet aspect fut finalement abandonné, conférant à la création une fonction purement décorative. Située sur la Plaça Nova, l'installation ne porte pas spécifiquement sur un bâtiment, mais crée son propre espace parmi d'autres éléments existants. D'un côté, gravée sur le mur du Collegi Arquitectes, se trouve la frise dessinée par Pablo Picasso et sculptée par l'artiste norvégien Carl Nesjar en 1962. De l'autre côté sont érigés la cathédrale aux multiples flèches et, surtout, les remparts imposants datant de l'époque romaine. Brossa déclare à propos de ce projet : « Cette commande m'a été passée par la ville de Barcelone avant les Jeux olympiques, et comme on parlait alors beaucoup de la ville, l'idée m'est venue d'utiliser son nom, mais dans sa forme latine[1]. »

La création de Brossa est installée sur un site assez vaste pour permettre aux lettres d'être vues de tous les côtés. Deux sont facilement reconnaissables en tant que telles : le B (sans empattements) et le R (avec empattements). Les autres prennent la forme de différents objets. Conçues comme des sculptures tridimensionnelles, elles pourraient chacune facilement constituer une œuvre autonome, mais leur proximité (celle du B et du R, notamment) indique sans ambiguïté leur appartenance à un seul et unique mot.

Le À occupe le plus d'espace et capte notre attention, peut-être parce que Brossa a lui-même mis l'accent sur la première lettre de l'alphabet. Cette fine pyramide pointue ne semble pas tant renvoyer à un objet réel qu'à une forme géométrique purement abstraite. Le C est représenté comme un croissant de lune, dont le côté concave évoque un profil humain. Le I contient peut-être une référence au monde de l'impression, la lettre en minuscule se trouvant en relief dans un cadre susceptible de représenter une casse d'imprimerie. Le N, la seule sculpture en aluminium, évoque une mitre d'évêque ou une voile. Sur la surface de cette sculpture, Brossa a ajouté un petit N majuscule en relief, peut-être pour aider les passants à déchiffrer le mot. Le O est représenté par un soleil rond doté de rayons, d'yeux et d'une bouche, et l'artiste y a apposé sa signature.

[1] Cité par Lluís Sierra, *Letras monumentales de Brossa evocarán el pasado de Barcelona ante la catedral*, in *La Vanguardia*, supplément *Ciudades*, Barcelone, 10 octobre 1993, p. 37.

**Ci-dessus et page suivante : La disposition des sculptures individuelles de Brossa devant les remparts romains.**

Ci-dessus : Les poèmes visuels de Joan Brossa, imbriquant continuellement lettres et objets.

Ci-contre : Dans *Bàrcino*, la lettre C évoque la lune décroissante.

Quand les sculptures de deux A géants et de signes de ponctuation libèrent l'imagination poétique dans un parc de Catalogne.

# Joan Brossa
# Poème visuel praticable

Jardins de Marià Cañardo,
Barcelone, Espagne

Les architectes Esteve Bonell et Francesc Rius ont construit le vélodrome d'Horta dans le quartier Vall d'Hebron pour les championnats du monde de cyclisme qui se sont déroulés à Barcelone en août 1984. Joan Brossa, un ami de Bonell, avait été invité à réaliser une œuvre pour le lieu. Dans le petit parc, aujourd'hui dédié au cycliste Marià Cañardo, il a réalisé son premier poème visuel urbain.

Brossa se considérait avant tout comme un poète. Ses œuvres comprennent diverses formes de poésie : poésie littéraire, théâtrale (qu'il nomme *poesìa escénica*), *poemas objeto* visuels, scripts, affiches, installations et *poemas corpóreos* qui ont trait à « l'art public », comme le *Poème visuel praticable*. Les poèmes visuels de Brossa constituent une forme d'art expérimental puisant à la fois dans la peinture et la poésie. Ils prennent la forme de grandes sculptures publiques qui comportent des évocations poétiques, tout en s'approchant au plus près de la réalité, « le poète devant élargir son champ d'intervention et s'éloigner de la littérature[1] ». Ce type de poésie permet à Brossa de mener des projets dans lesquels les lettres et les mots s'inscrivent dans un nouveau contexte, celui du paysage et de la réalité quotidienne. Bien que ces créations se trouvent dans des espaces publics, leur coût est parfois pris en charge par Brossa lui-même. Les thèmes sont souvent issus de la poésie visuelle, mais, parce qu'elles sont destinées à un environnement extérieur, ces créations s'inspirent également de leur lieu d'installation.

Le parcours du *Poème visuel praticable* est constitué d'un chemin divisé en trois parties, représentant les étapes de la vie : la naissance, la vie avec tous ses événements et ses pauses, et la mort. Dans son article intitulé « Projecte per un poema visual en tres temps », Brossa écrit : « L'impact et la surprise présupposent l'aventure d'un certain nombre de lettres et de signes qui cherchent leur sens loin de tout texte ou de tout ennemi de la végétation ; le symbole-même de la vie[2]. »

La première étape du parcours démarre dans une zone pavée par un A en pierre sans empattements de six mètres de haut, qui se dresse, tel un portail, symbolisant la naissance. La seconde est constituée par différents signes de ponctuation éparpillés sur une pente herbeuse parmi la végétation méditerranéenne. Ils représentent le chemin de la vie et ses difficultés : un point, une virgule, des points de suspension, un point d'interrogation, un point d'exclamation, un point-virgule, des guillemets, des crochets et un trait d'union. La troisième étape est représentée par un grand A, similaire au premier, mais brisé. Ses morceaux, symbolisant la mort, sont disposés sur une surface pavée en haut de la pente. Brossa explique cette création par sa conception de la vie humaine : « La vie des êtres vivants est soumise à un processus de déclin, se terminant par la destruction[3]. »

En raison de son emplacement, cette œuvre n'est pas vue par les masses de touristes affluant vers la capitale catalane, mais c'est justement le calme de l'endroit qui renforce son fort impact poétique. Il s'agit de la plus volumineuse de toutes les créations de Brossa. Il est impossible de voir simultanément les trois étapes du poème ; elles ne peuvent être découvertes qu'une par une.

[1] Brossa Joan, « La poesia en present », in *Anafil*, L'Alzina (collection), n° 16, Barcelone, 1987, p. 200.

[2] Brossa Joan, « Projecte per un poema visual en tres temps », in *Anafil*, L'Alzina (collection), n° 16, Barcelone, 1987, p. 5.

[3] *Ibid.*, p. 184.

**Ci-dessus : Quelques-uns des signes de ponctuation composant la seconde étape de la sculpture.**

**Sextina per a un poema visual transitable, en tres parts, situat en un espai urbà, a l'entorn del Velòdrom d'Horta**
Joan Brossa

*Als arquitectes Esteve Bonell i Quico Rius*

La primera de les lletres
té sis metres d'alçada i és de pedra,
enmig de balancins, voltada d'arbres.
(Més endavant la podrem veure a trossos.)
Ve a ser com la primera part d'un llibre,
on els signes no són res més que signes.

Sobre un parterre hi ha els signes
de puntuació. Entre les lletres
corre un camí vermell (el curs del llibre).
Per fi, entre desmais hi ha els blocs de pedra
de la mateixa lletra feta a trossos.
El caminal és vorejat per arbres.

Aquest "text" rodejat d'arbres
i junt amb el parterre ple de signes
apunta el pas dels dies fins als trossos
de la segona A. Entre les lletres,
hi trobeu plantes, arbres, herba i pedra,
i, tot plegat, ho imagineu un llibre.

Vol ser, com la vida, un llibre
que té comes i punts enmig dels arbres,
un naixement i un curs damunt la pedra
i un sol final, ben lluny de falsos signes,
perquè la vida aquí fuig de les lletres
si ambe el teu seny ajuntes parts i trossos.

Moltes miques fan bons trossos.
Aquí el secret escapa de tot llibre
i en passejar pel mig de dues lletres
podeu mirar el camí o escoltar uns arbres.
Les coses i el paisatge són els signes
per entonar el discurs de pedra a pedra.

L'última lletra de pedra
ens recorda el destí, caiguda a trossos:
l'assolament de la vida; i els signes
d'entonació o pausa – com al llibre –
són incidents del discurs. (També els arbres
poden enraonar més que les lletres...)

Amb dues lletres, i pegant en pedra,
en camí d'arbres veus desfer-se trossos
de mots d'un llibre nat sota mals signes.

Desembre de 1984
*Quart llibre de sextines* (1981-1986)

**Ci-contre : La première étape, avec la lettre A entourée de végétation, à proximité des signes de ponctuation de la deuxième étape.**

**Page suivante : La troisième étape, avec la lettre A détruite.**

Quand un lettrage multicolore redonne une seconde jeunesse à une façade.

# Joan Brossa

# Poème visuel pour une façade

Carrer del Bon Pastor, 5,
Barcelone, Espagne

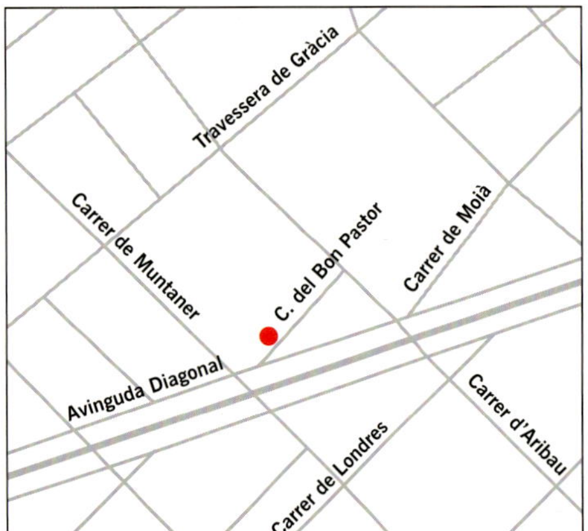

COL·LEGI D'APARELLADORS

Le *Poème visuel pour une façade* de Joan Brossa, qui orne le bâtiment du Collegi d'Aparelladors i Arquitectes Tècnics de Barcelone, a été inauguré en 1993. Cette création, qui se compose de cent lettres capitales multicolores ornant la façade de l'immeuble, est la seule installation de Brossa susceptible d'être considérée comme « architecturale[1] ». Ici, l'installation fait partie intégrante du bâtiment, conférant à ce dernier une identité unique, à la différence des autres créations de Brossa, qui, bien qu'elles soient en interaction forte avec leur environnement, ne sont jamais liées à un élément spécifique de l'architecture.

Le bâtiment, situé dans une rue étroite en plein cœur de Barcelone, est coincé entre d'autres immeubles. La façade, seul élément visible par les passants, se distingue grâce à l'utilisation de la typographie par Brossa. Cette utilisation la transforme en « symbole nouveau qui, avec le temps, s'inscrira dans le patrimoine architectural de Barcelone, tout en suscitant des débats sur la contribution apportée à l'art par des bâtiments existants et des nouveaux projets architecturaux[2]. » Collaborant avec l'artiste Josep Pla-Narbona, Brossa a orné le bâtiment d'une grande sauterelle (symbole de sagesse dans certaines cultures), rendant ainsi hommage au talent des experts formés par le collège.

À première vue, les lettres de couleurs vives semblent placées au hasard, mais elles sont en fait organisées dans un ordre et selon un code couleur précis. Comme l'explique Brossa lui-même : « Les lettres sont parfaitement disposées, comme des briques, puis redisposées pour former l'enseigne, dans un désordre signifiant[3]. »

À chaque lettre est affectée l'une des seize couleurs employées : rouge pour le A, bleu clair pour le B, turquoise pour le C et ainsi de suite (voir le code couleur complet page 75). Sur un total de cent lettres, cinquante forment l'enseigne horizontale de l'établissement, située au-dessus de l'entrée. Les cinquante restantes, qui reprennent celles utilisées pour composer le nom, sont disposées selon les lignes architecturales de la façade : cinq colonnes en ordre alphabétique, de bas en haut.

Les caractères dépassent légèrement de la façade, ce qui confère une caractéristique spatiale à l'installation. Les lettres ont une découpe presque carrée, ce qui leur donne une dimension supplémentaire, plus de poids et de visibilité dans le contexte urbain. Les caractères, composés en Univers, sont en plastique. Comme le remarque Phil Baines : « Jamais l'Univers en plastique n'a été aussi beau[4]. »

1 Baines Phil, « Sculptured Letters and Public Poetry », in *Eye*, n° 37, décembre 2000, p. 42.

2 *L'Informatiu del Col·legi d'Aparelladors i Arquitectes Tècnics de Barcelona* 30, Barcelone, juin 1993, p. 3.

3 Cité in Vallès i Rovira Isidre, « L'obra pública de Joan Brossa : Els Poemes corporis », *Journal of Catalan Studies*, mai 2001. www.uoc.edu/jocs/brossa/articles/valles.html

4 Baines Phil, « Sculptured Letters and Public Poetry » in *Eye*, n° 37, décembre 2000, p. 42.

**Ci-contre et page suivante : Les lettres sont disposées verticalement en haut de la façade ; les vues de détail montrent le mode de fixation des caractères.**

APARELLADORS I ARQUITECTES TÈCNICS DE BA

BARCELONA
Brossa

A
A
A

A B C D

E G I L

N O P Q

R S T U

Univers 55 **Roman**

Ci-dessus : Les caractères et le code couleur employés dans l'installation.

Quand un portail de lettres donne accès
à l'un des plus grands temples du savoir
au monde.

# Cardozo Kindersley Workshop

## Portail de la British Library

96 Euston Road,
Londres, Royaume-Uni

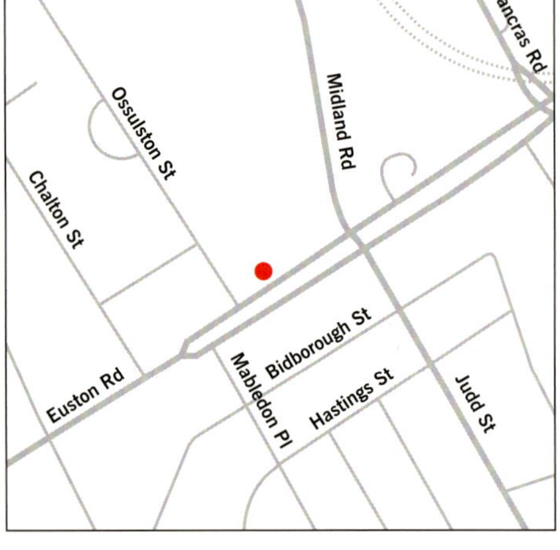

THE BRITISH
LIBRARY
BRITISH
LIBRARY
BRITISH
LIBRARY
BRITISH
LIBRARY
BRITISH
LIBRARY
BRITISH

La British Library, qui comprend la bibliothèque du British Museum et d'autres collections, est la bibliothèque nationale du Royaume-Uni et l'une des plus vastes et des plus importantes du monde. La nouvelle bibliothèque a été créée assez récemment, à la suite d'une étude réalisée en 1969 par le National Libraries Committee et du livre blanc paru en 1971, qui appelait la Grande-Bretagne à se doter d'une bibliothèque nationale. Le British Library Act, voté par le Parlement en 1972, est entré en vigueur l'année suivante.

Ouvert en 1998, le bâtiment principal situé dans le quartier de St Pancras au nord de Londres a été conçu par Colin St John Wilson, qui a consacré trente ans de sa carrière à cette construction aux proportions monumentales. Dès le départ, Wilson tenait à incorporer des œuvres d'art dans sa création architecturale. Parmi les œuvres sélectionnées figurent notamment la tapisserie de Ronald Brooks Kitaj, les nombreux bustes de Celia Scott, dont un de l'architecte, ainsi que, sur le parvis, la statue d'Isaac Newton du sculpteur écossais Eduardo Paolozzi, qui s'est inspiré d'un dessin de William Blake.

Ce mariage de l'art et de l'architecture est manifeste dès l'entrée, un peu en retrait de Euston Road. Un haut mur de briques dirige les visiteurs vers l'imposant portail créé par Cardozo Kindersley Workshop et qui mène dans l'avant-cour. Fabriqué en épaisse tôle d'acier, le portail se compose des mots « British Library » répétés huit fois, avec une progression dans la graisse des caractères, de light à extra bold. Comme l'explique Phil Baines, « [le portail] ne contient pas un lettrage, il est le lettrage[1] ».

La partie supérieure de la structure, qui touche le linteau, est fixe tandis que la partie inférieure est dotée de charnières permettant l'ouverture du portail. Le lettrage du portique et du portail est le premier élément qui frappe le visiteur ; il fait écho aux pages imprimées des livres de la bibliothèque. Un portail comme celui-ci, fondé sur des lettres, est un choix idéal pour l'entrée de ce qui constitue l'une des bibliothèques les plus complètes et les plus prestigieuses du monde, suscitant une atmosphère appropriée à la visite de ce lieu dédié aux livres. Les mots « British Library », répétés l'un au dessus de l'autre, sont séparés par une ligne horizontale intégrant les empattements du haut et du bas des caractères. Néanmoins, il reste possible de distinguer que les caractères utilisés par David Kindersley appartiennent à la famille des fontes égyptiennes.

Cardozo Kindersley Workshop a également conçu l'inscription « The British Library » sur le linteau de grès rouge au-dessus du portail, mais, bien que les mots y soient bien formés, cette composition a un impact moindre que le portail, peut-être en raison du « The » disproportionné[2].

[1] Baines Phil et Dixon Catherine, *Signs: Lettering in the Environment*, Laurence King, Londres, 2003, p. 130.

[2] *Ibid*.

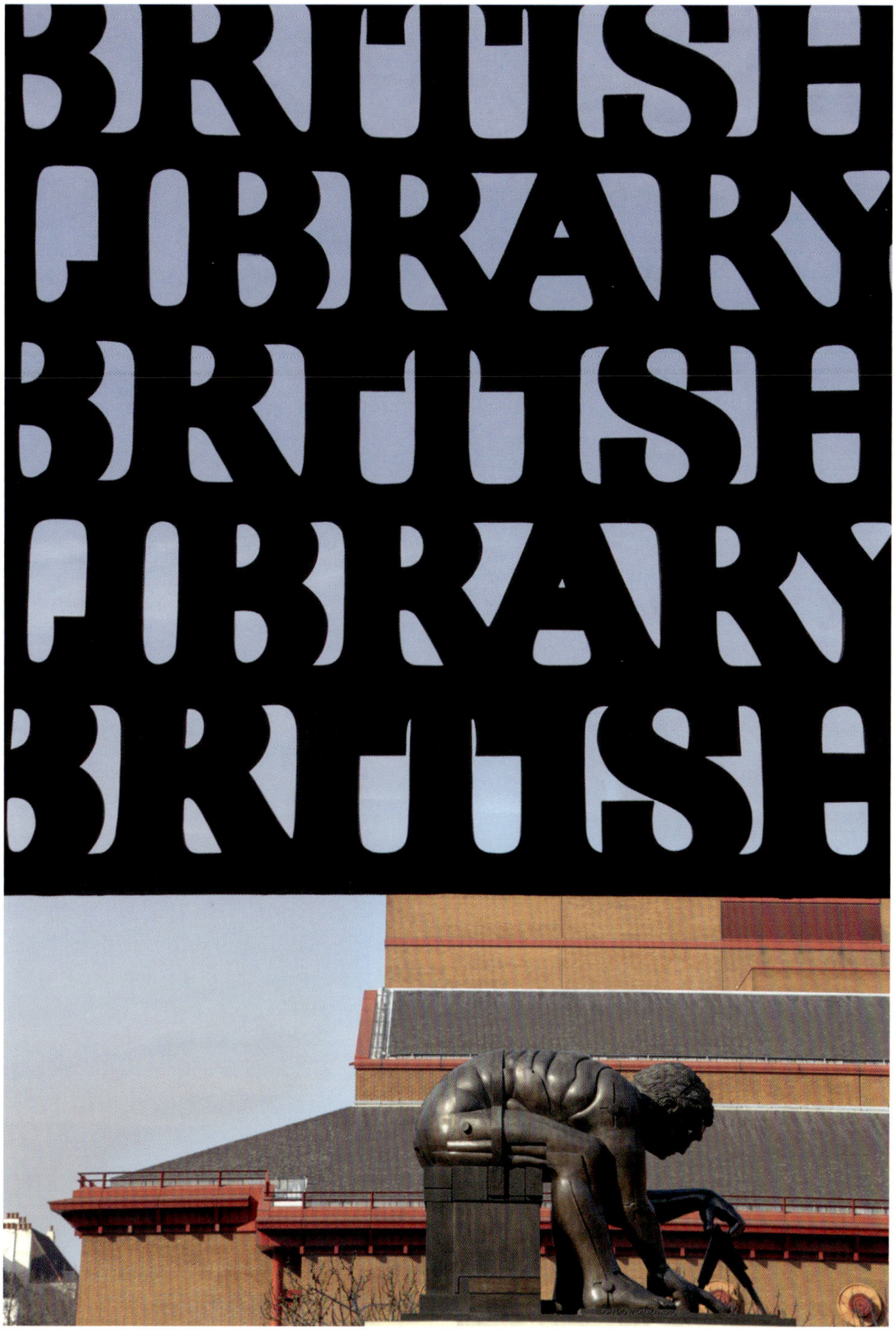


**Ci-dessus : Une vue du portail avec la statue d'Isaac Newton réalisée par Eduardo Paolozzi.**

Ci-dessus et ci-contre : Détails
de la « grille de caractères »
formant le portail.

Quand l'espace fluide d'un environnement urbain permet d'évoquer l'histoire du lieu.

# Paul Carter
# Nearamnew

Federation Square,
Melbourne, Australie

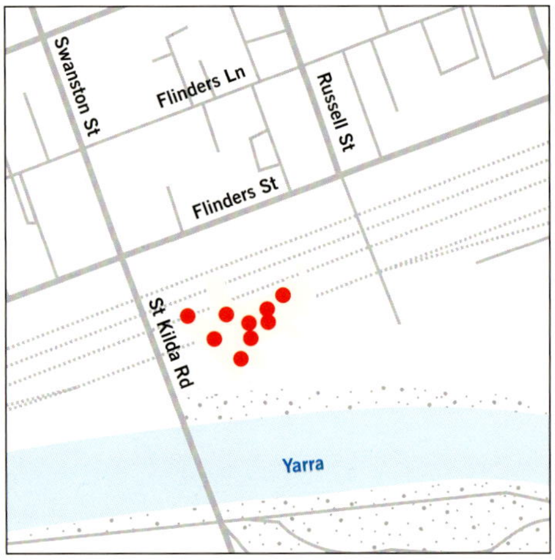

En 1998, Paul Carter est invité par le Federation Square Public Art Program à créer une œuvre pour une nouvelle place de Melbourne, conçue par le Lab Architecture of London en association avec Bates Smart Architects de Melbourne. Terminée en 2001, la place « Fed Square » a été construite pour le centenaire de la Fédération australienne, et comprend des œuvres architecturales et artistiques évoquant les principes qui sous-tendent cette fédération. Paul Carter a commencé à travailler sur le projet *Nearamnew* alors que la construction de la place n'était pas terminée. Plutôt que de produire une œuvre monumentale, son intention était d'évoquer l'histoire du lieu tout en conférant à cet espace le plus de fluidité possible. Partant de l'idée que « tous les sons jamais produits depuis la naissance de ce monde sont toujours là[1] », Carter donna un rôle central aux mots, affirmant que ce sont eux qui créent la vibration à l'origine du lieu lui-même. Le nom « Nearamnew » est issu du pidgin « Narr-m » signifiant « l'endroit où se trouve désormais Melbourne ».

L'œuvre se compose de trois éléments évoquant le système fédéral : un motif en spirale occupant toute la place, qui symbolise le contexte mondial, neuf chiffres placés à certains points de la spirale, qui font référence au contexte régional, et, enfin, neuf textes gravés sur la surface qui renvoient au contexte local. La spirale mondiale, placée au sol, est formée de dalles de pierre recouvertes d'autres variétés de pierres sélectionnées pour la richesse de leurs couleurs ou de leurs veines, qui créent des motifs en arabesque et des stratifications. Les neuf chiffres évoquant le contexte régional sont chacun composés de neuf rectangles de trois tailles différentes, comportant chacun l'un des caractères qui forment le nom « Nearamnew », en bas-de-casse. Les rectangles sont disposés soit en ligne, soit en anneau, soit en zigzag, mais chaque chiffre est unique. Les textes symbolisant le contexte local sont des réflexions sur le sens du fédéralisme pour différentes catégories de personnes : l'enfant, le colon, le migrant, le bâtisseur, l'artiste, le passeur, le visiteur, le créateur et Alfred Deakin, homme politique et leader du mouvement fédéraliste.

Sans ponctuation ni espaces entre les mots, chacun des textes évoque une thématique caractéristique du lieu remontant au premier établissement par les peuples aborigènes, puis aborde certains événements, comme les crues du fleuve Yarra voisin ou la création du Commonwealth ; les textes se concluent par une référence à la construction de Federation Square. La profondeur sculptée des lettres joue un rôle important dans l'œuvre : alors que les textes symbolisant le contexte local sont fortement accentués et peuvent être lus par quiconque s'approche assez près, les chiffres renvoyant au contexte régional sont sculptés avec une profondeur de seulement deux millimètres et sont donc beaucoup moins lisibles. Ils semblent parfois être en partie érodés ou constituer des accidents du terrain. Les zones d'intersection sont traversées de lignes sculptées supplémentaires qui affectent la lisibilité des lettres.

Tous les textes sont exécutés dans un lettrage spécialement conçu pour le projet par Paul Carter, en collaboration avec le concepteur graphique Sean Hogan. Il s'inspire en partie d'inscriptions découvertes dans la nécropole d'Aquilée et du caractère Meta d'Erik Spiekermann. Comme l'explique Carter, « la typographie hybride qui en résulte crée un alphabet bien proportionné et clairement lisible, dont les caractères pourraient être facilement reliés en zones de lettres[2] ».

[1] Carter Paul, *The Sound in Between*, New Endeavour/University of New South Wales Press, Sydney, 1992, p. 102.

[2] Carter Paul, *Mythform:The Making of Nearamnew*, Melbourne University Publishing/Miegunyah Press, Carlton (Victoria), 2005, p. 17.

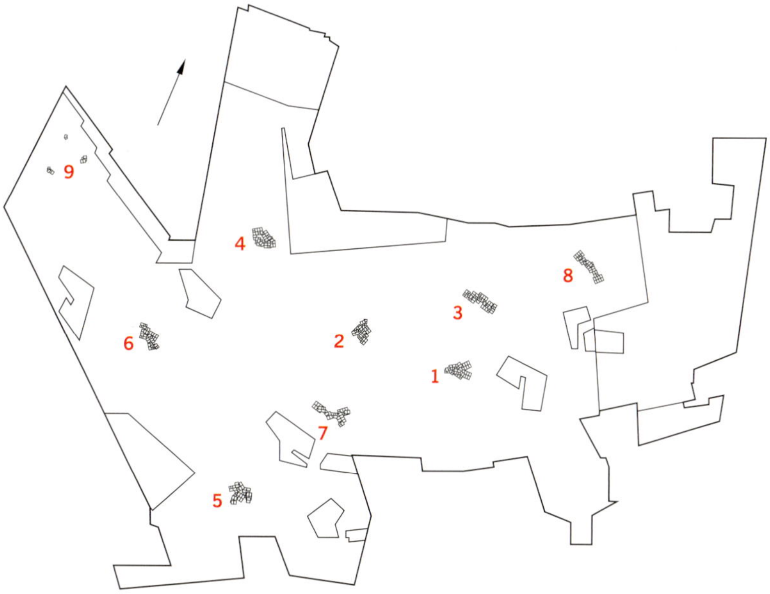


Ci-dessus : Vue panoramique de Federation Square.

À droite : Schéma de l'œuvre.

1. La vision du créateur
2. La vision du colon
3. La vision de l'enfant
4. La vision d'Alfred Deakin
5. La vision du migrant
6. La vision du bâtisseur
7. La vision de l'artiste
8. La vision du passeur
9. La vision du visiteur

COME
OVER
THIS IS

TWICEAYEA
UMSTANCESA
RETOSETTL

SEVERING
KNIVESSLICINGWARD

1

2

3

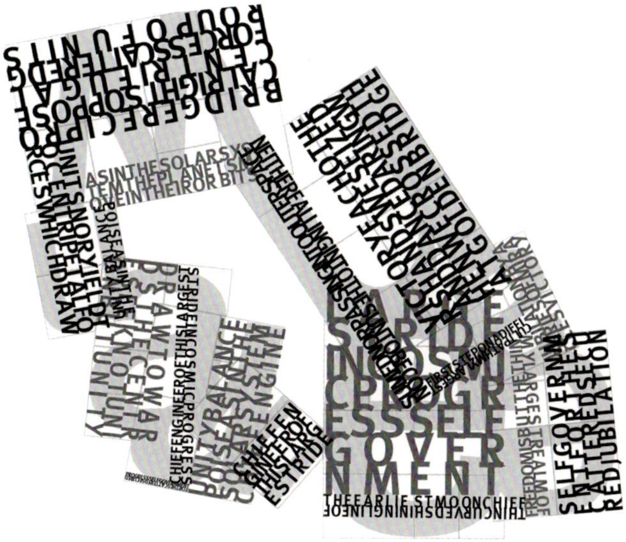

4

Page précédente : Détails de l'installation.

Cette page et page suivante : Forme des neuf vues (voir le schéma page 85). La profondeur de la sculpture du lettrage est exprimée par les nuances plus ou moins foncées de noir.

5

6

7

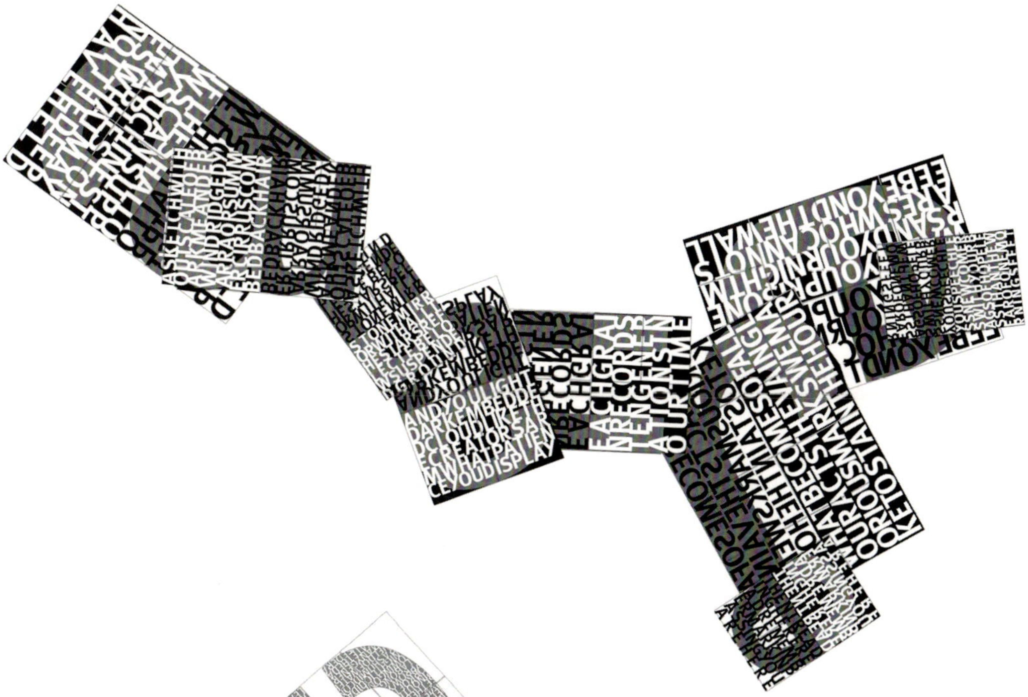

8

9

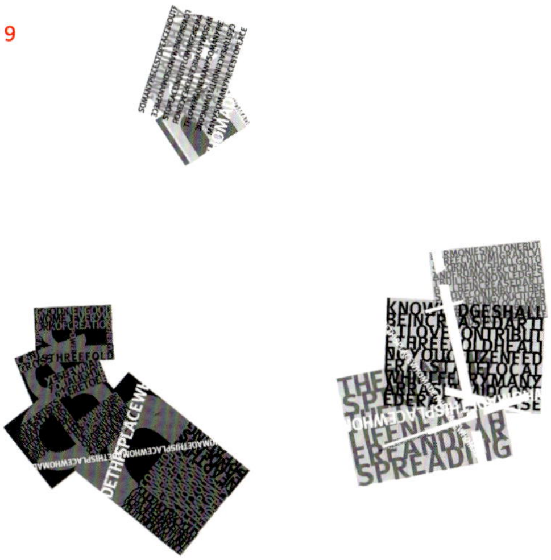

Ci-dessus : Les dalles ont été sculptées par les tailleurs de pierre McMurtrie & Sons à Orange, dans le New South Wales. Ils ont transféré les caractères sur la pierre au moyen de feuilles de caoutchouc.

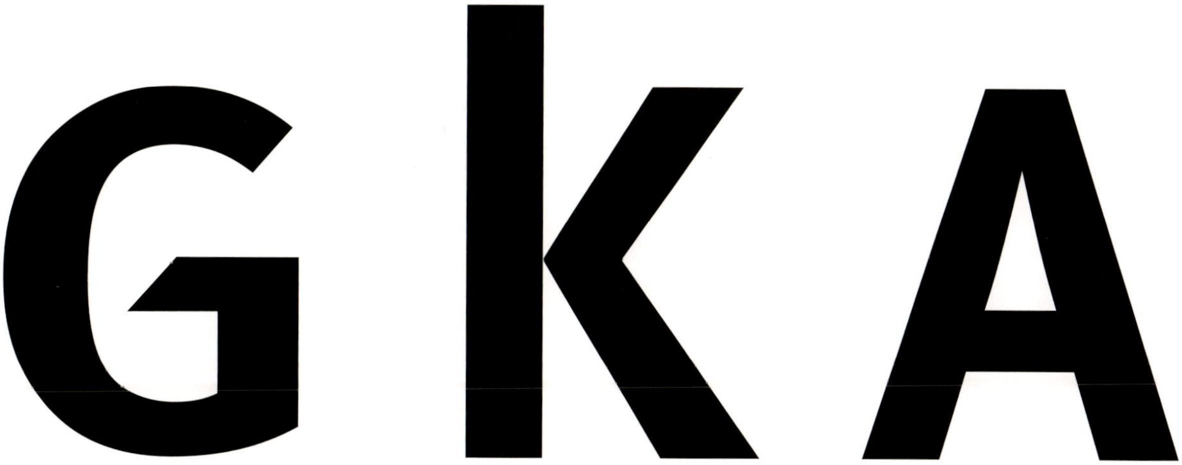


**Federal Font**

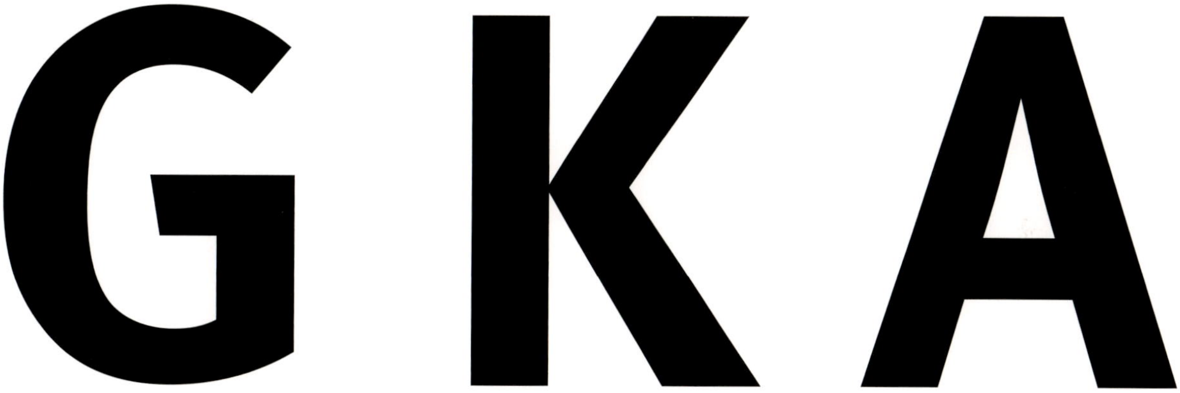


**Meta** Bold

**Ci-dessus : Le caractère Federal a été spécialement conçu pour le projet *Nearamnew* et s'inspire de la police Meta Bold.**

Quand la création d'une identité locale forte passe par l'association de la typographie et des structures existantes.

# Caruso St John

## Signalétique du quartier Bankside

Southwark,
Londres, Royaume-Uni

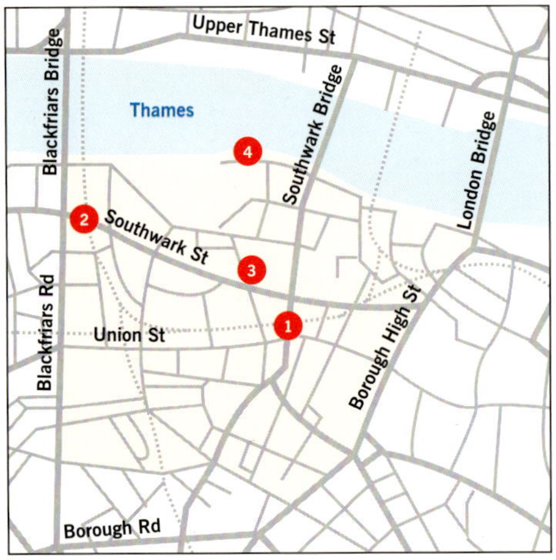

BANKSIDE

Shakespeare's
Globe
xhibition &
heatre Tours
BANK

# BANKSIDE

**Akzidenz Grotesk** Bold

Ci-contre et en haut (n° 3 sur la carte page 94) : « BANKSIDE » est peint en bleu sur une clôture en métal galvanisé entourant un terrain de jeu. La largeur de la clôture est telle que le mot n'est clairement lisible que selon une perspective oblique.

Page précédente (n° 4 sur la carte page 94) : Les caractères en bois sont lisibles depuis l'autre rive et depuis le pont du Millennium. Ils sont fixés sous la ligne de flottaison, de sorte qu'ils ne sont visibles qu'à marée basse. Avec le temps et par l'action des algues, ils ont pris une teinte vert vif.

Ci-dessus : La police Akzidenz Grotesk bold est employée pour chacun des « portails typographiques » et sur toute la signalisation.

Quand un 9 de 1,4 tonnes d'acier attire l'attention sur l'un des immeubles les plus emblématiques de Manhattan et guide les visiteurs vers son entrée.

## Chermayeff & Geismar

# 9 West 57e rue

9 West 57e rue,
New York, États-Unis

Le n° 9 West 57e rue à New York est un gratte-ciel noir et blanc de 49 étages érigé en 1974 et conçu par Gordon Bunshaft de Skidmore Owings & Merrill pour la Solow Development Corporation. Devant l'entrée de cet édifice se trouve une grande sculpture rouge, représentant le chiffre 9. Créée par le prolifique concepteur graphique Ivan Chermayeff, de Chermayeff & Geismar, cette sculpture a la double fonction d'indiquer le numéro du bâtiment et d'attirer l'attention sur son principal point d'accès. Il s'agit d'une installation non conventionnelle, qui se distingue à la fois par sa grande taille et sa couleur vive dans le prestigieux quartier de Manhattan, le cœur de New York, qui possède la plus forte concentration au monde de gratte-ciel présentant un intérêt architectural. Cette sculpture s'inspire de l'environnement urbain dans lequel elle s'inscrit, et notamment du gratte-ciel auquel elle est liée. La forme de l'installation a été suggérée par la façade unique, en courbe, de ce gratte-ciel, comme l'explique Chermayeff : « Pourquoi ne pas faire de la façade la rampe de lancement du 9 et faire atterrir ce dernier sur le trottoir[1] ? »

Le numéro 9 a été réalisé au moyen d'une plaque d'acier de 12,5 mm, en collaboration avec Milgo/Bufkin, une entreprise new-yorkaise de fabrication de métal, qui avait déjà travaillé sur de nombreuses sculptures de l'artiste Robert Indiana. Pour supporter les 1,4 tonnes de l'œuvre, une colonne a été fixée au bas du 9 et se prolonge sous terre sur une profondeur équivalente à trois étages. Les proportions sont très importantes pour Chermayeff, comme les dimensions remarquables de cette sculpture permettent de le vérifier. Comme il l'affirme de façon provocante dans son essai « La qualité est affaire de proportions » : « La Tour Eiffel est un point focal pour Paris, tout comme le St Louis Arch constitue une porte d'entrée de New York. Les deux sont assez volumineux. Lorsque vous comparez les souvenirs rapportés de ces villes, le constat s'impose alors sans ambiguïté que si certains sont petits et décevants, cela signifie seulement qu'ils ne sont pas assez gros[2]. »

La forme de la sculpture, très familière, est facilement lisible de tous les côtés. De la Cinquième avenue, on l'aperçoit dans le bon sens tandis que de la Sixième, elle est inversée. Cette installation est aussi une sculpture en trois dimensions avec une vie qui lui est propre.

Outre son coût de fabrication, cette sculpture génère également des coûts d'entretien conséquents, car elle se trouve dans un endroit public. Chermayeff explique avec ironie : « Comme elle se trouve sur le trajet des piétons, les femmes qui passent devant l'effleurent de leurs bagues en diamant, de sorte qu'il faut souvent repeindre la sculpture[3]. »

Bien qu'il eût été beaucoup moins onéreux d'opter pour une sculpture fixée à l'édifice, le client accepta avec enthousiasme la proposition de Chermayeff. Ce fut un choix gagnant : avec sa couleur rouge, cette installation est devenue un symbole non conventionnel dominant la West 57e rue et, qui plus est, une image reconnue et appréciée par ceux qui arpentent les rues de Manhattan.

[1] Chermayeff Ivan in Heller Steven, « A Laboratory for Sign Language », in *The New York Times*, 14 décembre 2003.

[2] Chermayeff Ivan, « Quality is a Matter of Proportions », in *Domus*, n° 802, mars 1998, p. 69.

[3] Chermayeff Ivan in Heller Steven, « A Laboratory for Sign Language », in *The New York Times*, 14 décembre 2003.

**Ci-contre : La courbe de la façade du gratte-ciel suggère l'idée d'une rampe de lancement que dévale l'installation, avant d'atterrir sur le pavé.**

SAVINGS

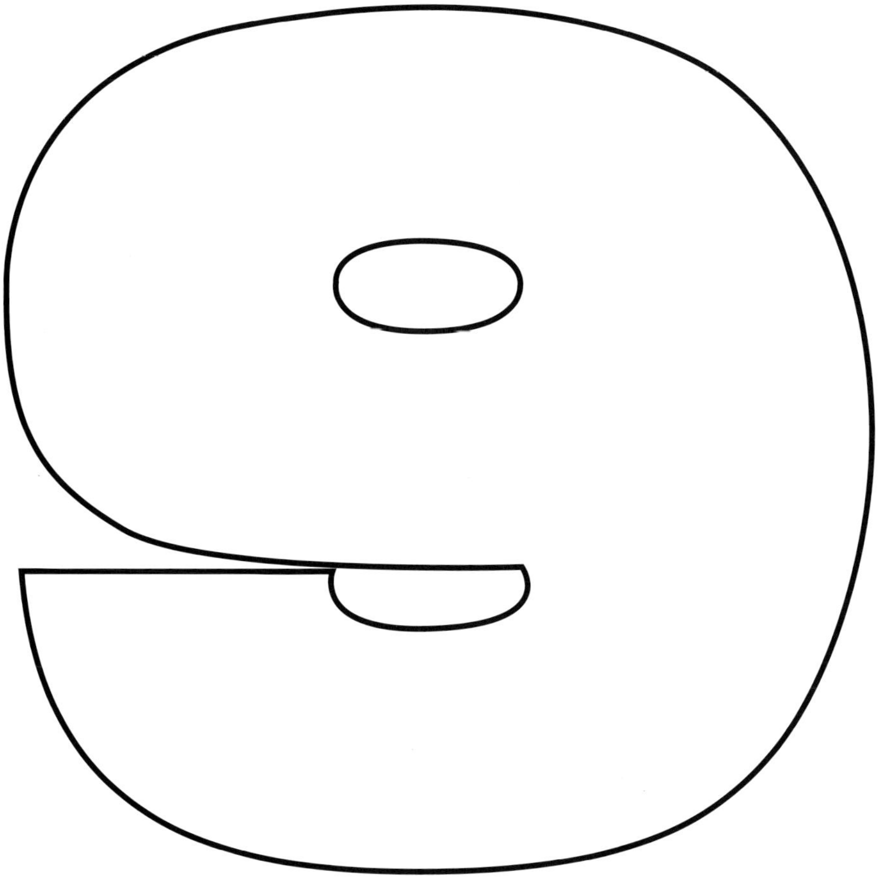

**Ci-contre : La surface rouge et brillante reflète la silhouette des passants sur le trottoir.**

**Ci-dessus : La silhouette imposante du numéro 9.**

Quand la commémoration d'un événement dramatique de l'histoire espagnole associe en pleine lumière mots et émotions.

# Estudio SIC & Buj+Colón

# Monument aux victimes du 11 mars 2004

Paseo de la Infanta Isabel,
Madrid, Espagne

ensamiento y nuestro corazón. With all our love. Tots units fem forsa, no ens seperem
uesta follia. Noi anche per voi continueremo a gridare. Friede fuer alle der welt.
un mon amb una mica més de pau. Gogoan zaituztegu. Il faut continuer a croire en
eu un pas mes, i no mireu enderrera us queda molta vida per devant.
s pero con ellos. No fear, no revenge, just peace. No será en vano. Nosotros ser
Nunca os iréis del todo. Words aren't enough to describe the pai
anea pururea in amintirea noastra. Je suis sans parole, mais mon coeur est ic
shame!. Estem tots amb vosaltres, aquesta vida es aixi sort... Llevamos

Ce monument, conçu par Estudio SIC & Buj + Colón en 2004 et construit en 2007, est le projet ayant remporté le concours organisé pour la commémoration des attentats terroristes de Madrid du 11 mars 2004, qui firent 191 victimes. Situé en face de la gare d'Atocha, le théâtre de l'une de ces attaques, ce monument s'accompagne de la devise *La luz dedica un momento del día a cada persona ausente* (« La lumière dédie un moment de la journée à chacune des personnes disparues. »)

L'installation comprend deux parties : une structure cylindrique visible de l'extérieur et une salle en dessous. La première est constituée de blocs de verre assemblés au moyen d'un adhésif acrylique transparent laissant passer la lumière. L'intérieur contient une fine membrane en ETFE (éthylène tétrafluoroéthylène) sur laquelle sont imprimés des messages en hommage aux victimes, déposés à la gare d'Atocha dans les jours qui suivirent l'attentat. L'architecte Esaú Acosta y voit « une création spontanée issue d'une catharsis collective, dans laquelle les citoyens déposaient des textes exprimant leurs interrogations, leur soutien, etc. Un lieu d'externalisation des sentiments collectifs. D'une certaine manière, ce lieu construit à partir du mot comme matière première devrait être conservé à tout jamais[1]. »

La structure en verre d'une hauteur de onze mètres protège des éléments extérieurs la membrane de plastique portant les inscriptions. L'intention des architectes était de créer un espace transparent et lumineux. Pour ce faire, ils ont délaissé les éléments structurels généralement employés comme supports avec une surface en plastique et ont utilisé à la place des ventilateurs afin de créer un vide entre le verre et la membrane, permettant à celle-ci de rester en suspension. À la lumière du jour filtrant à travers les blocs de verre se substitue la nuit un système d'éclairage sophistiqué composé de dix projecteurs placés entre les deux structures et contrôlé par le logiciel ColorShow, qui simule la trajectoire et la lumière du soleil. La membrane de plastique étant suspendue, les messages semblent flotter dans l'air. Des irrégularités dans la surface créent des chevauchements intéressants entre les mots, donnant l'impression de quelque chose d'organique et de mobile. Les visiteurs peuvent lire les messages à partir d'un espace sous la coupole, accessible depuis le hall principal de la gare. Une paroi de verre permet à la coupole d'être vue de la gare et atténue également les bruits environnants ; le silence à l'intérieur de la salle crée une atmosphère apaisante appropriée à l'introspection et à la commémoration. L'effet est décrit sur le site de Buj + Colón : « Dans la salle, comme dans les fonds marins, règne le silence, et tout tourne autour de la source de lumière naturelle dans laquelle les messages flottent[2]. » Le caractère choisi pour les textes est Isonorm, « pour sa clarté, sa concision et sa neutralité », explique Acosta. « Ce caractère n'est pas trop fort dans son impact et ne détourne pas l'attention des messages[3]. »

[1] Entretien avec Esaú Acosta, 30 novembre 2011.

[2] Buj + Colón, « Monumento a las victimas de 11M », www.buj-colon.com/projects/monumento-11m--madrid

[3] Entretien avec Esaú Acosta, 30 novembre 2011.

En haut : De l'extérieur, les mots sont totalement masqués par le mur en briques de verre.

En bas : Dans la salle accessible à partir de la gare d'Atocha, les visiteurs peuvent lire les messages sur la coupole et, sur le mur d'entrée, le nom des victimes.

No olvidemos nunca
mi alma, se llevaron
desde que os marchasteis.
con todo o meu agarimo.
alone and let the happiness
El mundo tiene que cambiar...
Hace falta mucha fantasía
In memoriam.

Per un mon amb una mica més de pau.
Noi anche per voi continueremo a gridare.
With all our love.
Nosotros

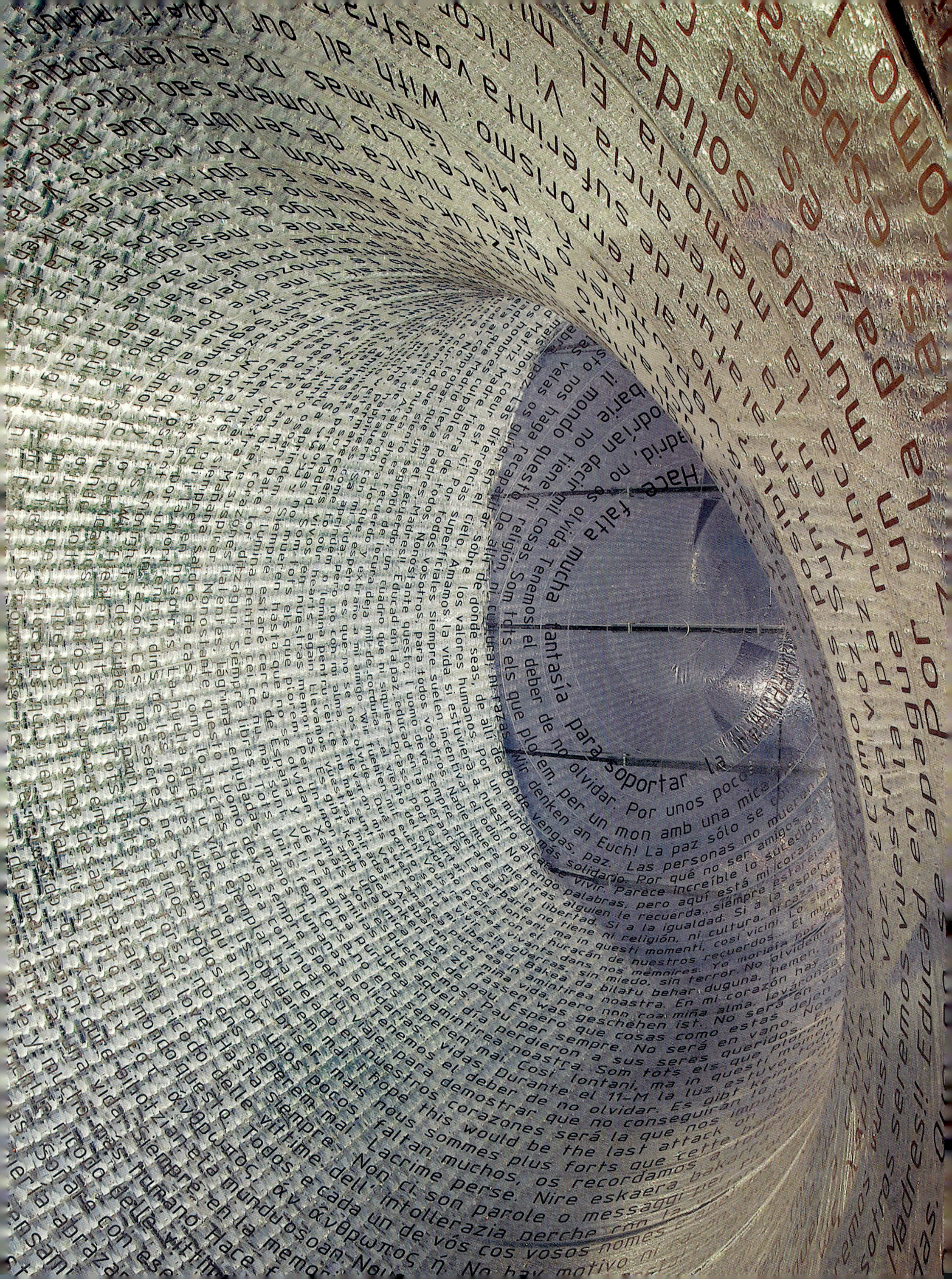

Hace falta mucha fantasía para soportar la

# Hace falta mucha

Isonorm

# fantasía para soportar la realidad. In memoriam.

« Beaucoup d'imagination est nécessaire pour supporter la réalité. *In memoriam*. »

**Page précédente : La journée, tout le lieu est baigné de lumière naturelle. Les mots semblent écrits dans le ciel.**

**Ci-contre : La nuit, la lumière du jour est simulée au moyen d'une technologie sophistiquée.**

Quand des mots gravés dans une rue de Stockholm contribuent à garder vivant l'esprit de Strindberg.

FA+

# Citat

## Drottninggatan, Stockholm, Suède

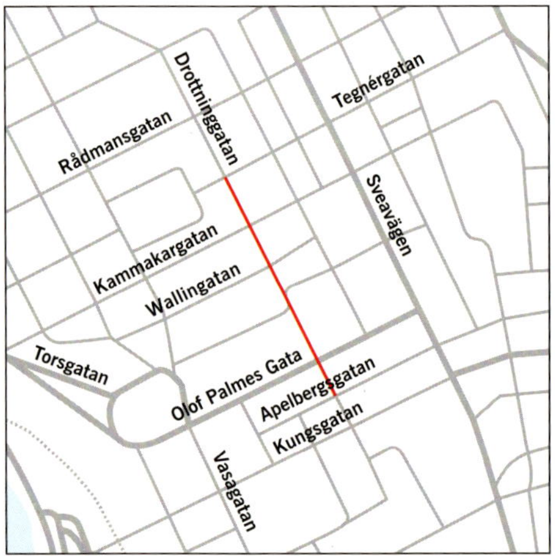

Och jag tror inte på Gud? Ajo det gör jag
STRINDBERGS
CITAT
KONCEPT FA+
I FALK G AGUERRE

*Citat* a été créée en 1994 par FA+, c'est-à-dire les artistes Gustavo Aguerre et Ingrid Falk, pour rendre hommage au célèbre dramaturge suédois August Strindberg, à l'occasion de la première édition du festival qui lui est dédié à Stockholm.

Partant de l'idée que « le texte est l'auteur[1] », les artistes ont installé des citations majeures de Strindberg sur Drottninggatan, une rue entretenant un rapport étroit avec ces phrases. Comme l'explique Aguerre : « Strindberg a vécu les dernières années de sa vie dans cette rue... De là à penser que certains de ces textes lui soient venus pendant ses promenades... Dans la rue, les mots incarnent et solidifient en quelque sorte ses pensées[2]. »

Les citations courent en plein milieu de cette artère commerçante bondée, et cette disposition longitudinale, facile à lire de part et d'autre de la rue, souligne la structure linéaire de l'espace – comme le formule l'historien de l'art Ximena Narea : « Dans sa plus simple expression, la rue est un chemin menant quelque part, et non la destination elle-même. La structure linéaire des textes est très adaptée à la représentation de ce concept[3]. » En choisissant des aphorismes provocants tels que « On devrait brûler les bibliothèques de temps à autre » ou « Je suis en observation pour suspicion d'intelligence », FA+ a cherché à attirer l'attention des passants et à faire ressortir l'ironie mordante et l'aspect controversé de la personnalité de Strindberg.

L'installation a d'abord été peinte : avec l'aide de la Strindberg Foundation et du Friends of Open Air Theatre, 11 000 lettres ont été découpées pour former les pochoirs utilisés pour peindre les 83 citations disposées sur une longueur de 1 200 mètres. Au moment où les inscriptions peintes commencèrent à disparaître, elles faisaient partie intégrante du paysage urbain, et les habitants de Stockholm demandèrent leur installation permanente. En 1998, année où Stockholm fut Capitale européenne de la Culture, l'espace fut fermé à la circulation et le lettrage recréé en acier inoxydable. La position des textes au milieu de la rue recrée la division en voies, et le choix de l'Helvetica et de l'acier s'harmonise bien avec l'asphalte et les autres matériaux utilisés dans l'aménagement de la rue.

Faisant partie des œuvres d'art dans l'espace public préférées des habitants de Stockholm, *Citat* est un projet qui a permis une forte implication de la communauté locale : les citations ont été proposées par les écoles, les bibliothèques, les associations littéraires et les universitaires de la ville. Alternative stimulante à la pollution visuelle de la publicité et des devantures des magasins, *Citat* s'impose comme une halte incontournable dans les circuits de la ville. Avec pour commanditaires le Stockholm Art Board et la City of Stockholm's Street and Building Authority, le projet a reçu le soutien du Danieli Donation Fund et du Stockholm European Cultural Capital 1998 Fund.

[1] Entretien avec Gustavo Aguerre, 5 mars 2008.

[2] *Ibid.*

[3] Narea Ximena, « Facing the Physical and Cultural Space », in *Heterogénesis*, www.heterogenesis.com/Heterogenesis-2/Textos/hsv/hnr27/Narea.eng.html

Ci-dessus : Différentes phases de la construction de l'installation.

Page suivante : L'installation dans Drottninggatan.

AFTONBLADET
ORD
NIN
G&R
EDA
SCENTRUM
Din mor var här
Det fanns inte
jorden förr än paradiset blev riktigt färdigt, det vill säga kvinna

Quand les mots, l'art et la nature s'unissent dans un jardin, au fin fond de la campagne écossaise.

# Ian Hamilton Finlay
# La Petite Sparte

Stonypath, Dunsyre,
South Lanarkshire, Écosse, Royaume-Uni

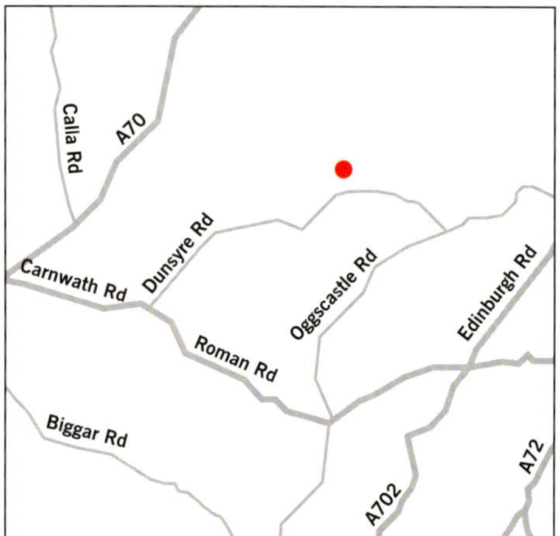

IO APOLLO
HIS MVSIC
HIS MISSILES
HIS MVSES

L'histoire de ce jardin commence en 1966, quand Ian Hamilton Finlay emménage avec sa femme à Stonypath, dans le sud de l'Écosse, au sein d'une propriété comprenant uniquement une vieille ferme en ruine. Sans chercher à concevoir une œuvre unifiée, Finlay commence tout d'abord par créer des inscriptions et des ornements de jardin dotés traditionnellement de mots, comme les cadrans solaires. Il poursuit en fabriquant des bancs, évoquant ceux qui sont généralement offerts aux parcs en tant que mémoriaux, puis des plaques à fixer sur des troncs d'arbres ou à leur pied, idée qui lui a peut-être été inspirée par un livre sur l'art des jardins romains. Peu à peu, la totalité de l'espace du jardin se remplit de poèmes, d'aphorismes et de citations, placés ici et là, gravés non seulement sur la pierre, mais aussi sur des surfaces moins traditionnelles comme les clôtures, les pots de fleurs, les allées, les rochers et les arrosoirs.

Les mots sont au cœur de l'œuvre de Finlay. Aidé de tailleurs de pierre professionnels, l'artiste grave des citations ou des phrases de son cru traitant de certains aspects de l'histoire, notamment la Révolution française et le monde de l'art de la Grèce antique à nos jours, avec une prédilection pour le néoclassicisme. Son œuvre est une réinterprétation du jardin de sculptures moderne. Plutôt que de suivre une esthétique particulière, il tend à dénoncer le déclin généralisé des valeurs culturelles.

Dans les années 1980, à la suite d'un différend avec le Scottish Arts Council, Finlay baptise son jardin la « Petite Sparte », en référence aux idéaux héroïques de l'ancienne cité grecque, et par opposition à l'« Athènes du Nord » contemporaine, à savoir la ville d'Édimbourg. Sa première « bataille » est célébrée par un mémorial en bronze représentant une mitrailleuse à côté des mots « Flute, begin with me Arcadian notes – Virgil, *Eclogue* VIII – 4 February 1983. (« Ô ma flûte ! Redis avec moi les accents du Ménale. – Virgile, *Les Bucoliques* VIII – 4 février 1983. »)

De la même manière, le sens est important pour nombre des œuvres de la Petite Sparte, comme par exemple celle exécutée par le sculpteur Nicolas Sloan. Composée de onze blocs de pierre massifs, elle comporte une citation de Louis-Antoine de Saint-Just : « L'ordre d'aujourd'hui est le désordre de demain. » Cette phrase, dans son contexte d'origine de la Révolution française, était la condamnation d'une société corrompue. Finlay, au contraire, la laisse ouverte à différentes interprétations : chaque bloc de pierre comporte un mot, ce qui permet aux visiteurs de les assembler dans l'ordre qu'il souhaite, suggérant ainsi de nouvelles significations.

Une inscription plus élégiaque apparaît sur l'œuvre intitulée *Upper Pool*, réalisée en collaboration avec John Andrew : « Voyez Poussin. Écoutez Lorrain. » Le texte fait référence à deux peintres français du XVII^e^ siècle : le peintre de paysages et d'architecture Nicolas Poussin, et le plus lyrique Claude Lorrain. Dans *Middle Pool*, l'un des rochers recouverts de mousse et de renoncules des marais formant un passage sur l'étang reprend la définition du dictionnaire du mot *ripple* (« ondulation de l'eau ») : *Ripple, n. a fold, a fluting of the liquid element* (« Ondulation, n : pli, ride de l'élément liquide. »)

Dans la Petite Sparte, les références à des peintres et à des artistes du passé sont légion. Dans *Temple Pool*, par exemple, se trouve une petite île conçue comme un hommage à l'artiste Albrecht Dürer, composée d'un bloc de pierre sculpté par Nicolas Sloan portant le monogramme « AD ». Ce monogramme se retrouve également suspendu à une branche d'arbre dans *Woodland Garden*, en référence au *Adam et Ève* de Dürer.

**Pages ci-contre et suivantes : Éléments ajoutés par Finlay dans le jardin.**

See POUSSIN
Hear LORRAIN

ORDER
ORDER

MARE
NOSTRUM

RBORIBUS·AMOENIS

LINE. LIGHT. LADE.

ROSALIND
ORLANDO

Quand un hommage typographique célèbre en bord de mer l'œuvre des écrivains néo-zélandais.

# Catherine Griffiths

# Wellington Writers Walk

Wellington Waterfront,
Wellington, Nouvelle-Zélande

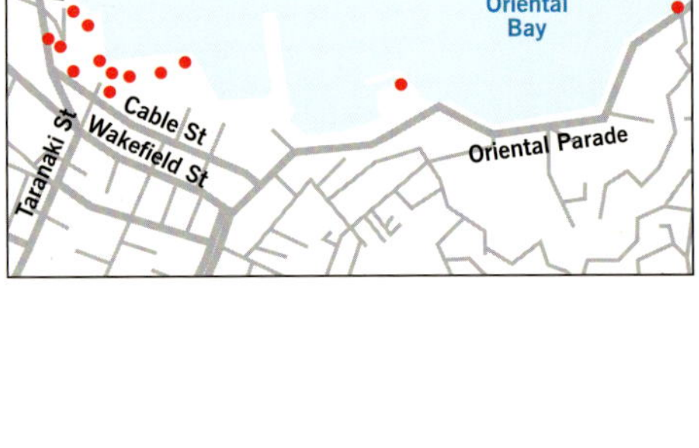

THE HARBOUR IS AN IRONING BOARD.
FLAT-IRON TUGS DASH SMOOTHING TOWARD
ANY SHIRT OF A SHIP ANY PILLOWSLIP
OF A FREIGHTER THEY DECREE
MUST BE IRONED FLAT AS WASHING FROM
From Wellington Harbour is a Laundry
Denis Glover
b.1912 d.1980
D Litt (Hons) Victoria University of Wellington
War Veteran's Medal
publisher, boxer, sailor, satirist, poet.

Le projet *Wellington Writers Walk* se compose de quinze sculptures typographiques installées sur le front de mer de Wellington, l'un des espaces publics les plus importants de la ville. Chacune de ces sculptures rend hommage à la ville par le biais de citations tirées d'œuvres d'écrivains néo-zélandais évoquant le bord de mer, à l'exception de la citation de Robin Hyde qui traite de l'art de l'écrivain.

Commandé par la New Zealand Society of Authors et conçu par Catherine Griffiths, ce projet s'intègre dans l'environnement urbain et s'étend du musée de Nouvelle-Zélande (Te Papa Tongarewa) au Frank Kitts Park, en passant par le Circa Theatre et Civic Square. Il vise à sensibiliser les habitants à leur patrimoine littéraire.

Un soin particulier a été apporté à l'installation de chaque sculpture, afin d'en maximiser l'impact. Certaines ont été installées au sol, d'autres dans les airs, d'autres encore sur l'eau, sur les rochers ou ailleurs. Griffiths voulait créer une nouvelle expérience pour le lecteur, « comme donner un nouveau contexte à ces textes, pas simplement des mots dans un livre, mais des mots susceptibles de susciter des sentiments et des émotions en relation avec le lieu. Et l'espace[1]. »

Les installations sont en béton, et leur réalisation a nécessité une étroite collaboration avec les experts techniques en charge des différentes phases du projet. Griffiths a choisi l'Helvetica Extra Compressed pour les panneaux sur lesquels les caractères sont en relief et l'Optima pour ceux en creux. Les textes en Helvetica furent réalisés au moyen de caractères individuels de dix centimètres de hauteur sur trois centimètres et demi de profondeur. Les textes en Optima, sculptés à une profondeur d'un centimètre, furent exécutés en même temps que les panneaux de béton sur lesquels ils sont gravés.

Dès le départ, *Wellington Writers Walk* a reçu un excellent accueil de la part de la population. D'ailleurs, si des fonds supplémentaires sont mis à disposition, il n'est pas exclu que le projet s'enrichisse de nouvelles citations et sculptures.

Le travail a reçu de nombreux prix dont, en 2002, le Stringer Award, un prix de conception graphique comptant parmi les plus prestigieux de Nouvelle-Zélande. En 2003, il a figuré dans le *D & AD Annual*. Comme le souligne Justine Clark, historienne de l'architecture : « Le résultat est un bel exemple de la façon dont un créateur graphique peut, avec détermination et le soutien de toutes les parties concernées, pousser un projet bien au-delà des attentes initiales du client. Alors que les instigateurs avaient imaginé un ensemble de petites plaques en bronze dans Civic Square, la conceptrice et typographe Catherine Griffiths y a vu l'opportunité de mettre en œuvre une approche beaucoup plus ambitieuse, s'appuyant sur la conception typographique pour renforcer la puissance de l'écrit[2]. »

[1] Entretien avec Catherine Griffiths, 29 novembre 2011.

[2] Clark Justine, « Writing by Types », in *Artichoke*, avril 2003.

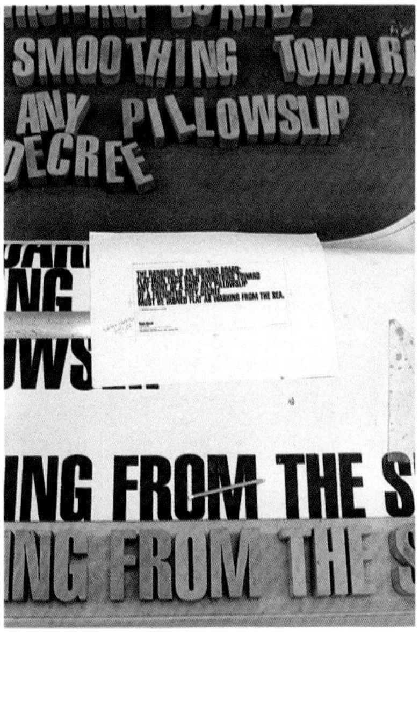


Ci-dessus et à gauche : La construction de l'installation.

Pages suivantes : Les panneaux installés.

I ASK NOT ONLY THAT MY CITY,
BUT ALL, GIVE THEMSELVES
TO THE ESSENCE OF OUR CULT –
THE RITUAL ASSEMBLY OF AN
INTERESTED COTERIE IN A SPACE
WHERE MAGIC CAN BE MADE
AND MIRACLES OCCUR.
From Theatre in 1981: Omens and Portents
Bruce Mason
1921 d.1982
(Hons) Victoria University of Wellington
The End of the Golden Weather
critic.

LIVE AT THE EDGE
OF THE UNIVERSE
LIKE EVERYBODY ELSE.

YET I THINK, HAVING USED MY WORDS AS THE KINGS USED GOLD,
ERE WE CAME BY THE RUSTLING JEST OF THE PAPER KINGS,
I WHO AM OVERBOLD WILL BE STEADILY BOLD,
IN THE COUNTED TALE OF THINGS.

THE HARBOUR IS AN IRON
FLAT IRON TUGS DASH
ANY SHIRT OF A SHIP
OF A FREIGHTER THEY
MUST BE IRONED
From Wellington Harbour is a Laundry
Denis Glover
b.1912 d.1980
DSC D Litt (Hons) Victoria University of Wellington
Soviet War Veteran's Medal
Typographer, publisher, boxer, sailor, satirist, poet

BOARD:
OTHING TOWARD
PILLOWSLIP
CREE
AS WASHING FROM THE SEA

BLUE RAIN FROM A CLEAR SKY.
OUR WORLD A CUBE OF SUNLIGHT –
BUT TO THE SOUTH
THE VIOLET ADMONITION
OF THUNDER.
From Blue Rain
Alistair Te Ariki Campbell
Poet.

IT'S TIME, SHE SAYS, IT'S TIME SURELY
FOR US TO CHANGE LANES, CHANGE TONGUES
THEY SPEAK SO DIFFERENTLY DOWN HERE

IT'S TRUE YOU CAN'T LIVE
YOU HAVE TO DO AND BE,
OR EVEN DESCRIBE. THIS IS
THE WORLD HEADQUARTER

OF MY DAYS.

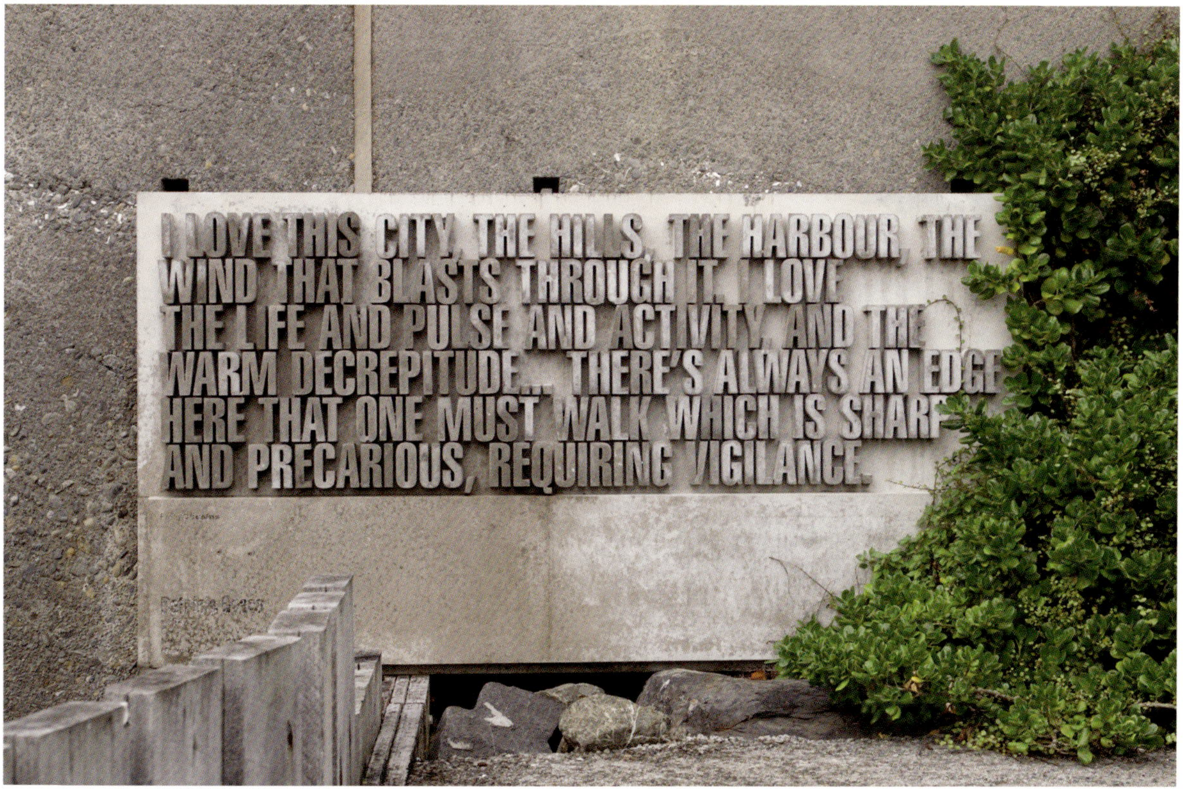
I LOVE THIS CITY, THE HILLS, THE HARBOUR, THE
WIND THAT BLASTS THROUGH IT. I LOVE
THE LIFE AND PULSE AND ACTIVITY, AND THE
WARM DECREPITUDE... THERE'S ALWAYS AN EDGE
HERE THAT ONE MUST WALK WHICH IS SHARP
AND PRECARIOUS, REQUIRING VIGILANCE.

WELLINGTON

**Helvetica** Extra Compressed

PERSON

**Optima**

Quand une façade de chiffres s'installe au cœur du quartier financier de Manhattan.

# Rudolph de Harak
# **Horloge digitale**

200 Water Street,
New York, États-Unis

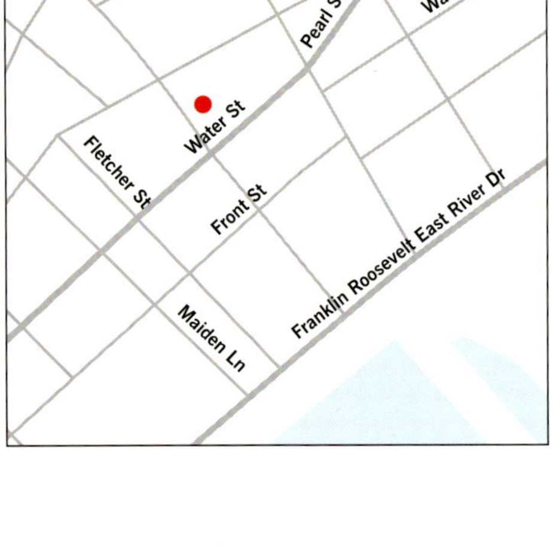

3
4
5
6
7
8
9
02
03
04
05
06
14
15
16
17
18
26
27
28
29
30
38
39
40
41
42
50
51

Au cours de sa prolifique carrière, Rudolph de Harak s'est consacré à la conception graphique, à l'enseignement et à la conception environnementale pour des institutions publiques et privées. Parmi les créations pour ces dernières figure l'installation réalisée pour l'entrée et la façade du 127 John Street, dans le quartier financier de Manhattan, œuvre qui est également l'une des plus célèbres de l'artiste. Le bâtiment – un gratte-ciel d'acier et de verre comme il en existe tant à New York – est transformé par les interventions de Rudolph de Harak. Conçu par Emery Roth & Sons, le gratte-ciel comprend trente-deux étages ; sur sa façade alternent des bandes horizontales en aluminium et des vitres teintées. Le maître d'œuvre, Melvyn Kaufman, de la William Kaufman Organization, a fait appel à Rudolph de Harak, de Corchia de Harak Associates, pour retravailler la conception du rez-de-chaussée. Parmi les changements introduits par Rudolph de Harak figurent un cadre en acier soutenant des stores de couleur, un tunnel mystérieux éclairé aux néons menant à l'entrée principale, ainsi qu'une horloge digitale.

L'horloge est une immense installation typographique d'environ sept mètres de haut sur quatorze mètres de large. Elle couvre la façade d'un bâtiment adjacent plus petit et assez banal, et s'élève sur trois étages sur le côté du 127 John Street donnant sur Water Street. Elle est composée de 72 carrés, disposés en six rangées et douze colonnes. Chaque carré de 120 centimètres de côté contient un nombre. La rangée du haut comprend les nombres de 1 à 12 pour les heures tandis que les rangées inférieures affichent les numéros 00 à 59, pour les minutes et les secondes. L'heure est indiquée par différentes lumières colorées : rouge pour les heures, bleu pour les minutes et jaune pour les secondes.

Les chiffres de l'horloge sont en Akzidenz Grotesk, caractère d'une importance particulière dans le travail de Rudolph de Harak. Comme l'explique Steven Heller, « cette police grasse a ancré efficacement l'approche conceptuelle de Rudolph de Harak et lui a offert un élément neutre sur lequel expérimenter avec un répertoire foisonnant d'images[1] ». De Harak n'a eu recours qu'à un nombre restreint de caractères typographiques dans ses créations et les a toujours choisis avec soin : d'abord Franklin Gothic et News Gothic, puis Akzidenz Grotesk et enfin Helvetica. Il a ainsi déclaré : « Le jour où j'ai découvert Akzidenz Grotesk de Berthold a été un moment passionnant et crucial de ma vie[2]. »

Au fil des ans, la création de Rudolph de Harak a subi un certain nombre de modifications. Ainsi, à la fin des années 1990, la Rockrose Development Corporation a converti l'immeuble de bureaux en appartements de luxe, le rebaptisant « 200 Water Street ». Les transformations ont supprimé la majorité des interventions de Rudolph de Harak. Seule subsiste l'horloge et, même si elle n'est pas toujours très à l'heure aujourd'hui, elle survit comme l'un des symboles de Lower Manhattan. Ainsi que l'a écrit Reinhard Braun : « L'exemple du 127 John Street démontre comment un concepteur graphique peut ajouter une dimension communicante à l'architecture[3]. »

[1] Heller Steven, « Rudolph de Harak », in www.aiga.org/medalist-rudolphdeharak

[2] *Ibid.*

[3] Braun Reinhart, « Graphics and Lettering on Buildings and Shop Fronts », in Herdeg Walter (éd.), *Archigraphia: Architectural and Environmental Graphics*, The Graphis Press, Zurich, 1978, p. 126.

Ci-dessus : L'éclairage permet à l'installation d'être aussi visible la nuit.

Page suivante : L'horloge digitale dans son environnement urbain au cœur de Manhattan.

Akzidenz Grotesk

1 2 3 4 5 6
00 01 02 03 04
12 13 14 15 16
24 25 26 27 28
36 37
48 49 50 52

8 9 10 11 12
07 08 09 10 11
19 20 21 22 23
31 32 33 34
43 44 45 46
55 56 57 58 59

Quand une œuvre d'art devient
une installation publique et même
une icône de la culture pop.

# Robert Indiana

# LOVE

JFK Plaza,
Philadelphie, États-Unis

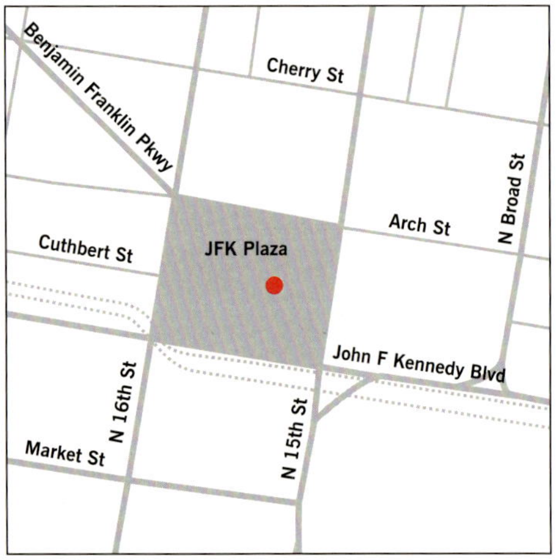

LOVE
excell

L'œuvre la plus connue de Robert Indiana est *LOVE*, composition dans laquelle les quatre lettres du mot occupent la totalité d'une surface carrée, avec le O incliné à 45 degrés. Cette création emblématique du Pop Art apparaît pour la première fois en 1965, sur une carte de vœux du musée d'Art moderne. Depuis, elle a été reproduite en de nombreux autres versions, couleurs, matériaux et dimensions.

L'amour est un thème récurrent dans l'œuvre d'Indiana et qui, compte tenu de la foi de scientiste chrétien de l'artiste, prend une dimension spirituelle (la devise « Dieu est amour » est inscrite dans toutes les églises scientistes chrétiennes). Indiana revient vers cette thématique en 1977 avec sa sculpture baptisée *Ahava*, signifiant « amour » en hébreu, exposée près du musée d'Israël à Jérusalem.

De nombreuses versions en deux dimensions de *LOVE* ont été diffusées sous forme d'affiches, de tableaux, de tapisseries et de timbres-poste. En 1973, le motif illustre le timbre de huit cents, suivi de la première série des « Love Stamps », diffusés par les services postaux américains.

Mais cette création a aussi fait l'objet de plusieurs versions en trois dimensions. Dans sa monographie sur Indiana, Carl J. Weinhardt écrit ainsi : « Ce logo tel qu'on le découvre sur des tableaux ou des sérigraphies évoque [la] façade [d']une structure environnementale, autour de laquelle il serait possible de se promener, sur laquelle on pourrait grimper, ramper ou que l'on pourrait toucher pour expérimenter diverses sensations de texture, comme la dureté, la chaleur ou le froid[1]. » Les sculptures *LOVE* ont été réalisées dans une grande variété de dimensions et de matériaux, notamment une version de 30 × 30 × 15 centimètres, créée en 1966 pour l'édition parrainée par Multiples à New York, pour laquelle six exemplaires en gravure sur aluminium ont été réalisés en collaboration technique avec Herbert Feuerlicht. La version la plus petite a été fabriquée en 1968 par un bijoutier de Philadelphie : un anneau en or en édition limitée. La plus grande version, quant à elle, date de 1970. Elle a été réalisée en acier Corten par la fonderie Lippincott, dans le Connecticut, et mesure 3,6 × 3,6 × 1,8 mètres. En 1972, une version en aluminium multicolore a vu le jour, rappelant le rouge vif utilisé dans la peinture de 1966. Aujourd'hui, elle fait face au tableau d'Indiana intitulé *The Great American Love (Love Wall)* dans la galerie Denise René à New York.

La sculpture *LOVE* peut aussi être admirée dans de nombreux espaces publics, à commencer par Philadelphie, dont le nom, qui signifie étymologiquement « amour fraternel », est pertinent au regard des thématiques chères à l'artiste. L'histoire mouvementée de cette sculpture débute en 1976 lorsqu'elle est temporairement prêtée à la ville pour la célébration du bicentenaire des États-Unis. Son retrait du centre de la place deux ans plus tard déclenche un véritable tollé. La sculpture est alors achetée par F. Eugene Dixon, président de la Philadelphia Art Commission. Il la redonne à la ville, qui la possède encore aujourd'hui. La place où elle est exposée actuellement, JFK Plaza, utilisée dans les années 1980 et 1990 comme skatepark en raison de ses marches courbes et de ses surfaces de granit, est désormais communément appelée « Love Park », en référence à la sculpture.

[1] Weinhardt Carl J., *Robert Indiana*, Harry N. Abrams, New York, 1990, p. 192.

Ci-dessus : Différentes versions de la sculpture d'Indiana. En haut à gauche : sur la Sixième avenue (New York) ; en haut à droite : au Pratt Institute (New York) ; en bas à gauche : dans le Scottsdale Civic Center Mall (Arizona) ; en bas à droite : devant le gratte-ciel Taipei 101 à Taiwan.

À gauche : *Ahava*, « amour » en hébreu, au musée d'Israël de Jérusalem.

Clarendon

Ci-contre : Détail de la sculpture à Philadelphie. Rouge quand elle est vue de face, cette sculpture a aussi une surface de couleur verte et une autre bleue pâle.

Quand des souterrains réimaginés
en mémoriaux urbains font revivre
l'histoire de la ville.

Intégral Ruedi Baur

# Design urbain du quartier de l'Épidème

Tourcoing, France

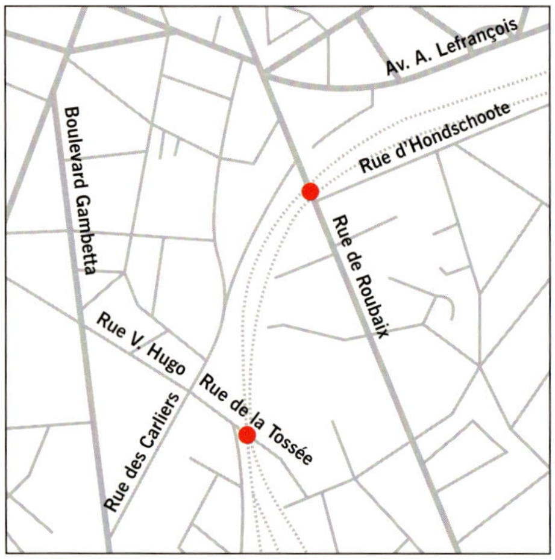

TOURCOING
SALZBURG
LECCE
ARLES
PATRA
PORNIC
AIX LES BAINS
VIGO
POTSDAM
TRIESTE
MONACO
NOVOROSSIISK
ST DIZIER

Le projet de design urbain du quartier de l'Épidème est une commande de la ville de Tourcoing, dans le cadre du réaménagement des secteurs autour des passages souterrains de la Tossée et de Roubaix, à l'époque où des travaux y étaient réalisés par la SNCF.

Le cahier des charges du concours sollicitait des projets proposant une amélioration du paysage vu par les passagers des lignes TGV. En fait, le projet élaboré par Intégral Ruedi Baur et Associés, composé de Philippe Délis, Florence Lipsky, Pascal Rollet (architectes) et Véronique Kargerman (recherche historique), s'intéressait principalement à ce qui se trouvait sous les infrastructures sur lesquelles passe la ligne TGV. Cette dernière était perçue par les habitants comme coupant la ville en deux, et plus particulièrement le quartier de l'Épidème (baptisé ainsi car y étaient regroupés les gens placés en quarantaine) du centre-ville. Le projet visait à rassembler les deux parties de la ville par le biais du graphisme et de la typographie. Le sens de ces lieux a été exploré grâce aux souvenirs des habitants, exprimés par des panneaux placés dans la zone. Les efforts architecturaux ont surtout porté sur l'adoucissement de l'aspect des deux passages souterrains, dont les lourds parapets en fer ont été remplacés par des grilles légères aux boules de verre lumineuses.

Les habitants de la région, à qui ce projet était principalement destiné, ont été impliqués dans le processus à travers une série de réunions et de consultations. Les informations tirées des recherches d'archives ont été intégrées à plus d'une centaine de témoignages recueillis lors des consultations sur les deux sites. Des phrases courtes ont été élaborées à partir de ces données et reproduites sur 2 000 briques en verre, intégrées au matériau des murs des souterrains. Ces briques en verre ne sont pas uniquement structurelles : elles peuvent être lues par les piétons empruntant ces souterrains.

En outre, le plafond du souterrain a été travaillé au plâtre, puis orné d'inscriptions de noms de villes, soulignant les liens entre Tourcoing et les pays d'origine de ses immigrés, et entre Tourcoing et le reste du monde en général. Il mentionne également le sinistre train de Loos, qui conduisait les déportés vers les camps de concentration allemands.

La typographie, l'architecture et la lumière se combinent pour minimiser la rupture causée par la ligne de chemin de fer, présentant les souterrains non comme des obstacles mais comme des liens, et créant des chemins qui font également office de mémoriaux au passé de la ville.

L'intention était d'éviter la création de « non-lieux » et de transformer ces souterrains en espaces riches de significations : passerelles reliant la périphérie au centre-ville, lieux de mémoire et de symbole. Par la suite, la route principale traversant le quartier d'Épidème fut également rénovée.

Ci-dessus et page suivante :
L'installation est composée
de briques en verre contenant
des phrases et des dessins.
Les noms de villes du monde
entier sont inscrits sous les
lignes de chemin de fer.

La dernière péniche est
passée en 1983,
le premier TGV,
pas bien plus tard.

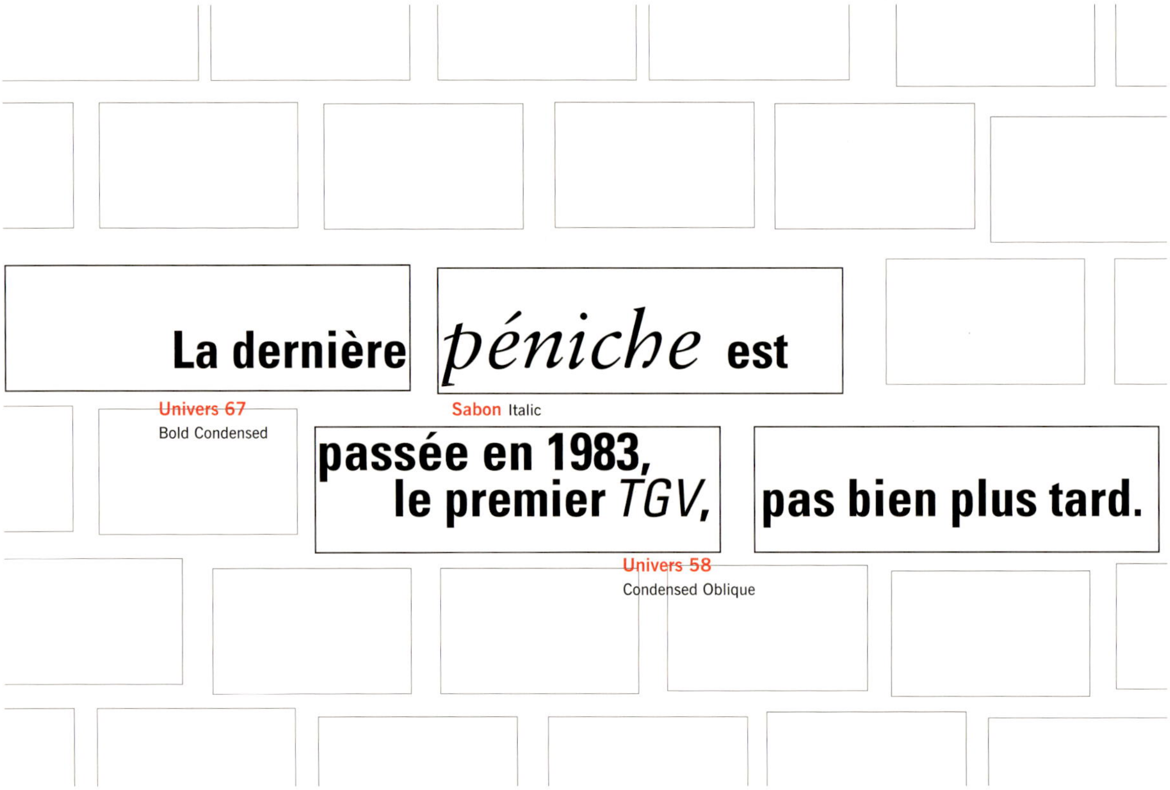
La dernière
*péniche* est
Univers 67
Bold Condensed
Sabon Italic
passée en 1983,
le premier *TGV*,
pas bien plus tard.
Univers 58
Condensed Oblique

STOCK HEREFORD → TO

RCOING → ABRUD TOU

JLIA → TOURCOING

NG ST MICHEL DE MA

Frutiger Black

RCOING MILANO CENT

Quand des lettres nous invitent à nous allonger sur l'herbe, à lever les yeux et à voir les mots se fondre dans le bleu du ciel.

# Ilya Kabakov
## Antenna

Kardinal-von-Galen-Ring,
Münster, Allemagne

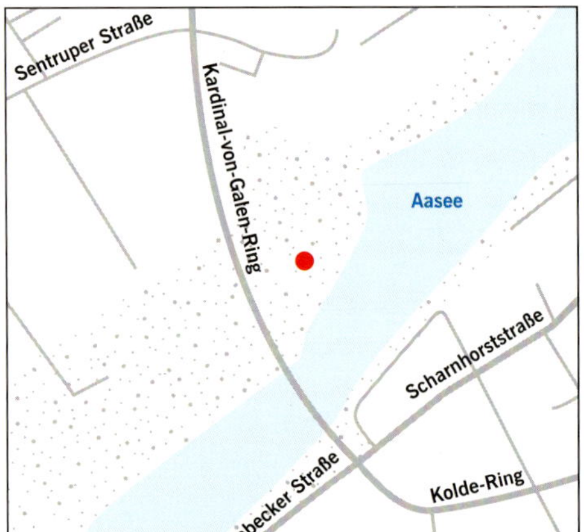

En 1997, Ilya Kabakov crée *Antenna* (également baptisé *Looking Up, Reading the Words*), sa contribution au salon Skulptur Projekte de Münster, en Allemagne. En levant les yeux vers la sculpture métallique, on distingue des lettres puis, peu à peu, tout un texte en allemand. Comme l'explique Kabakov : « Ce n'est que lorsque l'on est couché par terre – dans un asile de nuit, par exemple – que l'on commence à regarder le ciel : l'homme à terre dans la saleté relève la tête[1]... »

Skulptur Projekte est une manifestation d'art contemporain qui se déroule tous les dix ans depuis 1977. Des œuvres d'artistes allemands et étrangers renommés sont installées dans la « zone verte » (environnementale) autour de la vieille ville de Münster, avec l'intention de démontrer que l'art peut s'inscrire dans un espace urbain sans compromettre la signification de ce dernier. *Antenna* fut ainsi installée sur un remblai semi-circulaire, à mi-chemin entre deux sculptures réalisées par Claes Oldenburg et Donald Judd pour l'édition précédente.

Les artistes participants (70 en 1997) ont pour mission de créer des œuvres qui approfondissent la relation entre la sculpture contemporaine et l'espace public. « En intégrant les œuvres d'art, la ville transforme progressivement son visage – un processus dynamique est mis en mouvement[2] », explique-t-on sur le site Internet du projet. Les caractères sont en Rabbit, police conçue spécialement par Kabakov pour cette installation. Pour le citer, « les lapins sont rapides et peuvent se cacher dans l'herbe[3] » (ce qui fait peut-être référence à l'immatérialité et à la légèreté du caractère). Les lettres, fabriquées avec un fil métallique d'une épaisseur de trois millimètres, sont installées à près de treize mètres au-dessus du sol, ce qui les rend presque invisibles d'en bas. Un effort important est nécessaire pour déchiffrer la totalité du texte, qui semble se fondre dans le ciel. Cet effet coïncide avec l'ambiguïté du texte (voir ci-contre), renforçant son caractère évocateur et visionnaire.

La structure conçue par Kabakov est transparente et traversée par les éléments du paysage : le ciel, l'air et la lumière. L'installation se compose d'un pylône central en acier, découpé en triangle et d'une hauteur de quinze mètres, fixé au sol par un bloc de béton. Dans la partie supérieure, l'antenne est formée de 22 éléments métalliques, auxquels les caractères sont soudés ou vissés.

Cette installation présente quelques similitudes avec une antenne normale, qui capture les informations et les retransmet. Ici, cependant, l'intention est d'envoyer un message à partir du ciel par le biais d'un texte tangible. « Je n'ai pas choisi les mots. Ils sont en quelque sorte "apparus" d'eux-mêmes à l'intérieur de l'antenne. Je me suis simplement contenté de les fixer sur un fil métallique[4] », déclare Kabakov. Alors que l'antenne symbolise généralement le progrès et la civilisation, l'antenne de Kabakov nous invite à nous détacher du monde pour entrer tranquillement en contact avec la nature, en prenant le temps, en s'étendant sur l'herbe et en regardant le ciel entrevu derrière les mots du texte.

[1] Kabakov Ilya in Groys Boris et Kabakov Ilya, *Die Kunst des Fliehens*, Hanser Verlag, Munich, 1991, p. 27.

[2] Skulptur Projekte, www.skulpturprojekte.de/information/ausstellung/?lang=en

[3] Entretien avec Ilya Kabakov, 30 janvier 2008.

[4] *Ibid*.

« Mon cher ! Lorsque vous êtes couché dans l'herbe, la tête posée au sol, il n'y a personne ni aucun bruit à part le bruit du vent, vous regardez l'immensité du ciel – là-bas, en haut, le ciel est bleu et les nuages flottent – et il s'agit peut-être de la meilleure chose que vous ayez faite ou vue dans votre vie. »

EGST!
DEN KOPF!
UM DICH HE
MENSCHEN-
DU HÖRST
NUR DEN WIND
UND SCHAUST
IN DER
HIMMEL

DEN OFFENEN
DORT OBEN
DAS IST
WAS DU

# KRU

# KEINEMENSCHEN

Rabbit

**Page précédente : Vue générale de l'installation.**
**Dessin de Ilya Kabakov.**

**Ci-contre : Le pylône central d'*Antenna*.**

Quand des inscriptions sur le béton
racontent aux usagers du métro
des fragments de l'histoire du lieu.

## Richard Kindersley

# Station de métro Canning Town

Victoria Dock Road,
Londres, Royaume-Uni

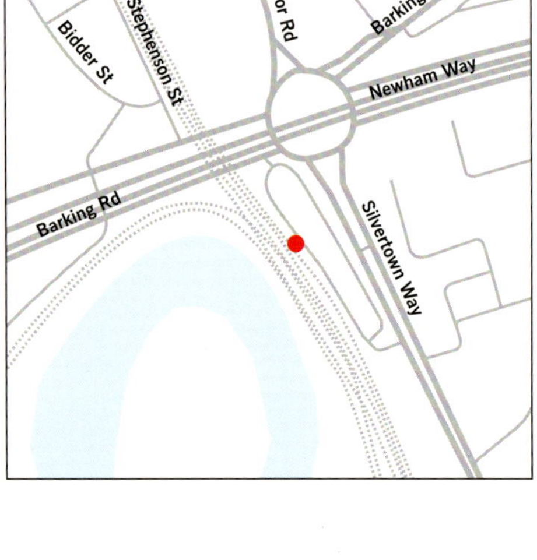

S INSCRIPTION
COMMEMORATES
THE SITE OF THE
THAMES IRONWORKS
SHIPBUILDING
AND ENGINEERING
COMPANY LTD
SITUATED NEARBY
AT THE CONFLUENCE
OF THE LEA & THAMES
AT BOW CREEK
CANNING TOWN.
CONSTRUCTION STARTE

Commandée par la Public Arts Commission, la création de Richard Kindersley pour la station de métro Canning Town se compose d'inscriptions relatant l'histoire du lieu. L'utilisation de lettres sur les murs, quant à elle, est une idée de Jamie Troughton, l'un des architectes ayant participé à la conception de la station.

Le texte commémore l'ancienne fonction du site, à savoir celle d'un chantier naval : des événements ayant marqué l'histoire locale alternent avec les exploits de la West Ham United, l'équipe de football locale, et des références aux navires construits dans les chantiers navals, dont le légendaire *HMS Warrior*, le premier cuirassé avec une coque en fer construit pour la Royal Navy en 1860. Les inscriptions, gravées sur le site puis peintes en gris, s'harmonisent avec l'architecture de la station et se déroulent le long des murs de l'escalier menant à la Jubilee Line, pour se terminer par une phrase qui accompagne les voyageurs. Le texte se déploie en vagues et en boucles, s'enroulant autour de lui-même ou créant des lignes diagonales, qui évoquent le roulis des vagues fendues par le *HMS Warrior.*

Les inscriptions de la station Canning Town ont ceci de particulier qu'elles sont gravées dans le béton, matériau difficile à travailler s'il en est, aux résultats peu prévisibles comparé aux matériaux traditionnels comme la pierre. Les mots ont été gravés dans différents panneaux de béton assemblés puis fixés. Les lettres sont étroitement liées au matériau et établissent un lien avec l'architecture du lieu.

« Comme le lettrage est gravé directement dans la surface du bâtiment, il est influencé par le béton..., explique Kindersley. Le lettrage se devait donc d'être robuste et épuré, privilégiant des formes schématiques, mais néanmoins élégantes[1]. »

Richard Kindersley combine son amour des lettres à une étude rigoureuse de l'architecture et des matériaux pour donner du sens à un texte. L'inscription devient une texture qui interagit avec la surface, nous invitant à admirer l'harmonie de sa composition autant qu'à lire son contenu : « Comme une large part de mon travail, le lettrage opère à deux niveaux : tout d'abord, le sens premier des mots et, ensuite, la façon dont ils sont assemblés et ouvrent sur d'autres significations[2]. »

Kindersley a conçu cette composition avec, en tête, les usagers de la station Canning Town, qui passeraient devant tous les jours pour leurs correspondances. « La dimension ornementale masque le message, relatif à l'histoire locale, et cet obscurcissement délibéré ne donne pas accès immédiatement aux mots. Cependant, au fil de leurs visites, les usagers commencent à déchiffrer le message écrit. De la sorte, l'intérêt pour l'installation est prolongé, pour longtemps, espérons-le[3] », ajoute-t-il.

[1] Entretien avec Richard Kindersley, 21 octobre 2011.

[2] *Ibid.*

[3] *Ibid.*

EMPLOYED 7000 MEN &
COVERED AN AREA OF THIRTY ACRES
THE YARD
WENT
INTO RECEIVERSHIP IN 1912
AFTER 65 YEARS O
HAMMERSMITH BRIDGE

**Page précédente et ci-dessus : Le texte se déroule en ondulations évoquant les vagues.**

**Ci-contre : L'un des panneaux composant l'installation dévoile un petit dessin intégré au texte.**

« [Arnold Hills] fonda le club de football qui devint en 1900 le West Ham United Football Club. Ses joueurs sont surnommés les Hammers (« marteaux »), et le blason du club comprend deux marteaux riveteurs. »

HARD
EMPLOYED 7000 MEN &
HE FORMED THE
WORKS FOOTBALL
CLUB WHICH
IN 1900 BECAME
WEST HAM UNITED
FOOTBALL CLUB.
THE CLUB IS KNOWN AS
THE HAMMERS
BITS CREST INCLUDES A PAIR
OF RIVETERS HAMMERS
CO

Quand un alphabet créé par des enfants
orne les lignes de tramway d'Amsterdam.

René Knip

# ABC sur Hoofdweg

Hoofdweg,
Amsterdam, Pays-Bas

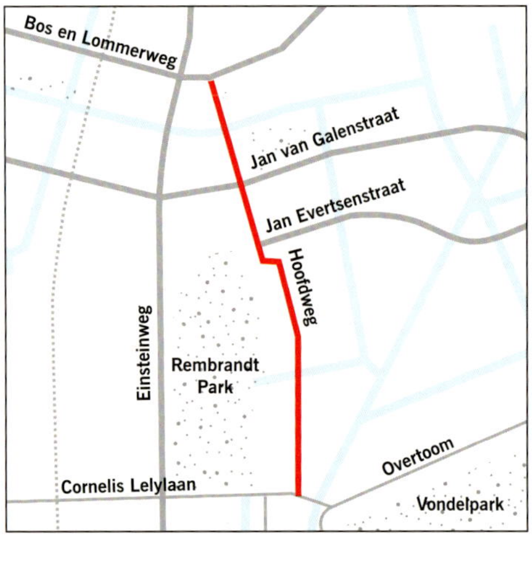

Le projet *ABC sur Hoofdweg* a été élaboré en 2002 à Amsterdam par René Knip, en collaboration avec K. Schippers et avec le soutien de l'Amsterdams Fonds voor de Kunst.

K. Schippers – pseudonyme derrière lequel se cache Gerard Stigter, célèbre auteur de nouvelles et poète – voulait créer une œuvre d'art public destinée au quartier dans lequel il avait grandi, une installation poétique dans laquelle chaque lettre deviendrait une idée pure.

L'installation *ABC sur Hoofdweg* invite les passants à lever la tête pour voir les lettres de l'alphabet. Pour cette création, l'artiste a mis à contribution les élèves des écoles primaires, qui ont été invités à dessiner des lettres et des signes de ponctuation. Les plus intéressants ont été sélectionnés par le typographe René Knip, qui les a ensuite fabriqués. En adaptant les lettres pour les produire dans des matériaux appropriés, il a été possible de créer des « totems typographiques » : vingt-six sculptures correspondant aux lettres de l'alphabet et cinq signes de ponctuation montés sur des pylônes de la ligne de tramway existante. En outre, tous les croquis ainsi que les dessins sélectionnés et des poèmes écrits par K. Schippers pour chacune des lettres ont été rassemblés dans un livre intitulé *Het ABC op de Hoofdweg*.

René Knip conçoit des caractères, mais aucun n'a été édité à des fins commerciales, nombre de ses créations s'inspirant d'idées et d'enthousiasmes souvent indépendants des projets et des clients. Assez tôt, son intérêt pour les caractères l'a conduit à expérimenter les lettrages, en les combinant avec des dessins. Parmi ses influences principales figurent la typographie vernaculaire, les lettrages commerciaux, le lettrage de la période Art déco ainsi que les caractères conçus aux Pays-Bas entre 1920 et 1960, dont le succès a été éclipsé par l'Avant-garde moderne. Knip a puisé dans ces différents styles, comme pour le E dont la barre médiane est sensiblement plus haute que la normale.

Cependant, Knip ne trouve pas uniquement son inspiration dans les caractères du passé ; il se tourne également vers de nombreuses formes aperçues dans les rues d'Amsterdam. Il puise rarement ses idées dans un seul modèle, privilégiant l'expérimentation et la création d'univers inédits.

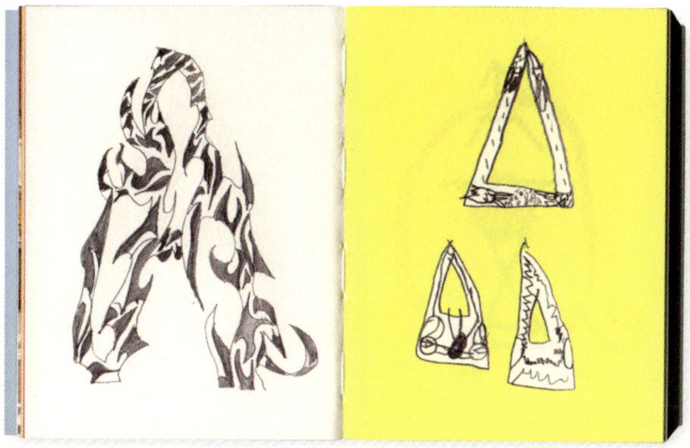

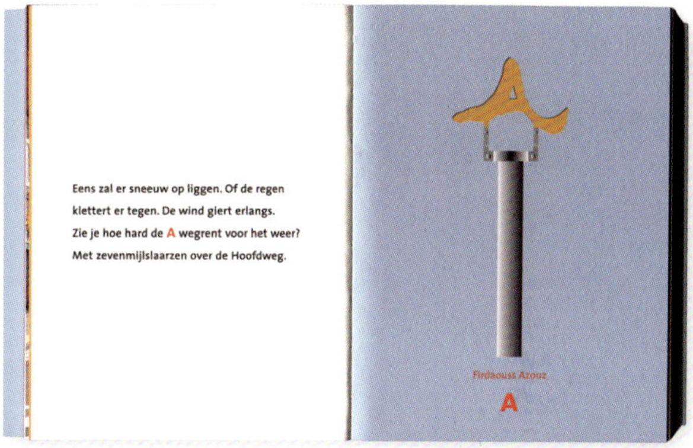

Ci-dessus : Tirés du livre *Het ABC op de Hoofdweg*, des dessins de la lettre A, le pylône typographique avec le dessin sélectionné, ainsi que le texte d'un poème de K. Schippers.

À gauche : Vue du Hoofdweg, où ont été placées les installations.

Pages suivantes : Créations sélectionnées pour le projet.

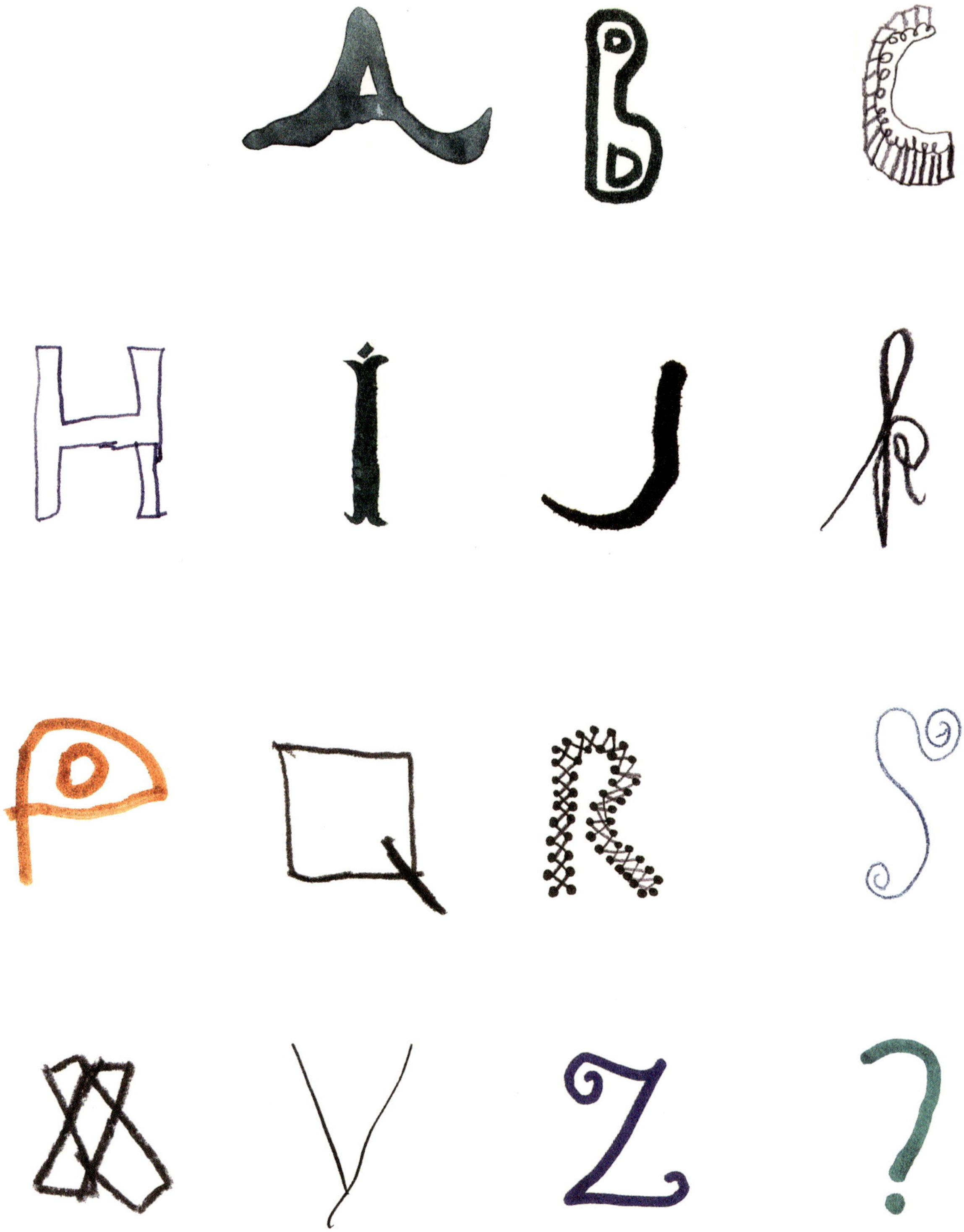

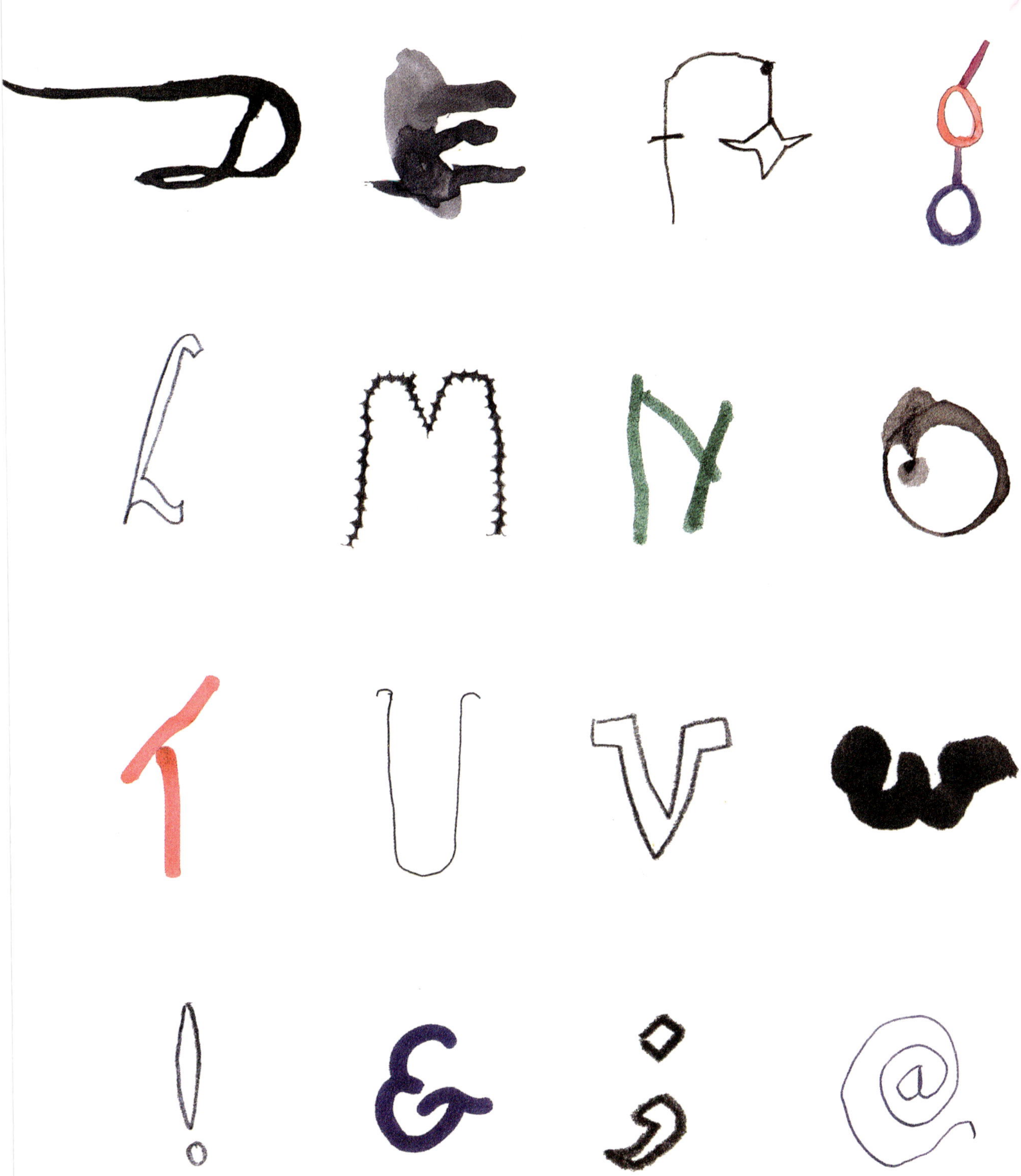

Quand une installation typographique rappelle les heures sombres de l'histoire de la Hongrie et du monde.

## Attila F. Kovács

# Musée de la Maison de la terreur

Andrássy út 60,
Budapest, Hongrie

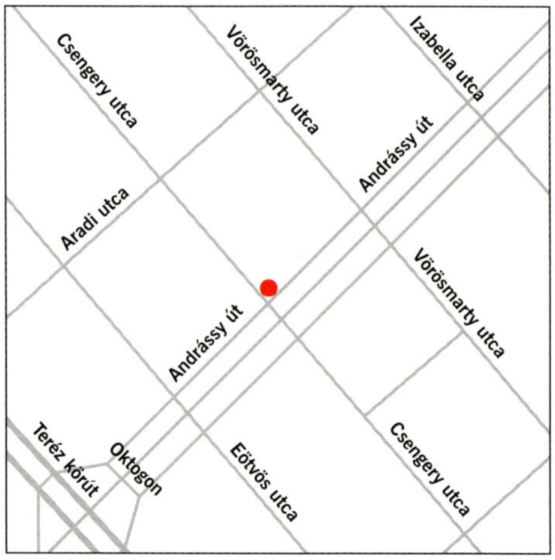

ÁTVÁGVA

Le musée de la Maison de la terreur rend hommage aux victimes des deux régimes totalitaires qui ont eu une influence dévastatrice sur la Hongrie du XXe siècle – le nazisme allemand et le communisme soviétique –, et donne un aperçu de la vie des Hongrois pendant ces heures sombres de l'histoire. Le bâtiment, situé au numéro 60 d'Andrássy út, a été entièrement rénové, à l'intérieur comme à l'extérieur, et le musée a été inauguré en 2002. La façade, l'intérieur et les équipements ont été conçus par l'architecte Attila F. Kovács.

Ce bâtiment néo-Renaissance, construit par Adolf Feszty en 1880, était autrefois le lieu où les opposants aux deux régimes étaient interrogés et torturés. Avant la Seconde Guerre mondiale, il fut le tristement célèbre quartier général nazi, connu sous le nom de « Maison de la Foi ». À la fin de la guerre, lorsque le régime fut renversé et que la Hongrie fut occupée par les Soviétiques, le bâtiment devint le siège de la police secrète hongroise. Dans ces salles qui avaient vu avant la guerre les opposants au régime nazi torturés, souvent à mort, les opposants au régime communiste connurent donc le même destin après la guerre.

Le travail de Kovács sur l'extérieur conserve l'aspect d'origine de la façade tout en lui conférant un caractère dramatique. Un cadre noir court le long de la bordure supérieure du bâtiment, avant de redescendre sur les côtés jusqu'au sol, où il se transforme en pavé de granit noir. Suivant la forme du bloc supérieur, le mot « TERROR » est découpé dans le métal de la corniche en grands caractères extra-bold. « J'ai utilisé le mot écrit, car la propagande communiste ou fasciste recourait aux slogans. Les mots, combinés aux affiches politiques, jouaient un rôle important en tant que symbole visuel du sens[1] », explique Kovács.

Le mot apparaît deux fois et peut être lu des deux rues sur lesquelles donne le bâtiment, Andrássy út et Csengery utca. En levant les yeux, « TERROR » est vu en négatif ; il projette une ombre en positif, bien que déformée, sur la façade du bâtiment et sur la rue. La lisibilité du mot, à la fois dans le métal découpé et dans l'ombre projetée, dépend en partie du choix du caractère. « J'ai conçu le caractère en m'inspirant des pochoirs des années 1950. Les caractères devaient être pratiques, faciles à découper... et projeter une ombre caractéristique[2] », explique Kovács.

Les passants sont contraints de passer sous la corniche par deux porches rectangulaires, qui les font basculer dans un univers d'oppression et d'angoisse créé par le métal noir et l'inscription. Cette structure, explique Kovács, « fait office de signet dans la rangée d'immeubles du boulevard... Il s'agit d'un lieu réel, où des personnes ont été exécutées, pendues et torturées à mort. La corniche noire crée un espace virtuel et sombre autour de l'un des bâtiments les plus redoutés de Budapest[3]. »

[1] Entretien avec Attila F. Kovács, 3 janvier 2012.

[2] *Ibid.*

[3] *Ibid.*

**Ci-contre : Le cadre de Kovács enserre le bâtiment de type néo-Renaissance.**

TERROR
TERROR

Ci-contre en haut et page précédente : Le mot « TERROR » existe sous forme immatérielle en tant qu'ombre, sur la façade et dans la rue, et sous forme matérielle sur la corniche.

Ci-contre en bas : Le « Hall of Tears » (« Hall des larmes ») à l'intérieur du bâtiment.

Ci-dessus : Le lettrage pochoir a été conçu par Attila F. Kovács, qui s'est inspiré des lettrages des années 1950. Outre le mot « TERROR » répété, deux symboles du nazisme et du communisme sont visibles sur la corniche.

Quand des noms gravés dans la pierre
reflètent le travail de mémoire et de deuil.

# Maya Lin
# Mémorial des vétérans du Vietnam

Constitution Avenue,
Washington, District of Columbia, États-Unis

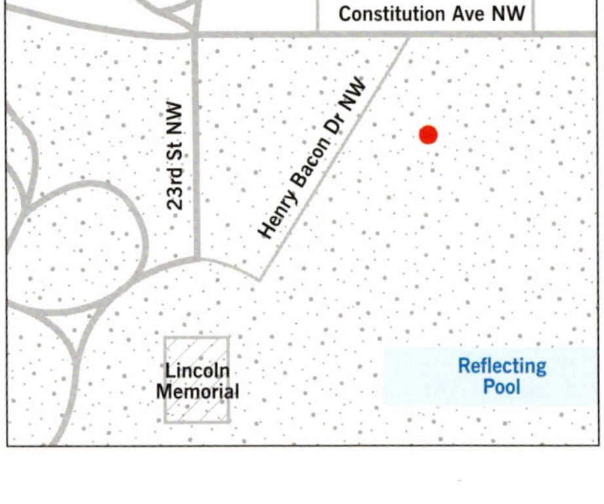

ILLIAM L HAMLIN • EUGENE D
AM R JONES • EDWIN
EONARD PHILLIPS • WILLIAM
LWOOD BAKER • CRAIG B
ERRITH L KIBBE • JEFFREY D
DAVID N PARKS • MICHAEL D
ERRY L STEED • THOMAS C BENCE
UIS F CORREA • WILLIAM
THOMAS C GUDEN • CARL E HOLBROOK
ALFRED W MURPHY • KIERAN
AMES S McARTHUR • JERRY T THOMAS
ANGEL MERESI CORREA • EARL
TEDDY

Conçu par Maya Lin en 1981 – alors qu'elle avait tout juste vingt-et-un ans –, le mémorial des vétérans du Vietnam est une installation rendant hommage aux 58 000 soldats américains qui ont perdu la vie pendant la guerre du Vietnam. Le mémorial a été commandé par le Vietnam Veterans Memorial Fund Inc. (VVMF), organisation à but non lucratif fondée par le vétéran Jan Scruggs, à la suite d'un concours dont le premier prix a été attribué à ce projet.

Située dans le National Mall, à proximité du Lincoln Memorial et du Washington Monument, l'installation comprend deux longs murs de granit noir formant un angle à 125 degrés. La hauteur des deux parois augmente progressivement des extrémités vers le centre. Le visiteur a sous les yeux soixante-dix panneaux en granit noir poli portant les noms des victimes, les lettres gris clair opaque se démarquant très fortement du matériau sur lequel elles sont inscrites. Le paysage environnant se reflète aussi dans la pierre : d'un côté, le monument offre un contraste fort avec son contexte urbain néoclassique ; de l'autre, il se fond au parc lui-même. En intégrant le mur au sol, Maya Lin a cherché à créer un espace intime favorisant la commémoration et la réflexion. Les noms, classés chronologiquement selon l'année de disparition, sont séparés les uns des autres par un petit symbole : un losange si la personne a été déclarée morte, une croix si elle a été portée disparue. La croix peut facilement être transformée en losange ou, si la personne est découverte en vie, en cercle. Malheureusement, aucun cercle n'a encore été tracé sur le mur.

La succession des noms a un effet puissant sur les visiteurs et suscite un sentiment de vertige. Ici, les visiteurs expriment leurs émotions avec une grande liberté. Beaucoup gardent un souvenir tangible de leur visite au moyen d'un décalquage réalisé en frottant un crayon sur un morceau de papier appuyé contre le mur.

Afin que le mémorial soit terminé pour son inauguration durant la Vietnam Veterans Week, les noms ont été gravés par décapage abrasif au pochoir, procédé informatisé développé spécifiquement pour ce lieu. Comme expliqué sur le site Web du monument, « on obtient à partir d'un négatif d'un tiers de la taille, un positif (pochoir), réalisé en taille réelle. L'étape suivante consiste à enduire le granit, poli au moyen d'une émulsion photosensible. L'image est ensuite transférée vers la pierre à partir de l'élargissement précédemment effectué, au moyen d'un procédé très similaire à la sérigraphie. Puis, la pierre à l'intérieur du lettrage est exposée et la surface restante est protégée par l'émulsion[1]. »

Le caractère utilisé sur l'ensemble de l'installation est Optima, conçu par Hermann Zapf ; les noms sont dans un même corps et les années dans un corps plus grand. La liste est alignée à droite sur les panneaux de l'Ouest et à gauche sur ceux de l'Est.

[1] Mémorial des vétérans du Vietnam, www.thewall-usa.com/information.asp

**Ci-dessus : Le monument s'intègre dans le sol du National Mall, avec, à l'arrière-plan, le Washington Monument.**

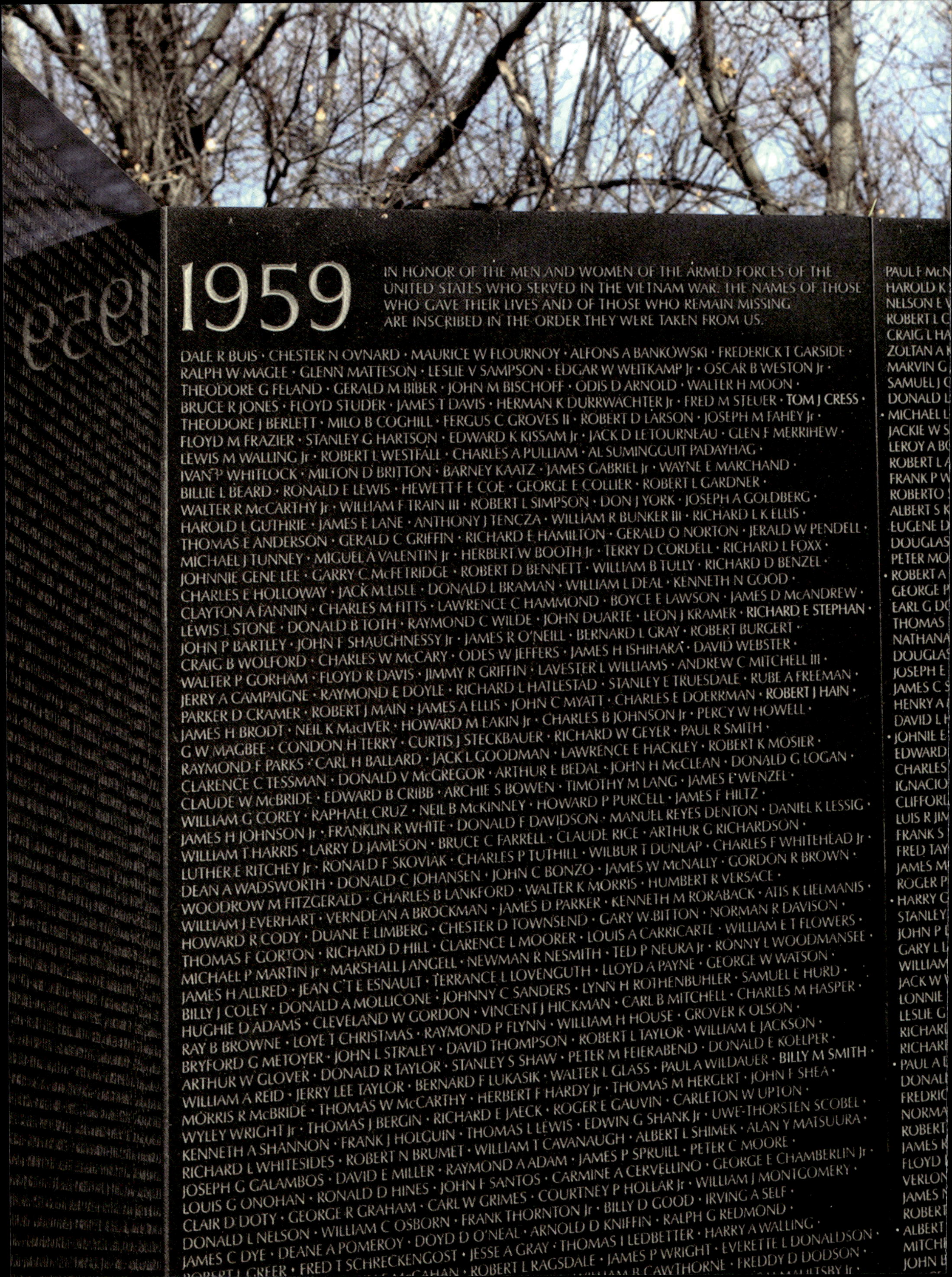
1959
IN HONOR OF THE MEN AND WOMEN OF THE ARMED FORCES OF THE UNITED STATES WHO SERVED IN THE VIETNAM WAR. THE NAMES OF THOSE WHO GAVE THEIR LIVES AND OF THOSE WHO REMAIN MISSING ARE INSCRIBED IN THE ORDER THEY WERE TAKEN FROM US.
DALE R BUIS · CHESTER N OVNARD · MAURICE W FLOURNOY · ALFONS A BANKOWSKI · FREDERICK T GARSIDE ·
RALPH W MAGEE · GLENN MATTESON · LESLIE V SAMPSON · EDGAR W WEITKAMP Jr · OSCAR B WESTON Jr ·
THEODORE G FELAND · GERALD M BIBER · JOHN M BISCHOFF · ODIS D ARNOLD · WALTER H MOON ·
BRUCE R JONES · FLOYD STUDER · JAMES T DAVIS · HERMAN K DURRWACHTER Jr · FRED M STEUER · TOM J CRESS ·
THEODORE J BERLETT · MILO B COGHILL · FERGUS C GROVES II · ROBERT D LARSON · JOSEPH M FAHEY Jr ·
FLOYD M FRAZIER · STANLEY G HARTSON · EDWARD K KISSAM Jr · JACK D LETOURNEAU · GLEN F MERRIHEW ·
LEWIS M WALLING Jr · ROBERT L WESTFALL · CHARLES A PULLIAM · AL SUMINGGUIT PADAYHAG ·
IVAN P WHITLOCK · MILTON D BRITTON · BARNEY KAATZ · JAMES GABRIEL Jr · WAYNE E MARCHAND ·
BILLIE L BEARD · RONALD E LEWIS · HEWETT F E COE · GEORGE E COLLIER · ROBERT L GARDNER ·
WALTER R McCARTHY Jr · WILLIAM F TRAIN III · ROBERT L SIMPSON · DON J YORK · JOSEPH A GOLDBERG ·
HAROLD L GUTHRIE · JAMES E LANE · ANTHONY J TENCZA · WILLIAM R BUNKER III · RICHARD L K ELLIS ·
THOMAS E ANDERSON · GERALD C GRIFFIN · RICHARD E HAMILTON · GERALD O NORTON · JERALD W PENDELL ·
MICHAEL J TUNNEY · MIGUEL A VALENTIN Jr · HERBERT W BOOTH Jr · TERRY D CORDELL · RICHARD L FOXX ·
JOHNNIE GENE LEE · GARRY C McFETRIDGE · ROBERT D BENNETT · WILLIAM B TULLY · RICHARD D BENZEL ·
CHARLES E HOLLOWAY · JACK M LISLE · DONALD L BRAMAN · WILLIAM L DEAL · KENNETH N GOOD ·
CLAYTON A FANNIN · CHARLES M FITTS · LAWRENCE C HAMMOND · BOYCE E LAWSON · JAMES D McANDREW ·
LEWIS L STONE · DONALD B TOTH · RAYMOND C WILDE · JOHN DUARTE · LEON J KRAMER · RICHARD E STEPHAN ·
JOHN P BARTLEY · JOHN F SHAUGHNESSY Jr · JAMES R O'NEILL · BERNARD L GRAY · ROBERT BURGERT ·
CRAIG B WOLFORD · CHARLES W McCARY · ODES W JEFFERS · JAMES H ISHIHARA · DAVID WEBSTER ·
WALTER P GORHAM · FLOYD R DAVIS · JIMMY R GRIFFIN · LAVESTER L WILLIAMS · ANDREW C MITCHELL III ·
JERRY A CAMPAIGNE · RAYMOND E DOYLE · RICHARD L HATLESTAD · STANLEY E TRUESDALE · RUBE A FREEMAN ·
PARKER D CRAMER · ROBERT J MAIN · JAMES A ELLIS · JOHN C MYATT · CHARLES E DOERRMAN · ROBERT J HAIN ·
JAMES H BRODT · NEIL K MacIVER · HOWARD M EAKIN Jr · CHARLES B JOHNSON Jr · PERCY W HOWELL ·
G W MAGBEE · CONDON H TERRY · CURTIS J STECKBAUER · RICHARD W GEYER · PAUL R SMITH ·
RAYMOND F PARKS · CARL H BALLARD · JACK L GOODMAN · LAWRENCE E HACKLEY · ROBERT K MOSIER ·
CLARENCE C TESSMAN · DONALD V McGREGOR · ARTHUR E BEDAL · JOHN H McCLEAN · DONALD G LOGAN ·
CLAUDE W McBRIDE · EDWARD B CRIBB · ARCHIE S BOWEN · TIMOTHY M LANG · JAMES E WENZEL ·
WILLIAM G COREY · RAPHAEL CRUZ · NEIL B McKINNEY · HOWARD P PURCELL · JAMES F HILTZ ·
JAMES H JOHNSON Jr · FRANKLIN R WHITE · DONALD F DAVIDSON · MANUEL REYES DENTON · DANIEL K LESSIG ·
WILLIAM T HARRIS · LARRY D JAMESON · BRUCE C FARRELL · CLAUDE RICE · ARTHUR G RICHARDSON ·
LUTHER E RITCHEY Jr · RONALD F SKOVIAK · CHARLES P TUTHILL · WILBUR T DUNLAP · CHARLES F WHITEHEAD Jr ·
DEAN A WADSWORTH · DONALD C JOHANSEN · JOHN C BONZO · JAMES W McNALLY · GORDON R BROWN ·
WOODROW M FITZGERALD · CHARLES B LANKFORD · WALTER K MORRIS · HUMBERT R VERSACE ·
WILLIAM J EVERHART · VERNDEAN A BROCKMAN · JAMES D PARKER · KENNETH M RORABACK · ATIS K LIELMANIS ·
HOWARD R CODY · DUANE E LIMBERG · CHESTER D TOWNSEND · GARY W BITTON · NORMAN R DAVISON ·
THOMAS F GORTON · RICHARD D HILL · CLARENCE L MOORER · LOUIS A CARRICARTE · WILLIAM E T FLOWERS ·
MICHAEL P MARTIN Jr · MARSHALL J ANGELL · NEWMAN R NESMITH · TED P NEURA Jr · RONNY L WOODMANSEE ·
JAMES H ALLRED · JEAN C T E ESNAULT · TERRANCE L LOVENGUTH · LLOYD A PAYNE · GEORGE W WATSON ·
BILLY J COLEY · DONALD A MOLLICONE · JOHNNY C SANDERS · LYNN H ROTHENBUHLER · SAMUEL E HURD ·
HUGHIE D ADAMS · CLEVELAND W GORDON · VINCENT J HICKMAN · CARL B MITCHELL · CHARLES M HASPER ·
RAY B BROWNE · LOYE T CHRISTMAS · RAYMOND P FLYNN · WILLIAM H HOUSE · GROVER K OLSON ·
BRYFORD G METOYER · JOHN L STRALEY · DAVID THOMPSON · ROBERT L TAYLOR · WILLIAM E JACKSON ·
ARTHUR W GLOVER · DONALD R TAYLOR · STANLEY S SHAW · PETER M FEIERABEND · DONALD E KOELPER ·
WILLIAM A REID · JERRY LEE TAYLOR · BERNARD F LUKASIK · WALTER L GLASS · PAUL A WILDAUER · BILLY M SMITH ·
MORRIS R McBRIDE · THOMAS W McCARTHY · HERBERT F HARDY Jr · THOMAS M HERGERT · JOHN F SHEA ·
WYLEY WRIGHT Jr · THOMAS J BERGIN · RICHARD E JAECK · ROGER E GAUVIN · CARLETON W UPTON ·
KENNETH A SHANNON · FRANK J HOLGUIN · THOMAS L LEWIS · EDWIN G SHANK Jr · UWE-THORSTEN SCOBEL ·
RICHARD L WHITESIDES · ROBERT N BRUMET · WILLIAM T CAVANAUGH · ALBERT L SHIMEK · ALAN Y MATSUURA ·
JOSEPH G GALAMBOS · DAVID E MILLER · RAYMOND A ADAM · JAMES P SPRUILL · PETER C MOORE ·
LOUIS G ONOHAN · RONALD D HINES · JOHN F SANTOS · CARMINE A CERVELLINO · GEORGE E CHAMBERLIN Jr ·
CLAIR D DOTY · GEORGE R GRAHAM · CARL W GRIMES · COURTNEY P HOLLAR Jr · WILLIAM J MONTGOMERY ·
DONALD L NELSON · WILLIAM C OSBORN · FRANK THORNTON Jr · BILLY D GOOD · IRVING A SELF ·
JAMES C DYE · DEANE A POMEROY · DOYD D O'NEAL · ARNOLD D KNIFFIN · RALPH G REDMOND ·
THOMAS J LEDBETTER · HARRY A WALLING ·
JESSE A GRAY · JAMES P WRIGHT · EVERETTE L DONALDSON ·
FRED T SCHRECKENGOST · ROBERT L RAGSDALE · FREDDY D DODSON ·

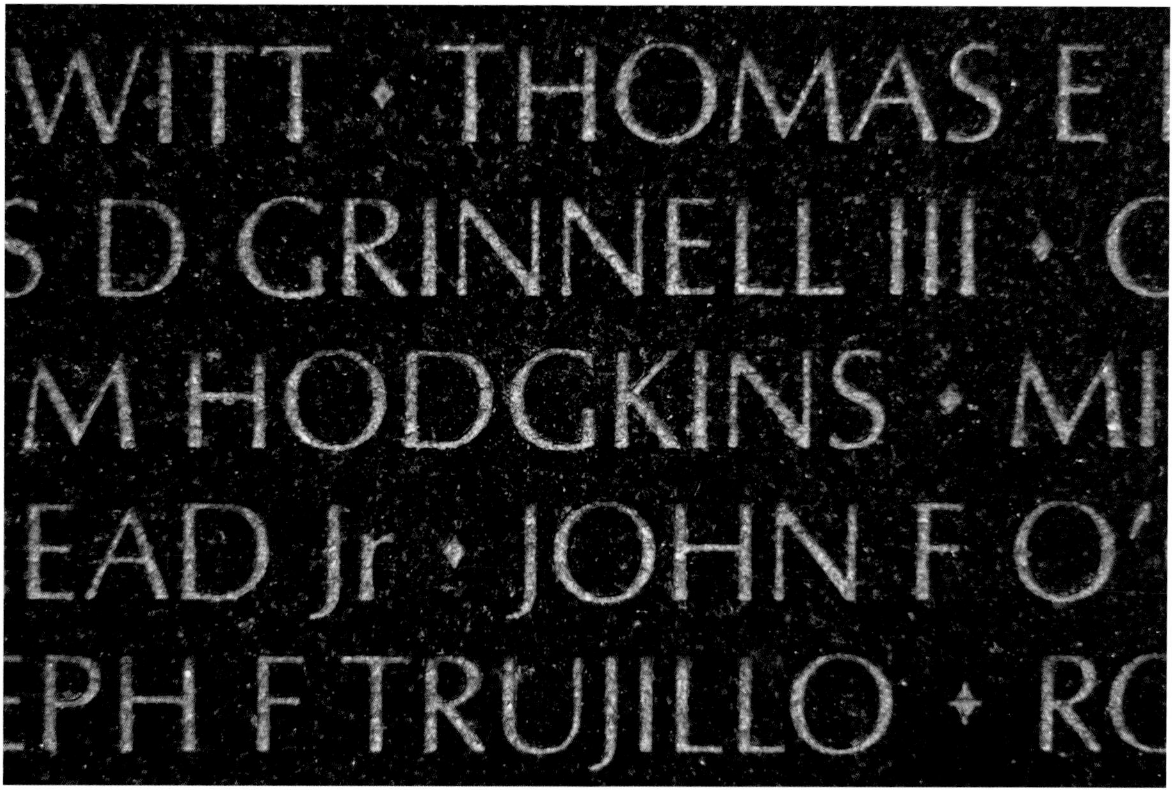


**Ci-contre et ci-dessus : Quelque 58 000 noms sont inscrits sur le mémorial.**

« Tout le monde a été choqué par la taille du texte. "Tu ne peux pas faire ça", me répétait-on. Car, dans les espaces publics, le texte doit s'afficher en grand. De la même façon, quand on lit un panneau, on l'appréhende dans sa totalité. Quand on lit un livre, le rapport est plus personnel. Dès lors, peut-on afficher de la sorte un livre dans un espace public ? Est-il possible de conserver le rapport personnel au sein d'un très grand espace public ? Il existe en outre une autre opposition : très public, mais intensément privé. »

Lin Maya in Moyers Bill, *Becoming American: The Chinese Experience*, PBS, 2003.

1

2

IN HONOR
STATES WHO
THEIR LIVES
ARE INSCRI

**1** Le 1 du caractère Optima a été modifié, comme illustré ici par le contour.

**2** « En l'honneur des hommes et des femmes des forces armées des États-Unis ayant servi dans la guerre du Vietnam. Les noms de ceux qui ont donné leur vie et de ceux qui sont encore portés disparus sont mentionnés dans l'ordre dans lequel ils nous ont été enlevés. »

**3** Le losange signifie « Mort en service ».

**4** En de très rares occasions, Optima a été utilisé en bas-de-casse, comme pour le « r » de « Jr ».

**5** La croix signifie « Porté disparu ». Ici, elle a été transformée par la suite en losange.

Y A PLUM

3

◆ ROLAN

Optima

T C VOLTZ

◆ CHARLE

Jr 4

5

LAMA

Quand un ornement typographique souligne avec pertinence la fonction d'un bâtiment.

# Karel Martens
# Imprimerie Veenman

Maxwellstraat 12,
Ede, Pays-Bas

Le bâtiment abritant l'imprimerie d'art Veenman est situé dans une zone industrielle de la ville hollandaise d'Ede, zone caractérisée par ses immeubles implantés à la périphérie des villes. Les architectes Neutelings & Riedijk ont conçu cet immeuble entre 1995 et 1997, en portant une attention particulière à l'intérieur. Les architectes paysagistes du collectif West 8 ont, quant à eux, créé le jardin intérieur. Offrant un fort contraste avec les bâtiments environnants, l'immeuble Veenman est immédiatement reconnaissable de l'extérieur, même à vive allure depuis l'autoroute voisine, grâce à sa façade graphique conçue par Karel Martens. Comme l'explique Maria Argenti : « La façade du bâtiment réalisée par Neutelings & Riedijk est une sorte d'autopromotion. Un mode de communication articulé autour de l'emploi créatif du graphisme[1]. »

La façade est réalisée à partir d'une paroi de verre bon marché montée sur une structure métallique, similaire à celles utilisées pour les serres. La face interne est recouverte d'un matériau isolant dans lequel des espaces ont été ménagés pour les fenêtres, qui laissent passer la lumière des bureaux. Pour son installation, Karel Martens est parti d'un poème de K. Schippers. Mais comme chaque lettre est insérée dans une structure géométrique rigide, il est impossible d'appréhender l'ensemble comme poème, et le texte est alors déconstruit et transformé en une sorte de puzzle.

Dans une interview pour *OASE*, l'architecte Willem Jan Neutelings décrit son travail sur cette installation graphique : « Nos projets naissent nus. Une fois qu'ils sont nés, nous les observons et décidons comment les vêtir. Notre travail de conception suit une approche programmatique; les murs extérieurs sont travaillés ultérieurement. Le bardage extérieur est défini encore plus tard pour mettre en valeur le concept. Cette démarche de conception s'apparente à la couture : la coupe et le style sont essentiels. Ensuite, vous recherchez les matériaux pour créer la forme. Les motifs des matériaux varient : carreaux une saison, pois la suivante[2]. » L'idée initiale, qui n'a pas été suivie, prônait déjà une intégration de l'architecture et du graphisme : il était prévu de changer tous les ans un revêtement externe de papier (composé d'affiches de concepteurs graphiques), comme un tissu.

L'installation de Martens recourt au caractère Nobel, créé par Tobias Frere-Jones. Chaque lettre a une hauteur d'environ un mètre, et la base noire en béton souligne les blocs de verre contenant les lettres. « Ainsi placées sur le verre, explique Argenti, les lettres projettent une ombre sur le matériau isolant sous-jacent, comme si elles pouvaient se détacher à tout moment et flotter dans l'air[3]. » La façade est complétée par le logo typographique de la société Veenman, agencé en colonne pour supporter la verrière surplombant l'entrée de l'immeuble, installation qui n'est pas sans rappeler le bâtiment Minnaert de l'université d'Utrecht, également conçu par Neutelings & Riedijk.

[1] Argenti Maria, « Tipografia Veenman », in *Materia*, n° 32, 2000, p. 58.

[2] Neutelings Willem Jan, entretien pour *OASE*, 1997, cité dans Lootsma Bart, « Printing press, Ede, Holland », in *Domus*, n° 807, 1998, p. 38.

[3] Argenti Maria, « Tipografia Veenman », in *Materia*, n° 32, 2000, p. 58.

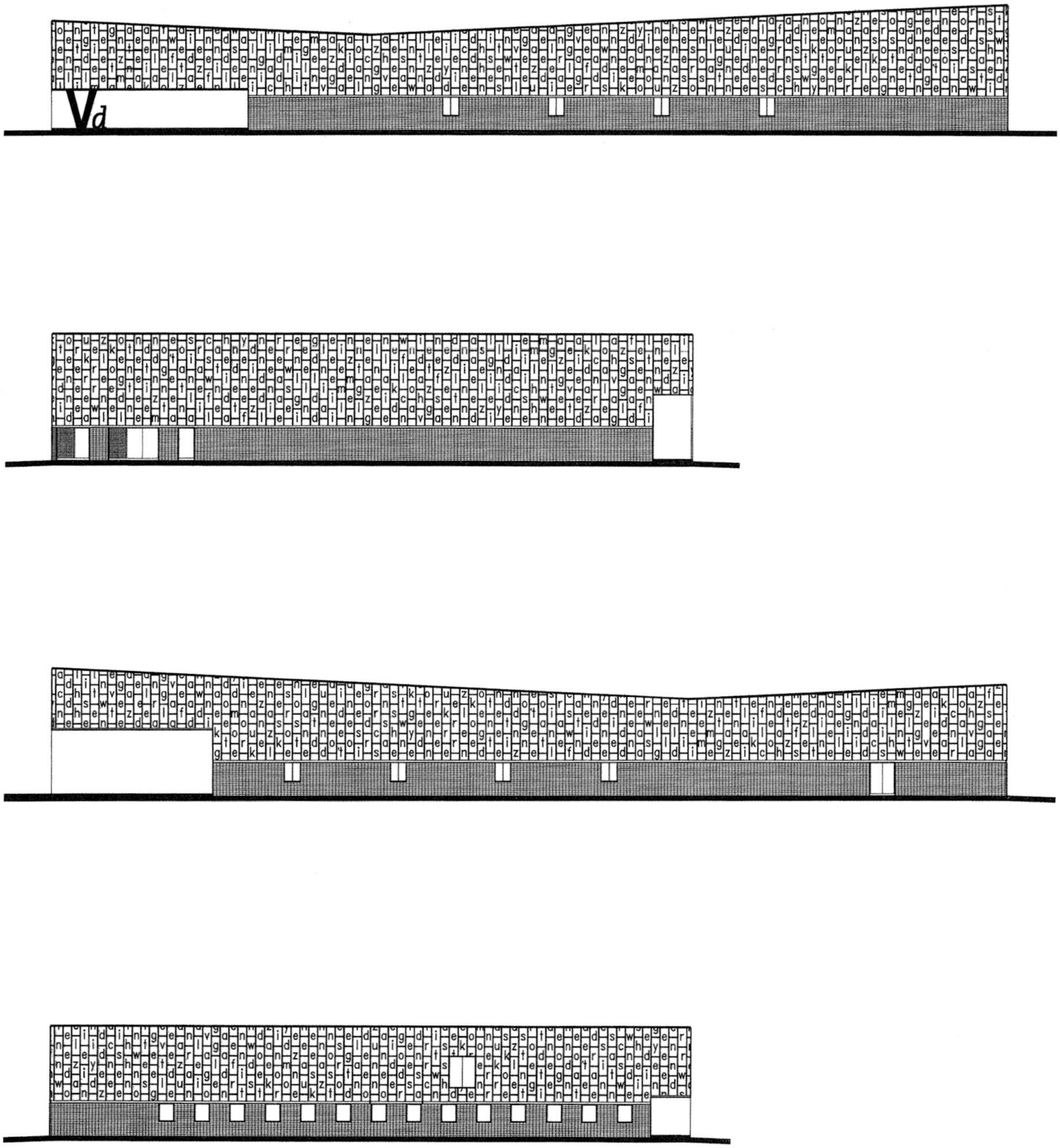

Ci-dessus : Schémas représentant tous les côtés de l'extérieur du bâtiment.

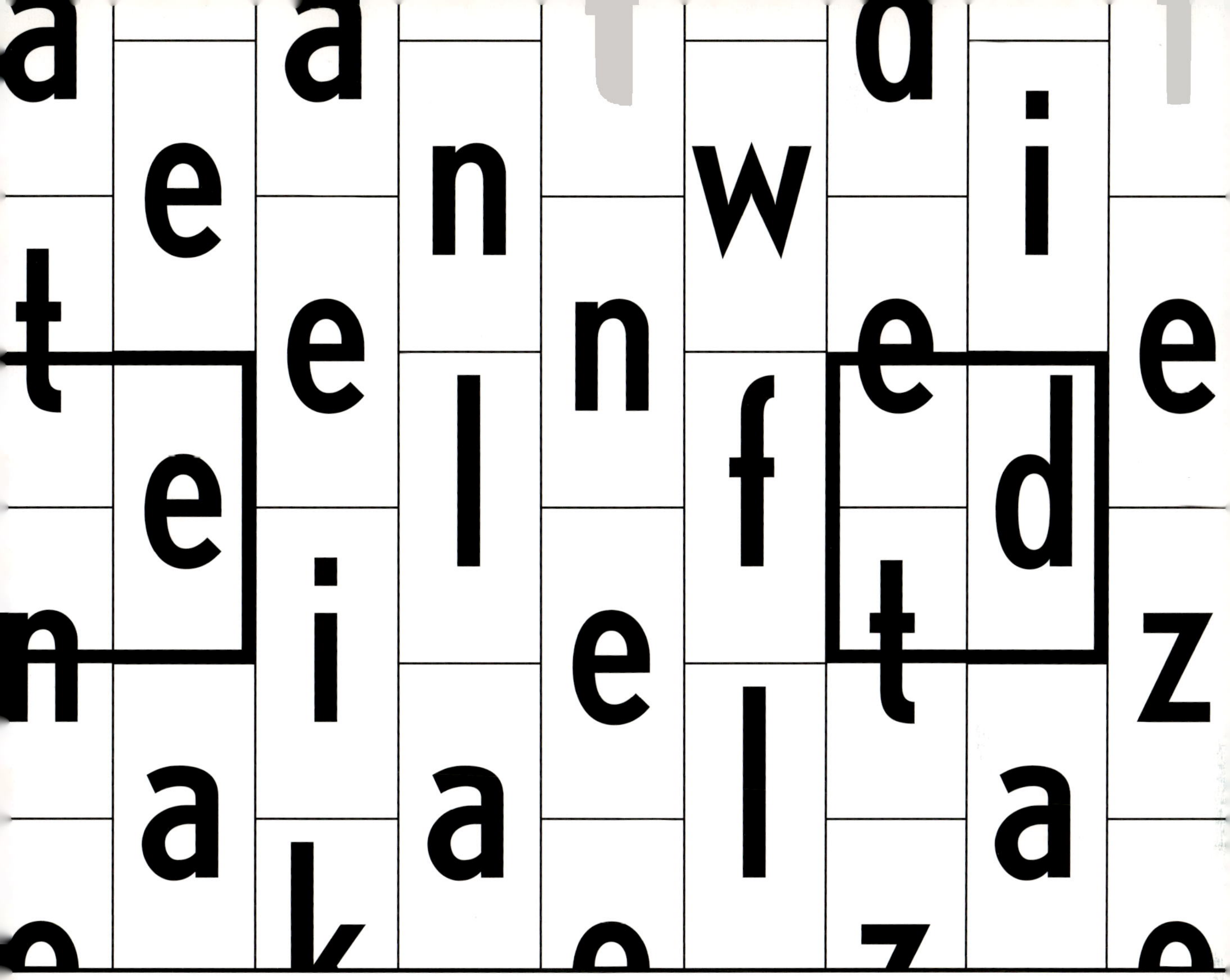

**Nobel** Regular Condensed

Alle dagen zijn hetzelfde maar anders gekleed
't is een en dezelfde dag die zich steeds weer

aan onze ogen onttrekt door andere tinten
een slim gekozen lichtval gewaden sluiers

kou zonneschijn regen en wind allemaal
afleidingen van die ene dag die ons

steeds weer ontgaat
die we net niet zien

K. Schippers

**Page précédente et ci-contre : Le logo de l'imprimerie Veenman fait office de colonne de support à l'entrée du bâtiment.**

**Page suivante : L'arrière du bâtiment.**

Va
VEENMAN DRUKKERS

Quand une installation artistique inspirée
par le braille symbolise la difficulté
de la communication moderne.

# Anton Parsons
# Invisible City

Lambton Quay,
Wellington, Nouvelle-Zélande

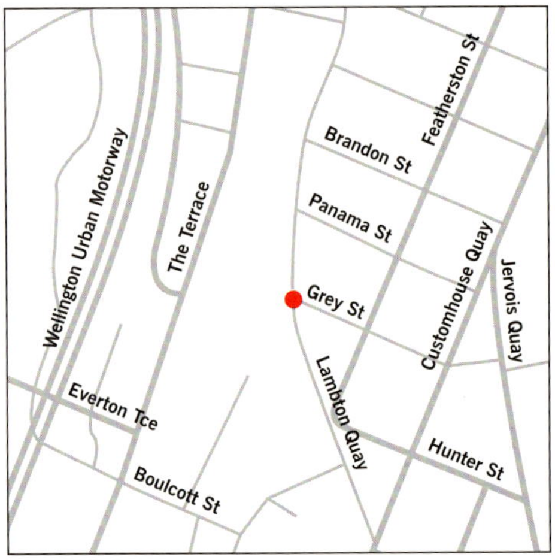

hong kong
amsterdam
rome berlin
beijing
milan tokyo
new york
sydney
wellington
singapore
london

En 2003, l'artiste Anton Parsons signe la sculpture *Invisible City* pour le Wellington Sculpture Trust, fonds commandant la création de sculptures destinées aux espaces publics, afin de valoriser les zones urbaines et de promouvoir la création artistique en Nouvelle-Zélande.

Réalisée à l'origine en bois pour une galerie privée, *Invisible City* se compose ici de deux rectangles en acier inoxydable de 2,2 × 1,2 mètre, recouverts de multiples demi-sphères, reprenant un texte en braille dans une version géante. Pour cette installation, l'artiste recourt au braille contracté, version permettant d'afficher une quantité supérieure de texte dans un même espace en utilisant une seule cellule pour plusieurs mots ou sons.

Le braille est un système d'écriture tactile inventé par Louis Braille dans la première moitié du XIXe siècle. Il recourt à un ensemble de points – entre un et six – disposés dans des matrices de trois lignes sur deux colonnes, elles-mêmes perforées sur des feuilles de papier et déchiffrées de façon tactile. La taille standard d'une matrice braille est de 3 × 6 millimètres, et toute la surface peut être appréhendée à l'horizontale, dans le sens de la lecture. Le braille n'est pas à proprement parler une langue, mais un système d'écriture international, pouvant être utilisé pour représenter caractères alphabétiques, signes de ponctuation, nombres, symboles mathématiques et notation musicale.

Le texte repris sur la sculpture *Invisible City* est un poème du poète non-voyant Peter Beatson, dédié à la mémoire de son chien guide, qui l'accompagnait dans tous ses déplacements dans la ville de Wellington. Aucune traduction du braille n'est fournie, ce qui reflète les difficultés de communication inhérentes au monde moderne, notamment entre les personnes handicapées et le reste de la communauté. Parsons a conçu son œuvre de sorte que le texte soit complètement incompréhensible, même pour les personnes déchiffrant le braille. Les matrices braille ont en effet été si agrandies que la lecture tactile n'est plus possible avec le bout des doigts : il faut utiliser toute la main. Alors que le rapport physique entre le corps et le texte est conservé, il est impossible de déchiffrer les mots. « Il en résulte qu'une œuvre baptisée *Invisible City*, qui recourt à l'alphabet des aveugles, est en fait invisible quant à sa signification[1] », explique Parsons.

En tant qu'œuvre d'art, l'installation n'a pas besoin d'être lue pour être appréciée, mais c'est précisément la difficulté à déchiffrer le texte qui suggère différentes façons de l'aborder. Sa surface lisse, qui reflète les alentours, invite à l'explorer avec les mains. L'impossibilité à comprendre le texte crée une sorte de défi. « Comme il existe chez les personnes voyantes une sorte de consensus tacite selon lequel des mots en braille "doivent signifier quelque chose", la relation est enclenchée, comme lorsqu'il manque un mot dans une grille de mots croisés : on relit sans cesse la définition, persuadé qu'on trouvera la solution si l'on continue à se creuser les méninges[2] », poursuit Parsons.

[1] Entretien avec Anton Parsons, 5 décembre 2011.

[2] *Ibid*.

Page précédente, ci-contre
et ci-dessus : L'installation
et ses détails.

À droite : Schéma d'une matrice
braille avec son sens de lecture.

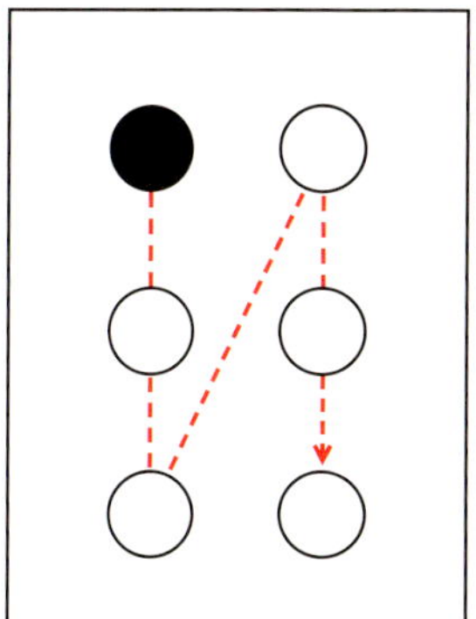

En 2007, Michael Bierut, de Pentagram, a été choisi pour assurer la conception environnementale du nouveau gratte-ciel du *New York Times* conçu par Renzo Piano Building Workshop.

Situé à Manhattan, à Times Square (quartier qui doit son nom au journal, qui, jusqu'en 1913, avait son siège dans la 42e rue), le gratte-ciel de cinquante-deux étages à l'architecture accessible et transparente témoigne de la relation étroite entre le journal et la ville. Il est possible de voir à travers les portes le hall d'entrée, au bout duquel se trouvent un auditorium semi-public, des restaurants et des boutiques. Un jardin intérieur, ouvert au public, est visible depuis la rue. Les parois du gratte-ciel, ultra-claires et réalisées en verre à faible teneur en fer, sont dotées d'un revêtement externe formé par des barres horizontales en céramique blanche, qui forment comme un store, dépassant du haut du gratte-ciel et placé à une distance de soixante-et-un centimètres des parois de verre. Montées sur un cadre en aluminium, ces barres ne protègent pas uniquement les espaces intérieurs de la lumière du soleil et de la chaleur, mais changent aussi de couleur pendant la journée. Ce gratte-ciel est le premier aux États-Unis à utiliser ce type de technologie, qui, en laissant entrer la lumière naturelle dans les bureaux, permet de réduire les coûts énergétiques.

Pour concevoir son installation – composée du logo à grande échelle du journal placé sur la façade donnant sur la Huitième avenue –, Pentagram devait non seulement réaliser une création complexe, mais aussi se conformer aux contraintes de Times Square définies en 1993 par Robert A. M. Stern et Tibor Kalman. Ce cahier des charges établit ainsi une taille minimale pour les enseignes en fonction de leur endroit d'exposition sur la façade et privilégie les panneaux fixés aux bâtiments plutôt que les lettres intégrées à l'architecture.

Pentagram a su concilier ces exigences en exploitant le revêtement extérieur du bâtiment. Le logo gigantesque a été divisé en plusieurs éléments, à la fois pour éviter d'obstruer la vue depuis l'intérieur du bâtiment et pour préserver intacte sa structure externe.

Chaque caractère, composé en Gothic Textura (caractérisé notamment par le o, presque hexagonal), a été tramé et divisé en bandes horizontales, dont le nombre variait de 26 pour le i à 161 pour le Y, soit 959 éléments au total. Chacun de ces éléments a été ensuite fabriqué en tube en trois dimensions, pour se glisser sur les barres en céramique. Une légère saillie – ou « bec », comme le dénomme Pentagram – sur le côté extérieur du tube permet une meilleure visibilité du logo depuis la rue. « Le résultat, conclut Pentagram, est une signalétique extrêmement lisible de l'extérieur, mais à peine visible de l'intérieur, qui répond aux contraintes du lieu tout en s'intégrant à la façade caractéristique de la structure[1]. »

Présence forte dans le paysage urbain de Manhattan, l'installation fait également partie d'un projet plus vaste mené par Pentagram pour l'immeuble du *New York Times* : signalisation intérieure, site Internet (newyorktimesbuilding.com), matériel publicitaire pour la promotion des espaces à louer, direction artistique assurée par la photographe Annie Leibovitz, développement d'une identité pour The TimesCenter et amélioration de l'identité du *Times*.

[1] Pentagram, « Sign of the Times », in pentagram.com/en/new/2007/07/sign-of-the-times.php

**Pages ci-contre et suivante : Vues intérieure et extérieures de la façade.**

The New York Times

The New

SEA·AIR
LAS VEGAS
LOS ANGELES
MEXICO
MIAMI · HAWAII · PUERTO RICO · BERMUDA · BAHAMAS
EUROPE
SOUTH AMERICA
MEDITERRANEAN
MIDDLE EAST · GREEK ISLAND CRUISES
Emergency
rooms are not

Ci-dessus : Détails de la signalétique et du mode de fixation.

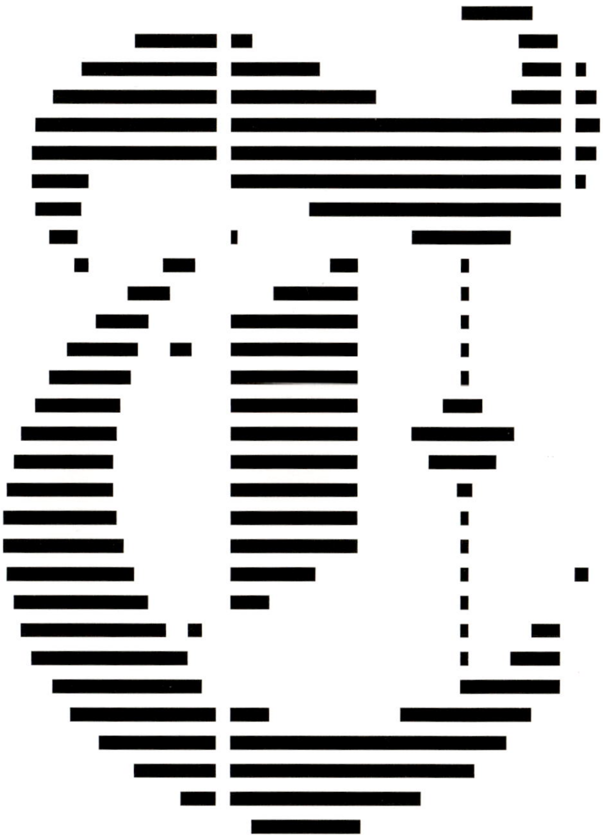

The New York Times

Gothic Textura

Ci-dessus : Le logo du *New York Times* a été divisé en 959 éléments.

Quand une installation typographique rehausse l'identité d'un centre dédié aux arts du spectacle.

# Paula Scher / Pentagram
# **Centre des arts du spectacle du New Jersey**

24 Rector Street,
Newark, New Jersey, États-Unis

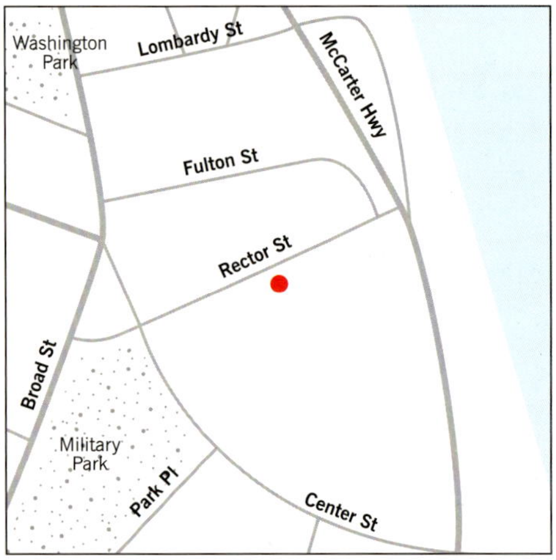

MUSIC
DRAMA
THEATER
DANCE
THEATER
POETRY
CATHEDRAL HOUSE
NJPAC
LUCENT ARTS
THEATER
DANCE
CATHEDRAL HOUSE
PERFORMING ARTS

L'installation typographique de Paula Scher (Pentagram) pour le Centre des arts du spectacle du New Jersey/Centre d'éducation artistique Lucent Technologies (NJPAC) a été créée en 2000. Cet établissement de formation en arts du spectacle, situé dans un ancien bâtiment scolaire de Newark datant des années 1940, a bénéficié d'une subvention de Lucent Technologies pour sa rénovation, réalisée par Kaplan Gaunt DeSantis. Paula Scher a été chargée par le président du NJPAC, Larry Goldman, de concevoir une nouvelle identité pour le centre, mais dans les limites d'un budget très resserré.

En travaillant à partir de photographies de la façade, peinte à l'origine dans des teintes beiges et brunes, Scher a songé à différentes possibilités pour faire ressortir l'architecture du bâtiment. Parmi les options envisagées, des fanions triangulaires, comme ceux utilisés par les concessionnaires de voitures d'occasion, un château magique, des étoiles peintes ainsi que des mots indiquant la nature des activités se déroulant à l'intérieur. Cette dernière option fut celle retenue par Goldman.

Scher a finalisé sa contribution typographique, apportant quelques changements au projet d'origine, notamment sur la taille des lettres et le positionnement des mots. Ceux-ci sont placés sur toutes les parties du bâtiment, y compris les angles, les tourelles et les zones cachées à la vue. Ainsi, la typographie figure même sur les conduites de climatisation, transformant ces objets volumineux en éléments singuliers du bâtiment.

Scher trouve l'inspiration pour son travail typographique dans le passé : « À l'époque victorienne, il était courant de peindre sur les façades des théâtres des informations sur les spectacles et les pièces. Les restes à demi effacés de ces lettrages sont encore visibles sur les théâtres de Covent Garden à Londres[1]. »

Le travail de Scher pour le NJPAC, qui inclut également l'intérieur du bâtiment, est un bon exemple de l'utilisation optimale des ressources, et de la transformation des contraintes en opportunités. Le résultat, avec son lettrage simple et sa réalisation peu onéreuse, constitue une création typographique en lien direct avec le bâtiment, qui le met en valeur et permet de l'identifier immédiatement. Un élément important de la réussite de ce projet a été la décision courageuse du client d'accepter la proposition inhabituelle de l'artiste.

Dans son travail, Scher prend ses distances par rapport aux caractères élégants, « tendance » ou aux caractères dominants de type Helvetica, ainsi que par rapport au style typographique international et à l'ITC. Ses préférences typographiques l'amènent à utiliser des caractères victoriens, Art nouveau, Art déco et Streamline. D'autres caractères ayant influencé son travail proviennent d'anciens abécédaires trouvés sur les marchés et d'alphabets composés avec des caractères en bois (comme ceux de la fonderie américaine Morgan, appartenant désormais à Haber Typographers à New York), qu'elle recueille sous forme de tirages imprimés. Le caractère sélectionné pour le projet NJPAC est Agency Gothic, conçu par Morris Fuller Benton. « J'ai choisi Agency en raison de sa forme condensée, explique-t-elle. En capitales, il convenait bien aux caractéristiques du bâtiment[2]. »

[1] Entretien avec Paula Scher, 26 novembre 2007.

[2] *Ibid.*

Ci-dessus : Différentes propositions pour le projet, surimposées sur des photographies de la façade.

THE
DRAMA
DANCE
DANCE
THE

Quand un M monumental incarne de
multiples évocations de la ville de Miami.

# Roberto Behar & Rosario Marquardt / R & R Studios

## M

88 SE 4e rue,
Miami, Floride, États-Unis

En 1996, Roberto Behar et Rosario Marquardt du collectif R & R Studios créent ce qu'ils qualifient de « plus grand *M* du monde[1] ».

Cette œuvre d'art se trouve à l'entrée de la station de métro Riverwalk de Miami, dans un petit quartier piéton délimité par une ligne de métro aérien, les gratte-ciel de la ville, la Miami River et les rampes d'accès de l'autoroute. *M* se situe donc dans un environnement urbain riche et animé, entouré de panneaux d'affichage en plusieurs langues, lieu carrefour pour les bateaux, les trains, les voitures et les avions. Comme l'explique Behar, « ce projet vise à interroger la notion d'art dans l'espace public du point de vue de l'architecture, considérée comme la plus publique des formes d'art[2] ».

L'installation a été commandée en 1993 par Metro-Dade Art in Public Places, avec l'intention, comme le formule le directeur exécutif Vivian Donnell Rodriguez, de créer un nouveau symbole pour la station Riverwalk et, plus généralement, pour toute la ville de Miami, à la manière de l'horloge de la station Grand Central de New York. Behar et Marquardt ont voulu créer une sculpture autonome et auto-suffisante. « L'idée était de donner vie à la station, explique Behar. Si l'on s'était contenté d'installer une œuvre d'art dans la station, l'intervention aurait été purement décorative. Il y a une différence entre décorer un endroit et donner vie à un lieu[3]. »

Le grand *M* a été suggéré par R & R Studios après le rejet d'une précédente proposition, celle d'un petit gratte-ciel noir surmonté d'une sphère pivotante. Accueilli à la fois avec étonnement et critique, *M* a été achevé en 1996, en partie grâce à une contribution du fonds d'État pour les œuvres d'art public.

La lettre *M* a été choisie pour évoquer des mots comme « Miami, Magie, Métropolitain, Mouvement, Marque laissée dans ce nouveau territoire d'immigration, célébration de la Maternité et de la Mémoire ainsi que la naissance de la première ville panaméricaine : un Modèle à Multiples significations, dont les secrets restent un Mystère[4]. » L'installation puise son influence dans de nombreuses sources : « Dans la tradition de Diego Rivera, d'Andy Warhol, de la peinture haïtienne et du meilleur de ce qui a été produit par l'ère moderne, le projet est en phase avec cette forme d'art particulière ; les rues des Amériques, une combinaison entre convention et culture[5] », explique Behar.

En béton armé, *M* est recouvert d'une fine couche de stuc puis peint en rouge à la détrempe avec des pigments naturels. La sculpture interagit avec les passants, notamment les usagers de la station Riverwalk : l'espace entre les jambages du *M* crée un portail encadrant l'entrée de la station, par lequel les passagers doivent passer pour y pénétrer.

Une horloge, similaire à celle que l'on trouve traditionnellement dans toutes les gares et stations, surplombe l'entrée, et une plaque décorative est accrochée sur l'une des parois. *M* peut être considéré comme une œuvre d'art ludique ou comme un monument. Bien que sa taille remarquable rappelle les grands monuments architecturaux du passé, sa couleur et ses formes rêveusement surréalistes contribuent à conférer une atmosphère informelle au lieu. *M* vise à être un symbole, une image partagée par tous les habitants de Miami, y compris les immigrants qui convergent vers la ville. « Le *M* vise à créer un souvenir que nous pouvons partager, une référence commune[6] », souligne Marquardt.

1 Behar Roberto, « R & R Studios: Entrance to the Miami Metro. The Biggest *M* in the World », in *Casabella*, n° 654, 1998, p. 42.

2 *Ibid.*

3 Behar Roberto, in Cantor Judy « Letter of Intent », in *Miami New Times*, 9 mai 1996.

4 Behar Roberto, « R & R Studios: Entrance to the Miami Metro. The Biggest *M* in the World », in *Casabella*, n° 654, 1998, p. 42.

5 *Ibid.*

6 Marquardt Rosario, in Cantor Judy « Letter of Intent », in *Miami New Times*, 9 mai 1996.

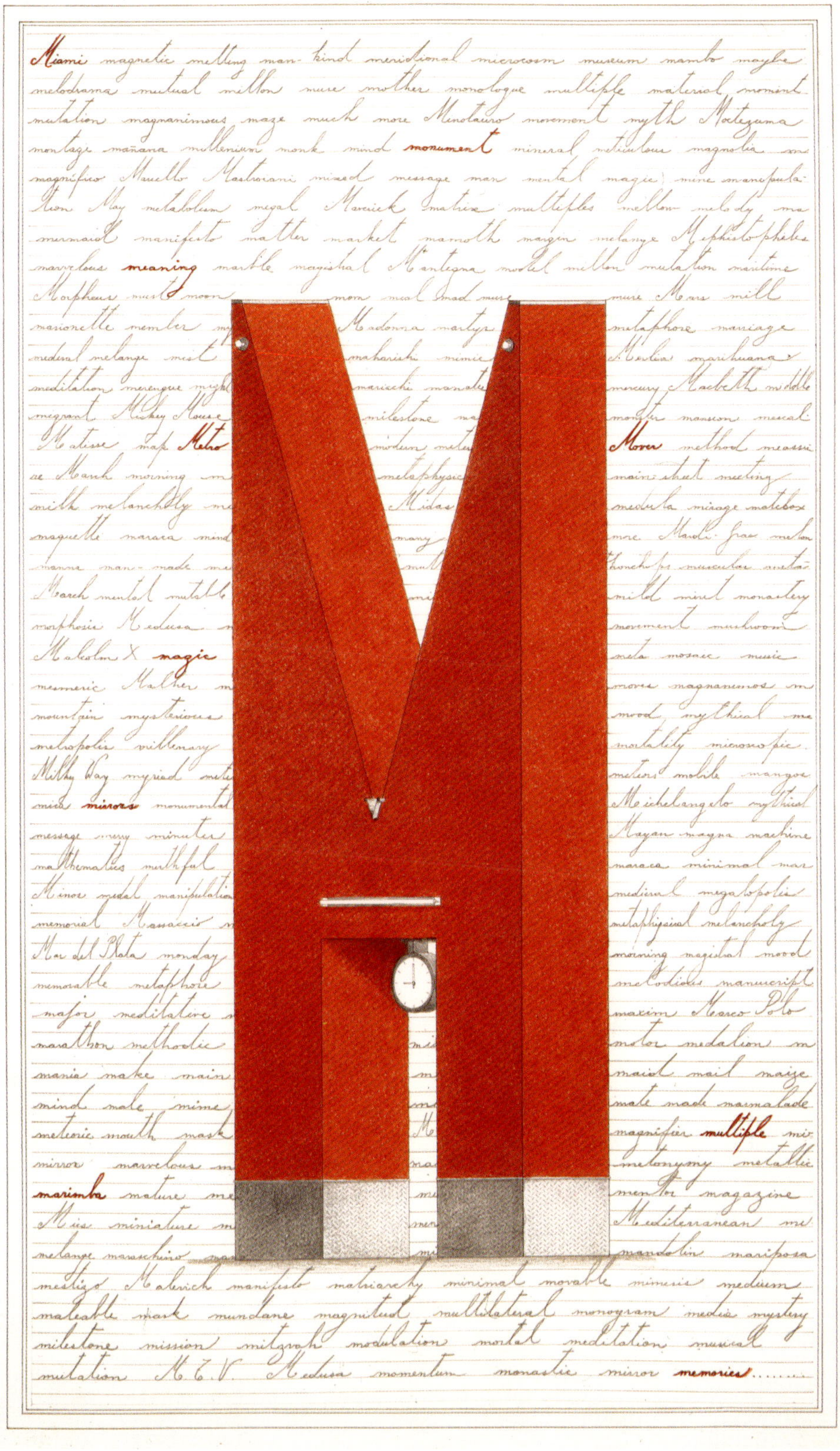

**À gauche : Croquis de l'artiste sur lequel la lettre *M* est entourée des mots qu'elle évoque.**

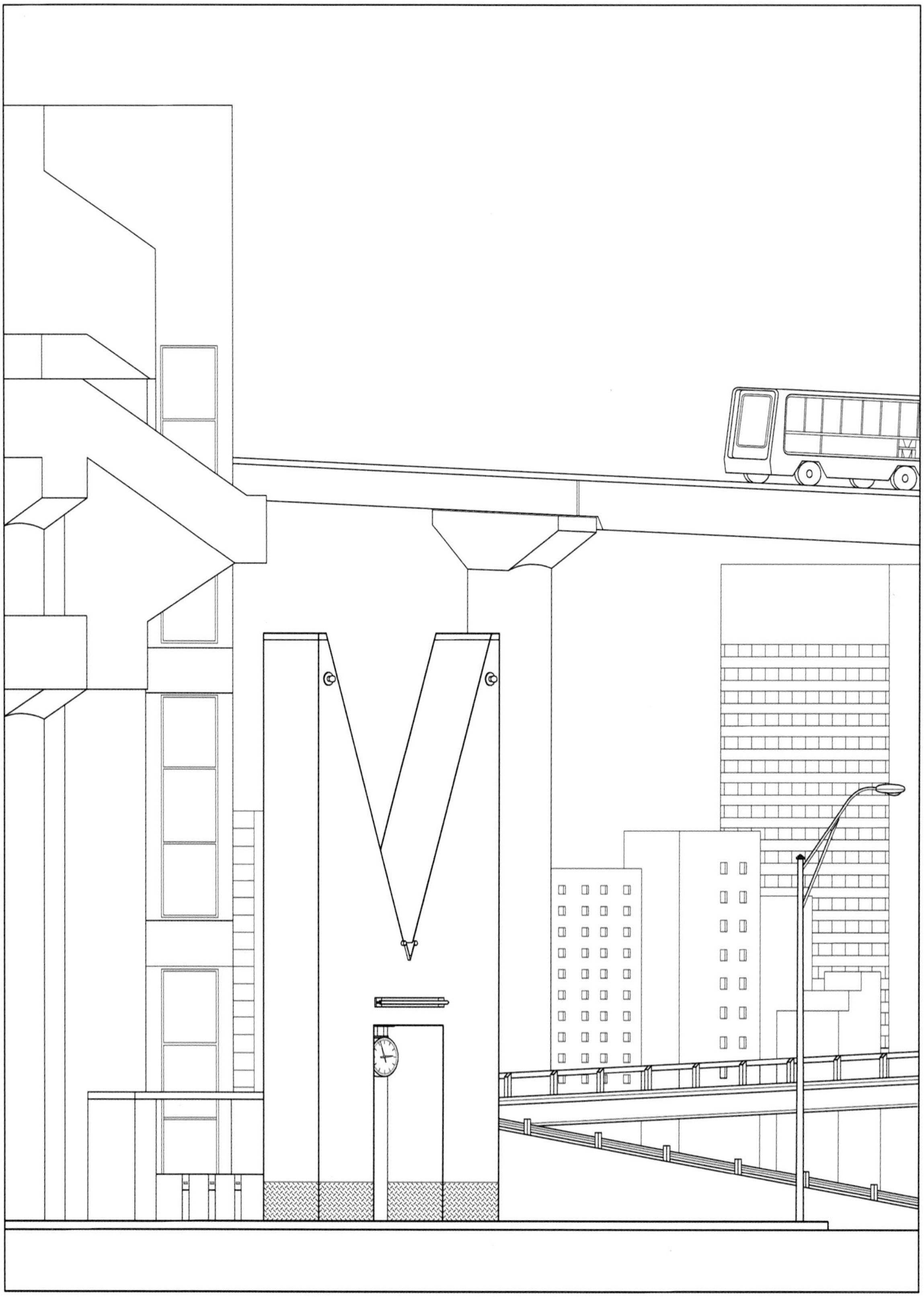

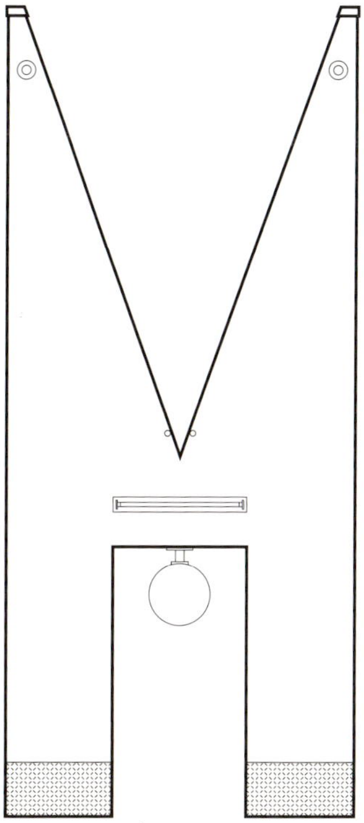

Ci-contre et à droite : Dessin du *M* par l'auteur.

Ci-dessus : Le *M* dans le complexe environnement urbain de Miami.

Quand des lettres recouvertes de végétation transmettent un message écologique aux voitures et aux passants.

# Maarten de Reus

# **G.R.O.E.N.**

Kilweg-Carnisser Baan,
Barendrecht, Pays-Bas

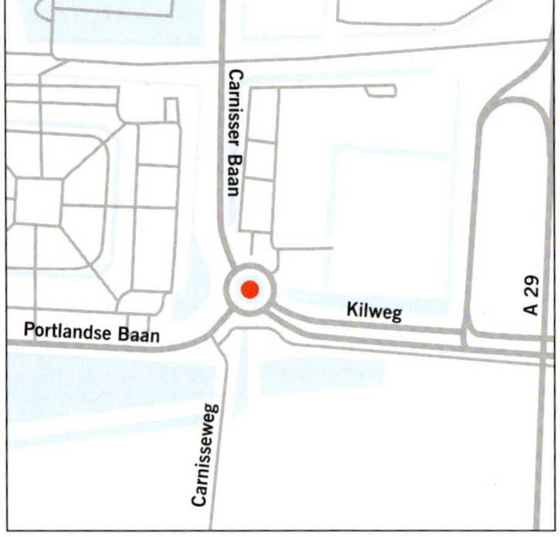

*G.R.O.E.N.* est un projet d'art public créé pour Carnisselande, un lotissement à la périphérie de la ville de Barendrecht, au sud de Rotterdam, aux Pays-Bas. Maarten de Reus l'a conçu dans le cadre du plan 1999 de développement culturel de Barendrecht. Les Pays-Bas ont une longue tradition d'œuvres artistiques installées au sein d'espaces publics, et ce grâce à une loi votée dans les années 1950, stipulant qu'un pour-cent du budget de construction de tout grand bâtiment devait être consacré à des œuvres d'art public.

L'installation de Maarten de Reus s'articule autour de l'emploi de caractères, un domaine auquel il s'était intéressé alors qu'il était encore étudiant, avant de démarrer son travail de commande d'« image-mot » pour le musée municipal d'Arnhem. On l'avait sollicité pour redonner une nouvelle jeunesse à un ancien kiosque d'art dans le centre-ville. Avec Rob Hamelijnck, il avait apposé le mot *kunst* (« art » en néerlandais) en lettres majuscules sur la structure. Leur idée, abondamment commentée dans les journaux de l'époque, était d'aboutir à une création très affirmée sans modifier artificiellement la structure. Depuis, Maarten de Reus est revenu périodiquement à l'emploi du mot écrit dans ses œuvres, parfois en collaboration avec le typographe Wigger Bierma.

L'installation *G.R.O.E.N.* se compose de cinq lettres de cinq mètres de hauteur sur sept mètres de largeur et deux mètres de profondeur, formant le mot *groen* (« vert » en néerlandais). Le projet vise la sensibilisation à la question environnementale par le biais de ces grandes lettres conçues pour être entièrement recouvertes de plantes, et dont l'entretien est confié à une université agricole locale. La structure de grille en fil métallique a été achevée et inaugurée en 2002. Il faudra plusieurs années pour que la végétation recouvre complètement l'installation, donnant ainsi l'effet recherché par l'artiste. Située au centre d'un rond-point, l'œuvre ne peut être lue que lettre par lettre ; elle ne peut être vue nulle part dans sa totalité. La relation avec le lieu est un thème particulièrement cher à Maarten de Reus depuis ses études. Comme il l'explique : « J'aime la façon dont les choses prennent leur place, dont elles rendent signifiant l'espace autour d'elles, dont elles le chargent de points de vue riches de sens[1]. »

La forme des lettres a été spécialement conçue par l'artiste avec l'intention précise de leur conférer une architecture quasiment tridimensionnelle. « Je ne suis pas typographe. Je n'ai pas une grande connaissance de la typographie ni une grande sensibilité dans ce domaine… Pour *G.R.O.E.N.*, les lettres devaient être carrées et grasses. Je les ai donc créées comme elles se devaient d'être[2] », déclare-t-il.

[1] Entretien avec Maarten de Reus, 26 octobre 2011.

[2] *Ibid.*

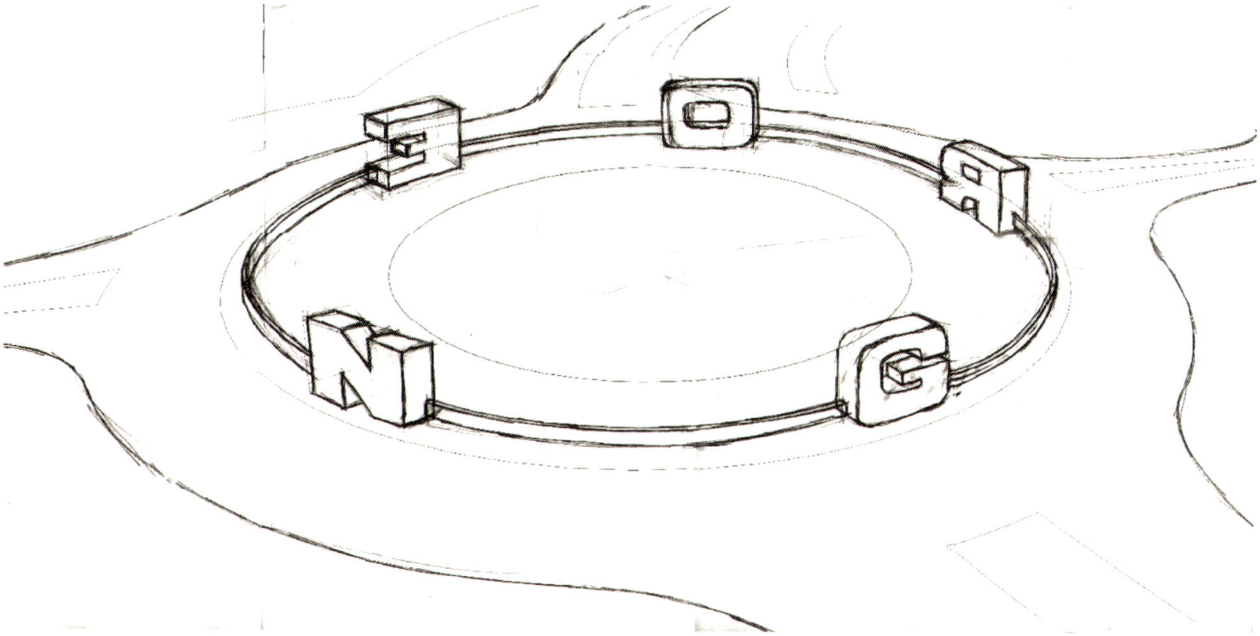

En haut : Structure métallique des lettres (au moment de l'installation).

Ci-dessus : Croquis par l'auteur de l'emplacement des lettres sur le rond-point.

Ci-dessus : Les structures métalliques se sont progressivement recouvertes de végétation.

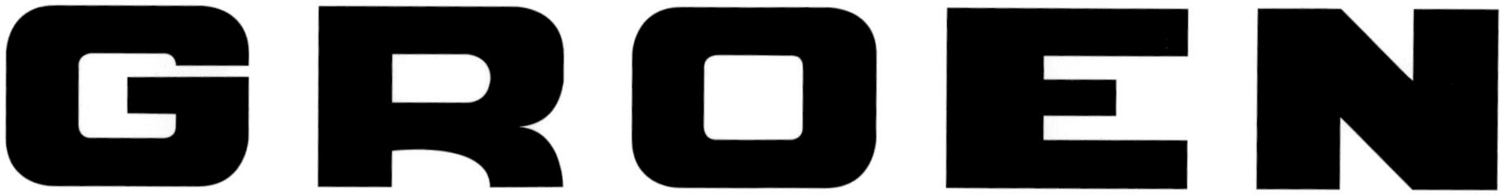


Ci-contre : Le G a été remplacé après un accident de voiture qui a détruit l'original.

Ci-dessus : Un caractère étendu sans empattements est utilisé pour le lettrage.

Quand des caractères personnalisés
imitent la dynamique et les mouvements
de la danse.

# Pierre di Sciullo

# Centre national de la danse

1 rue Victor Hugo,
Pantin, France

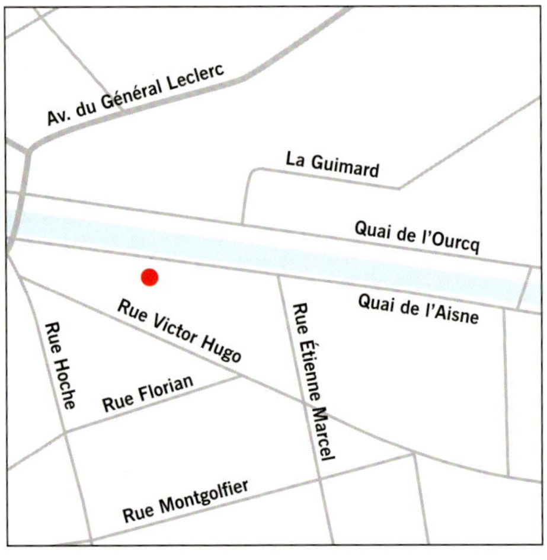

CAFÉ - RESTAURANT
CENTRE NATIONAL DE LA DANSE

Depuis 1997, le Centre national de la danse de Pantin occupe un bâtiment initialement construit pour le siège administratif de la ville. Conçue par l'architecte Jacques Kalisz en 1972, la construction se caractérise par l'utilisation de béton brut.

La rénovation a été confiée aux architectes Claire Guieysse et Antoinette Robain en 2000 (projet pour lequel elles ont reçu l'Équerre d'argent en 2004). Parmi les autres artistes impliqués dans la création d'une nouvelle image du centre figuraient Hervé Audibert (éclairage), Michelangelo Pistoletto (conception du mobilier) et Pierre di Sciullo (signalétique intérieure et extérieure).

La contribution de Pierre di Sciullo à la façade du bâtiment se décline sous la forme d'une installation typographique du mot « danse », en caractères immenses sur le toit. Le concepteur graphique a utilisé le mot écrit « parce qu'il constituait la meilleure option pour transmettre l'information essentielle [...] Je ne voulais pas installer de "signe institutionnel" à échelle urbaine, qui aurait été en contradiction avec la réalité de la recherche et de la création en danse[1]. »

Dans la conception de son installation, Pierre di Sciullo a cherché à relier cette dernière au paysage urbain dans lequel elle s'inscrit : « Pantin est une banlieue industrielle : usines, entrepôts, anciens moulins industriels. Des bâtiments résidentiels ont été construits à la périphérie, et ils comportent souvent de grands panneaux publicitaires. L'installation d'une enseigne a donc été ma façon de jouer avec le cadre de référence, de créer un lien avec le contexte urbain local[2]. » Les cinq lettres du mot « danse » sont fabriquées en aluminium rouge et mesurent, au total, dix mètres de longueur sur trois mètres cinquante de hauteur. La totalité de la structure – lettres et support en béton – pèse 2,4 tonnes. La nuit, le mot est illuminé par un éclairage au néon. Le caractère utilisé, variation du Minimum, est pensé, avec ses formes dynamiques, comme un hommage à la danse. Qu'elle soit comprise comme un substantif ou un impératif, l'enseigne possède une simplicité et une immédiateté qui lui confèrent à la fois valeur d'installation informative et d'exhortation joyeuse.

La création de l'installation a été permise par l'existence du fonds « 1 pour-cent », par lequel le gouvernement français consacre un pour-cent des coûts de construction des nouveaux bâtiments publics à l'achat d'une ou de plusieurs œuvres d'art conçues spécifiquement pour ces nouveaux bâtiments. Ce fonds permet aux artistes de créer des œuvres destinées à des espaces publics, en collaboration avec des architectes, dans une démarche de sensibilisation à l'art contemporain.

Pierre di Sciullo a également utilisé la famille de fontes Minimum pour la signalétique intérieure. Pour les différentes salles, il recourt à la police Minimum Relief, variante de Minimum Bichro, dans laquelle les caractères sont formés par des parallélépipèdes en bois. La police retenue pour les panneaux indicateurs est le Minimum Bong, dans lequel les caractères sont tour à tour inclinés d'un côté et de l'autre dans une alternance rythmique.

[1] Entretien avec Pierre di Sciullo, 21 février 2008.

[2] *Ibid*.

**Ci-contre : Le lettrage gigantesque de Pierre di Sciullo surplombe le bâtiment.**

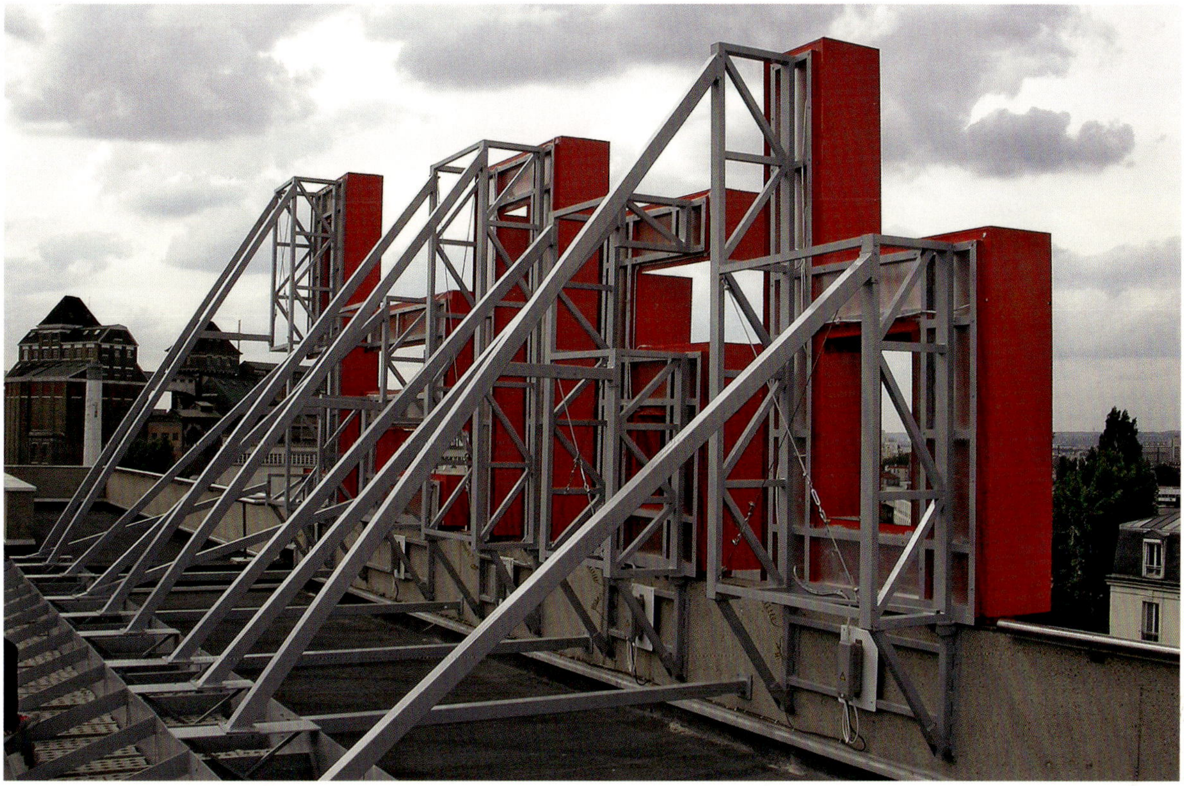

# danse

atrium ovest

Minimum Bichro Medium

ici niveau 2

Minimum Bong Black

**Ci-contre et ci-dessus : Le mot « danse » interagit avec les découpes orthogonales de la façade. L'enseigne extérieure a été créée par Pierre di Sciullo à partir du caractère Minimum.**

**À droite : Polices utilisées pour la signalisation interne.**

Quand la typographie, l'art et l'architecture
s'interpénètrent au sein du parc
d'un musée.

# Smith-Miller+Hawkinson,
# Barbara Kruger,
# Quennell Rothschild,
# Guy Nordenson

## Imperfect Utopia

2110 Blue Ridge Road,
Raleigh, Caroline du Nord, États-Unis

Le concours « Imperfect Utopia: A Park for the New World », organisé par le North Carolina Museum of Art (NCMA), est né d'un désir d'associer espace public et art contemporain. Le projet a ainsi impliqué des professionnels issus d'horizons divers : architecture pour Laurie Hawkinson et Henry Smith-Miller, art pour Barbara Kruger, aménagement paysager pour Nicholas Quennell et ingénierie structurelle pour Guy Nordenson.

Le parc est situé à Raleigh, capitale de la Caroline du Nord, sur une superficie de 670 000 mètres carrés. Au centre se trouve le NCMA, conçu par Edward Durell Stone à la fin des années 1970 et inauguré en 1983. L'élément textuel de Kruger constitue la pierre angulaire de la conception de cette « utopie imparfaite ». Les structures qui déterminent l'amphithéâtre, le cinéma et les zones de plein air s'articulent toutes autour des caractères. « Pour cette partie, explique le critique Anthony Iannacci, l'équipe a constitué ce qui s'apparente à un paysage textualisé où des lettres gigantesques, créées au moyen de procédés architecturaux, sculpturaux et paysagers, ont été disposées sur site pour créer le texte "PICTURE THIS[1]". »

Même s'il s'agit d'une majestueuse œuvre d'art public, Kruger se montre réticente à la qualifier comme telle : « Je dois avouer que je suis un peu ambivalente par rapport à l'expression "art public", car je ne suis pas sûre de ce que l'on entend par cela. Si c'est ce que je crois, alors ce n'est pas ce que je fais. Je ne suis pas fan des catégories. Je suis une artiste travaillant avec des images et des mots. Parfois, ce que je crée se retrouve dans différents types de lieux et de contextes qui déterminent sa signification et son apparence[2]. » L'amphithéâtre et le cinéma peuvent accueillir jusqu'à 2 300 personnes. L'écran est fixé sur le bâtiment du musée préexistant et peut être vu depuis Blue Ridge Street, tandis que l'amphithéâtre est centré sur la lettre H.

Les mots « PICTURE THIS » définissent un espace tangible que le visiteur peut s'approprier. Chaque caractère est traité différemment et s'intègre à l'espace environnant : les sculptures, l'architecture et les espaces verts. Le P s'enfonce dans le sol et dispose d'un mur de soutènement sur lequel est inscrit un texte de Kruger rétroéclairé. Le I est en béton et représente une carte de la Caroline du Nord avec les lieux les plus importants. Il est légèrement incliné pour servir de siège aux spectateurs. Le C constitue une aire de jeux, un bac à sable à la bordure en béton peint en rouge. Le T, en asphalte peint avec des rayures et doté de réflecteurs œil-de-chat, est une plate-forme conçue pour recevoir des visiteurs. Le U est creusé dans le sol et planté d'herbes aromatiques avec un éclairage au niveau du sol. Le R est formé par une rocaille comprenant des rangées parallèles de supports pour plantes grimpantes. Les bords du E sont agrémentés de deux murs de brique de deux mètres de haut, accessibles de l'intérieur et de l'extérieur, sur lesquels sont inscrites différentes phrases provocantes. Le T de « THIS » est un élément architectural au sens propre, abritant des aires de service. Le H comprend plusieurs niveaux : par-dessus le béton se trouvent une zone de chargement et un toit en fibre de verre et en aluminium. Le I, également incliné pour servir de siège aux visiteurs, comprend la devise de la Caroline du Nord : *Esse quam videri* (« Être plutôt que paraître »). Le S est composé de grosses pierres. La police utilisée dans cette installation est le Futura Bold Oblique. Le travail de Kruger est associé au caractère Futura, qu'elle utilise dans la majorité de ses œuvres.

1 Iannacci Anthony, « Il parco multi-funzionale. A park for the North Carolina Museum of Art », *L'Arca*, n° 82, mai 1994, p. 73.

2 Kruger Barbara in Goodeve Thyrza Nichols, « The Art of Public Address », *Art in America*, novembre 1997, p. 93-99.

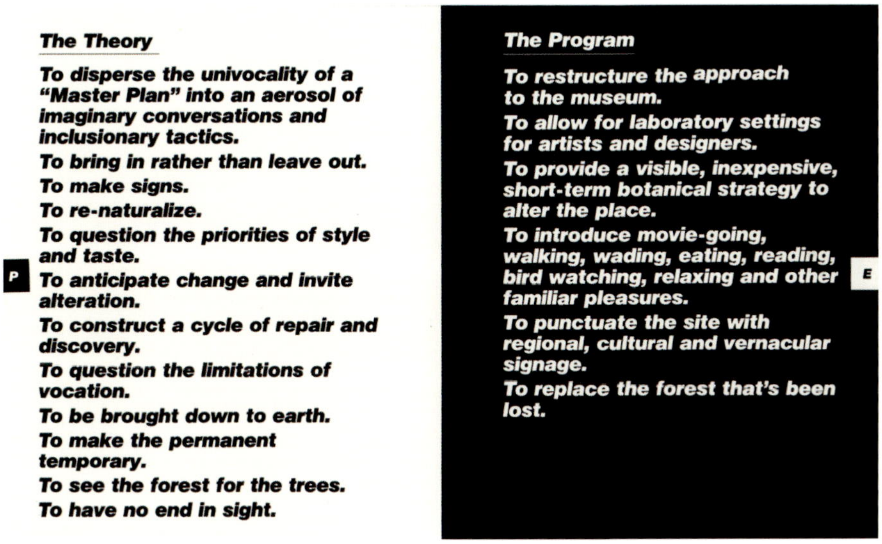

***The Theory***

***To disperse the univocality of a "Master Plan" into an aerosol of imaginary conversations and inclusionary tactics.***
***To bring in rather than leave out.***
***To make signs.***
***To re-naturalize.***
***To question the priorities of style and taste.***
P ***To anticipate change and invite alteration.***
***To construct a cycle of repair and discovery.***
***To question the limitations of vocation.***
***To be brought down to earth.***
***To make the permanent temporary.***
***To see the forest for the trees.***
***To have no end in sight.***

***The Program***

***To restructure the approach to the museum.***
***To allow for laboratory settings for artists and designers.***
***To provide a visible, inexpensive, short-term botanical strategy to alter the place.***
***To introduce movie-going, walking, wading, eating, reading, bird watching, relaxing and other familiar pleasures.*** E
***To punctuate the site with regional, cultural and vernacular signage.***
***To replace the forest that's been lost.***

Ci-dessus : Pages tirées de l'article « Imperfect Utopia: Un-Occupied Territory », publié dans le magazine *Assemblage*, décembre 1989.

***PICTURE THIS***

Futura Bold Italic

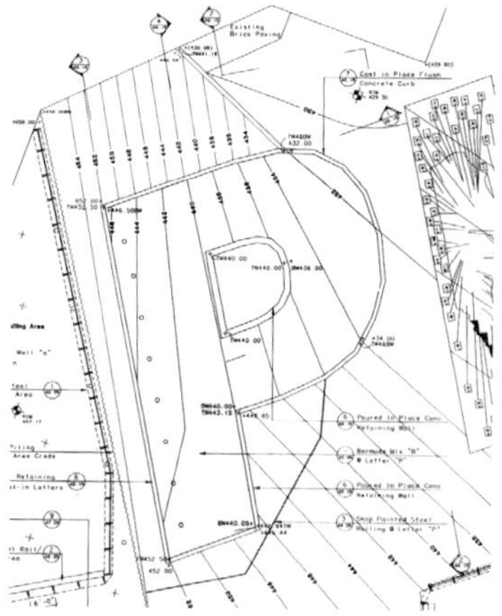

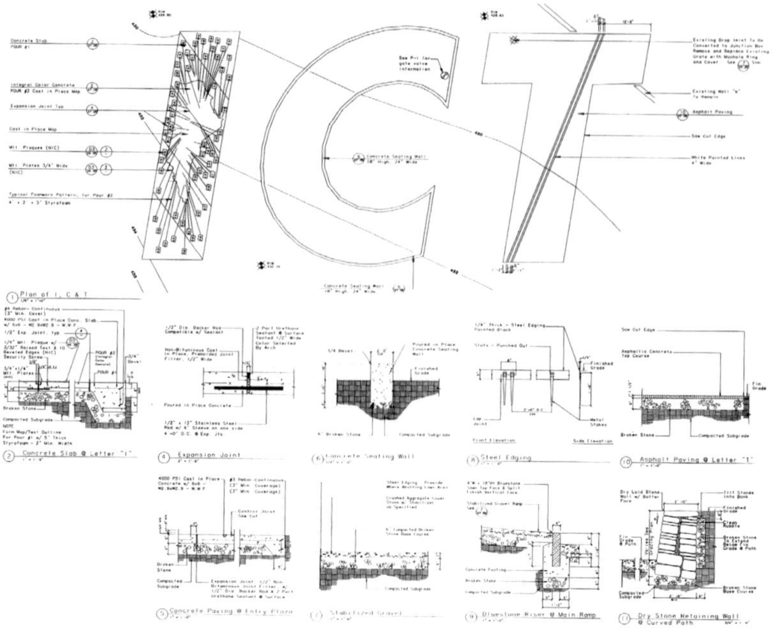

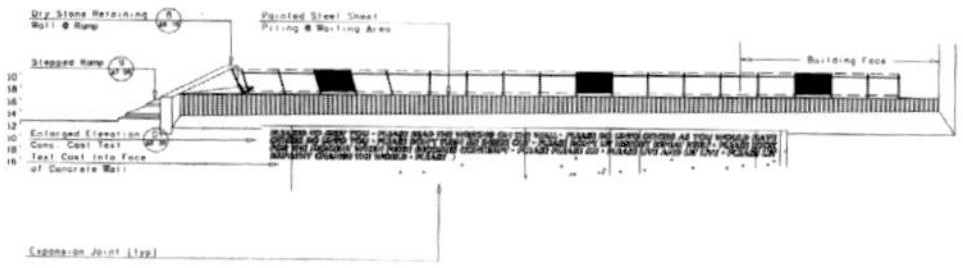

PLEASED TO MEET YOU • PLEASE READ THE WRITING ON THE WALL • PLEASE DO UNTO OTHERS AS YOU WOULD HAVE OTHERS DO UNTO YOU • PLEASE DON'T TURN ME INSIDE OUT • PLEASE DON'T LET HISTORY REPEAT ITSELF • PLEASE LOOK FOR THE MOMENT WHEN PRIDE BECOMES CONTEMPT • PLEASE PLEASE ME • PLEASE LIVE AND LET LIVE • PLEASE LET EMPATHY CHANGE THE WORLD • PLEASE

8

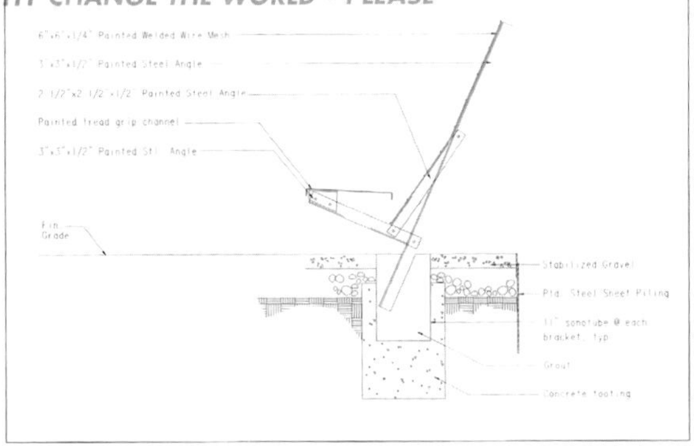

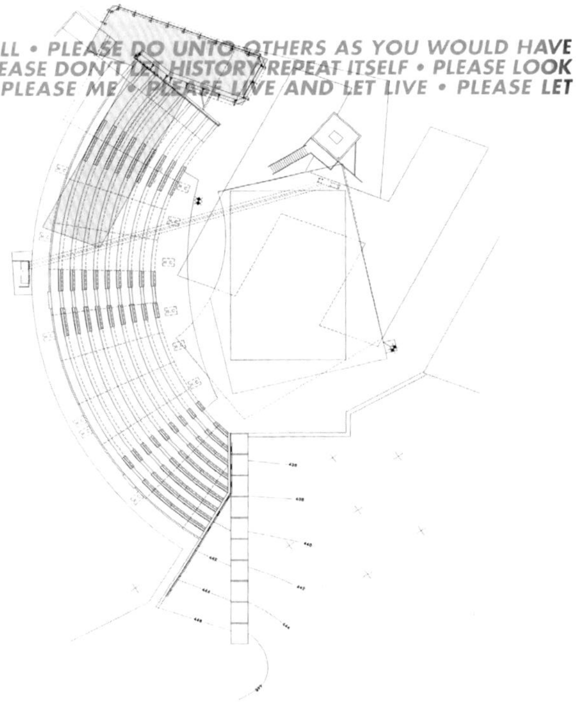

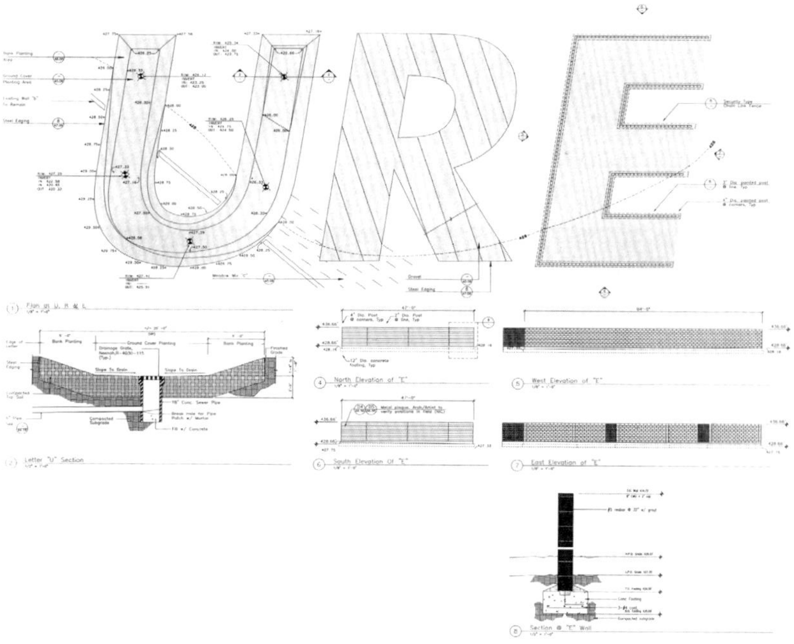

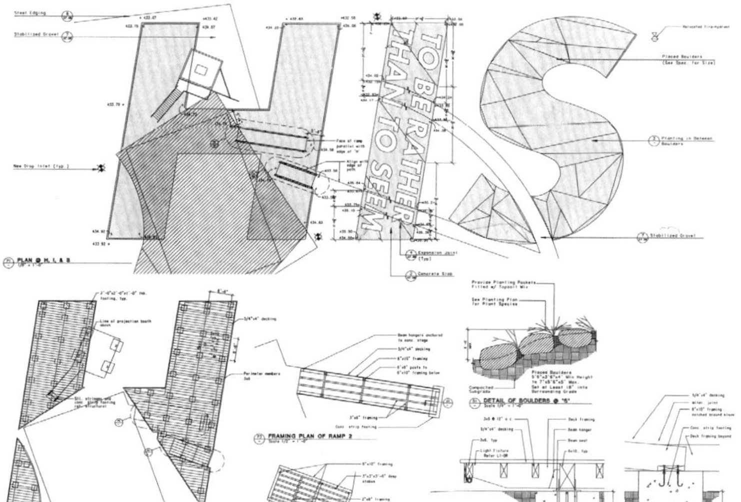


**Ci-contre et à gauche :**
**Dessins techniques du projet.**

**Page suivante, en haut à gauche, puis dans le sens des aiguilles d'une montre :**

**« Être plutôt que paraître », détail de la représentation de la devise de la Caroline du Nord.**

**Vision de nuit avec feux d'artifice.**

**Détail du mur ; toutes les phrases commencent par le mot « please ».**

**La lettre C, avec l'amphithéâtre en arrière-plan.**

TO MEET YOU •
YOU • PLEASE DON'T
WHEN PRIDE BECOMES
THE WORLD • PLEASE
BETWEEN THE
WITH HATE • PLEA
CAN BE

Quand une frise établit un lien étroit
et intime entre lettrage et architecture.

# Josep Maria Subirachs
# Frise du nouvel hôtel de ville

Placa de Sant Miquel 4-5,
Barcelone, Espagne

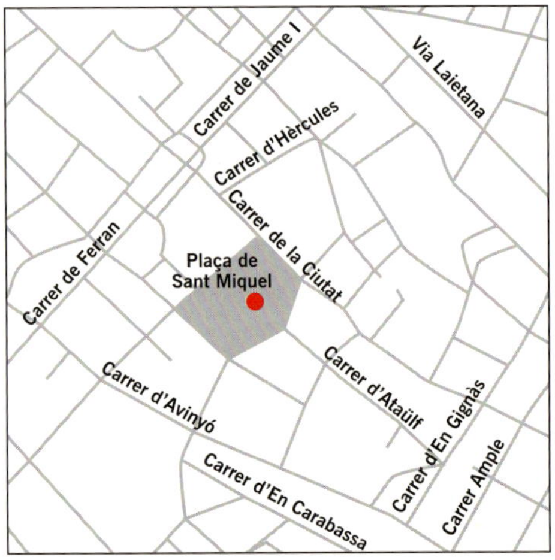

1966 · 1969
QUAN A LA FALDA
M'APAR VEURE T ALS

En 1969, Josep Maria Subirachs crée la frise de la façade du nouvel hôtel de ville de Barcelone. Situé sur l'historique Plaça de Sant Miquel, le nouvel hôtel de ville se trouve à proximité de l'ancien, Plaça de Sant Jaume. Cette frise représente l'une des plus grandes œuvres en béton de Subirachs, de 2,5 × 45 mètres. Pour Phil Baines, elle « s'inscrit dans une stratégie de marque civique subtile et intelligente (et non commandée)[1] ».

Dans cette création, des éléments descriptifs et symboliques se combinent pour évoquer l'histoire de la ville et la construction du bâtiment lui-même. La quasi-totalité de la frise est constituée du mot « Barcelona » et d'un plan de la ville. Des formes géométriques (croix, triangles, carrés et cercles) alternent avec des nombres, des symboles et des textes courts. Les lettres formant le nom de la ville sont intégrées sur un mode « organique » au reste de la frise, s'adaptant à la modularité de la façade. La création par Subirachs d'une relation intrinsèque entre lettrage et architecture constitue une caractéristique de son œuvre. À la différence de cet autre grand sculpteur de lettres catalan, Joan Brossa, Subirachs travaille d'abord « sur les bâtiments plutôt que dans les espaces entre eux[2] ».

Pour l'hôtel de ville de Barcelone, Subirachs a créé un lettrage structuré autour d'une grille de lignes droites et de cercles, et les caractères s'intègrent parfaitement aux nombreux autres éléments descriptifs de la frise. Les formes très géométriques abstraites rendent le mot « Barcelona » presque méconnaissable de prime abord. Seuls les passants les plus observateurs sont capables de le distinguer, et il semblerait que l'artiste lui-même n'ait pas été en mesure de le lire en 1969 quand il découvrit pour la première fois la frise terminée.

Pour donner du mouvement à la composition et mettre en valeur le texte, Subirachs a utilisé des effets de profondeur et de texture, créant des alternances de zones de lumière et d'ombre dans le béton.

Dans d'autres créations, Subirachs recourt à des formes similaires de lettrage. Ainsi, sur une frise réalisée en 1979 au-dessus de l'entrée de la gare principale de Barcelone, Sants, s'affiche le nom de la ville, cette fois avec un b minuscule, dans une structure réalisée en plaques de béton marquées de lignes droites et de cercles. Ici, les éléments géométriques évoquent les roues des trains. Parmi les autres projets de Subirachs caractérisés par un emploi similaire de la typographie figurent un parking souterrain avec un mur recouvert des caractères pb (« parking barcelona ») répétés ainsi qu'un bâtiment portant le nom de la banque Indaban. Subirachs recourt aux caractères dans nombre de ses autres créations, notamment dans la frise de la faculté de droit de l'université de Barcelone, réalisée en collaboration avec Antoni Cumella, dans laquelle des chiffres romains sont utilisés pour faire référence aux Dix commandements.

[1] Baines Phil et Dixon Catherine, *Signs: Lettering in the Environment*, Laurence King, Londres, 2003, p. 132.

[2] Baines Phil, « Sculptured Letters and Public Poetry », in *Eye*, n° 37, automne 2000, p. 46.

**Ci-contre : Le mot « Barcelona » n'est pas immédiatement identifiable.**

1966 · 1969

**Ci-contre et ci-dessus :
Détails et schéma de la façade
du nouvel hôtel de ville
et du lettrage, soulignant
l'intégration parfaite de ce
dernier à la structure modulaire
de la façade.**

Quand un message fort, coulé dans
de la fonte, célèbre le caractère essentiel
du langage.

Lawrence Weiner

# A Translation from One Language to Another

Spui,
Amsterdam, Pays-Bas

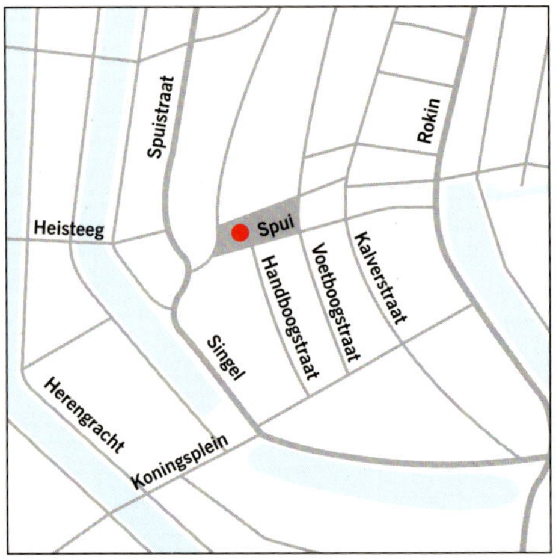

A TRANSLATION
FROM ONE
LANGUAGE
TO ANOTHER

En 1969, l'université d'Amsterdam a commandé à l'artiste Lawrence Weiner la création d'une œuvre pour le Spui, une place du centre d'Amsterdam, avec le texte « A Translation from One Language to Another » en néerlandais, anglais, arabe et sranan. Construit sur un canal recouvert, le Spui est aujourd'hui une place animée près de l'université, avec des bars, des boutiques, des bouquinistes et des expositions d'artistes.

*A Translation from One Language to Another* se compose de trois paires de plaques, qui étaient à l'origine en pierre bleue (sulfate de cuivre), avant d'être remplacées ultérieurement par une version plus résistante en fonte, à la suite d'actes de vandalisme racistes sur le texte en arabe. Ces paires de plaques, mesurant 120 × 100 × 16 centimètres, s'apparentent, dans leur forme, à un extérieur de livre ouvert. Sur chaque paire figure, d'un côté, l'expression néerlandaise, *Een van de vertaling ène taal naar de andere*, en caractères adhésifs de plastique noir et, de l'autre, la traduction en anglais, arabe ou sranan, respectivement en jaune, vert ou rouge.

Avec ce projet, Weiner affirme à la fois l'importance du langage – l'un des matériaux composant l'œuvre – et celle de la typographie, non seulement dans sa fonction de signifiant, mais aussi pour ses qualités esthétiques indépendantes de la signification linguistique.

La production artistique de Weiner est intimement liée à la typographie, et l'artiste choisit avec beaucoup de soin les caractères de ses œuvres ; il travaille souvent en collaboration avec des typographes. Il n'aime pas l'Helvetica, qui, pour le citer, renvoie à un modernisme qui n'évoque rien pour lui, et il évite généralement les caractères à empattements susceptibles d'être considérés comme « [trop] intellectuels et intelligents[1] », qualificatifs qu'il trouve inappropriés à son travail. Sa préférence va aux caractères sans empattements, notamment le Franklin Gothic, qui, selon lui, sont capables de transmettre de la façon la plus directe possible le sens derrière l'œuvre : « La production d'un artiste n'est pas censée être cohérente ; elle est censée avoir un sens. C'est différent. Et en renonçant aux empattements, on revient à la signification de base. Soit cela fonctionne, soit cela ne fonctionne pas[2]. »

Sa quête de neutralité le conduit à choisir les caractères les plus « légers » en termes de connotations culturelles, et ce pour permettre au contenu d'émerger. Afin de ne pas être lié à un style spécifique, Weiner décide de créer son propre caractère, dénommé Margaret Seaworthy Gothic, et adapte les caractères existants à ses besoins, par exemple en les transformant en pochoirs.

La police utilisée pour l'installation du Spui est le Franklin Gothic Condensed, mais les bords des caractères ont été arrondis lors du moulage.

[1] Weiner Lawrence, « From an Interview by Jonas Ekeberg », in Fietzek Gerti et Stemmrich Gregor (éd.), *Having Been Said: Writings & Interviews of Lawrence Weiner 1968–2003*, Hatje Cantz, Ostfildern Ruit, 2004, p. 332.

[2] *Ibid.*

**Ci-contre : Vues de l'installation sur la place.**

wacht

SPUI
EEN VERTALING
VAN DE ENE TAAL
NAAR DE ANDERE

WAN PURU FU
WAN TONGO
POTI NA
WAN TRAWAN

Ci-contre et ci-dessus : Les plaques métalliques et leur texte en différentes langues – néerlandais (en noir) et sranan (en rouge).

Ci-dessus et ci-contre : Les plaques métalliques et leur texte en différentes langues – néerlandais (en noir) et arabe (en vert).

أخرى

Quand une phrase bat le pavé
de New York.

# Lawrence Weiner
# **Plaques d'égout de New York**

Manhattan,
New York, États-Unis

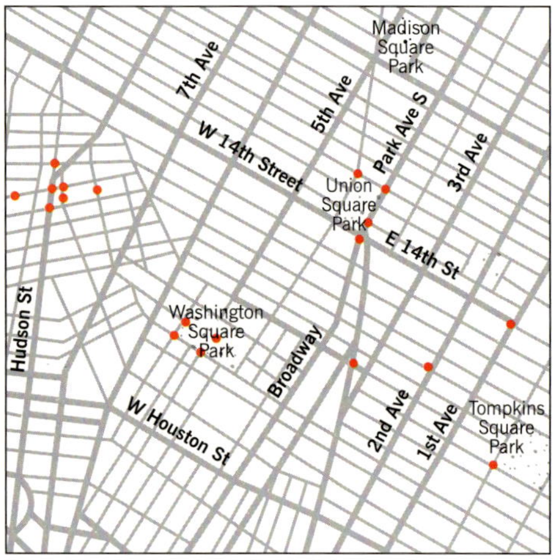

PUBLIC ART FUND
ROMAN STONE CO
IN DIRECT
LINE WITH
ANOTHER
& THE NEXT
INDIA

Créé par Lawrence Weiner pour le Public Art Fund, le projet *NYC Manhole Covers* se compose de dix-neuf plaques d'égout en fonte, installées à New York en novembre 2000. Avec le concours de la Consolidated Edison Company et du fabricant de plaques d'égout Roman Stone, ce projet consistait à remplacer les plaques habituelles par d'autres portant l'inscription « IN DIRECT LINE WITH ANOTHER & THE NEXT ».

À partir des années 1960, après une première phase d'expérimentation dans le domaine de la peinture, Weiner a commencé à s'orienter vers l'emploi des mots comme moyen d'expression artistique. Il recourt à des phrases et à des textes courts pour représenter les liens de l'artiste avec le monde extérieur de la façon la plus objective possible, en évitant le point de vue subjectif. Avec le projet des plaques d'égout, Weiner modifie le pavé de Manhattan, battu par des milliers de gens tous les jours. « Le contenu de la sculpture (essentiellement le sens des mots) fonctionne en tant qu'objet et en devient un dans le paysage, explique-t-il. Dans les faits, c'est un élément du paysage. L'espace devient lieu[1]. »

D'après l'artiste, l'œuvre est dédiée aux habitants de New York, qui, dans l'incapacité de se guider grâce aux étoiles, invisibles dans le ciel de la ville en raison des éclairages, ne peuvent que regarder vers le bas. L'artiste salue le fait que les piétons sont contraints de garder les yeux rivés au sol pour éviter les obstacles et la saleté, et arriver à bon port. Dès lors, chaque plaque d'égout devient une certitude, une déclaration d'anti-monumentalité fondée sur les mêmes matériaux que ceux de la ville : fer et asphalte. Le texte renvoie à la grille de la ville et aussi à ses règles démocratiques. À New York, tout le monde fait la queue : pour monter dans le métro, pour traverser. Quelle que soit leur condition sociale, dans les rues, les New-Yorkais sont toujours « en prise directe les uns avec les autres ».

La police utilisée pour le texte est le Franklin Gothic Demi Compressed, avec l'ajout d'un point sur la capitale I. Pour Weiner, « la typographie présente l'œuvre. Il s'agit donc de trouver l'élégance, mais sans autorité et sans dépendance envers un sens historique[2]. »

Franklin Gothic est l'un des caractères que Weiner privilégie dans ses créations, au point que son utilisation, notamment dans ses versions compressées ou condensées sur une page ou un mur neutre, est devenue une caractéristique de sa production.

[1] Entretien avec Lawrence Weiner, 3 mars 2008.

[2] *Ibid*.

**Ci-dessus et page suivante : Dix-neuf plaques d'égout furent installées à New York par le Public Art Fund en collaboration avec la Consolidated Edison Company et Roman Stone.**

IN DIRECT
LINE WITH
ANOTHER
& THE NEXT
ROMAN STONE CO
CON EDISON CO
LW 2000
INDIA

IN DIRECT
LINE WITH
ANOTHER
& THE NEXT

Franklin Gothic Demi Compressed

Quand un site culturel servant de passage entre deux lieux de patrimoine suscite des controverses en puisant dans l'histoire locale.

# Gordon Young & Why Not Associates
# Cursing Stone and Reiver Pavement

Millennium Subway,
Carlisle, Cumbrie, Royaume-Uni

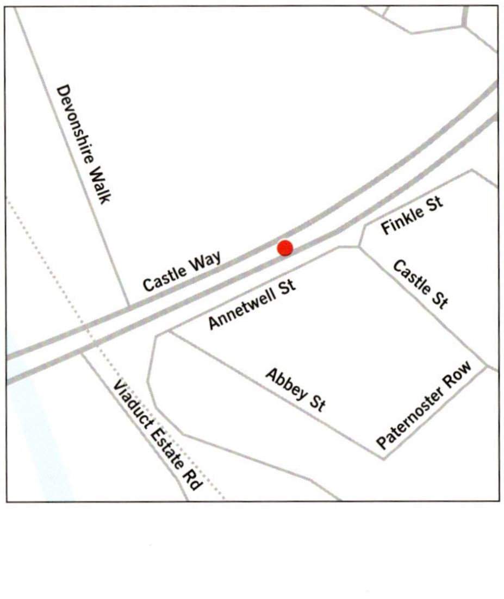

alswele within
and their counsalouris
with the GREIT
thair mouth, thair neise
thair bak, thair wame
of thair heid to the soill of
I curse thaim standand
I curse thaim sleepand
I curse thaim within the house
JOHNSTON
HARDEN
JAMIESON
YOUNG
MILBURN
HEDLEY
TURNER
THOMSON
RUTHERFORD
DAVISON
HETHERINGTON
CHARLTON
BELL
IRVINE

L'installation *Cursing Stone and Reiver Pavement* a été créée en 2001 par Gordon Young, en collaboration avec Why Not Associates pour la typographie et Russell Coleman pour la mise en œuvre. Elle est située dans le Millennium Subway, souterrain piéton reliant le Tullie House Museum au château de Carlisle, et intégré au projet Millennium de Carlisle. L'un des objectifs était de créer un lien culturel entre ces deux sites.

Le musée, l'un des principaux sites touristiques de la région, explore l'histoire mouvementée de Carlisle, ville à la frontière de l'Angleterre et de l'Écosse. La pierre d'achoppement de l'installation est la malédiction nommée « Mother of all Curses », prononcée en 1525 par l'archevêque de Glasgow, Gavin Dunbar, sur les familles de Border Reiver, à l'origine de raids et de pillages sur Carlisle. Gordon Young lui-même est un descendant de l'une de ces familles.

L'installation se compose de deux parties : un bloc de granit de quatorze tonnes et le pavé sur lequel il est installé. Sur la surface de l'imposant monolithe est gravé un extrait de la malédiction. Vingt jours ont été nécessaires pour préparer et polir la pierre, afin de lui conférer un aspect lisse et brillant. Puis le texte a été gravé en Bembo Italic par décapage au sable.

Une centaine d'inscriptions sur les quatre-vingts mètres du pavé du souterrain répertorie les noms des familles contre lesquelles la malédiction fut initialement prononcée : parmi elles, des voleurs de bétails, des maîtres chanteurs et autres mécréants qui, de la fin du XIV^e^ jusqu'au XVII^e^ siècle, pillèrent et mirent à sac ces terres. La plupart de ces noms sont encore très fréquents. Composés en capitales en News Gothic, ils alternent en taille et en position.

Dès avant son installation, ce projet a suscité un véritable tollé. Certains ecclésiastiques locaux l'ont ainsi qualifié de « sanctuaire pour le culte du diable », soutenant qu'il porterait malheur aux habitants de la région. Ils allèrent jusqu'à demander un exorcisme ou son enlèvement en vue de sa destruction. Un sorcier aurait contacté Why Not Associates pour leur demander s'il y avait suffisamment de place au sommet de la pierre pour y ajouter une contre-malédiction.

En dépit des objections, la pierre est toujours en place. Comme Why Not Associates l'a fait remarquer, ces réactions témoignent du fort impact qu'une installation typographique peut avoir sur une communauté : « Ce projet prouve qu'un impact graphique puissant n'est possible qu'avec un contenu fort[1]. »

[1] Why Not Associates, *Why Not Associates?2*, Thames & Hudson, Londres, 2004, p. 132.

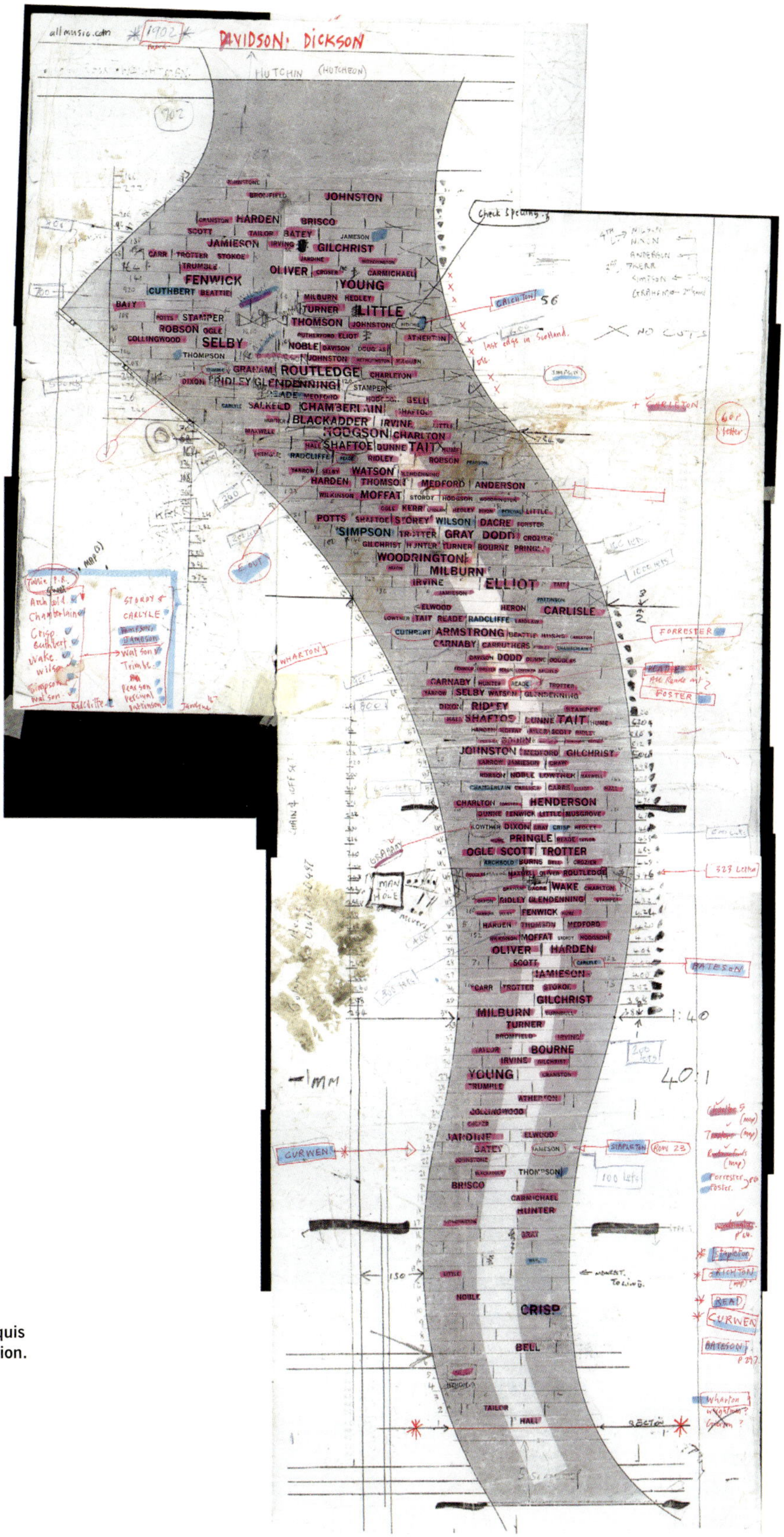


À droite : Un des croquis d'origine de l'installation.

Je maudis leur tête et tous les cheveux de leur tête ; je maudis leur visage, leur cerveau, leur bouche, leur nez, leur langue, leurs dents, leur front, leurs épaules, leur poitrine, leur cœur, leur estomac, leur dos, leur ventre, leurs bras, leurs jambes, leurs mains, leurs pieds, et chaque partie de leur corps, du sommet du crâne à la plante de leurs pieds, devant et derrière, à l'intérieur et l'extérieur.

Je les maudis à pied et je les maudis à cheval ; je les maudis debout et je les maudis assis ; je les maudis quand ils mangent et je les maudis quand ils boivent ; je les maudis quand ils se lèvent et je les maudis quand ils se couchent ; je les maudis chez eux et je les maudis loin de chez eux ; je les maudis dans leur maison et je les maudis à l'extérieur de leur maison ; je maudis leur épouse, leurs enfants et leurs serviteurs qui participent à leurs actions ; leurs récoltes, leurs troupeaux, leur laine, leurs moutons, leurs chevaux, leurs porcs, leurs oies, leurs poules, et tout leur bétail, leurs entrées, leurs chambres, leurs cuisines, leurs poutres, leurs granges, leurs étables, leurs basses-cours, leurs carrés de choux, leurs charrues, leurs herses, et les biens et les maisons qui sont nécessaires à leur subsistance et leur bien-être.

Que tous les souhaits maléfiques et les malédictions jamais connus, depuis le commencement du monde, à cette heure, soient sur eux.
Que la malédiction de Dieu, qui s'est abattu sur Lucifer et tous ses semblables, qui les a chassés du haut du ciel dans les profondeurs de l'enfer, soit sur eux.

Puisse le feu et l'épée qui ont empêché Adam de franchir la porte du paradis les priver de la gloire du ciel, jusqu'à ce qu'ils reculent et fassent amende honorable.

Que la malédiction qui s'abattit sur Caïn le maudit, quand il tua son frère Abel, inutilement, tombe sur eux pour le massacre inutile qu'ils commettent quotidiennement.

Que la malédiction qui s'abattit sur le monde entier, hommes et bêtes, et sur tout ce qui a jamais vécu, quand tout fut noyé par le déluge au temps de Noé, à l'exception de Noé et de son arche, tombe sur eux et les noie, hommes et bêtes, et débarrasse ce royaume d'eux, en raison de leurs horribles péchés.

Que le tonnerre et la foudre qui s'abattirent sur Sodome et Gomorrhe et toutes les terres qui les entouraient et qui les ont brûlés pour leurs péchés abominables pleuvent sur eux et les brûlent pour leurs péchés avoués.
Que le mal et la confusion qui se sont abattus sur les Géants pour leur oppression et leur fierté à construire la tour de Babel les confondent dans toutes leurs œuvres, pour leur mépris total et leur oppression.

Que tous les fléaux qui se sont abattus sur Pharaon et son peuple d'Égypte, leurs terres, leurs cultures et leur bétail, tombent sur eux, sur leurs biens, leurs maisons, leurs terres, leurs cultures et leur bétail.

Puissent les eaux de la Tweed et les autres eaux qu'ils utilisent les noyer, comme la mer Rouge a noyé Pharaon et le peuple d'Égypte, en préservant le peuple du Dieu d'Israël.

Que la terre s'ouvre, se fende en deux, et les avale tout droit jusqu'en enfer, comme ont été avalés les maudits Dathan et Abiron, qui avaient désobéi à Moïse et aux commandements de Dieu.

Puisse le feu sauvage qui a réduit Thoré et ses disciples au nombre de deux-cent-cinquante, et d'autres de 14 000 à 7 000, qui s'étaient levés contre Moïse et Aaron, les serviteurs de Dieu, soudain les brûler et les consommer tous les jours, pour s'être opposés aux commandements de Dieu et de la Sainte Église.

Que la malédiction qui s'est soudainement abattue sur Absalom, chevauchant à travers le bois contre son père, le roi David, quand les branches d'un arbre l'on fait tomber de cheval et suspendu par les cheveux, s'abatte sur ces faux Écossais et les pende de la même manière, afin que tout le monde puisse les voir.

Que la malédiction qui s'abattit sur le lieutenant de Nabuchodonosor, Holopherne, qui faisait la guerre avec sauvagerie aux vrais chrétiens ; la malédiction qui s'abattit sur Judas, Pilate, Hérode et les Juifs qui ont crucifié Notre Seigneur, et par conséquent, tous les fléaux et les maladies qui sont tombés sur la ville de Jérusalem, et sur Simon le Magicien pour sa trahison, sur Néron le sanguinaire, Ditius Magcensius, Olibrius, Julianus Apostita et l'ensemble des tyrans cruels qui ont tué et assassiné les saints serviteurs du Christ, s'abattent sur eux pour leur cruelle tyrannie et les assassinats de chrétiens.

Et puissent toutes les vengeances menées depuis le commencement du monde contre les péchés, et tous les fléaux et pestes jamais tombés sur les hommes ou les bêtes, s'abattre sur eux en châtiment de leurs exactions, de leurs massacres et de leurs effusions de sang d'innocents.

Je les retire de l'Église de Dieu, et les livre immédiatement au diable de l'enfer, comme l'apôtre Paul lui a livré Corinthe.

Je leur barre l'entrée de tous les lieux où ils viennent pour assister au service divin et à l'administration des sacrements de la Sainte Église, à l'exception du sacrement du baptême des enfants ; et je défends à tous les ecclésiastiques d'entendre leur confession ou de les absoudre de leurs péchés, jusqu'à ce qu'ils aient été d'abord humiliés par cette malédiction.

J'interdis à tous les chrétiens ou les chrétiennes d'entretenir des rapports avec eux, de manger, boire, parler, prier, se coucher, se promener, se trouver avec eux, ou tout autre action et commerce, sous peine de péché mortel.

Je décharge toute personne de toutes les obligations, actes, contrats, serments qui leur ont été faits, par loyauté, bonté ou devoir personnel, tant qu'ils sont sous le poids de cette malédiction, aucun homme ne sera lié à eux, et cela pour tous les hommes.

Je saisis et j'annule toutes les bonnes actions qu'ils ont faites, ou celles qu'ils feront jusqu'à ce qu'ils se sortent de cette malédiction.

Je les déclare exclus de toutes les messes, matines, vêpres, funérailles ou autres prières, avec le livre ou avec le chapelet ; de tous les pèlerinages et les aumônes faits ou à faire dans la Sainte Église ou d'être chrétiens, tant que cette malédiction est en vigueur.

Et, enfin, je les condamne à la fosse profonde de l'enfer, pour y rester avec Lucifer et tous ses semblables à perpétuité, et leurs corps à la potence de Burrow moor, pour y être pendus, d'abord, puis livrés aux chiens, aux porcs et aux autres bêtes sauvages, abominables. Et que leur chandelle (lumière de leur vie) se retire de votre vue, tout comme leurs âmes s'en vont de la face de Dieu et leur réputation du monde, jusqu'à ce qu'ils renoncent à leurs péchés, précités, et se sortent de cette terrible malédiction et rendent satisfaction et fassent pénitence.

**Cette page : Texte complet de la malédiction « Mother of All Curses » jetée en 1525 par l'archevêque de Glasgow, Gavin Dunbar (traduction à partir de www.topinambours.net/article-l-elu-qui-voulait-detruire-la-pierre-de-la-malediction-est-mort-90647517.html). Seule la dernière partie est gravée sur la pierre.**

**Page suivante : Détails des inscriptions.**

MILBURN HEDLEY

TURNER

THOMSON

News Gothic Bold

DAVISON

*I curse thair*

**Bembo** Semibold Italic

*thair teith, t*

*ir leggis, th.*

Quand un texte, déployé en anneaux concentriques, rend hommage à une célébrité locale.

# Gordon Young & Why Not Associates

# Mémorial Eric Morecambe

Marine Road Central,
Morecambe, Lancashire, Royaume-Uni

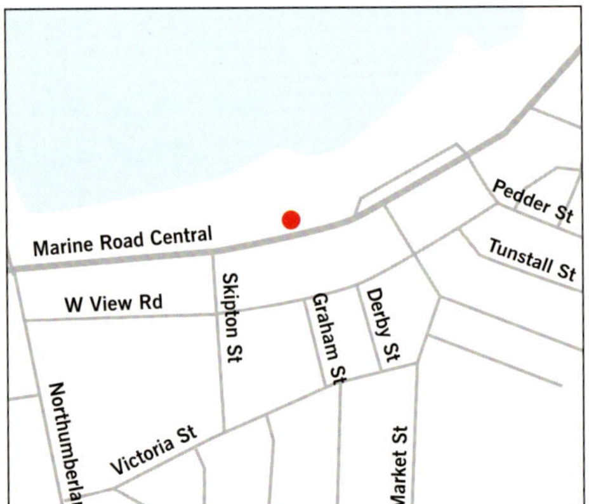

Le mémorial Eric Morecambe, commandé par le Lancaster City Council, a été créé en 1999 par Gordon Young, en collaboration avec Why Not Associates pour la typographie et Russell Coleman pour la mise en œuvre. Comme l'installation *A Flock of Words* (voir page 296), le mémorial Eric Morecambe s'inscrit dans le Tern Project, ensemble de projets d'art public destinés à la promenade de Morecambe, dans le Lancashire, afin de réhabiliter l'image du centre-ville de Morecambe et d'en améliorer l'environnement. L'une des caractéristiques et des attractions de la région, le passage des oiseaux migrateurs, fut choisie comme thématique commune du Tern Project, lancé en 1994.

Le mémorial Eric Morecambe est dédié au célèbre comique de Morecambe, passionné d'ornithologie, John Eric Bartholomew, qui prit comme pseudonyme le nom de sa ville natale et devint ainsi Eric Morecambe. Le mémorial comprend un espace circulaire dont les marches mènent à une statue réalisée par Graham Ibbeson, immortalisant l'acteur dans l'une de ses poses les plus célèbres, des jumelles pour observer les oiseaux autour du cou. Des mouettes en bronze réalisées par Shona Kinloch sont perchées sur des rochers autour du monument. L'harmonisation du site a été réalisée par l'architecte paysagiste Ann Kelly.

Les pavés autour du mémorial portent différentes inscriptions : chansons, blagues et expressions associées à l'humoriste des années 1970 qui, avec Ernest Wiseman (Ernie Wise), rassemblait des audiences de plus de vingt-huit millions de téléspectateurs. Les pavés mentionnent également les noms des célébrités conviées dans les spectacles d'Eric et d'Ernie. Ces inscriptions apparaissent en différentes tailles et matériaux, accentuant l'espace circulaire en en suivant les courbes. Comme le souligne Laurel Harper, « le site offre à la fois une expérience cinétique et sensorielle aux visiteurs, qui sont invités à marcher dans, sur et tout autour du monument[1] ».

Sur les marches en granit poli menant à la statue sont gravés quelques vers du générique optimiste de *Morecambe & Wise*, « Bring Me Sunshine ». Comme le fait remarquer le magazine *Plazm* : « Why Not Associates donne la primeur à l'humour dans sa manière d'aborder les problèmes de conception... En sélectionnant un personnage symbolisant à la fois la culture locale et l'histoire, les concepteurs contestaient l'idée que les statues puissent être dédiées uniquement aux généraux et aux princes, et affirmaient avec force qu'un homme qui faisait rire les gens mérite d'être célébré[2] ». Le caractère au contour irrégulier utilisé dans l'installation est le Trixie, conçu par Erik van Blokland ; il rappelle les anciennes machines à écrire et l'Interstate de Tobias Frere-Jones, caractère sans empattements à grandes boucles, utilisé pour la signalétique. Cette installation est devenue l'un des symboles de la ville de Morecambe, sa renommée ayant été encore accrue par son inauguration officielle par la reine Elizabeth II.

[1] Harper Laurel, *Provocative Graphics. The Power of the Unexpected in Graphic Design*, Rockport Publishers, Gloucester (Massachusetts), 2001, p. 173.

[2] *Plazm, 100 Habits of Successful Graphic Designers. Insider Secrets on Working Smart and Staying Creative*, Rockport Publishers, Gloucester (Massachusetts), 2003, p. 72.

Ci-dessus : Vue générale de l'installation.

À gauche : En haut des marches, la statue d'Eric Morecambe réalisée par Graham Ibbeson.

Page suivante : Détails de l'installation. En différents matériaux et tailles, la succession des mots crée un fort effet cinétique.

VERSES 6–12
GENESIS
8

Three
women
& a
G
O
O
S
E
make a
MARKET

Quand une all
de sculptures
de donateurs d

Gord
& Wh
# Walk
Yorkshire
Wakefield

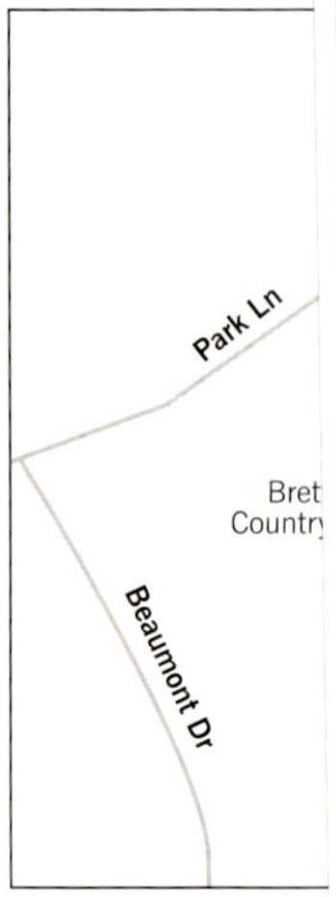

**Making a Name**
Simon Armitage

Here is a name – it is your name for life.
Loop it around your ears and toes – it works
like puppet strings, like radio control.
Try it for sound – slide it between your teeth.

Stitch that name into your socks and vest.
Sketch the shape of your name with a felt-tip.
Will it float or fly, or should it be screwed
to an office door, propped on a desk?

Once we were known by our quirks and kinks,
known by our lazy-eyes, our hair-lips.
Once we were named by the knack of our hands:
we were fletchers, bakers, coopers and smiths.

Don't sell your name to a man in a bar!
Don't leave your name in a purse on the beach!
Don't wait for a blue plaque – get yourself known
with glitter and glue, in wrought ironwork;

sign your autograph with a laser-pen
on the face of the moon. Here is your name
and a lifetime only to make it your own.
Then the mason takes it, sets in stone.

**1 Les noms sont séparés par un carré.**

**2 Dans le cas d'un couple, les noms sont unis par le signe +.**

**3 Les noms de famille doubles sont séparés par un trait d'union.**

REW FELTON - NANCY PAT

TON - TIM CRICK - CATERIN

ONNOR [1] - WENDY + MICHAE

- MABELLA PARSONS - OL

MARGINSON - BOB + [2] NORA

AM TURNER - CONSTANCE

IAM COSSEY - JASPER CO

NSON – [3] BREWIN - JENNIE

RT ASHWORTH - ALISON AS

RIAM SWALLOW - JOSEPH

Water Tower Regular

MARION SHEPHERD - BRIA

# Entretiens

# Esaú Acosta

**Estudio SIC & Buj + Colón, Monument aux victimes du 11 mars 2004, p. 108**
30 novembre 2011

**Pourquoi avez-vous choisi le mot écrit pour le monument aux victimes du 11 mars 2004 ? Quelle relation existe-t-il entre les mots et l'espace ?**
Dès le départ, nous avons considéré que, dans les jours qui suivirent l'attaque terroriste de la gare d'Atocha à Madrid, les innombrables manifestations d'affection et de soutien aux victimes constituaient les réactions les plus intéressantes, sorte de catharsis collective, dans laquelle les citoyens déposaient des textes exprimant leurs interrogations, leur soutien, etc. Un lieu d'externalisation des sentiments collectifs. D'une certaine manière, ce lieu construit à partir du mot comme matière première devrait être conservé à tout jamais.

**Quelle est l'importance de l'espace dans ce projet ?**
Pour nous, l'espace représente le véritable monument. Nous croyons qu'au XXIe siècle, un monument ne doit pas être un objet dans la ville, mais plutôt un espace de réflexion, plus immanent et éthéré. Un endroit de lumière et de silence. Ce concept était assez délicat à proposer à la ville de Madrid, car les monuments sont traditionnellement conçus comme des sculptures plutôt que des endroits ouvrant sur un espace.

**Parlez-nous d'Isonorm, pourquoi avez-vous choisi ce caractère, et quelle est l'importance de la typographie dans votre travail ?**
Nous avons choisi Isonorm pour sa clarté, sa concision et sa neutralité. Ce caractère n'est pas trop fort dans son impact et ne détourne pas l'attention des messages. En architecture, la typographie prend une importance croissante ; elle confère une dimension humaine à l'espace. Pour le monument aux victimes du 11 mars 2004, la transcription des messages a été intégrale, fautes d'orthographe comprises. C'était notre façon d'être fidèles au message, aux émotions des auteurs. Nous avons délibérément rejeté toute forme de « vernis » rationnel.

**Quelle est votre relation au monde professionnel du graphisme et de la typographie ? Et au monde de l'art ?**
Nous collaborons avec des concepteurs graphiques et des personnes qui cherchent à repousser les limites de la typographie. Notre proposition pour le mémorial de l'attentat d'Omagh s'articule autour d'un concept similaire d'emploi de la typographie. Nous avons également cherché à le transposer à d'autres projets, pour des entreprises souhaitant promouvoir leur marque.

# Gustavo Aguerre

**FA+, *Citat*, p. 116**
5 mars 2008

**Quelle relation existe-t-il entre les mots et l'environnement dans *Citat* ? Quelle est l'importance de l'espace dans ce projet ?**
Les mots ne sont pas placés de façon aléatoire. Il s'agit d'un concept très élaboré, dans lequel chaque élément a sa raison d'être. Ici, le paysage urbain et les citations sont interdépendants, et la rue, Drottninggatan, dans le centre-ville, fait partie intégrante de l'œuvre. August Strindberg y a passé les dernières années de sa vie, dans un grand appartement (aujourd'hui musée) d'un immeuble au sommet de la colline.

Chaque matin, après le petit déjeuner, à la même heure, quel que soit le temps, il faisait une promenade avant de se mettre au travail. De là à penser que certains de ces textes lui soient venus pendant ses promenades... Les citations représentent ses pensées incarnées, solidifiées ; elles sont tirées de pièces de théâtre, de poèmes et de lettres, et donnent une idée de la personnalité de Strindberg, de la profondeur de ses réflexions mêlées à la banalité, à l'humour, aux commentaires politiques et, parfois, à des contradictions.

Les textes, placés au centre dans le sens de la longueur, reforment une ligne entre deux voies, dans cette rue désormais fermée à la circulation. L'installation emploie les matériaux de la rue : acier et asphalte. De plus, Helvetica est le caractère standard utilisé sur tous les panneaux environnants. Il existe donc des relations étroites entre le texte, la rue et son histoire. C'est tout le concept de cette création.

**Pourquoi avez-vous choisi d'utiliser le mot écrit?**
À l'occasion du premier festival Strindberg en 1994, on nous a demandé « d'interpréter » visuellement l'écrivain. On voulait éviter la représentation visuelle, qui ne dit rien de l'œuvre. Ce qui n'est pas le cas du texte. En outre, le mot écrit est un outil très puissant : face à un mot, on ne peut faire autrement que le lire ; c'est ce que l'on nous a appris.

**Pourquoi avez-vous choisi le caractère Helvetica? Quelle est l'importance de la typographie dans cette création?**
Le caractère est extrêmement important : c'est une langue en soi, une partie du message. Par le choix d'un caractère typographique, on indique comment lire le texte : de façon drôle ou sérieuse, élégante ou tendance, classique ou punk, etc. C'est en quelque sorte le vêtement du message. Pour *Citat*, notre choix s'est porté sur Helvetica, car il représente une norme ; intégré au langage de la rue, il est dépourvu de tout ornement futile, ce qui assure sa grande lisibilité. L'idée était de permettre aux passants de se concentrer sur le contenu du texte, sans être perturbés par sa forme. Notre création n'est pas une décoration de rue, mais une alternative à la cacophonie invasive de la publicité : « Pensez. Ça fait du bien. »

**En général, comment choisissez-vous les caractères typographiques? En utilisez-vous certains plus souvent que d'autres?**
Je suis très prudent dans l'emploi de la typographie, qui doit convenir à la fois au texte et aux titres. Je choisis le caractère en fonction de ce que je veux afficher ou masquer du contenu ; du volume d'information ou de désinformation à faire passer : on peut mettre un smoking à un clochard, et il faut un certain temps pour s'en apercevoir.

**Trouve-t-on des références à l'histoire passée ou contemporaine de l'architecture, du design et de l'art dans *Citat* et dans votre emploi de la typographie?**
Les références sont multiples, qu'il s'agisse du texte des sculptures romaines ou des plaques de rue contemporaines. En art : Barbara Kruger, Jenny Holzer et bien d'autres. En typographie, les tendances vont et viennent à une vitesse incroyable, mais on a toujours besoin d'un caractère clair pour véhiculer un texte, sans interférence visuelle ni pollution décorative ; Helvetica a cinquante ans et son impact est toujours très fort. C'est un classique, pas une tendance.

**Quelle est votre relation au monde du design graphique? Et à celui de l'architecture?**
Je conçois moi-même nos publications et nos sites Web, et j'ai aussi conçu des meubles. Je crois qu'il existe un aspect formel dans tous les aspects de la conception,

mais une forme sans contenu est vide. Pour moi, la conception n'est pas un art en soi, et cela vaut aussi pour la mode. Certains objets de design sont effectivement splendides, mais l'art a quelque chose de plus. Pour moi, la conception est un outil pour atteindre un objectif au-delà de la forme : le but d'une Ferrari de Formule 1 est de remporter des courses automobiles, pas seulement d'être belle, même si elle l'est. L'architecture est toujours le contenant de ce que l'on fait dans une ville. On doit s'y confronter : impossible de l'éviter, on doit y faire face, à l'intérieur ou à l'extérieur, l'utiliser ou le combattre. Je suis fasciné par l'architecture (j'avais commencé des études d'architecture que j'ai abandonnées), mais certains architectes sont très dangereux. Ils cherchent à changer les gens pour qu'ils s'adaptent à leurs créations, comme si les gens étaient au service du bâtiment, et non l'inverse. Je suis né et j'ai grandi dans une grande métropole, à Buenos Aires ; le contexte urbain fait partie de ma nature, et l'architecture de mon environnement naturel ; c'est une langue que je suis habitué à manipuler.

Dans nos créations, nous faisons beaucoup « d'architecture temporaire » : nous devons faire avec l'architecture qui nous entoure, si possible l'intégrer dans l'œuvre ou faire de cette dernière une partie « naturelle » (culturelle) de l'architecture.

# Roberto Behar & Rosario Marquardt

**Roberto Behar & Rosario Marquardt/R & R Studios,**
***M*,**
**p. 232**
20 février 2012

**Quelle est la relation entre *M* et son contexte ? Quelle est l'importance de l'espace dans ce projet ?**
*M*, installation célébrant le centenaire de la ville de Miami, est conçu comme un monument à significations multiples. Sorte de graffiti tridimensionnel, il invite à l'interprétation, suscite des émotions dans un paysage en mouvement. Il fait aussi office de point de repère dans le paysage urbain en construction, de point de rencontre, et d'icône de la ville dans son ensemble.

**Quelle est la relation des passants avec l'installation ?**
*M* est une exception dans le tissu anonyme de la ville, un « marqueur de lieu » invitant à l'appropriation personnelle. Dans une ville aussi jeune que Miami, *M* peut également être considéré comme une sorte de jouet urbain évoquant des expériences de jeu communes ainsi que la notion de ville maison.

**Pourquoi avez-vous choisi le mot écrit ?**
Les lettres, les mots et les phrases sont un moyen pour nos projets de communiquer et pour les villes de révéler leur âme ; ils rendent la sphère publique personnelle et signifiante.

**Comment avez-vous choisi le caractère typographique ? A-t-il été créé pour ce projet ?**
Oui, le caractère a été conçu par nos soins. En effet, la transformation d'un caractère en architecture ou d'un élément graphique à deux dimensions en événement tridimensionnel nécessite l'invention du caractère. Sur le plan formel, les caractères sont porteurs de sens, et Miami, ville récente, avait besoin d'un nouveau caractère pour symboliser son identité.

**Trouve-t-on des références à l'histoire passée ou contemporaine de l'architecture, du design et de l'art dans *M* et votre emploi de la typographie ?**
Il n'existe pas à proprement parler de précédent, mais une multitude de références. En effet, comme le soulignait Walter Benjamin, la ville moderne a connu une explosion et une multiplication de l'alphabet à travers les villes et les paysages. *M* est une exaltation de cet état dans sa forme poétique.

**Quelle est la relation entre l'architecture, le design et la recherche artistique ?**
La recherche artistique est un élément fondamental de notre travail ; le quotidien et la poursuite du bonheur sont les principes directeurs de notre production dans toutes les disciplines.

# Catherine Griffiths

**Catherine Griffiths,**
***Wellington Writers Walk*,**
**p. 132**
29 novembre 2011

**Quelle est la relation entre les mots et le paysage dans *Wellington Writers Walk* ? Quelle est l'importance de l'espace dans ce projet ?**
La relation est forte, mais pas au sens littéral – les œuvres ne décrivent pas ce qui se passe autour. Le paysage existe comme élément, les mots et leur sens comme un autre, puis on les assemble, et cette juxtaposition crée une autre couche de sens. Ainsi, la sculpture texte de Bill Manhire – « I LIVE AT THE EDGE OF THE UNIVERSE, LIKE EVERYBODY ELSE » – convenait parfaitement à un espace existant, sur le quai. La sculpture donne le « sentiment » d'être sur le bord. Je voulais transmettre une perception de l'environnement, du paysage, de la vue, toutes ces choses qui ont à voir avec l'échelle et l'espace, par la lecture des textes… afin que le lecteur fasse une expérience inédite, pas simplement celle des mots dans un livre, mais des mots susceptibles de susciter des émotions en relation avec le lieu. Et l'espace. Certaines sculptures de texte sont à l'étroit, l'une se trouve en hauteur, une autre est en suspension… Elles s'inscrivent dans le paysage.

**Pourquoi avez-vous choisi les mots écrits pour ce projet ?**
Ce projet s'articule autour du mot et célèbre des écrivains néo-zélandais majeurs qui entretiennent des liens étroits avec Wellington. En réponse au brief initial, à savoir « concevoir une série de plaques de bronze au format A4 destinées à être fixées au sol dans Civic Square », j'ai proposé que nous célébrions ces écrivains sur un mode qui serait digne de leurs idées et de leurs écrits. Pour moi, il était évident qu'il s'agirait d'une réponse typographique, recourant à l'outil même de ces écrivains et poètes – le mot écrit – sur un mode qui sorte des sentiers battus.

Le comité a accepté ma proposition, qui s'articulait autour de matériaux comme le béton. L'idée de créer quelque chose de plus sculptural avec la forme littéraire me plaisait beaucoup. Il existe deux types de sculptures de texte – les sculptures traditionnelles dans leur concept, et d'autres plus ambitieuses et rigoureuses. Ensemble, elles créent une association surprenante mais équilibrée. Je voulais choisir un type de sculpture plutôt que l'autre, mais à mesure que le projet prenait forme, je me suis ravisée. Mieux valait laisser les mots choisir. La proposition élaborée pour la *Writers Walk* était beaucoup plus sculpturale et typographique que celle que le comité avait envisagée. Le concept a sans doute fait écho à leur passion pour l'écriture. Pour moi, il s'agissait de célébrer des écrivains et des poètes, les mots, la langue, leurs voix – comment ne pas, dès lors, utiliser cet outil dont je disposais et le pousser jusqu'à ses limites ? J'ai sauté de la page pour me retrouver dans le paysage – c'était grisant.

**Pourquoi avez-vous choisi Helvetica Compressed et Optima ? Quelle est l'importance de la typographie dans ce projet ?**

« Le projet, dans sa conception, se devait d'être digne des écrivains et de leurs mots magnifiques. Ma profonde connaissance de la typographie m'a permis de faire des choix intuitifs. Les caractéristiques des caractères sélectionnés – Helvetica Extra Compressed et Optima – renforcent le contenu et la sensibilité des textes. Ces deux caractères s'articulent différemment. Les textes composés en Helvetica Extra Compressed ont été fabriqués individuellement [100 mm de hauteur sur 35 mm de profondeur], puis assemblés à la main et fixés sur des panneaux en béton. Les caractères s'exposent fièrement, projetant des ombres qui rendent visibles les formes curieuses des espaces négatifs. Les textes en Optima, avec leur léger évasement tendant vers l'empattement, ont été composés comme partie intégrante du panneau de béton – gravés à 10 mm de profondeur, ils permettent aux ombres de se projeter et à l'eau de pluie de ruisseler. À première vue, ces panneaux ressemblent à des formes traditionnelles de « typographie publique » – des mots gravés sur les surfaces en pierre des bâtiments ou des monuments commémoratifs. Cependant, l'empattement – élaboré à partir des exigences de la sculpture sur pierre – a été projeté de façon droite sur la plasticité du béton. C'est un peu étrange, mais le changement de matériau et de mode de production peut aussi être lu à un autre niveau : le projet réinterprète la tradition ancienne d'inscription sur l'environnement bâti[1]. »

[1] In Clark Justine, « Writing by Types », in *Artichoke*, Australie, 2003.

**En général, comment choisissez-vous un caractère typographique ? En utilisez-vous certains plus souvent que d'autres ?**

En général, j'arrête mon choix par rapport à un contenu, et mon travail est façonné par le contenu et son sens. Je n'ai pas à proprement parler de prédilection, mais je suis assez pointilleuse sur les qualités d'un caractère. Je ne prétends nullement être une experte ; ma force est de réagir à l'esthétique visuelle, à la forme d'un caractère et à ce qui arrive à la « voix » du contenu lorsqu'il est composé dans tel caractère plutôt que tel autre. J'ai probablement utilisé plus souvent certains caractères classiques, mais si un nouveau caractère me convainc, je suis heureuse de l'employer.

« Je suis une utilisatrice de caractères classiques, qui généralement donnent de bons résultats. Je continue de chercher des réponses dans les nouveaux caractères, mais je suis rarement satisfaite. Néanmoins, je continue de chercher... J'ai récemment fait l'acquisition de la police parfaite pour la couverture de *STOPOVER* : Bryant Alt Light, conçue en 2002 par Eric Olson, de Process Type Foundry. Le motif entrelacé a été reproduit en creux dans un gris foncé et un bleu Pacifique (qui s'est avéré être argent sur le livre final) sur du papier italien noir non couché. Je suis ravie par les proportions et le rendu de cette police. Elle se marie très bien avec le Letter Gothic (créé en 1956 par Roger Roberson) utilisé pour le corps du texte. Bell Gothic est aussi l'un de mes caractères préférés. J'ai essayé de m'en sevrer, mais j'y suis revenue dernièrement dans deux projets. Je me souviens du jour où j'ai découvert qu'il avait été développé par C. H. Griffith (dans les années 1930), et m'appelant aussi C. H. Griffiths (avec un « s »), j'y ai vu une sorte de signe. J'utilise également beaucoup le Palatino d'Hermann Zapf et l'Optima. Il y a des années, on m'avait demandé de travailler avec le Palatino comme caractère principal pour une université. C'est un caractère joliment formé, et en l'utilisant avec rigueur et sensibilité (inspirée par Zapf), j'ai été capable de donner un tout autre aspect aux publications de l'université. Gill Sans Light est une autre de mes polices préférées, avec le Clarendon, notamment en Bold Light (1953, Hermann Eidenbenz). Chaque projet trouve sa police. Je continue de chercher. Mais je suis difficile à satisfaire[2]. »

[2] Entretien avec Helen Walters, 2005.

En 2007, j'ai utilisé Didot pour un livre – ce fut une très belle expérience –, et, en 2008-2009, Maple Olsen pour le projet TypeSHED11, avec Courier New comme caractère secondaire. Plus récemment, j'ai découvert Dala Floda de Paul Barnes. Lorsque vous accédez à mon site Web, vous tombez directement sur ces magnifiques formes rouges immenses !

**Trouve-t-on des références à l'histoire passée ou contemporaine de l'architecture, du design et de l'art dans votre travail et votre emploi de la typographie ?**
J'imagine que mon travail pourrait être considéré comme lié aux idéaux modernistes. Il est assez difficile de répondre à cette question. Peut-être qu'en regardant mes créations, vous seriez capable d'y répondre à ma place ! Mon travail n'est ni vraiment décoratif ni vraiment classique. Il s'articule autour des notions de sens et de but, de la capacité à communiquer clairement, simplement et avec émotion, d'une façon susceptible de défier le temps.

**Quelle est votre relation à l'architecture ? Et au monde de la recherche artistique ?**
J'entretiens un lien personnel et très intime avec l'architecture sur le plan de l'espace et de la composition. Naturellement, je m'inspire des modernistes ! Je suis fascinée par les projets collaboratifs d'Herzog & de Meuron. Leur livre *Natural History* est exceptionnel. J'ai essayé de les voir à Bâle, mais malheureusement, le rendez-vous n'a pas pu se faire. Ma maison, conçue avec l'architecte néo-zélandais Nicholas Stevens, ou bien un bâtiment ou une structure qui me parle, ce sont des choses du domaine du ressenti. C'est un peu comme la typographie. L'architecture en Nouvelle-Zélande est une discipline forte. En voyageant à l'étranger, je me rends compte aussi de la spécificité de la Nouvelle-Zélande, ces bâtiments publics extraordinaires. Tadao Ando est quelqu'un vers qui je continue de revenir – presque toujours par accident. Alors que je ne suis pas architecte, sa « sensibilité innée à l'espace tridimensionnel » et la clarté de sa logique sont des qualités qui semblent faire inextricablement partie de moi. Sa maîtrise de la texture de la lumière et de l'ombre, des matériaux et de la surface, du son et du temps, sa prise en compte de l'impondérable de la nature humaine – ce sont quelques-uns des aspects du langage que je mets en œuvre comme graphiste et typographe, que ce soit dans le paysage, dans l'architecture ou dans les livres.

Voici trois de ses citations : « Je me suis pris d'intérêt pour la création de formes en bois. Tout comme les personnes ont des personnalités et des visages singuliers, les bois aussi ont des caractéristiques qui leur sont propres... J'ai une connaissance physique directe des personnalités de ces bois, de leurs parfums et de leurs textures. J'en suis arrivé à comprendre l'équilibre absolu entre une forme et la matière dont elle est faite... J'ai vécu la lutte intérieure inhérente à la volonté appliquée dans le but de donner naissance à une forme. En outre, ma chair a appris que la création – c'est-à-dire l'acte d'exprimer du sens par un objet physique – n'est pas chose aisée[3]. »

« Peut-être la beauté des détails ou de la finition importe-t-elle peu. Ce qui importe, c'est la clarté de la logique derrière une composition... la qualité que l'on reconnaît par la raison, non par la perception. Ce qui importe est la "transparence"... la "transparence" d'une logique cohérente[4]. »

« Si, face à un bâtiment, vous ne ressentez pas la "profondeur" ou la philosophie du concepteur, l'architecture n'est rien d'autre alors qu'une activité économique... [et], dans ce cas, n'a pas réellement de sens pour moi[5]. »

Ma recherche, ce sont mes lectures, les discussions et les débats auxquels je participe ; c'est aussi regarder autour de moi – je ne suis pas une universitaire, je suis une praticienne qui cherche à donner du sens aux choses, à faire quelque chose de signifiant.

[3] Powell Kenneth (éd.), *Tadao Ando – Buildings, Projects, Writings*, New York, Rizzoli International, 1984, p. 139.

[4] *The Japan Architect / JA #1: Tadao Ando*, janvier 1991, Tokyo, Shinkenchiku-sha.

[5] Powell Kenneth (éd.), *Tadao Ando – Buildings, Projects, Writings*, New York, Rizzoli International, 1984, p. 139.

**Les « bancs de texte » diffèrent des sculptures de texte. Les avez-vous conçus aussi ?**
Non, ce sont des « catastrophes » typographiques survenues après la polémique ayant suivi la reprise et le sabotage du projet *Writers Walk* par le nouveau comité… Ils m'ont rejetée comme conceptrice, et avec moi la vision initiale du comité fondateur. Mais c'est une autre histoire !

« Il y a eu une réaction forte de la presse et des citoyens. Les habitants de Welligton ont un fort sentiment d'appartenance vis-à-vis de la *Writers Walk* – ils l'ont adoptée, elle a capturé leur imagination, pas seulement ici, mais dans le monde entier. J'imagine qu'il existe une forme de responsabilité des habitants de Wellington pour garantir l'intégrité de la promenade, des auteurs choisis et sa réalisation[6]. »

[6] In Leafsalon, « Talking the Walk », 2005, www.leafsalon.co.nz/archives/000785talking_the_walk.html

# Ilya Kabakov

**Ilya Kabakov,**
***Antenna*,**
**p. 162**
30 janvier 2008

**Pourquoi avez-vous choisi de recourir aux mots écrits dans *Antenna* ?**
Je n'ai pas choisi les mots. Ils sont en quelque sorte « apparus » d'eux-mêmes à l'intérieur de l'antenne. Je me suis simplement contenté de les fixer sur un fil métallique.

**Quel caractère avez-vous utilisé pour *Antenna* ? Qui l'a conçu ?**
Il s'agit du caractère Rabbit, conçu par ce dernier (le lapin).

**Pourquoi avez-vous choisi ce caractère ?**
Je l'ai choisi, car les lapins sont rapides et peuvent se cacher dans l'herbe.

**Quelle est la relation entre l'architecture, la typographie et le design ?**
Celle d'une animosité permanente ; l'architecture n'aime pas la typographie, la typographie déteste l'architecture, et le design les hait tous les deux.

**Quelle a été votre source d'inspiration pour *Antenna* ?**
Elle est liée à l'un de mes plus forts souvenirs d'enfance : du lapin que j'ai mangé à la cantine de l'école pendant que je lisais un livre d'architecture.

# Richard Kindersley

**Richard Kindersley,**
**Station de métro Canning Town,**
**p. 170**
21 octobre 2011

**Comment êtes-vous venu à l'art public ? Vos œuvres sont-elles des projets personnels ou des commandes de clients ?**
J'ai toujours été intéressé par la littérature et la poésie. Certaines de mes œuvres sont des commandes publiques, mais environ cinquante pour-cent sont des œuvres de studio ou d'exposition. Il est très important d'expérimenter en dehors des diktats des clients. Même quand les mots sont choisis par les clients, je n'utilise jamais ceux auxquels je ne crois pas ou que je considère comme triviaux. Heureusement, le client me laisse souvent choisir le texte.

**Quelle est la relation entre vos créations et le paysage ? Quelle est l'importance de l'espace dans votre travail ?**
Je travaille à la fois en zones rurale et urbaine. L'espace dicte souvent l'échelle de l'objet, et le contexte, qu'il s'agisse d'un paysage vallonné ou de paysages urbains saisissants,

a une incidence sur mon choix de matériaux. Parfois, j'opte pour l'empathie, mais à d'autres moments, je choisis délibérément un contraste très fort. Le projet de Canning Town s'intègre à un bâtiment d'architecture moderniste, à l'esthétique dépouillée. Raison pour laquelle il devait s'inscrire directement dans le matériau du bâtiment.

**Pourquoi avez-vous choisi d'utiliser le mot écrit dans vos créations?**
Je réalise des sculptures et des sculptures en relief, figuratives la plupart du temps, mais ma véritable passion, ce sont les mots ; ils peuvent me transporter. Les mots et la poésie peuvent susciter dans mon esprit des associations merveilleuses.

**Comment choisissez-vous vos caractères typographiques? En utilisez-vous certains plus souvent que d'autres?**
Je n'utilise jamais de caractères typographiques ; tout le lettrage est dessiné à la main, et j'espère que cela se voit. Je dessine des lettres qui me semblent appropriées au texte et au matériau à sculpter. L'utilisation de la main et des yeux dans la création du lettrage est l'outil créatif ultime pour la conception de lettres.

**Quelle relation entretenez-vous avec la conception graphique? Et avec l'architecture?**
Je travaille en étroite collaboration avec des architectes qui conçoivent des lettrages ; je suis même membre honoraire du Royal Institute of British Architecture pour mon travail dans ce domaine. Je travaille également dans la conception graphique, et j'ai collaboré, entre autres, avec Alan Fletcher.

**Trouve-t-on des références à l'histoire passée ou contemporaine de l'architecture, du design et de l'art dans votre travail et votre emploi de la typographie?**
Je vais souvent à Rome, à Pompéi et à Florence, accompagné de groupes d'étudiants, car les premières inscriptions de la République et de l'Empire constituent la source et l'inspiration de nos lettrages. En outre, je suis très influencé par les monolithes antiques, dont certains datent de 4000 avant J.-C. et se trouvent dans les régions sauvages du nord de l'Écosse.

**Quelle est la relation entre le lettrage et l'espace dans votre projet pour la station de métro Canning Town?**
Le lettrage est réalisé sur un escalier en béton coulé. L'escalier descend et marque un angle à 90 degrés à chaque niveau. Le lettrage démarre en haut de l'escalier et se déroule vers le bas.

**Quelles sont les caractéristiques les plus importantes du lettrage de Canning Town?**
Comme une large part de mon travail, le lettrage opère à deux niveaux : tout d'abord, le sens premier des mots et, ensuite, la façon dont ils sont assemblés et ouvrent sur d'autres significations. Ce second niveau est d'ordre esthétique : procurer du plaisir par le design et la décoration.

Comme le lettrage est gravé directement dans la surface du bâtiment, il est influencé par le béton. En d'autres termes, la matière exerce une influence sur les lettres.

À Canning Town, les caractères devaient être résistants et assez épurés, tout en étant élégants. Ils s'intègrent harmonieusement à l'architecture moderniste de la gare.

**Quelles interactions les passants entretiennent-ils avec l'installation de Canning Town?**
L'inscription est vue par les usagers lorsqu'ils empruntent les correspondances. La plupart de ces usagers prenant les transports matins et soirs voient donc l'installation

plusieurs fois. La dimension ornementale masque le message, relatif à l'histoire locale, et cet obscurcissement délibéré ne donne pas accès immédiatement aux mots. Cependant, au fil de leurs visites, les usagers commencent à déchiffrer le message écrit. De la sorte, l'intérêt pour l'installation est prolongé, pour longtemps, espérons-le.

# Attila F. Kovács

**Attila F. Kovács, Musée de la Maison de la terreur, p. 184**
3 janvier 2012

**Quelle est la relation entre la corniche noire, les mots et le contexte urbain? Quelle est l'importance de l'espace dans ce projet?**
La corniche noire distingue le bâtiment des autres sur le boulevard. Elle fait office de signet. Le bâtiment est transformé en objet-statue, avec des fenêtres aveugles peintes en gris, de la couleur des uniformes de la police secrète : la corniche délimite le cadre d'un objet figé. Dans ce bâtiment, des personnes ont été exécutées, pendues et torturées à mort. La corniche noire crée un espace virtuel et sombre autour de l'un des bâtiments les plus redoutés de Budapest.

**Pourquoi avez-vous choisi d'utiliser le mot écrit dans ce projet?**
La propagande communiste ou fasciste recourait aux slogans. Les mots, combinés aux affiches politiques, jouaient un rôle important en tant que symbole visuel du sens.

**Quel caractère avez-vous utilisé et qui l'a conçu? Pourquoi l'avez-vous choisi?**
J'ai conçu le caractère en m'inspirant de pochoirs des années 1950. J'aime ces caractères simples. En outre, ils devaient être pratiques, afin d'être découpés dans les passe-partout et de projeter une ombre caractéristique.

**Trouve-t-on des références à l'histoire passée ou contemporaine de l'architecture, du design et de l'art dans votre travail et votre emploi de la typographie?**
Pas vraiment, tout est de mon invention; il n'existe pas à proprement parler de travaux similaires. Vous pouvez même lire le mot du ciel. Le négatif symbolise la puissance destructrice, mais en même temps, la lumière peut passer à travers et découper les lettres, affichant le sens de la corniche noire sur la façade.

**Quelle relation existe-t-il entre vos créations et l'architecture, le design et la recherche artistique?**
Je ne peux les séparer; mon approche est celle du *Gesamtkunstwerk* (œuvre d'art totale), et la vision doit venir de l'intérieur.

# Anton Parsons

**Anton Parsons, *Invisible City*, p. 210**
5 décembre 2011

**Comment êtes-vous venu à l'art public et pourquoi avez-vous décidé d'installer *Invisible City* dans un lieu public?**
Par nature, l'art public se doit d'être universel, compris par tous ou par personne. Je n'aime pas l'idée que les règles varient en fonction des gens, ni que certaines personnes « pigent » tandis que d'autres passent à côté. Dès lors, je préfère conserver le sens caché de mes créations, ou tout du moins laisser la tâche de « compréhension de l'art » du côté du spectateur.

Avec *Invisible City*, j'ai voulu briser certains des murs entre l'art public et l'art privé. L'art public, notamment celui exposé dans des espaces autres que les galeries, répond à certaines règles. Ainsi, il est parfaitement acceptable de toucher une sculpture dans un parc ou sur une place, mais inacceptable dans une galerie ou une maison. Dans sa forme d'origine, *Invisible City* était une dalle de braille en bois créée pour une exposition à la Hamish Mckay Gallery de Wellington. Elle enfreignait l'une des premières règles de l'art dans l'espace privé, à savoir l'interdiction de toucher.

Le braille est en effet une forme de communication qui doit être touchée pour être comprise. Quant au titre de l'œuvre, il vient d'un poème que Peter Beatson a écrit en mémoire de son chien guide, et il traite de la relation des non-voyants à la ville.

Je suis heureux que *Invisible City* ait été exposée à Wellington, qui est peut-être la seule véritable ville de Nouvelle-Zélande. Le cœur de Wellington est très compact, niché entre des collines sur trois côtés et le port sur le quatrième. D'autres villes de Nouvelle-Zélande ont tendance à se développer en s'étendant sur la campagne environnante. Wellington reste contenue dans un espace relativement restreint et conserve une identité très forte. C'est aussi une capitale et, à ce titre, elle est bien structurée ; l'architecture reflète l'organisation du gouvernement, partant du parlement pour gagner la périphérie. En outre, il s'agit d'une ville très égalitaire ; des citoyens viennent de toute la Nouvelle-Zélande pour participer à sa démocratie. Dès lors, elle doit accueillir la diversité – ethnique, économique et politique.

**Pourquoi avez-vous choisi d'utiliser le mot écrit dans votre création ? Quelle est l'importance des mots dans votre sculpture ?**

L'aspect pervers de l'installation est que son texte en braille n'est pas déchiffrable par les aveugles. Une vraie ligne en braille sur du papier perforé a une hauteur de 10 mm et se lit avec le bout des doigts. Les caractères en acier inoxydable (dénommés matrices) ont été agrandis dans *Invisible City* et mis à l'échelle, de sorte que la matrice braille se lit non plus du bout des doigts, mais avec l'ensemble de la main. Avec ce changement d'échelle, l'installation n'est plus « lisible » par les aveugles. Ces derniers ne peuvent donc pas déchiffrer le poème, et les voyants non plus. Aucune traduction n'est fournie. Il en résulte qu'une œuvre baptisée *Invisible City*, qui recourt à l'alphabet des aveugles, est en fait invisible quant à sa signification.

L'auteur du poème, Peter Beatson, considérait comme moi que le texte devait rester caché. Puis, une fois l'œuvre terminée et installée dans la rue, il était plus ambivalent. Je comprends son point de vue : quel est l'intérêt de fournir un poème que personne ne peut lire ? Mais, pour moi tout du moins, il s'agit là du point essentiel. Tout l'intérêt tient dans cette ambiguïté. En outre, la décision de cacher le sens au public est très fidèle au poème d'origine. Lorsque vous êtes aveugle et que vous vous déplacez seul en ville, vos autres sens s'aiguisent pour compenser la perte de la vue. L'ouïe, par exemple, devient très importante. Mais Wellington, comme Chicago, est une ville venteuse. Et le vent balaie les sons sur lesquels s'appuient les non-voyants, les bruits de la circulation, la sonnerie aux passages piétons qui signale que c'est à vous de traverser, les carillons des horloges de la ville qui indiquent que vous êtes en avance ou en retard. Un vers du poème dit ainsi : « trahi par le vent/mes cartes sonores détruites ». Pour un non-voyant s'orientant dans la ville, se retrouver soudain devant *Invisible City*, une œuvre d'art public que personne ne peut lire, mais qui est tactile et, en outre, visuelle pour les personnes voyantes, s'avère être une expérience très ambiguë.

**Quelle relation les passants entretiennent-ils avec l'installation ?**
La dimension des dalles d'acier inoxydable est telle que celles-ci ne peuvent être touchées que les bras tendus : la dimension globale de l'œuvre est en rapport direct avec le corps et est accessible à celui-ci. La forme et la hauteur des dalles correspondent grosso modo à celles d'un plan de rues. Ce type de panneau a une vocation informative, mais crée aussi une ligne de séparation entre ceux qui connaissent la ville et ceux qui s'y perdent. Dans *Invisible City*, cette ligne de séparation est effacée ; tout le monde est perdu, les panneaux ne sont d'aucune utilité. Les passants doivent compter sur d'autres sens, comme le toucher, pour trouver un sens à l'œuvre. Comme il existe chez les personnes voyantes une sorte de consensus tacite selon lequel des mots en braille « doivent signifier quelque chose », la relation est enclenchée, comme lorsqu'il manque un mot dans une grille de mots croisés : on relit sans cesse la définition, persuadé qu'on trouvera la solution si l'on continue à se creuser les méninges.

# Maarten de Reus

**Maarten de Reus,**
***G.R.O.E.N.*,**
**p. 238**
26 octobre 2011

**Comment êtes-vous venu à l'art public ? Vos œuvres sont-elles des projets personnels ou des commandes de clients ?**
Il existe en Hollande une longue tradition de l'art dans l'espace public. Dans la première moitié du XXe siècle, on considérait qu'il était bon pour les ouvriers de se familiariser avec l'art. Dans les années 1950, une loi a été adoptée stipulant qu'un pour-cent du budget alloué aux grands chantiers devait être consacré à l'art public. Les œuvres sont attribuées par concours, qui peuvent être ouverts et rassembler des centaines de concurrents, ou fermés et réunir trois ou quatre artistes. Je suis généralement sollicité pour les seconds, qui sont plus faciles à remporter. Il règne habituellement une grande liberté d'expression. Pour moi, il est préférable de tenter sa chance avec un concept fort plutôt que de s'astreindre à rester entre les limites définies.

**Quelle relation existe-t-il entre votre travail et son contexte urbain ? Quelle est l'importance de l'espace dans ce projet ?**
Tout est affaire d'espace. L'espace est mon obsession depuis l'université. J'aime la façon dont les choses prennent leur place, dont elles rendent signifiant l'espace autour d'elles, dont elles le chargent de points de vue riches de sens.

**Pourquoi avez-vous choisi d'utiliser le mot écrit dans vos œuvres ?**
C'est une longue histoire. J'ai réalisé mon premier « mot-image » à l'université. Le musée municipal avait décidé de rénover un ancien kiosque dans le centre d'Arnhem. Avec Rob Hamelijnck, j'ai décidé de le traiter aussi simplement que possible, sans trop « l'artifier », selon le principe suivant : un grand panneau avec le mot *kunst* [« art » en néerlandais] en majuscules sur le toit. Les médias se sont déchaînés : « L'art se décrète-t-il ? » Après ce projet, j'ai utilisé le mot écrit en d'autres occasions.

**Quelle est l'importance de la typographie dans votre travail ?**
Tout à la fois aucune et beaucoup. Je ne suis pas typographe. Je n'ai pas une grande connaissance de la typographie ni une grande sensibilité dans ce domaine. Je me considère comme un béotien. Néanmoins, la forme des lettres est importante pour moi. Les lettres doivent avoir un comportement. Pour *G.R.O.E.N.*, elles devaient être carrées et grasses. Je les ai donc créées comme elles se devaient d'être.

**Comment choisissez-vous un caractère ? En utilisez-vous certains plus souvent que d'autres ?**
Dans la logique de ce que je viens de dire, je conçois généralement moi-même mes lettres. De nombreux paramètres sont déterminés par les coûts ou le nombre de courbes par exemple.

**Quelle est votre relation au monde du graphisme ? Et à celui de l'architecture ?**
J'ai une très grande considération pour le typographe Wigger Bierma. Il me conseille parfois sur les formes ; il apprécie mon « ignorance », soutenant qu'elle me donne une plus grande liberté, qui n'est pas entravée par des règles ou la recherche de l'originalité ou de l'effet de mode.

**Trouve-t-on des références à l'histoire passée ou contemporaine de l'architecture, du design et de l'art dans votre travail et votre emploi de la typographie ?**
Mon approche concernant le travail sur les caractères se comprend à l'aune d'une pratique de l'Égypte ancienne, où un prêtre était affecté au rituel de « l'ouverture de la bouche » sur les personnes et les objets. Une table, par exemple, ne pouvait pas faire partie de la « famille table » tant qu'un prêtre n'avait pas procédé au rituel. Souvent, parmi les ornementations de la table, une inscription témoignait de l'exécution de ce rituel. J'aime les liens étroits entre le langage, l'image, l'objet, les symboles, le discours et le sens que ce rituel suggère.

# Peter St John

**Caruso St John, Signalétique du quartier Bankside,** **p. 94**
20 octobre 2011

**Pourquoi avez-vous choisi d'utiliser le mot écrit dans la signalétique du quartier Bankside ? Et pourquoi dans de telles dimensions ?**
Il s'agit d'une signalétique pour des destinations très diverses, et seuls des mots pouvaient convenir. Nous avons beaucoup utilisé le mot « Bankside », car à ce moment-là, avant l'ouverture de la Tate Modern, les Londoniens connaissaient mal cette partie de la ville. Le projet Bankside consistait à donner un nom et une marque de fabrique à une partie de la ville qui en était dépourvue.

**Quel lien existe-t-il entre le mot « Bankside » et son contexte ? Quelle est l'importance de l'espace dans ce projet ?**
Il s'agit d'un lien avant tout spatial. La taille des panneaux est choisie en fonction de l'espace dans lequel ils s'intègrent. L'installation comprend des grands panneaux pouvant être vus depuis l'autre rive de la Tamise ou depuis une voiture, et des panneaux plus petits et destinés aux piétons, sur la chaussée. L'idée du projet était de mettre en place une signalétique contextuelle, en jouant sur les dimensions et les matériaux. Mais l'ensemble est cohérent et unifié, grâce à la typographie. Il s'agit d'un système organique, s'efforçant de refléter la richesse de ce quartier de Londres.

**Combien y a-t-il d'occurrences du mot « Bankside » ? Où se trouvent-elles et dans quel matériau sont-elles fabriquées ?**
Au total, l'installation comprend environ 500 panneaux, dans une dizaine de matériaux et de supports différents. Il existe quatre occurrences du mot « Bankside » :

1. Sur la berge de la Tamise. Les caractères sont en iroko, un bois dur. Le mot est placé de sorte à être visible de l'autre rive et du pont du Millenium. Les caractères

sont sous la ligne de flottaison et ne sont visibles qu'à marée basse. Le panneau est en bois et, avec le temps et sous l'action des algues, il a pris une teinte vert vif.

2. En bleu sur une clôture en métal galvanisé sur Great Guildford Street. La clôture ceint une aire de jeux derrière la Tate Modern. Les trous dans la clôture sont si grands que les caractères ne sont clairement lisibles que selon une perspective oblique, de sorte que le panneau semble disparaître quand on passe devant.

3. En blanc sur un mur de briques sous le pont de chemin de fer de Southwark Street. Ce panneau a été modifié ultérieurement par le graffeur Banksy qui y a signé son nom. Il a été recouvert par une autre inscription et est aujourd'hui perdu.

4. De gros caractères en miroir argenté sur un vieux mur de briques d'un pont de chemin de fer, à environ deux cents mètres au sud de Southwark Street. Pour tous ces panneaux, il s'agissait d'établir un lien spatial avec le lieu, de les rendre interactifs au mouvement, et de jouer sur la différence de perception de près et de loin.

**Quelle importance le choix des matériaux a-t-il prise?**
Ce projet s'articule autour de matériaux spécifiques. Son concept renvoie à une idée romantique de l'histoire et du caractère des lieux. Par exemple, les grands panneaux peints directement sur les murs font référence à la tradition victorienne consistant à peindre des slogans publicitaires sur les bâtiments. Les panneaux sur les trottoirs sont simplement des plaques d'égout qui ont remplacé celles d'origine. Les plaques de rue à l'angle des bâtiments sont en émail vitrifié, matériau traditionnel de la signalétique urbaine, remplacé désormais par du plastique dans la plupart des rues de Londres.

**Pourquoi avez-vous choisi le caractère Akzidenz Grotesk? Quelle est l'importance de la typographie dans ce travail?**
Nous utilisons toujours ce caractère, car il est banal tout en ayant le minimum de style requis.

**Quelle est votre relation à la conception graphique? Et à la recherche artistique?**
Nous faisons parfois appel à des concepteurs graphiques, même si cela n'a pas été le cas sur ce projet. Ici, la partie graphique constituait une composante à part entière de notre création. Dans un premier temps, nous avons travaillé avec un artiste (Roy Voss) pour développer le concept. C'est une méthode de travail que nous avons tendance à privilégier. Nous sommes influencés par de nombreux artistes; la liste est longue!

**Trouve-t-on des références à l'histoire passée ou contemporaine de l'architecture, du design et de l'art dans votre travail et votre emploi de la typographie?**
Le projet fait référence au passé, mais il est contemporain. Il ne cherche pas à recréer un passé, mais invente quelque chose de nouveau à partir du passé et du présent, quelque chose de riche, de complexe et d'ambigu. Peut-être l'influence la plus importante est-elle celle de Robert Smithson, dont le travail est à la fois contemporain et archaïque.

# Paula Scher

**Paula Scher/Pentagram, Centre des arts du spectacle du New Jersey, p. 224**
26 novembre 2007

**Quelle est la relation entre le Centre des arts du spectacle du New Jersey (NJPAC) et son contexte? Comment celui-ci a-t-il influencé le projet et inversement?**
Le Centre des arts du spectacle du New Jersey est situé dans une zone urbaine qui s'embourgeoise. À Newark, dans le New Jersey, il y a encore des usines. Pas très loin du NJPAC se trouvent des garages avec des lettres peintes sur les bâtiments. Le lettrage du bâtiment du NJPAC est si élégant qu'il tire vers le haut l'apparence du quartier.

**Vous avez utilisé le caractère Agency. Qu'est-ce qui a motivé votre choix?**
J'ai choisi Agency en raison de sa forme condensée. En capitales, il convenait bien aux caractéristiques du bâtiment.

**Trouve-t-on des références à l'histoire passée ou contemporaine de l'architecture, du design et de l'art dans votre travail et votre emploi de la typographie?**
À l'époque victorienne, il était courant de peindre sur les façades des théâtres des informations sur les spectacles et les pièces. Les restes à demi effacés de ces lettrages sont encore visibles sur les théâtres de Covent Garden à Londres.

# Pierre di Sciullo

**Pierre di Sciullo, Centre national de la danse, p. 246**
21 février 2008

**Pourquoi avez-vous choisi de recourir au lettrage dans votre travail?**
Parce qu'il constituait la meilleure option pour transmettre l'information essentielle. Depuis vingt ans, ce bâtiment abritait des bureaux administratifs, et il allait être transformé en espace dédié à la danse. Je ne voulais pas installer de « signe institutionnel » à échelle urbaine, qui aurait été en contradiction avec la réalité de la recherche et de la création en danse. J'ai dû concilier cet aspect avec l'environnement industriel.

**Quelle relation existe-t-il entre le mot danse et son contexte? Quelle est l'importance de l'espace dans ce projet?**
Pantin est une banlieue industrielle : usines, entrepôts, anciens moulins industriels. Des bâtiments résidentiels ont été construits à la périphérie, et ils comportent souvent de grands panneaux publicitaires. L'installation d'une enseigne a donc été ma façon de jouer avec le cadre de référence, de créer un lien avec le contexte urbain local.

**Comment avez-vous choisi le caractère du mot « danse »?**
Le caractère utilisé est une variante du Minimum qui semble avoir été soumise à une puissante force de gravité, comme lors de l'atterrissage d'un avion. La relation avec la danse est évidente. C'est aussi un jeu sur les motifs de la façade, les coupes orthogonales et les plis du béton. J'ai notamment mis l'accent sur le fonctionnement de l'enseigne de jour comme de nuit, la façon dont il reçoit la lumière extérieure le jour et en émet la nuit.

**Quelle est votre relation au monde de l'architecture? Et à celui de l'art?**
Je travaille avec des architectes depuis plusieurs années. C'est passionnant et frustrant tout à la fois. La plupart des architectes que je rencontre sont ouverts aux arts

plastiques, mais leur processus de création est si complexe qu'il est très difficile pour moi d'intervenir autrement que comme simple exécutant.

L'attitude du client est cruciale. À Pantin, nous avons bénéficié de conjonctions astrales miraculeuses.

Mes liens avec le monde de l'art sont ténus. Je suis une sorte de flibustier : j'ai choisi volontairement de ne pas collaborer avec des galeries, de ne pas troquer ma légitimité. Parallèlement, comme je travaille sur des projets commandés par des institutions, je dois faire avec une certaine dimension formelle. Cela me fait sourire, car ce sont souvent dans des contextes institutionnels que j'ai le plus de liberté. De mon point de vue, je suis un artiste actif dans divers domaines parce que j'aime apprendre. Il me semble parfois que ma recherche ne progresse pas assez vite, que je me perds moi-même un peu.

**Trouve-t-on des références à l'histoire passée ou contemporaine de l'architecture, du design et de l'art dans le Centre national de la danse et votre emploi de la typographie ?**

Bonne question ! Pour y répondre, même partiellement, j'ai besoin d'un schéma (voir ci-dessous). Il faisait partie du dossier de projet. Ma position n'est pas statique ; aujourd'hui, je donnerais d'autres interprétations. Mais ce schéma a le mérite de clarifier un certain nombre de choses.

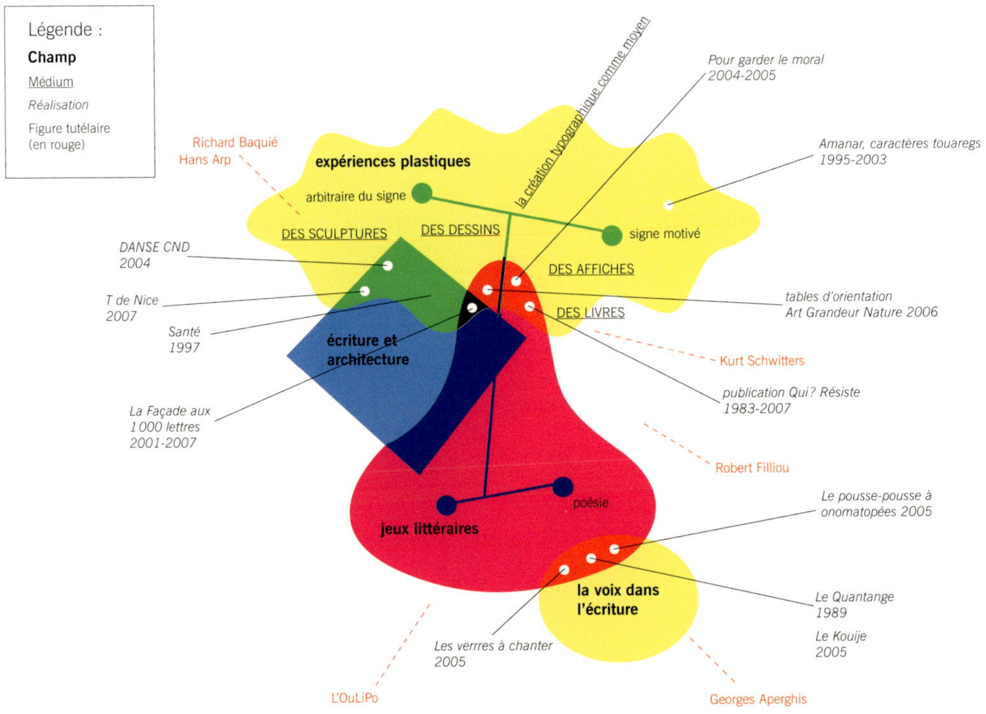


*Tentative de repérage des explorations récentes, Pierre di Sciullo, juin 2007 (adaptation).*

# Lawrence Weiner

**Lawrence Weiner,**
***A Translation from One Language to Another*,**
**p. 266**
**Plaques d'égout de New York,**
**p. 274**
3 mars 2008

**Quel est le lien entre votre travail et son contexte? Quelle est l'importance de l'espace dans ce travail?**
Le contenu de la sculpture (essentiellement le sens des mots) fonctionne en tant qu'objet et en devient un dans le paysage. Dans les faits, c'est un élément du paysage. L'espace devient lieu.

**Quelle relation les passants entretiennent-ils avec les mots dans vos œuvres?**
Comme les objets, les mots ont un sens.

**Pourquoi avez-vous choisi Franklin Gothic avec un I modifié pour les plaques d'égout? Quelle est l'importance de la typographie dans ce travail?**
La typographie présente l'œuvre. Il s'agit donc de trouver l'élégance, mais sans autorité et sans dépendance envers un sens historique.

**Quelle est la relation entre les mots, le fer et le contexte urbain dans le projet *A Translation from one Language to Another*?**
L'utilisation du fer relève d'un choix pragmatique. À l'origine, on avait opté pour la pierre, mais celle-ci n'était pas assez robuste pour le lieu prévu.

**Quelles sont les interactions des passants avec les mots?**
Ils les voient.

**Quel caractère avez-vous utilisé ou adapté pour ce projet?**
L'original présenté en 1969 dans un magazine était en Royal Typewriter standard. Celui utilisée pour le Spui est du Franklin Gothic Condensed dont les bords ont été arrondis en raison du procédé de coulage de la fonte.

**Existe-t-il des références à l'histoire passée ou contemporaine de l'architecture, du design et de l'art dans ce projet et votre emploi de la typographie?**
Une référence aux pierres tombales.

**Quel est votre rapport à la conception graphique et à l'architecture?**
J'utilise la conception graphique et je vis dans l'architecture.

**Pourquoi avez-vous nommé votre caractère Margaret Seaworthy?**
Cela semblait être son nom.

# Annexes

# Informations sur les artistes

## Ahn Sang-soo

**Portail en hangul, p. 28**

Né en 1952 à Chungju en Corée du Sud, Ahn Sang-soo sort diplômé de l'université Hongik de Séoul et devient professeur en 1991. Aujourd'hui, il exerce comme designer graphique et typographique, conduit des recherches sur le hangul, l'alphabet coréen, et est aussi artiste visuel. Depuis 1988, il est directeur artistique du magazine *Report*. Il s'est vu décerner de nombreux prix dont, en 1988, un hommage de la Korean Language Academy pour sa contribution à la réinterprétation et la promotion de l'alphabet hangul. Il effectue de nombreux déplacements pour des conférences et la promotion de la création graphique coréenne. Il est le créateur de quatre caractères typographiques. De 1997 à 2001, il est vice-président d'Icograda (International Council of Graphic Design Associations) et membre de l'Alliance graphique internationale. Une monographie de son travail est disponible aux éditions Pyramyd (*Ahn Sang-soo*, collection « design&designer », 2005).

## Ashton Raggatt McDougall

**Centre culturel de Marion, p. 34**

Le studio Ashton Raggatt McDougall (ARM) est fondé en 1986 à Melbourne, en Australie, par Steve Ashton, Howard Raggatt et Ian McDougall. Spécialisé dans la conception architecturale, urbaine, paysagère et d'intérieur, ce collectif se fait connaître très tôt par ses projets pour des logements sociaux et des centres de santé, puis des projets plus ambitieux comme le RMIT Storey Hall (1995), le Musée national d'Australie à Canberra (2000), le centre culturel de Marion (2001) et le projet des docks de Melbourne (achevé en 2007). Grâce à ses réalisations innovantes, il reçoit de nombreux prix, en Australie comme à l'étranger, et expose notamment à la Biennale de Venise et au Royal College of Art de Londres.

## Michael Bierut

**Signalétique de l'immeuble du *New York Times*, p. 216**

Né en 1957 à Cleveland, dans l'Ohio, Michael Bierut obtient en 1980 son diplôme en conception graphique au Cincinnati College of Design, Architecture, Art and Planning. Après ses études, il travaille pendant dix ans pour Vignelli Associates, où il est nommé vice-président de la conception graphique. En 1990, il devient associé chez Pentagram à New York, studio comptant parmi ses clients prestigieux Disney, United Airlines, Motorola, les universités de Yale et de Princeton, la Brooklyn Academy of Music et le magazine *New York*. En tant que concepteur graphique, ses activités regroupent la création d'identités d'entreprises, la conception éditoriale, les systèmes de signalisation, le graphisme environnemental ainsi que les stratégies marketing. Il est coéditeur de la collection *Looking Closer: Critical Writings on Graphic Design*, publiée par Allworth Press. Par ailleurs, il a coédité et conçu la monographie *Tibor Kalman: Perverse Optimist*. Il s'est vu décerner de nombreux prix, et ses œuvres sont exposées dans les musées du monde entier. De 1988 à 1990, il préside la branche new-yorkaise de l'AIGA (American Institute of Graphic Arts) et est président émérite d'AIGA National, dont il a reçu la médaille en 2006. En 2008, il obtient le Design Mind Award aux National Design Awards organisées par Cooper-Hewitt, le National Design Museum et la Smithsonian Institution. Il fait partie de l'équipe d'enseignants en conception graphique à la Yale School of Art.

## BBPR

**Mémorial des déportés pour motifs politiques et raciaux, p. 42**

Créé à Milan en 1932 par Gianluigi Banfi, Lodovico Barbiano di Belgiojoso, Enrico Peressutti et Ernesto Nathan Rogers lors de leurs dernières années d'études au Politecnico de Milan, le collectif d'architectes BBPR multiplie les domaines d'intervention – aménagement du territoire, conception architecturale, conception de décors et de meubles –, cherchant à démontrer les principes qui sous-tendent l'architecture moderne. Unis dans leur opposition au conformisme politique du régime fasciste, tous sont pris dans les événements tragiques de cette époque. Rogers, notamment, est forcé par les lois raciales à fuir en Suisse en 1938 (sa mère est juive). Banfi et Belgiojoso, arrêtés en 1944, sont emprisonnés puis déportés, et Banfi meurt en déportation. Après la guerre, BBPR maintient sa position politique, réalisant un certain nombre de projets commémorant les victimes de la violence nazie et fasciste, dont le monument du cimetière de Milan dédié aux victimes des camps de concentration, le mémorial des déportés pour motifs politiques et raciaux de Carpi ainsi que le mémorial de Gusen. Les membres de BBPR sont également à l'initiative de nombreux projets et débats théoriques (avec Rogers, qui est l'éditeur des magazines *Domus* et *Casabella*), tout en enseignant dans des universités italiennes et étrangères.

## Joan Brossa

***Bàrcino*, p. 54**

***Poème visuel praticable*, p. 62**

***Poème visuel pour une façade*, p. 70**

Poète, dramaturge et artiste, Joan Brossa (1919-1998) naît à Barcelone. Il commence à écrire pendant la guerre civile espagnole, lors de laquelle il combat aux côtés des Républicains. Convaincu qu'il n'existe pas de démarcation entre les disciplines artistiques, il embrasse dans son œuvre la poésie, le cinéma, le théâtre, la musique, le cabaret, la magie et le cirque. Son travail porte les influences de la psychanalyse freudienne et de la poésie, notamment celle de Mallarmé, que Brossa considère comme un modèle de rigueur intellectuelle et un précurseur du calligramme. Sa vie est jalonnée de rencontres importantes : Joan Prats, Josep Vicenç Foix, le groupe ADLAN et Joan Miró, qui l'introduisent dans les milieux de l'avant-garde européenne ainsi qu'au surréalisme et au dadaïsme. Autre période importante de sa vie, sa rencontre avec le poète brésilien João Cabral de Melo, qui l'encourage à approfondir sa connaissance de la pensée marxiste. Il fonde *Dau al Set*, magazine incontournable dans le mouvement de l'avant-garde catalane de l'époque. En 1943, il crée son premier « poème-objet », une petite sculpture constituée d'une sélection hétéroclite d'objets renvoyant au concept surréaliste de l'association libre. Il consacre ses dernières années à la poésie visuelle urbaine, dotant ses œuvres d'une dimension publique. Il se voit décerner de nombreux prix, dont le National Prize for the Plastic Arts en 1992, le National Theatre Prize en 1998, la Médaille Picasso de l'Unesco, un diplôme honorifique de l'Universitat autònoma de Barcelone en 1999, et devient membre honoraire de la Associació d'Escriptors en Llengua Catalana. Son œuvre littéraire conséquente, rédigée en catalan, est traduite dans de nombreuses langues.

## Paul Carter

***Nearamnew*, p. 82**

Né en 1951 à Oxford au Royaume-Uni, Paul Carter étudie à l'université d'Oxford avant de s'installer en Italie, en Espagne et, à partir de 1980, en Australie, où il est aujourd'hui chargé de recherche à la faculté d'architecture de l'université de Melbourne. Écrivain prolifique, il est l'auteur de nombreux livres. Il crée également nombre d'œuvres d'art public, dont beaucoup renvoient au mot écrit ou parlé, comme *Named in the Margin* (1990, Hyde Park Barracks, Sydney), *The Calling to Come* (1995, musée de Sidney), *Relay with Ruark Lewis* (Jeux Olympiques de Sydney de 2000) et *Nearamnew* (2003, Federation Square, Melbourne).

## Caruso St John

**Signalétique du quartier Bankside, p. 94**

Adam Caruso (1962) et Peter St John (1959) montent leur cabinet d'architectes à Londres en 1990. Ils doivent leur renommée internationale au projet de la New Art Gallery de Walsall en 1995. Depuis, ils ont réalisé une grande variété de projets, publics et privés, grands et petits, s'attachant notamment à l'emploi des matériaux. En 2010, ils ouvrent un deuxième bureau à Zurich. Deux de leurs projets, le New Art Gallery de Walsall (2000) et le Brick House de Londres (2006) sont nommés pour le prix Stirling. Ils comptent parmi leurs clients la Tate Britain, la ville de Lille, Bremer Landesbank ainsi que SBB (les chemins de fer suisses). Impliqués également dans la recherche, les deux architectes et nombre de leurs collaborateurs enseignent dans des écoles d'architecture.

## Chermayeff & Geismar

**9 West 57ᵉ rue, p. 102**

Ivan Chermayeff (1932) et Thomas Geismar (1931) débutent leur collaboration en 1958 et travaillent depuis ensemble sur de nombreux projets. Ils se spécialisent dans l'identité d'entreprise et de marque, la conception éditoriale, les catalogues et les expositions, les animations graphiques et l'art. Leur entreprise est basée à New York, mais réalise des projets en Europe, en Asie, en Amérique latine et au Moyen-Orient, ainsi qu'aux États-Unis. Dirigée par les deux fondateurs, elle s'adjoint un troisième partenaire, le concepteur Sagi Haviv. Leur travail est unanimement salué dans le monde entier.

## Estudio SIC & Buj + Colón

**Monument aux victimes du 11 mars 2004, p. 108**

Estudio SIC est créé à Madrid en 2002 par les architectes Esaú Acosta, Mauro Gil-Fournier Esquerra et Miguel Jaenicke Fontao, tous diplômés de la Escuela Técnica Superior de Arquitectura de Madrid. Leurs travaux s'articulent autour de la relation dynamique entre l'architecture et le paysage, la collaboration multidisciplinaire, les espaces publics, la durabilité et l'identité urbaine.

Raquel Buj García et Pedro Colón de Carvajal Salís ont eux aussi étudié à la Escuela Técnica Superior de Arquitectura de Madrid et préparent actuellement un doctorat en projets architecturaux dans cet institut. Depuis 2002, ils collaborent à des projets de conception urbaine et paysagère, d'architecture et de design.

## FA+

***Citat*, p. 116**

Le groupe FA+, qui voit le jour en 1992 à Stockholm, réunit les artistes Ingrid Falk (1960, Stockholm) et Gustavo Aguerre (1953, Buenos Aires). L'acronyme FA+ correspond aux initiales des deux fondateurs, le symbole + désignant leurs différents collaborateurs sur les travaux. FA+ a réalisé une quarantaine de projets dans différents pays, auxquels s'ajoutent des missions de conservation et d'enseignement, ainsi que l'animation de séminaires dans des musées et des universités. Gustavo Aguerre et Ingrid Falk ont reçu le prix d'honneur de la ville de Stockholm.

## Ian Hamilton Finlay

**La Petite Sparte, p. 124**

Ian Hamilton Finlay (1925-2006) est né à Nassau, aux Bahamas, de parents écossais. Artiste, poète et écrivain, il publie son premier livre, *The Sea Bed and Other Stories* en 1958, puis, en 1961, un recueil de poèmes, *The Dancers Inherit the Party*. La même année, il fonde Wild Hawthorn Press, qui publie les œuvres de plusieurs artistes avant de se concentrer sur les siennes. Son œuvre se caractérise par sa qualité et son innovation formelle. Dans les années 1960, il s'intéresse à la poésie concrète. En 1966, il emménage avec sa famille dans une ferme à Stonypath, dans les collines du sud-ouest d'Édimbourg, qui deviendra La Petite Sparte. L'œuvre de Finlay est exposée dans des galeries du monde entier, et une cinquantaine de ses créations sont installées dans des espaces publics. Il se voit décerner de nombreux prix, deux doctorats honorifiques et le titre de professeur *honoris causa* par des universités écossaises.

## Catherine Griffiths

***Wellington Writers Walk*, p. 132**

Née en 1966, Catherine Griffiths obtient en 1986 son diplôme en design et communication visuelle. Elle travaille d'abord à Londres puis, à partir de 1995, à Wellington, en Nouvelle-Zélande, où elle monte son studio. Outre ses écrits sur le design, elle oriente son travail sur le design de communication, les livres d'artistes autoproduits, l'identité de marque et d'entreprise, ainsi que la conception et la typographie dans le paysage. En 2002, elle reçoit le prestigieux New Zealand Stringer Award pour son projet *Wellington Writers Walk*. En 2009, en collaboration avec Simone Wolf de Typevents Italy, elle organise TypeSHED11, le premier colloque typographique en Nouvelle-Zélande.

## Rudolph de Harak

**Horloge digitale, p. 144**

Né à Culver City en Californie, Rudolph de Harak (1924-2002) étudie à la School of Industrial Arts avant de travailler dans un studio à Los Angeles et de fonder, avec Saul Bass, Alvin Lustig et Lou Danziger, la Los Angeles Society for Contemporary Designers. À New York, il travaille comme directeur artistique pour *Seventeen* et comme illustrateur pour *Esquire*, tout en collaborant pendant vingt ans comme créateur d'images avec la Kurt Versen Lighting Company. Dans les années 1960, il se fait connaître du grand public pour ses créations typographiques de l'aile égyptienne du Metropolitan Museum of Art et l'installation sur John Street à Manhattan. Pendant sa carrière, il conçoit des centaines d'affiches, de pochettes de disques et de couvertures de livres, dont les 350 couvertures de la collection poche de McGraw-Hill. Il enseigne à la Cooper Union et à l'université de Yale. En 1993, l'AIGA lui décerne une médaille pour l'ensemble de sa carrière. Il quitte New York dans les années 1970 et s'installe avec sa femme dans le Maine, dans une maison qu'ils ont conçue eux-mêmes.

## Robert Indiana

***LOVE*, p. 150**

Né en 1928 à New Castle, dans l'Indiana, Robert Indiana (Robert Clark) fait ses études à l'université de Syracuse et à l'institut Munson-Williams-Proctor d'Utica. De 1949 à 1953, il étudie la peinture et le graphisme au School of the Art Institute de Chicago, suivant les séminaires d'été de la Skowhegan School of Painting and Sculpture du Maine, avant de passer un an à l'université d'Édimbourg. Après un séminaire d'été à l'université de Londres, il retourne aux États-Unis, s'installe à New York et s'implique dans le mouvement Pop Art. Il commence à travailler comme artiste, rédige des poèmes, ce qui l'amène à utiliser l'écrit de plus en plus souvent dans ses œuvres. Ses premières réalisations s'inspirent du graphisme de la signalétique urbaine, du vidéo poker et d'anciennes marques commerciales. Progressivement, il s'oriente vers ce qu'il qualifie de « poèmes sculpturaux », à savoir des objets tridimensionnels relatifs à des lettres, des mots et des chiffres. Il collabore en 1964 avec Andy Warhol sur le film *Eat*, et, en 1976, il conçoit les décors et les costumes de l'opéra *The Mother of Us All*. Les œuvres de cet artiste très prolifique se reconnaissent à leur mordant, leurs couleurs et leurs contrastes. En 1978, malgré sa réussite, il se retire à Vinalhaven sur les îles Fox, dans le Maine.

## Intégral Ruedi Baur

**Design urbain du quartier de l'Épidème, p. 156**

Intégral Ruedi Baur Paris et Intégral Ruedi Baur Zurich sont les deux partenariats fondés par le graphiste Ruedi Baur en 1989 et 2002, et spécialisés en graphisme, systèmes de signalisation, identités visuelles, scénographie et design urbain. Né à Paris en 1956, Ruedi Baur suit une formation de graphiste à Zurich. Il travaille pour plusieurs musées et institutions culturelles, d'abord à Lyon puis à Paris, s'orientant progressivement vers l'architecture et le design urbain, avec un intérêt marqué pour l'identité, la scénographie et la signalétique. Depuis les années 1990, il enseigne en Europe, au Canada et en Chine. Ruedi Baur travaille actuellement sur des projets expérimentaux et de recherche.

## Ilya Kabakov

***Antenna*, p. 162**

Né en 1933 à Dnepropetrovsk (Ukraine), Ilya Kabakov étudie à la VA Surikov Art Academy de Moscou et débute sa carrière dans les années 1950 comme illustrateur de livres pour enfants. À Moscou, il rejoint un cercle d'artistes conceptuels travaillant en dehors du système de l'art soviétique. En 1987, deux ans après sa première exposition à la galerie Dina Vierny de Paris, il s'installe pour six mois à Graz, en Autriche. En 1988, il commence à travailler avec sa femme, Emilie, qu'il épouse en 1992. Depuis leur rencontre, tout son travail est collaboratif. Leurs œuvres ont été exposées dans des endroits prestigieux, comme le Museum of Modern Art, le Hirshhorn Museum de Washington DC, le Stedelijk Museum d'Amsterdam, Documenta IX, la Biennale de Whitney en 1997 et le musée de l'Ermitage de Saint-Pétersbourg. Ils ont également reçu de nombreux prix et distinctions dont le Preis Oskar Kokoschka (Vienne, 2002) et la décoration de Chevalier des Arts et des Lettres (Paris, 1995). En 1993, Kabakov représente la Russie à la 45e Biennale de Venise avec son installation *The Red Pavilion*. Aujourd'hui, Kabakov est considéré comme le plus grand artiste russe de la fin du xxe siècle. Ses installations expriment à la fois l'environnement social et culturel de l'Union soviétique et la condition universelle de l'humanité.

## David Kindersley

**Portail de la British Library, p. 76**

David Kindersley (1915-1995) est né à Codicote, au Royaume-Uni. Il se forme au métier de tailleur de pierre auprès d'Eric Gill à Pigotts dans le Buckinghamshire, entre 1934 et 1936. En 1945, il fonde son atelier à Barton, près de Cambridge, où, tout en restant fidèle à ce que lui a transmis Gill, il développe sa propre individualité de pensée et de conception, à la fois en matière de caractères et d'inscriptions. En 1967, il emménage à Chesterton Tower et, dix ans plus tard, à Victoria Road, où le Cardozo Kindersley Workshop se trouve toujours. En 1976, il démarre sa collaboration avec Lida Lopes Cardozo, une jeune graveuse de caractères hollandaise qui devient sa femme. Les nombreuses inscriptions de Kindersley peuvent être vues aujourd'hui dans des églises et d'autres lieux publics de Grande-Bretagne. Il conçoit le caractère typographique Octovian pour Monotype en 1961 et est l'auteur de plusieurs ouvrages sur la sculpture et la gravure de caractères.

## Richard Kindersley

**Station de métro Canning Town, p. 170**

Richard Kindersley étudie à la Cambridge School of Art et dans l'atelier de son père, David. En 1970, il fonde son atelier à Londres, s'orientant vers la sculpture et le lettrage. Il utilise différents matériaux pour son travail, choisis en fonction de leur signification pour le site. Outre la sculpture sur brique (qui lui vaut plusieurs prix), il conçoit des lettrages pour l'architecture, des mémoriaux, des cadrans solaires et des imprimés. Parmi ses créations les plus connues figurent celles réalisées pour le Tower Bridge et le pont M25, la cathédrale Saint-Paul, l'abbaye de Westminster, le V & A Museum et l'université de Keele. Il donne de nombreuses conférences sur la relation entre lettrage et architecture et participe à plusieurs émissions de télévision.

## René Knip

**ABC sur Hoofdweg, p. 176**

Né en 1963 à Hoorn aux Pays-Bas, René Knip s'installe pour quelque temps en 1982 en France. Après des études de droit, qu'il ne termine pas, à l'université d'Utrecht, il s'oriente vers l'art. Suite à un voyage d'étude en Angleterre et en Italie, il s'inscrit en 1985 à l'Académie des arts visuels de St Joost à Breda aux Pays-Bas, où l'un de ses professeurs, Chris Brand, spécialiste de la typographie et créateur du célèbre caractère Albertina, remarque sa passion pour la typographie et lui propose des cours privés. Cette rencontre oriente les centres d'intérêt de Knip vers le graphisme et, plus particulièrement, le lettrage. En 1989, il suit un atelier de quatre mois à l'Académie nationale d'Amsterdam. Diplômé en 1990, il travaille de 1992 à 1995 au studio Anthon Beeke puis crée l'Atelier René Knip (ARK), où il associe une utilisation quasi artisanale des matériaux à la conception et au graphisme. Collaborant souvent avec des artistes et des poètes, il crée de nombreux alphabets, les utilisant dans ses projets graphiques et pour ses installations typographiques en intérieur ou en extérieur.

## Attila F. Kovács

**Musée de la Maison de la terreur, p. 184**

Né en 1951 à Pécs en Hongrie, Attila F. Kovács étudie le design et l'architecture à l'université BME de Budapest, avant de travailler pendant plus de dix ans avec István Szabó comme chef décorateur pour le cinéma et l'opéra, et deux ans en Italie. Depuis 1988, il réalise de nombreux projets pour le cinéma, le théâtre et l'opéra. En 2000, il conçoit l'installation du musée de la Maison de la Terreur, qui devient bientôt l'un des monuments les plus caractéristiques de Budapest. Une de ses créations pour le restaurant T & G est nommé pour le World Architectural Festival de Barcelone en 2008. Ces dernières années, il se consacre principalement à l'architecture et au design d'intérieur. Ses créations sont présentées dans les principales revues d'architecture et de design.

## Barbara Kruger

***Imperfect Utopia*, p. 252**

Née en 1945 à Newark (New Jersey), Barbara Kruger étudie les arts visuels à l'université de Syracuse et le design à Parsons The New School for Design de New York, où elle est profondément influencée par le travail de la photographe Diane Arbus. Elle travaille pour des magazines de mode, encouragée par Marvin Israel, concepteur graphique et directeur artistique du magazine *Harper's Bazaar*. Très vite, elle devient graphiste en chef de *Mademoiselle*. Elle poursuit sa carrière comme graphiste, directrice artistique et éditrice d'images au département artistique de *House and Garden*, *Aperture* et autres publications. Elle associe des photos existantes à des textes agressifs qui choquent le spectateur. Sa marque de fabrique : un cadre rouge autour d'images en noir et blanc recouvertes de texte en Futura Bold. Nombre de ses textes traitent du féminisme, du consumérisme, de l'autonomie et des aspirations personnelles. Outre les musées et les galeries, ses créations sont visibles sur des affiches, de la publicité, des cartes de bus, dans un parc public et sur un quai de la gare de Strasbourg. Elle a enseigné au California Institute of the Arts, au School of the Art Institute de Chicago et à Berkeley (Californie). Elle vit entre New York et Los Angeles.

## Maya Lin

**Mémorial des vétérans du Vietnam, p. 192**

Née en 1959 à Athens, dans l'Ohio, Maya Lin est la fille de deux intellectuels ayant fui la Chine de Mao. En 1986, elle obtient un master d'architecture à l'université de Yale. Depuis, elle travaille à New York. En 1981, alors qu'elle est encore étudiante, elle remporte le concours pour la conception du mémorial des vétérans du Vietnam à Washington. Dans les années suivantes, elle entreprend de nombreux projets publics et architecturaux, se faisant connaître non seulement comme architecte, mais aussi comme architecte paysagiste et artiste. Elle conçoit plusieurs mémoriaux, utilisant souvent l'art et la sculpture dans ses projets, et remporte de nombreux prix et distinctions. Elle est membre de l'Académie américaine des arts et des lettres, l'Académie américaine des arts et des sciences et, depuis 2005, figure au National Women's Hall of Fame. Ses créations sont présentées dans diverses publications, comme *Time Magazine*, le *New York Times Magazine* et le *New Yorker*.

## Karel Martens

**Imprimerie Veenman, p. 200**

Né en 1939 aux Pays-Bas, Karel Martens est concepteur graphique et professeur. Après son diplôme à l'école des beaux-arts d'Arnhem en 1961, il travaille comme concepteur graphique freelance spécialisé en typographie. Outre des créations éditoriales, il conçoit des timbres, des cartes téléphoniques, des panneaux et de nombreuses façades typographiques. En 1998, avec Wigger Bierma, il lance le Werkplaats Typografie, un programme de master en typographie en deux ans. Il a enseigné à l'école des beaux-arts d'Arnhem, à la Jan Van Eyck Academie à Maastricht et au département de conception graphique de l'université de Yale.

## Guy Nordenson

***Imperfect Utopia*, p. 252**

Guy Nordenson and Associates est un cabinet d'ingénierie structurelle basé à New York, fondé en 1997 par Guy Nordenson. Celui-ci disposait alors d'une expérience de vingt ans de pratique à San Francisco et à New York, dont dix comme directeur d'Ove Arup & Partners New York (qu'il avait lui-même fondé en 1987). Depuis sa création, le cabinet mène de nombreuses collaborations avec des architectes de renom.

## Anton Parsons

***Invisible City*, p. 210**

Né en 1968 à Palmerston North, en Nouvelle-Zélande, Anton Parsons obtient en 1990 un diplôme de sculpture à l'université des beaux-arts de Canterbury, à Christchurch. Il recourt à de nombreux matériaux, y compris à des objets industriels, préfabriqués et « ready-made », ainsi qu'à la photographie et aux installations. Il joue sur les exagérations d'échelle, étant particulièrement sensible à la relation entre œuvre et espace d'exposition. Il expose ses réalisations dans des lieux ouverts, des galeries et des institutions, répondant à des commandes publiques et privées. Il vit à Auckland.

## Pentagram

**Signalétique de l'immeuble du *New York Times*, p. 216**

**Centre des arts du spectacle du New Jersey, p. 224**

La base de ce qui allait devenir Pentagram est formée en 1962 quand Alan Fletcher, Colin Forbes et Bob Gill lancent leur entreprise de conseil en graphisme à Londres. En 1965, la configuration change avec le départ de Bob Gill et l'arrivée de l'architecte Theo Crosby, qui marque le début des projets tridimensionnels. Le groupe se renforce avec la venue de Kenneth Grange et de Mervyn Kurlansky. En 1972, Pentagram est créé. S'appuyant sur une multitude de collaborateurs, l'entreprise est résolument avant-gardiste. Chaque concepteur peut travailler de façon autonome en son nom sur des projets, ou avec d'autres, sous la direction d'une personne. De nouveaux bureaux viennent compléter celui de Londres : New York en 1978, San Francisco en 1986, Austin en 1994, Berlin en 2002. Aucun des fondateurs de Pentagram n'y travaille encore aujourd'hui. Admiré pour la qualité de son travail, le studio compte maintenant dix-neuf associés et couvre une multitude de domaines : architecture, intérieurs, produits, identités, publications, affiches, livres, expositions, sites Web et installations numériques.

## Maarten de Reus

***G.R.O.E.N.*, p. 238**

Né en 1961 à Heerenveen aux Pays-Bas, Maarten de Reus obtient son diplôme à l'académie des Arts visuels d'Arnhem en 1986, où, de 1979 à 1985, il s'intéresse à l'art public, créant diverses sculptures s'attachant aux aspects de la tridimensionnalité. À partir de 1989, il réalise de nombreuses œuvres d'art public aux Pays-Bas, en Grande-Bretagne et aux États-Unis. Il participe à des expositions et à des conférences en Europe, et partage son temps entre Amsterdam et l'Angleterre, enseignant à l'académie Rietveld d'Amsterdam et donnant aussi des conférences à la Hochschule für Bildende Künste de Hambourg.

## Quennell Rothschild & Partners

***Imperfect Utopia*, p. 252**

Architectes paysagistes et urbanistes, Quennell Rothschild & Partners interviennent depuis 1968 dans la création et la restauration de parcs : publics et privés, petits et grands. Pour des projets plus complexes, ils collaborent avec des architectes, des artistes et des designers.

## Roberto Behar & Rosario Marquardt / R & R Studios

***M*, p. 232**

Créé par deux Argentins, Roberto Behar, né en 1953 à Buenos Aires, et Rosario Marquardt, née en 1954 à Mar de la Plata, R & R Studios intervient dans le domaine des arts visuels, des expositions, du design, de l'architecture et du design urbain. Les œuvres du studio sont présentées dans plus de 200 publications à travers le monde et exposées dans de nombreux musées et galeries aux États-Unis et ailleurs. Les deux partenaires ont étudié à l'Universidad Nacional de Rosario en Argentine, mais Behar a continué de se spécialiser à l'Institute for Architecture and Urban Studies de New York. Il est intervenu comme professeur invité dans les universités de Harvard, de Cornell et du Maryland, et est actuellement professeur agrégé à l'université de Miami. Marquardt a travaillé principalement dans les domaines de l'art et de la peinture. Elle a étudié le théâtre de marionnettes et a mis en scène deux pièces de sa création. Elle est professeure adjointe à l'école d'architecture de l'université de Miami.

## Paula Scher

**Centre des arts du spectacle du New Jersey, p. 224**

Née en 1948 à Washington, DC, Paula Scher étudie à la Tyler School of Art de Philadelphie, Pennsylvanie, et au Corcoran College of Art and Design de Washington. Elle débute sa carrière comme conceptrice graphique, créant des pochettes de disques pour CBS, puis travaille comme directrice artistique. Associée de Pentagram à New York depuis 1991 et présidente de la branche new-yorkaise de l'AIGA de 1998 à 2000, Scher se spécialise dans les projets d'identité visuelle, le packaging, le graphisme environnemental et le graphisme pour l'édition, travaillant pour d'innombrables clients. Ses projets sont exposés au MOMA et au musée Cooper-Hewitt National Design de New York, à la bibliothèque du Congrès de Washington, au Museum für Gestaltung de Zurich, au Denver Art Museum de Denver, à la Bibliothèque nationale de France et au centre Georges Pompidou de Paris. Elle se voit décerner de nombreux prix, dont le Beacon Award for Integrated Corporate Design Strategy en 1996, le Chrysler Award for Innovation in Design en 2000 et la Médaille AIGA en 2001. En 1998, elle est inscrite à l'International Art Directors Club Hall of Fame et, en 2001, reçoit le titre de docteur *honoris causa* des beaux-arts du Corcoran College of Art and Design. Outre son activité de graphiste, Scher a enseigné à la School of Visual Arts, à Cooper Union, à l'université de Yale et à la Tyler School of Art. Elle rédige de nombreux articles pour des magazines de design, dont le *AIGA Journal of Graphic Design*, *Print* et *Graphis*. En 2002, Princeton Architectural Press publie sa monographie, *Make It Bigger*. Pyramyd lui consacre en outre un titre de la collection « design&designer » (2008).

## Pierre di Sciullo

**Centre national de la danse, p. 246**

Né en 1961 à Paris, Pierre di Sciullo est concepteur graphique et travaille sur différents médias dont les livres, les affiches, les films, les vidéos et les expositions. En 1983, il fonde *Qui? Résiste*, publication expérimentale conçue et écrite par lui, composée de texte et d'images. Il mène des recherches dans le domaine du graphisme et de la typographie, et réalise des missions pour des institutions et des organismes culturels. Depuis 1987, il enseigne dans différentes écoles en France et à l'étranger, et, depuis 1997, à l'école supérieure des Arts Décoratifs de Strasbourg. Il est le concepteur de différents caractères typographiques, dont Minimum, Quantage, Basnoda, Sintétik et Gararond. Dans ses œuvres, il cherche à renforcer la relation entre le mot et la typographie. En 1995, son travail est récompensé par le prix Charles Nypels. Une monographie de son œuvre est disponible aux éditions Pyramyd (*Pierre di Sciullo V2*, collection « design&designer », 2006).

## Smith-Miller + Hawkinson

***Imperfect Utopia*, p. 252**

Après des études d'architecture à Princeton et à l'université de Pennsylvanie, Henry Smith-Miller travaille pendant sept ans pour Richard Meier Architects. Laurie Hawkinson étudie les beaux-arts à l'université de Berkeley, obtient son diplôme d'architecture à Cooper Union, avant de rejoindre le cabinet d'architectes de Robert Venturi. Le studio Smith-Miller + Hawkinson est spécialisé en architecture, design urbain, installations et expositions, objets et produits. Fondé en 1982 à New York, il dispose aussi d'une branche à Los Angeles. Parmi ses réalisations les plus célèbres, la résidence Shaye à Los Angeles, le complexe Plunge Landing à Telluride au Colorado, une maison à Damas, Pennsylvanie, et Pardo House à East Hampton, New York.

## Josep Maria Subirachs

**Frise du nouvel hôtel de ville, p. 260**

Né à Barcelone en 1927, Josep Maria Subirachs étudie à la Escola de Belles Arts de Barcelone et fait son apprentissage dans l'atelier d'Enric Monjo, bien que son vrai maître soit Enrico Casanovas, dont il a hérité du style méditerranéen. En 1948, à vingt et un ans, il expose pour la première fois à la Casa del Llibre de Barcelone. Il vit à Paris, puis en Belgique, complétant sa formation professionnelle par une connaissance approfondie des arts visuels du XXe siècle. Dans les années 1960 et 1970, il est le sculpteur le plus connu de Barcelone et réalise de nombreux travaux de commande, privés et publics. Travailleur infatigable, il crée nombre d'œuvres qui seront récompensées par des prix. Artiste extrêmement polyvalent, Subirachs crée non seulement des œuvres en trois dimensions, mais aussi des peintures, des dessins, des créations graphiques (eau-forte, pointe sèche, sérigraphie et lithographie), de la tapisserie, des illustrations de livres, des médailles et des bijoux.

## Lawrence Weiner

***A Translation from One Language to Another*, p. 266**

**Plaques d'égout de New York, p. 274**

Né en 1942 dans le Bronx, à New York, Lawrence Weiner se lance après ses études dans la réalisation d'œuvres très variées et voyage dans toute l'Amérique du Nord. De retour à New York, il expose à la galerie Seth Siegelaub en 1964 et 1965. Parmi ses premières œuvres figurent les « tableaux découpés » (*shaped canvas*), des toiles découpées selon des formes inhabituelles, parfois rassemblées en composition unique, puis des découpes de tapis et de murs. En 1968, il formule sa déclaration d'intention (*Declaration of Intent*) et, l'année suivante, publie son premier livre, *Statements*, considéré comme l'un des ouvrages de référence sur l'art conceptuel. À partir des années 1970, alors que les installations murales constituent sa principale forme d'expression, il produit aussi des vidéos, des films, des livres, des cassettes audio, des sculptures et des installations. Il vit et travaille à New York.

## Why Not Associates

***Cursing Stone and Reiver Pavement*, p. 280**

**Mémorial Eric Morecambe, p. 288**

***A Flock of Words*, p. 296**

***Walk of Art*, p. 306**

Studio de conception graphique basé à Londres, Why Not Associates a été créé en 1987 par Andy Altmann, David Ellis et Howard Greenhalgh comme un partenariat multidisciplinaire entre ses concepteurs. Les projets, multisupports, vont de l'identité d'entreprise à la conception environnementale en passant par l'animation, la conception éditoriale, la publicité, la conception de sites Web, la signalétique et la mise en scène. Parmi les clients prestigieux du studio figurent Nike, First Direct Bank, Virgin Records, la BBC et des institutions culturelles dont la Royal Academy of Arts, le Barbican Centre, le centre Georges Pompidou et le musée de la Mode de Kobe. Why Not Associates a également réalisé des projets d'art urbain, notamment des œuvres typographiques sophistiquées.

## Gordon Young

***Cursing Stone and Reiver Pavement*, p. 280**

**Mémorial Eric Morecambe, p. 288**

***A Flock of Words*, p. 296**

***Walk of Art*, p. 306**

Né à Carlisle au Royaume-Uni, Gordon Young est un artiste visuel qui travaille principalement dans le domaine de l'art public. Ses œuvres, qui vont de la sculpture traditionnelle à des travaux plus novateurs, sont toujours étroitement liées à leur environnement. Gordon Young a noué des liens solides avec de nombreux professionnels : architectes, architectes paysagistes, concepteurs graphiques, ingénieurs, sylviculteurs, bibliothécaires et historiens. Son œuvre, sur laquelle il a donné plusieurs conférences et qui a été primée à maintes reprises, a été présentée dans de nombreux livres et revues.

# Informations sur les caractères typographiques

## Agency Gothic
### Morris Fuller Benton

**Paula Scher, Centre des arts du spectacle du New Jersey, p. 224**

Conçu à l'origine en 1932 par Morris Fuller Benton pour ATF (American Type Founders), Agency Gothic est constitué de formes étroites et carrées, rappelant les esquisses de la période Art déco. Benton crée uniquement les majuscules, réservant son emploi aux titres. En 1990, David Berlow de Font Bureau lui adjoint les minuscules et le gras. Par la suite, dix graisses sont créées, dont le Half Compressed.

## Akzidenz Grotesk

**Caruso St John, Signalétique du quartier Bankside, p. 94**

**Rudolph de Harak, Horloge digitale, p. 144**

Produit depuis 1896 par la fonderie allemande Berthold, ce caractère linéaire évoque les modèles du début du XIXe siècle. D'auteur inconnu, Akzidenz Grotesk est diffusé sous plusieurs noms, dont « Standard » aux États-Unis. Il atteint une diffusion maximale dans les années 1950, quand les concepteurs de « l'école de Zurich » privilégient sa lisibilité à la géométrie linéaire des polices de l'époque. Akzidenz Grotesk est utilisé comme modèle en 1957 par Max Miedinger pour la création de l'Helvetica et par Adrian Frutiger pour l'Univers, deux caractères qui comptent parmi les plus célèbres du XXe siècle.

## Bembo
### Francesco Griffo

**Gordon Young & Why Not Associates, *Cursing Stone and Reiver Pavement*, p. 280**

Bembo se fonde sur le caractère gravé par Francesco Griffo pour la composition de *De Aetna* (« De l'Etna ») du cardinal Pietro Bembo, publié par l'imprimerie Alde Manuce en 1496. Le Bembo est dépourvu d'italique, et Monotype décide de produire cette variante en 1929, à partir du Blado – les italiques de Ludovico Arrighi accompagnant le Poliphilus – et d'un caractère datant de 1520, créé par le graveur vénitien Giovanni Antonio Tagliente.

## Clarendon

**Robert Indiana, *LOVE*, p. 150**

Créé en 1845 par Benjamin Fox de Fann Street Foundry, sous la direction de Robert Besley, Clarendon est réinterprété en 1951 par le concepteur suisse Hermann Eidenbenz, sous la direction d'Edouard Hoffmann, pour la fonderie Haas. En 1962, une graisse légère lui est adjointe. Clarendon est une fonte « égyptienne » (l'épaisseur de ses empattements est égale à celle des traits) avec un léger empattement triangulaire. Caractérisé par ses traits larges et ses empattements, il convient particulièrement aux titres et à l'affichage. Les fontes « égyptiennes » ont été conçues pour la publicité naissante afin d'attirer l'attention. Leur nom dérive d'un engouement pour les objets décoratifs égyptiens en Europe et en Amérique du Nord, au début du XIXe siècle, dans les années suivant la campagne d'Égypte de Napoléon.

## Franklin Gothic
### Morris Fuller Benton

**Lawrence Weiner, *A Translation from One Language to Another*, p. 266**

**Lawrence Weiner, Plaques d'égout de New York, p. 274**

Caractère linéaire conçu par Morris Fuller Benton en 1904 pour American Type Founders, le Franklin Gothic est créé pour répondre aux exigences de la publicité imprimée dans les premières années du XXe siècle, et évoque les grandes polices de caractères en bois, sombres et compactes, du début du XIXe siècle. Il se caractérise par de légères irrégularités et asymétries. Retravaillé pour ITC (International Typeface Corporation, fondée en 1970 par Aaron Burns et Herb Lubalin), il est toujours très populaire.

## Frutiger
### Adrian Frutiger

**Intégral Ruedi Baur, Design urbain du quartier de l'Épidème, p. 156**

Frutiger, commercialisé par Linotype en 1976, a été créé quelques années plus tôt par Adrian Frutiger pour la signalisation de l'aéroport de Roissy-Charles de Gaulle (raison pour laquelle il est d'abord baptisé « Roissy »). Il se caractérise par une bonne lisibilité, avec des hampes et des jambages prononcés, ainsi que des boucles marquées. Frutiger est une variante d'Univers, mais ses caractéristiques se fondent sur l'épigraphie romaine traditionnelle.

## Futura
### Paul Renner

**Smith-Miller + Hawkinson, Barbara Kruger, Quennell Rothschild, Guy Nordenson, *Imperfect Utopia*, p. 252**

Conçu par Paul Renner pour la fonderie Bauer en Allemagne, Futura est commercialisé en 1927, mais ses premières esquisses datent de 1925, à une période où l'avant-garde rationaliste réclame un retour des formes à leurs éléments de base. Renner, à l'époque professeur d'art à Francfort, se serait inspiré d'un alphabet en haut de casse conçu par Ferdinand Kramer, qui avait assisté à un semestre au Bauhaus. Renner réinterprète son travail et ajoute la minuscule, qui ne peut répondre à la même géométrie rigoureuse que la majuscule pour des raisons de clarté et d'harmonie de la composition. Pour la même raison, il retravaille la première version du caractère. Le résultat est un caractère fondé sur des modèles géométriques, mais qui, grâce aux corrections optiques, se prête aussi bien à la composition de textes d'une certaine longueur. Présenté en 1933 à la 50e Triennale de Milan, il devient l'un des caractères les plus utilisés du régime fasciste et sert de modèle à beaucoup d'autres.

## Gill Sans
Eric Gill

**Gordon Young & Why Not Associates, *A Flock of Words*, p. 296**

Caractère linéaire et très lisible, Gill Sans est conçu en 1927 par Eric Gill. Stanley Morison, alors directeur de Monotype Corporation, charge Gill de découper un nouvel alphabet. Le concepteur commence à travailler sur Perpetua et sur le lettrage d'un panneau de bibliothèque. Très impressionné par son travail, Morison décide de commercialiser les deux caractères. Gill Sans présente des similitudes avec le caractère conçu pour le métro de Londres par Edward Johnston. Après un accueil mitigé, Gill Sans devient très populaire. Les lettres les plus caractéristiques sont le g avec son œil et sa boucle, et le jambage du R, très semblable à celui de Perpetua.

## Helvetica
Max Miedinger

**FA+, *Citat*, p. 116**

**Catherine Griffiths, *Wellington Writers Walk*, p. 132**

Helvetica est créé en 1957 quand Edouard Hoffmann, directeur de la fonderie Haas, confie à Max Miedinger la refonte du caractère Akzidenz Grotesk. Initialement dénommé Neue Haas Grotesk, Helvetica est rebaptisé après son acquisition par Stempel et Linotype. Les minuscules Helvetica sont plus élevées que celles d'Akzidenz. Conférant à la page une « couleur », il témoigne de la généralisation des caractères géométriques et de l'influence de « l'école de Zurich ». Il devient le caractère le plus populaire de son époque, et sa suprématie persiste jusqu'en 2000.

## Interstate
Tobias Frere-Jones

**Gordon Young & Why Not Associates,**
**Mémorial Eric Morecambe, p. 288**

Caractère sans empattements, Interstate est créé en 1994 par Tobias Frere-Jones, qui s'inspire de l'alphabet utilisé par la Federal Highway Administration américaine. Il se caractérise par une épaisseur uniforme des traits ; des hampes et des jambages courts ; et des terminaisons de jambages formant un angle à 30 degrés en bas de casse. Sa grande hauteur d'x le rend très lisible, y compris dans des petites tailles de corps.

## Isonorm
International Standards Organization

**Estudio SIC & Buj + Colón,**
**Monument aux victimes du 11 mars 2004, p. 108**

Conçu en 1980 par l'Organisation internationale de normalisation (International Standards Organization, ISO), Isonorm est un caractère simple et géométrique doté de terminaisons arrondies, très lisible par l'œil humain et les lecteurs mécaniques.

## Meta
Erik Spiekermann

**Paul Carter, *Nearamnew*, p. 82**

Caractère sans empattements, Meta est créé en 1985 par Erik Spiekermann pour la Deutsche Bundespost (dénommée alors PT55), avant d'être distribué par son créateur par le biais de FontFont. Doté d'une grande lisibilité même en petites tailles – son épaisseur ne varie que très sensiblement –, il est l'un des caractères les plus utilisés dans les années 1990. Les verticales de certaines lettres se caractérisent par des terminaisons légèrement incurvées.

## Minimum
Pierre di Sciullo

**Pierre di Sciullo, Centre national de la danse, p. 246**

Cette famille modulaire est issue de Minimum Écran, un caractère d'affichage dessiné pixel par pixel par Pierre di Sciullo, qui, depuis 1988, en a conçu les nombreuses variantes, toutes à base géométrique en haute définition. Souvent expérimentales, certaines de ces variantes sont commercialisées.

## News Gothic
Morris Fuller Benton

**Gordon Young & Why Not Associates,**
***Cursing Stone and Reiver Pavement*, p. 280**

Créé par Morris Fuller Benton en 1908, News Gothic, commercialisé par l'ATF, évoque les polices du début du XIXe siècle ainsi que le Franklin Gothic, dont il peut constituer une variante. Caractère compact doté d'une hauteur d'x moyenne et de hampes et jambages petits, il possède la boucle du g caractéristique des autres caractères linéaires grotesques.

## Nobel
Sjoerd Hendrik

**Karel Martens, Imprimerie Veenman, p. 200**

Caractère sans empattements conçu par Sjoerd Hendrik de Roos et implémenté par Dick Dooijes pour la fonderie Amsterdam dans les années 1930, Nobel repose sur des formes géométriques simples, comme Futura et d'autres fontes de cette époque. Dans les années 1990, Nobel connaît une renaissance, remanié par Dutch Type Library (Andrea Fuchs et Smeijers Fred) et Tobias Frere-Jones, de Font Bureau, qui le qualifie affectueusement de « Futura ayant mijoté dans des casseroles sales ». La graisse Light lui est adjointe ultérieurement.

## Optima
Hermann Zapf

**Maya Lin, Mémorial des vétérans du Vietnam, p. 192**

**Catherine Griffiths, *Wellington Writers Walk*, p. 132**

Créé entre 1952 et 1955 par Hermann Zapf et produit en 1958 par Monotype et Stempel, Optima s'inspire des gravures sur pierre grecques et italiennes, notamment les épigraphies florentines du XVe siècle. Son épaisseur de trait s'affine aux points médians et s'épaissit aux terminaisons. Cela en fait un caractère unique qui, même dépourvu d'empattements, évoque fortement le classicisme et la tradition épigraphique.

### Perpetua
Eric Gill

**Gordon Young & Why Not Associates, *A Flock of Words*, p. 296**

Conçu entre 1925 et 1928 par Eric Gill, Perpetua est commandé par Stanley Morison de Monotype, désireux de créer une police rappelant ses premières gravures. Morison, craignant que les dessins à grande échelle ne puissent être rendus dans des formes adaptées aux moules de la fonderie Monotype, commande aussi un caractère test à Charles Malin, graveur de poinçons parisien. Caractère à empattements caractérisé par son extrême lisibilité, Perpetua possède une élégance qui rappelle les inscriptions des pierres tombales des XVIIe et XVIIIe siècles. Le caractère, lancé en 1929, dispose d'une variante italique, baptisée « Felicity » par Gill. Il est présenté dans son intégralité dans l'ultime édition de *The Fleuron*.

### Sabon
Jan Tschichold

**Intégral Ruedi Baur, Design urbain du quartier de l'Épidème, p. 156**

Créé par Jan Tschichold en 1960, le Sabon se fonde sur les dessins de Claude Garamond et de son élève Jacques Sabon. Conçu pour répondre aux contraintes de la composition manuelle et de la composition mécanique Monotype et Linotype, il doit également être adapté à la photocomposition en cours de conception. Disponible en variantes arrondie, gras, italique et petites majuscules, Sabon est conçu pour être utilisé sur de gros volumes de texte.

### Trixie
Erik van Blokland

**Gordon Young & Why Not Associates,
Mémorial Eric Morecambe, p. 288**

Caractère conçu par Erik van Blokland en 1991, Trixie évoque les caractères des vieilles machines à écrire ; en fait, il s'inspire de la machine à écrire d'une amie de son créateur, Beatrix Günther (d'où son nom). La famille Trixie se compose à l'origine de cinq polices, auxquelles deux ont été adjointes ultérieurement : l'une d'apparence grossière (Trixie Rough) et une autre, plus pragmatique (Trixie High Definition).

### Univers
Adrian Frutiger

**Intégral Ruedi Baur, Design urbain du quartier de l'Épidème, p. 156**

**Joan Brossa, *Poème visuel pour une façade*, p. 70**

Créé par Adrian Frutiger en 1957 pour la fonderie Deberny & Peignot, Univers – et c'est là son innovation majeure – existe en de nombreuses variantes, comprenant vingt et une graisses. Chacune des variantes est définie par deux nombres : le premier renvoyant à la graisse, le second au niveau de compression. Les nombres impairs correspondent aux graisses normales ; les nombres pairs aux italiques. Autre innovation majeure : Univers est le premier caractère linéaire conçu spécifiquement pour la photocomposition. En 1997, Frutiger redessine le caractère pour Linotype, élargissant encore la famille de fontes.

### Water Tower
Cornel Windlin

**Gordon Young & Why Not Associates, *Walk of Art*, p. 306**

Caractère créé en 1999 par Cornel Windlin pour la couverture d'un livre éponyme de Rachel Whiteread, Water Tower est disponible en Regular et en capitales, et s'inspire des pochoirs en carton traditionnels commercialisés dans les magasins de fournitures d'art.

# Informations sur les concepteurs de caractères

### Morris Fuller Benton

***Agency Gothic / Franklin Gothic / News Gothic***

Né à Milwaukee, dans le Wisconsin, Morris Fuller Benton (1872-1948) est le fils de Linn Boyd Benton, lui-même célèbre concepteur typographique et inventeur du graveur de poinçons mécanique. Après des études d'ingénieur en mécanique, il commence à travailler pour son père chez ATF et exerce comme chef typographe de 1900 à 1937. Au cours de sa prolifique carrière, il conçoit plus de 200 polices, créations originales et réinterprétations de caractères historiques, dont Franklin Gothic, News Gothic, Agency Gothic, Alternate Gothic et Broadway.

### Erik van Blokland

***Trixie***

Concepteur de caractères originaire de Gouda, aux Pays-Bas, Erik van Blokland (1967) étudie la conception graphique et typographique à la Koninklijke Academie van Beeldende Kunsten de La Haye. Associé avec Just Van Rossum, avec qui il avait déjà travaillé pendant un an à MetaDesign, il fonde LettError. Le studio associe sa double passion pour la typographie et les technologies numériques. Il conçoit et réalise de nombreux caractères et acquiert une certaine notoriété avec Beowolf. Ce caractère a des contours délibérément flous qui varient sensiblement d'une lettre à l'autre.

### Tobias Frere-Jones

***Interstate***

Né en 1970 à New York, Tobias Frere-Jones étudie à la Rhode Island School of Design, puis travaille pendant de longues années pour la fonderie Font Bureau, pour laquelle il conçoit différents caractères (dont Interstate et Poynter). Conférencier à la Yale School of Art dans le domaine de la création de caractères, il quitte Font Bureau en 1999 et collabore depuis avec Jonathan Hoefler. Créateur de plus de 500 caractères, il est le premier Américain à recevoir le prix Gerrit Noordzij en 2006 pour sa contribution à la typographie.

## Adrian Frutiger

***Frutiger / Univers***

Né en 1928 à Unterseen, près d'Interlaken, en Suisse, Adrian Frutiger étudie à l'école d'arts appliqués de Zurich, puis rejoint la fonderie Deberny & Peignot, à Paris, où il crée quelques-uns des premiers caractères conçus spécifiquement pour la photocomposition. Après le succès d'Univers, il décide de monter son propre studio en 1961. Outre la création de caractères (Univers, Frutiger, Avenir, Glypha et Méridien), il écrit des livres de typographie et de design, dont le célèbre *L'Homme et ses signes*. Il enseigne également à l'école Estienne et à l'école nationale supérieure des Arts Décoratifs de Paris, et se voit décerner de nombreux prix, dont le prix Gutenberg, la médaille du Type Directors Club, le Grand Prix national des arts graphiques et le Society of Typographic Aficionados Typography Award.

## Eric Gill

***Gill Sans / Perpetua***

Eric Gill (1882-1940) est sculpteur, artisan, graveur de pierre et concepteur de caractères. Après une formation avec Edward Johnston (lui-même élève de William Morris), il rédige l'annexe sur les inscriptions en pierre dans l'ouvrage de son mentor, *Writing & Illuminating & Lettering*. Son célèbre caractère Gill Sans – premier caractère sans empattements à être utilisé de façon systématique dans un projet public – est son seul caractère linéaire et une évolution parfaite de l'Underground Sans d'Edward Jonhston. Il écrit plusieurs essais, dont *Un essai sur la typographie* (1931), dans lequel il aborde la problématique de la forme des caractères et prend le parti de la composition non justifiée, arguant qu'une plus grande uniformité de l'espacement contribue à une meilleure lisibilité. Outre Gill Sans, il est le créateur des caractères Perpetua, Joanna et Pilgrim.

## Francesco Griffo

***Bembo***

Graveur de poinçons de Bologne, Francesco Griffo (1450-1518) exerce dans plusieurs villes d'Italie, notamment à Venise au sein de l'imprimerie d'Alde Manuce. Ses nombreux caractères, magistralement dessinés, ont été réinterprétés au XXe siècle à partir d'imprimés de l'époque (aucun des poinçons d'origine ne subsiste) : Dante et Griffo (romain et italique) redessinés par Giovanni Mardersteig, Monotype Bembo (romain) et Poliphilus. Griffo est également le premier à dessiner de l'italique pour l'impression, à la demande de Manuce, désireux de compresser les textes pour des raisons de coûts.

## Max Miedinger

***Helvetica***

Créateur de caractères et concepteur graphique suisse, Max Miedinger (1910-1980) fait son apprentissage de typographe dans sa ville natale de Zurich, à la Kunstgewerbeschule, puis commence à exercer comme typographe à l'agence publicitaire Globus, tout en étant représentant pour la fonderie Haas à Münchenstein. À partir de 1956, il s'installe comme indépendant. Son style est rigoureux, ses affiches simples et souvent entièrement typographiques. Miedeinger a conçu plusieurs caractères, mais connaît la célébrité grâce à Helvetica, caractère commandité par Edouard Hoffmann, directeur de la fonderie Haas, et qui marque l'histoire du graphisme.

## Paul Renner

***Futura***

Né à Wernigerode (Saxe-Anhalt), Paul Renner (1878-1956) fait ses études artistiques dans les académies d'art de Berlin, Karlsruhe et Munich. Il commence à exercer comme peintre, mais, fasciné par la conception graphique, il s'inscrit à l'école d'arts appliqués de Munich et à la Deutscher Werkbund. Il enseigne comme professeur à la Kunstschule de Francfort, puis est nommé directeur de la Graphische Berufsschule de Munich. En 1927, il crée le caractère Futura. Il gère la participation allemande à la 5e Triennale de Milan en 1933, mais est limogé la même année, lors de l'avènement du nazisme. Dans les années qui suivent, bien que subissant une forme d'exil intérieur, il continue à travailler comme concepteur et écrivain. Parmi ses livres majeurs figurent *Typografie als Kunst* (1922), *Mechanisierte Grafik* (1931) et *Die Kunst der Typografie* (1940).

## Sjoerd Hendrik de Roos

***Nobel***

Typographe, concepteur et imprimeur néerlandais, Sjoerd Hendrik de Roos (1877-1962) fait son apprentissage comme lithographe avant d'étudier à la Kunsten Rijksakademie voor Beeldende d'Amsterdam. Pendant plus de trente ans, il travaille à la fonderie Amsterdam, pour laquelle il crée plusieurs caractères, dont Hollandse Mediaeval, Nobel, Libra, Egmont et De Roos.

## Erik Spiekermann

***Meta***

Erik Spiekermann (1947) est architecte de l'information, typographe et auteur de livres et d'articles sur la typographie. Il étudie l'histoire anglaise et l'histoire de l'art à l'université libre de Berlin avant de s'établir comme graphiste en 1973. En 1979, il fonde MetaDesign, studio de conception graphique spécialisé dans l'identité de marque et l'identité visuelle, avec des bureaux à Berlin, Pékin, Düsseldorf, San Francisco et Zurich. En 1989, à Berlin, avec Neville Brody, il monte FontShop, fonderie numérique qui bénéficie de la révolution numérique en typographie. En 2001, il quitte MetaDesign. Aujourd'hui, il est directeur associé et directeur créatif d'Edenspiekermann, avec des bureaux à Amsterdam, Berlin, Londres et San Francisco. Il crée de nombreux caractères, dont Meta et Officina, et jouit d'une reconnaissance dans le monde universitaire et professionnel.

## Jan Tschichold

***Sabon***

Jan Tschichold (1902-1974) est né à Leipzig, où il étudie à l'Académie royale des arts graphiques et des métiers du livre. Il démarre sa carrière comme assistant, créant des affiches publicitaires, avant de s'installer à Berlin puis à Munich en 1926, où il est convié par Paul Renner à enseigner à la Grafische Berufsschule. Avec l'avènement du nazisme en 1933, il est contraint de quitter son emploi et émigre à Bâle. De 1947 à 1949, il participe à la refonte de Penguin Books à Londres. De retour à Bâle, il poursuit sa carrière de concepteur éditorial et crée Sabon, son caractère le plus célèbre. Outre sa carrière de professeur, de concepteur graphique et de typographe, Tschichold est l'auteur de nombreux textes théoriques qui ont profondément influencé le monde du graphisme, dont *Elementare Typographie* (1925) et *Die Neue Typographie* (1928).

## Cornel Windlin

***Water Tower***

Designer et directeur artistique suisse, Cornel Windlin (1964) exerce à Berlin. Après des études à la Schule für Gestaltung de Lucerne, il s'installe en 1988 à Londres, où il collabore avec Neville Brody et devient directeur artistique du magazine *The Face*. En 1993, il retourne en Suisse et s'établit comme indépendant à Zurich. Avec Stephan Müller, il fonde Lineto, fonderie numérique qui distribue ses caractères et ceux d'un groupe de concepteurs. Créateur de caractères, il s'intéresse également à la conception éditoriale.

## Hermann Zapf

***Optima***

Né à Nuremberg, Hermann Zapf (1918) exerce à l'origine comme apprenti éditeur de photographies dans une imprimerie. Fasciné par l'exposition posthume de Rudolf Koch, il décide d'apprendre seul la calligraphie à partir du manuel d'Edward Johnston. En 1938, il vend son premier caractère à la fonderie Stempel de Francfort, et, après la guerre, devient directeur artistique des travaux d'impression. Parmi les caractères qu'il crée à cette époque figurent le Palatino, fondé sur les caractères de Giovanni Battista Palatino du XVI$^{e}$ siècle, le Melior et l'Optima. En 1954, il publie le très influent *Manuale Typographicum*. Il quitte Stempel en 1956, mais continue de travailler dans le monde de la typographie comme conférencier et consultant, se consacrant à la calligraphie et au dessin de caractères comme Comenius et Marconi.

# Bibliographie

# Remerciements

Tout d'abord, je tiens à remercier le professeur Leonardo Sonnoli pour m'avoir transmis l'amour des lettres, de la typographie et des installations typographiques. Il m'a également enseigné une méthode de travail essentielle et m'a guidée dans ma formation de graphiste. En outre, il a été le tuteur de ma thèse qui a par la suite servi de base à ce livre.

Merci au professeur Carlo Vinti, co-tuteur attentif et patient de ma thèse, pour son soutien à la création de ce livre.

J'adresse aussi un grand merci à tous les artistes et auteurs des projets, pour les entretiens, les informations et le matériel photographique, mais aussi et surtout pour avoir créé ces installations qui célèbrent les lettres et la typographie.

Je souhaiterais également remercier ma famille. Tout d'abord ma mère, Mariagrazia, pour son aide lors des multiples relectures d'épreuves et son soutien sans failles ; mon père, Giulio, ensuite, pour sa confiance dans mes capacités et son soutien envers mes décisions ; ma sœur, Francesca, enfin, pour être proche de moi, même à des milliers de kilomètres.

J'adresse un merci chaleureux à tous mes amis qui m'ont soutenue. Je tiens notamment à remercier mes précieux amis, anciens camarades de classe et désormais collègues Monica Pastore, Anna Silvestri et surtout Anna Dalla Via, pour leurs encouragements constants, leur sollicitude et leurs conseils professionnels.

Je voudrais également exprimer ma gratitude à SHS Publishing pour son aide, et pour m'avoir donné l'opportunité de publier mon premier livre en tant qu'auteur.

*Anna Saccani*

SHS Publishing aimerait remercier tous ceux qui ont rendu ce livre possible, notamment Emilio Macchia, Charlotte Bakken, Manuel Galli, Per Sandström, Helena Lagerholm, Catherine Heygate, Nina Byttebier et Tom Grahsler.